Maria Christina –
Tagebuch einer Tochter

Ein historischer Roman von

Rebecca Novak

August Dreesbach Verlag

Widmung

Für meinen „Albert“ – ohne dessen Ermutigung ich diesen Roman nie begonnen hätte.

Der zehnte Jänner 1760

Manchmal würde ich gerne schreien. Laut schreien, so laut, dass meine Schreie durch die Perücken der Damen und Herren der Wiener Hofburg fahren, von den Wänden widerhallen und zu mir zurückkommen. Aber Maman würde sagen, das geziemt sich nicht. Schließlich bin ich Maria Christina, die zweite Tochter Maria Theresias, der Kaiserin von Österreich. In meiner Familie darf niemand schreien, trampeln oder auch nur die blank gewienerten Marmorböden entlangschliddern.

Hin und wieder nimmt mir die Enge des höfischen Lebens jedoch die Luft zum Atmen, sodass ich zu ersticken glaube und ich mich von allen Zwängen befreien möchte. So wie heute!

Nur Maman – sie ist meine Vertraute und Seelenverwandte – versteht aus eigener leidvoller Erfahrung, wie die steife Etikette und das dumpfe Zeremoniell mich einschnüren. Aus diesem Grund schenkte sie mir zu meinem siebzehnten Geburtstag im letzten Frühjahr dieses Buch. Ich muss zugeben, anfangs war ich ein wenig enttäuscht, denn als ich sie während des Festes mit ihrem ganz persönlichen Geschenk auf mich zutreten sah, erwartete ich ein kostbares Armband oder etwas ähnliches. Kein einfaches, schlichtes, in braunes Leder gebundenes Buch!

Maman muss mir meine Enttäuschung angesehen haben, denn belustigt meinte sie: „Liebe, eitle Mimi, im Gegensatz zu Juwelen wird dieses Geschenk seine Kostbarkeit erst langsam entfalten, sie dafür aber umso länger bewahren. Das Büchlein wird stumm und treu deine Geheimnisse bewahren, und du kannst dir Träume und Sehnsüchte, aber auch Ängste und deinen Ärger von der Seele schreiben."

Nun, Maman, die ersten Seiten handeln von Empörung! Es ist mitten in der Nacht, und ich sollte längst schlafen, doch die Ereignisse des heutigen Abends haben mich zu sehr aufgewühlt. Ich bin leise wieder aufgestanden, habe mich ans Fenster gesetzt und dann kam mir dieses Büchlein in den Sinn. Nun beginne ich beim schwachen Schein der Kerze, die ersten Seiten zu füllen.

Es war eines unserer kleinen Hauskonzerte für die Familie und einige geladene Gäste angesetzt worden. Wochenlang hatte ich mich auf den heutigen Abend gefreut und mit meiner Schwester Maria Anna, die wir alle nur Marianna nennen, dafür geübt. Denn für diesen Abend waren nur wir beide ausgesucht worden, das neueste Werk unseres Hofkomponisten Herrn Willibald Gluck vorzutragen. Seine neue Composition für zwei Cembali finde ich einfach grandiose!

Gluck ist ein wahrer Meister. Wenn man ihm beim Dirigieren zusieht, dann hat man das Gefühl, als dressiere er die Tiere im Tiergarten von Schönbrunn. Jedes Instrument hat seinen eigenen großen Auftritt, von Zeit zu Zeit tanzt eines aus der Reihe, er lässt es sich austoben und fängt es dann wieder ein, um am Ende alle Instrumente in einem mächtigen Finale zu vereinen. Seit Jahren schon begleitet mich seine Musik, bei der Erstaufführung einer seiner Kompositionen durfte ich bisher jedoch noch nie mitwirken und ich wusste, welchem Anspruch ich heute gerecht werden musste.

Nervöser als gewöhnlich, war ich froh, mich in die Stille meines Ankleidezimmers zurückziehen zu können. Diese währte allerdings nicht lange, denn kurz darauf schlüpfte schon Elisabeth zu mir herein. Sie trug nur ihr Unterkleid, eine Chemise, durch die man sogar leicht durchblicken konnte. Was dachte sie sich dabei? Manchmal legt sie schon ein recht unreifes Benehmen für ihre sechzehn Jahre an den Tag! Ihre Hofdame, die Gräfin Erdödy, folgte ihr auf dem Fuße und trug Elisabeths moosgrünes Kleid im Arm. Liesls Besuch überraschte mich, hatte sie doch nicht mehr mit mir gesprochen, seit Maman mir für den Auftritt eine aus frühlingsblauer Seide gefertigte Robe à la piémontaise geschenkt hatte. Sie ist einfach wunderschön! Der dreieckige Stecker vor der Schnürbrust ist mit feiner Perlenstickerei verziert, die Taille schmiegt sich eng an meinen Körper und die aufwändig gefertigten Rückenfalten sind mit einem separaten Stück Stoff angenäht. Vorne ist das Oberkleid ab der Taille geöffnet. Ich hatte von dieser neuen Kleiderform aus Frankreich gehört – dort nennt man das Contouche – und Maman gebeten, mir solch ein Kleid schneidern zu lassen. Maman schlägt mir selten einen Wunsch ab! Normalerweise ist mir mein Ornat recht gleichgültig, doch für dieses schöne Konzert wollte ich auch äußerlich einen besonderen Eindruck hinterlassen.

Offensichtlich hatte sich die neidische Liesl aber wieder beruhigt, nachdem auch sie von Maman ein neues Gewand bekommen hatte. Ich befürchte aber, es ist weder so schön noch so modern wie meines. Elisabeth ließ sich in einen Samtsessel fallen und raunte mir mit spöttischem Blick auf ihre schwer atmende Hofdame zu: „Mir scheint, die Gräfin wird alt. Sie kann kaum noch mit mir mithalten.“ Gräfin Erdödy schwieg und verzog ein wenig die Mundwinkel. Sie mag es gar nicht, wenn Liesl sie alt nennt und sie noch dazu so durch die Räume scheucht.

Ich hatte bisher noch kein Wort gesagt. Meine Schwester zappelte aufgeregt im Sessel und schien vor unterdrückten Neuigkeiten fast zu platzen und mein Kleid gar nicht weiter zu beachten, also fragte ich: „Nun, Liesl, was kann denn so wichtig sein, dass du hier so spärlich bekleidet herumläufst?“

Elisabeth ignorierte meinen herablassenden Tonfall und sprudelte mit geröteten Wangen übermütig hervor: „Er kommt!“

Mit hochgezogenen Augenbrauen sah ich sie an und verschränkte abwartend die Arme vor der Brust. Elisabeth sprang auf und stolperte fast über den Saum ihres Unterkleids: „Der Herzog Chablais kommt heute Abend auch!“

Es gibt ihn also wirklich, diesen Herzog Chablais. Seit Wochen kursieren am Hof Gerüchte über ihn. Wir Kaisertöchter sind schließlich bereits im heiratsfähigen Alter, und da wird natürlich viel über mögliche Verbindungen spekuliert.

„Chablais, wie wunderschön das klingt", schwärmte Elisabeth.

„Sei nicht immer so albern, Liesl", ertönte es von der Türe. Dort stand meine älteste Schwester Marianna. Mit ihrem kantigen Gesicht ist sie zwar nicht so hübsch wie Elisabeth, doch in ihrem honigfarbenen Taftkleid mit dem farblich dazu passenden Mantelet, den sie für unseren Auftritt ausgewählt hatte, sah sie durchaus liebreizend aus. In den letzten zwei Jahren sieht man sie nur noch mit einem Überwurf über den Schultern. Ihr Buckel wird immer runder und sie versucht, ihn auf diese Weise zumindest ein wenig zu verdecken. Ich glaube, Maman hat ihr das geraten, um so nicht ganz aus dem Heirats-Rennen zu fallen. Marianna selbst wäre das nämlich egal, sie macht sich nicht viel aus Äußerlichkeiten – das sagt sie zumindest.

Spöttisch lächelnd fügte sie hinzu: „Chablis ist doch französisch für Windwurf. Mit Sicherheit ist er wieder so ein windiger Hund." Ich schmunzelte, während Elisabeth entrüstet nach einer Antwort suchte. Als Älteste von uns ist es eigentlich an Marianna, zuerst zu heiraten. Aber so, wie sie über diesen Herzog sprach, wäre er wohl eher etwas für unsere „kleine" Elisabeth.

„Die Gräfin hat ihn schon gesehen, und sie meint, er sei très charmant", meldete sich Liesl wieder zu Wort. „Und Papa hat ihn auch schon empfangen, er scheint also geeignet zu sein!"

„Eine einzige Audienz hat noch gar nichts zu bedeuten", meinte Marianna gleichgültig.

„Doch!" Elisabeth drehte theatralisch Pirouetten durch den Raum. „Man erzählt sich nämlich, Papa sei so von ihm eingenommen gewesen, dass er ihn sogleich für den nächsten Ball im Gasthaus ‚Mehlgrube' eingeladen hat, nicht wahr, Gräfin?"

Die strenge Erdödy, die das ganze Treiben missbilligend betrachtet hatte, antwortete: „Ihre Hoheit sind ein wenig aufgebracht, wie mir scheint. Was den Herzog Chablais betrifft, so sollten sich die Hoheiten wie stets“, und sie ließ den Blick mahnend von einer zur anderen gleiten, „jeglichen Hofklatsches enthalten und einzig auf die weise Voraussicht Ihrer Kaiserlichen Majestäten vertrauen. Besäßen Sie nun vielleicht die Güte, Erzherzogin Elisabeth, sich in Ihr Kleid helfen zu lassen? In den zugigen Gängen der Hofburg holen Sie sich sonst noch eine Erkältung!“ Diese Drohung tat das Ihre, und Elisabeth ließ sich widerstandslos zum Ankleiden in ihre Gemächer führen.

Als endlich alle gegangen waren, hatte ich wieder Ruhe und konnte meine Gedanken dem bevorstehenden Konzert zuwenden. Während mein Kammermädchen mir die Schnürbrust anlegte, betrat die Gräfin Vasquez das Zimmer. „Was denn, Sie sind noch immer nicht gerichtet?“, fragte sie auf ihre gütige und humorvolle Art. „Die jungen Damen werden doch nicht etwa vom Tratsch um einen gewissen jungen Herzog aufgehalten worden sein?“

„Meine Schwestern können sich dafür vielleicht begeistern“, entgegnete ich gleichgültig, „doch meine Aufmerksamkeit gilt augenblicklich nur dem Konzert.“

Gräfin Vasquez entließ das Kammermädchen, half mir beim Aufsetzen der mit blauen Kreppbändern verzierten Perücke, steckte sie mit spitzen Nadeln fest – autsch! – und gab etwas blonden Poudre darauf. Anschließend legte sie mir die kleine Halskrause an, die mir Maman noch geschenkt hatte. Sie ist in der gleichen Farbe wie die Contouche und mit noch delikateren Perlen verziert.

Unter der viel zu hohen und zu schweren Perücke wurde mir indes jedoch so heiß, dass die Gräfin eines der Fenster öffnen musste, um die frostige Luft des frühen Winterabends herein zu lassen. Ich bat sie, mich noch für einen Moment allein zu lassen und trat zum Fenster. Die Sterne warfen ihr beruhigendes Licht auf mich. Ich atmete tief durch und blickte nach draußen.

Da drangen von unten Stimmen zu mir herauf. Zunächst konnte ich nicht ausmachen, wo sie herkamen, und wollte mich schon zurückziehen. Als ich jedoch bemerkte, dass sich das Gespräch um unser Konzert heute Abend drehte, wurde ich neugierig und beugte mich leicht nach vorne – darauf bedacht, nicht von den unwissentlich Belauschten ertappt zu werden. Direkt unter meinem Fenster standen zwei Herren in Uniform. Von oben konnte ich nur ungefähr Größe und Statur der beiden ermessen. Ich war ganz Ohr!

„Gluck steht also auf dem Programm. Und welche der Kaiserkinder geben sich heute die Ehre?", erkundigte sich einer der beiden.

„Maria Anna und Maria Christina, das hat die Kaiserin doch mindestens dreimal während der Audienz erwähnt. Wenn du den Kaisertöchtern so ignorant gegenübertrittst und dir nicht einmal ihre Namen merken kannst, wirst du kaum Eindruck schinden können, Brüderchen."

Eine Audienz bei der Kaiserin? Dann musste einer der beiden wohl dieser Herzog Chablais sein, kam es mir unweigerlich in den Sinn. Sicherlich der Große mit der tieferen Stimme! Ich neigte mich noch etwas weiter vornüber und spürte, wie sich die Perückennadeln in meine Kopfhaut gruben.

„Unter diesen unzähligen Marien soll sich noch einer auskennen", beschwerte sich der Kleinere mit näselnder Stimme. Ich schmunzelte, denn es ist ja wirklich so, dass wir Schwestern alle den ersten Namen unserer Mutter tragen.

„Was man so hört, sollen sie teilweise äußerst hochmütig und eitel sein", ergänzte der andere. Was sollte das denn heißen? Woher wollte dieser Schnösel das wissen? Er kennt uns doch gar nicht!

„Vor allem über die Erzherzogin Maria Christina wird verbreitet, dass sie von äußerst unangenehmer Wesensart sei."

„Hast du denn schon ihre Bekanntschaft gemacht? Ist sie wirklich so? Ich habe ja gehört, dass sie eine recht gute Tänzerin sein soll und ihr auch das Musizieren liege."

„Ja, das mag schon sein. Auch an Schönheit fehle es ihr angeblich nicht, aber was macht das schon, wenn sie allerorts unbeliebt ist?“

„Aber ihre Mutter sprach doch ganz angetan von ihr, oder etwa nicht?“

„Von der Kaiserin wird sie auch über die Maßen geliebt! Das stimmt. Allerdings nutze sie diese Gunst aus, wo es nur geht, meinten einige Herren. Das zieht natürlich den Neid der Geschwister nach sich. Sie gilt als Sonderling und wirkliche Vertraute scheint sie nicht zu besitzen. Das ist auch kein Wunder! Schließlich verbreite sie mit ihrer bösen Zunge immer wieder falsche Gerüchte über ihre Freundinnen und Geschwister, so heißt es.“

„Und warum wehrt sich dann niemand dagegen?“

„Na, wegen der Kaiserin!“

Jessas! – Ich hatte mich für einen Moment zu weit vornüber gebeugt. Schwankend hing ich über der Brüstung, und meine Zehenspitzen waren der einzige Kontakt, den ich noch zum Boden hatte. Beinahe hätte ich auch noch meine Perücke verloren! Panisch umklammerte ich das Fensterbankl. Wenn sie mich so gesehen hätten! Was für eine Blamage!

Ich mobilisierte meine letzten Kräfte und schwang mich – so leise es in diesem Moment überhaupt möglich war – zurück ins Zimmer.

Plötzlich Stille! Da hatten sie mich also doch gehört!

„Was war das für ein Geräusch? Vielleicht sollten wir doch besser hineingehen!“, hörte ich von unten.

„Ach, was du dir immer einbildest. Hier ist doch weit und breit keine Menschenseele. Ich brauche noch etwas frische Luft, sonst schlafe ich bei dem Konzert ja sofort ein!“

Die tiefe Stimme des Herzogs war nun meine Rettung.

Ich nutzte die Gelegenheit, und noch bevor die Herren nach oben blicken konnten, stand ich schon wieder aufrecht und war im nächsten Moment aus der Fensteröffnung verschwunden.

Puh! War das knapp! Mein Herz klopfte mir bis zum Halse. Wie peinlich das gewesen wäre! Eine eitle und eingebildete Erzherzogin wird jetzt auch noch beim Lauschen ertappt!

Aber meine Neugier gewann sogleich wieder Oberhand. Dadurch wagemutig drehte ich mich schnell zurück zum Fenster, um auch noch die letzten demütigenden Gesprächsfetzen zu erhaschen.

„Was war jetzt mit der Kaiserin?"

„Jeder fürchtet natürlich den Zorn der Kaiserin, sollte er irgendetwas gegen ihre Lieblingstochter vorbringen! Aber bei aller Hochachtung vor der Urteilsfähigkeit der Kaiserin – wenn auch nur die Hälfte von dem wahr ist, was ich dir soeben erzählt habe, dann hoffe ich doch, dass mir lieber eine einfache Magd zur Tischdame gegeben wird als diese kapriziöse Lieblingstochter. Wie dem auch sei", sagte er gleich darauf wieder unbeschwert, „ein schwarzes Schaf muss es wohl in jeder Familie geben, nicht wahr, Brüderchen?"

Damit endete das Gespräch abrupt. Es wurde zum Konzert gerufen.

Ich lehnte mich zurück und fand mich in der stickigen Luft meines Zimmers wieder. Meine Hände zitterten und ich glaubte, in Tränen ausbrechen zu müssen. Noch immer konnte ich den eindringlichen Klang der tiefen Stimme des Herzogs hören: „Kapriziöse Lieblingstochter, Sonderling …" Etwas Derartiges war mir zuvor noch nie zu Ohren gekommen! Was erlaubte sich dieser gefühllose, oberflächliche Herzog? Wie konnte er dem Geschwätz der Leute Glauben schenken und so über mich urteilen, ohne mich jemals kennen gelernt zu haben?

Da öffnete sich die Tür, und die Gräfin Vasquez riss mich aus meinen Gedanken. Die Anspannung, die meine liebe Aja sofort an mir bemerkte, schrieb sie jedoch der Aufregung vor dem Konzert zu. Sie drückte fest meine Hand und versuchte mich zu beruhigen: „Contenance, Hoheit. Das Konzert wird sicherlich ein

Erfolg. Kommen Sie, das Publikum ist schon versammelt." Sie zog mich mit sich.

Noch ein letzter prüfender Blick in den Spiegel, dann eilte ich die Korridore der Hofburg entlang.

Mit der ersten Bewegung des Taktstocks gelang es mir, alles zu verdrängen – die Anwesenden und sogar das eben Gehörte. Ich war ein Falke aus der Schönbrunner Ménagerie und flog nur so dahin. Ich legte meine innere Gekränktheit auf die Tasten meines Cembalos, und mit den wohltuenden Klängen verlor der Schmerz über die Worte des Herzogs an Schärfe. Gemeinsam mit Marianna schwebte ich über die Notenblätter, wir stiegen empor, setzten uns einen Augenblick zur Rast und spreizten dann wieder die Schwingen, um die Musik in den Raum zu tragen. Erst mit dem letzten Ton fand ich wieder in den Saal zurück. Applaus setzte ein, ich hob langsam den Kopf und genoss den Moment. Dann ein höflicher Knicks und ich verließ mit einem Gefühl des Triumphs zusammen mit Marianna den Saal.

Ich verschwand in einem leeren Zimmer und atmete erst einmal tief durch, um die Aufregung der vergangenen Momente abfallen zu lassen und für das nachfolgende Dîner meine Haltung zurückzugewinnen. Hoffentlich muss ich kein einziges Wort mit diesem abscheulichen Herzog wechseln, ging es mir durch den Kopf.

Als ich die erste Antekammer betrat, winkte mich Maman zu sich: „Mimi, das war ein magnifiquer Vortrag! Ich bin sehr stolz auf meine Töchter. Nun schau, dich führt heute Abend Prinz Albert Kasimir von Sachsen zu Tisch." Unendlich erleichtert darüber, dass es nicht Herzog Chablais oder sein Bruder war, suchten meine Augen den Raum nach dem angekündigten Tischherren ab.

„Darf ich bitten, Hoheit? Und Euch zu Tisch geleiten?" Unter tausend Stimmen hätte ich die Seine wiedererkannt. Es war die tiefe Stimme vom Fenster! Dieselbe Stimme, die mich zuvor so aufgebracht hatte. Diejenige, die sich abfälliger über mich geäußert hatte, als es je zuvor jemand gewagt hatte! Dann gehörte sie also gar nicht Herzog Chablais, sondern diesem Prinzen von Sachsen! Sollte ich mich nun bemühen, dessen unmögliches Bild von mir ins rechte Licht zu rücken? Ich dachte nicht daran!

Ich drehte mich mit zusammengepressten Lippen um und blickte nach oben in die Augen des Prinzen. Wie ja schon meine Fensterschau ergeben hatte, war er von stattlicher Größe und mit breiten Schultern ausgestattet. Sein Gesicht wies markante, jedoch nicht unangenehme Züge auf und wurde von einem ausgeprägten, leicht nach vorne stehenden Kinn abgeschlossen. Unter der zum Zopf gebundenen Perücke lugte ein dunkelblonder Haaransatz hervor. Nun gut, dann war er also nicht so unansehnlich, wie ich es ihm gewünscht hätte. Dennoch reagierte ich in keiner Weise auf seine Anwesenheit, bis mir Marianna einen kleinen Stoß gab. Wortlos reichte ich ihm meinen Arm.

Wenn ihn mein kühles Verhalten auch verwundert haben mag, so ließ er sich dies die ganze erste Tracht hindurch nicht anmerken. Er mimte Höflichkeit und stellte eine Frage nach der anderen, die ich alle so knapp und abweisend wie möglich beantwortete.

Dieser Heuchler! Er lobte unseren Vortrag überschwänglich und wagte es sogar, sich über unsere „unvergleichliche Interpretation von Glucks Werk" auszulassen. Banause! Wusste er nicht, dass die Aufführung eine Premiere gewesen war und es noch gar keinen Vergleich gab? Je länger sich das Essen hinzog, desto mehr entrüstete mich seine Dreistigkeit und desto kälter wurde mein Gebaren. Die einzige, die meine Qual sah, war Marianna. Doch sie dachte wahrscheinlich, ich sei eifersüchtig, da sie den Herzog Chablais als Tischherren bekommen hatte. Wie Recht sie doch hatte! Wie gerne wäre ich an der Seite des Herzogs Windhund gesessen!

Als die zweite Tracht aufgetragen wurde, gab der Prinz auf. Wir schwiegen auch während des Kompotts. Bei Guglhupf und Tarte au Chocolat begann sich auf seinem Gesicht jedoch ein nachdenklicher Ausdruck auszubreiten, der sich, während er eine Crème à la Vanille verspeiste, zunehmend in Bestürzung umwandelte. Was hatte er denn nun? War ich mit meinem Benehmen doch etwas zu weit gegangen? Eigentlich konnte er ja nichts für den niederträchtigen Klatsch, der sich bei uns am Hofe breit macht. Er löffelte an seiner Crème und wirkte völlig abwesend. Und dennoch: Er hatte den Gerüchten Glauben geschenkt und seinem Bruder alles erzählt!

Ich spürte den tadelnden Blick meiner Mutter auf mir, doch nichts auf dieser Welt hätte mich dazu bringen können, ein weiteres Wort an ihn zu richten, ich fühlte mich wie gelähmt.

Als wir uns vom Tisch erhoben, wirkte Prinz Albert nicht mehr so forsch wie bei der Unterhaltung mit seinem Bruder, dafür um einiges ernüchterter. Er führte mich in den Salon, um sich dort von mir zu verabschieden. Ich ließ dies regungslos über mich ergehen, entzog ihm meine Hand jedoch, so bald ich konnte, und drehte mich um.

Das war es, was der Prinz zuletzt von mir zu sehen bekam: die hochmütige Erzherzogin Maria Christina, die hoch erhobenen Hauptes davon schritt.

Doch in meinem Innern sah es vollkommen anders aus. Die Worte von der Fensterbank konnte ich einfach nicht verdrängen. Mache ich denn wirklich einen so gänzlich anderen Eindruck auf die Menschen? So anders als ich eigentlich bin? Gewiss, meine Geschwister missgönnen mir meine Sonderstellung, die ich bei Maman einnehme. Sie bevorzugt und verwöhnt mich, seit ich denken kann, und das war schon immer Anlass zu großen Streitereien. Aber ich bemühe mich doch, immer freundlich zu sein, zu lächeln und mit allen Konversation zu treiben. Wie ist es dann möglich, dass sich – selbst außerhalb der Familie – ein solch schlechter Ruf über mich verbreitet? Ich verstehe das nicht und weiß nicht, was ich dagegen tun soll.

Wenn ich daran denke, dass womöglich noch mehr Menschen, Personen von Stand, eine derart schlechte Meinung von mir haben, dann wird mir wirklich ganz übel. Vielleicht sollte ich mich Maman anvertrauen.

Der sechzehnte Jänner 1760

Königliche Hoheit, geschätzter Prinz Albert,

nehmt dieses Schreiben als freundliche Einladung zu einer Schlittenfahrt, welche die kaiserliche Gesellschaft morgen nach Schloss Schönbrunn führen wird.

Mit Eurer Teilnahme würdet Ihr uns eine außerordentliche Ehre erweisen.

Mit der vorzüglichsten Hochachtung

Eure Königliche Hoheit Erzherzogin Maria Christina

Das ist er! Der Brief, mit dem ich mir den unsäglichen Prinzen wieder in Erinnerung rufen musste. Maman bestand darauf, dass er bei unserer winterlichen Vergnügungsfahrt dabei sein sollte. Immerhin ist sein Vater, Kurfürst August von Sachsen, ein wichtiger Verbündeter in diesem fürchterlichen Krieg gegen Preußen, der sich nun schon fast vier lange Jahre hinzieht. Das ist auch der Grund seines Besuches in Wien, wie ich jetzt erfahren habe. Während die Armee im Winterquartier ist, wollen sich Albert und sein Bruder Clemens am Hof vorstellig machen. Wahrscheinlich hat Albert Maman während der Audienz schöne Worte gemacht, denn sie schwärmt unablässig von seinem angenehmen Auftreten. Wenn sie doch nur wüsste, wie er über mich urteilt! Ein Gespräch mit Maman habe ich jedoch vorerst verworfen. Ich will sie in der schweren Kriegsphase nicht mit meinen Problemen behelligen. „Mimi, du bist alt genug, selbst für dich Sorge zu tragen", würde Papa mir vorbeten. Doch hat er damit Recht? Bin ich wirklich alt genug, reif genug? Ich weiß es nicht.

Schon seit Langem habe ich mich auf die Schlittenfahrt durch die schneeduftende Landschaft gefreut, doch nun ist mir beim Gedanken daran sehr unwohl zumute. Selbst die für gewöhnlich beruhigende Routine meines alltäglichen Unterrichtsprogramms konnte in den letzten Tagen das anhaltende Gefühl der Demütigung nicht vertreiben. Und nicht einmal der Cembalounterricht bei meinem lieben Herrn Wagenseil lenkte mich heute ab. Normalerweise erheitert mich sein etwas kauziges Auftreten, die immer gleich zerzauste lange Perücke und das obligatorische Monokel, und es gelingt ihm immer, mich mit seiner Begeisterung für die Musik anzustecken. Ich vergesse beim Spiel alles um mich herum und es ist, als ob es in meinem Inneren ganz leise würde und ich mich selbst hören könnte. Aber heute war es dort einfach viel zu laut und aufgewühlt! Irritiert lauschte Herr Wagenseil meinem unkonzentrierten Geklimper. Nach einer halben Stunde entließ er mich kopfschüttelnd wieder, mit der Aufforderung, mich ein wenig zu erholen.

Die Französisch-, Spanisch- und Italienischstunden verliefen auch nicht besser. Elisabeth schwärmte in einem fort von den zahllosen Vorzügen des Herzogs Chablais, worüber Marianna und ich nur den Kopf schütteln konnten.

Mittags besuchte ich Maxl in seinem Zimmer. Er ist erst drei Jahre alt, und sonst fühle ich mich immer leicht und unbeschwert, wenn ich mit meinem jüngsten Brüderlein spiele und dabei seinen süßen Kindergeruch einatme. Heute half auch das nicht.

Ein quälend langer Nachmittag mit Rechnen, Schreiben und Lesen in deutscher Sprache zog sich hin – très fatigant.

Auch die Stimmung beim Dîner war alles andere als vergnüglich. Der arme Papa ist mit den Gedanken immer bei den jüngsten Kriegsereignissen. Friedrich von Preußen macht uns erneut Schlesien streitig. Im letzten Jahr sah es so aus, als hätten wir ihn endgültig zur Raison gebracht, doch der Konflikt scheint noch immer nicht ausgetragen zu sein. Friedrich ist zäh, und solange in Preußen eine starke Armee steht, kommen unsere Truppen nicht zur Ruhe, auch wenn sie momentan ihr Winterquartier aufgesucht haben. Papa ist auch um die finanziellen Verluste in Sorge. Und schon so viele Opfer! Es macht ihn ganz krank, zu sehen, wie der Krieg einem Mahlstrom gleich alles Leben und Besitz in seine todbringenden Tiefen reißt … Traurig bemerkte er vorhin: „Einige Soldaten sind jünger als unser Joseph und sie müssen schon so etwas erleiden!"

Dies sind in der Tat schreckliche Ereignisse. Ich denke oft an unsere armen Soldaten, die so tapfer für uns kämpfen. Mamans müde Augen verraten, dass auch ihr diese Not und Qual sehr zu Herzen gehen, doch sie ist nun mal die Herrscherin über ein mächtiges Reich und muss zusammen mit Papa schwierige Entscheidungen treffen, die der Bewahrung unserer Grenzen und dem Wohl des Volkes dienen. Doch insgeheim fände ich es schön, wenn dies ohne Krieg und Blutvergießen möglich wäre …

Ich bin hundemüde. Könnte ich morgen doch nur im Bett bleiben! Vielleicht melde ich mich krank?

Der siebzehnte Jänner 1760

Ich bin beschwipst!

Wenn Maman mich so sehen würde, sie würde die Hände über dem Kopf zusammenschlagen und zum heiligen Matthäus beten. Aber dieser herrliche Punsch wärmte so schön, und er schmeckte einfach zu gut. Und heute erst recht. Doch ich denke, dies sei mir verziehen. Schließlich war mir ja heute erneut die besondere Gunst der Gesellschaft des sächsischen Prinzen zuteil geworden.

Aber von vorne: Die letzte Nacht kam mir viel zu kurz vor. Es war so früh und sicherlich noch ganz dunkel draußen, und als es eigentlich Zeit für das Lever gewesen wäre und ich aufgeweckt werden sollte, zog ich mir die Decke nochmal ganz fest über den Kopf. Allein der Gedanke daran, mich heute der eisigen Witterung im Freien auszusetzen, ließ mich frösteln. Die Gräfin Vasquez musste erst die schweren Brokatvorhänge aufziehen und mich mit einem vorgewärmten Hausmantel locken, ehe ich mich endlich aus den Federn quälte.

Hätte ich doch besser meiner dunklen Vorahnung nachgegeben, wäre mit einer Ausrede im Bett geblieben und hätte mich irgendeiner Lektüre gewidmet!

Die Schlittenfahrten gehören eigentlich zu den schönsten Ereignissen des Winters hier am Hofe. Da seit Wochen dicke Schneewolken am Himmel waren und so das Wetter bisher nicht gerade zu einer Schlittenfahrt eingeladen hatte, war dies die erste große Ausfahrt in diesem Winter. Sie sollte nach Schönbrunn zu unserem Sommerschloss gehen, und seit ihrer Ankündigung gab es kein anderes Gesprächsthema mehr unter den jungen Damen am Hofe. Den Gräfinnen klangen schon die Ohren nur bei der Erwähnung der Worte „Schlitten“ oder „Fellmantelet“. Auch Elisabeth hatte nur noch die schicke Mode für die Fahrt durch den

Schnee im Kopf: Nerz, Otterpelz, Kaninchenmuff und so weiter und so fort, am liebsten sprach sie von ihrem neuen Fuchspelzmantelet mit Kapuze und viel zu langen Bommeln und trug ihn auch bei jeder Gelegenheit. Einmal kam sie sogar damit in den Frühstückssalon hereinstolziert. Maman war gerade in den Tagesbericht vertieft und bemerkte sie nicht sofort. Erst als sie unser Prusten hörte, blickte sie auf und wäre beinahe vor Schreck vom Stuhl gefallen. Elisabeth musste unter Mutters Tadel unverzüglich den Raum verlassen und das Frühstück in ihren Räumen einnehmen, was ihr natürlich gar nicht gefiel. Aber so ist sie nun einmal, unsere Liesl!

Bis zum gestrigen Tage blickte auch ich diesem Winterausflug noch freudig entgegen. Doch die Einladung, die ich an den Prinzen senden musste, hatte mich mächtig aus der Raison gebracht. Wenn er nun wirklich kommen würde? Wie sollte ich ihm begegnen? Nach reiflicher Überlegung hatte ich beschlossen, ihn kurz aber höflich, wie es sich für eine Erzherzogin geziemt, zu begrüßen und mich dann den anderen Herrschaften zuzuwenden, ohne mich weiter in seiner Gesellschaft aufzuhalten.

Als ich heute Morgen dann den Frühstückssalon betrat, saßen nur noch Maman und die trödelnde Elisabeth – in weiser Voraussicht ohne Fellkapuze – an der Tafel. Mein Gedeck war zum Glück noch nicht abgetragen worden. Doch die Blicke von Maman sagten alles. Ich entschuldigte mich für mein verspätetes Eintreffen und nippte missmutig an meiner Mélange.

Gräfin Vasquez hatte mir zuvor mit einem Augenzwinkern geraten, ein reichhaltiges Frühstück zu mir zu nehmen. Was sie damit meinte, verstehe ich jedoch erst jetzt, da sich die blassgrünen Lilien auf meiner Wandtapete beruhigt haben und sich nicht mehr gegenseitig im Kreis herum jagen.

Ich aber aß am Frühstückstisch nur zwei kleine Happen von meinem Kipferl und trank noch einen Schluck Kaffee. Mein Magen fühlte sich schwer und verschlossen an. „Mimi, fehlt dir etwas?", fragte Maman mit besorgtem Blick. Normalerweise bin ich nämlich diejenige, die unser Hofpersonal mehrere Male während eines Frühstücks in die Küche schickt, um mir noch mehr zu essen bringen zu lassen. Sie hat immer diesen bangen Gesichtsausdruck, wenn einer von uns sich nicht wohl fühlt, die liebe Maman! Sie befürchtet, dass die Blattern und andere schlimme Krankheiten auch den Hof erreichen könnten. Ich kann mir das nicht vorstellen, aber Maman hat oft Vorahnungen, die andere noch nicht mal wahrnehmen, wenn sie sich schon längst bewahrheitet haben. Auch diese Eigenschaft habe ich wohl von ihr geerbt. Nur höre ich nicht darauf. Zu meinem eigenen Pech, wie sich heute wieder herausgestellt hatte …

Nach dem Frühstück eilten Liesl und ich hinaus auf den Burghof, wo schon die Pferde mit den Schlitten bereitstanden. Mittlerweile war die Sonne hervorgekommen und hatte die winterliche Schwermut verdrängt. Es war ein wunderschönes Bild. Der Schnee glitzerte und die Pferde scharrten, von der Aussicht auf Bewegung angestachelt, so freudig mit den Hufen im Schnee, dass auch ich ein wenig munterer wurde. Jedes Pferd zog einen zierlichen Zweierschlitten, der innen mit Pelz ausgeschlagen und an den Seiten mit kleinen Glöckchen verziert war. Die gesamte Wintergesellschaft schien bereits anwesend zu sein: Von Weitem sah ich Fürst von Trautson mit seiner Frau, Fürstin Kinsky, bei den vordersten Schlitten stehen, Graf Anton Salm war in ein Gespräch mit seiner Begleitung Gräfin Maria Anna Esterházy vertieft und – ach nein – Fürst Schwarzenberg führte die Fürstin von Auersperg aus. Wie sie heute wieder gekleidet war: ihr mit Hermelinpelz verbrämter Mantelet mit ausladender Kapuze schillerte im leuchtendsten Türkis bis zu mir hinüber. Passend dazu steckten ihre Hände in einem überdimensionalen türkisfarbenen Muff, in dem sie mit Sicherheit sogar noch ihre zottelige Kläfftöle namens Mouchou untergebracht hatte, die bei der Auersperg nie fehlen durfte. Das würde wieder Zündstoff für die nächsten Tratschereien liefern!

Überall konnte man die Damen und Herren lachen und sich gegenseitig zurufen hören. Liesl und ich schauten uns an. Was würde nun passieren?

Da trat der Oberststallmeister vor: „Die allergnädigsten Damen zu mir bitte, die Herren begeben sich selbstständig zu einem Schlitten!“ Überrascht wandten wir uns dem Oberststallmeister zu. Er hielt uns eine goldene Schale hin. „Lose!“ Begeistert stieß mich Liesl an und grinste. „Das ist ja spannend!“

Neugierig öffnete ich das Siegel einer kleinen Papierrolle und konnte meine Verärgerung kaum verbergen. „Seine Königliche Hoheit Prinz Albert Kasimir von Sachsen“ stand dort in kühner Schrift. Ach herrje – Mimi, hör auf deine Vorahnungen! Das konnte ja nicht gut gehen.

Missmutig sah ich den anderen Damen zu, wie sie sich zu den ihnen zugelosten Schlitten begaben und freudig ihre Begleiter begrüßten. Erst als fast alle schon mit großem Tamtam eingestiegen waren, ging auch ich langsam auf Prinz Alberts Schlitten zu. Ich musste mir von innen in die Wange beißen, um nicht gar so ärgerlich zu wirken. Er wartete höflich neben unserer Pirutsche und hielt mir den Verschlag auf. Ich atmete einmal tief ein und rauschte an ihm vorbei. Nachdem ich mich gesetzt hatte, legte ich mit vollendeter Grazie die Felldecke um mich herum und hoffte, damit meinen Widerwillen gebührend zur Geltung gebracht zu haben. Aus den Augenwinkeln nahm ich wahr, dass der Prinz meinen Auftritt beobachtet hatte, mich noch einen Augenblick von der Seite musterte und sich dann mit ähnlichem Hochmut neben mich setzte und die Zügel aufnahm.

„Hoo!“ Die lange Reihe der Schlitten setzte sich in Bewegung. Albert steuerte uns an die dritte Position, hinter Joseph und seine Begleitung. Die Kolonne, es müssen etwas über dreißig Parteien gewesen sein, wurde von Mamans und Papas Schlitten angeführt, an der Spitze fuhr eine mit sechs Pferden bespannte Kutsche mit Trompetern und Paukenspielern. Die Trompeter stießen in ihre Instrumente, und unter fröhlichem Geläut der Glöckchen – es kam mir fast schon schadenfroh vor – zogen uns die Pferde über die verschneiten Pflasterstraßen hinaus aus der Hofburg.

Der Weg führte uns durch das Burgtor nach Süden bis zum Wienfluss. Der Schnee dämpfte alle Geräusche, sodass wir wie von Zauberhand durch die märchenhafte Winterlandschaft gezogen wurden. Von Zeit zu Zeit konnte ich aus den anderen Schlitten lautes Gelächter und Geplaudere hören. In unserer Pirutsche war es bis auf das Schnauben des Pferdes still. Ich fühlte erneut den Trotz und die Demütigung aufsteigen, als ich an Alberts Worte von der Fensterbank dachte: „Vor allem die Erzherzogin Maria Christina soll von äußerst unangenehmer Wesensart sein."

„Ich habe mich sehr über Eure Einladung gefreut, Königliche Hoheit", drang es plötzlich in meine Gedanken.

„Wirklich?", entfuhr es mir spitz. „Ich dachte, Ihr würdet jede Magd meiner Gesellschaft vorziehen?" Ich konnte seinen erstaunten Blick auf mir spüren, aber ich sah stur geradeaus und atmete ein paar Mal ein und aus, doch das half nichts.

„Ich sei doch viel zu hochmütig und zu stolz!" Nun war es raus, und es gab kein Halten mehr: „Und dann sei ich auch noch von so unangenehmer Wesensart und mit einer boshaften Zunge ausgestattet, weshalb ich auch keine Freunde habe!"

Prinz Albert ließ die Zügel für einen Moment los, und das Pferd brach nach links aus. Mit einem kleinen Schrei fiel ich gegen seine Schulter, und Albert brachte unseren Schimmel zum Stehen. Die anderen Schlitten zogen unter Lachen und spöttischen Bemerkungen an uns vorbei.

„Was sollte das?" Wütend befreite ich mich aus dem Deckengewirr und setzte mich auf.

Zwei blaue Augen starrten mich verwirrt und zugleich interessiert an: „Ist es möglich, dass Ihr an jenem Abend am Fenster gestanden habt? Mein Bruder hatte sogleich die Vermutung, etwas gehört zu haben!“

Ich riss meinen Blick von seinen Augen los und rutschte unbeholfen in meine Ecke des Schlittens zurück. „Möglich!“, erwiderte ich schroff.

„Es tut mir wirklich leid, kleine Erzherzogin, Euren Stolz verletzt zu haben!“ Er hatte die Zügel wieder aufgenommen, und ich glaubte, ein kleines Lächeln um seine Lippen spielen zu sehen.

Nun vollends aufgebracht, starrte ich ihn an: „Wie redet Ihr eigentlich mit mir? Meinen Stolz verletzt? Ihr tätet besser daran, wenn Euch Euer Verhalten leid täte. Und dass Ihr dem Hofklatsch Glauben geschenkt habt, oder dass Ihr überhaupt zugehört habt, als man Euch gegenüber derartige Beleidigungen über die Kaiserfamilie aussprach! Es waren doch sicherlich Zofen, die Euch Derartiges zugetragen haben, oder? In der Zeitung werdet Ihr es ja wohl nicht gelesen haben!“

„Ach, Ihr lest Zeitung?“ Nun war es nicht mehr nur die Andeutung eines amüsierten Lächelns, sondern ein breites Grinsen, das sich auf seinem Gesicht ausbreitete.

„Natürlich, was denkt Ihr? Dass ich ignorant und dumm wäre? Wie habt Ihr mich an diesem Abend bezeichnet? Als ‚Sonderling‘! Nur, weil ich mich von Zeit zu Zeit zurückziehe, Bücher und auch die Zeitung lese und mich meiner Musik hingebe?“ Ich hatte mich in Rage geredet und unterstrich jedes meiner Worte, möglicherweise etwas undamenhaft, mit den Händen.

Erneut kam der Schlitten abrupt zum Stehen. Noch gefangen in meiner Wut hob ich den Kopf und schob mir die Fellmütze aus dem Gesicht. Die Gesellschaft war zu einer Jause am Fluss zum Stehen gekommen. Ehe mir der Prinz helfen konnte, war ich schon aus dem Schlitten geschlüpft und an ihm vorbei.

Die anderen gruppierten sich um kleine runde Tischchen. In dicke Felljacken gewandete Lakaien reichten dampfenden Punsch, und ich gesellte mich zu Graf Salm und seiner Begleitung. Die vorherige Reaktion des Prinzen hatte mich völlig narrisch gemacht, und ich hoffte, bei ihnen in vergnüglicherer Gesellschaft zu sein. Wie schnell, und vor allem, wie viel Punsch ich trank, schien ich dabei nicht mehr gemerkt zu haben. Ich tanzte auf einer Woge des Ärgers – da kam mir eine Idee!

Liesl zierte sich zwar anfangs etwas, aber dann ließ sie sich doch überreden. Als der Oberststallmeister zum Aufbruch rief, trat ich zum Schlittenpartner meiner Schwester: „Ich fahre nun mit Euch!" Ich kannte ihn zwar gar nicht, aber das war mir völlig gleichgültig. Aus dem Schutz meines neuen Schlittens heraus beobachtete ich Albert. Er hatte mich offensichtlich nicht finden können und wartete nun angespannt.

Da näherte sich ihm meine Schwester und bat kühl, ohne ihm eine weitere Erklärung zu geben, in seinem Schlitten Platz nehmen zu dürfen – ich konnte ein Kichern nicht unterdrücken. Der Prinz stutzte und sah einen Moment äußerst verdutzt drein. Dann dämmerte es ihm scheinbar, worauf oder vielmehr auf wen diese beleidigende Geste zurückzuführen war. Natürlich musste er dem Wunsch meiner Schwester nachkommen und ihr in den Schlitten helfen. Als er sich umdrehte, um selbst einzusteigen, suchten seine Augen nach mir. Wir blickten uns für einen kurzen Moment an, ich nickte spöttisch und wandte den Kopf ab. Es war ein gutes Gefühl. Erfolgreich hatte ich ihm ein Schnippchen geschlagen! Er hatte doch dem bösartigen Hofklatsch geglaubt und eine hochmütige Prinzessin erwartet. Eine solche hatte er nun! Was er über mich denken würde, war mir zu diesem Zeitpunkt wirklich einerlei.

Die restliche Fahrt nach Schönbrunn verlief so, wie eine Schlittenpartie sein sollte. Mein Schlittenpartner, nicht weniger über meine Action überrascht als Albert, war ein stiller, aber höflicher Begleiter, und ich konnte meinen Gedanken freien Lauf lassen. Gelegentlich flatterten Gesprächsfetzen aus dem Wagen hinter uns herein, die die Stille zwischen uns unterbrachen. So eine Frechheit! Prinz Albert schien auch noch Spaß mit Liesl zu haben. Ich zog meine Fellmütze tiefer über die Ohren.

Einige Zeit später tauchte das Schloss in meinem Blickfeld auf. Ich genieße jedes Mal den Anblick des majestätisch langgestreckten Gebäudes mit seinem leuchtend gelben Anstrich. Ich sehne mich schon nach dem Frühjahr, wenn wir wieder einige Wochen hier verbringen, um den engen Mauern in der Stadt zu entkommen. Maman und Papa haben das Schloss von Grand-père geschenkt bekommen. Nach seinem Tod ließen sie es ständig erweitern und umbauen. Unser Architekt Nicolaus Pacassi hat ganze Arbeit geleistet. Ich mag diese Residenz mit den vielen Salons und den kleinen privaten Kabinetten viel lieber als die Hofburg, die ein Flickwerk vieler Jahrhunderte bildet.

Erst vor ein paar Jahren ließ Papa die schöne Ménagerie im Park errichten, deren Bewohner immer mehr werden. Dort im Zentrum liegt mein Lieblingsplatz: ein heller, achteckiger Pavillon, in dem wir zuweilen frühstücken. Von dort kann man genau auf die Vogelvolieren und das geschäftige Treiben der Papageien blicken. Jetzt im Winter schläft dort freilich alles.

Oh, ich schweife ab …

Ich war also nicht nur erfreut, mein geliebtes Schönbrunn wieder zu sehen, ich konnte es auch bald nicht mehr erwarten, ins Warme zu kommen, denn meine Füße waren mittlerweile durchgefroren. Unser Tross hielt im Schlossgarten vor der großen Stiege. Welch eine Wohltat, die nassen Stiefel und den schweren Mantel loszuwerden und in leichtere Schuhe schlüpfen zu können. Meine Füße begannen zu kribbeln, als sie wieder zum Leben erwachten.

Ich zog mich zunächst in mein Ankleidezimmer zurück, um mir die von der Mütze zerzausten Haare zurecht machen zu lassen. Da erschien auf einmal Liesls Gesicht im Spiegel.

„Und möchtest du mir nun erklären, warum du den Prinzen so beleidigen wolltest? Ich fand sein überraschtes Gesicht sehr komisch und hatte eine überaus unterhaltsame Fahrt mit ihm. Ganz anders als mit meinem vorherigen Begleiter!" Kritisch musterte sie mich und fuhr mir mit der Puderquaste über die rote Nase. „Es kann demnach nicht dein erstes Anliegen gewesen sein, einen langweiligen gegen einen amüsanten Kavalier zu tauschen."

Verärgert stieß ich ihre Hand weg: „Amüsant? Du fandest ihn amüsant?"

„Warum nicht? Kennst du ihn denn überhaupt?" Achselzuckend wandte sie sich ihrer Kammerfrau zu. Mit ihrer Nonchalance treibt mich Liesl manchmal wirklich zur Weißglut.

Wieder fesch herausgeputzt verließen wir alsbald den Salon und begaben uns zur Gesellschaft ins Millionenzimmer, einen meiner Lieblingsräume im Schloss. Wir Kinder hatten nämlich vor ein paar Jahren zusammen mit Papa selbst zur Gestaltung des Raumes beigetragen. Wir durften damals die kostbaren Miniaturen in der Wandvertäfelung, die Szenen aus dem Hofleben der Mogulherrscher in Indien im 16. und 17. Jahrhundert zeigen, zerschneiden und zu ganz neuen eigenen Bildkompositionen wieder zusammensetzen. Kein leichtes Unterfangen. Es wurden auch nur diejenigen älteren Geschwister für diese Aufgabe ausgewählt, von denen Maman wusste, dass sie sich in filigraner Handarbeit bewährt hatten. Karl, unser Tollpatsch, und Liesl, die keine Sekunde still sitzen kann, fielen da schon mal aus. Doch ich durfte dabei sein! Die Arbeit zog sich über Wochen hin, denn jeder Handgriff wurde mit den Argusaugen Maestro Grassis strengstens überwacht. Doch das Ergebnis kann sich wirklich sehen lassen, und Mamans Wunsch, uns für alle Zeit damit in Schönbrunn zu verewigen, wurde erfüllt.

Die meisten Damen und Herren hatten sich bereits umgezogen und saßen auf den kleinen Canapés und Sesseln nahe dem wohlig warmen Ofen. Zum ersten Mal konnte heute auch der neu gefertigte bronzefarbene Luster bewundert werden. Ich hatte ihn zuvor auch noch nicht gesehen. Ein wahres Meisterwerk, über und über mit Blumen aus Email verziert. Die Wintersonne sank vor den hohen Flügeltüren bereits wieder, und man beeilte sich, alle Leuchter zu entzünden, sodass das gemütliche Licht des Winterabends bald einem festlichen Strahlen wich. Dankend nahm ich ein Tässchen dampfenden Punsches und eine madeleine entgegen, als plötzlich Maman auf mich zukam und mir leicht die Hand auf den Arm legte. Sie führte mich ins angrenzende Zimmer. Mein Bruder Joseph, der als Einziger diese Szene beobachtet hatte, hielt mit unverhohlener Schadenfreude die Türe auf. Dieser eingebildete Pinsel, immer muss er sich in alle Angelegenheiten einmischen. Er nimmt sein Vorrecht des erstgeborenen Sohnes gar zu ernst!

Maman war wütend, das konnte ich an der kleinen Furche auf ihrer Stirn sehen. „Maria Christina, was denkst du dir eigentlich? Das Los hat dir Prinz Albert zugeteilt. Glaubst du ernsthaft, dass sich dein Verhalten für eine Erzherzogin geziemt?"

Dass sie mich nicht bei meinem Kosenamen, Mimi, nannte, machte ihren Ärger deutlich. Und dennoch musste Maman meine Gründe verstehen! Ich wollte mich gerade erklären, als sie die Hand hob und, ohne mich zu Wort kommen zu lassen, befahl: „Ich möchte nichts weiter hören. Auf der Rückfahrt sitzt du neben Prinz Albert, und zwar den ganzen Weg!"

Getroffen von ihrer Zurechtweisung blickte ich ihr hinterher – sonst sprach sie niemals in diesem unerbittlichen Ton zu mir.

Mit rotem Kopf kehrte ich in den Saal zurück. Marianna hatte sich gerade eben in der Mitte aufgestellt, und der Oberststallmeister klopfte mit seinem Stab auf den Boden: „Verehrte Gäste, eine Ankündigung Ihrer Königlichen Hoheit Erzherzogin Maria Anna!"

Meine Gedanken hingen noch immer dem Gespräch nach. Ich hatte Maman mir gegenüber noch nie so aufgebracht erlebt.

Marianna streckte sich. Mit ihrer krummen Haltung und immer mit einem leicht missmutigen Zug um den Mund macht sie es einem wahrlich schwer, freundlich zu ihr zu sein. Schon früh hat sie sich ihrer besonderen Begabung, den Naturwissenschaften, zugewandt. Auf diesem Gebiet kann keines von uns Geschwistern mit ihr gleichziehen. „Mesdames et Messieurs", hob sie an, „der heutige Tag birgt eine großartige Überraschung. Gestern wurde ein neuer Komet entdeckt und dieser soll heute auch am Himmel über Wien erscheinen. Wenn wir uns nun bald auf den Rückweg machen, dann möchte ich Sie bitten, dem Himmel Ihre Beachtung zu schenken und nach dem Kometen Ausschau zu halten. Er soll etwa gegen sieben Uhr zu sehen sein."

Aber ich konnte ihren Ausführungen gar nicht folgen. Wenn Maman es so will, dann muss ich wohl doch wieder zu Prinz Albert in den Schlitten steigen, ging es mir en permanence durch den Kopf.

Ein begeistertes Raunen erfüllte den Raum, und der Herr neben mir versetzte mir einen überschwänglichen Rempler, als er seine Hände in die Luft riss. Marianna, erfreut und stolz, dass man ihr Aufmerksamkeit schenkte, strahlte in die Runde. Sie sah in diesem Moment seit Langem wieder fröhlich aus, was wohl auch ihrem Begleiter aufgefallen war, der sie sogleich in ein angeregtes Gespräch verwickelte.

Kurz streifte mein Blick Prinz Albert, der sich gerade mit Fürst Schwarzenberg unterhielt. Ich nahm mir ein weiteres Tässchen Punsch und machte mich auf die Suche nach einem wirklich angenehmen Gesprächspartner.

Da näherte sich mir schon Fürst Kaunitz. Ich beobachtete den kleinen drahtigen Mann, wie er durch die Menge auf mich zukam, und registrierte die neidischen Blicke einiger Herren. Der kauzige Fürst ist als Staatskanzler der engste Berater meiner Mutter. Seine Ideen und Vorschläge empfindet der Staatsrat oftmals als anmaßend und unangebracht. Ich aber bewundere ihn gerade wegen dieser moderner Ideen und der Gabe, über die konventionellen Grenzen hinaus zu denken. Zudem ist er ein kluger und viel belesener Mann, dessen Witz mich schon auf einigen langweiligen Gesellschaften gerettet hat.

Doch heute nahm er mir mit einem gutmütigen Lächeln den Punsch aus der Hand: „Man trinkt, um zu leben, und lebt nicht, um zu trinken, Erzherzogin." Ich erkannte sofort das leicht abgewandelte Zitat von Molière aus dem Werk „Der Geizhals", und natürlich hatte er Recht. Mir war ja schon ganz warm vom Punsch, und es dauerte nicht lange, und wir unterhielten uns angeregt über das kürzlich am Hof aufgeführte Stück Molières „Le Misanthrope ou l'atrabilaire amoureux – der Menschenfeind", als hinter mir eine leidige, aber wohlbekannte tiefe Stimme ertönte: „Ah, Molière, das lest Ihr demnach, wenn Ihr nicht gerade in die Zeitung vertieft seid?"

Mit versteinerter Miene drehte ich mich um. Mir schwindelte vom Punsch, als ich zu ihm aufsah. Warum ist er nur so groß? „Oh, Prinz Albert", säuselte ich und neigte ganz leicht meinen Kopf, „Ihr werdet Wenzel Anton Fürst Kaunitz sicher schon vorgestellt worden sein."

Die beiden verbeugten sich, und der Fürst erwiderte: „Ihre Königliche Hoheit, die Erzherzogin Maria Christina ist immer wieder eine interessante Gesprächspartnerin, sei es über Literatur oder Musik. Da Ihr selbst ein Kenner Molières zu sein scheint, mögt Ihr Euch vielleicht unserer kleinen Debatte über den ‚Menschenfeind' anschließen?" Dankbar lächelte ich den Fürsten an, denn ich war davon überzeugt, dass hinter dem blasierten Grinsen des Prinzen kein Molière-Kenner stecken konnte.

„Sehr gern, ich durfte erst neulich einer sehr gelungenen Aufführung beiwohnen. Wie das Stück es vorgibt, stellte man die Hauptfigur Alceste als den Menschenfeind par excellence dar. Gleichzeitig arbeitete man aber auch die Freundschaft und Liebe heraus, die ihm trotz seines schrecklichen Benehmens, zum Beispiel von Philippe, entgegengebracht werden. Dies entspricht ganz meiner eigenen Einschätzung des Stückes. Meiner Meinung nach ist Alceste eine tragische Figur, denn er bemerkt dies leider nicht."

Missbilligend schüttelte ich den Kopf: „Für Euch ist Alceste eine tragische Figur? Alceste behandelt alle Menschen abscheulich und könnte sich doch zu jedem Zeitpunkt anders verhalten. Er möchte also gar nicht geliebt werden! Er hasst alle Menschen! Wie könnte man so einen Menschen lieben? Mon Dieu, dies ist eine Meinung, die doch, Ihr entschuldigt, Fürst Kaunitz, nicht gerade von Molière- oder gar Menschenkenntnis zeugt." – Doch Kaunitz kam nicht zu Wort.

„Wirklich?" Herausfordernd betrachtete der Prinz mich von der Seite. „Ich behaupte doch nur, dass dort, wo man hasst, einem manchmal dennoch Liebe entgegengebracht werden kann. Ich gebe Euch Recht", fuhr er fort, „Alceste ist erfüllt von Abscheu gegen die Menschen, aber macht ihn das nicht auch blind? Ist es nicht ein noch viel größerer Fehler, und gleichzeitig ein uns allzu vertrauter menschlicher Zug, Liebe oder Freundschaft, die man uns entgegenbringt, nicht zu bemerken?"

Seine blauen Augen funkelten nun, und Fürst Kaunitz hatten wir längst vergessen. Ich weiß nicht mehr, ob es eine Sekunde oder eine Stunde war, die wir uns ansahen, oder ob es am Punsch lag: Es fiel mir auf einmal sehr schwer, einen klaren Gedanken zu fassen.

Doch dann riss ich mich zusammen und starrte kämpferisch zurück: „Et qui n'a pas le don de cacher ce qu'il pense doit faire en ce pays fort peu de résidence. –Wer nicht die Gabe hat, seine Gedanken zu verstecken, hat hierzulande sehr wenig zu suchen. Das ist auch von Molière", erwiderte ich, drehte mich um und ließ ihn stehen.

Noch immer grübelnd ließ ich mich wenig später ankleiden und trat danach, wie ich Maman versprochen hatte, mit dem Prinzen auf den Vorplatz, um mich ihm dort jedoch gleich wieder zu entziehen und bis zur Rückfahrt in den Kreis meiner Freundinnen zu fliehen. Oftmals langweilt mich ihr belangloses Geschnattere, aber heute beschäftigte ich mich nur zu gerne mit dem neuesten Hofklatsch. Während sie über die Spielschulden der Fürstin von Auersperg tratschten, wanderten meine Gedanken immer wieder zu der Unterhaltung mit dem Prinzen zurück. Was hatte dieses seltsame Molière-Gespräch nur zu bedeuten? Hatte er mit Alceste auf mich angespielt? Wie sollte ich das verstehen? War ich blind? Und sollte das bedeuten, er hatte seine Meinung geändert?

Auf dem Nachhauseweg hatte man Fackeln an unsere Schlitten gesteckt. Der Schnee glitzerte in ihrem Licht und die kleinen Pappmachéfiguren, die vorne an unserem Schlitten befestigt waren, hüpften bei jeder Bewegung auf und ab. Der Prinz hatte mir galant das Schlittentürl aufgehalten, aber kein Wort mehr an mich gerichtet.

Ich lehnte mich zurück und betrachtete die tanzenden Sterne. Wie ein Lampion hing der Mond über uns und beleuchtete die Schlittenkolonne mit seinem wohlwollenden Licht. Die Trompeter und Musikanten waren schon zurück in der Hofburg, sodass man nur das leise Schellen der Glöckchen hören konnte. Die Augen wurden mir schwer …

„Da!“, entfuhr es mir plötzlich. „Der Komet!“

Prinz Albert hielt den Schlitten an und blickte zusammen mit mir nach oben. Wie eine funkelnde Kugel, die ein Heer von Diamenten nach sich zog, rauschte der Komet glänzend durch den dunkelblauen Nachthimmel. Die Diamanten funkelten mal stärker, mal schwächer und schließlich verblassten sie fast ganz.

Als man das Glitzern nur noch erahnen konnte, war mir, als ob etwas kurz über meine Hand gestrichen hätte. Albert hielt jedoch schon wieder die Zügel in der Hand und schnalzte mit der Zunge.

Dieser Punsch hat mir wirklich die Sinne verwirrt …

Der fünfzehnte April 1760

Es ist spät abends, und ich sitze wieder bei Kerzenschein an meinem Schreibtisch.

Seit Wochen reiht sich ein ereignisloser Tag an den nächsten. Die Wintermonate mit ihren Vergnügungen im Schnee liegen bereits hinter uns, doch der Frühling will sein buntes Gewand noch nicht über das triste und vom Krieg gegen Preußen geplagte Wien breiten. Und so lasse ich tagein, tagaus die langen Unterrichtsstunden über mich ergehen, übe mich in der Kunst der Gouache-Malerei oder an der Sonate in F-Dur, die Herr Wagenseil uns Schülerinnen gewidmet hat. Und ich lese die Berichte im Wienerischen Diarium, um mich über das Tagesgeschehen außerhalb unserer Hofmauern zu informieren und von der Tristesse innerhalb abzulenken.

Heute Früh versuchte ich gerade, mich in folgende Nachricht zu vertiefen:

Bericht aus Dresden vom 23. März 1760

Wie man nach den Bewegungen sowohl des Preussen als auch unserer Regimenter urtheilen kann, so scheinen für den heurigen Feldzuge nun die wichtigsten Sachen auf dem Tapet zu seyn. In der hiesigen Gegend und Stadt sieht es Tag und Nacht immer kriegerischer aus. Den Verlust, welchen die Preussen am 17. diesen Monats zu Zeitz im Südsächsischen erlitten haben, muß ganz Sachsen theuer bezahlen. Alle Menschlichkeit und Barmherzigkeit scheinet verbannet zu seyn aus den Thaten des Feindes.

Die sächsischen Unterthanen werden bis aufs äusserste belastet. Dem gethanen Versprechen des Preussenkönigs entgegen wird ihnen nicht einmal Saamen und Brödtung gelassen, übrig bleibet ihnen fortan nichts als der Bettelstab.

Der vertriebene sächsische Churfürst und Pohlnische König August III. schrieb empört nach Wien über Plünderung, Raub und mannigfaltige schwere Vergewaltigung seines Landes. Auf Befehl des preussischen Königs Friedrich II. würden die Sachsen ihres Landes beraubet, ihre Waldungen niedergehauen und somit das ganze Land in eine Wüstenei verwandelt.

So herrscht in den sächsischen Landen die größte Empörung, nicht nur beim Volke, sondern auch schon im preussischen Heere: Die höchstschädliche Unzufriedenheit der Officiers wie auch der Gemeinen wegen dieses so grausamen Krieges ist eine allgemeine und es scheinet, daß alle Leute von welchem Stand, Alter und Geschlecht sie seyn mögen, in dieser Sach sich einig –

„Was liest du da?“ Eine patschige Kinderhand drückte energisch meine Zeitung nach unten und neugierig guckte mich Maria Antonia an.

„Jetzt hast du das Ende des Artikels abgerissen! Musst du denn immer so ungestüm sein, kleine Madame Antoine?“, entgegnete ich in meiner schlechten Laune.

Ein hochroter Kopf und die grauperten Haare ließen darauf schließen, dass sie wieder auf der Flucht vor ihrer Aja war.

„Was willst du denn hier? Es ist acht in der Früh, und du bist schon wieder strawanzen, deine Perücke hast du auch verloren und nun störst du mich beim Zeitungslesen!“

„Pah, die Perücke kratzt, und die Gräfin plagt mich sans arrêt“, erwiderte der kleine Quälgeist. Schmollend schob sie die Unterlippe nach vorne und stampfte mit dem Fuß auf. „Jeden Tag um halb sechs aufstehen und beten! Der Joseph hat erzählt, nicht einmal die Bürgerskinder müssen so früh aufstehen!“, ereiferte sie sich.

Ich musste schmunzeln. Die kleine Maria Antonia mit ihren vier Jahren hat es jetzt schon faustdick hinter den Ohren. Sie will zwar immer zu uns „Großen“ gehören, doch offensichtlich macht es ihr schwer zu schaffen, auch den Regeln für die „Großen“ zu folgen.

„Du weißt doch, was Maman immer sagt“, entgegnete ich in gespielt schulmeisterlichem Tonfall und legte die Zeitung beiseite. „Wenn eine Familie des Morgens früh aufsteht, so mache den Schluss, dass das Haus sehr wohl regiert wird.“

„Patati, patata“, erwiderte sie schnippisch und kletterte ungelenk auf meinen Schoß. „Ich mag lieber ausschlafen.“

Ich ächzte kurz auf, weil sie mir die Schnürbrust in die Rippen stieß und drehte sie so, dass sie seitlich auf meinem Schoß saß und ich ihr ins Gesicht sehen konnte. „Solltest du nicht gerade Unterricht haben?“, fragte sie herausfordernd, als witterte sie in mir eine Komplizin ihrer Unartigkeit.

„Herr Wagenseil ist malade. Deshalb habe ich keinen Musikunterricht und darf, im Gegensatz zu dir, hier sitzen und Zeitung lesen. Aber bald muss ich zur Malstunde. Wie wär's, wenn du dem Joseph einen Besuch abstattest? Der kann dir bestimmt noch mehr Geschichten über die Bürgerskinder erzählen.“

„Von ihm komm' ich doch grad. Er hat gesagt, ich soll lieber dich sekkieren gehen. Weil er nämlich so wichtig ist.“ Das „wichtig“ äffte sie mit gespitzten Lippen in Josephs nasalem Tonfall nach. Ihr Blick fiel wieder auf die Zeitung und sie griff danach. „Jetzt bitte erzähl, Mimi. Was steht da?“

Ich seufzte, in dem Wissen, dass sie eh keine Ruhe geben würde: „Ein Bericht über den Krieg.“

Nun schien ihre Wissbegier nur noch mehr angestachelt zu sein. Maman hat nämlich die strenge Anweisung erteilt, dass vor unseren kleinen Geschwistern alles, was den Krieg betrifft, so gut wie möglich verborgen bleiben sollte. Doch Antonia setzte jetzt mit dem untrüglichen Gespür eines Kindes für Verbotenes alles daran, mehr zu erfahren: „Was steht da über den Krieg?“

In wenigen Sätzen versuchte ich, ihr den Inhalt des Artikels wiederzugeben.

„Die Preußen sind die Bösen, gell?“, dachte sie angestrengt nach.

„Sozusagen.“

„Und Krieg gibt es“, sie legte konzentriert die Stirn in Falten, „weil der Preußenfriedrich der Maman Schle…, Schle…“

„Schlesien“, half ich ihr weiter.

„… Schlesien weggenommen hat. Und die Maman, die will Schlesien jetzt wieder zurückräubern.“

Erheitert ob dieser eigenwilligen Wortwahl wies ich sie darauf hin, dass Schlesien uns rechtmäßig gehöre und Maman es daher kaum „zurückräubere“.

Sie schielte noch einmal auf den Artikel und meinte dann: „Aber dieses andere Land, um das es da geht …“

„Sachsen.“

„Was macht der König von Preußen da? Und warum behandelt er die Sachser …“

„Die Sachsen“, korrigierte ich, was sie überging.

„Warum karniefelt er die Sachser so?“

„Der Preußenfriedrich wollte die Sachsen überreden, dass sie auf seiner Seite kämpfen. August III. von Sachsen-Polen ist aber mit der Maman verbündet und wollte sich nicht überreden lassen. Da hat der Friedrich Sachsen überfallen, den König vertrieben und jetzt – “

„Jetzt räubert er es aus“, schloss sie, zufrieden, die Sachlage so gut verstanden zu haben. Gleich darauf fuhr sie fort: „Dieser Mann, wegen dem dich Maman auf der Schlittenfahrt geschimpft hat, ist der ein Sachser?“

„Ja, aber wie kommst du darauf?“

„Der redet so seltsam, so ganz anders als wir! Ist der Mann hier, weil er kein Zuhause mehr hat?“

„Nein, er ist hier, weil er mit dem österreichischen Heer gegen die Preußen kämpfen will“, erwiderte ich knapp. Ich war momentan wirklich nicht dazu aufgelegt, über Albert zu sprechen.

Sie musste meinen Stimmungswandel gespürt haben und fragte nicht weiter.

Kurz darauf klopfte es, und die füllige Gräfin Brandis trat herein, schwer atmend und ebenfalls mit geröteten Wangen. Antonia sprang von meinem Schoß und wollte sich hinterm Vorhang verstecken, doch die Gräfin hatte sie schon entdeckt.

„Mon Dieu, Hoheit!", rief sie verärgert und stemmte die Hände gegen ihre ausladenden Hüften. „Sie kommen jetzt sofort her. Hätte mir Erzherzog Joseph nicht gesagt, dass die Erzherzogin Maria Christina wieder einmal Ihrem schlechten Benehmen Unterschlupf gewährt", dabei blickte sie mich strafend an, „dann hätte ich wohl noch den ganzen Tag nach Ihnen gesucht! Und wo ist überhaupt Ihre Perücke?"

Ich öffnete kurz den Mund, um mich zu verteidigen, schloss ihn aber sogleich wieder. Joseph wieder einmal mit seinen Verleumdungen!

Die Gräfin bückte sich ächzend, um die Kleine, die sich mittlerweile auf den Boden geworfen hatte, wieder auf die Beine zu stellen. Das Madamchen brach in hysterisches Schluchzen aus. Gräfin Brandis zeigte sich jedoch unbeeindruckt und schaffte es schließlich, meine Schwester aus dem Raum zu zerren.

Ich war froh über die wieder gewonnene Ruhe und blickte aus dem Fenster in den trüben Himmel. Sein tristes Grau schien sämtliche Farben zu verschlucken, als wolle es das Nahen des Frühlings nicht wahrhaben. Dieses Wetter machte mich ganz dumpf. Ich dachte an die Soldaten an der Front, die den heurigen Feldzug in dieser Nässe und Kälte beginnen mussten, und wandte mich wieder der Zeitung zu. Dort stand jedoch nichts mehr von Interesse, nur ein Bericht über die kaiserlichen Aktivitäten während der Fastenzeit und Osterfeiertage. Maman versucht stets, ihren Untertanen über Zeitungsberichte zu vermitteln, wie wichtig es ist, ein gottgefälliger Katholik zu sein. Und die Kaiserfamilie muss das Volk mit ihrem guten Beispiel im Glauben bestärken. Die Fastenzeit halten wir streng ein – ich muss aber zugeben, dass mir die Fastensuppe gegen Ende immer recht fad wird. Und dieses Jahr war es besonders schlimm! Auf das Osterfest habe ich mich deshalb nicht nur gefreut, weil die sechs Stunden lange Osternacht mit ihrer herrlichen Luzernar, bei der nach und nach die Kirche mit Kerzenlicht ausgestrahlt wird, mir der liebste Gottesdienst im Jahr ist, sondern weil es endlich wieder eine öffentliche Tafel mit vielen köstlichen Speisen gab.

Nach der langen Fastenzeit und dem Osterfest rückt nun der Mai und damit mein achtzehnter Geburtstag immer näher. Endlich! Ich werde einen eigenen Hofstaat erhalten, eigene Appartements und nicht mehr ständig von kleinen oder größeren Geschwistern geplagt. Hoffe ich! Heute Nachmittag werden mir meine Freundinnen Leopoldine und Eleonore von Oettingen-Spielberg beim Aussuchen einer passenden Tapete helfen – ein Lichtblick in dieser öden Zeit. Jeder Sessel, jedes Polster und jede Tapete, die ich aus der prachtvollen Menge an bunten Seiden-, Chiffon- und Brokatmustern auswähle, bringt mich meinem eigenen Reich ein Stück näher. Am liebsten würde ich ja alles in „Flieder" halten. Der Hoflieferant erwähnte bei seinem letzten Antritt, diese Farbe sei in Frankreich momentan très chic! Dann hätte ich das ganze Jahr über das Gefühl, den Duft des Flieders und den Frühling um mich zu haben. Und die Wände sollen am besten über und über mit der Malerei von Joseph Roos geschmückt sein. Ich liebe seine Gemälde im Schönbrunner Schloss! Aber mal schauen, was Maman dazu meint …

Wenn nur die Tage nicht so langsam vergehen würden! Doch eigentlich ist das auch gut so, denn Mamans Geburtstagsgeschenk muss noch fertig werden. Dieses Jahr habe ich mich dazu entschlossen, ihr ein Selbstportrait zu malen, und das weist noch erhebliche Mängel auf. Es soll mich in holländischer Manier im weißen Spitzenkleid, mit Haube, Arbeitsschürze und einem kleinen Spinnrad auf dem Schoß zeigen. Ich habe schon viele Skizzen dafür angefertigt, aber Maestro Grassi meint, sie seien noch zu plump und grob. Vor allem die eigenen Gesichtszüge naturgetreu wiederzugeben, ist verteufelt schwer. Die hohen Wangenknochen, die sanft geschwungene Nase, das runde Kinn und die schmalen roten Lippen. Gar nicht so leicht! Meine etwas zu groß geratenen Ohren verstecke ich aber lieber unter der Haube. Auch das Blau meiner Augen habe ich mit meinen Malfarben noch nicht richtig mischen können.

Eh bien, Übung macht den Meister!

Der zweiundzwanzigste April 1760

Ich finde ja, der Beichtstuhl in der Hofburgkapelle sieht aus wie ein Schrank. Er ist fürwahr ein geschlossenes hölzernes, immerhin mit kunstvollem Schnitzwerk verziertes Monstrum. Ich glaube, dieser Gedanke kommt mir auch deshalb, weil ich mich früher, wenn ich etwas angestellt hatte und von schlechtem Gewissen geplagt war, in einem der Kleiderschränke versteckt habe. Es war so dunkel und still dort zwischen den Kleidern, nur das Geräusch meines eigenen Atems war zu hören und das aufgeregte Schlagen meines Herzens – immer in Erwartung, dass Gräfin Vasquez jeden Augenblick die Türe aufmachen und mich scheltend aus meinem Geheimversteck ziehen würde. Sie hat das nie getan, hat immer so lange gewartet, bis meine Beine anfingen zu kribbeln, mir langweilig wurde, die Luft zum Atmen zu stickig und ich freiwillig wieder ins Zimmer zurückkam, wo sie mich so lange mit Nichtbeachtung strafte, bis ich mich verzagt und einsilbig bei ihr entschuldigte. Die Schuldgefühle von damals erlebe ich heute immer dann wieder, wenn ich zur Beichte gehen soll. Aber es gibt einen entscheidenden Unterschied: Der Kleiderschrank war ein Ort, an dem ich mich geborgen fühlte und an dem ich mein Fehlverhalten manchmal sogar eingesehen und bereut habe. Der Beichtschrank jedoch ist ein Ort, den ich nur widerwillig betrete, und das Gemeinste ist doch, dass ich mir dort Woche für Woche Sünden ausdenken und bereuen soll, die ich gar nicht begangen habe. Doch was bleibt mir anderes übrig. Denn es ist nun einmal so: Wie am Mittwoch großer Waschtag ist, am Freitag Fischtag, am Samstag Brieftag, so ist am Dienstag eben Beichttag. Und heute ist Dienstag. Heute ist Beichttag und trotzdem verstehe ich nicht, warum ich mich ständig in diesen Schrank setzen soll! Aber besser höre ich auf, so lästerliche Gedanken aufzuschreiben, sonst habe ich später noch mehr zu beichten.

Im Augenblick sind noch die Herren Brüder in der Kapelle. Ich stelle mir vor, wie sie ihren Sünden nach aufgereiht in der Bank sitzen. Die Hände schwitzend, die Beine unruhig, die Perücken juckend. Warum sollte es ihnen besser ergehen als uns Mädchen! Denn auch ich merke, wie sich der feine Flaum auf meinen Unterarmen aufstellt, wenn ich daran denke, dass ich gleich meine allergeheimsten Gedanken dort in dieser kalten Kapelle offenbaren soll. Ist es nicht ebenso gut, sie hier in diesem Büchlein festzuhalten? Wenn Gott tatsächlich „in das große, gute Herz der Madame Mimi blicken kann, und zwar directement", wie es Papa immer ausdrückt, so dürfte das doch möglich sein.

Ich will einfach nicht. Ich weiß nicht, was das für einen Sinn haben soll. Und ich weiß, das darf ich nicht denken und nicht schreiben. Auch die Vasquez meint, nur wenn ich meine sündhaften Gedanken vor dem Pater ausspreche, also vor Gott bringe und mit Gebeten ableiste, so wird mir vergeben werden. Ein Tagebucheintrag, so vermutet sie, nutze da wenig. Wozu hat mir Maman dann das Buch geschenkt? Bei ihr werde ich das Ganze bei Gelegenheit einmal ansprechen – vielleicht auch nicht. Ich kann mir eigentlich schon vorstellen, wie sie vor ihrem Schreibtisch steht, sich beide Hände in den Rücken stemmt, genau dort, wo ihre etwas schwer auszumachende Taille endet und der Rock beginnt, sich nach hinten lehnt und den Rücken streckt, sich dehnt, so weit es eben geht. Oft macht sie solch kleine Leibesübungen, während sie nachdenkt oder sich mit mir unterhält. „Nur zu, Mimi. Nur zu. Das tut auch dir gut." Manchmal wundere ich mich schon über Maman! Wie kommt sie darauf, dass ich mich freiwillig solch groteskem Geturne hingeben würde. Solch körperliche Ertüchtigung, die angeblich ihren Geist in Ordnung bringt, versetzt mich und meine Frisur nur in größte Unordnung. Aber ich kenne doch meine Maman und bin mir gewiss, dass sie das nur macht, um den strengen van Swieten zufriedenzustellen. Der hält nämlich gar nichts von ihrer Auffassung, dass ein großer Geist eben eines großen Körpers bedürfe.

Obwohl er selbst auch nicht gerade ein schlanker Adonis ist. Wenn er nicht aufpasst, bekommt er zu seinem Stiernacken selbst bald ein prächtiges Doppelkinn! Aber so etwas scheint ihn nur bei seinen Patienten zu stören. Maman schätzt ihn sehr – nicht nur als Arzt. Er ist auch einer ihrer wichtigsten Berater, manche sagen sogar, noch einflussreicher als Fürst Kaunitz. Sein Deutsch hat einen lustigen niederländischen Akzent, denn von dort stammt er ursprünglich, und seine Perücke sieht immer viel zu winzig aus für seinen massigen Kopf. Aber seine wachen kleinen Augen unter den buschigen Brauen zeigen, dass man sich von seiner körperlichen Behäbigkeit nicht täuschen lassen darf. Ich glaube ja, er weiß genau, dass Maman ihre Pralinees und Bonbons immer erst kurz vor seinem Eintreten in der Lade ihres Schreibtisches verschwinden lässt, bevor sie für ihn ihr kleines Turnschauspiel beginnt.

Ach, was bin ich heute nur so unkonzentriert, meine Gedanken flattern von hier nach dort, aber ich möchte den Gedanken noch zu Ende spinnen: Maman würde mich anschauen und in zweifelndem Tonfall sagen: „Soso, du möchtest also Tagebuch schreiben statt zur Beichte zu gehen und das war angeblich auch noch meine Idee?" Und sobald sie dies aussprechen würde, würde mir auffallen, dass das weder ihre noch eine gute Idee gewesen war.

Wenn ich es mir recht überlege, ist das mal wieder eine große Ungerechtigkeit! Maman ist manchmal wirklich zu streng. Es gibt sicherlich kein Mädchen in Wien, das so oft, wegen so nichtiger Anlässe beichten muss!

Nun gut, ich muss mich wohl korrigieren. Ich habe mich eben bei Gräfin Vasquez über mein Schicksal beschwert und auch darüber, dass Maman mich in den letzten Tagen nur selten empfängt. Die Gräfin hat mir daraufhin erklärt, dass selbst gewöhnliche Bürgermädchen einmal in der Woche zur Beichte müssen. So oft wie ich. Und dann hat sie noch erzählt, dass in diesen Tagen die Hausvorsteher in ganz Wien im Auftrag Mamans die Osterbeichtzettel kontrollieren. Sie will also nicht nur wissen, ob ihre Kinder, sondern auch ob alle Bewohner der Stadt ihre religiöse Osterpflicht getan haben. Und wie ich sie kenne, überprüft Maman jeden einzelnen Zettel noch einmal höchstpersönlich! Mich wundert jetzt nicht mehr, dass sie so wenig Zeit für mich hat.

Doch nun aber auf! Gräfin Vasquez steht bereits ungeduldig im Türrahmen und verkündet, dass wir Damen uns auf den Weg in die Hofburgkapelle machen sollen. Zwei Minuten gibt sie mir noch Zeit, meinen Eintrag zu beenden, aber höchstens! Also gut, ich komme!

Später am Tage

So, nun habe ich es hinter mir!

Die Kapelle ist ja nicht weit, nur die Treppe hinunter und ein kleines Stück über den inneren Burghof. Die Temperatur dort ist zu allen Jahreszeiten unangenehm kühl. Nur die Kerzen, die bei jedem Windhauch aufgeregt flackern, geben ein wenig Wärme ab. Bei der Messe, wenn die Kapelle voller Menschen ist und ich dicht gedrängt neben Gräfin Vasquez sitze, fällt mir die Kälte nicht so sehr auf, aber in den Minuten, bevor Elisabeth den Vorhang beiseite schiebt, den Beichtstuhl verlässt und ich an der Reihe bin, fühle ich mich meist unwohl und klamm.

Antonia konnte heute vor ihrer Beichte wieder einmal nicht still sitzen, sie ist auch wirklich noch zu klein und ich bin mir nie sicher, ob sie dem Pater ihre noch kleineren Kindersünden beichtet oder aber von ihren Puppen erzählt. Bei den Kleinen dauert das Procedere glücklicherweise nie sehr lange – was können diese jungen Seelen schon büßen – außer wenn Antonia während der Beichte einschläft und wir erst nach einiger Zeit dahinterkommen. Ich habe festgestellt: Je größer die Schwester, umso länger dauert ihre Beichte.

Für das Betreten des Beichtstuhls gibt es eine strenge Reihenfolge, die mit der Jüngsten, also mit Antonia, beginnt, dann folgen Carolina, Josepha, Johanna, Amalia, Liesl, meine Wenigkeit und es endet mit der Ältesten, was innerlich und äußerlich unzweifelhaft Marianna ist. Liesl ist folglich vor mir dran. Damit das Warten nicht so langweilig ist, hat sie sich etwas Neues einfallen lassen. Denn sie hat es sich zur Aufgabe gemacht, für Ordnung zu sorgen und uns der Größe und dem Alter nach zu ordnen, bis wir von klein bis groß in der Kirchenbank sitzen. Auf diese Weise können wir nacheinander, in der vorgesehenen Reihenfolge die Bank verlassen, ohne dass ein Tumult ausbricht und ohne dass es

Tränen gibt, weil Irgendeine auf das Kleid einer Anderen gestiegen ist. Doch mit jedem Beichtdienstag wird es schwieriger, die Ordnung einzuhalten. Denn zu Elisabeths Leidwesen wachsen plötzlich alle durcheinander: Johanna ist größer und doch viel jünger als Amalia, Josepha und Carolina sind gar gleich groß. Wie sieht das denn aus! Und als ich einmal gewagt hatte, eine etwas höhere Perücke zu tragen und somit Marianna um eine Handbreit überragte, fiel Elisabeth schluchzend Marianna in die Arme, die sichtlich ennuiert war!

„Uns sieht doch hier niemand", versuchte ich sie zu beruhigen.

Woraufhin sich Elisabeth und ihrem Beispiel folgend auch Johanna und Josepha die Hände vor den Mund schlugen und Elisabeth schließlich die Augen zum Gewölbe der Kapelle erhob, mit dem Zeigefinger nach oben deutete und mir mit leiser, demütiger Stimme mitteilte: „ER sieht uns."

Sie ist eine altkluge, eingebildete Gans und ich hoffe, dass ER auch das sieht …

Wenn sie bloß etwas weniger auf Äußerlichkeiten und mehr auf ihr Gerede geben würde.

Heute etwa gefiel sie sich wieder besonders in der Rolle der reuigen Sünderin und hat sich große Mühe mit der dafür notwendigen Kostümierung gegeben. Denn die wöchentliche Beichte nimmt sie auch zum Anlass, sich alle zwei Monate einen schwarzen spitzenbesetzten Schleier aus Mailand schicken zu lassen. Und sie verbringt mehr Zeit mit dem Anbringen und Drapieren desselben, als mit den Gedanken an ihre sündhafte Selbstsucht. Typiquement! Dabei hätte sie doch allen Grund dazu: Ihre Eitelkeit gehört immerhin zu den wirklich schlimmen Lastern, oder etwa nicht?

Da saß ich also in der Kirchenbank vor dem Beichtstuhl und wartete. Und ich wusste mal wieder nicht, was ich Pater Lechner erzählen sollte, was mir ganz schön Magenschmerzen bereitete. Als mir Liesl vor ein paar Tagen die Spitze ihres Sonnenschirms in die Seite gestoßen hat – angeblich aus Versehen – da ist mir womöglich ein kleines „Himmi Sakra" herausgeschlüpft, fiel es mir nach langem Überlegen ein. Und unmäßig war ich, das steht fest. Schließlich hatte ich nach der langen Fastenzeit einiges nachzuholen. Und unpünktlich war ich auch, wobei ich mir eigentlich gar nicht sicher bin, ob das überhaupt eine Sünde ist. Gottes Namen habe ich auch nicht immer in Ehren gehalten. Ich sage durchaus oft „Oh Gott!", aber ich glaube, dies lässt sich in den seltensten Fällen als Lobpreisung des Herren bezeichnen. Wobei, Maman sagt auch ab und an „Oh Gott!". Das legte ich mir als Verteidigung zurecht, verwarf es dann aber schnell wieder. Pater Lechner musste ja schließlich nicht alles wissen. Und wie ich schon erwähnt habe: das ist ohnehin mein Vorhaben, denn ich schreibe ja jetzt in mein Buch und was darin steht, wird der Pater ganz gewiss nicht erfahren!

Als endlich, endlich meine Zeit gekommen war – nicht, dass ich mich so auf das Beichten gefreut hätte, aber meine Hände waren schon ganz starr vor Kälte, und ich kann mein schlichtes Kirchenkleid wirklich nicht leiden – ging ich dem Unvermeidlichen entgegen. Meine Schritte hallten auf dem Steinboden.

Nur Marianna wartete nun noch in der Kirchenbank. Wie immer war sie schweigsam, zugleich etwas mürrisch und in sich gekehrt. Dennoch glaube ich nicht, dass sie in solchen Augenblicken betet. Ich glaube vielmehr, dass sie einen kleinen Himmelsatlas oder eine andere derartige Spielerei in ihrem Gebetsbuch versteckt hält und sich „bildet". Marianna läuft ja seit Jahr und Tag mit einer Büßermiene herum, ihre Beichte dauert nie sehr lange, und sie ist meist schon vor mir fertig mit den ihr aufgetragenen Ablassgebeten.

Nachdem sich meine Augen an das Dämmerlicht im Inneren des Beichtstuhls gewöhnt hatten, konnte ich den Pater deutlich durch das geflochtene Gitter, das uns trennte, wahrnehmen. Ich glaube ja immer, dass er gar nicht weiß, dass man sein Gesicht sehr wohl erkennt, obwohl er im Dunklen sitzt. Aber ich habe gute Augen! Er hatte die seinen geschlossen und den Kopf nach vorne gebeugt. Es sah aus, als ob er schlafen würde.

Pater Lechner wirkt immer so zufrieden. Ich wundere mich, warum. Vielleicht liegt es aber nur an seiner Haltung. Stets trägt er seinen üppigen Bauch nach vorn gestreckt, die kleinen Hände mit den kurzen runden Fingern davor gefaltet. Er hat eine sehr rosige Haut, fast so wie ein Wickelkind, und seine Wangen leuchteten auch heute wieder in einem tiefen Karmesinrot. Sie hatten dieselbe Farbe wie der schwere Vorhang, der den Beichtenden vor neugierigen Blicken schützen soll und dessen Samt ganz vollgesogen ist mit Weihrauch und Schuldbekenntnissen.

Ich rutschte unruhig auf meinen Knien herum. Der kleine Schemel aus dunklem Holz, auf dem ich kniete, ist unzweifelhaft das unbequemste Möbel, das in ganz Wien zu finden ist. Ich wollte die Zeit darauf nicht unnötig verlängern und so begann ich zu sprechen. Nun, es war eher ein Fragen:

„Pater?" Ich erhielt keine Antwort.

„Pater? Soll ich beginnen?" Und wieder nichts.

Ich habe nicht selten das Gefühl, dass auch der Pater mit seinen Gedanken nicht in der Kapelle, sondern eher bei einem Stück Braten ist. Ich kann ihm das nicht übel nehmen, bin ich doch nur eine von acht sündigen Erzherzoginnen, die jeden Dienstag auf ihn warten. Heute wollte ich ihm also eine Freude machen und öffnete ohne Aufforderung mein Herz: „Ich habe vor Gott folgende Sünden begangen: Ich bin im heiligen Gebet zerstreut gewesen und habe heilige Namen leichtsinnig ausgesprochen. Ich habe gelogen und über andere kränkend geredet. Ich bin zornig gewesen und habe Elisabeth am Haar und Mamans Hund beim Schwanz gezogen. Es tut mir von Herzen leid, dass ich Gott beleidigt habe. Ich will mich ernstlich bessern."

Die Antwort des Paters kam überraschenderweise umgehend, er war wohl doch nicht eingenickt: „Ich spreche dich los durch das Verdienst unseres Herrn Jesu Christi wegen der Reue des Herzens, des Mundes Bekenntnis, der Genugtuung deiner Werke und der Fürsprache der Heiligen. So spreche ich dich los von deinen Sünden, im Namen des Vaters und des Sohnes und des Heiligen Geistes."

Nun war ich wieder an der Reihe und beendete die Beichte mit einem flammenden: „Amen."

Damit war mir auch heute wieder die Absolution erteilt worden, und der Pater entließ mich, damit ich meine vier auferlegten Vater Unser und drei Ave Maria beten konnte. Na, das ging schneller als erwartet, und die Zahl der Gebete war noch acceptable.

Pater Lechner gab mir auch einen Beichtzettel. Schon wieder einen Erzengel Gabriel! Von der Sorte habe ich schon so viele. Ich werde dem Pater bei Zeiten einige neue Motive vorschlagen. Der Zettel ist die Bestätigung der Beichte, und ich darf nicht vergessen, ihn später noch Maman vorzuzeigen. Ich weiß noch, wie Leopold einmal versucht hat, sich vor der Beichte zu drücken. Seine Idee war zugegebenermaßen ganz gut. Er ließ sich bei unserem Beichtvater als krank und bettlägrig entschuldigen und zeigte Maman abends frech den Beichtzettel mit dem immer gleichen Gabriel. Inzwischen hatte ihr der Pater längst erzählt, wer nicht erschienen war. So bekam Leopold nicht nur eine kaiserliche Ohrfeige, sondern hatte gleich noch eine Sünde mehr zu beichten.

Ich kann mich auch noch gut an die Zeiten erinnern, in denen wir Mädchen gemeinsam mit den Brüdern zur Beichte gegangen sind. Wir sollten den linken Beichtplatz nehmen, die Buben den rechten. Nicht gleichzeitig natürlich! Immer abwechselnd. Das ist so lange gut gegangen, bis Joseph und Leopold herausgefunden haben, dass Gott eben doch nicht alles sieht, vor allem da unsere Ajas und Ajos meist vor der Kapelle warteten. So zerrten meine

Brüder uns daraufhin an den Perücken, bis unser lautes Geschrei Pater Franz, unseren damaligen Beichtvater, so erzürnte, dass er uns aus dem Beichtstuhl heraus zur Ruhe mahnte.

Ach, und dann war da noch die Geschichte mit dem Beichtgeheimnis. Es ist Josephs Verdienst, dass mir der Glauben daran für alle Zeit genommen wurde! Und das geschah folgendermaßen und vor etwa zwei Jahren: Ich hatte damals einen Einfall, wie ich die dienstägliche Prozedur etwas abkürzen könnte, denn es war ein herrlicher Tag gewesen und die Gräfin hatte mir eine kleine Kutschfahrt versprochen. Und so konnte ich es nicht erwarten, die Beichte hinter mich zu bringen. Deshalb sagte ich etwas, das ich nie zuvor – und aus gutem Grund auch nie wieder danach – einem Pater gegenüber so sagte: „Meine letzte Beichte war vor sieben Tagen, seither habe ich nicht gesündigt. Mein Herz ist rein. Amen." Denn warum hätte ich lügen sollen? Ich war in der vergangenen Woche tatsächlich so tugendhaft gewesen wie selten.

„Das ist alles, was die Erzherzogin vor Gott bringen möchte?"

„Ja."

„Keine kleine Lüge ist ihr über die Lippen gekommen? Es gab keinen Zank zwischen den Geschwistern? Keinen Kummer, den sie ihren Eltern oder ihren Lehrern zugefügt hat?"

Hmm, wenn er es so genau wissen wollte, dann würde mir möglicherweise noch eine klitzekleine Sünde einfallen, aber ich wollte keine Einschränkung mehr machen. Also fügte ich etwas hastig ein „Ja, ja, ja. Ich meine nein, nein, nein" hinzu. Pater Franz hatte – Gott sei es gedankt, wie ich da nur sagen kann – keine Lust mehr, weiter nachzuforschen und entließ mich.

„Das ging aber schnell heute." Gräfin Vasquez empfing mich vor der Kirchentür und zog kaum wahrnehmbar die linke Augenbraue nach oben.

„Ich habe doch gesagt, dass ich brav war", gab ich etwas schnippisch zurück und freute mich über die entgangenen Bußgebete und auf den bevorstehenden Kutschausflug.

Als ich mich später an jenem Tage müde und glücklich zum Abendbrot setzte, das wir Kinder in dieser Zeit immer ohne Maman und Papa einnahmen, wartete Joseph an der Tür des Speisezimmers auf mich. Er verbeugte sich und hielt mir die Flügeltüre auf. Ungläubig sah ich ihn an. Zumindest solange, bis ich an ihm vorüber war und er mir hinterherrief: „Ich bin die kleine Marie Christine und mein Herz ist rein. Mein Herz ist rein. Mein Herz ist rein. Amen!"

Als ich das Zimmer betrat, riefen mir auch Antonia und Carolina „Mein Herz ist rein. Mein Herz ist rein" im Chor entgegen und lachten mich vergnügt an. Den beiden Kleinen konnte ich nicht böse sein, sie plapperten einfach alles nach. Aber woher wusste Joseph, was ich zu Pater Franz gesagt hatte? Das Blut schoss mir in die Wangen, ich wusste nicht, was ich antworten sollte und so rannte ich auf der Stelle aus dem Zimmer. Maman war mein Ziel. Es war mir egal gewesen, ob ich sie störte oder in einer wichtigen Angelegenheit unterbrach, denn auch mein Anliegen war dringlich. Pater Franz hatte sich ganz offenbar einen Scherz mit mir erlaubt und das ihm Anvertraute unmittelbar an Joseph weitergegeben. Wie, wo und warum überhaupt dieses Treffen zwischen dem ehrwürdigen Pater und dem damals erst fünfzehnjährigen Joseph stattgefunden haben sollte, darüber dachte ich nicht allzuviel nach. Ich wollte mich bei Maman beschweren, und mein Vertrauen zu Pater Franz war perdu, darin war ich mir ganz sicher! Wie hätte es anders sein können?

Maman hörte mich ruhig an, bestellte gleich auch Joseph zu sich und dann mussten wir beide ihre Fragen über uns ergehen lassen. Wie sich herausstellte, hatte Joseph mich belauscht, den Pater traf keine Schuld, doch mein Misstrauen war gesät.

Seit diesem Tag gehen wir getrennt in die Kapelle und haben unterschiedliche Beichtväter. Auch wenn ich froh bin, dass uns Mädchen nun der gutmütige Pater Lechner zugewiesen ist, ist der Dienstag der Tag in der Woche geblieben, den ich am wenigsten mag. Und selbst heute noch schiebe ich während der Beichte ab und an den schweren Samtvorhang zur Seite, um zu sehen, ob ich ungestört bin. Dabei erzähle ich nichts Spektakuläres. Nur das, was erwartet wird. Also in etwa: „Ja, ich habe geflucht, aber nur dreimal! Ja, ich habe Vater und Mutter nicht geehrt. Ja, ich hatte unkeusche Gedanken.“ Ich habe schnell herausgefunden, dass Pater Lechner sehr zufrieden ist, wenn ich auf all seine Fragen mit „Ja“ antworte und Dinge zugebe, mit denen ich gar nichts anfangen kann. Das geschieht vor allem dann, wenn ich keine Lust habe, mir etwas auszudenken oder die Wahrheit zu sagen oder viel Wichtigeres zu überdenken habe. Zur Strafe für meine Trägheit fällt meine Buße dann immer sehr umfangreich aus, und gewöhnlich bin ich die Letzte, die in der Kapelle sitzt und noch mindestens sieben Ave Maria zu beten hat. Und unter dem strengen Blick der Heiligenfiguren und in der weihrauchschweren Luft wage ich es nie, beim Beten auch nur eine Zeile zu überspringen.

Der siebenundzwanzigste April 1760 –
Monsieur Pierres Blumenreigen

Welch ein Sinnesrausch!
Noch immer tanzen mir die zahllosen Farben und Muster vor Augen, noch immer meine ich das Gleiten der edlen Stoffe über meine Haut zu fühlen. Und der Duft von Magnolien wird wohl noch lange in meiner Nase hängen. Ich bin so müde, als hätte ich einen stundenlangen Spaziergang hinter mir, dabei habe ich fast den ganzen Tag nur in den Gemächern meiner Eltern in der Hofburg zugebracht. Gleichzeitig fühle ich mich aber auch so aufgedreht, dass ich sicher noch lange nicht schlafen kann. Also schreibe ich auf, was heute alles passiert ist: Das Schlafzimmer

meiner Mutter – eigentlich ein Ort der Ruhe – hat sich heute Vormittag in ein wahres Tollhaus verwandelt. Viel hatte es dazu nicht gebraucht – eine gelangweilte Geschwisterhorde mit einer entschlossenen Anführerin an der Spitze und einem erklärten Ziel: Couture!

Zuerst war es nur eine von Liesls Spinnereien gewesen. Aus dem französischen Modejournal Mercure Galant, der einzigen Lektüre, mit der sie sich überhaupt beschäftigt, hatte sie erfahren, dass sich der französische dieu de la couture aus seinen erhabenen Sphären für einige Tage in die Niederungen der Wienerischen „Kulturödnis" begeben würde. Tagelang lag sie Maman und ihrer gesamten Umgebung damit in den Ohren. Maman zeigte sich anfangs unnachgiebig, aber nach einigen geseufzten „Jessas Maria und Joseph" lenkte sie schließlich ein: „Er soll kommen. Schließlich braucht Mimi noch ein Kleid für ihren achtzehnten Geburtstag. Und die anderen sollen sich auch je eines aussuchen. Nur eines! Dein Schneider –"

„Maman, er ist ein Couturier!"

„– soll an einem Sonntag kommen. Aber aus dem Bett erheben werde ich mich für ihn nicht. Was bei meinen Audienzen genügt, das muss auch für einen Franzosen reichen, selbst einen göttlichen."

Papa in die Flucht zu schlagen, war das Werk eines Augenblicks. Angesichts Elisabeths Waffen – Schleifchen, Rüschen und Chiffon – konnte er gar nicht schnell genug den Rückzug in sein Refugium an der Wallnerstraße antreten.

Und so hatten wir Schwestern uns alle bei Maman versammelt und auf die Ankunft des Schneiders gewartet. Diese war genau so verlaufen, wie ich es erwartet hatte. Zusammen mit seinen Helferinnen war er in großer Montur, mit übervollen Kisten und Beuteln, mit Spiegeln und Treppchen, in Mamans Schlafzimmer eingezogen. Ich hatte anfangs ein wenig abseits von den anderen an der Kante von Mamans Bett gesessen. Aber in Sicherheit war ich auch dort nicht vor meinen übermütigen Geschwistern. Pieks. Und noch einmal.

„Autsch, Antonia, was machst du da?"

„Dich pieksen und karniefeln." Meine kleine Schwester kicherte perlend und krabbelte flux über Mamans Bauch auf die andere Seite des Bettes, eine spitze Nadel in der Hand.

Der nächste Schmerzensschrei kam vom kleinen Ferdl: „Autsch, Toni, tu es bête, ich seh' nix! Geh' runter von meinen Haxen." Doch Antonia ließ sich auf ihrem Verwüstungszug durchs kaiserliche Bett nicht stören. Weder durch Mamans Ächzen noch durch den Protest Ferdinands, der in Mamans Arm lag, und auch nicht durch die zahlreichen Pralinees, die aus den Schachteln und über die rubinrote Samtbettdecke purzelten.

„Cela suffit maintenant, Antonia, Schluss jetzt." Maman versuchte, ein Machtwort zu sprechen. Leider gelang ihr das nicht, weil die kleine Madame Antoine jetzt versuchte, ihr einen Champagnertrüffel in den Mund zu stopfen. Antonia gluckste und drückte Maman vergnügt einen klebrigen Kuss auf die Wange. Ich musste lachen. Dem Charme unserer jüngsten Schwester war wirklich niemand gewachsen!

„Hatschi!" Das war der kleine Ferdinand neben mir. Ich konnte es ihm nicht verdenken. Unser Schneider, pardon, Liesl, ich wollte natürlich schreiben, unser Couturier, roch, als hätte man einen Zuber Magnolienöl über ihm ausgegossen! Seine winzigen schwarzen Samtschühchen waren mit großen Edelsteinen verziert. Nicht zu vergessen natürlich der seltsame Hut, den zwei Pfauenfedern zierten. Am merkwürdigsten aber war sein Gesicht: Über seinen karmesinrot geschminkten Lippen prangte ein kunstvoll gezwirbelter schwarzer Schnurrbart, der je nach Gemütszustand des Trägers mehr oder weniger zitterte. Er hatte bereits den gesamten Raum mit Beschlag belegt und bewegte sich darin so ungezwungen wie in seiner Nähstube. Neben einigen bereits fertig gestellten Kleidern führte er uns hauptsächlich Stoffe vor und demonstrierte anhand von Skizzen, zu welchen Schnitten man sie verarbeiten könnte.

Ab und zu kommentierten Maman und ich über den kleinen Ferdl hinweg flüsternd die Szenerie. Es war ein bisschen wie in einer Theaterloge. Mamans Himmelbett erweckt aber auch genau dieses Gefühl! Es ist riesig, ganz mit rubinrotem Samt überzogen und so dicht mit Goldstickereien durchwirkt, dass man die einzelnen Ornamente gar nicht mehr en détail ausmachen kann.

Der gesamte Parkettboden vor uns war übersät mit bunten Hut-, Schuh- und Kleiderschachteln, Kleiderskizzen und Modejournalen, einigen Geschwistern und den beiden überforderten Gehilfinnen des Couturiers. Das Zentrum der Aufmerksamkeit stellte jedoch Elisabeth dar, die inmitten des Durcheinanders seit geschlagenen zwei Stunden auf einem Trepperl stand und sich von einer grazilen Pose in die nächste warf. Um sie herum tänzelte das Schneiderlein, dessen verzückte Ausrufe immer neue, schwindelerregende Höhen erklommen.

„Mimi, ich glaube, bald hat er das hohe ‚C' erreicht. Vielleicht möchte er sein Métier wechseln und unserer Oper als Countertenor beitreten?"

„Bonne idée, Maman, und seine erste Oper nennen wir: Habsburgs Ruin."

Maman schmunzelte amüsiert. „Als Sänger käme er uns wahrlich um einiges billiger denn als Schneiderlein. Welche Rolle wird unsere Liesl spielen?"

Ich musste kichern. „Na sich selbst. Ein wenig abgemildert natürlich, sonst halten die Zuschauer das Stück womöglich für überzogen."

Wir versteckten unser Grinsen hinter vorgehaltener Hand. Marianna bedachte unser Getuschel von ihrem Platz am Fenster aus mit argwöhnischen Blicken. War ich gemein? Nun, ein bisschen Spott hatte Elisabeth wohl verdient! Sie benahm sich in Gegenwart dieses lächerlichen Schneiders noch mehr wie eine gefallsüchtige Gans als sonst. Vom ersten Moment an hatte sie ihn umschwärmt. Natürlich war Monsieur Le Couturier sofort begeistert von meiner schönen Schwester gewesen. Ein hingerissenes „belle, ah, belle comme une fleur de lys“ und schon war der Rest von uns Luft für ihn. Kann eben nicht jede wie eine Lilie aussehen!

„Oh! Mais non! Oh, Monsieur! Oh, c'est incroyable!“ Neuerliche Verzückungsrufe von Liesl. Der Schneider zog etwas Türkises aus einer weiteren Schachtel.

„Oh, c'est magnifique! Wundervoll!“, hauchte Elisabeth.

Monsieur Pierre gönnte sich ein selbstzufriedenes Lächeln. „Une robe à la française. Spitalfields Silk. Die erlesenste Seide überhaupt. Und wie geschaffen für die gertenschlanke Figur der Erz'erzogin. Vous voyez? Die braunen Schleifchen am Décolleté bringen Eure elfenbeinerne Haut hervorragend zur Geltung. Und dieses neckische, kleine Wachsblumensträußchen, das zwischen ihnen befestigt ist, es ist so rot wie Eurer Majestät Lippen!“

Elisabeth spitzte affektiert ihre Lippen und klimperte mit den Wimpern. Dann fiel ihr wohl auf, wie albern das aussah, und sie hob kokett ihren Fächer bis zur Nase und säuselte: „Nicht doch Pierre! Er übertreibt!“ Sie wedelte einige Male heftig, tat so, als müsse sie sich überwinden. Einen Moment später: „Maman, ich muss es einfach anprobieren!“

Ein kollektiver Seufzer von meinen Geschwistern und mir. Aber Pierre pfiff schon seine Gehilfinnen herbei, und zusammen halfen sie Elisabeth in das Kleid. Über eine Chemise aus feinem Baumwollbatist, die ihr bis zum Knie reichte, schnürten sie sie in die Schnürbrust ein, fester und fester, bis es fast so aussah, als könnte man ihre Taille mit beiden Händen umfassen. Beneidenswert! Selbst wenn Maman und die Gräfin Vasquez sich gewöhnlich nur lobend über meine Figur äußerten, Elisabeths Zartheit besitze ich doch nicht. Auch Marianna schaute immer wieder mit einem neiderfüllten Gesichtsausdruck zu Liesl hinüber.

Zuerst wurde Elisabeth die Hüftrolle umgebunden, darüber kamen zwei poches, seitliche Stoffausbuchtungen, in denen man hervorragend während des Tanzens seinen Fächer verbergen kann. Zusammen mit den Reifröcken waren sie für die querovale Form des Kleides verantwortlich. Mit äußerster Sorgfalt rückte der Franzose alles zurecht, nun noch ein Unterrock aus feiner Klöppelspitze, damit man den Reifrock nicht durchsah, dann endlich die jupe, der zum Kleid gehörige Rock. Passend zu den Schleifchen war er braun.

Elisabeth bekam Bedenken: „Aber Pierre, dieses Braun, es ist so, nun ja, so – braun."

„Welch eine pointierte Beobachtung." Meine halblaut gemurmelte Bemerkung veranlasste bei Maman ein breites Schmunzeln. Bei Liesl leider nicht, die mich ebenfalls gehört hatte.

Erbost funkelte sie mich an: „Nun, den meisten hier bleibt es gewiss erspart, sich über die Farbdetails dieses Kleides Gedanken zu machen. Wozu auch? Sie würden es ohnehin sprengen." Mit einem zuckersüßen Lächeln wandte sie sich wieder dem Franzosen zu: „Er muss wissen, die Gräfin von Auersperg trug kürzlich ebenfalls eine türkisfarbene Robe à la française, allerdings mit einem roséfarbenen Unterrock. Dieses Braun hingegen, also ich weiß nicht."

Doch Monsieur Pierre wedelte mit den Händen, als wolle er diesen Einwand wie eine lästige Fliege verscheuchen. „Patati, patata. Rosé?" Er verdrehte theatralisch die Augen zur Decke, als wäre das absolut undenkbar. „Rosé! Nun, Hoheit, isch weiß nischt, woher Eure Fürstin Auer'ahn ihre Kleider bezieht, aber rosé? Rosé ist ridicule! Läscherlisch! Braun ist das neue rosé. Maikäferbraunes Moiré, ein Traum!" Vor lauter Erregung zitterte sein Schnurrbart ganz bedenklich. „Mais altesse, wenn Ihr lieber nischt dieselbe Farbe tragen mögt wie gestern die Pompadour und heute bereits ganz Frankreisch, dann, d'accord, nehmen wir rosé." Er kräuselte angewidert die Lippen.

„Die Pompadour?", rief Elisabeth. „Non, Pierre, so war das nicht gemeint, ziehe Er mir sofort das Kleid fertig an! Wer ist schon die Auersperg im Vergleich zur Pompadour?"

Endlich war sie angekleidet. Ich kam nicht umhin, sie zu bewundern. Die türkise Contouche über der jupe war mit braunen Schleifchen in unterschiedlichen Größen übersät, aus ihren Ärmeln quoll französische Tüllstickereispitze, wieder im distinguierten Maikäferbraun, wodurch Liesls Handgelenke noch zarter und blasser wirkten.

„Maman, sieh nur, wenn ich meinen lieben Chablais" – jetzt ist er schon ihr lieber Chablais – „das nächste Mal sehe, er wird entzückt sein. Meinst du nicht auch?" Und neckisch hob sie ihren Rock ein bisschen, sodass kurz ihr Knöchel darunter zu sehen war.

„Vor allem meine ich, dass du bald in das einsamste Kloster eintreten wirst, das ich finden kann, solltest du diese obszöne Geste noch einmal wiederholen! Es ist traurig, so wenig Vernunft mitanzusehen. Ich erlasse hier Keuschheitsgesetze, und vor meinen Augen leisten die Koketterien meiner eigenen Töchter der Liederlichkeit Vorschub! Den Knöchel zu zeigen! Unerhört!"

„Dabei ist es so ein 'übscher Knöschel." Nun bedachte Maman auch das Schneiderlein mit einem bösen Blick. Geschah den beiden eitlen Pfauen recht! Maman fuhr fort: „Überhaupt scheint mir dieses Kleid allzu extravagant. Die Schleifchen, die grellen Farben, das steht einer Tochter Österreichs nicht an. Ich war stets der Meinung, man solle einer Mode nur maßvoll nacheifern. Je schlichter ein Schmuck, desto besser bringt er die wirklichen und echten Reize einer Frau zur Geltung."

„Ich stimme dir zu, Maman." Endlich konnte Marianna vom Fenster aus auch einen Kommentar abgeben. „Völlig übertrieben!"

Der Schnurrbart unseres Herrn Couturier fing vor Empörung an zu erbeben. „Übertrieben? Übertrieben! Incroyable, welsch' eine Ignoranz, unfassbar! Das ist nischt übertrieben! Das“, er zwinkerte zweimal konsterniert, „ist Versailles!“ Er straffte seine Weste und reichte Elisabeth schließlich mit großer Geste ein türkises Handtäschchen. „Voilà! Das Tüpfelschen auf dem ‚i‘. Eine ’andtasche im Stil der Pompadour.“

Bevor sie aber Elisabeth nehmen konnte, hatte die vorwitzige Antonia sie ihm aus der Hand gerissen. Geziert trippelte sie durchs Zimmer und versuchte, Elisabeth nachzuahmen. „Maman, wenn ich groß bin, will ich auch so ein Kleid! Aber die Pompadour-Handtasche, die will ich schon jetzt.“

Pierre war entzückt. „La petite Madame hat einen ausgezeischneten Geschmack! Wenn isch es mir rescht überlege, können wir alle reizenden Erz’erzoginnen im Stil der Pompadour neu einkleiden. Es wird ein bisschen savoir vivre an diesen ’of bringen.“

Nun wurde es Maman zu bunt: „Merci, Monsieur, aber ich habe bereits genug Pompadour in meiner Politik, da brauche ich sie nicht auch noch in den Kleiderkammern meiner Töchter. Und setze Er vor allem Elisabeth nicht solche Flausen in den Kopf. Rüschen, Täschchen, Schleifen, Federn – alles nichtiger Putz, der unserem Herrgott keinen Sand in die Augen zu streuen vermag! Am Charakter muss der Mensch arbeiten, nicht an seiner Garderobe!“

Marianna pflichtete ihr in ihrer spröden Art bei: „Wie überaus wahr! Ich möchte sogar behaupten, dass allzu viel modische Passion auf einen sehr schlichten Verstand hindeutet. An dieser Stelle kommt mir ein Aphorismus Lichtenbergs in den Sinn: Der gewöhnliche Kopf ist immer der herrschenden Meinung und der herrschenden Mode konform.“ Sie blickte um Zustimmung heischend in die Runde. Liesl streckte ihr die Zunge heraus. Antonia tat es ihr nach.

Diese Schwestern! Manchmal weiß ich wirklich nicht, was mir mehr zuwider war: Die demonstrative Gelehrtheit der einen oder die Oberflächlichkeit der anderen.

Liesl war jedenfalls nicht um einen spitzen Kommentar verlegen: „Aber teure Schwester, die Herren jedenfalls ziehen meinen ‚gewöhnlichen Kopf' deinem siebengescheiten offenbar vor. Wenn ich da an meinen lieben Chablais denke …"

„Liesl, das reicht!", wies Maman sie scharf zurecht.

Die einsetzende Missstimmung wurde durch die Ankündigung von Joseph und Karl unterbrochen, die gekommen waren, um Maman zur Erörterung einer diplomatischen Angelegenheit ins Arbeitszimmer zu geleiten.

Kaum hatte Joseph Elisabeth auf dem Trepperl erblickt, da deklamierte er schon in bewegtem Tonfall: „Bruder, beuge dein Haupt, denn vor uns steht die Königin der Maikäfernation. Das letzte überlebende Exemplar. Sicherlich kann uns Marianna bei der wissenschaftlichen Klassifizierung helfen."

Diese antwortete spitz: „Aber, aber, das sieht doch ein Blinder, wir haben hier ein besonders schillerndes Exemplar aus der Gattung der Scarabeae Vanae, der Eitelkeitskäfer."

„Meinst du, Marianna? Schillern tun Mistkäfer ja auch." Joseph zog die Stirn in Falten und tat so, als würde er überlegen. Schließlich meinte er: „Womöglich haben wir es hier mit einer besonders seltenen Art zu tun. Das liegt wohl an ihrer hohen Sterberate. Tod aufgrund von übermäßiger Selbsthypnose im Spiegel. Darüber vergessen sie alles andere, Nahrungsaufnahme und vor allem geistreiche Konversation. Bonjour, Mutter! Was sagst du zu deiner Käfertochter?"

Maman ließ sich aus dem Bett und in den Morgenmantel helfen und drohte ihrem Erstgeborenen halb belustigt, halb ernst mit dem Zeigefinger: „Diese spitze Zunge wird dich eines Tages noch um deinen letzten Freund bringen, mein Sohn!"

Elisabeth hatte klugerweise beschlossen, ihre Geschwister zu ignorieren. Sie wusste, dass sie gegen Josephs beißende Ironie nicht ankam. Stattdessen verkündete sie: „Maman, dieses Kleid will ich. Dieses und kein anderes."

Joseph fuhr sie missbilligend an: „Mit einem solchen Kleid könnte man zwei ganze Dorfschulen finanzieren, Nahrung für das Heer kaufen oder unsere Chausseen ausbessern. Aber nein, das Prinzesschen ist wichtiger als das Wohl Österreichs."

„Wie kannst du nur so reden! Weißt du nicht, wer ebenfalls solch eine wunderbare Robe à la française besitzt?" Joseph sah Elisabeth desinteressiert an.

„Die Pompadour!"

Joseph schnalzte verächtlich die Zunge: „So? Damit sind natürlich alle Gegenargumente ausgeräumt. Wirklich, Sœurette, musst du dir gerade eine bürgerliche Mätresse zum Vorbild nehmen?"

„Aber andererseits verbirgt sich dahinter auch eine gewisse Konsequenz, nicht wahr?" Irritierte Blicke richteten sich auf Marianna. „Na, unsere Liesl kokettiert doch stets mit Personen niederer Geburt, vorzugsweise männlichen Geschlechts. Seien es nun tumbe Stallburschen oder schmucke Offiziere. Nun hat sie sich eben die Pompadour als Idol auserkoren. Wir sollten uns glücklich schätzen: Schließlich hätte es auch eine Magd sein können." Diesmal war Marianna gehörig über das Ziel hinausgeschossen! Verständlich, dass sie wegen Liesls Bemerkung zuvor wütend war. Trotzdem, bei all ihrer Klugheit hatte sie anders als Joseph doch nie gelernt, die Grenze zwischen gefälliger Ironie und verletzendem Sarkasmus zu erkennen.

Die Stimmung im Raum war an einem explosiven Punkt angelangt: Pierre hatte sich schon gleich zu Beginn der Streitereien diskret an den Tisch seiner Gehilfinnen zurückgezogen. Liesl bekam vor Wut rote Flecken auf ihren Wangen und sah aus, als würde sie Marianna jeden Moment an die Gurgel gehen. Um Josephs Lippen spielte ein amüsiertes Lächeln. Natürlich, für ihn scheinen wir alle nur zu seiner persönlichen Belustigung zu existieren! Der liebe Karl fühlte sich offensichtlich in der ganzen Situation besonders unbehaglich und verwickelte schnell Liesl in ein Gespräch.

Ich hatte das Glück, in dem Moment Josephs Bosheit, die sonst meistens mir gilt, zu entgehen. Er schien mich gar nicht bemerkt zu haben. Doch ich gab mir auch alle Mühe, möglichst unsichtbar zu sein und mir die wahnwitzige Szenerie ganz exakt und besonders bildhaft einzuprägen, um sie später – also jetzt – en détail schriftlich wiedergeben zu können.

Dann sah Maman doch zu mir hinüber: „Chérie, nun bist du an der Reihe." Und zu Liesl: „Liesl, um meines und deines Seelenfriedens willen, du bekommst das Kleid!" Maman ist wirklich bewundernswert. Immer wieder schafft sie es, mit Leichtigkeit und Ruhe die Geschwister zu bändigen.

Liesl stieß einen Freudenschrei aus, bugsierte sich und ihr Kleid durch das ganze Zimmer und fiel Maman in die Arme: „Tausend Dank, Maman!" Und im nächsten Atemzug: „Oh, Pralinees!" Und schon hatte sie sich zwei davon in den Mund gesteckt.

Maman, die sich schon zum Gehen gewandt hatte, drehte sich noch einmal um: „Ma fille, denk' an deine schlechten Zähne. Du sollst dich doch beim Schokoladengenuss zurückhalten."

„Aber Antonia und Mimi schlagen sich doch auch damit den Bauch voll", erwiderte Liesl unbekümmert.

„Stimmt nicht, ich ess' viel lieber Kuchen!", krähte die kleine Madame Antoine. Maman schüttelte den Kopf und verließ endgültig mit Karl und Joseph das Gemach.

War ich erleichtert! Bei dieser leidigen Anprobe brauchte ich nicht auch noch schadenfrohes Bruder-Publikum. Der Couturier, seine Entourage und die Schwestern reichten mir schon.

Monsieur Pierre sah nicht gerade begeistert aus, von seiner Maikäferkönigin ablassen zu müssen. Aber dann trat er doch zu mir und säuselte: „Auf, auf, 'oheit. Isch 'abe eine wundervolle idée für Euren Geburtstag."

Nachdem ich das Trepperl erklommen hatte, war meine anfängliche Nervosität im Nu verschwunden. Bald häufte sich neben mir ein Stapel an unterschiedlichen Stoffen und Mustern. Alles, was man heranbrachte, begutachtete ich genau. Ich genoss es, die feinen Stoffe durch meine Finger gleiten zu lassen, fliederfarbene Seide aus Spitalfield, glänzendes schilfgrünes Moiré, edle champagnerfarbene Atlasseide, schimmernden dunkelroten Brokat, feinste französische Tüllstickereispitze, prächtigen königsblauen Satin und die erlesensten Pelze von Nerz und Ozelot. Bei den raffinierten Mustern gingen selbst mir fast die Augen über: Auf weißer Seide aufgemalte Blütenranken in kräftigen Gelb-, Grün-, Orange- und Rottönen. Aufgedruckte Pfauen, deren glänzendes Gefieder aus nachtblauen, bronzefarbenen und dunkelgrünen Pailletten bestand.

Monsieur Pierre brachte alles fast schneller herbei, als ich es anschauen konnte, Längsstreifen, Querstreifen, Rüschen, Häubchen in den unterschiedlichsten Ausführungen und Größen, je kleiner, desto frivoler. Das Neueste waren Taschenuhren als schmückendes Beiwerk, elfenbeingeschnitzte Medaillons, die an gerüschten Kropfbändern befestigt waren, in Perlmutt eingelegte Silberknöpfe und gefärbte Straußenfedern. Ich hätte nicht erwartet, mich dafür so begeistern zu können!

Nach einiger Zeit kehrte Maman wieder zurück – zum Glück allein – und betrachtete mich liebevoll. Fast hatte ich mich schon für einen eher schlichten, eierschalenfarbenen Brokat für die jupe entschieden und darüber ein tiefblaues, spitzengesäumtes Mantelkleid, eine Contouche aus Moiré. Maman gefiel sie ebenfalls außerordentlich gut, das Blau passe so gut zu meinen Augen, meinte sie.

Da fiel mir plötzlich Antonia auf, die vor einer halb geöffneten Schachtel in einer Ecke kauerte und völlig von einem Stück Stoff gefangen war. Ich sah einen elfenbeinernen Schimmer verwoben mit zarten Violetttönen. „Antonia, zeig' mir doch den Stoff einmal, den du da hast." Gehorsam brachte sie ihn mir. Er war exquisit. Der Grund bestand aus Atlasseide und war über und über bedeckt mit den zartesten Fantasieblüten in hellen und dunklen Fliedertönen. Zwischen ihnen waren silberne Schmetterlinge aufgestickt, die im Spiel des Lichts von Blume zu Blume zu fliegen schienen, die Fühler mit Amethysten besetzt.

„Warum hat Er mir diesen Stoff nicht sofort gezeigt?"

Pierre blickte zunächst skeptisch vom Stoff zu mir – vermutlich wollte er ihn nicht an mich vergeuden – doch dann änderte er anscheinend seine Meinung. Mit fliegendem Stift begann er, ein Kleid zu skizzieren. Ein schöner Ausschnitt, tief, aber nicht zu tief. Keinen Stecker, wie er normalerweise über der Schnürbrust sitzt und mit Schleifchen oder Ähnlichem verziert ist, sondern schlichte, runde „Knöpfe?", fragte ich entgeistert. „Das ist aber nicht besonders à la mode, oder?"

„Was à la mode ist, bestimme isch! In einigen Monaten wird Europa sisch um diesen Schnitt reißen! Knöpfe aus Elfenbein, Amethyst und Silber. Dieser Stoff ist ein Traum, versteht Ihr? Aber zu viele Rüschen oder Schleifen überladen ihn und zerstören seinen Zauber. Außerdem, je weniger Tand, desto schmaler wirken Schulter und Taille. Keine Stufen. Nur nischt zu viel. Knöpfe – isch bin ein Genie!"

„Und dazu wirst du mein Perlencollier tragen." Maman lächelte mich an.

„Oh Merci, Maman!", strahlte ich sie an.

Sie beugte sich vor und flüsterte verschwörerisch: „Das blaue Kleid von vorhin wirst du aber ebenfalls bekommen. Für den Geburtstagsempfang vor dem Ball. Aber behalt' es für dich, mein Herz."

Ich beugte mich von meinem Trepperl hinunter und küsste sie freudig auf die Wange. Dann dachte ich an Elisabeth, die wahrscheinlich ihre rechte Hand für ein zweites Kleid gegeben hätte, und bekam ein schlechtes Gewissen: „Maman, eigentlich bin ich mit meinem Zauberstoff schon zufrieden, ich glaube, ich möchte das andere Kleid gar nicht."

„Widersprich deiner Mutter nicht, Mimi."

Ich knickste ergeben. Nun, immerhin hatte ich es versucht. Außerdem, zwei wundervolle Kleider sind besser als eins. Während Pierre die restlichen Maße nahm und Maman sich wieder meinen jüngeren Geschwistern zuwandte, trat Liesl heran und sagte in unschuldigem Tonfall: „Monsieur Pierre hat uns noch gar nicht verraten, welcher Blumenart du in seinen Augen gleichst, liebe Schwester."

„Mir kommt als erstes eine Distel in den Sinn." Marianna kam hinzu. Woraufhin Elisabeth entgegnete: „Oh, ich dachte da eher an einen Kaktus." Und ich hätte beide am liebsten ordentlich mit den mir zugedachten Stacheln gestochen. „Ihr seid abscheulich, alle beide."

Elisabeth zwitscherte: „Fragen wir doch den Meister. Was meint Er, Monsieur Le Couturier? Gewiss keine Lilie wie ich, nicht wahr, Monsieur?"

Ich fauchte: „Hoffentlich nicht. Schließlich stinkst du allein schon genug für zwei – vor Selbstverliebtheit!"

Pierre trat einen Schritt zurück und stützte affektiert seinen Zeigefinger seitlich am Kinn ab. „Non, eine fleur de lys ist sie nischt. Zu breite Schultern, der ganze Körper eine Nuance zu kraftvoll: Etwa 'ier, die 'ände: Kurze Nägel. Kräftige Finger. Die 'aut ein wenig rau."

Das hatte Maman gehört, und wie immer ertrug sie es nicht, mich in der Kritik zu sehen. „Nun, unsere Elisabeth ist zweifelsohne eine Kokette der Schönheit. Aber im Gegensatz zu ihr pflegt Mimi auch noch andere Aktivitäten, als mit einer Schar von Bewunderern im Schlepptau von Spiegel zu Spiegel zu ziehen. Sie musiziert, malt, reitet, schreibt. Hinterließe dies keine Spuren an ihr, man müsste ihren Eifer dabei stark in Zweifel ziehen." Dankbar blinzelte ich ihr zu.

„Oh, isch wollte damit nicht sagen, dass die Erz'erzogin Maria Christina nicht liebreizend sei. Keineswegs!", beeilte sich Pierre zu versichern. „Die kornblumenblauen Augen und vor allem dieses distinguierte Kinn!“

Liesl sah äußerst mürrisch drein.

Aber nun wollte ich es doch wissen: „Nun sage Er schon, Pierre, welche Blume bin ich?“

„Aimable, eine Margerite“, verkündete er endlich.

Nach mir kamen Maria Amalia – „adorable, eine Rose“, Maria Josepha – „douce, ein Veilchen“, Maria Antonia – „mignonne, ein Buschwindröschen“, Maria Carolina „gracieuse – eine Tulpe“ an die Reihe und wurden ausstaffiert.

Als letzte in Monsieur Pierres Blumenreigen folgte Marianna, die derartige Inszenierungen verabscheute. Wie bei den anderen wollte der Schneider ihre Maße nehmen und mit ihr einen passenden Stoff und Schnitt aussuchen. Auf einmal stutzte er irritiert. „Mais c’est bizarre, das ist merkwürdig.“ Dabei starrte er auf Mariannas Rücken. Ich biss mir auf die Unterlippe. Hatte ihn etwa niemand zuvor über Mariannas Buckel aufgeklärt? Man durfte ihn unter keinen Umständen vor ihr erwähnen!

Nun rief er seine Gehilfinnen herbei, und sie tuschelten. Marianna zog ihr Schultertuch fester um sich und blickte starr und verbittert geradeaus. Sie tat mir furchtbar leid. Aber Pierre sah das offensichtlich als Herausforderung. In Windeseile zeichnete er einige Entwürfe und zeigte sie Marianna. Zögerlich deutete sie schließlich auf einen. Hinterher besah ich mir den Entwurf. Er zeigte ein äußerst raffiniert geschnittenes Schultertuch, das Mariannas körperliche Verunstaltung zwar nicht verschwinden ließ, aber sehr geschickt kaschierte. In einem kurzzeitigen Anflug von Feingefühl bezeichnete Pierre Marianna schließlich als rare, eine Orchidee.

Der elfte May 1760

Gibt es einen Ausdruck, der das Zusammenwirken von Perplexité, peinlicher Berührtheit und dem Gefühl grenzenloser Naivität beschreibt? Ich kenne keinen und kann deshalb meine derzeitige Gefühlslage nur unzureichend beschreiben. Und warum? Das Ganze hängt mit Maman zusammen.

Maman ist wie ein Caméléon, dieses echsenartige Tier, für das Marianna seit einiger Zeit schwärmt und das sich farblich jederzeit seiner Umgebung anpassen kann. Nicht, dass sie es jemals nötig hätte, sich anzupassen. So meine ich das nicht. Aber sie ist imstande, sich in Sekundenschnelle von einer unnachgiebigen Kriegsherrin in eine liebevolle Mutter zu verwandeln. Genau genommen ist sie das Eine nie ganz ohne das Andere. Es kommt darauf an, welche façon gerade gefragt ist und welche hinter der anderen etwas zurückstehen muss. Als mütterliche Kaiserin regiert sie Österreich mit einer entschlossenen Hand, als kaiserliche Mutter ist Maman froh, wenn sie sich kurz zurücklehnen und an ihren Kindern erfreuen kann. Deshalb ist es zur Selbstverständlichkeit geworden, dass sie ihre Staatsgeschäfte für einen Moment ruhen lässt, sobald ich ihr Arbeitszimmer betrete, und dass ihre Aufmerksamkeit dann für ein paar Minuten ganz mir gehört. Zumindest war das bis gestern so.

Nicht den geringsten Gedanken daran verschwendend, dass ich vermutlich den politischen Arbeitsfluss stören würde, rannte ich über die inoffiziellen, verborgenen Gänge der Hofburg zu Mamans Arbeitszimmer. Ich war in Gedanken nur bei unserem bevorstehenden gemeinsamen Geburtstag, der übermorgen gefeiert werden soll, und wollte noch einige Kleinigkeiten mit ihr besprechen. Ich war schon sehr aufgeregt. Mit dem Kopf voller Ideen eilte ich also bis vor die Tür, die in dem Arbeitszimmer ganz in der Tapete verborgen und nur mit einem konzentrierten Blick auf die Wand sichtbar ist. Kurz davor blieb ich stehen und legte die Hand zögernd auf den Türgriff. Von drinnen drang ein heftiger Wortschwall bis zu mir. Ich hielt in meiner Bewegung inne und lauschte angespannt. Lediglich einige Wortfetzen waren zu hören: „Die österreichische Staatsschuld wird bis auf das Äußerste ausgereizt …“, das war Kaunitz.

Mamans Stimme klang angespannt: „Es müsste uns gelingen, Preußen in einem Rundumschlag entscheidend zu vernichten.“

Und noch jemand ergriff das Wort: „Meiner Ansicht nach ist für die Rückgewinnung Schlesiens eine Verstärkung der Artillerie vonnöten.“ Das musste Joseph Wenzel Fürst von und zu Liechtenstein sein, ein bereits vom Krieg gezeichneter, aber taktisch stets hervorragend eingestellter und daher unentbehrlicher Berater im Krieg gegen Preußen. Jahrzehntelang hat er sich militärisch um Österreich verdient gemacht und ist eine hoch geachtete Person am Hof. Ich kenne und schätze ihn und war froh, dass keine mir unbekannten Personen in Mamans Arbeitszimmer verweilten.

Also nahm ich mir ein Herz und öffnete die Tür ein wenig zu selbstbewusst – die Diskutierenden wandten sich allesamt erschrocken um, und zu meiner Überraschung waren dies nicht nur Maman, Kaunitz und Liechtenstein, sondern noch knapp ein Dutzend militärischer Befehlshaber.

Zögernd blieb ich in der Tür stehen, schaute einmal kurz in die Runde und verweilte dann mit meinem Blick auf Maman, in der Hoffnung, sie würde mir ihr liebevolles Lächeln und einige Minuten schenken. Doch ihr Gesicht blieb starr, die Anstrengung hatte sich in Form von tiefen Furchen auf ihrer Stirn niedergelassen, und mit strengem Tonfall brach sie das abrupt eingetretene Schweigen: „Christina“, – Ich glaube, seit meiner Taufe hat sie mich nicht mehr so genannt! – „dies ist eine wichtige Staatsbesprechung.“

„Pardon, Maman.“

„Bitte verlasse augenblicklich mein Arbeitszimmer.“

„Ja, Maman."

„Ich wünsche, heute nicht mehr gestört zu werden."

Compris. Es war mir vollkommen neu, von Maman so zurechtgewiesen zu werden. Betreten ging ich ein paar Schritte rückwärts, deutete einen kurzen entschuldigenden Knicks an und schloss die Tür hinter mir. Hätte ich doch nur eine Minute länger gelauscht und dabei den Ernst der Lage erkannt! Gut, dass der Gang zu meinem Zimmer düster war und niemand sehen konnte, was ich für eine rote Gesichtsfarbe beim Zurückhuschen bekam.

Mein Schlafzimmer verließ ich für den restlichen Tag nicht mehr. Ich probierte mich mit Lesen abzulenken und dabei die empfundene Empörung hinunterzuschlucken. Schließlich wusste ich ganz genau, dass jene meine eigentlichen Gefühle zu vertuschen suchte: In Wahrheit genierte ich mich für meine Unbedachtheit vor den Herren um Mamans Schreibtisch, vor Maman und am meisten vor mir selbst.

Und immer noch ärgere ich mich, wenn ich an gestern zurückdenke. In zwei Tagen werde ich achtzehn, dann bekomme ich meine eigenen Gemächer und endlich einen eigenen Hofstaat. Ich kann es kaum noch erwarten, wie eine Erwachsene behandelt zu werden. Aber ausgerechnet jetzt verhalte ich mich schlimmer als meine jüngsten Geschwister.

Wenigstens bekam ich am Abend unverhofft die Gelegenheit, Maman von meiner Wut über mich selbst wissen zu lassen. Ich lag schon eine Weile in meinem Bett und wünschte mir sehnlichst, einschlafen zu können, als es leise an der Tür klopfte. Einen Moment später betrat Maman mein Zimmer. Sichtbar müde und erschöpft ließ sie sich an meinem Bett nieder und streichelte meine Wange. „Schläfst du schon, Mimi?", flüsterte sie.

Ich richtete mich auf und nahm ihre Hand in meine. „Es tut mir so leid, Maman," begann ich und versuchte, ihr ausführlich zu erklären, wie sehr ich mein Missgeschick bereute, bis ich unterbrochen wurde: „Nein, Mimi, mir tut es leid. Ich weiß, dass es keine Absicht von dir war und dass du guten Gewissens zu mir gekommen bist. Aber der heutige Tag war äußerst anstrengend für mich. Ich will es dir kurz erklären: Österreich verschwindet unter einem gewaltigen Schuldenberg. Um weiteres Militär im Kampf gegen Preußen zu mobilisieren, benötigen wir aber Geld. Friedrichs Truppen sind gerade geschwächt, und wir sind unserem Ziel, Schlesien zurückzugewinnen, nach der Schlacht von Kunersdorf nahe wie nie. Freiherr von Laudon bereitet sich mit einer Kompanie bereits für Kämpfe um Schlesien vor, auch Daun und seine Männer sind gerüstet, aber langsam wird eine gewisse Kriegsmüdigkeit spürbar und um unsere Finanzen steht es miserabel. Jede Entscheidung muss daher abgewogen werden und will gut überlegt sein. Es kostet mich übermäßige Kraft, richtig gegen Friedrich und für unseren Staat zu handeln. Ich wollte dich nicht kränken. Verstehst du das, meine kleine Mimi?" Ich bejahte es, und wir wünschten uns erleichtert eine gute Nacht. Die gemeinsamen Geburtstagsbesprechungen verschoben wir auf den kommenden Tag.

Und doch ärgere ich mich weiterhin im Stillen. Manchmal bin ich schon ein richtiger Trampel …

Heute begegneten wir uns wie immer. Nach dem Frühstück setzten wir uns für eine halbe Stunde in Mamans Arbeitszimmer zusammen und sprachen über das bevorstehende Fest. Mein Missgeschick ist vergeben und vergessen!

Der dreizehnte May 1760 –
Mein 18. Geburtstag!

Die Glocken der Schlosskapelle in Schönbrunn haben mich geweckt. Sie kamen mir unwahrscheinlich laut vor, und das Läuten erschien mir auch länger als sonst. Aber es waren nur zwei tiefe und fünf helle Schläge. Mein achtzehnter Geburtstag war angebrochen!

Wie lange habe ich mich schon nach diesem Tag gesehnt. Was wird sich nicht alles verändern? Von meinem Kinderzimmer werde ich bald in meine eigenen, ganz neu eingerichteten Gemächer in der Hofburg übersiedeln. Fliederfarbenen Mousselin habe ich für die Vorhänge passend zu der lavendelfarbenen Tapete mit den rosa Buschröschen ausgesucht. Es sieht bezaubernd aus! Zusätzlich zu diesem Tagesraum hat man mir ein eigenes Schlafgemach mit Ankleideraum, einen Empfangs- und einen Arbeitsraum in der Hofburg eingerichtet. Und auch hier in Schönbrunn waren eigene Gemächer für mich geschaffen worden. Angelehnt an die der Hofburg mit den gleichen Farben und Materialien.

Wohlig kuschelte ich mich aber erst noch einmal in die warmen Kissen meines Kinderbettes, schloss die Augen und versuchte, mir die vergangenen Jahre in diesem Zimmer in Erinnerung zu rufen. Es wollte mir nicht gelingen. Es gab soviel anderes zu bedenken!

Heute werde ich nicht nur umziehen, nein, Maman hat nach meinem Wunsch auch einen großen Ball angeordnet. Seit dem Besuch des Couturiers arbeiten die Näherinnen des Hofstaates an den vielen prunkvollen Gewändern – meine beiden Roben sind gestern gerade noch fertig geworden –, die Zuckerbäcker fabrizieren große und kleine Torten, und der Tanzsaal wird mit Blumen in allen Farben und Formen des Frühlings ausgeschmückt.

Bevor es soweit ist, werde ich aber noch mit Maman die Gratulanten empfangen und einem Dankgottesdienst in der Schlosskapelle beiwohnen.

Jetzt öffnet sich gerade die Tür zu meinem Schlafgemach …

Es war die Gräfin Vasquez, die überrascht sah, dass ich bereits wach war. Sie versank in einen tiefen Hofknicks: „Guten Morgen, Königliche Hoheit, meine herzlichsten Glückwünsche zu Ihrem Geburtstag! Ihre Majestät, die Kaiserin, wartet bereits im Vorzimmer auf Sie!“

Ich hatte sofort die Feder fallen lassen, mir schnell mein Négligé übergeworfen und war aus dem Zimmer geeilt. Als ich vorsichtig die Tür zum Vorzimmer aufmachte, sah ich meine Mutter am offenen Fenster stehen. Die stickige Hitze in den aufgeheizten Räumen kann sie nicht ertragen, und ihre Liebe zur frischen Luft ist bei ihrem Hofstaat gefürchtet. Allein Fürst Kaunitz hat sich dem widersetzt, indem er am Anfang seiner Tätigkeit als Staatskanzler zu jeder Besprechung mit Handschuhen und Pelzmantel erschienen war. Maman hatte schließlich nachgegeben und ließ von nun an einzig für ihn die Fenster schließen.

Sie lehnte mit dem Rücken zu mir an den weit geöffneten Fensterflügeln, während die milde Mailuft ins Zimmer strömte. Das Morgenlicht fiel sanft auf ihr ungepudertes Haar, das erstaunlicherweise noch immer in dem gleichen honigfarbenen Blond leuchtet, das auch ich habe. Die sechzehn Geburten der letzten dreiundzwanzig Jahre haben ihre Taille zwar verschwinden lassen, doch finde ich sie mit ihren zweiundvierzig Jahren noch immer eine sehr schöne und bewundernswerte Frau. Aus ihrem gutmütigen Gesicht blitzen jugendlich lebhafte Augen, und ihr scharfer Intellekt ist allseits gefürchtet.

Mais arrêt! Sie ist ja heute dreiundvierzig Jahre alt geworden. Der Zufall wollte es nämlich, dass ich an ihrem fünfundzwanzigsten Geburtstag zur Welt gekommen bin.

Die gute Maman. Was sie in all den Jahren schon erlebt hat. Wie oft hat sie uns ihre Geschichte schon erzählt. In meinem Alter musste sie gegen den Widerstand ihres Vaters für ihre Liebe zu Franz Stephan von Lothringen kämpfen – meinem lieben Papa und ihrem „Mon Vieux“, wie sie ihn in privaten Momenten zärtlich nennt. Damals hatte beinahe das Ende unseres Hauses Habsburg gedroht, denn meine Grand-mère Elisabeth Christine hatte dem österreichischen Volk zwar zwei Töchter, aber keinen männlichen Erben schenken können. Großvater Karl hatte deshalb Bündnisse mit allen europäischen Königshäusern geschlossen und all seine Macht und sein Geld genutzt, um seiner Tochter Maria Theresia die Krone zu erhalten. Und mit gerade mal dreiundzwanzig Jahren trat Maman dann nach seinem Tod die Regentschaft an. Papas Weitblick und Liebe waren ihr dabei eine wertvolle Hilfe. Denn kaum war der alte Kaiser in der Gruft der Kapuzinerkirche bestattet worden, da fielen unsere europäischen Nachbarn auch schon in unsere Lande ein. Den Anfang machte Friedrich von Preußen, der im gleichen Jahr wie meine Mutter auf den Thron gekommen war. Noch im December 1740 besetzte er Schlesien. Der „alte Fritz“ ist seither ihr meistgehasster Feind.

Während ich Maman so friedlich am Fenster stehen sah, fiel es mir schwer, mir vorzustellen, dass sie sich damals gegen die großen Armeen behauptet hatte. Dennoch, sie hat es geschafft! Obwohl sie Schlesien vorerst an Friedrich verlor, hatte sie ihm und den anderen europäischen Herrscherhäusern deutlich gemacht, dass das Haus Habsburg mit der verpönten „Weiberwirtschaft“ weiterhin erfolgreich herrschen konnte.

Ich machte einen Schritt auf sie zu, und mein raschelnder Morgenmantel ließ sie aufhorchen. Mit ausgestreckten Armen und einem strahlenden Lächeln kam sie mir entgegen: „Mimi, meine liebsten und besten Glückwünsche zu deinem Geburtstag! Möge Gottes Segen dich noch viele weitere Jahre beschützen und der himmlische Vater seine schützende Hand über dir ausbreiten.“

„Ich wünsche dir dasselbe und noch viel mehr!“, erwiderte ich ungestüm, und wir umarmten uns herzlich. Wir lächelten uns an und freuten uns einmal mehr über die Weisung des Schicksals, das unseren Geburtstag auf denselben Tag gelegt hatte.

Maman hielt mich ein Stück von sich weg und betrachtete mich genauer. „Der dreizehnte! Welch glücklicher Tag, der mir meine teure liebste Mimi geschenkt hat! Achtzehn Jahre sollen nun seit deiner Geburt schon vergangen sein? Es kommt mir vor, als wäre es gestern gewesen, als du mir an meinem Geburtstag das schönste Geschenk gemacht hast, meine liebe Mimi.“

„Auch heute habe ich wieder ein Geschenk für dich, liebste Maman!“

Ich befreite mich aus ihren Armen und öffnete eine verborgene Tür in der Tapetenwand. Dem Geheimversteck entnahm ich ein großes, in gelbe Seide gewickeltes Paket und überreichte es ihr. Ich war so gespannt, wie es ihr gefallen würde! Das Tuch raschelte, und meiner Mutter entfuhr ein kleiner Freudenschrei, als sie das Selbstportrait in den Händen hielt. Es war mir mit der Hilfe Grassis doch noch ganz gut gelungen. „Mimi, das ist wundervoll! Und du hast dieses detaillierte Portrait selbst angefertigt?“

„Ja fast, Maestro Grassi hat mir ein wenig geholfen!“

„Wir werden es sogleich hier in das Miniaturenkabinett zu deinen anderen Werken hängen lassen“, erklärte Maman, während sie immer noch freudig das Bild betrachtete.

Erst nach einigen Minuten stellte sie es auf einen der Stühle, nahm meine Hand und führte mich zur Chaiselongue. Ihre Augen waren immer noch freundlich, dennoch bemerkte ich den ernsten Ausdruck in ihnen: „Mimi, bitte setz dich. Ich bin heute Morgen nicht nur zu dir gekommen, um dir meine liebsten Glückwünsche zu deinem Geburtstag zu überbringen, sondern auch, um mit dir alleine zu sprechen. Der achtzehnte Geburtstag einer Erzherzogin bringt einige Veränderungen mit sich. Mit dem heutigen Tag wird dir dein eigener Hofstaat zugeteilt. Dazu gehören aber nicht nur die Privilegien deiner neuen Räumlichkeiten, sondern auch eine vergrößerte Entourage. Als Obersthofmeister soll dir Graf Losy dienen und deine alte Aja Gräfin Vasquez habe ich in den Stand deiner Obersthofmeisterin erhoben."

„Oh, Maman, das ist wunderbar! Ich hätte es nicht übers Herz gebracht, mich von meiner lieben Gräfin zu trennen."

„Außerdem stelle ich zwei Hofdamen, die Gräfinnen Boës und Wallis, in deine Dienste, die dir als Kammerfräulein zur Hand gehen sollen, sowie die Kammerfrau Schloitznigg, zwei weitere Kammerdiener, Heizer und Türhüter. Von besonderer Bedeutung sollte dir weiterhin dein Beichtvater, Pater Lechner, sein, der dir in allen Fragen des Lebens ein guter Ratgeber sein wird. Mimi, mit deiner Volljährigkeit erlangst du nicht nur die Verantwortung für dich selbst, sondern auch für deine Untergebenen. Ich bitte dich deshalb, behandle sie so, wie es unser Herrgott uns für alle Menschen aufträgt, und bringe ihnen den nötigen Respekt entgegen. Da ich dich als eines meiner liebsten Kinder sehr zu schätzen weiß, ist es meine Überzeugung, dass du all diese Aufgaben und Pflichten, die auf dich zukommen werden, mit Gottes Hilfe zu seiner Zufriedenheit erfüllen wirst."

Ich drückte herzlich ihre Hand und nickte heftig mit dem Kopf. „Compris, Maman, ich werde dich nicht enttäuschen!"

„Nun aber zu deinem Geschenk", unterbrach Maman die ernste Stimmung. „Allez, Gräfin, bringen Sie es bitte herein!" Die Tür öffnete sich, und noch bevor Gräfin Daun, die Obersthofmeisterin meiner Maman, die Türe ganz geöffnet hatte, zwängte sich ein kleiner Malteser herein. Er stürmte auf mich zu, und ich breitete die Arme aus.

„Ein Hunderl! Maman, was für eine Freude!" Ich herzte das Bauxerl, dessen viele kleine weiße Löckchen mit rosa Schleifen und blauen Bändern verziert waren.

„Es ist das Söhnchen meiner treuen Roswitha. Ich dachte mir, dass du mit deinem eigenen Hofstaat auch dein eigenes Hunderl bekommen solltest." Sie hielt einen Moment inne und betrachtete mich, die nun erwachsene Mimi. „Mais un nom", rief sie schließlich bestimmt. „Il doit avoir un nom! Wie wirst du ihn nennen, Mimi?" Sie sah mich auffordernd an.

„Ich weiß nicht, aber wie wäre es denn mit ‚alter Fritz'?"

Meine Mutter blickte mich erst bestürzt an, dann fingen wir beide zu lachen an. „Vielleicht denkst du doch noch einmal über einen anderen Namen nach!", meinte sie lächelnd.

Gräfin Daun trat zu mir und versank im Hofknicks: „Erzherzogin, auch ich möchte meine allerbesten Wünsche zu Eurem Ehrentag aussprechen!" Gerührt reichte ich ihr meine Hand zum Kuss.

„Vite, vite", rief meine Mutter, „der Tag muss endlich beginnen! Ich habe noch Regimenter zu vergeben. Prinz Albert habe ich übrigens auch eines zugedacht!" Ich verdrehte die Augen. Ich konnte mir bildhaft vorstellen, wie er in seiner roten Uniform über die Felder galoppiert und seine Kameraden herumkommandiert.

„Mimi, wie das Protokoll es verlangt, erwarte ich dich um halb zehn in den kaiserlichen Appartements."

Die letzten Worte hörte ich nur noch aus dem Gang zu mir hinüber wehen. Einen Moment stand ich ganz still und sah den beiden nach, dann griff ich das kleine Hunderl und lief mit ihm in den Armen zurück in mein Schlafgemach – übermütig ließ ich mich auf mein altes Kinderbett fallen …

Spät in der Nacht – Ich bin nun schon einen Tag lang achtzehn Jahre alt

Kurz nachdem ich gestern alles niedergeschrieben hatte – das Hunderl ohne Namen lag wohlig auf einem Fell neben meinem

Schreibtisch –, wurden wir von Gräfin Vasquez auch schon wieder gestört. Schwungvoll riss sie die Flügeltüren auf und erschreckte das Hunderl, das neben mir eingeschlafen war.

„Auf, auf, Erzherzogin, der Tag fängt sonst noch ohne Sie an!" Das wäre schrecklich gewesen! Ich küsste der Gräfin freudig die Hände. „Non, non, Mimi! Eine Erzherzogin küsst niemandem die Hände!", protestierte sie lächelnd. Aber mir war das egal, ich war so glücklich, dass wir weiterhin zusammenbleiben konnten.

Nach dem Frühstück wurde ich bereits in meinen neuen Gemächern angekleidet, musste mich jedoch ein wenig beeilen, um rechtzeitig für die Glückwünsche meiner Familie zu erscheinen. Wie schnell doch das Ankleiden geht, wenn man drei Kammerfräulein hat! Sie halfen mir in das dunkelblaue, etwas schlichtere Kleid, das Maman für den Empfang im Zeremoniensaal ausgesucht hatte. Um das Dunkelblau des Kleides zu durchbrechen, wickelte man meine Haare in einen hellblauen Schleier, der mit Perlenschnüren zusammengehalten war. Auch Handschuhe und Schleife waren aus hellblauer Seide.

Als ich die gemeinsamen Gemächer meiner Eltern betrat, hatte sich die Familie bereits versammelt. Marianna gratulierte mir mit sauertöpfischer Miene als Erste. Sie sah dabei Joseph sehr ähnlich, der sich seine Arroganz und Überheblichkeit nicht mal an meinem Geburtstag verkneifen konnte. Dementsprechend nickte er mir nur kurz von seinem Platz am Fenster zu. Maria Amalia, Liesl, Josepha und Johanna, die wie Zwillinge immer zusammenhängen, gratulierten mir herzlich. Die kleine Maria Carolina hatte eine Stickarbeit für mich angefertigt und strahlte über das ganze Gesicht, als ich mich über das Geschenk freute. Die drei Kleinsten, Ferdinand, Maria Antonia und Max überreichten mir und Maman Feldblumensträuße, die sie mit ihrer Aja und den Ajos am Tag zuvor gepflückt hatten.

Mitten in den Trubel platzten auch noch Karl und Poldl. Sie hatten einen Morgenausritt unternommen und sich verspätet.

Meine Mutter rief sie sofort zur Ordnung, während unser lieber Papa mit einem Scherz ihre harschen Worte abmilderte. An diesem besonderen Tag hatte er ein prachtvoll mit Goldfäden besticktes spanisches Mantelkleid an. Er hat dasselbe eckige Gesicht wie Marianna, sieht dabei jedoch viel sanftmütiger aus als sie. Für seine gebeugte, nachlässige Haltung wird er oftmals gerügt, aber er macht sich nichts daraus. Seine tiefblauen Augen strahlten mich an.

„Meine Madame Mimi", mit diesem Kosenamen zog er mich in seine Arme und flüsterte mir in weichem Französisch seine Glückwünsche ins Ohr.

Leider blieb uns nicht viel Zeit in den privaten Räumen. Wir mussten uns im Zeremoniensaal einfinden, um die Glückwünsche des Hofstaates, der Botschafter, der ausländischen Gesandten und des gesamten Adels entgegenzunehmen. Beim Einzug in den Saal wurde mir wieder einmal bewusst, wie viele Menschen doch zu unserem Hof gehören. Einigen wird die Ehre zuteil, in der Hofburg zu leben, andere wiederum wohnen in ihren eigenen Palais und dürfen nur den ausgesprochenen Einladungen an den Hof folgen.

Unser alltäglicher Hofstaat ist für sich genommen schon riesig – zusammen mit den angereisten Adeligen und Botschaftern kam er mir aber vor wie ein kleines Heer. Puhh! Ich nickte im Vorbeigehen einigen vertrauten Gesichtern zu und nahm dann neben Maman und Papa Aufstellung. Das durfte ich nur heute. Sonst stehen wir Mädchen immer hinter den Buben, davor unser Bruder Joseph – der Thronfolger – und noch eine Reihe davor Maman und Papa.

Die Gratulanten traten vor, und Maman und ich nahmen die Glückwünsche entgegen. Paar um Paar verneigte sich vor uns. Die meisten Gesichter waren mir natürlich vertraut, aber nicht alle kannte ich mit Namen. Da war es gut, dass der Obersthofmarschall vor jedem Paar mit seinem Stab auf den Boden klopfte und die Namen nannte. Wenn eine meiner Freundinnen vortrat, dann konnte ich meist ein kurzes Lächeln nicht verbergen. Das war sicher nicht weiter schlimm, denn Maman richtete auch von Zeit zu Zeit ein freundliches Wort an jemanden. Sehr verdiente Damen und Herren durften ihr sogar die Hand küssen. So zum Beispiel Fürst Kaunitz oder General Daun, der Sieger von Hochkirch.

„Seine Königliche Hoheit, Ludwig Eugen Prinz von Württemberg!“ Oh – wer war das? Ihn hatte ich zuvor noch nie am Hofe gesehen. Er war etwa so groß wie ich, trug das blonde Haar ungepudert und hatte einen leichten federnden Gang. Charmant!

Maman jedoch fertigte den Prinzen mit einem schnellen Nicken ab. Dabei verharrte dieser einen Moment zu lange und sein Blick wanderte zu mir. Bildete ich mir das ein? Unmerklich für alle anderen, blinzelte er mir schalkhaft zu. Ich zwinkerte – der Württemberger hielt sich wohl für einen rechten Adonis, dass er sich traute, einer Kaisertochter solche Avancen zu machen! Trotzdem konnte ich nicht widerstehen und sah ihm hinterher. Er verschwand in der Menge – und ich lächelte und nickte weiterhin freundlich. Meine Gedanken waren nun aber ganz woanders!

Der endlose Reigen der Gratulanten nahm irgendwann doch ein Ende, und die kaiserliche Familie zog anschließend zusammen mit einigen Auserwählten in die Schlosskapelle. Erleichtert ließ ich mich nach dem langen Stehen ins Kirchbankl sinken und dachte wieder an den unbekannten Prinzen. Von der Messe bekam ich daher nicht allzu viel mit. Mein Magen knurrte schon, das Mittagessen musste nämlich ausfallen, da man das Bankett auf fünf Uhr gelegt hatte. Einige der Gäste waren wohl auch schon etwas erschöpft. So sahen Liesl und ich, wie unsere Tante Charlotte während der Predigt leicht zur Seite kippte. Wir kicherten etwas zu laut, wofür wir uns einen mahnenden Blick von Maman einfingen.

Nach der Messe zog sich die Familie zurück, der Adel verschwand entweder in die eigenen Räume oder in die Gästeappartements. Beinahe jedes Jahr lässt Maman das Schloss erweitern, wegen uns Kindern und weil sie sehr gesellig ist. Irgendjemand hat mir einmal erzählt, dass wir bis zu tausend Menschen in Schönbrunn beherbergen können.

Meine jetzigen Gemächer liegen in dem neuesten Trakt, der erst letztes Jahr fertig gestellt wurde. Ob sie wohl für alle Zeiten die „Maria Christina"-Räume bleiben werden? Oder wird irgendwann eines von Josephs Kindern hier wohnen? Am Ende heißen sie dann vielleicht „Joseph-Räume"! Nicht auszudenken!

Diese Gedanken gingen mir durch den Kopf, während meine beiden Kammerfräulein an selbigem herumzupften. Wenn man so einen großen Hofstaat hat, dann ist man nie alleine! Irgendjemand ist immer zugegen, kümmert sich um die Kleider, das Bett, putzt oder legt Holz nach. Das erklärt wohl auch die Unmengen an Klatsch, der wie ein böser kleiner Giftpfeil am Hof umherschwirrt und ausnahmslos jeden trifft, ob dieser mag oder nicht.

Die Gräfin Boës half mir in mein Kleid. Als ich mich darin bewegte, brach sich das Licht im schimmernden Stoff und den Edelsteinen. Wie Fliederblüten im Morgentau, die im Sonnenlicht funkelten.

Anschließend setzten mir die Kammerfräulein die Perücke auf und steckten sie fest. Man hatte sie schon am Abend zuvor in ganz kleine feine Löckchen gelegt, mit weißen Samtbändern durchwoben und kleine Diamanten hineingesteckt. Eigentlich sind meine Haare schon gelockt, und ich mag es auch gerne, sie hübsch frisiert ohne dieses Ungetüm von Perücke auf dem Kopf zu tragen, doch an einem solchen Festtag wie unserem Geburtstag war das Tragen einer pompösen Perücke unerlässlich. Zum Schluss puderten sie ganz leicht mit Weiß- und Silberpuder darüber, was meinen Kopf vollends zum Glitzern brachte.

„Das Perlencollier Ihrer Mutter", Gräfin Vasquez reichte es mir in einer dunkelblauen Samtschatulle.

„Würden Sie es mir bitte anlegen, Gräfin?"

„Es ist mir eine Ehre!“

Entzückt drehte ich mich vor dem Spiegel. Viel Zeit, mich zu bewundern, blieb mir aber nicht, denn schon ging es weiter zum Souper. Da dies eine öffentliche Tafel war, saß die kaiserliche Familie auf einem Podest am Kopf des Saales. Die übrigen Gäste wurden vom Hofmarschall und seinen Dienern am Saaleingang empfangen, und ihrem Rang entsprechend wurden ihnen Plätze an der langen Tafel zugewiesen. Dass wir uns noch immer an diese steifen Regeln halten müssen, verdanken wir vor allem Ferdinand von Österreich, der einst das Spanische Hofzeremoniell an den Wiener Hof gebracht hatte. So hat es mir Papa einmal erklärt, der zwar noch an diesen Traditionen festhält, sie aber nicht mehr ganz so strikt befolgt. Da aber trotzdem alles so umständlich und förmlich ablaufen muss, erscheint die kaiserliche Familie immer erst eine Dreiviertelstunde nach den Gästen in den Räumen vor dem Festsaal. Ich bin dann immer schon halb am Verhungern! Schließlich müssen erst einmal rund hundertdreißig Leute, die zum Bankett und zum Ball geladen sind, platziert werden und sich dann für uns wieder erheben.

Doch heute wäre ich fast noch zu spät vor dem Saal erschienen. Der Weg von meinen neuen Gemächern ist etwas länger als früher, und ich kenne mich noch nicht so gut in den Gängen aus. Die Kleinen, allen voran natürlich Maria Antonia, jubelten mir zu, als ich etwas ungrazil auf meine Familie zueilte. Joseph sah mich mit hochgezogenen Augenbrauen herablassend an und sein Blick sagte: „Und das nennt sich nun erwachsen?“

Bewundernde Blicke erntete ich jedoch, als wir den Saal betraten. Unwillkürlich hielt ich nach dem Prinz von Württemberg Ausschau, konnte ihn aber in dem Glitzern und Glänzen der Galauniformen und Roben nicht entdecken.

Die Speisen waren vorzüglich. Die Tafel ächzte unter den Mengen von Pasteten, Krebssuppe, Hirsch- und Kalbsbraten mit allerlei Saucen, Ragout, Nockerln und Semmeln. Auch beim Champagner hielt ich mich nicht zurück – wenn Maman mich nicht im Blick hatte. Zu essen nahm ich mir genügend, ich wollte schließlich nicht, dass es mir so erging wie damals auf der Schlittenfahrt. Dafür war aber auch ausreichend Zeit – das Essen dauert immer eine halbe Ewigkeit. Jeder Gast der Tafel darf nur so lange von den Speisen essen, so lange auch der Kaiser isst. Lässt der Kaiser einen Gang abräumen, dann müssen alle folgen. Bei hundertdreißig Gästen dauert das Servieren, und Papa möchte nicht, dass jemand hungrig vom Tisch aufstehen muss. Also lässt er sich Zeit beim Essen.

Endlich waren die Zuckertorten, Pralinees und Obstspeisen abgetragen worden, und der Hofmarschall bat zum Ball. Ich hoffte inständig, dass ich zu jedem Tanz aufgefordert werden würde. Heute Abend wollte ich feiern!

Am Arm meines Bruders Karl betrat ich die Große Galerie. Es ist der festlichste Saal, den ich kenne. Die großen Spiegel an den Wänden fingen das Licht der vielen hundert Leuchter ein und warfen es in tausendfacher Reflexion zurück. Die frischen Blumen und der blank gewienerte Parkettboden taten ein Übriges. Es versprach, ein perfekter Abend zu werden.

Die Musik spielte auf, und der Hoftanzmeister verkündete den ersten Tanz: Ein Menuett! Dieses schenkte ich, wie es das Zeremoniell vorschreibt, meinem Tischpartner des Soupers. Und so gesellte ich mich mit Karl in die lange Reihe der Paare, die sich gegenüberstanden. Die Damen rechts, die Herren links. Karl machte eine leichte Kopfbewegung nach rechts, und ich sah, wer neben ihm stand. Der Prinz von Württemberg! Mein Herz machte einen kleinen Freudensprung!

Das Menuett begann, Karl verneigte sich vor mir und ging dann eine Tanzpartnerin weiter. Es folgten viele Figuren, in denen ich mich immer abwechselnd mit Karl oder dem Prinzen bewegte. Die bewundernden Blicke Ludwigs ließen mich erröten, und ich konnte nicht umhin, ihn anzustrahlen. Am Ende des Stücks hoffte ich, dass er sich trauen würde, mich aufzufordern.

„Na, den hast aber mit deinem Charme umgarnt. Würd' mich wundern, wenn er dir nicht die Aufwartung machen tät!" Karl küsste liebevoll meine Hand.

„Meinst'?" fragte ich. „Schön wär's", dachte ich bei mir.

Ich ließ mich zu meinem Platz auf der linken Seite der Thronsessel von Maman und Papa führen. Ab jetzt würde sich die Stimmung etwas lockern. Stets unauffällig nach Ludwig suchend, streifte ich durch die Galerie und die angrenzenden Salons. Im Karussellzimmer traf ich auf meine Freundinnen, die es sich in einer Sitzgruppe bequem gemacht hatten.

„Er hat vor vier Jahren auf der Seite Frankreichs gegen England gekämpft", hörte ich Leopoldine von Liechtenstein gerade sagen, als ich mich näherte.

„Und in der Schlacht um die Insel Minorka soll er sich so außergewöhnlich hervorgetan haben, dass er als der Eroberer Minorkas geehrt wurde", warf Leopoldine von Oettingen-Spielberg ein – unsere Poldi. Sie ist die zweite Leopoldine in unserer Runde, wird aber von allen nur Poldi genannt. „Kurz danach hat er sich für das österreichische Heer beworben, und er soll immer todesmutig in vorderster Linie kämpfen."

„Und er ist unheimlich gut aussehend, findet ihr nicht auch?", flüsterte ihre Schwester Eleonore.

„Von wem redet ihr?", unterbrach ich neugierig das Geflüster und nahm am Tisch Platz.

„Na, vom schneidigen Prinz von Württemberg. Ist er dir denn nicht auch schon heute Morgen aufgefallen?" Die Gräfin Batthyány kicherte dümmlich.

Ich schlug den Fächer vor mein Gesicht, um meine Röte zu verbergen. Gerade in diesem Moment sah ich den „schneidigen Prinz" auf mich zukommen. Sogleich setzte ich mich aufrechter und blickte in die entgegengesetzte Richtung.

„Gnädigste Erzherzogin, darf ich Euch meine tief empfundenen Glückwünsche aussprechen und um den nächsten Tanz bitten?" Überrascht blickte ich auf. Das war nicht die Stimme des Württemberger Prinzen. Nein, das war doch wieder die tiefe Stimme von der Fensterbank! Aufs Neue glitzerten die Augen von Prinz Albert erwartungsvoll zu mir herab. Enttäuscht sah ich, dass er Ludwig zuvorgekommen war. Dieser stand nun etwas ratlos im Raum und wandte sich dann schnell einer anderen Dame zu.

„Ihr seid wohl zu jeder Gesellschaft am Hofe geladen." Mit diesen unfreundlichen Worten nahm ich betont gnädig die Hand des Sachsen-Prinzen, und wir stellten uns in Position für die angekündigte Allemande. Neben uns stand – war es Zufall oder doch Absicht, wie ich es hoffte? – der Prinz von Württemberg mit seiner Partnerin. Mit strahlendem Lächeln drehte ich mich in den Figuren, in denen mich Ludwig führte, Prinz Albert versuchte ich zu ignorieren. Wenn ich an seine Bemerkungen über den Menschenfeind denke, dann wird mir immer noch ganz unwohl zumute. Seltsamerweise machte er mir aber heute schöne Komplimente über mein Kleid, verhielt sich höflich und zurückhaltend.

Dennoch, als die Musik verstummte, dankte ich ihm flüchtig und verschwand schnell, auf der Suche nach einem Plätzchen, an dem Ludwig mich dieses Mal würde aufsuchen können. Leider fiel ich aber erst Papa und dann Joseph in die Hände. Beide bestanden auf ihren Pflichttänzen. Papa ist ein hervorragender Tänzer – wenn er denn will. Viele Blicke folgten uns. Unser Tanzmeister sagt immer, dass man, um ein wahrlich guter Menuett-Tänzer zu werden, sehr viel üben muss. Das Erlernen der Standardfiguren und ihrer Reihenfolge sei nur der Anfang. Man müsse sich stetig weiterbilden und die eigene Phantasie und Kreativität für neue Figuren nutzen. Ich hoffe, ich werde es eines Tages so gut beherrschen wie Papa!

Erst bei der Mandelmilch, die zur Erfrischung gereicht wurde, sah ich Ludwig wieder. Er gesellte sich in unsere Runde. Wenn man seine scharf geschnittenen Gesichtszüge betrachtet, dann kann man ihn sich gut als siegreichen Kämpfer in einer Schlacht vorstellen. In der roten Uniform der Dragoner mit den schwarzen Rabatten und der schwarzen Halsbinde, die er zum Ball trug, wirkte er stattlich und gleich viel größer.

Wir tauschten ein paar kurze Worte, dann forderte er mich auch schon auf. Die nächsten zwei Stücke tanzte ich an seiner Seite. Ich fühlte mich herrlich. Ludwig vollendete mein Glück mit einer tiefen Verbeugung am Ende des zweiten Tanzes, führte mich zu meinem Platz zurück und verabschiedete sich für diese Tanzrunde von mir.

Eine kleine Verschnaufpause tat mir gut. Es folgte eine Aufführung des Wiener Balletts, das für Mamans Geburtstag eine französische Contredanse einstudiert hatte. Noch immer schwebte ich wie auf Wolken und genoss weiterhin den herrlichen Abend, der viel zu schnell verflog – ich genoss die Aufmerksamkeit der Leute, ich lachte, unterhielt mich, trank Champagner und aß Marzipankuchen. Und ehe ich mich versah, neigte sich der Ball seinem Ende entgegen, und der Zeremonienmeister bat letztmalig um unsere Aufmerksamkeit: Es sollte einen Fächertanz geben! Das war eine Überraschung von Maman. Sie weiß, wie sehr ich diesen liebe. Er ist so still und gefühlvoll. Die Frauen sitzen im Kreis in der Mitte, lassen ihre Fächer fallen, die Männer heben sie auf und reichen sie ihren Damen. Erst dann beginnt der Tanz, langsam und elegant dreht man sich in den Figuren, wobei die Fächer wie Schmetterlingsflügel um die Paare flattern. Jede Bewegung muss fließend sein und wird von der Musik getragen. Die Fächer sind etwas größer als gewöhnlich und meist aus feinster Seide angefertigt.

Diener reichten die Fächer auf großen Silbertabletts im Saal herum. Ich wollte mir gerade einen nehmen, als die Gräfin Vasquez mich aufhielt und mir ein kleines Paket gab: „Das wurde bei einem Diener für Sie abgegeben, Erzherzogin!"

„Von wem kommt es, Gräfin?“

„Das weiß man nicht, öffnen Sie es doch, vielleicht können Sie dann den Absender erraten!“

Ich löste die große silberne Schleife und aus dem dunkelblauen Papier kam ein wunderschöner Fächer zum Vorschein. Er war aus kornblumenblauer Seide mit silbernen Stickereien. Es war einer der schönsten Fächer, die ich je gesehen hatte. Fragend blickte ich zur Gräfin. Da sah ich den Prinz von Württemberg mit festem Schritt auf mich zukommen.

„Ich denke, ich weiß schon, wer dieses Paket geschickt hat, Gräfin!“

Ich raffte meinen Rock und gespannt, wie er mir gegenüber andeuten würde, dass das Geschenk von ihm kam, lief ich auf Ludwig zu. Gleichzeitig setzten die ersten Takte der Musik ein, er nahm entschlossen meine Hand und führte mich zu meinem Sessel auf der Tanzfläche.

Ich genoss jede Sekunde, in der ich mich mit dem Fächer drehte. Die warme Hand des Prinzen führte mich auch durch unbekannte Schrittfolgen. Ich fühlte mich, als würde ich auf Wolken ganz hoch oben im Himmel tanzen. Mein Herz schlug so schnell und kräftig, dass ich schon befürchtete, Ludwig würde das bei unseren Berührungen spüren. Und mir wurde so warm – überall in meinem Körper spürte ich die Hitze, die sicher nicht nur von den Bewegungen herrührte! Einen Moment glaubte ich, die blitzenden Augen von Prinz Albert in der Menge gesehen zu haben, aber dann war der Tanz auch schon zu Ende, und Ludwig verneigte sich vor mir. Noch immer ergriffen von der Musik und den schönen Bewegungen, reichte ich ihm meine Hand zum Kuss. Natürlich weiß ich, dass das eine der größten Ehren ist, die ich als Erzherzogin zu vergeben habe. Doch in diesem Augenblick fühlte sich diese Geste so richtig an! Selbst der mahnende Blick von Joseph, den ich im Rücken spürte, konnte mir dieses Gefühl nicht verderben.

Letztendlich habe ich sogar vergessen, Ludwig nach dem Fächer zu fragen. Aber was macht das schon? Ich weiß, dass dieses wunderschöne Präsent nur von ihm gewesen sein konnte!

Irgendwie sind alle Erinnerungen an diesen Abend wie mit weicher Watte umwölkt.

Selbst jetzt noch, wo ich doch schon seit Stunden zurück in meinen Gemächern bin, kommt mir alles so fabelhaft vor. Wie ein wunderschöner Traum zieht der Abend an mir vorbei. Wenn ich doch alles noch einmal erleben könnte ...

Der vierzehnte May 1760 –

Ich bin schrecklich müde!

Gestern bin ich über meinem Buch eingeschlafen. Die Gräfin weckte mich heute Morgen und bestand unbarmherzig auf meinen normalen Tagesablauf. „Wer feiern kann, der kann auch beten und arbeiten, Madame!"

Mit „arbeiten" meinte sie die Durchsicht meiner Geburtstagsgeschenke und Glückwunschpost. Es galt, die vielen Briefe zu lesen und zu entscheiden, wem der Sekretär einfach ein Dankesbillet schicken und wem ich ein persönliches Schreiben zukommen lassen musste. Diese Arbeit nahm den ganzen Vormittag in Anspruch, und erschöpft ließ ich um die Mittagszeit meine Feder sinken. Meine Hände waren mit Tinte verschmiert, Gott sei Dank hatte die Gräfin noch rechtzeitig auf die weißen Baumwollhandschuhe bestanden, sonst sähe ich nun aus wie Maria Antonia nach dem Unterricht.

Während ich die Handschuhe abstreifte, fiel mein Blick auf die vielen kleinen Billets, die außerdem im Laufe des gestrigen Abends an mich adressiert worden waren. Die meisten waren hoffentlich nur kleine Dankesbotschaften für die Einladung zum Ball, ein kurzes förmliches Schreiben meines Sekretärs würde genügen.

„Aber vielleicht war ja auch ein Brief von Prinz Ludwig von Württemberg dabei?", durchfuhr es mich. Hastig sortierte ich den Stapel, als mir dieses kleine Billet in die Hände fiel:

Wien, der dreizehnte May 1760

An Eure Königliche Hoheit Erzherzogin Maria Christina von Österreich

Königliche Hoheit,

Eure durchlauchtigste Mutter ließ mir die Ehre einer Beförderung zuteil werden, der Aufbruch zu meinem Kürassierregiment erfolgt noch in dieser Stunde. Einzig das Wissen, mit Wien auch den holden Anlass der heutigen Feier zurückzulassen, trübt meine Freude. Jedoch tröstet mich der Gedanke, dass sich bereits ein Kavalier gefunden hat, der in Zukunft für Eure Unterhaltung während kaiserlicher Schlittenfahrten Sorge tragen wird. Glücklicher Prinz Ludwig von Württemberg, der sich heute in Eurem Glanz sonnen durfte. Doch für einen Pauvre Cadet wie mich war es bereits Gnade genug, aus der Ferne bewundern zu dürfen, wie Fortuna den ganzen Abend auf Euch herablächelte. Ich hoffe inständig, dass meine kleine Gabe, der Fächer, Euren Gefallen gefunden hat. Bald wird mir die Pracht des Wiener Hofes wie ein unwirklicher Traum erscheinen, so fern wie das Aufleuchten eines Kometen in einer Winternacht.

Ergebenst Euer Albert Prinz von Sachsen

Was? Der Fächer ist gar nicht von Ludwig?

Der fünfzehnte May 1760

Seiner Königlichen Hoheit Albert Prinz von Sachsen

Königliche Hoheit,

für Eure wohlgesonnenen Wünsche zu meinem Geburtstag möchte ich Euch meinen ehrerbietigsten Dank erweisen. Euer Geschenk hat mich noch auf dem Ball erreicht und sehr erfreut.

Das Fest, das Ihr so früh verlassen musstet, war wahrlich eine Wonne, die mein verdrießliches Gemüt der letzten Wochen fortgeblasen und mich in eine vollendete Hochstimmung versetzt hat. Hier in Wien erstreckt sich der Frühling über das Land und lässt die Hofburg in frischem, herrlichem Glanze erscheinen. Jeden Morgen dringt zu meinem Fenster der liebliche Duft des Lindenbaums herein – so kann durch ein geöffnetes Fenster nicht nur Unmut, sondern auch Wohlgefühl ins Zimmer gelangen …

Zu Eurer Beförderung möchte ich Euch meinen herzlichen Glückwunsch aussprechen. In der Gunst meiner Mutter zu stehen, ist eine große Ehre und hat schon viele Soldaten zu Ansehen und Ruhm geleitet. So wünsche ich auch Euch eine ehrenvolle Karriere in Eurem Regiment und möchte meinen Brief an einen Pauvre Cadet mit den Worten Rousseaus schließen: „Der Charakter offenbart sich weniger an großen Taten – An Kleinigkeiten zeigt sich die wahre Natur des Menschen.“

Mit aufwartender Hochachtung
Erzherzogin Maria Christina von Österreich

Der zwanzigste May 1760

Heute nun endlich wollte ich Papa mein Werk überreichen. Lange genug habe ich an dem Bildnis gearbeitet, an Papas Lockenpracht, seiner Adlernase, dem gutmütigen Lächeln. Auch Maestro Grassi war, nachdem er der Kritik nicht müde geworden war, schließlich zufrieden. Er ist eben ein Perfektionist. In der Hofburg war mein werter Vater aber wie so oft nicht anzutreffen. So ließ ich mich zur Mittagszeit kurzerhand in sein Palais in der Wallnerstraße bringen. Dort war er sicherlich zu finden.

„Liebe Madame Mimi, das ist aber eine Freude, dass du mich hier im Kaiserhaus besuchst! Wenigstens ein fröhliches Gesicht an diesem Vormittag." Papa erhob sich von seinem Sessel hinter dem eleganten Kirschbaum-Schreibtisch, der über und über mit Papieren, Akten und Landkarten bedeckt war. „Wir wollten eh gerade unsere Besprechung beenden, nicht wahr, Messieurs?"

Papas erster Minister Pfütschner und sein oberster Finanzbeamter Toussaint sprangen ebenfalls auf und erwiesen mir ihre Reverenz. „Vier Stunden haben wir gerade über die toskanischen Angelegenheiten diskutiert. Eine Tasse Kaffee wird mich nun entspannen. Pfütschner, Sie senden den Bericht sogleich an das Ratskollegium nach Florenz, und Toussaint, ich verlasse mich wie immer auf Ihr Verhandlungsgeschick mit den Banken." Mit diesen Worten entließ Papa die beiden und schickte dann einen Lakai nach zwei Tassen Kaffee und Kipferln.

„Setz dich doch, Mimi." Ich rückte mir den Stuhl gegenüber von Papa zurecht, auf dem zuvor Pfütschner gesessen hatte. Er war noch ganz warm. Papa ließ sich ebenfalls wieder auf seinem Sessel nieder und schnaufte einmal tief.

„Bedrückt dich etwas, Papa? Du siehst sehr ermüdet aus."

„Ach, die Verwaltung der Toskana ist immer eine aufwändige Sache. Eigentlich haben wir alles im Griff und dem Großherzogtum geht es besser denn je. Die Staatsverschuldung konnten wir mittlerweile gut auffangen. Sorgen macht uns aber momentan eine schwere Hungersnot. Lange Trockenheit hat die Ernte stark zerstört, das Getreide ist überteuert, es drohen Revolten. Um so etwas in Zukunft zu verhindern, müssen wir uns ein besseres Bewässerungssystem überlegen. Na, du kannst dir denken, dass auch sonst in so einem Staat mit seinen neunhunderttausend Seelen immer etwas zu regeln ist. Und wenn Karl nach seiner bald bevorstehenden Hochzeit die Regentschaft dort übernehmen wird, will ich doch alles in rechter Ordnung hinterlassen." Karl und verheiratet? Mein kleiner spitzbübischer Bruder? Das kann ich mir beim besten Willen noch nicht vorstellen. Und ich will auch gar nicht daran denken, weil das ja auch bedeutet, dass er Wien bald verlassen muss und wir uns nur noch selten sehen können.

Dann warf Papa sichtlich die Gedanken an die vorangegangene Unterredung beiseite und griff genüsslich nach der wohlig warmen Tasse, die soeben hereingebracht wurde. „Genug davon. Nun zu dir, Chérie. Was führt dich in die Wallnerstraße?"

„Ich habe endlich die Miniatur mit deinem Portrait zu Ende gezeichnet. Es ist eine Federzeichnung geblieben, ich fand es hübscher, wenn es nicht koloriert ist." Stolz zog ich das kleine Bild aus meinem Beutel unter dem Rock hervor und präsentierte es ihm. „Ich wollte es dir schon längst geben, aber du bist ja zur Zeit so selten in der Burg. Und wenn der Prophet nicht zum Berg kommt, muss der Berg eben zum Propheten kommen." Ich schmunzelte leicht vorwurfsvoll.

Mit einem kurzen Stirnrunzeln nahm er das Bild entgegen. „Aber du weißt doch, die Geschäfte. Ich werde hier gebraucht. Die Hofburg bietet einfach nicht genug Platz für all meine lothringischen Beamten und die Bedürfnisse einer ordentlichen Verwaltung. Es sind doch sehr viele Güter, um die wir uns kümmern müssen. Holitsch, Sassin, Teschen, Falkenstein am fernen Rhein und eben das Großherzogtum Toskana. Überall wollen Wirtschaft und Handel aufrechterhalten werden. Wir müssen neue Manufakturen aufbauen, die Arbeiter wollen angemessen bezahlt werden, und heute stehen noch die Planungen eines neuen Kanalsystems in Böhmen auf der Tagesordnung. Ach, was erzähle ich. Du bist ja kein Kind mehr. Du kannst dir sicher vorstellen, wie umfangreich das alles ist. Erwarte also keine Entschuldigung, dass ich in der Burg so oft mit meiner Abwesenheit glänze. Das Portrait jedoch – es ist magnifique! Deine begabte Hand ist einfach unverkennbar." Er warf mir einen zufriedenen Blick über den Tisch hinweg zu und richtete sich ein wenig in seinem Sessel auf. „Bin ich nicht ein überaus gutaussehender Herr?" So gewann er nach all der Nachdenklichkeit zum Glück seinen Humor wieder zurück. Im Übrigen hatte Papa mit seiner Bemerkung, dass ich kein Kind mehr sei, sehr Recht. Deswegen weiß ich auch, dass er in der Wallnerstraße nicht ausschließlich hinter seinem Schreibtisch brütet. Mit seinen „alten Lothringern", wie Mamans Oberstkämmerer Khevenhüller die riesige Beamtenschar eher verächtlich bezeichnet, gibt er sich nämlich durchaus auch dem Vergnügen hin, mit fröhlichen Empfängen, Spiel und guten Speisen. Und das alles so gut wie ohne jedes Zeremoniell, das Papa nun mal nicht gern hat.

„Ich werde das Portrait wie alle deine Werke in Ehren halten." Das letzte Stück Kipferl verschwand in seinem Mund. Ich wollte mich schon zum Aufbruch bereit machen, als er das Wort, noch kauend, noch einmal an mich richtete.

„Ich will dir zum Dank auch ein kleines Geschenk machen. In unserem physikalischen Laboratorium haben wir einen vorzüglichen neuen Lehrling aus Lothringen, auf den ich große Stücke halte. Er beschäftigt sich viel mit geologischen Messungen, astronomischen Beobachtungen und mechanischen Experimenten, aber das sind ja alles Männerdinge, die eher noch deine Schwester Marianna interessieren. Nebenbei hat dieser junge Herr aber auch eine feine Serinette konstruiert, eine Vogelorgel. Die wird dir sicher gefallen. Komm, wir sehen sie uns gleich an.“ Na, das war aber eine Überraschung! Die wollte ich mir natürlich nicht entgehen lassen!

Aus der Stille von Papas Cabinet traten wir ins Vorzimmer und machten uns von dort auf den Weg in Richtung Laboratorium. Auf den Gängen wuselte es nur so vor Beamten und Bediensteten, die alle sehr geschäftig waren. Wer uns begegnete, grüßte beiläufig, als ob wir ebenfalls zum gewöhnlichen Personal gehören würden. Undenkbar in der Hofburg! Dort ist es oberste Pflicht, stehen zu bleiben und Verbeugungen auszuführen, wenn der Kaiser an einem vorüberzieht.

„Das Laboratorium verschafft mir einen willkommenen Rückzugsort“, erzählte Papa im Gehen. „Neben den ganzen Geschäften braucht ein Mensch doch auch seine Leidenschaften, n’estce pas? Das Gerede der Leute finde ich allerdings belustigend. Mir ist schon oft zu Ohren gekommen, draußen auf den Straßen heiße es, ich würde hier Alchemie und Geheimwissenschaften betreiben, nach dem Stein der Weisen suchen und Gold zu machen versuchen. Ist das nicht komisch? Ich lasse ihnen gern ihren Glauben. Außerdem, die wirtschaftlichen Belange hier lassen sich ja gewissermaßen auch zu Gold machen.“ Er amüsierte sich sichtlich über seinen eigenen Scherz. „Aber wie du weißt, Mimi, ist das alles ernste Wissenschaft. Die Versuche sollen zu praktischen Anwendungen führen, und die Sammlungen sind nach einer strengen Systematik geordnet und dienen der Bereicherung unseres Wissens über die Natur und die Errungenschaften der Menschen.“ Papa war in seinem leidenschaftlichen Redefluss nicht mehr zu bremsen.

Auf unserem Weg durchquerten wir auch das Naturalienkabinett. Erst vor Kurzem wurde ein großer Teil dieser Sammlung in die Hofburg hinübergebracht und in einem Raum nahe der Bibliothek aufgestellt. Dort konnte ich also schon vieles bewundern, aber hier war ich schon lange nicht mehr gewesen. Auf Tischen, in Schränken, hohen Glasvitrinen, in gläsernen Schatullen und Kästchen türmten sich die unzähligen Objekte. Dass dahinter tatsächlich eine strenge Systematik stecken sollte, konnte man nicht erkennen, sah doch alles vielmehr nach einem wahllosen Sammelsurium aus. Wahrscheinlich war es eine den Franzosen eigene Ordnung. Mein Blick schweifte von einem Exponat zum nächsten auf der Suche nach einem Fixpunkt. Papa schien meine Orientierungslosigkeit zu spüren, denn er begann mit großem Eifer zu erklären.

„Dort sind einige Edel- und Halbedelsteine aufgestellt. Ein Rauchquarz, ein Opal aus Böhmen und ein ungewöhnlich großes Stück Muschelmarmor. Dieser Eisenmeteorit" – er deutete auf einen unförmigen schwarzen Stein, dem man keinesfalls ansah, dass er etwas Besonderes sein könnte – „fand sich vor einigen Jahren im südlichen Ungarn. Solch ein Meteorit ist sehr selten. Die außergewöhnlichsten Dinge aber stammen von der Forschungsreise, die Monsieur Jacquin in den letzten Jahren in Westindien unternahm. Das ist alles hier drüben am Fenster. Sieh nur, die feinen Muscheln, die Korallen und Schneckenschalen. So etwas gibt es auf unserem Kontinent nirgendwo. Bei dieser Versteinerung sind wir uns noch nicht sicher, was sie darstellen soll, irgendeine exotische Pflanze wohl, aber das wird Jacquin noch herausfinden. Auch dieses seltsame Objekt können wir uns nicht erklären." Papa hielt einen einfachen Holzstab in der Hand, der am einen Ende mit einer zerzausten Kordel aus sehr grobem Material bestückt war. „Jacquin erhielt es von einem Eingeborenen auf der Insel Dominica. Vielleicht wird es zu kultischen Zwecken verwendet. Die Inselvölker haben ja sehr eigenwillige Gebräuche. Ach, à pro pos, da fällt mir ein, du hast doch schon oft den Graufuchs im Schönbrunner Tiergarten bewundert. Den hat Jacquin ebenfalls von seiner Reise mitgebracht. Ich bin unsagbar froh, dass dem schönen Tier unser Klima hier nicht schadet. Er fühlt sich recht wohl in seinem neuen Zuhause."

Der liebe Papa geriet so sehr ins Schwärmen. Ich hatte bereits die Befürchtung, dass er niemals ein Ende finden und ich an diesem Tag nicht mehr vor der Dunkelheit in die Hofburg zurückkommen würde. Beim weiteren Gang durch die Naturaliensammlung fiel mir jedoch auf einmal ein besonders reizender Gegenstand ins Auge. Er stand exponiert auf einem hohen runden Tischchen, geschützt von einer gläsernen Glocke, die darüber gestülpt war.

„Was ist denn das?“ Sofort näherte ich mich ihm und griff bereits nach dem kleinen Knauf auf der Glocke, um sie anzuheben und meinem Objekt der Begierde näher zu kommen.

„Attention! Das ist äußerst fragil!“, rief Papa aufgeregt.

Ich schreckte von meinem Vorhaben zurück. Also betrachtete ich das Sträußchen, das in allen Farben funkelte und glitzerte, lediglich aus der Ferne.

„Das ist ein besonders liebes Geschenk deiner Mutter, das sie mir zu meinem Namenstag gemacht hat. Schau, wie fein es gearbeitet ist.“ Aus einer kleinen bauchigen Vase aus Bergkristall ragte ein üppiger Blumenstrauß hervor, etwa so hoch wie zwei Spannweiten meiner Hand. Seine Blüten bestanden aus unzähligen Edelsteinen, Farbsteinen und Diamanten. Dazwischen tummelten sich gläserne Insekten, und die Blätter waren aus zartester grüner Seide gefertigt. Vorsichtig lüftete Papa nun die Glasglocke, erfasste die Vase und drehte sie langsam, damit ich das Prachtstück von allen Seiten begutachten konnte. Die Steine schillerten und leuchteten wie ein kleines Feuerwerk. „Es ist mir das teuerste Stück in meiner Collection. Nicht nur wegen seines tatsächlichen Wertes, sondern auch, weil es deine Maman ausgesucht hat.“

„Es ist wirklich wundervoll. Maman hat einen ausgezeichneten Geschmack und weiß eben, was dir gefällt. Aber was ist denn nun mit der Serinette?“

„Ja, natürlich, wir sind gleich da.“ Es waren tatsächlich nur noch wenige Schritte bis zum physikalischen Kabinett.

Im Laboratorium waren die Physiker und Mechaniker eifrig bei der Arbeit. Es wurde geschraubt und gemessen, konzentriert durch allerlei sonderbare Instrumentarien geschaut und auf Skizzenblättern gezeichnet. Hier hielt sich Papa glücklicherweise nicht mit langen Reden auf, sondern steuerte zielstrebig auf einen kleinen dunklen Holzkasten zu, der in einem wuchtigen Schrank verstaut war. Behutsam nahm er ihn heraus und stellte ihn auf eine der Werkbänke. Von außen war der Kasten mit zierlichen goldfarbenen Ornamenten beschlagen und hatte geschwungene, ebenfalls vergoldete Füße. Papa hob den Deckel an. An dessen Innenseite verbarg sich eine Darstellung zweier Vögel, die auf einem Zweig saßen und von Blumenranken umgeben waren. Doch das eigentliche Kernstück war nicht sehr schmuckvoll. Eine längliche Walze aus Metall mit vielen kurzen Stiften und an der hinteren Wand des Kastens zehn kleine Pfeifen, Miniatur-Orgelpfeifen sozusagen.

„Hier an der Außenseite ist eine kleine Kurbel. Die musst du drehen", forderte Papa mich auf. Ich tat, wie mir befohlen. Die Walze setzte sich in Bewegung, gleichzeitig wurde ein winziger Blasebalg, den ich zuvor gar nicht gesehen hatte, betätigt – und mit einem Mal erklang ein herrliches Vogelgezwitscher. Die Männer um uns herum hielten in ihrer Arbeit inne und lauschten ebenso wie wir. Man hätte meinen können, jemand hätte das Fenster geöffnet, und der Gesang käme von draußen herein, so natürlich klang die feine Melodie des nachgeahmten Vogels.

„Oh, das ist herrlich! Das gefällt mir wirklich sehr, sehr gut! Und das darf ich wirklich behalten? Merci beaucoup, Papa!" Ich gab ihm einen kleinen Kuss auf die Wange. „Jetzt kann ich mir den Vogelgesang in mein Zimmer holen, wann immer mir danach ist. Meinen Glückwunsch an den Lehrling, der dieses großartige Stück gemacht hat."

Hocherfreut verabschiedete ich mich und eilte mit dem wundervollen Geschenk unter dem Arm zurück in die Hofburg. Marianna würde Augen machen und sicherlich gleich den Mechanismus der Orgel studieren wollen. Für's Erste möchte ich das Schmuckstück aber für mich allein genießen.

So sitze ich wieder an meinem Schreibpult und blicke nach diesem lehrreichen Tag hinaus in die Nacht. Die Vögel schlafen alle schon – aber ich habe ja jetzt meine eigenen in meinem Zimmer.

Der dritte Juni 1760 –

Ein weiterer Brief von Prinz Albert

Bei Dresden, der dreißigste May 1760

Eurer Königlichen Hoheit Erzherzogin Maria Christina von Österreich

Königliche Hoheit,

ich habe das Zitat Rousseaus als Euren Auftrag verstanden, mich nun fortwährend edlen Kleinigkeiten zu widmen, um meinen Charakter zu läutern. Dieses Antwortschreiben ist der Anfang davon. Falls Eure kaiserliche Mutter alsbald fragt, warum von meinem Regiment von nun an die Neuigkeiten ausbleiben, so nennt Ihr bitte dies als Grund und Euch als Auftraggeberin.

Wir lagern hier seit Tagen in der Nähe von Dresden im Nichts – zu kriegerischen Handlungen, geschweige denn großen Taten bot sich bisher keine Gelegenheit. Noch dazu ist das Wetter schlecht, was die Stimmung nicht gerade zu heben vermag. Sind wir doch ausgezogen, um dem Ruhme Österreichs und seiner Kaiserin im großen Kampf zu dienen und nicht um in einer ruhmlosen Schlammschlacht zu versinken.

Dabei hält mich diese böse Tristesse weniger in ihrem Griff als meine Männer, kann ich ihr doch immerhin die Erinnerung an die Pracht der Wiener Hofburg und ihre funkelnden Feste entgegensetzen. Mein Vater, ein großer Kunstsammler, pflegt seine Bilder mitunter als farbige Pforten in andere Welten zu bezeichnen. Wie ich mich nach einer solchen Pforte sehne, nach einer, die mich an einen friedlichen Weiher versetzt oder in ein fernes Land! Oder eine, durch die ich wieder an jenen einen Ort gelange, der nie aus meinen Gedanken weicht. Doch an unserer Kunstsammlung erfreut sich gerade Friedrich von Preußen, und so bleiben meine Wände leer und mein Geist dumpf.

Allzu lange wird das Nichtstun jedoch nicht mehr andauern, wir meinen, die begehrlichen Blicke Friedrichs auf Sachsen ständig spüren zu können. Vor Kurzem erhielten wir Nachricht, dass der Übergang der Preußen über die Elbe erfolgt ist, es kam bereits zu ersten Scharmützeln zwischen den Preußen und den Husarenregimentern unserer Verbündeten, der Zarin Elisabeth. Zweiundvierzig Preußen nahmen wir vor fünf Tagen gefangen, zweiunddreißig Husaren haben wir verloren – ob das als Erfolg zu bezeichnen ist? Natürlich, denn jeder Zentimeter Land, den wir verteidigen, gleich mit wie vielen Leben, ist ein Erfolg. Doch verlieren wir diese Zentimeter wieder, war dann ihr Sterben umsonst? Derartige Skrupel scheinen Friedrich von Preußen nicht zu plagen, ohne Zögern presst er seinen Ländern das Letzte an Männern und Lebensmitteln ab. Doch nicht er ist hier das wahre Scheusal, der Krieg selbst ist es, er macht uns alle zu Ungeheuern, und ich spüre, wie ich in seinen unheilvollen Sog gezogen werde. Wie sonst ist es zu erklären, dass ich bei der Nachricht über eine Niederlage des Feindes jubiliere, die doch nichts anderes als den Tod von unzähligen Menschen bedeutet? In Kategorien von „Mensch“ gegen „Mensch“ zu denken, verbietet der Krieg, feindliche Truppen stehen sich hier gegenüber, und sie tragen die Namen „Österreicher" und „Preußen".

Nun aber Schluss, sonst hält mich der Wiener Hof bald für einen elenden Kampfesverweigerer! Das kann ich mir nun wirklich nicht leisten, bin ich doch im Vergleich zu Eurem Achill aus Württemberg in Ruhmesdingen ohnehin nichts als ein – und diesmal schmerzt die Wahrheit tatsächlich – Pauvre Cadet.

Nichtsdestotrotz hoffe ich, dass Ihr mich in Eure Gebete einschließt, wenn Ihr mit der kaiserlichen Familie der Soldaten an der Front gedenkt. Manchmal findet das „Wienerische Diarium" den Weg zu uns ins Lager und berichtet von der Anteilnahme des Kaiserhauses am Kriegsgeschehen. Dies vergegenwärtigt den Männern und mir, wofür wir eigentlich kämpfen. Und, beim Allmächtigen, wenn mir das Antlitz einer bestimmten Erzherzogin aus Eurem Hause vor Augen erscheint, dann weiß ich, es ist die Sache wert!

Wie stets ergebenst Euer Albert Prinz von Sachsen

Ich weiß einfach nicht, was ich von Albert und diesen Briefen halten soll. Seine Berichte wirken so feinfühlig und nachdenklich. Kann das derselbe Schwätzer sein wie damals an der Fensterbank? Der, der den unsinnigen Hoftratsch einfach nachgeplappert hat? Hat er mich doch einst derart gekränkt und vorgeführt, da er mich noch nicht kannte. Sollte er seine verdorbene Meinung von mir nun endgültig verworfen haben?

Selbst wenn – ich schüttle die Gedanken an unsere ersten Begegnungen nicht so einfach ab. Doch genug! Die Beschäftigung mit ihm ist doch meiner Tinte gar nicht wert!

Könnte ich nur stattdessen Briefe von Ludwig beantworten, von ihm habe ich seit meinem Fest nichts mehr gehört. Wo er wohl ist? Ob es ihm gut geht? Ob er noch an mich denkt? Ich stelle es mir vor und gehe mit diesem Wunsch zu Bett.

Der vierte Juni 1760

In der ganzen Hofburg herrscht brütende Hitze. Jeder versucht, sich so wenig wie möglich zu bewegen. Jeder, außer Karl. Der kam heute um die Mittagszeit zu mir gelaufen, als die Gräfin Vasquez und ich uns gerade an einer Mandelmilch erfrischten.

„Karl“, rief ich verwundert, als er eingelassen wurde, „es muss ja etwas sehr Wichtiges sein, was dich in dieser Gluthitze umtreibt.“

Er druckste ein bisschen herum und antwortete schließlich, wobei seine sich im Stimmbruch befindliche Stimme zwischen drei Tonhöhen umher sprang: „Nun, eigentlich hoffte ich, wir könnten zusammen einen Spaziergang unternehmen.“

„Willst du einen Schwitzwettbewerb gewinnen?“, fragte ich ein bisschen spöttisch.

„Nein, ich meine, ach, schon gut, ich komme ein andermal wieder.“ Er wollte sich schon umwenden, aber ich hielt ihn zurück. Ein bittender Unterton in seiner Stimme war mir aufgefallen, und so stimmte ich zu, ihn nach draußen zu begleiten.

Auch wenn wir seit einigen Jahren weniger miteinander zu tun gehabt hatten, war Karl doch immer mit Abstand mein Lieblingsbruder gewesen. Also griff ich nach meinem Sonnenschirm, bedeutete der Gräfin zu ihrer sichtlichen Erleichterung, dass sie mich nicht begleiten müsse, und machte mich mit Karl auf in den Park. Zuerst sprachen wir ein wenig über das Wetter, unseren Unterricht und den bevorstehenden Umzug nach Laxenburg. Schließlich setzten wir uns in den Schatten einer alten Linde, und ich fragte: „Was hast du auf dem Herzen, Karl?“

„Weißt du“, begann er nach einer Weile zögerlich, und wieder machte sich der Stimmbruch bemerkbar, „es ist wegen einer deiner Hofdamen.“ Ich zog die Augenbrauen hoch. So lief der Hase also. Karl errötete.

„Nun schau nicht so. Ich meine die Gräfin Boes. Sie, nun ja, ich finde sie sehr nett. Und hübsch. Vor einigen Tagen dann, beim Spazierengehen, hat sie ihr Taschentuch fallen lassen, als sie an mir vorbei ist. Sie hat mich auch ein bisschen angelächelt. Das glaube ich zumindest. Meinst du, da könnte mehr dahinterstecken?“

Er war beim Sprechen ganz rot geworden und hatte das Gesicht abgewandt. Ich schloss kurz die Augen. Bereiteten mir nicht meine eigenen Gefühle schon genug Kopfzerbrechen?

„Lieber Karl“, sagte ich voller Zuneigung, „mir ist bis jetzt nichts derartiges aufgefallen, was die Gräfin Boes betrifft. Außerdem ist sie doch mindestens fünf Jahre älter als du. Aber ich werde in den nächsten Tagen genauer darauf achten und dich informieren. D'accord?“

„Oui“, sagte er hoffnungsvoll und fügte hinzu, „da ist noch etwas: Ich habe der Gräfin gestern einen Strauß weiße Rosen schicken lassen. Mit einem von mir verfassten Gedicht. Ohne Absender natürlich.“ Es schien ihm wirklich ernst zu sein.

„Lieber Karl“, sagte ich noch einmal, „ich habe zwar selbst nicht viel Erfahrung, aber ich denke doch, dass man sich in der Liebe manchmal ein wenig zügeln muss. Bestimmt hat sie sich sehr gefreut, aber bevor du Genaueres über ihre Gefühle weißt, solltest du abwarten.“

„Oh“, murmelte er ein wenig betroffen.

„Wo wir gerade beim Thema sind“, fragte ich beiläufig, „du könntest für mich nicht zufällig etwas über Prinz Ludwig von Württemberg herausfinden?“

Ein jungenhaftes Grinsen machte sich auf seinem Gesicht breit. „Der galante Tänzer vom Geburtstagsball. Hat er es unserer

Mimi also angetan? Ich werde sehen, was ich für dich tun kann." Mit den Gedanken bei unseren jeweiligen Angeschwärmten gingen wir schweigend zur Hofburg zurück. Wir umarmten uns und verabschiedeten uns in der Hoffnung, auf die Hilfe des jeweils anderen zählen zu können.

Der achte Juni 1760

Heute nach der Sonntagsmesse hat mich Karl angestupst und mir zugeflüstert, er wolle mich später im Park treffen. Er habe Neuigkeiten über Ludwig!

„Neuigkeiten?" Antonias Lockenkopf schob sich zwischen uns, und neugierig blickte sie von einem zum andern. Ich gab ihr einen Nasenstüber und sagte, Neugierde am Sonntag bestrafe der Herrgott besonders hart. Sie streckte mir die Zunge heraus.

Während die Gräfin ein Mittagsschläfchen hielt, stahl ich mich kurze Zeit später davon. Karl lag schon unter der Linde und schaute verträumt in den blauen Himmel.

„Wie ein verliebter Schäferbub schaust du aus", begrüßte ich ihn. Er blickte zu mir auf und fragte ohne Umschweife: „Hast du etwas erfahren?"

„Du zuerst", sagte ich, wohl wissend, dass er mir nach meinen Neuigkeiten womöglich gar nichts mehr mitteilen würde.

„Also", sagte er schließlich und holte ein zerknittertes Papierstück hervor, „Folgendes haben die Brüder über Prinz Ludwig von Württemberg gesagt: Ein großer Kriegsheld. Immer an vorderster Front. Scheut keine Gefahr. Nicht der Klügste."

Unwillig blickte ich ihn an.

„Ach so", fügte er schnell hinzu, „das war Joseph. Na, für Joseph ist ohnehin niemand außer ihm selbst klug. Da brauchen wir also nichts drauf zu geben. Leopold meinte außerdem, die

Württemberger seien Protestanten." Ich verzog das Gesicht. Das erschwerte seine Anwesenheit bei Hofe. Vor allem Maman hätte etwas dagegen!

„Weiter", sagte ich.

„Nun, er soll im Schießen sehr treffsicher sein, außerdem ein hervorragender Reiter und ohne jede Furcht. Und Leopold deutete noch an, er sei beim weiblichen Geschlecht äußerst begehrt, aber für den Moment noch niemandem versprochen."

Ich seufzte selig.

„Jetzt bist du dran!", forderte mich mein Bruder auf.

„Na gut, also weißt du, ich habe mich umgehört und leider scheint besagte Gräfin seit einigen Tagen einem anderen versprochen zu sein. Ich weiß keinen Namen", sagte ich mit einer abwehrenden Handbewegung. Zum Glück! Nicht, dass sich Karl noch ein Duell einhandelte.

„Und leider hat sie deine Rosen samt Gedicht ihrem Zukünftigen zugeschrieben."

Karl machte ein über die Maßen betrübtes Gesicht.

„Aber sie hat das Gedicht in den höchsten Tönen gelobt. Sei nicht allzu traurig, mein Guter. Unter uns, sie ist zwar ganz hübsch, aber ein besonders gutes Herz hat sie meiner Meinung nach nicht."

Er wollte zu einer Antwort ansetzen, doch plötzlich machte es hinter dem Baum „Hatschi". Wir fuhren herum und sahen ein kleines Mädchen davonlaufen.

„Na warte", knurrte Karl und rannte hinterher. Bald kam er zurück, mit einer schreienden Antonia über der Schulter. „Lass mich runter! Ich sag's, ich sag's! Lass mich!" Aber Karl dachte nicht daran.

„Gut, dann erzähle ich allen, über was ihr hier heimlich tuschelt: Liebessachen!", krähte sie laut.

Es brauchte eine ganze Weile, bis Karl und ich sie durch Bestechungen und Drohungen so weit gebracht hatten, dass sie versprach, über das Gehörte zu schweigen. Karl und ich haben vorsichtshalber beschlossen, unsere konspirativen Treffen einzustellen. Doch ich weiß, was ich wissen wollte. Ludwig, mein schöner Held!

Der vierundzwanzigste Juli 1760 – Sommerglück!

Ich habe im Moment fast keine Zeit, in mein Buch zu schreiben. Der Sommer ist endlich da!

Mitte Juni verkündete Maman wie jedes Jahr: „Allez, allez! Wir fahren nach Laxenburg!“ Wie jeden Sommer waren diese Worte der Auslöser für hektisches und fröhliches Treiben. Wenn der Hof in unser Sommerschloss Laxenburg aufbricht, dann verwandelt sich die Hofburg in einen Bienenschwarm. Es werden Kleider, Hüte, Bänder, Perücken und Hunde in große und kleine Koffer gepackt. „Vergessen Sie nicht Ihren roten Jagdhut, Erzherzogin!“ „Denken Sie an meine roten Bänder, Gräfin!“ So tönt es unablässig aus den Gemächern. Seit zwei Jahren besteht Maman auf einer Einheitsfarbe, welche die Damen auf Laxenburg tragen müssen: Rot!

Ist endlich doch alles eingepackt und eingefangen – mein Hunderl, ich habe es Oscar genannt, wollte immer wieder heraushüpfen – dann setzen sich die vielen Kutschen in Bewegung, und unter den fröhlichen Rufen der Wiener geht es hinaus in den Sommer.

Ach, in den letzten Wochen seit unserer Ankunft ist so viel geschehen! Die Zeit in Laxenburg ist herrlich! Mal ganz abgesehen von den von unserer gnadenlosen Maman vorgeschriebenen vier Stunden Unterricht am Tag (die wir jedoch meist im Garten absitzen können), sind unsere Tage hier ausgefüllt mit Amusements jeder Art: Jagdgesellschaften, Scheibenschießen, Picknicks oder einfach nur kleinen Teerunden mit meinen Freundinnen im Gartenhäuschen.

So ruhige Nachmittagsstunden, wie ich sie heute genieße, sind deshalb eher selten. Stundenlang könnte ich meinen Gedanken freien Lauf und meinen Blick über die verschnörkelten Heckenanlagen, den kleinen Gartenpavillon und die endlos scheinenden Grünflächen mit ihren riesigen Kastanienbäumen schweifen lassen. Unter einer von diesen Kastanien sitze ich im Moment – durch die Mittagshitze wirkt alles schläfrig und so ruhig. Im warmen Sommerlicht tanzen ein paar Fliegen, und über mir bewegt ein leichter Windhauch ab und an das schützende Dach der Kastanienblätter. Von Zeit zu Zeit weht das Lachen der Kleinen zu mir herüber, nicht weit von mir spielen sie – scheinbar immun gegen die gleißende Sonne – Murmelwerfen und laufen auf ihren Stelzen über die Wiesen, so wie auch ich es früher getan habe.

Laxenburg ist für mich ein Ort der Ruhe und Erholung. Sogar das Spanische Hofzeremoniell ist gelockert, wenn wir hier sind! Auch Maman ist entspannt und gelöst, endlich kann sie ihre anstrengenden Regierungsgeschäfte einmal hinter sich lassen.

Oft reitet die ganze Familie zusammen aus. Bergauf, bergab, feldein, feldaus geht es dann, über blühende Sommerwiesen im wilden Galopp bis nach Schönbrunn. Als wir von unserem letzten Ausritt nach Laxenburg zurückkehrten, fuhr im gleichen Moment auf dem Vorplatz eine Kutsche vor. Wir näherten uns durch eine der vielen Alleen dem Schloss von der Seite, sodass wir von den Neuankömmlingen nicht bemerkt wurden. Maman hatte die Kutsche als Erste erblickt, runzelte missmutig die Stirn und ritt schnell weiter auf die Stallungen zu. Sie kann es nicht leiden, wenn man sie in Laxenburg ohne ausdrückliche Einladung besucht. Hierher bitten wir nur eine kleine Zahl handverlesener Familien. Maman sagt immer, dass das Schloss doch eh schon zu klein sei und sie sich nicht mit unangenehmen Menschen umgeben müsse, wenn sie in der Sommerfrische sei.

Neugierig, wer es dennoch wagte, die kaiserliche Familie zu stören, ließ ich mein Pferd langsamer traben und blickte durch die Bäume. Vor Erstaunen wurden meine Augen ganz groß. Wen sah ich da? Als Letzter entstieg soeben Prinz Ludwig von Württemberg der Kutsche und folgte einem älteren Mann und einer Frau ins Schloss. Ludwig war auf Laxenburg! „Königliche Hoheit, vite, vite!“ Ich riss mich los und galoppierte den anderen hinterher. Kaum hatten wir alle abgesessen, als sich Maman auch schon auf den Weg in ihre Gemächer machte. Ihre Verärgerung war deutlich spürbar. Sie würde die Neuankömmlinge begrüßen und höflich, aber bestimmt des Schlosses verweisen. Ich holte sie auf der Treppe ein: „Maman, sei großherzig, lass sie doch bleiben!“

Sie blieb stehen und wandte sich zu mir um: „Mimi, hast du mir verborgene Gründe, die dich dazu bewegen, für diese Gäste zu bitten? Ich kann und werde es nicht dulden, wenn man sich meinen ausdrücklichsten Wünschen widersetzt.“ Ich spürte, wie ich errötete, und senkte den Kopf.

„Sie könnten in meinem Palais Aufenthalt nehmen, Euer Majestät“, kam mir unverhofft Fürst Kaunitz zu Hilfe.

„Kennt Ihr die Herrschaften, Kaunitz?“

„Oh nein, Majestät, ich wollte ihnen nur behilflich sein, schließlich sind sie nun schon einmal im Schloss, und es wäre unhöflich, sie jetzt zurückzuschicken!“

Misstrauisch musterte Maman mich und den Fürsten: „Ich hoffe nicht, Euch in naher Zukunft behilflich sein zu müssen, Fürst Kaunitz.“ Mit diesem seltsamen Satz wandte sich Maman um und gab mit einem resignierenden Seufzer Befehl, die Neuankömmlinge vom Obersthofmeister begrüßen und ins Palais Kaunitz fahren zu lassen, das nicht weit entfernt von Laxenburg liegt.

Mit Ludwigs Ankunft wurde mein Sommer auf Laxenburg perfekt. Ich versuche, soweit es möglich ist, auf allen Amusements meine Zeit mit ihm zu verbringen. Auf den Jagdgesellschaften halte ich mich in seiner Nähe auf, und beim Picknick sitzen wir nebeneinander. Wie durch eine wundersame Hand gelenkt, ergeben sich oftmals zufällige Momente, in denen wir uns ganz nahe kommen.

Neulich sind wir zur alten Mühle geritten, um dort als Bauern und Bäuerinnen verkleidet Kartoffeln, Mais und Sonnenblumen zu pflanzen. Die Männer hoben die Erde aus, und wir Frauen setzten das Saatgut ein. Es war ein großer Spaß, in die Rolle des Landvolks zu schlüpfen, und ich liebe den Duft der frischen Erde. Doch die anstrengende Arbeit in der Hitze bin ich nicht gewohnt, und als ob er es geahnt hätte, war Ludwig in der Nähe, als mir schwindelte, führte mich in den Schatten und kümmerte sich rührend um mein Wohl.

Beim Scheibenschießen letzte Woche blickte er mir lange in die Augen, dann setzte er das Gewehr an und traf! Sofort feuerte man eine kleine Rakete hinter der Scheibe ab, und mein Magen schlug kleine Purzelbäume. Von hinten hörte ich Joseph sagen: „Der trifft ja wirklich überall ins Schwarze!“ Ich drehte mich um und schaute Joseph verständnislos an. Was meinte er damit? Er hielt meinem Blick stand – seine Augen funkelten hämisch. Ich wandte mich wieder Ludwig zu, der in Siegerpose seine Hände in die Luft gerissen hatte, und fiel in seine Freude mit ein. Josephs Bemerkungen beeindrucken mich schon lange nicht mehr!

Auch kleinere Beschäftigungen machen jetzt mehr Spaß, wenn ich weiß, dass Ludwig in meiner Nähe ist. Ich genieße jeden Spaziergang und jeden Ausritt. Wenn sich unsere Augen treffen, dann senke ich zwar sofort meine Lider, wie es sich gehört, aber es freut mich sehr! Wenn es doch immer Sommer sein könnte! Ich glaube, ich könnte sehr glücklich werden …

Der dreißigste Juli 1760

Wundere dich nicht darüber, treues Büchlein, dass meine Schrift heute so zittrig ist. Denn ich fühle mich wie im Rausch. Und es gibt hier auf Laxenburg niemanden außer dir, mit dem ich den Grund für meinen Zustand teilen könnte. Denn er ist äußerst delikat. Delikat, délicieux, köstlich! Natürlich dreht es sich um Ludwig. Er erweist mir jede nur denkbare Aufmerksamkeit.

Vorgestern: Ein Streicherquartett auf unserem Abendspaziergang, das zu einer hübschen Serenade aufspielte.

Gestern: Ein Briefchen, geschnürt um eine Margerite (ich habe ihm von Monsieur Pierres Vergleich erzählt):

Was ist es, sprich, was bei den Menschen „Liebe" heißt?
O, Kind, das Süßeste und Bitterste zugleich.
Meine Teuerste, diese Erkenntnis hatte bereits Euripides vor zweitausend Jahren und trotz ihres Alters hat sie von ihrer schmerzlichen Wahrheit nichts verloren. Wie süß sind die Momente, da ich bei Ihnen bin, wie bitter jene, da Sie mich verlassen. Beenden Sie mein Leiden und treffen Sie mich morgen Abend zur Zeit der Dämmerung unter der großen Linde am See? Bis dahin werde ich jede Minute an Sie denken und mich mit süßer Bitternis quälen.

Heute: Abenddämmerung unter der großen Linde am See. Betörende Sommerdüfte, seine dunkle Stimme. Scherze, Gelächter und dann zog der Mond auf. Ludwig hob mein Kinn mit seinem Zeigefinger an, blickte mir tief in die Augen und flüsterte: „Wie könnte ich neben Ihnen der silbernen Luna auch nur einen Blick schenken?" Ich errötete und wollte wegblicken, doch wieder drehte er mein Kinn zu sich. Also murmelte ich: „Unterlassen Sie es einfach, dann bin ich glücklich."

Unter seinem glühenden Blick wurde mir ganz heiß. Mit einem Mal schienen meine Beine mir ihren Dienst zu versagen, doch er umfing mich, strich mir eine Locke aus der Stirn, sein Kopf senkte sich herab, wie gut er roch, seine Lippen näherten sich den meinen, ich schloss die Augen und dann: „Hoheit! Jessasmariaundjoseph. Was wird Ihre Mutter –“ Der Gräfin versagte die Stimme ob der verfänglichen Situation, in der sie uns erwischt hatte.

Gräfin Brandis, Antonias Hofdame, zur falschen Zeit am falschen Ort und in der falschen Stimmung. Aufgebracht stand sie da, die Fäuste in die fülligen Hüften gestützt. Ein letzter schmachtender Blick von meinem Angebeteten, ein verheißungsvolles „später“, und er verschwand. Den Rückweg verbrachte ich damit, die Gräfin Brandis zu besänftigen. Schließlich ist gar nichts geschehen. Außer das: Ich bin verliebt, verliebt, verliebt. Wenn es doch nur schon „später“ wäre …

Der vierte August 1760

Vielleicht war dieser Tag nur ein böser Traum, vielleicht darf ich aufwachen!

Bitterkeit steigt in mir auf beim Lesen meines letzten Eintrags. Wie konnte ich nur so dumm, so naiv sein? Warum hat mich nie jemand vor der Liebe und ihren Qualen gewarnt?

Der August ist hereingebrochen und hat mit seinen schrecklichen Regengüssen Jour après Jour die warmen Sommertage mit all den Lustbarkeiten, Freuden und Glückseligkeiten vertrieben. Doch an meinem Trübsinn ist nicht nur der Regen schuld! Meine gute Sommerlaune hätte gewiss noch länger angehalten, hätte es nicht diesen einen Tag am See gegeben.

Maman hatte erlaubt, dass man dort für uns junge Leute ein Mondscheinpicknick veranstaltet. Am frühen Abend wanderten wir alle zum alten Seerosenteich, in dem die Blüten im warmen

Abendlicht schimmerten. Als wir den See erreichten, hatte man bereits eine lange Tafel aufgebaut. Das darüber gespannte weiße Zelt und die weißen Tischdecken leuchteten schon von Weitem. Große Kandelaber illuminierten Speise und Trank. Man tat sich am Wein gütlich und plauderte, kicherte und aß. Je dunkler es wurde, desto lauter wurden wir! Es war eine fröhliche Runde, wobei ich nur Augen für Ludwig hatte, der mir schräg gegenüber saß. Er trank viel und unterhielt die Anwesenden mit seinen Kriegsabenteuern.

Die schmerzliche Erinnerung verschwimmt vor meinem inneren Auge, und ich kann mich nur noch schemenhaft an den weiteren Abend entsinnen. Ich unterhielt mich gerade mit Eleonore, als ich sah, wie Ludwig sich zu seiner Tischnachbarin hinüberbeugte und offenbar einen Scherz machte, denn sie kicherte dümmlich. Verwechselte er da nicht etwas? Zum Beispiel sie mit mir? Ich ertrug es nicht länger, stand auf und gesellte mich mit einem strahlenden Lächeln zu ihm. Er war galant wie immer, doch über unsere letzten unschuldig verliebten Begegnungen sprach er mit keinem Wort. Gewiss nur deshalb, weil wir in Gesellschaft waren, dachte ich in diesem Moment. Drängend legte ich ihm meine Hand auf den Arm und wollte ihn gerade zu einem Spaziergang auffordern, als Joseph mich zu sich rief. Nachdem ich mich wieder von meinem Bruder befreit hatte, war Ludwig verschwunden. Genauso wie seine Tischdame.

Sicher nur ein Zufall. Wahrscheinlich wartete er im Dunkeln auf mich. Bei der Linde im Mondenschein.

Ich eilte zu meinem Liebsten, so schnell die Füße mich trugen. Und da war er, tatsächlich, doch – und ich glaube, mein Herz gefror in diesem Moment – nicht allein.

Er sprach mit dieser Ziege, streichelte ihre Hand, ihr Kinn – unter unserer Linde. Sie hauchte: „Wie zauberhaft der Mond ist, sehen Sie nur."

Und er antwortete: „Wie könnte ich neben Ihnen der silbernen Luna auch nur einen Blick schenken?“ Entrüstet starrte ich ihn an. Das konnte doch nicht wahr sein!

Doch die beiden waren so miteinander beschäftigt, dass sie mich nicht wahrnahmen, und diesmal erreichten die Lippen meines ehrenhaften Prinzen das Ziel, an dem ihn letztens die Brandis gehindert hatte. Mir wurde übel, ich wollte schreien, davonlaufen, ihn schlagen, doch ich war wie erstarrt.

„Kennen Sie Euripides?“, fragte er nach einer Weile.

„Was interessieren mich die alten Griechen, wenn mir ein solcher Württemberger gegenübersteht?“, lockte sie ihn.

Da küsste er sie fordernder, und sie lachte merkwürdig heiser. Schockiert sah ich, wie sein Kopf sich auf ihr Decolleté senkte, und dankte Jessasmariaundjoseph, dass die Brandis mich vor diesem Unhold gerettet hatte.

Der Dame waren solche Gedanken offenbar fremd, denn mit geschlossenen Augen lehnte sie ihren Kopf an den Stamm der Linde und umschlang ihn mit ihren Armen. Er nestelte an ihren Röcken herum.

„Oh, Sie kennen sich mit den Tücken weiblicher Kleidung aus, Monsieur.“ Sie lachte wieder so seltsam und er ebenfalls, auf eine unangenehme, triumphierende Art. Er streifte ihr das Oberkleid ab, und als er sich an ihr Mieder machte, kehrte das Gefühl in meine Beine zurück. Ich wandte mich ab und rannte schluchzend durch die Dunkelheit zum Schloss zurück.

Als ich in meinen Räumen angelangt war, flossen die Tränen nur umso heißer, und ich warf mich aufs Bett. Die Gräfin Vasquez hatte nur einen Blick auf mich geworfen und sich dann wohl wissend zurückgezogen. Was war in ihn gefahren? War das mein Ludwig? Der Ludwig, der sich immer so galant mir gegenüber verhalten hatte? Ich kann es bis heute nicht fassen! Das ist wohl der erniedrigendste, widerlichste, abscheulichste Abend in meinem ganzen bisherigen Leben gewesen! Und er steht nun in meinem Tagebuch, Wort für Wort, auf dass ich mich nie mehr vom arglistigen Amor täuschen lasse!

Heute stand ich dann nach einer weiteren unruhigen Nacht früh auf. Mein Körper fühlt sich seit Tagen ganz zerschlagen an. Kaum hatte man mich angekleidet, als Gräfin Vasquez mir die Aufforderung meiner Mutter überbrachte, mich sofort in ihr Arbeitskabinett zu begeben. Müde und noch immer traurig nahm ich eine der vielen Abkürzungen durch die Tapetentüren.

„Wie konnte sie sich nur so blamieren?" Die Stimme drang durch die Tapetentür, die zum Arbeitskabinett meiner Mutter führte. Maman war wohl noch nicht anwesend, und die Hofdamen nutzten die Gelegenheit zum Tratsch.

Schon wollte ich nach der Klinke greifen, als mein Name mich aufhorchen ließ. „Die Erzherzogin Maria Christina sollte es nun wirklich besser wissen!"

„Einen solchen Mann mit einer derartigen Auffälligkeit zu umgarnen, das hätte sie unter keinen Umständen tun dürfen!"

„Neulich soll er seinem Ruf alle Ehre gemacht haben und die kleine Sophia verführt haben."

„Der ganze Hof spricht über nichts anderes mehr!"

„Es ist sogar ihrer Mutter schon zu Ohren gekommen!"

Eine Tür knarrte, Schritte näherten sich. „Guten Morgen, Königliche Hoheit!"

Entsetzt lehnte ich mich an den Türrahmen und blickte den Hofdamen nach. Alle hatten uns beobachtet und gewusst, wie Ludwig war! Was für eine Demütigung! Nun wusste ich auch, warum mich Maman sprechen wollte!

Der sechzehnte August 1760 – Was schreibt man nur an einen „Engel von Schönheit und Freundlichkeit"?

Ein Samstagvormittag comme toujours: Wie immer die Zeit des Briefeschreibens. Und auch meine Geschwister zerbrechen sich in diesem Moment wieder Kopf und Schreibfeder und sitzen an den ewig gleichen Berichten an die Tanten und Cousinen in Paris, München oder Prag. Auf Französisch, versteht sich. Eigentlich liebe ich diese Briefstunden und selbst Gräfin Khevenhüller, meine Französischlehrerin, lobt immer wieder meinen „eleganten Plauderton". Nur heute mag und mag mir nichts einfallen …

Zu allem Übel wurde die Schreibstunde auch noch ins Freie verlegt, da der ewige Regen endlich aufgehört hatte. Gräfin Khevenhüller liebt nämlich frische Luft ebenso wie Maman und spricht von wenig anderem als dem „herrlichen Landwetter". Mit Maman auf ihrer Seite bleibt mir in dieser Angelegenheit wohl nichts anderes übrig, als zu gehorchen. Für die Sorge um meinen blassen Teint haben beide keinerlei Verständnis. Wie durch ein Wunder ist die Sonne wieder mit aller Kraft durch die Regenwolken gebrochen, und ich möchte doch nicht mit einem Gesicht voller Sommersprossen und Sonnenröte in die Stadt zurückkehren. Zum Gespött des Hofes bin ich ja bereits dank Ludwig geworden. Doch keine Gnade!

Gräfin Khevenhüller hörte sich heute Früh meine Einwände wohl an, deutete aber nur wortlos auf den Sonnenschirm an meinem Arm – ach ja, den hatte ich für einen Augenblick ganz vergessen! – dann nickte sie meinen Kammerdienern zu, und eine kleine Karawane setzte sich unter dem Kommando von Obersthofmeister Losy in Bewegung. Gräfin Vasquez ist zu allem Übel aufgrund eines Schnupfens unpässlich und muss das Bett hüten

– sie wäre mir sonst bestimmt beigestanden. Immerhin hatte ich aus Trotz darauf bestanden, dass mein Schreibpult, drei Polstersessel samt Hocker, Kissen und Decken – hier konnte ich mich einfach nicht entscheiden –, Oscars Hundekorb, seine kleine Chaiselongue – mit dem gleichen Décor versehen wie meine Sessel – und schließlich ein Paravent mit ins Freie gebracht wurden. Ich stapfte missmutig, das Hunderl unterm Arm, hinter meinem Hofstaat samt Möbeln her. Wobei sich zumindest der Paravent als völlig unnütz erwies. Die Seide ist an vielen Stellen schon ganz durchscheinend und schützte mich überhaupt nicht vor den neugierigen Blicken der flanierenden Hofgäste. Also zurück ins Schloss damit!

Erst ging es unter die große Kastanie, aber dort war es Gräfin Khevenhüller zu schattig. Am kleinen Seerosenteich schwirrten dann viel zu viele Käferl, Gelsen und Libellen umher. Die hektischen Fächerbewegungen meiner Kammerzofe machten eine Concentration unmöglich. Hier konnten wir nun wirklich nicht bleiben! Und so scheuchten Gräfin Khevenhüller und ich abwechselnd die Dienerschaft durch den Park. Ich war dabei froh, noch ein bisschen dem Briefeschreiben zu entkommen.

Ich weiß wohl, mein Benehmen ist unmöglich. „Allüren“ würde Papa es vermutlich nennen. Er sagte einmal zu mir in seiner ganz vornehmen Art: „Sei sie doch immer ohne Willen und befolg sie alles ohne Widerrede, und sie wird immer meine liebe Marie bleiben.“ Das hab ich mir sehr wohl gemerkt, es fällt mir nur so unglaublich schwer.

Nachdem wir schließlich vor dem kleinen Pavillon Quartier genommen hatten, war Gräfin Khevenhüller so erschöpft, dass sie fast augenblicklich einnickte. Sie sitzt zwar sehr aufrecht auf ihrem Lehnstuhl zu meiner Rechten – da sie einen sehr demütigen, entbehrungsreichen Lebensstil pflegt, musste sie freilich meine Sesselauswahl verschmähen – und ihre altmodische Haube verdeckt ihr Gesicht, aber ich höre sie leise schnarchen. Auch Oscar schnarcht, und da die Gräfin nun mal gerade nicht aufpasst, liegt er auf meinem Schoß und träumt vermutlich von seinem samtigen Schlafkörbchen auf Schloss Schönbrunn. Ich kann es ihm nicht verdenken! Zum einen ist das Körbchen wunderschön, ein Brokatbaldachin spannt sich darüber, und zum anderen ermüdet auch mich der Sommeraufenthalt auf Laxenburg unbeschreiblich. Dahin ist auf einmal meine ganze Sommerfreude. Perdu! Diese ständig gleichen Amusements, Picknicks, Bootsfahrten und Spiele-Nachmittage, die sich endlos aneinanderreihen, jeden Tag Papas erlegte Reiher bewundern, wie fade das alles ist – ohne Ludwig! Und diese Hitze hier ist schier unerträglich.

Gräfin Vasquez war mir in den letzten Tagen auch keine große Hilfe. Sie behandelt mich wie ein krankes Kind! Sie bringt mir abends, wenn ich wieder einmal ungewohnt zeitig eine Gesellschaft verlassen habe, warme Milch mit Honig und sogar Schokoladenkonfekt ans Bett. Und ich kann dieser Tage nicht einmal meine trübe Laune auskosten, denn dann lächelt sie mich immer wissentlich an, und bei alledem erwähnt sie Ludwig mit keinem Wort!

Im Gegensatz dazu unterlässt Joseph keine Gelegenheit – und derer hat er viele, denn das Schloss hier ist wirklich recht klein – um unschuldig zu fragen: „Wo ist denn dein fescher Verehrer?“ Er ennuiert mich unbeschreiblich, der Tölpel.

Gestern hat er sich nach der Messe im Vorübergehen theatralisch ans Herz gefasst, die Augen verdreht und schwer geseufzt. Dann ist er grinsend abgezogen. Ri-di-cule, einfach lächerlich! Er hat nicht das geringste schauspielerische Talent, hat schon immer unsere kleinen Theateraufführungen am Hof verpatzt, und sowieso: Eine Dame würde sich niemals, jamais!, so an den Busen greifen. Aber trotz aller Demütigung wüsste ich manchmal tatsächlich gerne, wo Ludwig steckt. Nach diesem abscheulichen Abend ist er einfach spurlos verschwunden! Ich will mir solche Gedanken jedoch verbieten und ihn einfach nur verabscheuen.

Aber ab und an denke ich an die gemeinsamen Stunden und sehne mich kurz nach den Gefühlen, die er in mir weckte, bevor mir wieder klar wird, was für ein Widerling er ist.

Aber irgendwie hat Joseph auch Recht. Wenn ich nur wüsste, wo Ludwig hin ist …

Eigentlich sollte ich aber nun tout de suite beginnen, einen Brief zu schreiben. Bis zwölf Uhr muss ich Maman etwas abliefern, und dieses Mal wird sie mein Schreiben besonders aufmerksam lesen. Doch mir fehlt jegliche Inspiration, und ich wollte sowieso noch von meinem Tête-à-Tête mit Maman berichten. Denn das Gespräch mit ihr vor einigen Tagen hat mich immerhin heute an das kleine Schreibpult gebracht …

Nun, das war so: Irgendwann musste ich schließlich meinen Platz hinter der Tapetentüre verlassen und Maman in ihrem Arbeitszimmer begegnen.

„Da bist du ja, mein Kind, komm doch herein und nimm Platz." Maman saß nun bereits an ihrem Schreibtisch und blätterte wie gewöhnlich in einem großen Stapel teils noch versiegelter Briefe. Denn selbst hier auf Laxenburg holten sie früher oder später die Staatsgeschäfte ein.

„Übrigens, dieser Prinz von Württemberg, wie war noch gleich sein Name?", fragte sie und blickte abwesend von ihren Papieren auf.

„Ludwig", murmelte ich, rutschte nervös im Sessel umher und machte mich schon auf ein Donnerwetter gefasst.

„Ach ja, Ludwig! Er ist abgereist und für mein Empfinden war das auch längst überfällig." Ich sagte nichts, und sie warf mir einen verwunderten Blick zu.

„Ich muss sagen, ich hätte mit mehr Widerstand gerechnet. Wie dem auch sei, er hat sich zwar in unserem Heer sehr verdient gemacht, aber eigentlich ist er doch ein rechter Gockel. Da stimmst du mir sicherlich zu, nicht wahr, Mimi?"

Ich sagte wieder nichts, denn in mir stritten die Gefühle. Er mochte ein Schuft sein, ein liederlicher Verführer, ein Gockel, und dennoch war ich ihm wider Willen immer noch ein bisschen zugetan. Zum Glück wurden wir in diesem Augenblick unterbrochen. Fürst Kaunitz reichte Maman einen Brief mit den Worten: „Majestät, die von Euch gewünschten Papiere – und das erbetene Gebäck."

Sogleich wurde noch ein Tablett voller duftender Liwanzen hereingebracht, und Maman scherzte über ihre heimliche Liebe zu dieser fettigen böhmischen Köstlichkeit. Ich weiß genau, dass sie sich sehr vor dem alten Leibarzt van Swieten fürchtet, und wenn er unsere kleine Kaffeetafel mit Likör und Schmalzgebäck entdeckt hätte, dann wäre Maman für die nächste Zeit eine gemeine Schonkost gewiss gewesen – Kaiserin hin oder her.

Erleichtert, dass ich noch einmal glimpflich davon gekommen zu sein schien, ließ ich mich mit Oscar auf dem Schoß auf dem Sessel nieder. Zum ersten Mal seit dem desaströsen Abend entspannte ich mich ein bisschen. Mamans Gegenwart beruhigte mich wie immer und rückte die Dinge ins rechte Licht.

Heimlich ließ ich mein Bauxerl die Powidel-Füllung von meinen Fingern schlecken. Ich war sogar dazu fähig, meinen Herzschmerz kurz zur Seite zu schieben und die Gestaltung des Raumes zu bewundern. Maman hat wirklich den allerbesten Geschmack, finde ich, auch was das Arbeitszimmer auf Laxenburg betrifft. Besonders gefallen mir die geblümte Seidentapete, der so funkelnde Leuchter und der gewebte Wandteppich. Die Überlegungen, ob ich mir vielleicht auch einen solchen Gobelin in Schönbrunn anbringen lassen sollte, wurden von einem energischen „Maria Christina Josepha Johanna Antonia!" unterbrochen. Oh weh, das ist nie ein gutes Zeichen. Da habe ich es noch tausendmal lieber, wenn sie mich mit dem kindischen „Mimerl" ruft.

Doch Maman fuhr bereits fort: „Ich wollte mit dir eigentlich über etwas anderes sprechen. Du bist bereits achtzehn Jahre alt, beileibe kein Kind mehr, und es ist an der Zeit, dass du mehr Verantwortung und Pflichten gegenüber deiner Familie übernimmst. Kurz: Es geht um die Hochzeit."

Was sollte das bedeuten: die Hochzeit!? Mein Gesicht verfärbte sich sicherlich bereits violett und nahm damit schon fast Powidelfarbe an, ich verschluckte mich vor Schreck an einer Liwanze und zwickte dabei Oscar in die Seite, sodass er jaulend weg sprang und sich unter einem Fauteuil versteckte. „Aber Maman, wegen der dummen G'schicht musst du mich doch nicht gleich verheiraten!", entfuhr es mir, und ich war schon bereit, in flehentliches Schluchzen auszubrechen und mich an Mamans Herz zu werfen – eine bisher immer erfolgreiche Taktik.

Es entstand also eine gewisse Konfusion im Salon. Während ausgerechnet Mamans dickstes Kammerfräulein versuchte, den knurrenden Hund unterm Sessel vorzulocken, bemerkte ich, dass mich Maman seltsam erstaunt und gleichzeitig auch belustigt anblickte.

„Du Dummerl! So beruhig dich doch, es geht schließlich um die Vermählung deines geliebten Bruders Joseph mit Isabella von Bourbon-Parma. Die hast du doch wohl über deinen ganzen Sommerflausen hier auf Laxenburg nicht ganz vergessen, oder?" Sie setzte amüsiert ihr Likörgläschen ab.

Welche Erleichterung! Einen kurzen Moment hatte ich doch tatsächlich geglaubt, Maman würde mich nun verheiraten, als Strafe für mein schlechtes Benehmen und das boshafte Hofgetuschel. Ich würde heute Abend zum Dank fünfmal den Rosenkranz beten und – obwohl ich gar nicht fassen kann, dass ich das nun schreibe – wie war ich plötzlich froh, dass es den Joseph gab! Er würde ja im October heiraten. Nicht ich! Joseph ist mit seinen neunzehn Jahren nun der Erste von uns, der heiraten wird. Dieu Merci, dass Maman und Papa das Thema mir gegenüber noch niemals ernsthaft erwähnt haben, obwohl ich ja durchaus bereits im heiratsfähigen Alter bin. Und so bleibe ich erst einmal, wo ich bin: in Österreich, und noch viel wichtiger: bei Maman und Papa. Was sollte ich auch auf einem fremden Thron, wo ich doch erst meine neuen Gemächer bekommen habe!

„Aber Königliche Majestät!", höre ich Fürst Kaunitz schon im Geiste näseln: „Gerade jetzt in Kriegszeiten ist es wichtig für das Haus Habsburg-Lothringen, vorteilhafte Verbindungen und Allianzen gegen Preußen zu schmieden. Die Heiratspläne der Kaiserin zielen auf eine Erweiterung der familiären Verbindungen zu den in Frankreich, Spanien, Neapel-Sizilien und Parma regierenden Bourbonen ..." Ah, er soll still sein! Das hat er mir schon hundertmal gepredigt! Aber ich sollte nicht so streng mit ihm sein, als Minister muss er von solchen Dingen sprechen. Nur warum drückt er sich immer so fade aus, ich bevorzuge da die Worte Karls: „Lieber als Liwanzen mag Maman nur noch die Bourbonen!"

„Mimi, ein bisschen Aufmerksamkeit, bittschön! Als Tochter des spanischen Infanten Philipp und Enkelin des Königs von Frankreich, Ludwig XIV., ist Isabella mehr als würdig für den Kaiserthron. Ich habe hier den Bericht unseres Gesandten Graf Firmian aus Parma. Sein Urteil über Isabella entzückt mich ungemein. Hör einmal: Sie sei ein ‚Engel von Schönheit und Freundlichkeit'. Das klingt doch wunderbar!"

Leider bemerkte Maman, wie ich bei ihren Worten eine klitzekleine Grimasse schnitt. Trotz des vorgehaltenen Fächers! Wie macht sie das bloß immer? „Aber Mimi, du wirst doch nicht eifersüchtig sein! Ich möchte, dass du dich Isabellas annimmst und ihr die Eingewöhnung in der fremden Umgebung und Familie erleichterst. Du bist etwa im gleichen Alter und kennst doch den Joseph. Auf Außenstehende wirkt er manchmal etwas, nun, eingebildet. Hilf ihr ein bisserl und sei gnädig mit ihr. Sie soll dir wie eine weitere Schwester sein."

Das klang ja fabelhaft. Eine neue Schwester hatte mir nun gerade noch gefehlt. Mir reicht schon die Gesellschaft meiner wirklichen Geschwister. Ihr Neid, ihr Gezänke und Getuschel! Das habe ich Maman natürlich nicht gesagt. Im Gegenteil, ich war nach dem kleinen Hochzeitsmissverständnis so erleichtert, dass ich sofort zustimmte und mich als Vertraute Isabellas zur Verfügung stellte.

Dann sagte Maman und blickte dabei betont in Richtung der Kammerfräulein, die schließlich die ganze Zeit im Raum waren: „Und noch etwas, Mimi: Nimm dir den Hoftratsch nicht so zu Herzen und vergiss den Burschen, du hast jetzt eine wichtigere Aufgabe. Nun musst du mich aber entschuldigen, meine Damen und die Karten warten.“ Maman und ihr geliebtes Pharospiel! Davon wollte ich sie wirklich nicht abhalten, sie kommt ja eh viel zu selten dazu. Und so verschwand ich nach einem kleinen Knicks mit den Briefen aus Italien und dem wieder aufgetauchten Oscarl unterm Arm schleunigst aus ihrem Zimmer.

Wenn ich es mir recht überlege, hat Maman im Grunde schon Recht mit dem, was sie über Ludwig gesagt hat.

Denn wie mir Eleonore erst gestern erzählte, wohl um mich aufzumuntern, hat er sich auf einer Kutschfahrt ihren Schildpattspiegel erbeten. Angeblich in meinem Auftrage! Die Vorstellung, wie er sich darin betrachtete, die schwarze Kokarde mit gelbem Knopf auf seinem Dragonerhut ordnete und zuletzt noch eine Stirnlocke zurechtzupfte, bringt mich tatsächlich zum Lachen. Und dann seine Manie mit seinem Goldhaar, das er täglich mit fünfzehn verschiedenen Wässerchen pflegen soll! Vergessen soll er sein!

Nun sitze ich hier und soll diesen Brief an Isabella ersinnen. Die Minuten verstreichen nur langsam. Der Park vor mir flimmert vor Hitze. Karl und Leopold haben ihre Korrespondenz augenscheinlich bereits erledigt und führen ihre Pferde auf dem Kiesweg vorüber, natürlich nicht, ohne mich etwas schadenfroh zu grüßen. Wie gut, dass Gräfin Khevenhüller immer noch selig schlummert, den Anblick einer „Erzherzogin, eine lange Nase drehend" fände sie wohl nicht so erfreulich ... Auch Marianna ist schon wieder mit ihrem Schmetterlingsnetz auf der Suche nach neuen Opfern. Und selbst Insekten zu fangen, scheint mir heute erstrebenswerter als Briefeschreiben.

Dies war nun schon der fünfte Versuch! Ich weiß nicht recht, was ich von dieser „Maria Isabella von Bourbon-Parma" halten soll. Allein der Name: „Isabella"! Stolz klingt das und doch zugleich elegant. Aber immerhin kommt sie auch nicht ohne ein „Maria" aus. Somit ist sie fast schon eine von uns ...

Das wenige, was ich über Isabella weiß:

Sie wird Josephs Frau werden – dazu mein herzliches Beileid! Sie soll unendlich schön sein – und sicherlich ebenso langweilig. Von dieser Sorte habe ich doch schon eine Schwester. Dann könnte sie sich doch mit Liesl, der allseits so gerühmten „Schönen", zusammentun. Warum muss ich das übernehmen?

Eben kommt mir eine hervorragende Idee. Ich werde den Brief mit einem Zitat aus Hoffmanswaldaus „Vergänglichkeit der Schönheit" beginnen, ein Gedicht, das Joseph erst letztens wieder deklamiert hat, als er mich dabei beobachtete, wie ich meine Frisur in den blanken Scheiben einer Kutsche bewundert habe. Dummer Kerl!

„Pardon, wie meinen, Erzherzogin?"

„Ach, Gräfin Vasquez! Verzeihen Sie, ich murmle nur vor mich hin und habe Sie deshalb nicht bemerkt. Setzen Sie sich doch ein Weilchen zu mir. Geht es Ihnen denn schon besser?"

„Ja, Erzherzogin. Van Swieten hat mir geraten, mich an die frische Luft zu begeben, und da habe ich gleich einen kleinen Spaziergang unternommen. Sie wissen doch, wie sehr ich das Krank-im-Bett-Liegen verabscheue! Ich habe Veilcheneis für Sie und das Gourmethunderl dabei. Sie sehen beide so aus, als könnten Sie ein wenig Ablenkung gebrauchen."

Während ich die hellblaue Köstlichkeit naschte, schien Gräfin Vasquez aber meine Freude über den gelungenen Briefanfang nicht zu teilen. Mit erstauntem Blick durch die Gläser ihrer Stiel-Lorgnette las sie vor:

Es wird der bleiche Tod mit seiner kalten Hand
Dir endlich mit der Zeit um deine Brüste streichen
Der liebliche Corall der Lippen wird verbleichen;
Der Schultern warmer Schnee wird werden kalter Sand

„Aber verehrte Mimi! Ihr Blick auf die Dinge scheint mir zur Zeit ein wenig zu pessimistisch. Die Begrüßung Ihrer Schwägerin dürfte schon etwas fröhlicher ausfallen, meinen Sie nicht? Im Übrigen – ein vorschnelles Urteil ist doch sonst nicht Ihre Art."

Gräfin Vasquez hat Recht, ich verabscheue dies geradezu. Nur zu genau kenne ich das Gefühl der Demütigung, das eine ungerechte Einschätzung hinterlässt. Und außerdem sollte ich die arme Isabella nicht noch mit meiner Scharfzüngigkeit strafen, wo sie doch schon Joseph heiraten muss …

„Na, dann wollen wir mal."

Zu meiner Überraschung spannte Gräfin Vasquez den Sonnenschirm auf, verstaute ihre Lorgnette und begann zu diktieren: „Madame ma chère Sœur …"

Der dreißigste August 1760

„Sie ist ein kleines Wunder!" „Welch zauberhaftes, anmutiges Geschöpf!" Von allen Seiten wird Isabella in den höchsten Tönen gelobt und bejubelt. Beinahe täglich treffen neue Berichte des Gesandten am Hofe ein und dieser ist mehr als angetan von ihrer „spanischen Zurückhaltung und dem französischen Charme".

Mir wird der Trubel langsam zu viel.

Joseph erkenne ich gar nicht mehr wieder. Man könnte glauben, es habe ihn ein wild gewordenes Insekt gebissen. Er schwirrt durch die Gänge, grüßt mit dem breitesten Grinsen jeden, der ihm begegnet, und gestern in der Abenddämmerung habe ich ihn gar über die Wiese hinter dem Pavillon rennen sehen. Rennen – Joseph rennt doch nicht! Seine Braut muss auch ihm jetzt schon – bevor er sie überhaupt ein einziges Mal zu Gesicht bekommen durfte – den Kopf verdreht haben. So wie dem ganzen Hof, mais non, was schreibe ich, ganz WIEN!

„Wir freuen uns so auf die schöne Isabella!“ „Ob es ihr bei uns gefallen wird?“ „Was wird sie dir wohl schreiben? Liest du uns die Briefe vor?“ Seit Langem ist die italienische Prinzessin DAS Gesprächsthema bei meinen kleinen Geschwistern und sie piesacken mich in einer Tour. Schließlich bin ich die Einzige am Hof, mit der der wundersame Engel Briefkontakt hat.

Noch warte ich jedoch auf den ersten „himmlischen“ Brief der Prinzessin, und dann möchte ich mir erst eine Meinung bilden.

Urteile niemals voreilig!

Der zweite September 1760 – Ganz anders als erwartet, die neue Schwägerin!

Gestern traf die Antwort auf meinen ersten Brief am Hofe ein. „Der Brief ist hier! Der Brief ist hier!“ Antonia stürmte in meine Räume, obwohl ich es ihr schon Hunderte Male verboten hatte! Doch heute machte es mir nichts aus. Ich muss gestehen, auch ich wartete mittlerweile jeden Tag auf Post aus Parma!

„Wo hast du ihn denn?“

„Maman liest ihn gerade! Komm mit, sie ist gleich fertig!“

„Du gehst schön wieder da hin, wo du hergekommen bist, kleine Madame. Der Brief ist an mich gerichtet und nicht für deine neugierigen Ohrwaschl bestimmt!"

„Aber Mimi –"

„Nichts Mimi, ich gehe jetzt zu Maman und du zurück in deinen Unterricht. Wie konntest du da überhaupt wieder ausbüchsen?"

Grantig stapfte die kleine Botschafterin davon, drehte sich kurz noch einmal zu mir um, und ich glaube, eine gebleckte Zunge gesehen zu haben. An einem anderen Tag wäre ich ihr sofort hinterher und hätte sie ihrer Aja mit einem Tadel übergeben, doch heute war mir alles egal. La Lettre est là! Der Brief ist da!

Madame ma chère Sœur,

mit unbeschreiblicher Freude habe ich Euren Brief empfangen. Ich bin beflügelt von der Freundschaft, die Ihr mir bezeugt! Seid auch Ihr Euch meiner aufrichtigen Freundschaft versichert. Ich hoffe, dass, sobald wir uns kennen lernen, Ihr sehen werdet, wie sehr ich Euch schätze. Meine Gefühle wallen mit solcher Kraft, dass man sie kaum mit den uns zur Verfügung stehenden Worten ausdrücken kann.

Na, so engelsgleich klingt das aber nicht …

Ihr erzähltet mir in Eurem Brief, meine liebe Schwester, von dem Sieg des Barons von Laudon bei Landshut über die Preußen. Wie Ihr bin auch ich darüber sehr froh.

Noch mehr aber interessiere ich mich für alles, was Euch selbst betrifft und vor allem auch Ihre Majestät die Kaiserin, die ich überaus schätze und zärtlich liebe. Zählt darauf, dass ich in meinem Herzen wahrhaft österreichisch bin und noch viel mehr. Seit Monaten schon übe ich mich in der deutschen Sprache und der

Erlernung der österreichischen Sitten und Gebräuche. Ich spüre die Freude aber auch aus Anerkennung gegenüber einer Famille adorable, mit der ich bald vereint sein werde.

Ja, und mit einem Drachen von Ehemann!

Ich verdiene gar nicht die Freundlichkeit, die Ihr mir entgegenbringt, liebe Schwester, aber seid versichert, dass ich Euch eine wahre Schwester und vollkommene Freundin sein werde. Ihr habt die Freundschaft aller verdient, die das Glück haben, Euch zu kennen, sei es persönlich oder nur aus der Erzählung.

Sie spricht schon jetzt von Freundschaft. Ob sie mir wirklich eine richtige Freundin sein wird? Eine Vertraute meines Alters, wie ich sie bisher nie hatte? Abwarten.

Adieu, ma chère Sœur, erhaltet Euch Eure Freundschaft zu mir, das ist alles, was ich wünsche. Ich bitte Euch, glaubt mir und habt mich ein bisschen gern. Das ist alles, was ich wünsche. Aber macht Euch bitte keine allzu gute Meinung von mir, damit Ihr nicht enttäuscht seid, wenn Ihr mich kennen lernt.

Ich bin für immer Eure treue Schwester Isabelle Marie Louise

Ihre Zeilen klingen so freundlich, so offen und gar nicht überheblich. Es erscheint sogleich ein ganz neues Bild von ihr in meiner Vorstellung. Nun bin ich aber auch darauf gespannt, sie bald persönlich kennen zu lernen.

Ihre Freude auf das Leben an unserem Hof scheint so ungetrübt und ehrlich. Doch wenn sie nur wüsste, was auf sie zukommt, und vor allem, wer auf sie zukommt. Ein durchgedrehter Esel, der über die Wiesen springt. Ach, Isabella! Dein Gemüt wirkt so fröhlich und erwartungsvoll. Ich hoffe, du wirst nicht enttäuscht und findest das in Österreich vor, was du dir so sehr wünschst.

Ich werde dafür sorgen, dass es ihr bei uns gut geht, und vielleicht dankt sie mir meine Mühen wirklich mit einer Freundschaft eines Ausmaßes, das ich so zuvor nicht kennen lernen durfte. Gleich will ich ihr schreiben und ihr noch mehr von uns erzählen. Naja, Joseph lasse ich dabei lieber außen vor. Den lernt sie noch bald genug kennen. Aber ich könnte ihr von Ludwig und meinem tragischen Sommerleid erzählen. Ja, das werde ich tun.

„Madame ma Belle-Sœur, ma Confidente, …"

Der vierte September 1760

Nun sind zwei Tage vergangen, und ich habe den Brief an Isabella noch immer nicht fertig geschrieben. Es gibt so viel zu erzählen. Ich möchte ihr von unserem Land berichten, von unseren Kämpfen und Siegen, von unseren Traditionen und Eigenheiten – davon gibt es schließlich genug. In ein paar Wochen wird sie als Fremde in ein ihr unbekanntes Reich kommen, hier leben und in absehbarer Zeit an der Seite Josephs die Kaiserrolle einnehmen. Und alles, was sie weiß, hat sie aus Gesandtenberichten und Lehrbüchern gelernt. Was muss das für ein Gefühl sein? Fremd zu sein? In einem fremden Land? In welchem eine fremde Sprache gesprochen wird? Ja, auch für mich ist sie eigentlich noch eine Fremde, doch aus unerfindlichen Gründen fühle ich mich ihr durchaus vertraut und so gar nicht fremd.

Als ich mich gerade wieder an den Schreibtisch gesetzt und die ersten Worte auf Seite elf meines unfertigen Briefes niedergeschrieben hatte, klopfte es an der Tür, und Karl trat salutierend ein: „Eure Königliche Hoheit, Euer persönlicher Postbote ist eingetroffen und möchte Euch voller Ehrfürchtigkeit diesen Brief überreichen." Mit einer albernen Verneigung fast bis zum Boden hielt er mir einen Brief vor die Nase.

„Von wem kommt der denn?"

„Von Isabella Maria Luisa Antonietta Ferdinanda Giuseppina Saveria Dominica Giovanna von Bourbon-Parma!" Er spickte dabei auf einen kleinen Zettel in seiner linken Hand.

„Aber ich hab doch –"

Ich wollte gerade den Brief nehmen, als ihn Karl wieder wegzog. Energisch stand ich auf und schnappte nun danach.

„Na, das müssen ja ganz besondere Zeilen sein, wenn das Schwesterherzchen gleich so wild wird!", schmunzelte das Bruderherzchen und hielt den Brief hinter seinem Rücken versteckt.

Komisch, aber Karl hatte Recht. Ich war wohl ein wenig aufgeregt. Ich wollte wissen, wieso sie mir schrieb, obwohl ich ihr noch gar nicht geantwortet hatte.

„Jetzt gib schon her!" Ich zwickte ihn leicht in die linke Schulter, griff von rechts um ihn herum und hielt schließlich triumphierend den Brief in der Hand.

„Würde es dir etwas ausmachen, mir ein wenig Sphère Privée zu schenken, Brüderchen?" Ich versuchte, Karl etwas unsanft zurück zur Tür zu schieben.

„Wie Ihr wünscht, Königliche Hoheit! Stets zu Diensten!" Mit einer zackigen militärischen Verneigung und strammen Rückwärtsschritten verließ Karl dann sogar freiwillig mein Schreibzimmer.

„Aber denk dran, Joseph ist der Verlobte von Isabella", hörte ich ihn noch schelmisch rufen. Ich spürte, wie sich meine Wangen leicht erwärmten und sich Röte über mein Gesicht ausbreitete, drehte mich schnell um und setzte mich zurück an meinen Schreibtisch. Langsam faltete ich den Brief auseinander, fast schon andächtig. Ich konnte ihre geschwungene und mädchenhaft ausladende Schrift erkennen.

Madame ma chère Sœur,

diese Zeilen sind getrübt. Getrübt von Abschied, von Trauer, von Wut und Einsamkeit. Ich muss sie Euch mitteilen. Sonst schreie ich sie noch L A U T aus. Doch will ich ja meine neue Famille nicht in Schrecken versetzen. Ich bin so unglücklich, will mich jetzt schon in Eurer Nähe wissen und mein Leid avec vous, ma chère Sœur, teilen. Helft mir!

Schnell las ich weiter. Die nächsten Worte konnte ich jedoch nur schwer entziffern, sie waren verschwommen und kaum lesbar.

... Tochter eines gro... Fürsten zu warten? Ihr Schicksal ist unstreitig das unglü...ichste!

Nun wurde die Schrift wieder kräftiger –

Verpflichtet, inmitten der großen Welt zu leben, hat sie niemanden, mit dem sie reden kann, weder Bekannte noch Freunde. Das ist aber nicht alles. Am Ende versucht man sie unterzubringen. Sie wird also verdammt, alles zu verlassen, Familie und Land – und für wen? Für einen Unbekannten, einen Menschen, dessen Charakter und dessen Art zu denken sie nicht kennt, für eine Familie, die sie vielleicht nur mit Eifersucht betrachtet, aber zumindest mit Vorsicht. Als Opfer einer angeblich wohlwollenden Öffentlichkeit, viel eher aber der unglücklichen Politik eines Ministers, der keinen anderen Weg findet, um die beiden Häuser durch eine Allianz zu verbinden.

Liebste Schwester, Adorée, ma Chère, allein Eure Freundschaft lässt mich glauben, einen Halt zu finden, einen Anker in der tobenden Bucht, der mich festhält und in meinem so verabscheuten Leben Stunden der Freude schenken wird. Versprecht mir hier und jetzt Eure Freundschaft, Eure Zuneigung und Gewissheit, mich nicht alleine zu lassen. Ich bitte Euch eindringlichst darum.

In ewiger Verbundenheit Eure treue Schwester Isabelle Marie Louise

Nun zitterten nicht nur meine Hände. Ich ließ den Brief sinken, las ihn sogleich noch einmal und noch ein weiteres Mal. Was war in sie gefahren? War das dieselbe Isabella, die noch in ihrem ersten Brief Zeilen der Freude, der Erwartung und Liebe zu unserer Familie verfasst hat? Es musste etwas geschehen sein. Etwas unvorstellbar Schreckliches.

Ich muss mit Maman darüber sprechen. Ich stand auf, drehte einige Runden in meinem Schreibzimmer, setzte mich wieder, las noch einmal den ersten Brief und den schockierenden zweiten.

Wenn ich mit Maman darüber rede, würde sie meine liebe Isabella verachten, ihr ihre Zuneigung entziehen, sie wohl gar verstoßen? Nein, ich musste eine andere Lösung finden.

Ich legte mir einen neuen Schreibbogen bereit, frisch und rein musste er sein, nahm meine Feder in die Hand, tauchte sie in das Tintenfass und setzte an.

Innerhalb von zwei Stunden – oder waren es doch drei, gar vier? Ich weiß nur noch, dass ich die Kerze entzündete, und sie beinahe heruntergebrannt war, als ich die Feder beiseite legte – hatte ich meine Unsicherheit, mein Mitgefühl, meine Sorgen und meine Angst auf viele Bögen gebracht. Ich hatte das Gefühl, Isabella mit meinen Worten retten zu müssen. Ihr meine uneingeschränkte Vertraulichkeit und Freundschaft bekunden zu müssen. Ich wollte ihr mit meinem Brief so nahe wie nur möglich sein. Ich hoffe, ich habe das mit diesen Zeilen geschafft.

Schnell streute ich Sand auf die noch feuchte Tinte, faltete die Bögen, verschloss sie mit Siegellack und wollte damit zum Postmeister laufen. Doch als ich den Gang betrat, war es ganz still und stockfinster. Nur ein paar Kerzen flackerten müde vor sich hin. Wie spät konnte es sein? Wo waren alle? Ich musste diesen Brief aber jetzt, jetzt sofort, versenden! Da hörte ich Schritte. Ich stellte mich flach an die Wand, um nicht sofort entdeckt zu werden. Joseph bog um die Ecke, selbst nachts ging er ganz aufrecht und militärisch steif. „Maria Christina, bist du das? Wieso stehst du hier nachts allein in der Dunkelheit auf dem Gang? Sitten sind das hier!“

„Ich wollte nur kurz – ähm, nur schnell diesen Brief an Isabella, deine Verlobte –“

Er ließ mich nicht aussprechen.

„Warte noch ein wenig, Mimi. Morgen ganz früh trifft ein Bote am Hofe ein. Er wird unsere Briefe für Isabella an sich nehmen und sie ihr persönlich übergeben. Nun aber geh zurück in deine Gemächer. Eine Erzherzogin hat so spät nichts auf den Gängen verloren. Du sollst dich doch nicht verkühlen, so kurz vor der großen Hochzeit.“ Die letzten Worte kamen fast schon schwärmerisch aus seinem Mund, und ich glaubte, an seinen Mundwinkeln ein verliebtes Lächeln erkennen zu können. Der Geist der italienischen Prinzessin schwebte merklich in der Luft!

Schnellen Schrittes ging er davon. Ich haderte doch noch einige Sekunden, besann mich dann aber eines Besseren, gehorchte dem großen Bruder und ging in mein Schlafgemach.

Doch schlafen konnte ich nicht mehr viel. Um fünf Uhr morgens, als die Gräfin mich wecken wollte, stand ich schon frisch gestriegelt und angezogen in meinem Zimmer und wollte gerade zur Poststelle aufbrechen.

„Haben Sie den Brief schon Ihrer Mutter gezeigt, Hoheit?“, hielt mich die Gräfin auf.

„Nein, dafür ist nun keine Zeit mehr. Er muss unverzüglich auf den Weg.“ Ungestüm drängte ich mich an der Gräfin vorbei.

Der Postmeister saß an seinem Platz und nahm den Brief freudig entgegen. „Ah, an die italienische Prinzessin. Gern, Königliche Hoheit! Die gfreit si bestimmt. Da Kurier wird glei komma und dann kann i ihm den Brief glei gebn. Aber da Stempel von da Kaiserin föhlt nu."

„Ich komme soeben direkt von der Kaiserin, und sie hat mir aufgetragen, den Brief auch ohne Stempel so schnell als möglich an die Prinzessin überstellen zu lassen", log ich mit klimperndem Augenaufschlag.

„Na, wenn's meina! Vü Zeit is eh nimma. Da kommt da scho, da Kurier!"

Das war mein Zeichen zu verschwinden.

Den Rest des Tages verbringe ich nun recht unaufmerksam und ungeduldig und voller Vorfreude auf den nächsten Brief von Isabella, doch nach außen hin beherrsche ich mich mit gespielter Gelassenheit, und tue so, als wäre dieser Tag ein Tag wie jeder andere.

Der zweite October 1760 –

Wo bleiben sie nur?

Seit ein paar Tagen wohne ich nun schon hier im Gartenpalais des Belvedere vor den Toren der Stadt und bin sehr stolz, dass Maman mir das erlaubt hat. Sie weiß nur zu gut, wie gern ich beim ersten Treffen zwischen Isabella und Joseph dabei gewesen wäre. Aber nein! Ich solle den beiden etwas ungestörte Zeit für einander geben. Joseph habe angeblich Sorge, sich durch sein nervöses Verhalten vor denen, die ihn kennen, zu blamieren. Zu schade! Aber immerhin darf ich nun die Tage vor der Trauung mit Isabella verbringen.

Isabella ist am dreizehnten September in Parma im fernen Italien aufgebrochen. Papa ist ihr vor einigen Tagen entgegengeritten, und heute noch sollen sie in Wien eintreffen! Das erste Treffen mit Joseph im Garten der Familie Daun in Laxenburg hat meinem Reiseplan zufolge schon heute Mittag stattgefunden. Bis zur Trauung trennen sich dann die Wege der Brautleute wieder, und deshalb nimmt Isabella bis dahin Quartier im Unteren Belvedere-Schlösschen, dem Gartenpalais. Und hier warte ich nun! Ungeduldig! Nun, ehrlich gesagt: schon ziemlich ungeduldig …

Zur frühen Abendstunde sind sie angekündigt. Doch es ist jetzt bereits nach sechs Uhr, und um sieben wird es doch schon dunkel. Wo bleiben sie nur?

Zusammen mit Gräfin Vasquez habe ich die Vorbereitung der Räumlichkeiten überwacht und in den letzten Tagen mit Oscar an meiner Seite das Schloss erkundet. Es liegt nicht weit außerhalb der Wiener Stadtmauern. Und wenn das Wetter so fantastisch ist wie im Moment, macht die Anlage ihrem Namen alle Ehre. Hier hat man wahrlich eine „schöne Aussicht" auf die Stadt und bis zu den Hügeln des Wienerwaldes. Das Obere Belvedere diente schon immer nur der Repräsentation, das Untere Belvedere aber war die Sommerresidenz Prinz Eugens von Savoyen und ist sehr hübsch. Ein kleines Gartenpalais ist es, und nach dem Tod Prinz Eugens vor vielen, vielen Jahren hat Maman es erworben. Doch verschlägt es selten ein Mitglied der kaiserlichen Familie hierher. Warum auch? Schönbrunn ist so viel prunkvoller, und dann haben wir ja auch noch Laxenburg.

Wir kamen gerade an, als Diener die großen Fensterläden öffneten und Staubflocken im Sonnenlicht wirbelten. Oscar versuchte, ein paar aufgeschreckte Motten zu fangen. Die Möbel waren mit weißen Leintüchern abgedeckt und entpuppten sich beim Darunterlugen als ziemlich altmodisch. Seit dem Tod Eugens haben hier nur noch Mäuse gewohnt.

Aber Isabella wird hier ja auch nur für ein paar Tage Quartier nehmen. Die Hochzeit ist schon am sechsten October, und danach zieht sie in die Hofburg zu Joseph. Für meine Schwägerin wurde hier im Schlösschen das „Paradeschlafzimmer" in Ordnung gebracht. Ich suchte mir einen der beiden Eckpavillons als vorübergehendes Gemach aus.

Bis zur Ankunft der Braut wurden die fast bis zum Boden reichenden Fenster poliert, Blumenbouquets mit weißen Lilien und Obstschalen voller Trauben hereingetragen, sowie neue himmelblaue Kissen und Bettvorhänge drapiert. Isabellas liebste Blumen, Obstsorten und Farben. Danach hatte ich sie in einem Brief schließlich nicht ohne Hintergedanken gefragt!

Die Kaminöfen qualmten unglaublich, und als der Einheizer auch noch ein deutliches Fluchen von sich gab, wurde es der Gräfin zu viel. Sie schickte mich an die frische Luft: Das sei nun wirklich keine Umgebung für eine Erzherzogin, meinte sie.

„Es wird eine ganze Weile dauern, bis die Räume eine angenehme Temperatur haben. Erkunden Sie doch etwas den Park, Madame. Aber entfernen Sie sich nicht zu weit vom Palais."

Das hatte ich auch nicht vor! Die Parkanlage, die zum Oberen Belvedere führt, bietet schließlich genug Abwechslung. Es gibt dort Kaskaden und Wasserspiele, große Wasserbassins und kleine Alleen, angeordnet in vollkommener Symmetrie, ganz nach französischem Vorbild. Maman lässt den Park zwar in Form halten, doch bei genauem Hinsehen sind die zu Kegeln und Pyramiden geschnittenen Bäumchen etwas aus der Form gewachsen.

Ich war erst wenige Schritte gegangen und wollte eben den Weg zum Wasserbassin einschlagen, da sprang mir Oscar vom Arm. Ich konnte gar nicht so schnell schauen, da war er schon durch ein kleines schmiedeeisernes Türl in einer überwucherten Mauer verschwunden. Das Türl war der Eingang zu einem recht verwilderten Garten. Noch einmal hörte ich meinen untreuen Hund vor Freude japsen, dann war es still. Was sollte ich tun? Es war mir sicherlich strengstens verboten, ganz allein durch verwilderte Gärten zu streifen! Einen solchen habe ich fürwahr noch nie zuvor gesehen. Selbst in Laxenburg besteht Maman darauf, die Wildheit der Natur in Grenzen zu halten. Durch die hohe Mauer war der Garten von außen nicht einsehbar. Ich warf einen vorsichtigen Blick durch das Türl. Es war niemand zu sehen und ich musste doch Oscar hinterher.

Der Kontrast zum Park, der nur wenige Schritte entfernt lag, war augenfällig. Die Anlage schien auf den ersten Blick vollkommen chaotique. Große Asternbüsche in allen nur erdenklichen Blautönen wuchsen hier zwischen goldenen Hainbuchenhecken und Quittenbäumen. Spinnfäden, an denen noch einige Tautropfen schimmerten, zogen sich über die ungemähten Wiesen. Gräser überwucherten auch den kleinen Kiespfad, und ich musste Acht geben, nicht ganz nasse Füße zu bekommen. Das Gras war taufeucht und herbstlich gelb. Der Pfad schlängelte sich an Bäumen voller dunkelrot leuchtender Niccoloäpfel und einem mächtigen Walnussbaum vorbei und führte mich bis zu einer unter Kletterrosen versteckt liegenden Volière. Der Vogelkäfig schien wie der Garten schon lange verlassen und beherbergte sicherlich schon lange keine Ziervögel mehr. Doch als ich durch den Rosenbusch einen Blick in sein Inneres werfen wollte und mich über eine Blüte beugte, die nach meinem Eau de Rose duftete, geriet die ganze Pflanze in Bewegung, und eine aufgeregte Spatzenfamilie verließ von mir aufgeschreckt laut schimpfend ihr Versteck und stob wie eine Wolke auseinander.

Auf der Suche nach Oscar stieß ich schließlich auf eine Art Wintergarten am Ende des Pfades. Und dort stand, versunken meinen Hund streichelnd, ein Gärtner. Nein, das war gar kein Gärtner, das war Onkel Karl! Überrascht sahen wir uns an:

„Ich muss wohl vergessen haben, das Tor zu schließen, ich bin heute besonders eilig hierher aufgebrochen, musst du wissen, Mimi. Ich wollte meine Ruhe haben, denn die Hochzeitsvorbereitungen stimmen mich etwas mélancolique. Immerzu muss ich an meine Maria Anna denken, Gott hab sie selig. Vor sechzehn Jahren habe ich sie, wie nun bald mein Neffe seine Isabella, in der Augustinerkirche zum Altar geführt."

Ich kenne seine traurige Geschichte: Papas jüngerer Bruder, mein Onkel Karl, war ihm aus Lothringen an den Wiener Hof gefolgt und hatte sich hier in Mamans jüngere Schwester, Maria Anna, verliebt. Sie starb nicht einmal ein Jahr nach der Hochzeit, bei der Geburt ihrer Tochter. Onkel Karl konnte damals weder Abschied von seiner Frau nehmen, noch seine Tochter in den Armen halten, denn auch diese starb noch am Tage der Geburt, und Karl war weit weg im Krieg gegen Preußen. Er hat nie wieder geheiratet.

„Je suis désolée, es tut mir leid, lieber Onkel, ich wollte dich nicht stören. Ich wusste nicht, dass jemand hier ist. Es sah alles so verlassen aus."

„Das war auch ganz meine Absicht, ich habe schon dafür gesorgt, dass der Pfad recht unwirtlich aussieht und sich nicht doch jemand hierher verirrt. Der Garten ist in unmittelbarer Nähe des Gartenpalais, nur merkt man ihm das nicht an." Karl schmunzelte. Er hatte ganz Recht. Erst jetzt bemerkte ich, dass nichts von dem Trubel und den Geräuschen der vielen Menschen auf dem Schlosshof zu hören war. „Zugang zu diesem Küchengarten, wie er früher hieß, hat man nur durch die kleine Pforte", fuhr Karl fort, kramte etwas aus seiner Schürzentasche und hob es triumphierend in die Höhe. „Und nur ich habe einen Schlüssel! Dein Vater hat mir diesen Platz verraten. Wir sind uns in diesem Punkt sehr ähnlich. Er kann ja auch nicht genug Zeit in seinem Tiergarten und in den Wäldern verbringen. Aber hör nicht auf mich, ich bin nur ein alter, sentimentaler Mann."

Ich schüttelte den Kopf. Wie Unrecht er doch damit hatte! Ich genoss seine Gesellschaft. Lange Zeit war er im Krieg gewesen, und erst nach der Niederlage von Leuthen und seiner vor ein paar Jahren erfolgten Abberufung als Oberkommandant des Heeres ist er zurück nach Wien gekommen.

„Was du vor dir siehst, ist eine Orangerie. Hier wachsen noch die Citrusbäume, die Prinz Eugen pflanzen ließ. Und sieh mal, mein Kind. Die Fassade, vor der wir nun stehen, lässt sich vollkommen öffnen und das Dach auf Rollen zurückschieben. Und schon steht man in einem Orangenhain unter freiem Himmel. Aber nun lass uns schnell das Dach wieder schließen. Es ist schließlich schon October, und wenn wir in diesem Jahr noch Früchte ernten wollen, sollten wir die Bäume lieber im Warmen belassen. Sie hassen den Wind und die Kälte." Karl erzählte und erzählte. Es schien, als hätte ihm lange niemand zugehört. „Die Bäume wurden in den letzten Jahren nur recht sporadisch gepflegt. Ich habe die Zeit hier genutzt und ein bisschen die schwachen Triebe und abgestorbenen Äste entfernt und die Dachkonstruktion notdürftig ausgebessert. Im Grunde galt meine Liebe auch immer der Ingenieurskunst, und dieses Gebilde hat mich herausgefordert. Die Bäume haben inzwischen eine stattliche Größe und werden sicherlich nach langer Zeit wieder eine reiche Ernte tragen. Siehst du, da hängen schon die Früchte. In einigen Monaten können wir sie ernten. Sie nehmen schon eine gelbe Färbung an."

All das erzählte er mit sichtbarem Stolz, aber ich hörte kaum zu. Das war es! So stelle ich mir Italien vor! Ich konnte es nicht erwarten, ihr diesen Garten zu zeigen!

„Weißt du, Onkel, ich glaube, dies ist ein guter Platz, falls Isabella Heimweh nach Italien bekommt."

„Du kennst sie bereits ein wenig, oder?" Karl sah mich voller Wärme an, und ich antwortete ohne zu zögern.

„Es kommt mir so vor, als würde ich sie schon lange kennen."

„Das freut mich für dich, Mimi. Vielleicht kann sie dir endlich eine Vertraute sein." Seine Stirn legte sich in Falten. Offenbar dachte er über etwas nach.

„Du weißt vermutlich, dass ich in einiger Zeit nach Brüssel zurückkehren werde, und vielleicht hast du dann Lust ein Auge auf den Garten zu werfen? Meine Burschen hier stehen dir jederzeit zur Verfügung. Sie wissen, wie man das Dach öffnet und werden den Garten in meiner Abwesenheit pflegen."

Natürlich hatte ich Lust! Ich musste aber versprechen, die Pforte immer gut zu verschließen, denn dass der Belvedere-Park zumindest im Sommer ein recht beliebter Treffpunkt für Damen der oberen Gesellschaft und ihre Kavaliere ist, findet nicht nur Maman abscheulich. Sie hält im Allgemeinen nicht viel von Schwärmereien und noch weniger von öffentlich zur Schau gestellten Liebschaften. Karl schien meine Gedanken zu lesen. „Keine Angst, hierher verirrt sich normalerweise niemand", beruhigte er mich. „Aber du kennst ja deine Mutter! Lustwandeln, Ausschweifungen, Libertinage der Damen, Dirnen, Bedrohung der öffentlichen Sittlichkeit und Sicherheit. Du weißt schon, all das." Ich entnahm seiner Stimme einen leicht spöttischen Tonfall. Oh ja, ich weiß! Ich weiß zum Beispiel, dass Leopoldine und ihre Schwester schon ein paar mal Ärger wegen des „Keuschheitsgesetzes" bekommen haben: „Wenn sie sich weiter so benehmen, dann werden sie eines schönen Tages noch die Donau hinab ins Banat verschifft, zusammen mit all den Kriminellen und Prostituierten", so die oft gehörte Meinung meiner Obersthofmeisterin. In diesem Punkt finde ich, übertreibt Gräfin Vasquez ein wenig. Nur weil sich meine Freundinnen abends gerne allein auf den Weg ins Theater machen oder von galanten Kavalieren bis vor die Tore der Hofburg geleiten lassen, sind sie doch keine „incorrigible Weibspersonen"!

Onkel Karl brachte mich noch bis an die Pforte und entschuldigte sich, dass er mich nicht zum Palais zurückbegleiten konnte – seine Verwandlung vom Gärtner zum Herzog nehme doch etwas Zeit in Anspruch. Ohne bisher vermisst worden zu sein, kehrte ich mit Hund und meiner neuen Entdeckung zurück.

Später am Tage

Sie sind immer noch nicht da, dafür aber die Post!

Vor einigen Tagen traf Papa mit Isabellas Reisegesellschaft in Stuppach zusammen, nur noch achtundvierzigtausend Klafter, also etwa zweieinhalb Tagesreisen, entfernt von Wien. Und während ich immer noch auf seine heutige leibhaftige Rückkehr warte, wurden mir soeben wenigstens Briefe aus Stuppach gereicht. Je näher der Brautzug Wien kommt, umso schneller ist meine ersehnte Post bei mir. Und schon in ein paar Stunden sind die Zeiten des Briefeschreibens sowieso passé.

Was schrieb nun Papa? Ach, was musste ich lesen? Unglaublich, incroyable:

Chère Madame Mimi!

Dein Vater wird zu alt zum Reiten. Trete Rückreise wohl in der Kutsche an. Erwarte mich in Wien und sei recht brav. Ein Bisou und Busserl auf die Wange. Von Papa.

Kein Wort über Isabella! Das hat er mit Absicht gemacht, um mich zu ärgern! Sein erstes Urteil über Isabella hatte ich doch so sehnsüchtig erwartet. Doch, ich habe es schon geahnt: Er wollte, dass ich mich auf meine eigene Urteilskraft verlasse. D'accord, einverstanden!

Auch von Isabella habe ich wieder ein paar Zeilen erhalten. Besonders lachen musste ich über ihre Beschreibung Papas, wie er hinter dem Rücken Fürst Liechtensteins Grimassen schneidet, um sie nach einem langen Tag aufzumuntern. Ja, so kenne ich meinen petit Père! Isabella schrieb, wie sehr sie den Augenblick ihrer Ankunft herbeisehnt (ich auch!), und zerstreute meine Sorgen um ihr Wohlbefinden auf Reisen:

Bis jetzt hat mich die Reise nicht geschwächt, sondern mir sehr gut getan. Mein Appetit ist gewaltig (und man behauptet sogar, dass ich wieder fett werde). Adieu, meine liebe Schwester, ich ende wie stets, nicht ohne Sie fest zu umarmen.

Isabelle Marie Louise

Ach, wäre sie doch schon hier! Ich will sie endlich persönlich kennen lernen!

Curieuse! Es gab heute noch eine dritte Dépêche. Sie begann recht sonderbar, ganz ohne Anrede, doch es war zweifelsohne die Schrift Papas:

Gibt es Anlass zur Sorge? Aus Wien erreichte uns ein Brief Josephs. Er wandte sich mit einigen Zweifeln an Graf Anton Salm. Joseph schreibt: „Ich fühle mich sehr jung und kaum imstande, mich selbst zu leiten – wie soll ich eine Frau lenken? Ich habe noch niemals die Reize der Liebe erfahren, Gott weiß, wie es mir ergehen wird."

Mais, je vous en prie! Ich bitte Sie, lieber Kaunitz! Das sind doch hoffentlich nur Fantaisies, jugendliche Grillen. Er benimmt sich momentan geradezu weibisch, vor allem wenn er schreibt: „... niemals im Leben habe ich mich so niedergeschlagen und bekümmert gefühlt, und das einzig aus Furcht, nicht gut anzukommen. Wäre ich ein Privatmann, ich würde alles rückgängig machen und mich niemals entschließen, zu heiraten. Aber als Opfer des Staates gebe ich mich eben hin und hoffe, dass Gott dieses Opfer gütigst hinnehmen und mich entschädigen wird, wenn nicht in dieser, dann in der andern Welt."

Lieber Fürst, sprechen Sie doch bei Gelegenheit mit dem Bub. Ich denke und hoffe, er hat nichts anderes als „les lambes en coton", ein bisserl weiche Knie.

Oh! Der Brief war ganz offensichtlich nicht an mich gerichtet! Doch meine Augen lasen einfach weiter, fast ganz gegen meinen Willen. Und ich konnte kaum glauben, was dort geschrieben stand. Mein Gesicht wurde ganz heiß beim Lesen, doch es war seltsamerweise nicht Schadenfreude oder Belustigung, die ich für Joseph empfand. Der unerlaubte Einblick in seine Gefühlswelt, das, was ich eben gelesen hatte, rührte mich und erschreckte mich zugleich, und es macht Joseph – so menschlich.

Gartenpalais, der fünfte October 1760

Nur einmal noch schlafen!

Ein Gewitter hält mich wach. Es ist die Nacht vor dem großen Fest. Den ganzen Tag schon war es außergewöhnlich schwül für Anfang October, nichts war zu spüren von einer herbstlichen Kühle der Luft. Nun, kurz vor Mitternacht, gehen gewaltige Regenschauer nieder. An meinem Schreibpult, hier in dieser immer noch ungewohnten Umgebung, scheint der Regen ganz nah. Nachts ist mir das Gebäude ein wenig unheimlich: So viele unbewohnte leere Zimmer. Auch wenn man das nach dem Einsatz der Dienerschaft nicht mehr sieht, so spürt man doch, dass das Schloss lange verlassen war.

Die letzten Tage verliefen ganz anders, als ich sie mir ersehnt hatte. Die Kutsche mit Isabella und Papa war erst sehr spät nachts angekommen. Ich habe nur im Halbschlaf das Hufklappern auf dem Vorplatz des Schlosses gehört. Und obwohl ich kaum mitbekommen habe, dass Gräfin Vasquez den Kopf zur Tür hineinsteckte und flüsterte: „Sie sind da. Schlafen Sie nur weiter. Alles ist gut", fiel die Anspannung des Tages von mir ab – und ja: Alles war gut.

Am nächsten Morgen war ich früh aus dem Bett. Barfuß schlich ich mich zum Fenster. Vor den Ställen stand der Reisewagen Isabellas, eine beeindruckende silberne Karosse, die an diesem Morgen vom Schmutz der Straße gereinigt wurde. Jetzt kam also der große Moment des Kennenlernens, den ich mir so lange ausgemalt hatte. Doch zu meinem großen Bedauern war Isabella bereits zu offiziellen Terminen aufgebrochen. Immerhin: Für den frühen Abend war ein gemeinsamer Kirchgang der ganzen Familie in der Belvedere-Kapelle geplant. Und selten habe ich mich darauf so gefreut!

In der Kirche saßen wir endlich einmal nebeneinander, aber dies ist nun wahrlich kein Ort, an dem Unterhaltungen geduldet werden. Üblicherweise muss ich die Messe gar eingekeilt zwischen Tante Charlotte und Gräfin Vasquez verbringen, dies scheint der einzige Schutz gegen die sich stets unter den Schwestern ausbreitende Albernheit zu sein. Diesmal saß Isabella neben mir, und mir war nicht albern, nur andächtig zumute. Auf der Holzbank kniend, das Gesicht auf die gefalteten Hände gelegt, bot sich mir die Gelegenheit, sie genauer zu betrachten – ich musste nur den Kopf ein wenig neigen: Sie hat das gewinnendste Äußere, reizvolle, dunkle Augen und pechschwarze Haare, einen hübschen Mund, eine ungemein harmonisch geformte Büste. Ihr schmales ovales Gesicht ähnelt in keiner Weise den Mehlspeisenbacken meiner Familie. Nur ihre Hautfarbe ist etwas zu braun, und die Hände sind weniger gut gebildet als die übrige Gestalt. Der Ausdruck ihres Gesichts ist sprechend, kapriziös, geistreich, selbst während der Andacht, und der Grundzug ihres Wesens strahlt unermessliche Güte aus. Sie ist tatsächlich noch schöner, als man berichtet hat.

Von Isabella blickte ich weiter auf meine versammelte Familie. An diesem Tag, in dieser Stunde wurden aus der Wiener Schlosskapelle viele Gebete und Wünsche gen Himmel gesandt: nach Frieden, Liebe, Mut, Freundschaft – oder vielleicht auch nur einer neuen Puppe?

Isabella war schon in der Kirche immer wieder eingenickt und wurde nach der Messe von ihrer neuen Obersthofmeisterin, Gräfin Antonia Erdödy, förmlich zurück zum Palais getragen. Papa bemerkte wohl meine Enttäuschung darüber und nahm mich zur Seite: „Sie war fast drei Wochen unterwegs, und nun die vielen Verpflichtungen. Gönn' ihr ein wenig Ruhe."

„Ja doch, Papa, sie ist schließlich nicht hier, um mich zu unterhalten. Sie wird in drei Tagen den künftigen Thronfolger heiraten, hab ich Recht?" Ich versuchte, vernünftig und erwachsen zu wirken. Als Antwort bekam ich einen kleinen Kuss auf die Stirn.

Während Papa sein Pferd aus dem Stall holte, um sich auf den Rückweg zur Hofburg zu machen, bettelte ich jedoch solange, bis er mir alles über das Treffen in Laxenburg erzählte. Und das tat er:

„Ach der Joseph, wie ein kleiner Bub, so verschämt hat er sich versteckt hinter seiner Mama!"

Nun ja: er ist streng genommen klein, aber natürlich nicht innerlich …

„Dann schien auch noch sein Rüschenkragerl zu kneifen. Und ich übertreibe nicht, wenn ich dir sage, Mimi: Sein Kopf war paradeiserrot bis unter die gepuderten Locken. Und ich war von Herzen froh darüber, denn alles spricht dafür: Er hat sich tatsächlich verliebt!" Papa musste bei der Erinnerung lachen.

„Und was hat Isabella gemacht?" Ich wurde ungeduldig.

„Fürst Liechtenstein hob gerade dazu an, seine gewohnt steife Vorstellung der Kaiserfamilie zu vollführen, doch weiter als bis zu ‚Ihre kaiserliche Majestät …‘ kam er nicht. Isabella fiel ‚Ihrer kaiserlichen Majestät‘ bereits um den Hals. Damit hat sie deine Mutter natürlich im Sturm erobert!“

Obwohl ich nun schon seit drei Tagen mit Isabella unter einem Dach lebe, hatten wir noch immer keine Gelegenheit, uns richtig kennen zu lernen, geschweige denn, uns in Ruhe zu unterhalten. Zum einen will die ganze Welt ihre Bekanntschaft machen, zum anderen kommt ständig die Familie zu Besuch ins Palais, und die Kleinen können gar nicht genug von Isabella bekommen. Sie vergessen jegliche Zurückhaltung und überhäufen die „Prinzessin aus Italien“ mit Fragen und Liebesbekundungen. Wie oft hatten wir das schon geübt: offizielle Aufstellung, Knicks, Sträußchen übergeben, zurücktreten. Und noch heute Morgen standen sie in Reih und Glied wie die Orgelpfeiferl und mussten unter dem Kommando der Kinderfrauen ganze und halbe spanische Verbeugungen vollführen: „Tiefer, tiefer, kleiner Erzherzog!“ Denn immerhin werden zur Hochzeit Gesandte vieler Länder und Mitglieder aller wichtigen Königshäuser erwartet. Aber gar zu schnell war alles vergessen! Antonia möchte unbedingt den Sonnenschirm halten, Max den kleinen Hund, Carolina streichelt ganz ungeniert und fasziniert über Isabellas dunkles Haar. Verständlich, sie sieht wirklich ganz anders aus als wir Wiener Blondschöpfe. Einzig Marianna kann sich der allgemeinen Begeisterung nicht anschließen. Sie fürchtet wohl, dass sie nun ihre Bedeutung als älteste Tochter an die Kronprinzessin verlieren wird, und verfolgt das aufgeregte Treiben mit der ihr eigenen Eifersucht.

Bei diesem ganzen Tumult bleiben Isabella und mir schließlich nur die kleinen Briefchen, ganz wie zuvor. Morgens wird mir ein Gruß unter der Türe durchgeschoben, und abends liegen für Isabella Gute-Nacht-Zeilen auf ihrem Bett. Wie auch heute.

Ob sie schon schläft? Es donnert immer noch gewaltig. Doch Gewitter haben mich nie geängstigt: Die plötzliche Verdunkelung des Himmels, der Sturmwind, erst der Blitz, dann der Donner, das alles macht mir den Confort und den Schutz meines Zuhauses noch bewusster.

Eben geht die Tür auf. O weh! Zu spätes Zubettgehen kann meiner Gräfin Vasquez ein größeres Donnerwetter entlocken als das, das in dieser Nacht über Wien tobt. Es bleibt keine Zeit mehr, die Kerze auszupusten. Schnell unter die Bettdecke!

Später in der Nacht

„Ich konnte nicht schlafen wegen des Wetters und deswegen hab ich gedacht…“, begann ich Gräfin Vasquez sogleich meine Verteidigungsrede vorzutragen und traute mich nicht, meinen Kopf unter der Decke hervorzuheben. Doch ganz ohne das erwartete Geschimpf hob sich das schwere Bettzeug, und ein kleiner Körper legte sich zu mir und nahm meine Hand.

„La Tempesta, das Gewitter macht mich fürchten, und der neue Tag.“

Denn Isabella war es, die in mein Zimmer kam.

Sie ist ganz schnell neben mir eingeschlafen, doch ich bleibe wach und werde auf sie aufpassen. Ich spüre es, ein neues Kapitel in meinem Leben beginnt.

Der sechste October 1760, morgens –
Der Jubeltag

Ein letzter Eintrag aus dem Gartenpalais. Der Regen ist weitergezogen. Ein seidenblauer Himmel wölbt sich über uns. Von meinem Platz am Fenster kann ich sehen, wie Maler van Meytens bereits seine Leinwände aufgebaut hat. Er soll die Szenerie und die gesamten Hochzeitsfeierlichkeiten auf einem riesigen fünfteiligen Gemäldezyklus festhalten. Van Meytens hat eine ganze Schar seiner Schüler bei sich, die mit Zeichenkohle schon den Park skizzieren und sich auf die Ankunft der Prunkkutschen vorbereiten. Um zwei Uhr nachmittags wird der Brautzug in Richtung Augustinerkirche aufbrechen. Ich fahre schon ein wenig früher mit Gräfin Vasquez zurück zur Hofburg. Und normalement würde ich mich gerne noch zu den Malern gesellen, ein bisschen zusehen oder selbst ein paar Striche zeichnen. Heute aber habe ich keine Zeit: Eine Braut wartet auf mich!

Bella gerant alii, tu felix Austria nube – Kriege führen mögen andere, du glückliches Österreich heirate!

Der dreizehnte October 1760

Was für eine Woche!

Dieses Fest hat alles übertroffen, was ich jemals erlebt habe! Mein Kopf schwirrt noch immer von all den Eindrücken der letzten Tage. Die Vermählung Josephs sollte das Ereignis des Jahres werden, und das war es – ohne den geringsten Zweifel. Aber nein, das ist es noch immer, denn auch morgen und übermorgen stehen noch einige Gesellschaften an. Alors, wo soll ich nur beginnen? Ich muss das alles in meinem Buch festhalten, sonst glaube ich bald nicht mehr, dass es Wirklichkeit war.

Wenn ich an die Gewitternacht zurückdenke, mag ich gar nicht glauben, dass dieses zarte, verängstigte Mädchen dasselbe war wie die nunmehrige Erzherzogin und Kronprinzessin, die bei allen Zeremonien der letzten Tage stets der glänzende Mittelpunkt war. Wenn sie auch noch erschöpft war von der langen Reise und den vielen Empfängen und Audienzen, die sie unterwegs schon zu absolvieren hatte, so konnte man es ihrem Gesicht zu keiner Zeit anmerken. Sie hielt tapfer durch, lächelte, winkte den Menschen zu und absolvierte ihre Auftritte mit Bravour. Natürlich hielt sie sich ununterbrochen an Josephs Seite auf, doch sie suchte immer wieder den Augenkontakt zu mir, als wolle sie mir sagen: „Ich bin froh, dass du da bist. So fühle ich mich nicht ganz so verloren in diesem Meer aus unbekannten Gesichtern."

Ich sah sie wieder, als sie an der Augustinerkirche vorfuhr. Da hatte sie bereits eine Fahrt von drei Stunden durch die Stadt hinter sich. Ich stand mit Maman, Papa und meinen Geschwistern vor dem Eingang der Kirche. Alles, was bei Hofe Rang und Namen hat, fand sich ein, um sich dem riesigen Tross aus etwa hundert Prunkkarossen anzuschließen: Fürst Liechtenstein natürlich, in seinem Gefolge der hochfürstliche und prächtig gekleidete Mohr Angelo Soliman, der ihm einst als Diener und Reisebegleiter zum Geschenk gemacht worden war, dann Fürst Kaunitz, die Dauns, Esterházys und Montecuccolis. Vom Gartenpalais aus zogen die Wagen, angeführt von Paukern und Trompetern und begleitet von Hunderten von Lakaien, Läufern, der Schweizergarde und der ungarischen Leibgarde, über Wieden und an der Karlskirche vorbei bis zum Kärntnertor, wo Bürger ein Spalier aus Waffen und Fahnen bildeten. Auch das Volk war gespannt auf unser neues Familienmitglied und scheint sie ebenso schnell in ihr Herz geschlossen zu haben wie wir. Vor dem Stephansdom hatte sich der gesamte Stadtmagistrat an einer eigens errichteten Triumphpforte versammelt. Auch im Graben, am Kohlmarkt und in allen Gassen jubelten die Leute der Braut zu. Der prächtige Brautwagen, ganz in Silber, außen mit reichen Schnitzereien und Malereien, innen, wie ich schon zuvor gesehen hatte, mit hell- und dunkelblauem Stoff geschmückt, hielt schließlich auf dem weiten Platz vor der Augustinerkirche. Noch ein letzter vorsichtiger Blick Isabellas aus dem Wageninneren, dann öffnete sich die Tür. Sie war eine Erscheinung! Ein Diadem funkelte auf ihrer kunstvollen Frisur, das prachtvoll bestickte Gewand aus Silberbrokat mit kurzer Schleppe schimmerte im späten Sonnenlicht. An der Brust trug sie das kleine Medaillon, das ihren Gemahl zeigte und das Fürst Liechtenstein ihr in Parma als Geschenk überreicht hatte. Joseph empfing sie an der Wagentür und führte sie an der Hand zur Kirche. Er bemühte sich redlich, seine majestätische Haltung zu bewahren, aber die Nervosität war ihm an der Nasenspitze anzusehen. Im Gegensatz zu der stolz dreinblickenden Person auf dem Medaillon wirkte er jetzt wie ein kleiner Junge. Schon als wir an der Kirchentür gemeinsam auf die Ankunft warteten, war mir aufgefallen, wie er von einem Fuß auf den anderen trat, unaufhörlich an seinem Zopf hantierte und seinen Obersthofmeister neben ihm offenbar solange nach der Uhrzeit fragte, bis dieser ihm aufmunternd zuredete. Ich zuckte zusammen, als die Gewehrsalven vom Michaelerplatz und den Basteien abgefeuert wurden – höchste Zeit, dass wir unsere Plätze einnahmen.

Das Innere der Kirche sah ganz anders aus als sonst. Unzählige Kerzen tauchten den Raum in ein feierliches Licht, die Wände waren mit niederländischen Tapisserien geschmückt, und der Boden war mit einem dunkelroten Teppich ausgelegt worden, auf dem das Brautpaar nun in Richtung Altar schritt. Dort erwartete sie schon der päpstliche Nuntius Monsignore Borromeo, und die beiden knieten auf den roten Samtpolstern nieder, empfingen das

Weihwasser und das Kreuz zum Kuss. Maman und Papa saßen links von uns unter einem goldenen Baldachin. Ich glaube, sie sind sehr zufrieden mit ihrer Wahl. Einmal während der Zeremonie beobachtete ich, wie sie sich glücklich anblickten, und Papa seiner Resl sogar die Hand drückte.

Eigentlich sind Joseph und Isabella ja schon seit einem Monat verheiratet. Vielleicht war das der Grund für ihren angstvollen Brief, den sie mir damals schrieb. Bis dahin war noch alles Vorbereitung, weit weg und noch keine Wirklichkeit. Aber noch in Parma wurde sie in den Dom geführt und in einer Heirat per procurationem die Frau eines fremden Menschen. Der alte Fürst von und zu Liechtenstein erschien bei dieser Trauung als Stellvertreter für Joseph. Wie muss man sich fühlen, wenn man an einen Mann verheiratet wird, den man nur von einem Bild kennt, und man dann auch noch von einem anderen, schon über Fünfzigjährigen vor den Altar geführt wird? Incroyable! Ich kann ihre Sorgen verstehen. Zumindest ist Joseph in einem angemessenen Alter, aber ob sich Isabellas Herz ihm wirklich zuneigen wird? Die Zeremonie hier in Wien sollte die bereits geschlossene Ehe noch einmal bestätigen. Ein Lobgesang und der Segen für das Brautpaar beschlossen die feierliche Messe.

Es war schon nach acht, als wir uns endlich im großen Redoutensaal zum Festmahl einfanden. Es herrschte eine fürchterliche Hitze. Ringsum waren Unmengen von Kerzen und Öllampen entzündet. Allein das Orchester, das uns mit seiner Tafelmusik unterhielt, muss aus etwa hundert Leuten bestanden haben. Hinzu kamen all die hohen Gäste, und sogar einigen Auserwählten aus dem Volk hatte man diesmal Einlass gewährt.

„Zu diesem besonderen Ereignis wollen wir uns großzügig zeigen“, meinte Papa. „Es sind ohnehin schwere Zeiten, mitten im Krieg. Und es gab schon lange nicht mehr viel zu feiern für unsere Wiener. Wollen wir ihnen unsere Gunst erweisen und ein wenig Trost spenden.“

Auf den öffentlichen Plätzen wurden zudem Freiwein und Freibier ausgeschenkt.

Von meinem Platz an der Tafel konnte ich Isabella den ganzen Abend beobachten. Ihr standen die Schweißperlen auf der Stirn. Aber sie lächelte stets höflich in den Saal.

Die Jungvermählten waren nach dem Mahl in ihre neuen Appartements im Leopoldinischen Flügel begleitet worden. Sie waren ihnen direkt neben den Appartements unserer Eltern eingerichtet worden, dort, wo man einen schönen Blick auf die Bastei und die Vorstädte hat. Bis heute hatte ich noch keine Gelegenheit, mit Isabella über die erste Nacht mit Joseph zu sprechen. Sie war doch noch nie zuvor allein mit einem Mann gewesen. Wie sich das wohl anfühlen mag? Von einem Mann auf innige Weise berührt zu werden? Ich habe schon oft versucht, mit Maman über dieses Thema zu sprechen, doch sie hält von solchen Unterredungen nichts. Es sei unzüchtig, und eine Frau wisse von selbst, wie sie mit einem Mann zur angemessenen Zeit umzugehen habe, meint sie. Aber Isabella wird mir bestimmt mehr erzählen!

Spät abends, als ich in die Einsamkeit meiner Kammer zurückkehrte, drangen aus der Ferne noch immer die Musik und der Jubel der Straßen durch das Fenster. Selbst das Kanonenfeuer auf den Bastionen war noch nicht verstummt. Der Himmel war heller als in anderen Nächten, denn überall vor der Burg wurden herrliche Illuminationen, Lampions und Fackeln entzündet, die die Dunkelheit in einen festlich leuchtenden Schimmer tauchten. In der Tat hatte die ganze Stadt ihre Freude gehabt.

Doch Isabella wurde auch nach der Trauung keine Zeit zum Ausruhen gelassen. Gleich am nächsten Vormittag ging es zur Gratulationsgala, dann zur Messe, öffentliche Tafel um zwei Uhr, am Abend Oper … Serenade … Maskenball … „Allez, wir müssen auf zur Komödie!“ „Schicken Sie sich, Sie können doch nicht mit demselben Haarschmuck gehen wie vorhin“, hieß es auch für mich unablässig.

Besonders formidable war die Aufführung einer neuen Oper meines geschätzten Herrn Gluck: „Tetide", eine italienische Oper. Im Redoutensaal, wo zuvor noch die festliche Hochzeitstafel gestanden hatte, war eine üppige Bühne aufgebaut worden. Da ich nicht wusste, wovon das Stück genau handeln würde, war ich froh, vor Beginn ein wenig mit Gluck darüber sprechen zu können: „Die Kristallsäulen und Bögen, der Thron aus Aquamarin, die Wände aus Muscheln und Korallen, die Meeresalgen – das alles stellt den Palast der griechischen Meeresnymphe Thetis dar. Die ist Euch doch ein Begriff, Erzherzogin?"

„Aber gewiss. Sie ist eine der fünfzig Töchter des Meeresgottes Nereus. Ich habe einmal eine Darstellung einer Nymphe gesehen, die auf einem Delphin reitet. Sie sollen Seeleute und Schiffbrüchige beschützen."

„Sehr wohl", nickte der Komponist zufrieden. „Zudem ist Thetis die Mutter des Achill, des unverwundbaren griechischen Helden. Um einen Streit zwischen den Göttern des Olymp beizulegen, wird Hymenaios, der Gott der Hochzeit, beauftragt, Achill mit Prinzessin Deidameia zu verheiraten. Doch wie sich dieses Unternehmen bis zum Ende der Geschichte entwickelt, möchte ich noch nicht verraten. Das werdet Ihr schon sehen."

Damit machte sich Gluck auf zu seinem Clavicembalo, und ich setzte mich auf meinen Platz in der ersten Reihe zwischen Marianna und Karl. Also wieder ein Stück, in dem es vor Göttern und Heroen nur so wimmelte, die alle irgendeine Anspielung auf die Mitglieder der Kaiserfamilie darstellen sollten – und in diesem Fall besonders auf die habsburgische Heiratspolitik. Doch das Ende der Geschichte war pas du tout so überraschend, wie Glucks Worte es weismachen wollten. Durch einige Arien, Chöre und Duette ging es zwischen den Göttern hin und her. Trotz der Einfachheit des Themas nahm mich die Musik gefangen. Der Sopran kletterte in unwirkliche Höhen, zart dahinfließende Sinfonien ließen mich in die Unterwasserwelt der Thetis eintauchen, Paukenwirbel betonte die Dramatik des göttlichen Zwists. Die füreinander bestimmten jungen Leute heirateten natürlich, die Götter verzichteten allesamt auf ihre zuvor eigensinnig beanspruchten Rechte und einigten sich darauf, das Paar einzig in den Schutz der Thetis zu stellen. Ein fulminanter Schlusschor zeigte alle Beteiligten in glückseliger Einigkeit.

Bleibt nur zu hoffen, dass auch die Verbindung von Isabella und Joseph zu einem glücklichen Ende kommt, dass sie sich allezeit unter Mamans schützender Hand wissen und die habsburgischen und die parmensischen Länder dadurch in langem Frieden leben werden.

Und gestern traf ich ihn wieder!

Der Redoutensaal quoll diesmal über vor Blumenschmuck. An den Balkonen der Galerie leuchteten weiße und rosa Rosen, von der Decke hingen Girlanden von Lilien, und aus großen schweren Kübeln rings um den Saal ragten exotische Palmen und Orangenbäumchen. Es wurde ein Maskenball veranstaltet. Das versprach eine recht entspannte Atmosphäre und endlich eine Gelegenheit, Isabella nahe zu sein.

Ich hatte mir für diesen Abend ein Gewand à la turque kommen lassen. Um den Kopf hatte ich einen leichten, mit Perlenschnüren durchwirkten Schleier gebunden.

Ich fühlte mich ein bisschen wie Roxelane aus dem Serail des Sultans. Man sagt, der Sultan habe in seinem Palast mehr als hundert Ehefrauen. Sie geben sich den ganzen Tag dem Müßiggang hin, genießen Granatapfelsorbet und rauchen die Pfeife. Die Türken rauben in ihren Landen arme Christenkinder und bringen sie in den Serail nach Konstantinopel, wo sie zu Kammerdienern und Konkubinen werden. Ich finde, das gäbe ein famoses Thema für eine orientalische Oper. Das sollte ich dem Herrn Gluck einmal vorschlagen. Denn auch Maman liebt die exotischen Themen. Erst vor Kurzem hat sie sich in Schönbrunn zwei kleine chinesische Kabinette mit dunklen Lacktafeln und chinesischen Malereien an den Wänden einrichten lassen, in die sie sich gern zum Kartenspiel zurückzieht. Entsprechend trug sie auf dem gestrigen Ball eine lackierte Maske mit geschlitzten Augen zu ihrem Galakleid.

Das Brautpaar wurde zunächst offiziell begrüßt. Sie standen auf einem Podest an einem Ende des Saals – Joseph mit einer venezianischen Schnabelmaske, einem schwarzen Umhang und einem Dreispitz auf dem Kopf, Isabella in einer prachtvollen leuchtend roten Robe und einer ebenso roten ovalen Halbmaske, die mit Samt überzogen und mit vielen kleinen Edelsteinen verziert war. An einem langen Stiel konnte sie diese vor's Gesicht halten. Nach dem ersten Tanz ging es schnell zum informellen Teil des Abends über. Ich ließ noch ein paar anderen Kavalieren die Gelegenheit, die Braut zum Tanz aufzufordern, doch dann schnappte ich zwei Gläser Likör vom Tablett, ergriff Isabellas Hand und streifte mit ihr ein wenig abseits durch den Saal. Jetzt war ich an der Reihe, ihr Gesellschaft zu leisten! „Trink doch! Du siehst ein wenig erschöpft aus. Das wird dir helfen."

„Du hast Recht, liebe Schwester", und sie leerte das Glas auf einen Schluck. „Ich hatte noch niemals so viel Trubel um mich herum. Nur damals, in Versailles, als ich noch ein Kind war. Ach, war das herrlich, die vielen Gesellschaften und Opern und Theateraufführungen, auf die mich der König und die Königin, meine Großeltern, mitgenommen haben. Ich war damals ein rechter Wildfang. Immerzu habe ich meine Kinderfrau auf Trab gehalten, ich habe immer etwas Neues zum Spielen gesucht und wohl auch so Manches dabei kaputt gemacht. Grand-mère hat mich trotzdem lieb gehabt. Natürlich war das damals etwas ganz anderes als das hier."

Sie machte eine ausladende Geste in den Raum. „Noch viel mehr Menschen, Prunk und Luxus. Parma hingegen, das war das genaue Gegenteil. Ein kleiner, schmuckloser Palazzo, ruhig und beschaulich – nein, eigentlich war es fürchterlich langweilig dort in „ce trou", diesem Loch, wie Mama es genannt hat. Sie mochte es nicht, und deswegen war sie auch kaum bei uns, bei mir und meinen beiden kleinen Geschwistern. Immerzu zog es sie nach Hause, nach Versailles. Ich habe sie nicht einmal mehr gesehen, als sie im Sterben lag." Für einen kurzen Moment verfinsterte sich ihr Blick. Es ist noch kein Jahr her, dass ihre Mutter an den grässlichen Blattern gestorben ist. In so jungen Jahren! Sie war ja selbst gerade vierzehn Jahre alt gewesen, als sie Isabella das Leben schenkte. Ein Leben ohne den Rat einer Mutter wäre für mich unvorstellbar!

Mit einem Mal bekam ich einen Rempler von der Seite. Ein großer Schwan mit schwarzem Schnabel und weißen Federn hatte mich angestoßen. Er zierte den Kopf der kleinen Antonia.

„Hilf mir, Mimi! Der Gaul ist hinter mir her!" Mit dem Gaul meinte sie Carolina, die als Pferd verkleidet wiehernd herangaloppierte. Und dann folgte auch noch ein niedlicher kleiner Ferdinand als Hanswurst. Die drei waren so übermütig. Sie umwirbelten mich und Isabella und quietschten dabei fröhlich. Ich konnte nicht umhin, mit ihnen einen Wettlauf ins angrenzende Stiegenhaus zu machen. „Lauft! Gleich hab' ich euch!"

Aber alsbald wurde den Bauxerln das Spiel zu langweilig, und sie suchten sich eine neue Beschäftigung. Zurück im Saal suchten meine Augen nach dem roten Kleid der Braut. Doch es ging zwischen all den farbenfrohen Kostümen unter. Ein wenig erschöpft von der Jagd ließ ich mich auf einem Stuhl an der Wand nieder und betrachtete das Treiben.

„Marie Christine, ma très chère sœur! Wo warst du so lange?" Ich hatte gerade von einem Petit Four abgebissen und musste mich nun vorsehen, keinen Zuckerguss mehr im Mundwinkel zu haben. „Du musst jemanden kennen lernen!" Isabella war plötzlich neben mir aufgetaucht. Ihre dunklen Augen funkelten in Konkurrenz zu den Edelsteinen auf ihrer Maske. Dann deutete sie auf die Gestalt neben sich: ein großer Herr, der sein Gesicht hinter einer schwarzen Harlekinmaske verborgen hatte. „Der Herr Generalleutnant ist erst vor wenigen Tagen vom Kriegsschauplatz nach Wien gekommen. Er führt ein Kürassier-Regiment ..."

Während ihrer Ausführungen begann es mir bereits zu dämmern. Er lüftete kurz seine Maske und machte eine vornehme Verbeugung. „Küss die Hand, Hoheit. Es ist mir eine Ehre, Euch wiederzusehen."

„Ihr kennt euch bereits?" Isabella blickte überrascht von mir zu Prinz Albert. Ich hatte von ihm in meinen Briefen an Isabella kein Wort erwähnt. Es schien mir auch gar nicht wichtig zu sein.

„Wir hatten bereits das Vergnügen. Mehrmals sogar. Lest Ihr noch Molière?", erwiderte Albert, nahm meine Hand entgegen und beugte sich darüber, wobei er sich ein schelmisches Grinsen nicht verkneifen konnte – wie es mir den Eindruck machte.

„Oh ... ja ... ähm ... das ist richtig, das ist Prinz Albert ..." Woher kam nur auf einmal diese Verlegenheit? „Wie ergeht es Ihren Truppen, Prinz Albert?", versuchte ich das Gespräch auf das Kriegsgeschehen zu lenken.

„Nun, wir sind gerade in einer sehr glücklichen Lage. Berlin ist besetzt und Friedrich damit in arger Bedrängnis. Fast eine Woche lang hatten unsere österreichischen und die russischen Truppen die Stadt belagert, und heute Mittag kam die glückliche Nachricht von ihrer Einnahme. Es wurde viel Beute gemacht, und sogar das Schloss Charlottenburg haben wir schon bezogen."

„Meinen Glückwunsch!", warf Isabella ein. „Ich würde Euren Ausführungen gerne noch ein wenig lauschen, aber ich erhielt vorhin Befehl, noch die Landstände zu begrüßen. Ihr entschuldigt mich." Sie reichte Albert ihre Hand zum Kuss, zwinkerte mir zu und rauschte davon.

Da standen wir nun. Ich konnte mich nur noch dumpf an unsere letzte Begegnung auf meiner Geburtstagsfeier erinnern. In der Zwischenzeit war so viel passiert.

„Ich habe mich im Lager sehr über Eure Briefe gefreut, Erzherzogin“, brach er schließlich das Schweigen. Ach ja, seine merkwürdigen Briefe.

„Hattet Ihr einen angenehmen Sommer auf Laxenburg? Wie ich hörte, hattet Ihr Besuch des Prinzen von Württemberg?“ In diesen Kreisen spricht sich aber auch alles herum. Sogar er wusste davon, obwohl er die ganze Zeit so weit weg gewesen war.

„Er wird mir unvergesslich bleiben“, antwortete ich zweideutig. Von Ludwigs unmöglicher Liebschaft und meinem Kummer konnte er ja nicht auch noch wissen.

„Das freut mich, dass er Euch solch ein Kavalier war.“

„Ja, er hat uns wunderbare Gesellschaft geleistet“, flunkerte ich. „Er ist ein ausgezeichneter Schütze, sowohl mit der Pistole als auch mit dem Bogen, und er versteht sich gut auf Konversation.“

Albert senkte den Blick. Stille. Was war das nur? Ich hatte doch sonst nie Schwierigkeiten mit ungezwungenen Plaudereien. Da hob zum Glück das Orchester zu einer Allemande an.

„Möchtet Ihr tanzen, Erzherzogin?“

Ich konnte meine Erleichterung über diese Frage nicht fassen. Ich reichte ihm meine Hand, und wir mischten uns unter die anderen Tanzpaare. Beim Tanzen muss man wenigstens nicht reden.

Hinter seiner Maske war keinerlei Mimik auszumachen. Lächelte er? War er vergnügt? Oder angespannt? Nur seine Augen blitzten aus den kleinen Öffnungen hervor. Wenn sich unsere Blicke trafen, drehten wir uns schnell weg, vortäuschend, dass wir uns auf die Tanzfiguren zu konzentrieren hatten. Als die Musik verstummte, verbeugte sich Prinz Albert höflich und ging seiner Wege.

Erst später am Abend sah ich ihn nochmal. Maman hatte ihn mit einem Glas Tokajer-Wein in unsere kleine Runde gelockt.

„Trinkt noch ein Glas mit einer alten Chinesin“, scherzte sie.

„Das würde ich sehr gern, aber ich muss mich leider verabschieden, Hoheit. Morgen werden wir sicherlich einmal die Gelegenheit zu einem kleinen Schwatz haben. Ich nehme Eure Einladung zum Souper in die ‚Mehlgrube' am Neuen Markt sehr gerne an."

Und als sich Maman, erfreut über diese Nachricht, wieder dem vorherigen Gespräch mit Liesl widmete, wandte sich Prinz Albert zögerlich zu mir: „Darf ich die Hoffnung hegen, dass die Kaiserin auch in Eurer Begleitung sein wird, Erzherzogin?"

„Ich werde da sein, ja."

Was habe ich mir nur dabei wieder gedacht? Mich freiwillig erneut in die Gesellschaft des sächsischen Prinzen zu begeben. Das kann ja nur in einer weiteren Misere enden. Oh Maria Christina, lerne doch endlich aus deinen Fehlern und hüte dich vor solch misslichen Situationen. Vielleicht kann ich mit Maman sprechen und mich noch kurzfristig aus dieser Verpflichtung zurückziehen. Ich werde sie gleich morgen aufsuchen.

Der vierzehnte October 1760

Vor lauter Hochzeitsfeierlichkeiten komme ich gar nicht mehr zum Verschnaufen! Aber im Vergleich zu Isabella brauche ich mich wirklich nicht zu beklagen. Vorhin war ich bei ihr. Blass sah sie aus und müde. Sie ergriff meine Hände: „Carissima, was täte ich nur ohne dich? Während all dieser ermüdenden Zeremonien ermutigen mich allein deine Blicke und dein Lächeln."

Fest drückte ich ihre Hände: „Mais bien sûr! Oder auch: Certissimo!" Sie versuchte ein Lächeln, doch es misslang, und ihre Augen füllten sich mit Tränen. „Ma Chère, was fehlt dir?", fragte ich besorgt.

„È troppo. Troppo! Mir ist das alles viel zu viel. Ein Empfang jagt den nächsten! Ich schlafe kaum, meine Füße haben Blasen. Und ohne Unterlass muss ich lächeln! Heute Abend schon wieder ein Dîner!“ Sie legte ihren Kopf erschöpft an meine Schulter. Mitfühlend strich ich ihr über den Kopf. Wie sollte ich sie nur trösten? So würde ihr Leben in Zukunft nun einmal aussehen. Ich versuchte, den beruhigenden Tonfall der Vasquez zu imitieren: „Aber, Liebes, nicht mehr weinen! Nur noch einige Tage, dann wird Ruhe einkehren.“ Vorerst, dachte ich bei mir. Sie schluchzte weiter. Ich nahm sie an den Schultern, schob sie ein Stück von mir weg und sagte scherzhaft: „Isabella, die Leute wollen eine Märchenprinzessin sehen und nicht Cendrillon, das Aschenbrödel aus Perraults Märchen.“

Sie brachte ein kleines Lächeln zustande: „Eines sage ich dir: Diese Märchenerzähler haben keine Ahnung, wovon sie reden!“

Eben war ich bei Maman in ihrem Arbeitszimmer. Sie besprach gerade die abendliche Sitzordnung mit Fürst Khevenhüller, dem Oberstkämmerer Mamans. Als ich eintrat, entließ sie ihn, erhob sich und küsste mir die Stirn. „Meine liebe Mimi, wie wenig ich dich in diesem ganzen Trubel zu sehen bekomme! Bist du wohlauf?“

Ich lächelte: „Oui, Maman, mir geht es gut. Von Isabella kann man das leider nicht sagen.“ Und ich erzählte ihr von Isabellas tiefer Niedergeschlagenheit. Maman teilte meine Besorgnis, doch sie erklärte: „Ich kann ihr das leider nicht ersparen. Schließlich ist sie die Gemahlin des zukünftigen Königs und Kaisers! Aber ich werde sie nachher besuchen, um ihr Mut zuzusprechen. Vielleicht lässt sich nach den Hochzeitsfeierlichkeiten eine kleine Erholungspause für sie einrichten. Und schau“, sie deutete auf die Sitzordnung, „heute Abend wird sie zwischen Joseph und Onkel Karl sitzen, damit wird zumindest die Konversation sie nicht allzu sehr anstrengen.“

Skeptisch verzog ich mein Gesicht und murmelte: „Mit Joseph als Tischherrn? Na, wer weiß …“

„Na na, Mimi!“ Maman schnalzte missbilligend mit der Zunge.

Ich wollte gerade dazu ansetzen, mich mit einer lange vorbereiteten Rede vom Dîner abzumelden, als Maman mir abrupt das Wort abschnitt: „Doch wenn Isabella heute Abend schon nicht in voller Blüte erscheinen und wohl etwas müde und abgeschlagen sein wird, verlasse ich mich doch sehr auf deine Konversationskünste, Mimi! Du musst Isabella heute gut vertreten und alles überstrahlen, mein Kind!“ Sie zählte also fest auf mich. Ich schielte ich auf das Blatt, um zu sehen, neben wem ich denn sitzen würde. Das durfte doch nicht wahr sein!

„Maman! Diese Tischordnung! Das ist wohl nicht dein Ernst!“, rief ich entsetzt.

„Marie Christine! Un peu de Contenance, ich muss doch sehr bitten!“, rügte mich Maman streng. „Sei nicht so kindisch. Zu deiner Linken wird Joseph sitzen. Zu deiner Rechten, und wenn du noch so finster schaust, Prinz Albert von Sachsen.“

Sie schüttelte den Kopf: „Ich verstehe gar nicht, wieso du so voreingenommen gegen ihn bist. Schließlich ist er liebenswürdig, durchaus fesch, gebildet und im Gegensatz zu gewissen anderen jungen Herren auch katholisch.“

Etwas zu patzig erwiderte ich: „Irritierend und anstrengend nicht zu vergessen. Außerdem habe ich von Männern die Nase voll, egal ob katholisch oder nicht.“

Maman schüttelte leicht spöttisch den Kopf: „Das sind ja ungewohnte Töne. Wenn ich da an den Sommer denke … Wie dem auch sei, vergiss bitte nicht, dass ein gutes Verhältnis zum kursächsischen Herrschergeschlecht der Wettiner im Krieg gegen Preußen auch politische Bedeutung hat. Darüber hinaus ist Prinz Albert der Sohn meiner lieben Cousine Maria Josepha, Gott hab' sie selig. Damit ist er dein Großcousin!“

„Für seine Verwandten kann man nichts“, murmelte ich finster.

Das überging sie einfach: „Also, Mimi, ich erwarte, dass du dich heute Abend als angenehme Tischdame gibst, ganz gleich, ob dir der Sinn danach steht oder nicht."

Ich knickste wortlos und trottete mürrisch hinaus.

Der berechenbar boshafte Joseph und der unberechenbar merkwürdige Albert! Und dazwischen ich. Isabella hat Recht! Diese Märchenerzähler haben keine Ahnung vom Prinzessinnenleben! Joseph und Albert, pah!

Der fünfzehnte October 1760

Seit einer Ewigkeit sitze ich bereits an meiner Frisierkommode und lasse mir das Haar richten. Gerade gibt es eine Zwangspause, denn die arme Wallis hat sich mit einer Haarnadel in den Finger gestochen. Aber so kann ich schnell ein paar Zeilen zu Papier bringen.

Vielleicht haben mich die letzten zwei Stunden voll Puderwolken und Nadelpieksen ein bisschen geläutert. Jedenfalls beschleicht mich allmählich das Gefühl, vorhin bei Maman ein bisschen albern reagiert zu haben. Im Vergleich zu Isabellas oder ihren Problemen sind meine doch wirklich recht gering. Ich sollte wohl besser versuchen, ebenso wie sie meinen Pflichten nachzukommen. Da kommt mir gerade ein Einfall: Als Zeichen meines guten Willens könnte ich doch den blauen Fächer bei mir tragen, Alberts Geburtstagsgeschenk – wenn das kein Zugeständnis an Maman ist!

Autsch! Die Wallis ist wieder zurück.

Der sechzehnte October 1760

Meine schlechte Laune gestern war unbegründet! Ich bin mit mir selbst vor dem Dîner noch ein wenig ins Gericht gegangen und letztendlich zu dem Schluss gekommen, dass es wohl besser wäre, den Erwartungen Mamans zu entsprechen, als mir den Abend durch meinen eigenen Trotz zu verderben.

Also ging ich gestern ohne jeden Vorbehalt – na ja, fast ohne – zu dem Dîner. Und tatsächlich stellte sich heraus, dass Albert als Tischnachbar ganz und gar nicht unerträglich sein sollte.

Der Abend ließ sich heiter an: Die erste Tracht hindurch plauderten wir über die Hochzeit, und meine Anspannung löste sich langsam. Das Gasthaus „Mehlgrube" am Neuen Markt, wo unser Dîner stattfand, stellt häufig den Schauplatz festlicher Mähler und Bälle dar. Nur noch sein Name kündet davon, dass hier einst das städtische Mehldepot gestanden hat, ansonsten merkt man dem prächtigen Palais, das die „Mehlgrube" beherbergt, seine einfachen Ursprünge nicht mehr an.

„Lasst uns anstoßen!", verkündete Joseph. Und mit einem zärtlichen Seitenblick zu Isabella und einem frechen zu mir rief er: „Auf die Liebe!"

Ich verzog säuerlich das Gesicht, als wir unsere Gläser erhoben. Albert bemerkte das und fragte neugierig: „Würde die Erzherzogin einen anderen Trinkspruch bevorzugen?"

Joseph wartete meine Antwort gar nicht erst ab: „Vielleicht einer, der einen anderen Anfangsbuchstaben besitzt? Ihr müsst wissen, Prinz, meine Schwester hat jüngst eine gewisse Abneigung gegen den Buchstaben L entwickelt. L wie Liebe, L wie Laxenburg, L wie – Ludwig?" Erbost funkelte ich ihn an. Albert bemerkte mein Unwohlsein und wandte sich schnell an meinen Bruder, der süffisant grinste und sich ein Stück Wachtelfleisch in den Mund schob. „Nun, zumindest Euch kann ich in dieser Hinsicht nur vollen Herzens gratulieren. Eure Gemahlin ist fürwahr der Liebreiz in Persona." Joseph lächelte nun ohne jede Häme, voll der Seligkeit. Ich blickte zu Isabella, die zu Josephs Linken saß und in ihrem Essen stocherte. Sie schien Alberts Worte nicht gehört zu haben. Ihr Tischnachbar zur Linken, Onkel Karl, versuchte immer wieder, sie in ein Gespräch zu verwickeln, doch bisher erfolglos.

Ich konnte mir einen kleinen Seitenhieb gegen Joseph nicht verkneifen: „Ja, unser Joseph ist schon seit geraumer Zeit völlig dem Liebestaumel verfallen. Ich wusste gar nicht, dass sich auch in seiner Brust ein fühlendes Herz versteckt."

Joseph wurde rot, und ich grinste in mich hinein. Albert schüttelte mit Blick auf mich schmunzelnd den Kopf und änderte, an Joseph gewandt, erneut die Richtung unserer Konversation: „Wie ich hörte, plädieren Hoheit nicht nur in privaticis für die Liebe, sondern auch in politicis. Euer Plädoyer für religiöse Toleranz fußt doch hauptsächlich auf christlicher Nächstenliebe, nicht wahr?"

Ich glaube, Albert wusste weit mehr über dieses Thema, als seine naive Frage vermuten ließ, aber immerhin rettete er Joseph so aus seiner Verlegenheit. Schließlich ist die Toleranz bekanntermaßen eines von Josephs Hauptanliegen. Dementsprechend energisch vertrat mein Bruder auch gleich seine Meinung: „Mein Guter, bei der Toleranz geht es nicht nur um Nächstenliebe. Befragen Sie die größten Denker unserer Zeit. Locke, Voltaire oder Montesquieu erklären es alle: Jedem Menschen steht das Recht auf die freie Ausübung seiner Religion zu, solange er keinem anderen damit schadet. Es geht dabei schließlich um das eigene Seelenheil! Darf denn ein Herrscher seine Untertanen zwingen, derjenigen Religion abzuschwören, von der sie glauben, sie sei die einzig Seligmachende? Und außerdem: Solange die Untertanen gehorsam sind, fleißig arbeiten und meinem Staat nützen, was kümmert es mich, wen sie anbeten?" Joseph hatte sich in

Rage geredet, und das rief nun Maman, die neben Onkel Karl saß, auf den Plan.

„Oh nein. Nicht schon wieder“, murmelte ich. Die Toleranz ist eines der Lieblingsstreitthemen zwischen Joseph und Maman. Nicht einmal die feierliche Umgebung gestern Abend konnte sie davon abhalten, hitzig die bereits bekannten Argumente auszutauschen.

„Mein Sohn, ich muss zu meinem größten Bedauern sagen, dass hinsichtlich der Religion nichts mehr zu verlieren ist, wenn du allen Ernstes auf diese allgemeine Toleranz bestehst, die, wie du behauptest, dein unverändertes Prinzip ist. Was hilft es dir, die wahre Religion zu besitzen, wenn du sie so wenig achtest, und es dir ganz einerlei ist, ob sie bewahrt und verbreitet wird?“

„Verehrte Mutter, eine tolerante Politik hat doch nichts mit meinem persönlichen Glauben zu tun. Natürlich glaube ich, dass die römisch-katholische Religion die einzig wahre ist. Aber ein Blick auf den Globus genügt: Die Mehrheit der Menschen tut das nicht! Soll ich sie alle gegen ihren Willen bekehren? Herrscher sind weltliche Oberhäupter, das Jenseits geht uns nichts an. Soll der Allmächtige dereinst die fehlgeleiteten Andersgläubigen richten. Das heißt doch aber nicht, dass sie nicht im Diesseits am Gedeihen unserer Lande mitarbeiten sollen!“

„Hört, hört!“, rief nun Kaunitz von der anderen Seite des Tisches unter völliger Missachtung des Hofzeremoniells und wurde dafür von einigen Höflingen mit strafenden Blicken bedacht.

Das ignorierte er jedoch und fuhr laut fort: „Friedrich von Preußen gesteht seinen Untertanen Religionsfreiheit zu! Wir hingegen verbieten den Protestanten die Berufstätigkeit, lassen sie zwangstaufen und nach Transsylvanien deportieren! Und was ist das Ergebnis? In Preußen floriert die Wirtschaft und uns laufen die Arbeitskräfte davon!“

„Exactement!“, rief Joseph, sichtlich froh darüber, in seiner Meinung bestärkt worden zu sein.

Und so ging die Debatte weiter hin und her. Ich hielt mich zurück. Eigentlich finde ich ausnahmsweise, dass Joseph Recht hat. Schließlich ist es doch tatsächlich nicht einzusehen, warum sich nicht jeder frei seine Religion wählen sollte. Aber anders als Joseph verstehe ich auch, dass er Maman nie davon überzeugen wird: Ihre tiefe Frömmigkeit lässt die Duldung anderer Konfessionen nicht zu. Das ist eben Glaube, nicht Vernunft. Aber dass sie erlaubt, Eltern ihre Kinder wegzunehmen oder Säuglinge heimlich zu taufen, das finde ich abscheulich.

Albert äußerte sich zu der umstrittenen Thematik überhaupt nicht, sondern blickte mich nur betroffen an. Über die Folgen seines gutgemeinten Themenwechsels war er sich offenbar nicht im Klaren gewesen. Er tat mir leid. „Macht Euch keine Vorwürfe. Die Toleranzfrage ist einfach ein zu heikles Thema, die wühlt sogar während der Hochzeitsfeierlichkeiten die Gemüter auf."

Er lächelte gequält. „Ich sollte einfach einsehen, dass Wien meinen Konversationsversuchen nicht gewogen ist. Es ist, als ob ich den Fettnäpfchen hinterher jage!"

Ich erwiderte scherzhaft: „Nun, zumindest Maman scheint das nichts auszumachen. Sie lobt Euch immer in den höchsten Tönen." Das schien ihn zu erfreuen. Wir schwiegen einen Moment, während unsere Tischnachbarn herzhaft weiter stritten.

Dann fiel Alberts Blick auf den Fächer auf meinem Schoß: „Wie ich sehe, begleitet mein Geschenk Euch heute Abend. Darf ich daraus schließen, dass Ihr Gefallen daran gefunden habt?"

„Oh, in der Tat", ich lächelte und er auch.

„Und ich glaubte schon, er sei Euch aufgrund der Anwesenheit eines anderen Kavaliers völlig entgangen", sagte er. Er hatte mich und meine Tänze mit Ludwig von Württemberg an meinem Geburtstagsabend wohl sehr genau beobachtet.

Schon wieder sah er mir direkt in die Augen. Schnell blickte ich weg. Er fuhr fort: „Darf ich aus der wenig einfühlsamen Bemerkung Eures Bruders über die Implikationen des Buchstabens

L vorhin schließen, dass Eure Bekanntschaft zu ihm kein glückliches Ende fand?"

„Das dürft Ihr", stieß ich heftiger als gewollt hervor. „Ludwig von Württemberg ist für mich gestorben! Und mit ihm alle Männer!"

„So ist das also", meinte Albert nach einer Weile langsam.

„Ja, so ist das!"

Albert dachte kurz nach, dann kehrte in seine Augen der gewohnte Schalk zurück. Er schlug nun einen gänzlich unverbindlichen Tonfall an, den er auch für den Rest des Abends beibehielt: „Was macht Ihr dann, wenn Ihr einmal heiraten sollt?"

„Ich heirate gewiss nie! Ich gehe ins Kloster!", verkündete ich großspurig, ohne weiter darüber nachzudenken.

„Soso", meinte er bedächtig. „Dann werdet Ihr also dort zu Ehren des Allmächtigen meinen Fächer schwingen und dem Cembalo auf Eure unnachahmliche Weise die Töne entlocken. Aber vermutlich wird man Euch trotzdem nicht lange dort dulden."

„Wie meinen?"

„Na, mit solch toleranten Ansichten", spöttelte er.

„Ich werde sie verbergen. Das habe ich vor Maman ausreichend geübt", gab ich zurück.

„Ohne Zweifel", lachte er, „doch erlaubt mir eine indiskrete Frage: Was genau hat diese Person aus Württemberg verbrochen? Auf mich wirkte er immer sehr, nun, wie soll ich sagen, gewandt im Umgang mit dem weiblichen Geschlecht."

Vielleicht war es der Wein, vielleicht die erhitzte Atmosphäre, jedenfalls fasste ich in diesem Augenblick Vertrauen zu ihm und erwiderte freimütig: „Eben das war das Problem." Während der nächsten halben Stunde schilderte ich ihm ausführlich, wie sehr ich mich Ludwig von Württemberg zugetan gefühlt und wie sehr dieser mich verletzt hatte. Albert hörte mir aufmerksam zu, kommentierte alles klug und verständnisvoll, ohne je den falschen Ton zu treffen und ohne jeden Spott, wie ihn Joseph oder Leopold sicher angebracht hätten.

Endlich erklärte er: „Nun kann ich Eure Abneigung gegen die Männerwelt verstehen. Doch seid gewiss, nicht alle sind so!"

„Wollt Ihr Euch etwa ausnehmen?", lachte ich. Er rückte sich die Perücke zurecht und erklärte ein bisschen theatralisch: „Ich wünschte, ich könnte es. Doch hege ich die Hoffnung, dass ich auch in meiner Unvollkommenheit weiter Euer ergebener Diener sein darf."

„Nun, da sage ich nicht Nein", antwortete ich leichthin. „Erwähnt in Zukunft keines der verfänglichen L-Wörter mehr, redet mir nicht von Romantik und seid mir stets ein ehrlicher Freund. Und haltet Euch fern von offenen Fenstern!"

Er stellte sein Weinglas ab und beugte in gespielter Ehrerbietung den Kopf.

„Zu Befehl, Madame!"

Ein freundschaftliches Schweigen begleitete das folgende Dessert. Alles, was ich an Albert bisher seltsam gefunden hatte, war mit einem Mal verschwunden. Ich bekam das Gefühl, ihm vertrauen zu können. Seine Nähe war nicht aufregend, dafür aber unkompliziert und angenehm. Ich fand ihn unterhaltsam, und er war nicht wie so viele andere junge Herren in die eigenen Galanterien verliebt. Seine Beobachtungen waren intelligent, witzig und oft mit hintergründiger Ironie versehen.

Mit dem Dessert endete der offizielle Teil des Abends und das Brautpaar durfte sich mit Mamans Erlaubnis zurückziehen. Ermutigend blinzelte ich Isabella zu, als sie tapfer lächelnd den Raum verließ.

Endlich fand man nun zu leichterer Konversation zurück. Einige Gäste erhoben sich und wandelten durch den Saal. Vor allem die Kunstwerke an den Wänden zogen die allgemeine Aufmerksamkeit auf sich. Aus den Augenwinkeln beobachtete ich, wie unser exzentrischer Fürst Kaunitz mit übertriebener Gestik ein Bild kommentierte, offenbar um seine hübsche junge Begleiterin zu beeindrucken. Ich schüttelte lächelnd den Kopf. Albert war meinen Blicken gefolgt und scherzte: „Ja, der Wiener Hof hat schon so manche Kuriosität aufzubieten."

Ich zog die Augenbrauen hoch. „Tatsächlich? Was ist Euch denn sonst noch aufgefallen?"

Albert erzählte mir, wie eigenartig ihm bei seinem ersten Besuch manche Dinge am Wiener Hof erschienen waren: „Die strenge Einhaltung des spanischen Hofzeremoniells, etwa die schwarzen Röcke, die die Herren bei wichtigen Zeremonien tragen, habe ich zuvor noch nirgendwo gesehen." Ich erklärte ihm, dass Oberstkämmerer Fürst Khevenhüller immer streng darauf achtet.

Was ihm denn noch aufgefallen sei, fragte ich.

Albert gab vor, angestrengt zu überlegen: „Nun, die Schweigsamkeit bestimmter Erzherzoginnen bei Tisch etwa. Die war für mich sehr rätselhaft."

Ich kicherte: „Nun, möglicherweise war die betreffende Dame ein wenig verstimmt. Aber ich bin sicher, der heutige Abend hat Euch gezeigt, dass dem beileibe nicht immer so ist."

„Und wie froh ich darüber bin, das könnt Ihr nicht einmal erahnen", sagte er fröhlich. In diesem Augenblick erhoben sich Maman und Papa, um sich ebenfalls zu verabschieden. Wir verbeugten uns, knicksten und nachdem sie den Saal verlassen hatten, schlug ich vor, ein paar Schritte durch den Saal zu tun. „Ihr schriebt doch, dass Ihr Euch für Kunst interessiert, nicht wahr? Dann wäre es geradezu ein Frevel, Euch die Bilder vorzuenthalten, die die Wände hier zieren. Es handelt sich um wunderschöne Bleistiftkoloraturen, die heute Abend auch direkt erstanden und mit nach Hause genommen werden können. Wir befinden uns sozusagen gerade innerhalb einer Art Kunstmarkt." Er schmunzelte: „Davon wusste ich ja gar nichts. Dann auf, auf, wie könnte ich bei solch kundiger Führung ablehnen, und vielleicht findet sich ja auch ein Kunstwerk für Eure Gemächer, das Eurem Geschmack entspricht."

An seinem Arm schritt ich die Wand ab. Die Darstellungen zeigten Landschaften, mythologische Szenen und Porträts. Alberts Bemerkungen zeugten von umfassendem Kunstverständnis und offensichtlich bereitete ihm die Betrachtung viel Freude.

Eine Zeichnung stellte die nackte Diana beim Bade dar. Neugierig wartete ich auf eine Reaktion Alberts, doch kommentarlos ging er zum nächsten Bild über. „Was denn", fragte ich schelmisch, „nur ein kurzer Blick auf solch göttliche Gliedmaßen?"

Er runzelte die Stirn: „Nun, der Stil ist mir ein bisschen zu penetrant, zu üppige Formen, zu viel Diana und zu wenig Raum für Phantasie."

„Oh, Monsieur bevorzugen subtilere Kunst. Nun, dann wird Euch das letzte Bild bestimmt mehr zusagen." Ich zog ihn weiter: Eine in zarten Pastelltönen kolorierte Haremsszene von einem Künstler namens François Boucher: Ein vergnügter Sultan saß mit mehreren leicht bekleideten Haremsdamen vor weiten Stoffbaldachinen. Albert betrachtete das Bild einige Zeit. „Nun?", fragte ich schließlich neugierig. „Mehr Raum für Phantasie?"

„Nun, Bleistiftstrich und Farbwahl sind sicherlich kunstfertiger als bei Diana", entgegnete er trocken.

„Oh, nun seid doch nicht so nüchtern", drängelte ich ihn. „Sagt schon: Wärt ihr nicht gerne einmal selbst solch ein Sultan?"

Albert verdrehte die Augen. Schließlich grinste er: „Nun, unzufrieden sieht er ja nicht aus, unser Sultan. Warum also nicht? Es käme natürlich noch auf die Auswahl der Haremsdamen an. Ich gebe mich schließlich nicht mit jeder Dame ab, die nur ein hübsches Gesicht hat."

„Oh, Monsieur, je suis indignée! Empörend", erwiderte ich kichernd. „Welche Eigenschaften müssten Eure Haremsdamen denn besitzen?"

Er schien nachzudenken. „Nun, zunächst bräuchten die Betreffenden die geeignete Kleidung. Unterhaltsam müssten sie sein, musizieren können und sich natürlich auf Kunst verstehen."

Ich lachte: „Sieht so aus, als könnte ich mich dieser Runde anschließen! Ich habe eine Robe à la turque, verstehe mich auf Kunst und kann plappern wie ein Wasserfall. Und, ich verrate Euch ein Geheimnis: Ich habe noch viele Schwestern … Wir haben alle eine ausgezeichnete musikalische Ausbildung und ganze Räume voller Kleider! Wir könnten zweifellos Euren Harem ausstatten."

Alberts Mundwinkel zuckten und bald konnte er nicht mehr an sich halten. Schallend lachten wir beide, bis uns die Tränen herunter liefen. Als wir uns beruhigt hatten, setzten wir uns wieder, und Albert meinte: „Ich wünschte, ich könnte Euch das Haremsbild schenken, damit Ihr Euch auf Eure Zukunft einstellen könnt. Schon lange habe ich nicht mehr so gelacht! Meint Ihr, es ist käuflich?"

„Oh, gewiss. Doch seht nur, ein Diener nimmt es bereits ab. Vermutlich hat es bereits jemand anderes erworben. Wie schade! Nun wird sich wohl ein anderer Herr an den Damen erfreuen."

„Das werde ich zu verhindern wissen", sagte er und sprang auf. Er redete eine Weile auf den Lakaien ein, doch schließlich kehrte er mit betrübter Miene zurück. „Fürst Kaunitz war schneller. Es wäre vermutlich ohnehin zu teuer gewesen für mich."

„Die Geste zählt, mein Freund", sagte ich wohlwollend, „vielleicht kann aber ich etwas für Euch tun."

Er blickte mich fragend an: „Nun, was ich so vom Alltag an der Front weiß, so ist er im besten Falle trist. Warum habt Ihr keine Kunst um Euch, damit Ihr dieser Tristesse dann und wann entfliehen könnt? Ihr selbst wart es doch, der Kunstwerke in Eurem Brief als ‚Pforten zu anderen Welten' bezeichnet hat."

„Was meint Ihr? Wollt Ihr, dass ich mir mein ärmliches Zelt mit Prunkgemälden ausstaffiere?", fragte er verwirrt.

„Oh, von wegen Zelt. Ihr wohnt in bequemen Herrenhäusern, das weiß sogar ich! Also genug Platz, um Bilder aufzuhängen. Und ich werde dafür sorgen, dass Ihr welche erhaltet!"

Albert schmunzelte.

Ich rief: „Was, Ihr glaubt mir nicht? Ihr werdet schon sehen! Von nun an wird Euer Feldquartier kein deprimierendes schwarzes Loch mehr sein, sondern –“

„– die reinste Bildergalerie. Ich verstehe schon.“

Albert versuchte erneut, seine Heiterkeit über meinen Eifer zu verbergen, doch seine Mundwinkel zuckten. „Nun Hoheit, sehen wir einmal ab von der Frage, wie Ihr das bewerkstelligen wollt. Doch an welche Bilder hattet Ihr denn gedacht, um mich aufzuheitern?“

„Das werdet Ihr bald genug erfahren! Viel wichtiger aber ist, wann Ihr abreist und wo Eure nächste Station sein wird“, erwiderte ich.

„Oh, nun, morgen, zu meinem Bedauern. Ich mache einen Umweg über München, um dort meine Schwester, die Kurfürstin zu besuchen.“

„Morgen schon?“, die Frage war über meine Lippen, ehe ich nachdenken konnte.

Alberts Miene spiegelte Belustigung wider, doch auch Freude: „Höre ich da etwa Bedauern, kleine Erzherzogin?“ Er stockte kurz und sagte dann: „Ich bedaure es auch, sehr sogar.“

Dann wurde zum allgemeinen Aufbruch gerufen und wir verabschiedeten uns voneinander, jedoch nicht ohne das Versprechen, einander regelmäßig zu schreiben.

So viel also zu gestern!

Als ich heute aufwachte, stand die Sonne bereits hoch am Himmel. Ich gähnte, streckte mich und dachte an den gestrigen Abend in der „Mehlgrube“ zurück. Wahrhaftig, ein guter Abend. Und ein guter Mann. Wer hätte das gedacht? Ich sicherlich nicht! Mein Blick fiel auf den blauen Fächer auf meinem Nachtkästchen. Blau war die richtige Farbe für Albert, für seine Augen, mal lustig, dann wieder ernst. Blau wie die Treue, wie eine treue, beständige Freundschaft, die sich hoffentlich zwischen uns bilden würde. Ohne Missverständnisse und ohne Verrat. Und ohne verhängnisvolle L-Wörter! Wenn doch nur dieser vermaledeite Krieg nicht wäre! Dann könnte Albert am Wiener Hof bleiben und wir müssten uns nicht ersatzweise mit einem Briefwechsel behelfen, dem doch jegliche Gerüche, Farben – der Eindruck des Ganzen fehlen! Nun, zumindest dem Farbmangel würde ich abhelfen können. Wie ich die Bilder ins Feldlager schicke, weiß ich noch nicht, aber es wird mir schon jemand helfen. Und ein Vorteil an unserer Lage ist zumindest, dass mich bei einer Korrespondenz meine vorlaute Zunge nicht in Verlegenheit bringen kann.

Während man mich ankleidete, kam Isabella zu mir. Zum Glück war sie ausgeschlafen und um einiges erholter als gestern. Und auch neugieriger. Alle Einzelheiten musste ich ihr erzählen. Nach Albert erkundigte sie sich besonders eingehend.

„Warum interessiert er dich so?“, fragte ich sie gähnend. „Ich meine, er ist wirklich sehr nett. Ich werde ihm ein Bild schicken, weißt du. Ins Feldlager. Damit er auch etwas anderes sieht als diesen schrecklichen Krieg.“

„Tatsächlich!“, sagte Isabella in bedeutungsvollem Tonfall.

„Ma Chère, willst du mir etwas sagen?“, fragte ich belustigt.

„Nichts, nichts“, antwortete sie gedehnt. „Ich habe nur gerade im Geiste meine Kleiderkammer durchsucht, nach einem passenden Kleidungsstück für eine Verlobungsfeier.“

Ich verdrehte die Augen. „Du siehst wirklich Gespenster! Albert und ich sind Freunde wie du und ich, weiter nichts!“

„Pardon, Schwesterchen. Wie konnte ich mich nur so irren?“, und sie machte ein unschuldiges Gesicht.

„Möchtest du mich zu Fürst Kaunitz begleiten?“, wechselte ich das Thema. „Ich muss ihn in einer kunsthändlerischen Angelegenheit sprechen.“ Sie zog erneut die Augenbrauen hoch. Ich erzählte ihr von dem Bild mit dem Sultan, bei dessen Kauf Fürst Kaunitz Albert zuvorgekommen war.

„Und jetzt willst du dem Fürst das Bild wieder, come si dice, abreden?“, fragte sie ein wenig verwirrt.

Ich erwiderte vergnügt: „Du meinst abschwatzen. Ja, abschwatzen beschreibt es ziemlich gut.“

„Ma perché? Warum?“

„Es gefällt mir eben.“ Ich erzählte ihr lieber nicht, dass ich das Bild Albert schicken wollte. Sonst würde sie nie aufhören mit ihren Anspielungen. Sie schien mir ohnehin nur halb zu glauben.

Wir gingen also zu Fürst Kaunitz. Er war wie immer äußerst beschäftigt, doch einem liebreizenden Lächeln hatte er noch nie widerstehen können und bei zweien versuchte er es gar nicht erst. Nach einer dampfenden Tasse Mélange, ein paar Worten über die Hochzeit und zahlreichen Komplimenten zu seinem guten Geschmack und zu seinem Kunstverstand verließen wir ihn glücklich wieder. Mit dem Bild in unseren Händen und einem zufriedenen Lächeln auf meinem Gesicht.

Der fünfundzwanzigste October 1760

„Was du liebst, lass frei. Kommt es zu dir zurück, gehört es dir – für immer.“ (Konfuzius)

Mehr als anderswohin führten mich meine Wege in diesen Tagen zu Isabella, in den Leopoldinischen Flügel. So auch heute. Ich wollte eben anklopfen, doch etwas ließ mich zögern. Aufgebrachte Stimmen, die durch die Tür drangen: „… und ich werde es nicht länger dulden, dass Ihr dieses Viech, dieses lärmende Ungetüm in Eurem Ankleidezimmer versteckt. Schluss damit! Dies ist die Hofburg, keine Ménagerie!“

Das war, erkennbar an ihrem charakteristischen Zungenschlag, Gräfin Erdödy. Isabella hatte anfangs ihre liebe Not gehabt, sie zu verstehen. Es ist aber auch nicht einfach mit diesem Wiener Kauderwelsch! Während Maman Wert auf deutsche Konversation legt, spricht Papa meist Französisch, ich suche mir meine Sprache nach Tageslaune aus, und die Erdödy – die vereint alle Dialekte der Donaumonarchie in sich.

Isabella selbst spricht inzwischen fast besser Österreichisch als mancher Wiener. Jeden Abend übt sie: lesen, vorlesen, abschreiben. Nur wenn meine liebe Freundin nerveuse oder aufgeregt ist, schlägt das Italienisch der letzten Jahre durch. Und das war nun offenbar der Fall:

„Mamma mia, incredibile! Er ist doch kein Cerbero."

„Nichts da. Das Tier kommt weg. Basta, oder wie das heißt!"

Ein Fingerschnippen ertönte. An mir vorbei trat ein Kammerdiener aus dem Zimmer. Er trug, weit von sich gestreckt, einen Vögelkäfig auf den Händen.

Ach du meine Güte, was war das denn? Kein mir bekannter Singvogel jedenfalls, das war ein …?

„Schau nicht so erstaunt, Christina, das war ein Falke!" Isabella lief zornig dem Diener hinterher. „Er ist das einzige noch lebende Andenken an meine Mutter – falls du das wissen möchtest. Sie hat ihn aufgezogen und gezähmt und ihn zum besten Jäger gemacht. Aber die Erdödy mag wohl keine Tiere. Oder verträgt sie Vögel nur, wenn sie gebraten sind?", sagte Isabella in Richtung der Zimmerecke, in der ihre Obersthofmeisterin damit beschäftigt war, feine Federn von den aufgehängten Roben zu zupfen. Kräftiges Niesen erschütterte dabei immer wieder den kurvenreichen Körper, den Corpo colossale – in Isabellas charmanten Worten ausgedrückt.

„Spottet nur! Ich liebe Tiere: süß, klein, lebendig. Aber was ich nicht liebe, sind Kronprinzessinnen, die bei ihrem Türhüter tote Mäuse für das Frühstück ihres Hausvogels bestellen …"

„… denn wir sind hier nicht in Italien", beendeten Isabella und ich die Tirade der Erdödy unisono.

Streitereien zwischen den beiden kommen öfter vor, auch wenn im Grunde ihr Verhältnis ein gutes ist. Doch heute schien Isabella wirklich aufgewühlt: „Bis heute habe ich den Vogel versteckt. Ich ahnte schon, dass das Ärger geben würde. Was soll ich jetzt tun?"

Warum nur hatte sie nicht schon früher gefragt? Schon lange hatte ich auf den richtigen Moment gewartet, ihr den wilden Belvedere-Garten zu zeigen, und jetzt fiel mir auch die dort befindliche Volière wieder ein. Der perfekte Ort. Das einzige Problem war der nahende Winter.

„Dein Vogel. Wie bringst du ihn durch den Winter? Muss er, ich weiß nicht, im Salon bleiben?"

Die Frage kam mir selbst albern vor, aber Falken sind in unserer Familie nun mal eindeutig das Métier der Herren ...

„Du hast doch die Gräfin eben gehört, es ist ein Raubvogel, kein – wie hieß das, was wir gestern zum Nachtmahl gegessen haben?"

„Stubenküken."

„Grazie, kein Stubenküken. Er verträgt etwas Kälte."

„Wenn dem so ist, dann mach dir keine Sorgen. Sei heute Nachmittag um zwei Uhr vor den Stallungen, aber alleine!"

Nur einer wurde in meinen Plan eingeweiht. Ich hatte Papa in seinem Arbeitszimmer aufgesucht und ihm noch in der Tür stehend meine Forderungen aufgetragen:

„Ich brauche erstens: den Falken zurück. Zweitens: eine Kutsche. Drittens: freies Geleit zum Belvedere-Garten. Ich meine damit: keine Obersthofmeisterinnen!"

Papa sah mich verdutzt an, fing sich aber schnell und setzte meinen Satz fort: „Viertens: einen Lederhandschuh. Diese Biester haben ganz schön lange Krallen. Ich meine damit natürlich die Falken ... Und fünftens: eine Tasse Tee. Zum Überlegen. In Ruhe. Doch, warum sollte ich also deinen Forderungen Folge leisten?"

„Nun, ich kann dir eine Bezahlung in Naturalien anbieten. Alles, was der Garten hergibt, sowie zwei glückliche Frauen, die ihren Papa über alles lieben."

„Ich habe allerdings auch ein paar Bedingungen ..."

Und die waren: Heimkehr vor Einbruch der Dämmerung, ein wartender Kutscher vor der Pforte, ein Diener immer in Rufweite und ein paar von den Quitten, die im Garten wachsen. Außerdem: Stillschweigen gegenüber Maman. Nun, damit konnte ich leben. „Und nehmt eine der schwarzen Hofkutschen mit grünen Speichen, nicht den goldenen, damit ihr nicht unnötiges Aufsehen erregt", fügte Papa noch hinzu.

Er dachte an alles! Goldene Speichen sind nun einmal das Erkennungsmerkmal der erzherzoglichen Hofwagen, was auch bedeutet, dass ständig andere Equipagen anhalten und uns mehr oder minder begeisterte Untertanen Reverenz erweisen. Das wäre nun wirklich kein unauffälliger Ausflug ...

„Auf den ersten Orangensaft verzichte ich gerne. Orangenbäume in Österreich, quelle idée bizarre! Nun ja."

Um meine stets besorgte Gräfin Vasquez zu beruhigen, log ich ein wenig: „Gräfin Erdödy begleitet uns!" Isabella tat es genau andersherum. Doch erwarteten mich, als ich um zwei Uhr an den Stallungen eintraf, neben Isabella auch die beiden Obersthofmeisterinnen. Mit einem Picknickkorb. Sie waren uns eben in allem einen Schritt voraus. Mit einem Fuß bereits in der Kutsche wandte ich mich an die beiden ungeladenen Gäste: „Den Korb dürfen Sie mir geben – eine wirklich hervorragende Idee. Aber Sie bleiben hier! Arrivederci, meine Damen!" Die Gräfinnen hatten wir ganz schön überrumpelt. Etwas verdutzt ließen sie uns jedoch gewähren und alleine weiterziehen.

„Vorsichtig, lauf nicht so schnell!" Obwohl ich ungefähr zwei Ringfingerbreit größer bin als Isabella, kam ich schon wieder ins Stolpern. Ich hielt ihr die Augen zu und führte sie dabei den engen Pfad bis zur Volière. Ich war aufgeregt, denn ich wusste ja nicht, wie sie reagieren würde. Seit unserer letzten Begegnung hatte Karl den Garten noch etwas für „Damenbesuch“ herausgeputzt. Immer noch wirkte alles auf den ersten Blick chaotique, doch bei genauerem Hinsehen war eine ordnende Hand zu erkennen. Sogar an eine kleine Sitzgruppe vor der Orangerie hatte er gedacht. Auch Papa hatte nach unserer Unterredung alles Notwendige veranlasst und den Vogel mitsamt eigenem Diener zum Belvedere geschickt.

Vor der Volière machten wir Halt. Wir standen nun ganz dicht an den Eisenstäben. Der Duft der letzten Rosen mischte sich mit dem feucht-kühlen, etwas modrigen Geruch aus dem Inneren des Vogelhauses. Es dauerte einen Moment, bis ich den Falken in dem dämmrigen Licht ausmachte. Die langen Krallen um die hölzerne Sitzstange gelegt, saß er regungslos, aber mit wachem Blick.

Ich nahm meine Hände herunter und befahl:

„Augen auf!“

„Dante!“, rief Isabella mit überschwänglicher Freude. Ich verstand nicht ganz.

„Der Falke heißt Dante, und dir sage ich: Danke.“ Isabella umarmte mich stürmisch. „Weißt du, wie der Dichter, so betrachtet auch mein Dante ab und zu die ganze ‚Göttliche Komödie‘ von oben herab.“

„Willst du ihn jetzt fliegen lassen?“ Sie sah sich aufmerksam und scheinbar sehr zufrieden um.

„Nein. Er hat es wirklich schön hier und wird sich sehr wohl fühlen, genau wie ich. Also lass uns lieber die letzte Sonnenwärme genießen. Mal sehen, was uns unsere Damen alles eingepackt haben.“

Sie klappte den Deckel des Weidenkorbs auf und holte eine Decke hervor. „Wundervoll! Wir machen ein Wiesenpicknick.“ Ausgepackt wurden: eine Flasche Kirschlimonade, ein Schälchen Himbeeren, in Seidenpapier eingeschlagenes Bisquit en Rose.

„Das ist ja alles …“

„... rosa, ich weiß! Man sieht es ihr nicht an, aber im Grunde ihres Herzens ist Gräfin Vasquez eben auch nur ein, naja, ein etwas größeres Mädchen."

Später lagen wir nebeneinander auf dem Rücken, steckten uns Himbeeren in den Mund und drehten aus dem Seidenpapier Blumen. Isabella erklärte mir die Bedeutung der Wolken, erzählte, dass sich die Vögel sammeln, um sich den Winter über in fernen Sümpfen zu vergraben, und wusste, dass Bisquit en Rose in Reims hergestellt wird.

Ich glaube, jeder scheint in Isabella das zu sehen, was er lange vermisst hat. Auch ich. Denn wahrhaftig, niemals habe ich mich einem Menschen so verbunden gefühlt.

„Hast du keine Angst, dass dein Falke einmal nicht zurückkommt?"

Sie antwortete lange nicht.

„Meine Mama sagte manchmal zu mir: Lascia libero ciò che ami: se ritorna, ti appartiene per sempre. – Was du liebst, lass frei. Kommt es zu dir zurück, gehört es dir für immer."

Die Wolken wurden dichter.

„Das war der schönste Tag seit ..., ach, seit ich denken kann!"

„Und deine Hochzeit? Du hast so glücklich ausgesehen, bella Isabella."

„Umso besser! Aber ich bin froh, dass die Feierlichkeiten vorüber sind. Vier Paar Schuhe habe ich durchgelaufen. In einer Woche! Und die ständige Aufmerksamkeit aller. Immerzu musste ich strahlen und winken. Ich bin froh, mich nun öfter zurückziehen zu können, Zeit mit dir zu haben, zu lesen und zu malen." Ihr Blick senkte sich auf ihre Hände und sie spielte mit der gebastelten Blume. Ich betrachtete sie neugierig von der Seite. Mit einem Mal wirkte sie traurig. Ich wunderte mich über den plötzlichen Stimmungswandel und erinnerte mich an den seltsamen Brief von damals, der in ähnlicher Schwermut verfasst war. Doch plötzlich warf sie die Blume von sich und schaute mir wieder direkt in die Augen: „Nur noch ein allerletztes Wort dazu: Er ist sehr schön …"

„Oje, reiche mir das Riechsalz! Mein Bruder ist vieles, aber ‚schön'?" Meine Verwirrung war perfekt.

„Bist du still! Ich wollte sagen, ‚sehr schön gebildet'. Und ich sprach nicht von Joseph, sondern von deinem Verehrer."

„Wie meinen?"

„Na, Signore ich-kann-meine-tiefblauen-Augen-nicht-von-ihr-lassen Albert!"

Übermütig packte ich sie an den Schultern: „Albert ist nicht mein Verehrer und wird es auch nie werden. Wir schreiben uns Briefe, Briefe in aller Freundschaft und Verbundenheit. Theoretisch. Bis jetzt hat er nämlich noch nicht einmal geantwortet. Zufrieden? Doch zurück zu dir! Was sagt denn Joseph zu unseren Treffen? Ennuiert ihn das nicht? Oder kennt er auch den Spruch: ‚Was du liebst, lass frei'?"

Wieder veränderte sich Isabellas Gesicht und auch ihre Haltung. Sie wirkte steif und blickte zurück zu ihrem Dante.

„Er ist ein guter Mann, lach nicht, trotz allem, er ist wirklich innamorato, sehr verliebt in mich. Deshalb lässt er mir Zeit. Ich weiß, dass meine erste und oberste Pflicht hier am Hofe ist, Österreich einen Thronfolger zu schenken. Gerade jetzt in den schwierigen Zeiten. Aber er drängt mich nicht. Er würde nie etwas tun, was ich nicht möchte."

„Bedeutet das …?"

„Ja, du neugierige, kleine Mimi. Das heißt, wir teilen ein Bett, aber noch ist er mir wie ein Bruder. Erst wenn der Winter Wien erreicht und der erste Schnee da ist, so haben wir es abgemacht, dann ist für mich die Zeit gekommen. Vorher wollen wir uns besser kennen lernen. Ich bin mir dessen bewusst und werde gehorchen." Sie lächelte mich fast schüchtern an. Ob Maman von dieser Abmachung wusste? Und dass Joseph so viel Verständnis zeigen konnte, wunderte mich.

Dann stand sie von der Decke auf, klopfte sich ein paar Gräser vom Schoß und streckte mir eine Hand entgegen: „Komm, es wird kühl, wir sollten aufbrechen. Es wird Regen geben."

Vorerst nur Regen.

Der fünfte November 1760

Auch der Herbst musste einmal zu Ende gehen. Er tat es mit Stürmen und fallenden Blättern, wie jedes Jahr. Und obwohl die Öfen der Hofburg nun um halb fünf Uhr morgens geheizt werden, wache ich immer öfter mit einer eisig kalten Nasenspitze auf. Dass Oscar inzwischen gelernt hat, meine angewärmten Pantoffeln vom Kachelofen zum Bett zu zerren, tut mir gut, nicht aber der chinesischen Seide. Die täglichen Ausflüge in den geheimen Garten schränkte das Wetter bisher nicht ein. Unter der Schnürbrust, an einem Kettchen, tragen Isabella und ich inzwischen sogar den Schlüssel zur Pforte.

An einem Vormittag Ende October waren wir auf dem Rückweg vom Garten in die Stadt. Das Glacis, das Grün der Vorstadt, das wie ein breiter Gürtel die Stadtmauer umgibt, war mit Raureif überzogen. Hochnebel legte sich wie ein Vorhang um die Kutsche. Aus dem ganzen Land waren Bauern mit ihrer Ernte unterwegs in die Stadt. Für die Wiener war es Zeit, Wintervorräte anzulegen.

„Wie viele Menschen müssen denn Wintervorräte anlegen? Ich meine, wie viele Menschen wohnen denn in Wien?"

„Nun, so hundertvierundachzigtausendzweihundertdreiundneunzig Seelen. Etwa."

Isabella stellte mir, wie gewöhnlich auf diesen Fahrten, Frage um Frage.

„Warum heißen am Hof alle Kutscher Johann?"

Woher sollte ich das wissen?

„Warum …"

Wir hatten noch nicht lange das Kärntertor hinter uns, die Straßen wurden enger und waren jetzt gepflastert, da hielt der Wagen unsanft und fuhr auch nach mehreren Minuten nicht weiter. Ich wurde etwas ungeduldig und öffnete die kleine Luke zum Kutscher, zu, nun ja: Johann. Dieser hob entschuldigend eine Augenbraue und deutete nach vorne auf die Gasse: „Die depperten, pardon, Ochsenkarren haben sich verkeilt, einer ist umgekippt, die Ladung versperrt zusätzlich die Straße. Bierkutscher! Wir stecken hier wohl einige Zeit fest, Eure Hoheit." Er sprang vom Bock und begann wie alle anderen zu fluchen, die Ärmel hochzukrempeln und die Fässer aus dem Weg zu räumen.

Tatsächlich lag der süßliche Geruch von Malz in der Luft. Aus den Nüstern der beiden Haflinger stiegen Wölkchen auf. Eine Menschenmenge hatte sich gebildet, wütende Rufe drangen bis zu uns ins Wageninnere. Isabella schob den Vorhang zur Seite.

„Was machst du denn?"

„Ich sehe da rechts eine kleine Straße, wohin führt die, Schwesterchen?"

Es fiel mir schwer, mich zu erinnern. Auf den Fahrten durch die Stadt sind meist die Vorhänge zugezogen, bei öffentlichen Kirchbesuchen werde ich bis an die Stufen der Kirchen gefahren, winke vielleicht links, rechts ein paar Menschen zu und verschwinde dann in den Weihrauchwolken. Von der Stadt außerhalb meiner geschützten Pfade weiß ich wenig. Ja doch, ich lebe hier seit meiner Geburt, und ich liebe Wien – mein Wien. Das andere, außerhalb der Hofburg, das kenne ich indes kaum. Und bislang hatte mich das nie gestört.

„Attends un moment! Die führt direkt zum Mehlmarkt, denn da vorn, das schlichte Giebeldach, das gehört zur Kapuzinerkirche!"

„Va bene, hühott, alles ausgestiegen! Bis es weitergeht, sind wir längst zurück."

„Wir sollten besser nicht, ich meine, ich war noch nie auf dem Markt." Mir war unwohl bei dem Gedanken.

„Dann wird es Zeit dafür. Wie soll ich dereinst dieses Land an der Seite meines Mannes regieren, wenn ich nicht weiß, wie es lebt? Abgesehen von Opernabenden und Kirchenmorgen."

Ich stieg aus der Kutsche und zog mein Cape über den Kopf. Zum Glück hatten wir uns für den Gartenbesuch einfach gekleidet und fielen fast nicht auf. Nun ja, fast: Eine Gruppe Infanteristen zog ihre Hüte, pardon, Dreispitze, und rief uns lachend „Küss die Hand, gnä' Frau" nach. Isabella drehte sich einmal um sich selbst und schlang fröhlich ihre Arme um meinen Hals: „Komm!"

Und dann fand ich mich auf einem Gemälde Canalettos wieder:

Der längliche, fast rechteckige Marktplatz war über und über mit kleinen Ständen bedeckt, und es wurden beileibe nicht nur Mehl und Getreide feilgeboten. Manche der Holzstände waren mit Stoff überdacht, Marktweiber boten ihre Waren auf einem Handwagen oder einer auf dem Boden ausgebreiteten Decke an. Und was gab es nicht alles zu sehen: Karren voller Käselaibe, Erdäpfel, Zwetschgenknödel, Rüben, Hühner – tot und lebendig – Feldblumen, Zwiebeln, Eierschwammerl, Knoblauch, geräucherten Fisch, Kohlköpfe, Gehege mit kleinen Schweinderln, Paprika, Krautfässer, aber auch Buttermodeln, Kräuterbuschen, Dampfbuchterln, Eier und Honig. Alles, was der Herbst zu bieten hatte. Ein Maronibrater hatte seinen kleinen Ofen aufgebaut, der köstliche Duft der gerösteten Kastanien lag über dem Markttreiben. Neben den Viktualienhändlern boten auch Schuster, Korbflechter, Kesselflicker, Seiler und ein Hufschmied ihre Dienste an. Zur Unterhaltung zerrte ein Tanzbär an seiner Kette und drehte sich mürrisch im Kreis. Ich zog die begeisterte Isabella hinter mir her.

Langsam fügten sich meine einzelnen Wienausflüge zu einem Bild zusammen, und ich fand meine Orientierung wieder: „Hier sind wir vor ein paar Tagen erst gewesen! Erinnerst du dich nicht?

Bei dem Abendessen in der ‚Mehlgrube'. Es war nur eben nicht zur Marktzeit."

„Ja, du hast Recht. Wie anders es tagsüber zur Marktzeit aussieht." Bella war schon wieder ein Stück nach vorne geeilt, um auch ja nichts zu verpassen.

Der Mehlmarkt wird auch Neuer Markt genannt. Um den Platz herum stehen herausgeputzte Adels- und Bürgerhäuser. Nur noch wenige alte, geduckte Häuser befinden sich neben den prächtigen neuen Fassaden. Im Westen wird er von der Kapuzinerkirche begrenzt, die gesamte Südseite nimmt das stattliche, dreigeschossige Stadtpalais Schwarzenberg ein.

„Pass auf!" Als wir an der Schenke „Zur schönen Laterne" vorbeikamen, taumelte uns ein bärtiger Geselle mit tönernem Krug in der Hand entgegen.

„Habed'ere!"

„Was möchte er?"

„Nun, vermutlich möchte er uns seine Verehrung zollen."

„Wie überaus liebenswürdig von ihm!"

Der Genannte stieß bei seiner ausladenden Verbeugung gegen eine Magd, die einen Eimer voller Kehricht vor die Tür leerte. Überall lagen Stroh und Unrat auf dem ungepflasterten, schlammigen Platz. Struppige Hunde streunten auf der Suche nach Essensresten zwischen den Ständen herum. Am Fuße des Donnerbrunnens in der Mitte des Mehlmarktes lag ein nur mit Fetzen bekleideter Bettler mit einem schmutzigen Lumpen über dem Auge. Eine Schar Kinder spielte um ihn herum Fangerlein. In der ersten Euphorie war uns der Dreck gar nicht aufgefallen.

Vor allem Bürgersfrauen erledigten an diesem Tag ihre Wocheneinkäufe. Es gab wohl auch ein adeliges Publikum, doch dieses saß in seinen Kutschen in einiger Entfernung und wartete auf die Rückkehr seiner Mägde.

„Christine, hast du Taler?", fragte Isabella plötzlich.

„Eine ganze Truhe. Sie ist in meinem Schreibpult ..."

„Nein, nein, jetzt im Moment, meine ich! Ich möchte Blumen kaufen."

„A Büscherl macht zwanzig Kreuzer!" Ein altes Weiberl mit schwarzem Schultertuch hockte auf einem niedrigen Schemel.

Isabella griff sich einen Bund Glockenblumen und gab der Marktfrau eine schmale, silberne Haarnadel.

„Vagöldsgott, aba dös is vüzvü!" Wir ließen sie in ungläubigem Staunen zurück.

Die Tracht der Marktfrauen gefiel mir übrigens ungemein: Die dunklen Kleider, die weiße Schürze, dazu eine Haube, die den gesellschaftlichen Stand anzeigt, und ein gewebtes Schultertuch. Schlicht und genau das Richtige für künftige Gartenbesuche incognito.

Ein paar Schritte weiter fiel uns ein heulender Bub vor die Füße. Seine Backen waren rot vor Kälte. Isabella hob ihn hoch: „Wem gehörst du denn, kleiner Herr?" Außer einem Schluchzen gab er keine Antwort. Doch bald kam uns eine junge, aber gebückte Frau mit einer Kraxe voller Äpfel auf dem Rücken entgegen.

„Jacob, do bist ja wieder!"

Sie nahm Isabella das Kind aus den Armen und wischte ihm das nasse Gesicht mit einem Schürzenzipfel ab.

„Nehmen's einen Apfel und mein Dankscheen." Dann waren die beiden in der Menge verschwunden.

„Du wirst ihn nicht etwa essen? Ich bitte dich!"

Isabella rieb den Apfel an ihrem Ärmel glänzend, drehte ihn in ihrer Hand und biss zu.

„Ah! Ich möchte zurück, bitte. Ich bin nicht wie du."

„Wie bin ich denn?"

„Selbstbewusst und ohne Scheu. Mir ist das alles zu laut, zu schmutzig, zu viele Menschen, zu nah."

„Aber es ist doch tausendmal lebendiger als dieser ständige Maskenball am Hof, oder nicht?"

„Warte nur bis zum nächsten Fasching, dann werde ich dir zeigen, wie wunderbar unsere Maskenbälle sein können. In der ‚Mehlgrube' sind die allerbesten."

Gleichzeitig gingen mir ihre Worte nicht aus dem Kopf: „Ständiger Maskenball". Was meinte sie damit? Sicherlich, auch ich hatte bemerkt, dass die Menschen auf dem Markt lebendig waren und vor allem: ehrlich in ihrem Verhalten. Manche fröhlich aus ganzem Herzen, viele aufrichtig freundlich, aber manche auch grantig, ohne einen Hehl daraus zu machen. Sie waren alle ohne Masken, ohne falsche Schminke, die ihre Gefühle überdeckte. Wollte Isabella mir das zeigen?

Vor mich hin philosophierend kam ich einem mit zwei Säcken schwer beladenen Müller in die Quere, der sich mit einem: „Jessas Marant Josef. Sechane aufganserlte Trutschn", beschwerte, noch bevor er seinen Kautabak ausspuckte.

„Zahnlos und sehr galant!", flüsterte mir Isabella zu und versteckte ein Kichern in ihrem Schal. Das hatte sie also verstanden!

Ich aber hatte nun wirklich genug. Ehrlichkeit ist eine Tugend, aber Unverschämtheiten wollte ich mir nicht sagen lassen. Noch waren wir auch nicht erkannt worden, doch der Kutscher war womöglich schon weitergefahren. Zeit zu gehen!

„Da drüben, siehst du das kleine goldene Fass, das an der Hausmauer befestigt ist? Von dort sind wir gekommen."

„Was hat das mit dem Fass für eine Bewandnis?"

„Na, die Schenke heißt halt ‚Zum goldenen Fassl'. Das ist ein Hauszeichen, so wie die steinernen Brezen dort über der Tür einen Bäcker anzeigen." Ich war ein wenig stolz, ihr meine Stadt erklären zu können. All die Stunden Landeskunde hatten sich also doch gelohnt …

Mit gerafften Röcken und nicht ohne Murren Isabellas machten wir uns auf den Rückweg.

Auf der Gasse ging der Verkehr wieder seinen gewohnten Gang. Die Spuren des Zusammenstoßes waren verräumt, nur ein paar zerschlagene Fässer lagen in der Gosse. Doch unsere Kutsche – die war weg. Natürlich! Es war eine Illusion gewesen, zu glauben, dass wir es rechtzeitig schaffen könnten. Panik stieg in mir hoch.

„Du kannst nicht mitten auf der Strada stehen wie eine Statua." Isabella zupfte an meinem Cape. Droschken und Karren fuhren um uns herum.

„Man spricht nicht mit vollem Munde, und außerdem: Statue, es heißt Sta-tu-e." Ich begann, mich zu ärgern. Über mich selbst, über Isabella, diesen unverschämten Kutscher und dann wieder über mich selbst.

Madame zu meiner Seite zog eine Schnute.

„Verzeih mir. Komm, nimm dieses Busserl als Entschuldigung. Dein Österreichisch ist hervorragend. Meistens zumindest."

Der Apfelbutzen verfehlte mich nur knapp, nicht aber den Verschlag eines vorüber fahrenden Wagens. Einen kurzen Moment gab das Fenster einen Blick ins Innere frei: Eine Perücke, getürmt bis unter die Wagendecke, ein künstlicher Schönheitsfleck auf einer schneeweiß gepuderten Wange, dann ein überraschtes, spöttisches Nicken.

„Und das, meine Liebe", ich seufzte ob dieses unglücklichen Zufalls, „das war Wilhelmina Fürstin von Auersperg."

Wie wir nach Hause gekommen sind? Nun, Johann wartete an der Ecke auf uns. Ihm war aufgefallen, dass seine wertvolle Fracht sich davongeschlichen hatte …

Zum Dank bekam er eine Glockenblume ans Revers.

Der siebte November 1760

In der Nacht ist der erste Schnee gefallen.

Der neunte November 1760

Stubenarrest!

„Mais Papa! Was war denn schon dabei?“ Papa hatte mir den Rücken zugekehrt und blickte aus dem Fenster in das trübe Novemberwetter. Dann wandte er sich um, die Arme hinter dem Rücken verschränkt, einen gequälten Ausdruck auf seinem gutmütigen Gesicht. „Quelle question, Mimi, was für eine Frage. Was dabei ist, sich mit der Mutter des nächsten habsburgischen Thronfolgers in der Wiener Gosse herumzutreiben? Während Krieg herrscht und die Stadt vor Spionen nur so wimmelt?“ Er schüttelte betrübt den Kopf. „Mimi, ich habe dich für reifer gehalten.“
Erneut versuchte ich, mich zu verteidigen: „Aber Papa, der Unfall, wir mussten aussteigen …“

„Wirklich, mein Kind, auf einen derartigen Zwischenfall gibt es wohl angebrachtere Reaktionen, als sich wie eine einfache Magd gedankenlos ins Getümmel zu stürzen. Maman hat sich den ganzen Morgen ohne Unterlass über diese Leichtsinnigkeit echauffiert. Vraiment, Mimi, haben deine Mutter und ich nicht bereits genug Kummer?“

Er schüttelte müde den Kopf und kratzte sich dann ein wenig ratlos an der Stirn. Es ist allseits bekannt, wie wenig es Papa behagt, seine Kinder auszuschelten. Aber diesmal waren er und Maman anscheinend wirklich aufgebracht. Und Joseph erst, wie er da so am Kamin stand, mit unbewegter Miene. Seit meinem

Eintreten hatte er noch kein Wort von sich gegeben. Was er wohl dachte? Wollte er sichergehen, dass man mich ordentlich bestrafte? Oder verhieß sein merkwürdiges Schweigen etwas anderes?

Wieder seufzte Papa. „Mon Dieu, Mimi, wenn einer von euch etwas zugestoßen wäre! Ein entsetzlicher Gedanke! Es geht hier nicht nur um dich als meine Tochter, du und vor allem Isabella, ihr seid von erheblicher Bedeutung für unser ganzes Land. So gern ich dir einfach verzeihen würde, Maman hat Recht, darüber können wir nicht einfach hinwegsehen. Wenn du wüsstest, wie erbost sie darüber war, dass ich dir ohne ihr Wissen Zutritt zum Garten verschafft und eine Kutsche zur Verfügung gestellt habe."

Ich verspürte einen Anflug von schlechtem Gewissen. Waren wir wirklich so leichtsinnig gewesen?

Papa fuhr fort: „Und deine unbedarfte Schwägerin einfach mitzureißen! Dieses zarte Geschöpf, sie war bestimmt völlig verängstigt! Seit eurem unseligen Abenteuer ist sie jedenfalls unpässlich und wird von einer furchtbaren Migräne geplagt. Joseph hier hat mir eben berichtet, dass sogar seine eigene Anwesenheit sie anstrengt! Du kannst wohl nicht leugnen, mein Kind, dass dein Übermut daran wesentliche Schuld trägt."

Isabella und unbedarft? Mein Übermut? Von wegen! Aber die Schuld Isabella zuzuschieben, das kam natürlich nicht in Frage.

„Vater, vielleicht urteilst du vorschnell. Isabella hat mir die Geschichte aus ihrer Sicht geschildert, und ich glaube ihr, dass Maria Christina nicht allein die Schuld trägt."

Ich traute meinen Ohren nicht. Joseph ergriff für mich Partei? Gewiss nicht! Wahrscheinlich führte er nur wieder eine seiner üblichen Gemeinheiten im Schilde! Bei Papa machte er damit offensichtlich auf lieb Kind: „Dein Großmut in allen Ehren, mein Sohn, aber seien wir doch ehrlich: Eine derartige Impulsivität entspricht ganz und gar Mimis Wesen und steht im Gegensatz zu Isabellas. Isabella will Maria Christina sicherlich nur schützen, was sie natürlich sehr ehrt, deine Gattin. Doch die empfindliche

Natur deiner Gattin wurde durch diesen Unfug aufs Äußerste strapaziert. Meint zumindest die Kaiserin. Vielleicht hat Isabella sich sogar eine Krankheit in der schmutzigen Gosse zugezogen. Nicht auszudenken! Maman ist überzeugt, und ich bin selbstverständlich ihrer Meinung, dass Isabella nicht für eine Begegnung mit dem gemeinen Volk und der Wiener Gosse geschaffen ist." Nun übertreibt er aber! Wirklich, aus einer solchen Lappalie ein derartiges Drama zu machen!

Spitz entgegnete ich, wobei ich eher Joseph ansah: „Und du bist dir sicher, dass der Grund für Isabellas Unpässlichkeit nicht anderswo zu suchen ist? Womöglich verträgt sie den Kälteeinbruch einfach nicht. Jemandem aus dem Süden kann er bestimmt sehr zusetzen", ich pausierte kurz, „der Schnee."

Joseph kniff die Lippen zusammen und erblasste. Auf seine Züge legte sich ein sehr verletzter Ausdruck.

Ich biss mir auf die Unterlippe. Das hätte ich nicht sagen dürfen! Joseph räusperte sich und sagte dann mit dünnerer Stimme als sonst: „Du setzt den Einfluss des Wetters auf meine Frau bei Weitem zu hoch an, Schwester. Wie dem auch sei, Vater, du sollst wissen, dass es Isabellas erklärter Wunsch ist, dass Maria Christina keine Strafe erhält. Ich schließe mich meiner Gemahlin an. Der Ausflug hat Isabella wohl tatsächlich mehr Vergnügen als Schaden bereitet." Mit diesen Worten drehte er sich um und verließ den Raum.

Papa sah ihm ebenso verwirrt nach, wie ich mich fühlte. „Nun, offensichtlich hat sich zumindest euer Verhältnis verbessert, Mimi. Doch das ändert nichts daran, dass Maman darauf beharrt, dein Verhalten nicht zu tolerieren. Und ich natürlich auch."

„Maman, und ich natürlich auch", wenn ich das schon hörte! Oh, ich wusste genau, was hier gespielt wurde! Maman war enttäuscht über unsere Heimlichtuerei und fühlte sich hintergangen. Und so mussten wir die bittere Suppe nun auslöffeln: Papa, indem er Strafen erteilte, ohne sie zu wollen, und ich, indem ich sie ausbaden musste, ohne sie zu verdienen. Dass er Maman auch nicht ein einziges Mal die Stirn bieten konnte!

„Mimi, es bleibt dabei, Stubenarrest. Dein Nachtmahl wirst du alleine einnehmen. Jetzt schau' mich nicht so an, mir tut das genauso leid wie dir. Aber wie alles wird auch das vorübergehen. So, und jetzt entschuldige mich. Ich habe unaufschiebbare Verpflichtungen in der Wallnerstraße."

Unaufschiebbare Verpflichtungen, pah, vor Maman floh er! Oder nicht nur? Als ich sein Arbeitszimmer verließ, hörte ich gerade noch, wie sich die Tür auf der anderen Seite des Raumes öffnete.

„Die Fürstin von Auersperg." Die Ankündigung der Besucherin ließ mich herumfahren. Durch den letzten Spalt konnte ich gerade noch sehen, wie Papa sich über einen weißen, beringten Handschuh beugte, keine Spur mehr von Gram in seinen Zügen. Diese falsche Schlange! So also hatte der Hof derart schnell von unserem kleinen Abenteuer erfahren! Und Papa hatte sie angesehen wie ein besonders verlockendes Pralinee.

Aber was mich fast noch mehr beunruhigte, war Josephs Verhalten. Der alte Joseph hätte freudig solch eine Gelegenheit ausgekostet, um mir ordentlich eins auszuwischen. Der neue? Vielleicht hatte diese ganze Verliebtheit ihm vorübergehend den Verstand verdreht.

Oder vielleicht, vielleicht konnte sich Joseph tatsächlich zum Guten ändern? Wenn ja, dann sollte ich mich schämen für meine Bemerkung. Warum verhielt sich diese Familie nur immer anders als erwartet?

Angewidert von allen und mir selbst stürmte ich meinem Stubenarrest entgegen.

Der zwölfte November 1760

Langeweile! Ich könnte sterben vor Langeweile! Außerhalb meiner Gemächer vollzieht sich das bunte Hofleben, und ich ersticke an meinem Stubenarrest. Sogar die Beichte ist mittlerweile eine willkommene Ablenkung. Nicht, dass ich dort viel Zeit zubrächte: Meine Sünden beschränken sich auf die Sphäre der Gedanken, tatsächliche Sünden kann ich nämlich nicht begehen, denn – habe ich es schon erwähnt? – ich habe S T U B E N A R R E S T. Da kommt die Vasquez mit der Post. Bitte, lass etwas Interessantes dabei sein! Bitte!

München, der fünfundzwanzigste October 1760

Ma chère Amie,

ich hoffe, Ihr seid wohlauf. Eben erreichte mich ein abgekämpfter Bote aus Wien. Ihm schien regelrecht ein Stein vom Herzen zu fallen, als er mir sein Päckchen übergab, denn er bekreuzigte sich gleich dreimal. Ich fragte ihn belustigt, von wem die Sendung denn stamme und was darin sei. Er aber murmelte nur etwas von einer hochwohlgeborenen Absenderin, die man keinesfalls erzürnen dürfe. Das schien mir recht merkwürdig, war ich doch der Meinung, unter meinen Bekannten keine solch bedrohliche Dame zu haben. Umso neugieriger wühlte ich mich also durch die fünfzig Schichten Ölpapier und sah mich bald einer wohlbekannten Haremsszene gegenüber. Eine Notiz war beigelegt: „Für Prinz Albert. Eine Pforte zum Ort Eurer Träume.“ Ohne Unterschrift.

Nun befand sich dieses Bild meines Wissens zuletzt im Besitz des Fürsten Kaunitz, nicht wahr? Nachdem ich die Skrupellosigkeit der Absenderin bei der Behandlung des Boten observiert hatte, traute ich ihr zu, das Bild dem Fürsten nicht ganz legal entwendet zu haben. Daher wende ich mich nun an Euch, an meine Vertraute am Wiener Hof, damit Ihr dieser Diebin das Handwerk legt. Wenn Ihr sie entlarvt habt – doch bitte seid vorsichtig, sie könnte gefährlich sein – so richtet Ihr bitte Folgendes aus: Erstens soll sie ihrem nächsten Boten etwas Schonung angedeihen lassen. Zweitens kann das Haremsbild gewiss Pforte zu einem traumhaften Ort sein. Der Ort, nach dem ich mich wahrhaft sehne, sieht jedoch anders aus. Nichtsdestotrotz, dankt ihr aber recht herzlich für ihr Geschenk: Die Pforte wird in den nächsten Monaten gewiss nicht ungenützt bleiben. Im Moment jedoch sorgt die Freizügigkeit des Münchner Hofes dafür, dass ich mir bereits ein bisschen wie in einem Harem vorkomme, einem bayerischen wohlgemerkt.

Es ist wie selbstverständlich, dass alle Damen hier ganz offen ihren erklärten Liebhaber haben. Jene, die keinen aus ihrer Umgebung finden oder von ihm gelangweilt sind, teilen die Fremden, die am Hofe weilen, unter sich. Dieser „Esprit de Galanterie" trägt natürlich zum Vergnügen der Residenz bei und blieb nicht ohne Eindruck auf mich. Einer der schönsten Damen dieser Stadt nämlich – sie war gerade ohne Geliebten – schien meine Verehrung nicht zu missfallen. Leider fiel es nun ihrem Mann, der sonst selbst sehr freizügig war, ein, eifersüchtig zu sein. Ich nahm vorsichtshalber Abstand.

Erkennt Ihr ein Muster, Madame? Wieder ein fremder Hof, eine fremde Dame und ein Missgeschick meinerseits. Nur die Figur des Ehemannes ist neu. Habt Ihr nicht einen Rat für mich, wie ich mich dem schönen Geschlecht nähern soll?

Nach dieser Episode verlegte ich mich auf gefahrlosere Aktivitäten wie die Besichtigung der örtlichen Sehenswürdigkeiten: Schloss Nymphenburg und seine schönen Gärten, Schleißheim mit seiner Bildergalerie und Fürstenried. Das hätte Euch auch gefallen, Madame, doch vermutlich beschäftigt Euch Wien momentan bereits so sehr, dass Ihr keine Zerstreuungen mehr sucht. Wie lebt sich Eure neue Schwägerin ein?

Richtet bitte allen meine herzlichsten Grüße aus, vor allem dem Kaiser und der Kaiserin.

Ich erwarte Eure Antwort und bleibe bis dahin
Euer treuer Albert

Auf den Mund gefallen ist er ja nicht, dieser sächsische Prinz! Und anscheinend bewegt er sich in der Damenwelt genauso ungezwungen wie in der Kunstwelt … Ob mir das gefällt? Geschieht ihm jedenfalls recht, dieser eifersüchtige Ehemann. Wieso sollte er Glück in der Liebe haben, wenn es mir verwehrt bleibt? Ich wüsste allerdings doch ganz gerne, wer diese Dame war …

Wien, der zehnte November 1760

Mon cher Ami,

wüsstet Ihr, in welch misslicher Lage ich mich gerade befinde, dann hätte Euer letzter Brief gewiss weniger Belustigung als vielmehr Mitgefühl ausgedrückt: Ich wurde zu zwei Wochen Stubenarrest verdonnert, weil Isabella und ich ohne Begleitung einen ungenehmigten Ausflug durch Wien unternahmen. Wien war bezaubernd, Papas Standpauke danach leider weniger. Und natürlich bin ich schuld an dem ganzen Schlamassel. Ein paar von Euren Münchner Zerstreuungen kämen mir momentan daher durchaus gelegen. Aber ich muss schon sagen, Monsieur, dass es Euch so leicht gefallen ist, Euch den dortigen Sitten anzupassen, hätte ich nicht gedacht! Den Namen der betreffenden Dame wollt Ihr mir nicht zufällig nennen? Als Eure Ratgeberin frage ich dies selbstredend nicht (nur) aus Neugierde. Der von meiner Schwester Marianna so verehrte Philosoph Lichtenberg jedenfalls hat zu Eurer Situation folgenden Ratschlag parat: „Wer in sich selbst verliebt ist, hat wenigstens bei seiner Liebe den Vorteil, dass er nicht viel Nebenbuhler erhalten wird.“ Génial, nicht wahr? Damit wären alle Eure Schwierigkeiten beseitigt: Keine störenden Ehemänner mehr und keine verwirrenden Frauenzimmer. Vielleicht schicke ich Euch demnächst einen Spiegel, damit die Liebesbeziehung auch von Dauer ist. Bei einigen Exemplaren meines näheren Umfelds jedenfalls hat das ausgezeichnet funktioniert.

Mein Lieber, ich hoffe, Ihr vergebt mir meinen Spott – aber auch ich werde schließlich nicht alle Tage als „bedrohliche Diebin“ bezeichnet, die die kaiserlichen Ratgeber um ihre Schätze erleichtert. Und nur damit Ihr es wisst: Fürst Kaunitz hat mir das Haremsbild mit Freuden freiwillig überlassen, als er erfuhr, dass es eigentlich einem namhaften Mitglied der kursächsischen Familie zugedacht gewesen war. Aber fühlt Euch dadurch bitte nicht zu sehr geschmeichelt. Hätte ich Euch wahrheitsgemäß als Pauvre Cadet bezeichnet, dann wäre Kaunitz wohl um einiges weniger kooperativ gewesen. Was die Behandlung des Boten angeht, so habe ich mit meinen Drohungen vielleicht ein wenig übertrieben. Aber wisst, es geschah nur aus Sorge um Eure Haremsdamen.

Und nachdem ich mir all diese Mühe gegeben habe, schreibt Ihr mir nun trocken, dass Euer eigentlicher Sehnsuchtsort ein anderer ist? Nun, Monsieur, meine Enttäuschung ist groß, doch meine Neugierde größer. Gebt mir einen Hinweis! Das nächste Bild, welches ich Euch sende, wird gewiss Eure Erwartungen erfüllen. Was Isabella betrifft, so hat sie sich gut eingelebt, denke ich, nur das Winterwetter bekommt ihr nicht so sehr. Eure Grüße an meine restliche Familie werde ich ausrichten, sobald meine Kerkermeister dies zulassen. Mit Spannung erwarte ich Euren nächsten Brief!

Hochachtungsvoll Marie Christine

Der einundzwanzigste November 1760

Mir ist, ich weiß nicht wie. Ich seufze für und für.

„Sie lesen immer noch diese trübsinnigen Gedichte, Erzherzogin? Was erfreut, oder vielleicht sollte ich besser sagen, betrübt Sie denn heute?" Mit den Fingerspitzen hob Gräfin Vasquez den Rücken meines Buches an. Dann nahm sie es mir aus der Hand und überflog die Zeilen, die ich gerade gelesen hatte. Ich seufzte und lehnte mich in meinem Sessel zurück. Sie schüttelte den Kopf: „Gryphius also, offensichtlich in einer besonders tristen Phase. Als ob Sie nicht so schon genug reale Seufzer produzieren, müssen Sie auch noch in poetischen schwelgen?" Nachdrücklich klappte die Gräfin das Buch zu. „Schluss mit der Trübsal. Und nehmen Sie Haltung an. Wie sitzen Sie denn da? Sind Sie bereit für das Dîner?"

Ich setzte mich auf. „Lassen Sie mir noch einen Moment Zeit, Gräfin."

Heute Abend soll ein festliches Familiendîner stattfinden, enfin, endlich darf ich wieder dabei sein. Maman hat wohl bei der gestrigen Messe Mitleid mit mir bekommen. Das Dîner wird nach fast zwölf Tagen Hausarrest meine gnädige Wiederaufnahme in den Hofalltag darstellen. Ich habe mich wirklich sehr einsam gefühlt. Bis auf die Besuche der Gottesdienste, Alberts Brief und ein paar Billets von Isabella mit Entschuldigungen und Mitleidsbekundungen für meine missliche Lage war ich von der Außenwelt abgeschnitten. Ich hatte viel Zeit zum Nachdenken! Ein bisschen kann ich Papas Unmut wegen unseres verbotenen Spaziergangs durch Wien nun verstehen, schließlich ist Bella tatsächlich von maßgeblicher dynastischer Bedeutung für das Haus Habsburg. Doch Josephs Gesinnungswandel mir gegenüber ist mir noch etwas rätselhaft. Kann ihn seine Liebe zu Isabella so sehr zum

Guten verändert haben? Ich bleibe besser weiterhin auf der Hut vor ihm. Doch jetzt muss ich zum Dîner.

„Verzeihung, Euer Hoheit, Ihr sitzt heute Abend neben dem Erzherzog Karl." Ungläubig wechselten Bella und ich einen Blick. „Ecco Signore, das muss ein Missverständnis sein. Die Erzherzogin sitzt heute Abend ganz sicher bei mir."

Der Stabelmeister, überrumpelt von dieser Widerrede und noch mehr vom liebreizenden Lächeln meiner Freundin, stammelte: „Aber die Sitzordnung ... Streng nach Spanischem Hofzeremoniell, auf Anweisung Ihrer Majestät ..."

„Das hat schon seine Richtigkeit, mein Herz. Die Erzherzogin sitzt am anderen Ende der Tafel." Erbost machte ich auf dem Absatz kehrt. Da konnte ja nun doch wieder nur Joseph dahinter stecken.

„Carissima, mi dispiace, es tut mir leid ...", rief Isabella mir hinterher.

Da saß ich also neben Karl und stocherte lustlos in meinem Essen herum. Hätte ich doch nur die Gelegenheit zu einem Gespräch mit Isabella gehabt! Sie sehnte sich ebenso danach wie ich. Wieder und wieder blickte sie im Verlauf des Abends zu mir herüber. Doch nie dauerten diese stummen Zwiegespräche länger als ein paar Sekunden. Josephs Mitteilsamkeit beanspruchte ständig Isabellas Aufmerksamkeit. In vollendeter Anmut neigte sie ihm ihren Kopf zu, die Grazie in Person. Sie sah allerdings tatsächlich ein bisschen krank aus, ihre Wangen schienen blass, das rabenschwarze Haar, heute zu kunstvollen Flechten aufgesteckt, kam mir etwas glanzlos vor. Wie ein Falke, dem man die Flügel gestutzt hatte, dachte ich.

Durch ein keuchendes Husten wurde ich aufgeschreckt. „Karl, ist alles in Ordnung?", fragte ich besorgt.

Karl wurde von einem Hustenanfall geschüttelt, und als er wieder sprechen konnte, sagte er mit krächzender Stimme: „Ja, es geht schon." Danach klang es aber gar nicht. Ich machte mir ernsthafte Sorgen um mein Brüderlein. Sobald er konnte, zog er sich in seine Gemächer zurück.

Der ganze Abend erschien mir zunehmend wie eine Sinfonie der Missklänge. Papa als erste Geige, tonlos heute, Joseph eine blecherne Posaune. Maman aber war die schauerliche Dirigentin. Ich lächelte humorlos bei dieser Vorstellung. Maman hatte nämlich, zusätzlich zu all ihren anderen Sorgen, Papa beim harmlosen Scherzen mit einer Hofdame erwischt. Und er wusste, dass er in Ungnade gefallen war. Er hütete sich, den Mund aufzumachen und rutschte unwohl auf seinem Sitz hin und her. Ab und an schoss sie ihm einen halb drohenden, halb verletzten Seitenblick zu.

Zu Mamans Rechten saß Onkel Karl, ein alter, knarrender Kontrabass, mit dem schon allzu lange nicht mehr musiziert wurde. Wortkarg und krumm, die Augen auf seinen Teller gerichtet, harrte er aus. Er hatte wohl meinen Blick gespürt, denn auf einmal sah er auf und lächelte mich schief an.

Bei den Windbeuteln begann ich schließlich zu hoffen, der Abend würde ohne den befürchteten Paukenschlag ausklingen. Doch ich hatte nicht mit Kaunitz gerechnet. Mit wehenden Rockschößen und verrutschter Perücke stürmte er ohne jede Vorankündigung in den Saal. Die spärlichen Gespräche verstummten abrupt.

„Kaunitz, wir dinieren!" Die Dirigentin war mehr als ungehalten.

„Pardon, Euer Majestät, aber es ist äußerst wichtig! Eine Angelegenheit von höchster Dringlichkeit!"

Kaunitz sah ernster aus, als ich ihn je zuvor erlebt hatte. Mit leiser Stimme sprach er auf Maman ein. Ihr Gesicht verlor alle Farbe. Sie griff sich ans Herz, schloss kurz die Augen und atmete tief durch. Alles tuschelte unruhig. Ich stand auf und lief zu ihr, doch sie nahm mich gar nicht wahr. „Catastrophe!", murmelte sie schließlich abwesend. „Mon Dieu. So viele Tote, die Schlacht … und Daun – verletzt?"

Kaunitz nickte müde. „C'est vraiment une crise grave … Ein fürchterlicher Rückschlag."

Mamans fülliger Oberkörper schien in sich zusammenzusinken. Doch plötzlich veränderte sich ihr Gesichtsausdruck, sie versetzte ihren eben noch zurückgesunkenen Körper in eine aufrechte Position und ballte die Fäuste. „Friedrich, dieses Monstre, dieser gottverlassene Tyrann!" Sie schlug mit der Faust in wütender Ohnmacht auf den Tisch, sodass sämtliche Weingläser in ihrer Nähe bedrohlich wackelten und klirrten. Alle schwiegen entsetzt.

Vorhin erfuhr ich von Gräfin Vasquez, was genau geschehen war: Friedrich von Preußen hatte am dritten November in aller Frühe unsere Schlachtlinie bei Torgau hintergangen und war dem rechten Flügel von Dauns Armee in den Rücken gefallen. Unsere Schlachtordnung war in sich zusammengebrochen, und unser Feldmarschall Daun musste sie neu formieren, während die Schlacht schon in vollem Gange war. Maman tobt. Ihre Befehle seien nicht befolgt worden, und die russischen verbündeten Truppen hätten wieder viel zu langsam reagiert. Vor allem aber Friedrich. Wenn es irgendwie möglich war, so schien ihr Hass auf ihn an diesem Tag noch gewachsen zu sein. In aller Munde war nur noch das Wort „Crise".

Der fünfundzwanzigste November 1760

Welch ein Alptraum!

Mit gezücktem, bluttriefendem Säbel rannte Friedrich hinter Maman her. Sie versuchte zu laufen, doch sie kam kaum vorwärts. „Resl!", brüllte er. „Du kannst mir nicht entkommen! Eins, zwei, drei und ab der Kopf!" Ich wollte ihr zu Hilfe eilen, doch im selben Augenblick verwandelte sich Mamans schreckerfülltes Gesicht in das von Isabella, die mir hilfesuchend die Hände entgegenstreckte. Säbelschwingend stürzte sich Friedrich zwischen uns, und Isabellas Hochzeitskleid bekam blutige Flecken. Friedrich, dessen Züge nun Ähnlichkeiten mit Joseph aufwiesen, drängte sie mit einem hämischen Grinsen von mir weg, immer weiter, bis sie im Dunkel verschwand. Und da war plötzlich Albert, Albert mit wehmütigem Lächeln und einer Kugel in der Brust.

Da bin ich fröstelnd aufgewacht.

Durch einen Spalt zwischen den Vorhängen drang fahles Morgenlicht. Die eigentlich so anmutigen Blätter auf meiner Tapete erschienen darin bleich und kraftlos, so als wollten sie es ihren letzten verbliebenen Brüdern und Schwestern draußen an den Linden gleichtun und wie kraftlose Gerippe zu Boden fallen. Ein unangenehmer Geschmack lag mir im Mund. Ich ächzte. Cauchemar, welch ein Alptraum. Vorsichtig streckte ich einen Zeh unter der warmen Decke hervor und zog ihn sogleich wieder zurück. Eiskalt.

Hoffentlich kommt die Gräfin Vasquez bald, um die düsteren Traumgestalten zu vertreiben. Aber wahrscheinlich bekomme ich nur zu hören, dass zu viele Pralinees vor dem Schlafengehen eben Alpträume nach sich ziehen – patati, patata.

Die traurige Wahrheit ist: Pralinees sind momentan so ziemlich das Einzige, was gegen meine schlechte Laune hilft. Die tristen Novembernebel, die von der Donau aufsteigen und ganz Wien umhüllen, machen mich melancholisch. Gräfin Vasquez mahnt immer wieder, ich solle mich nicht so gehen lassen. Aber wozu? Meine liebe Bella sehe ich kaum. Meist muss sie zusammen mit Joseph ihren repräsentativen Pflichten nachkommen, und abgesehen von den Billets, die wir uns schreiben, haben wir derzeit keinen Kontakt. Die wonnevollen Stunden, die wir nach der Hochzeit im Spiel der letzten warmen Sonnenstrahlen in Onkel

Karls geheimem Garten verbracht haben, hüte ich in meiner Erinnerung wie einen kostbaren Schatz. Wenn ich die Augen schließe, dann sehe ich das bunte Laub wieder tanzen, der erdschwere, volle Herbstgeruch steigt mir in die Nase. Ich spüre unseren Drang, angesichts der nahenden Winterödnis so viel goldenes Licht wie möglich einzufangen, sorglos die bunten Blätter aufzuwirbeln, als gäbe es nur diesen einen, goldenen Augenblick, keinen Hof, keinen Joseph und keinen November. Der Duft des Orangenhains, das volle Rot der Niccoloäpfel, vorbei, vorbei.

Oder doch nicht? War da nicht gerade ein Hauch von Orangenduft an meiner Nase vorbeigestrichen? Ich atmete noch ein paar Mal tief ein und öffnete die Augen. Neben meinem Bett stand die Gräfin Vasquez, wie immer guter Laune, in einer Hand die Zeitung, in der anderen einen Korb mit Orangen.

„Guten Morgen, Hoheit. Der hier ist vor Ihrer Tür abgelegt worden. Mit einem Billet. Als ob man nicht ohnehin wüsste, von wem er stammt." Sie lächelte.

Ich antwortete nicht, sondern war schon dabei, die Zeilen zu lesen. In ihrer eleganten Schrift hatte Isabella geschrieben: Un souvenir doux des jours dorés pour mon ange. Eine süße Erinnerung an die goldenen Tage für meinen Engel.

Ich lächelte. „Wissen Sie, noch vor fünf Minuten hätte ich diesen Tag am liebsten aus dem Kalender gestrichen, aber vielleicht wird er doch nicht so schlecht."

Auf ihren fragenden Gesichtsausdruck hin antwortete ich: „Ich hatte einen furchtbaren Alptraum. Und diesmal habe ich wirklich fast nichts vor dem Schlafengehen gegessen ..."

Ein misstrauischer Blick. „Fast? Haben Sie es mit der Nascherei wieder übertrieben?"

Ich wechselte schnell das Thema: „Was spricht denn das heutige Wiener Diarium, Gräfin?"

Ihr Gesicht wurde augenblicklich ernst. „Der Bericht über die Schlacht von Torgau ist heute veröffentlicht worden." Ich seufzte.

Dahin die Hoffnung auf einen angenehmen Tag. Damit würde die Stimmung bei Hofe doch wieder bedrückt und mutlos werden.

Auffordernd streckte mir die Gräfin Vasquez die aufgeschlagene Zeitung entgegen.

„Ach, Gräfin, ich glaube, ich lese das heute Abend. Es ist ja auch so schon alles trübe genug."

„Nun aber, Hoheit, Sie drängen doch sonst immer darauf, über sämtliche Vorgänge informiert zu sein!"

Schweren Herzens griff ich nach der Zeitung. Die Gräfin las über meine Schulter mit. Auf mehreren Seiten wurde dort der Hergang der Schlacht geschildert. Der bemüht patriotische Tonfall des Artikels konnte nicht über den Ernst der Lage hinwegtäuschen. Ich schauderte bei der Anzahl der Toten. Zwanzigtausend allein auf Seiten der Preußen! Wie viele Opfer es auf unserer Seite gegeben hatte, verriet das Blatt nicht, doch anhand von Mamans Reaktion beim Erhalt der Unglücksbotschaft konnte ich mir ausmalen, dass es sicher nicht weniger gewesen waren. Und der Feldmarschall Daun, den ich immer als so unverwüstlich wahrgenommen hatte, war schwer verletzt worden.

War noch jemand verwundet worden, den ich kannte? In Gefangenschaft geraten? Gar getötet? Unwillkürlich erschien mir das Lächeln des sächsischen Prinzen vor Augen. Bitte nicht auch er, dachte ich. Aber schon der nächste Absatz ließ mich erleichtert aufatmen:

Nicht unangeführt kann gelassen werden, wie ungemein tapfer, eifrig, und gegenwärtig sich während der ganzen Action die beiden bey der K.K. Armee sich anwesend findende königl. polnisch- und chursächische Prinzen Albert und Clemens betragen haben. Es hat sich sowohl ein- als anderer jederzeit jener Orten eingefunden, wo die Gefahr am größten war, um durch ihre Gegenwart, und beständige Animierung all- und jeden noch mehr Mut beyzubringen.

Erleichtert lächelte ich die Gräfin an. Meine Augen wanderten zu mm blauen Fächer hinüber, der auf einer Kommode neben dem Fenster lag. Die Gräfin schmunzelte wissend. Sofort verlieh ich meinem Gesicht einen unbeteiligten Ausdruck: „Sie brauchen gar nicht so zu schauen. Ich bin einfach nur froh und dankbar über jeden Bekannten, dem es gut geht. Das ist doch schließlich meine Pflicht als Kaisertochter, nicht wahr?“, fragte ich etwas spitz.

Ihr Schmunzeln verbreiterte sich zu einem Lächeln und glättete kurzzeitig die Sorgenfalten. „Nichts anderes nahm ich an, Hoheit.“ Ihre Augen glitten über die folgenden Zeilen. „Und diese Pflichtergebenheit wird Sie gewiss ebenso gelassen durch den folgenden Absatz führen.“ Meinen fragenden Gesichtsausdruck beantwortete sie mit einer auffordernden Geste in Richtung Zeitung. Neugierig las ich weiter:

Keine mindere Gerechtigkeit muss dem Duc de Braganza, und dem Prinz Ludwig von Würtemberg – Ich zog scharf die Luft ein und vermied es, die Gräfin anzusehen. – deren jedwederer eine Verletzung davontrug, geleistet werden, maßen sich diese ebenfalls aller Orten und im stärksten Feuer mit der größten Standhaftigkeit zur Beförderung des allerhöchsten Dienstes.

„Na, bei dem hätte das Feuer ausnahmsweise stärker sein dürfen“, murmelte ich halblaut in meine geblümte Decke. Die Gräfin warf mir einen tadelnden Blick zu und sagte dann: „Die Kaiserin wünscht, dass Sie den Prinzen Albert und Clemens ein Billet übersenden und ihnen unsere Erleichterung über ihr Wohlergehen mitteilen.“

„Aber ich habe Albert doch vor Kurzem erst geschrieben.“

„Nun, dieses Billet wird ihn lange vor Ihrem Brief erreichen. Es reist anders als dieser mit einem kaiserlichen Eilkurier.“

Also kam ich ihrer Aufforderung nach. Ich verlieh meiner Erleichterung über sein Wohlergehen Ausdruck und bat ihn, sich die Niederlage nicht allzu schwer zu Herzen zu nehmen. Tapfer dürfe er weiterhin sein, aber nicht tollkühn. Eine kleine Erzherzogin am Wiener Hof habe nämlich nicht die geringste Lust, sich einen neuen Brieffreund zu suchen.

Welch ein dümmlicher Brief, angesichts dieser schlimmen Lage! Ich ärgerte mich über mich selbst, setzte aber dennoch meine Unterschrift darunter und legte dann verdrossen die Feder zur Seite. Die trübselige Stimmung kehrte bald zurück. Torgau und die Tristesse halten uns weiterhin in ihrem klammen Griff.

Der dritte December 1760

„Die größte Kunst im Leben ist, dass man schweigen kann."
(Christian Hofmann von Hofmannswaldau)

Papa liebt dieses Zitat und seit heute verstehe ich auch, warum. Ich weiß nun, dass ‚schweigen' nicht unbedingt bedeuten muss, nichts zu sagen. Vielmehr kommt es darauf an, zur passenden Zeit die richtigen Worte zu finden. Bella beherrscht dies à la perfection, darin hat sie mir einiges voraus, leider. Ich bin eher eine Freundin der klaren Worte, was nicht bedeutet, dass ich eine fein zwischen die Zeilen gewebte Anspielung im Gespräch überhören würde. Aber zu oft verplappere ich mich, weil ich zu schnell bin und nicht nachdenke. Allerdings war es heute gar nicht so einfach, Bellas Doppeldeutigkeiten richtig zu verstehen.

Endlich hatten wir eine Gelegenheit gefunden, uns wieder zu sehen. Joseph ist verreist und Bella muss bei dem eisigen Novemberwind auch nicht mehr so vielen gesellschaftlichen Verpflichtungen nachkommen. Wir saßen nachmittags beim Tee. Die Möglichkeit, uns ungestört in unserem Garten zu treffen, war uns von der hereinbrechenden Kälte genommen worden. Also hatten wir uns ein lauschiges Plätzchen in Bellas Gemächern neben dem Kamin gesucht. In gewohnter Manier saß aber auch unser Hofstaat um uns herum, beteiligte sich am Gespräch oder steckte tuschelnd die Köpfe zusammen, was mir wie immer ein höchst unangenehmes Gefühl verlieh, vor allem, da ich doch so gerne endlich einmal wieder mit Bella allein sein wollte. Auch ihr gefiel das nicht, und ich möchte wetten, dass es Joseph bestimmt nicht ungelegen kommt, wenn er uns in unserer Zweisamkeit gestört weiß. So blieb uns auch nichts anderes übrig, als über Belangloses zu reden oder uns in Albereien zu verlieren. Heute unterhielten wir uns erheitert über Pacassi, unseren Hofarchitekten, und seine andauernden Dispute mit Maman, als Bella plötzlich ernst wurde.

„Es hat geschneit", hörte ich sie sagen. Ich sah sie fragend an, schließlich war es mir nicht entgangen, dass seit ein paar Wochen ganz Wien mit einem weißen Schleier bedeckt war. Dann fügte sie hinzu: „Der Schnee lässt mich schlecht träumen." Neugierig zog ich die Augenbrauen nach oben, denn obwohl wir nicht allein waren, hatte ich gehofft, dass nun ein Bericht dessen erfolgen würde, was mich schon lange neugierig machte – ihre erste Nacht mit Joseph. Eine kecke Antwort lag mir schon auf den Lippen, als eine leichte Rötung ihrer Wangen mich stutzig werden ließ. Ich sah sie fragend an und langsam begann es, bei mir zu dämmern.

„Ich träumte von einem Stier. Er jagte mich durch eine frühlingshafte Landschaft, über Felder und blumenbewachsene Wiesen. Ich lief an Steinen vorbei, auf denen sich Eidechsen sonnten, und gelangte zu einem Pinienhain. Ich schlängelte mich durch das Staccato an Bäumen, in der Hoffnung, ihn abschütteln zu können, doch er preschte durch das Holz und riss alles um, was ihm im Wege stand. Er drängte mich an eine Felswand, die aus dem Boden ragte, und gegen die ich mich schließlich mit meinem Rücken presste. Zufrieden rückte er mir näher, blieb dicht vor mir stehen – seinen stinkenden Atem blies er mir widerlich ins Gesicht. Ich konnte seine bebenden Flanken sehen, und seine Muskeln zuckten vor Anspannung, als ich Anstalten machte, mich zu bewegen. Er blähte seine Nüstern auf, die Augen blitzten und Speichel rann aus seinem Maul. Lüstern beäugte er mich. Ich schrie fürchterlich, doch das Untier drückte mich mit seinen Hörnern zu Boden. Dann presste sich sein haariger Körper an mich. Mir war, als wollte er mit Gewalt zu meinem Herzen. Als er mich berührte, verblühte alles Leben um uns."

Als Bella geendet hatte, ging ein Raunen durch den Raum. Alle hatten ihrer Erzählung gelauscht und waren bestürzt, welche Qualen Bella im Traum hatte erleiden müssen. Sie waren sich einig, eine Traumdeuterin müsse nach einem tieferen Sinn des Geträumten befragt werden (und das, obwohl Maman vehement versucht, diesen Aberglauben auszutreiben). Einzig die Gräfin Vasquez sah Bella mit einem gutmütigen Lächeln an und im Nachhinein glaube ich sogar, bei ihr ein mitfühlendes Augenzwinkern gesehen zu haben. Jedenfalls erhob sie sich und setzte den wüsten Interpretationen, die über den Traum entstanden waren, ein jähes Ende: „Ich glaube, Erzherzogin, Ihr braucht ein wenig Ruhe. Ihr habt mein tiefstes Mitgefühl für diesen schrecklichen Traum. Doch solltet Ihr Euch besser ein wenig hinlegen. Ihre Erzherzogliche Hoheit Maria Christina leistet Euch bestimmt Gesellschaft." Und mit diesen Worten empfahl sie sich und die anderen Damen und ließ Bella und mich zurück.

Wir atmeten erst einmal erleichtert auf und innerlich bedankte ich mich bei der Gräfin Vasquez für ihr feines Gespür. Doch dann konnte ich nicht mehr an mich halten und es sprudelte aus mir heraus: „Ist das wahr? Ist Joseph der Stier? Was ist passiert? Hat er dich grob behandelt?" – und ärgerte mich im nächsten Moment über meine ungestümen Fragen. Bella lächelte schüchtern, und ich bekam das Gefühl, dass sie selbst nicht so recht wusste, wo sie anfangen sollte. „Nein, Christine, der Traum ist nur ein Bild, denke ich. Aber er verkörpert die Angst, die ich hatte. Genau so, wie ich mich auf der Flucht vor dem Stier fühlte, ging es mir mit Joseph." Ich muss sie äußerst entsetzt angestarrt haben, denn sie fuhr hastig fort: „Meine erste körperliche Begegnung mit ihm geschah nicht auf eine grausame Weise, wenn du das denkst. Es war einfach nur so ... schrecklich. Joseph ist kein Stier. Bei dem Gedanken an ihn, wie er so aufgeregt zitternd neben mir lag, den Mund geöffnet, erinnerte er mich mehr an ein dickes ängstliches Murmeltier, und trotzdem schnürt es mir vor Ekel die Kehle zu." Gespannt schaute ich sie an, in der Erwartung, sie würde weitererzählen. Sie holte tief Luft. „Ich war als Erste im Schlafzimmer. Ich wusste, dass ich unbekleidet zu sein hatte, wenn Joseph den Raum betrat. Weil ich mich genierte, legte ich mich ins Bett und zog die Decke bis zum Kinn nach oben. Was für eine Unruhe ich in mir hatte! Es dauerte nicht lange, und Joseph betrat das Schlafgemach, er trug lediglich einen Schlafrock. Wir sprachen nicht, wir sahen uns nicht an, er löschte das Licht und überließ dem Mond die weitere Beleuchtung des Zimmers. Da er eine Zeit lang unbeholfen vor dem Bett herumstand und an seinem Mantel nestelte, stellte ich mich schließlich schlafend. Irgendwann hörte ich das Geräusch von schwerem, zu Boden fallendem Stoff, dann hob Joseph das Plumeau und stieg zu mir in das große, immer noch kalte Himmelbett. Mein Körper allein schaffte es nicht, es zu erwärmen.

Sechsundzwanzig Nächte, seit unserer Trauung, hatten wir wie Geschwister nebeneinander gelegen. In diesen Nächten hatte keiner von uns beiden gewagt, sich zu bewegen, ja fast nicht zu atmen, und ich war stets wach gelegen, bis mir die gleichmäßigen und schweren Atemzüge verraten hatten, dass der Mann neben mir, mein Ehemann, endlich eingeschlafen war. Joseph hat sein Versprechen gehalten, er hat mir meine Zeit gegeben, wenn sie auch kurz war.

Doch an diesem Abend Anfang November drehte sich Joseph, nachdem er sich neben mich gelegt hatte, zu mir um und berührte mich. Seine Hand war kalt und feucht, und ich konnte nicht verhindern, dass sich augenblicklich jede Faser meines Körpers anspannte. Es war nicht so wie neben dir zu liegen, Christine – auch wenn ich mir genau das vielleicht in diesem Moment gewünscht hatte. Doch als Joseph seine Hand auf meine Schulter legte und meinen Körper zu sich herumdrehte, atmete er schwer, seine Bewegungen waren fahrig und ich konnte den bitter-stechenden Geruch seiner Haut wahrnehmen. Ganz still lag ich auf dem Rücken, als er anfing, mich zu küssen. Zuerst berührten sich nur unsere Lippen, und als ich die meinen nicht öffnete, versuchte Joseph schon bald, sie mit seiner Zunge zu durchdringen. Auch er war nervös, das war ihm anzumerken, als seine schmächtigen Arme, auf die er sich stützte, zu zittern anfingen. Nun stelle dir vor, er nahm meine Hand und legte sie sich auf die Brust. Joseph stöhnte leise auf, während ich mein Grausen beim Berühren seines so übermächtig nahen Körpers nicht verbergen konnte. Während ich in dieser Position verharrte, unfähig, meine erzwungenen Liebkosungen auszuweiten, streichelte Joseph meine Brüste, doch es fühlte sich eigentlich mehr an, als ob er einem Esel über das Fell streichen würde, seine Berührungen wirkten mechanisch und schroff, und ich hatte das Gefühl, dass er genauso unvorbereitet und unwissend war wie ich. Noch immer hielt ich meine Augen geschlossen, erst als Joseph mit seinen Händen meine Oberschenkel auseinander schob, öffnete ich meine Augen und sah erst ihn an, der sich schwitzend und mit undurchdringlichem Blick auf mich gelegt hatte, dann heftete ich meinen Blick auf den Stoff des Baldachins, der das Bett überspannte. Ich versuchte, die Blumen des Dekors zu zählen, versuchte, schöne, helle Erinnerungen aufzurufen, versuchte, meinen Geist aus meinem Körper zu befreien. Es gelang mir nicht. Panik und Übelkeit ergriffen mich, ich zuckte zusammen, und ich bin mir sicher, dass mein Herz für einige Schläge aussetzte, als ich spürte, wie Joseph sich erst langsam, dann immer weiter in mich hineinpresste. Ich keuchte vor

Schmerz, konnte kaum atmen – verzweifelt versuchte ich, meinen Schoß weiter zu öffnen, und spürte doch, wie sich meine Muskeln innerlich zusammenzogen. Eine Ohnmacht überkam mich beinahe von dem dumpfen Druck in meinem Unterleib. Die kurzen Stöße wurden indessen immer schneller, jeder von ihnen fühlte sich an, als ob ein Messer mich durchdränge, Joseph drängte seinen schwammigen Körper an den meinen. Meine Arme lagen weit ausgestreckt von mir, meine Finger vergraben im Kissen. Ich war dem allen völlig ausgeliefert, schutzlos. Noch nie war ein Mensch mir so nahe gekommen, und doch fühlte ich mich dabei so einsam, wie ich es noch nie zuvor gewesen war. Plötzlich – ich weiß nicht, wie viel Zeit bis dahin vergangen war, es konnte eine kurze Minute, aber auch eine lange Stunde gewesen sein – hielt Joseph in seiner Bewegung inne, stöhnte kurz auf, sackte über mir zusammen und verharrte einige Momente in dieser Stellung. Sein Atem ging immer noch schnell, sein Mund war leicht geöffnet, und erst jetzt bemerkte ich, dass er nach Wein roch, dass Joseph ohne Perücke zu mir gekommen war, und wie schwer sein Körper auf mir lag, wie eine Steinplatte auf einer Gruft. Mit einem matten Seufzen löste er seinen Körper von mir und legte sich neben mich. Dass ich die ganze Zeit über geweint hatte, schien er in seiner Aufregung nicht bemerkt zu haben, überhaupt: er schien mich, seine verehrte Isabella, gar nicht wahrgenommen zu haben, nicht mein Leid, nicht meine Angst, nicht meine Abscheu. In der kurzen Zeit unserer Ehe hatte ich ihn noch nie so erlebt, er, der doch immer so leidenschaftslos ist, der seine Gefühle kontrolliert, er hatte sich hinreißen lassen zu niederstem Verhalten. Beinahe augenblicklich schlief er ein. In diesem Moment fühlte ich mich so verwelkt wie die Landschaft in meinem Traum."

Ich war sprachlos von Bellas unbarmherzig offener Darstellung ihrer ersten intimen Erfahrung. Keine tröstenden Worte der Welt wären ihrer in diesem Moment würdig gewesen. Also schwieg ich betroffen, bis Bella erneut die Stille durchbrach.

„Weißt du, Christine, ich liebte die körperliche Wärme, wenn ich nachts bei dir unter die Decke kriechen durfte. Aber das hier – ist die Hölle."

Dann begann sie, zu weinen, und das Einzige, was ich über die Lippen brachte, war: „Es tut mir so unendlich leid."

Während ich diese Zeilen schreibe, schweife ich mit meinen Gedanken immer wieder ab. Bellas Erlebnis hat mich furchtbar erschreckt. Ich spüre die Machtlosigkeit in mir, und das macht es noch schlimmer, weil ich ihre Freundin bin und ihr so gerne helfen würde. Sie wird es noch so oft erleben müssen, bis Österreich seinen Thronfolger hat. Und auch ich muss mir darüber im Klaren sein, dass mich dieses Schicksal bald treffen könnte. Ins Kloster möchte ich ja doch nicht wirklich eintreten, wenn ich etwas genauer darüber nachdenke.

Meine Vorstellungen von einer intimen Begegnung mit einem Mann waren bislang stets geprägt von dem Plaisir, welches die erfahreneren Hofdamen so gerne preisen. Aber anscheinend war Joseph der Einzige, der sich in jener Nacht amüsiert hatte. Ist das vielleicht insgeheim die Wirklichkeit? Sind die Männer allesamt ignorant im Bett? Oder gibt es für mich irgendwo den passenden Ehemann, der mich niemals leiden lassen würde? Hat die Liebe überhaupt mit körperlichen Dingen zu tun? Oder existiert sie losgelöst von Gerechtigkeit, Lust und Schmerz? Ist mir Vergnügen nur vergönnt, wenn ich zugleich liebe?

Ach herrje! Ich weiß gar nicht, was ich von all dem halten soll. Bellas Erzählung auf der einen und meine Wünsche und Vorstellungen auf der anderen Seite … Jetzt habe ich wirklich Angst!

Der achtzehnte Jänner 1761

Ich kann nicht denken, nicht atmen, nicht schreiben. Etwas Fürchterliches ist geschehen!

Der neunzehnte Jänner 1761

Selig die Toten, die im Herrn sterben;
sie sollen ausruhen von ihren Mühen;
denn ihre Werke begleiten sie. (Offenb. 21,1)

Karl wurde gestern in der Hofkapelle aufgebahrt. Der Herrgott hat unseren Bruder zu sich geholt. Wie kann er so ungerecht sein? Karl war doch immer liebenswürdig, charmant, gewitzt, hat seine Lektionen gut gelernt. Gut, manchmal konnte er auch seine gemeinen Späße mit einem treiben. Aber von allen Geschwistern war er mir doch der Liebste! Karl wäre bald sechzehn geworden. Es hieß, die Blattern seien einmal mehr schuld gewesen. Mit ihren erbarmungslosen Klauen holen sie selbst die Jungen, von denen man meint, sie seien von kraftvoller Gesundheit. Die Krankheit greift in ganz Europa um sich. Ohne Unterlass hört man davon, wie sie sich im Volk ausbreitet und selbst vor den Fürstenhöfen nicht Halt macht.

Weil ich selbst die Krankheit noch nicht hatte, durfte ich Karls Krankenzimmer die letzten Tage nicht betreten. Zu groß wäre die Gefahr einer Ansteckung gewesen. Kleine Notizen wurden deshalb von Appartement zu Appartement gereicht, damit jeder von uns über seinen Zustand unterrichtet werden konnte. Ich erhielt meine Nachrichten von Isabella. Ihr war sehr bang um ihn. Auch sie hat ihn schnell als Bruder lieb gewonnen, seit sie hier ist.

Ich sehe sie noch vor mir, am Silvestertag, der zugleich Bellas neunzehnter Geburtstag war. Wie vertraut sie sich damals waren. Karl scherzte mit ihr, manchmal ein wenig anzüglich, was ihm den bösen Blick Josephs einhandelte, aber bei Bella verschwörerisches Wohlwollen fand. Es ist also noch gar nicht lange her, dass wir eine recht glücklich vereinte Familie waren. Freilich, die Weihnachtszeit war bereits getrübt durch die Ereignisse von Torgau. Es gab weniger Gesellschaften als üblich, und die Sorgen um die Truppen und das weitere Vorgehen ließen Papas Haltung besonders gebeugt erscheinen. Wir haben trotz allem versucht, die Vorfreude auf das Christfest zu genießen. In Wien herrschte im December herrliches Winterwetter. Ich liebe die winterliche Stimmung vor meinem Fenster, wenn sich draußen die Schneeflocken gegenseitig jagen und sich auf den Dächern und Gesimsen zu glitzernd weißen Anhäufungen vereinen.

„Zu gerne würde ich jetzt an den Wienfluss zum Schlittschuhlaufen fahren", seufzte ich.

Doch meine Kammerfrau Wallis zerschlug meine Träumereien sofort: „Sie wissen doch, Ihre Majestät hat derartige Vergnügungen in dieser trüben Zeit strikt untersagt."

Natürlich wusste ich das. Zum Glück konnte Maman nicht auch noch den Hofbäckern verbieten, das zarteste, duftende Nikolausgebäck zu zaubern, das uns die Tage wenigstens ein bisschen versüßte. Am Nikolaustag habe ich außerdem Trost in meiner Malerei gefunden. In diesem Jahr sah das Fest zwar eigentlich ein bisschen anders aus, ich habe uns aber trotzdem auf der Leinwand in eine heitere Szene gesetzt: Papa in seinem geliebten einfachen Nachtgewand vor dem Kamin sitzend, Maman ebenfalls in einem schlichten blauen Kleid. Die kleine Antonia spielt mit einer neuen Puppe, und Maxl macht sich über einen Teller Lebkuchen her. Ferdinand hat wieder einmal etwas angestellt, und so übernehme ich die Rolle des Krampus und drohe ihm mit der Rute. Auch ein Erzherzog darf sich schließlich nicht alles erlauben. Ich bin mit der Zeichnung noch nicht fertig geworden, denn die Ereignisse in den letzten Wochen haben mich zu sehr aus der Ruhe gebracht.

An den Kirchenfesten wurden wir diesmal zu besonderer Andacht ermahnt. Am Tag von Mariä Empfängnis versammelten wir uns nach dem Gottesdienst im Stephansdom mit dem gesamten Hofstaat an der Mariensäule auf dem Platz Am Hof. „Heilige Maria, Mutter Gottes, bitte für uns! Jungfrau, mächtig zu helfen. Du Trost der Betrübten, Du Hilfe der Christen, bitte für uns!" So klingt mir die Lauretanische Litanei noch immer in den Ohren. Im Professhaus holten wir uns anschließend noch die guten Segenswünsche der Jesuiten. Auch sie beten täglich für bessere Zeiten. Die Feierlichkeiten zu Papas und Maxls Geburtstag am selben Tag fielen ziemlich bescheiden aus. Der kleine Max bekam von der ganzen Stimmung gottlob noch nicht viel mit. Er ist ein aufgeweckter Lausbub, der immer unterhalten werden will und viel Krach mit seinen Holzspielzeugen macht. Ich sollte ihm auf meinem Nikolausbild noch einen kleinen Spielzeugreiter beigeben, weil er die so liebt.

An den Weihnachtstagen begann Karl dann ernstlich zu kränkeln. Er war blass um die Nase, und sein fürchterlicher Husten wurde immer krächzender.

„Wir befürchten, dass es die Blattern sind", teilte van Swieten der ganzen Familie nach einer ausführlichen Examinierung nach den Feiertagen sorgenvoll mit.

„Aber das kann nicht sein! Die hatte er doch schon einmal!", Mamans Verzweiflung war deutlich zu spüren.

„Ganz recht. Und in der Regel bekommt man sie kein zweites Mal. Aber eben nur in der Regel. In seltenen Fällen können sie sich wiederholen. Und die Anzeichen beim Erzherzog sprechen dafür. Er zeigt Fieber, Schüttelfrost, Gliederschmerzen. Von einer Hautveränderung ist noch nichts zu sehen, aber ich meine, einen charakteristischen üblen Geruch aus seinem Mund vernommen zu haben. Einen ersten Aderlass habe ich bereits durchgeführt."

„Sagen Sie, van Swieten", hob Maman an, als sich die erschreckende Erkenntnis bei ihr festgesetzt hatte, „wie stehen Sie zu der Impfung gegen die Blattern, die in den Ländern des Ostens und in England vollzogen wird? Sie soll doch vor einer Erkrankung schützen?"

„So heißt es, Majestät. Aber ganz einwandfrei ist diese Methode nicht. Bei der Inokulation wird eine Ansteckung künstlich hervorgerufen, indem man Nadeln mit dem Eiter von Blatternkranken benetzt und damit die Haut eines Gesunden einritzt. Die Krankheit wird bei diesem ausbrechen, angeblich in abgeschwächter Form, sodass fürderhin ein Schutz vor einer nochmaligen Ansteckung mit den natürlichen Blattern bestehe. Ich selbst habe noch keine Erfahrungen mit der Methode gemacht, es wird aber von zahlreichen Todesfällen durch die Inokulation berichtet. Dass manche Menschen nach der Prozedur und einem gelinden Verlauf der Krankheit gesund bleiben, ist also doch eher dem Zufall geschuldet, und die Gefahr, durch die absichtliche Ansteckung schwere Folgen hervorzurufen, ist ungleich größer. Ich rate vorerst davon ab, Majestät, derartige Versuche hier am Hof zu machen."

„Aber was kann man denn nur tun? Ich kann mir doch nicht ein Kind nach dem anderen nehmen lassen! Nun, wo die Blattern immer öfter Eingang in unseren Hof gefunden haben, sind wir doch alle nicht mehr sicher!" Niedergeschlagen legte sie das Gesicht in die Hände. Papa nahm sie liebevoll in den Arm. Wir Geschwister saßen mit hängenden Köpfen daneben. Maman ist eine starke Herrscherin, die sich selten ihre innersten Emotionen anmerken lassen darf, doch sie ist auch eine innig liebende Mutter. „Es gibt leider noch keine Arznei, die wirklich hilft. Aber wir haben alle Vorsichtsmaßnahmen getroffen. Ich bin Arzt und ein guter Christ. Der Herr wird mich bei der Behandlung des Erzherzogs lenken", van Swieten versuchte, diese Worte noch voller Zuversicht zu sprechen. Doch so ganz gelang ihm das nicht.

Ich wusste nicht, wie mir in diesem Moment geschah. Karl, mein lieber, lieber Karl, warum sollte Gott ihn jetzt schon zu sich holen? Er hatte doch nichts getan. Damals hatte ich noch Hoffnung, dass van Swieten mit seiner Diagnose doch nicht Recht behalten sollte. Ich konnte und wollte es einfach nicht glauben.

Doch alles Hoffen und Bangen half nichts. Es gefiel unserem Herrgott besser, Karl bei sich aufzunehmen, als ihn bei uns zu lassen. Er wird mir verzeihen, wenn ich mit seiner Entscheidung hadere.

Die Augen stehen mir voller Tränen, die Tinte ist verwischt, und der Ärmel meines Trauerkleides ist bereits ganz nass. Ich komme gerade von der Betstunde in der Kapelle, die ich mit Marianna, Liesl und unseren Hofdamen abgehalten habe. Es war ein schlimmer Anblick, wie unser kleiner Bruder dort lag, unter dem schwarzen Baldachin, in ein feines Mantelkleid gewandet, als ob er sich nur von einer anstrengenden Audienz ausruhen würde. Einen Hautausschlag hat er bis zuletzt nicht bekommen, so sah sein junges Gesicht wenigstens so aus, wie wir es kannten. Vielleicht waren es doch nicht die Blattern, sondern irgendein anderes böses Fieber, das ihn befallen hat?

In zwei Tagen wird sein Leichnam in die Gruft der Kapuzinerkirche gebracht, dorthin, wo alle unsere Dahingegangenen ihre letzte Ruhe finden.

Der zwanzigste Februar 1761

Ein Billet von Albert zu Karls Tod. Um mich herum ist alles dumpf und düster, nicht einmal diese Geste dringt wirklich zu mir vor.

Dresden, der zweiundzwanzigste Januar 1761

Ma chère Amie,

ich danke für Euer freundliches und mitfühlendes Billet nach der Schlacht von Torgau. Die Anteilnahme der kaiserlichen Familie milderte die Schmach der Niederlage – zumindest für einen Moment. Die Ereignisse des auslaufenden Kriegsjahres beschweren mein Gemüt. Noch dazu ist mein Bruder schwer erkrankt und ich bin in ständiger Sorge um ihn.
Wie tief die Trauer um Euren Bruder Karl sein muss, kann ich nur erahnen, doch ich sende Euch und Euren Eltern mein aufrichtigstes Mitgefühl.

Mehr als dies kleine Billet vermag ich Euch aufgrund einer Handverletzung nicht zu füllen. Doch ich warte sehnsüchtig auf die Ankunft Eures Briefes.

Ergebenst Euer Albert

Der fünfundzwanzigste Februar 1761

Wir haben die Krankheit vertrieben. Die pestilenzialische Luft in Karls Krankenzimmer, nein, Sterbezimmer, wurde zum Fenster hinaus gejagt. Alle Möbel, das Bett, die Wäsche, die Teppiche wurden ausgeräumt und in das Garde Meuble gebracht. Dort sollen sie auslüften und alle üblen Gerüche und Miasmen loswerden. Was Karl krank gemacht hat, hat sich sicher überall festgesetzt, in jeder Faser und in jeder Ritze, und würde allen anderen auflauern, die dieselben Möbel benützen. Nach einem Monat werden sie aber wieder rein sein und unter unserer Dienerschaft verteilt werden.

Ich schließe meinen kleinen Bruder jeden Tag innig in meine Gebete mit ein. Er hinterlässt eine so schmerzende Lücke in meinem Herzen.

Ich werde jetzt zu Bella gehen. Sie weiß, wie es mir geht, und versteht mein Leid.

Der fünfte März 1761

Ich war und bin noch immer so unendlich traurig. Viel Ablenkung gab es in den letzten Wochen nicht, nichts zu erleben und zu lachen. Große Feste wurden wegen der Hoftrauer nicht gefeiert, nicht einmal an den Faschingstagen. Nach dem Tod Karls war mir neben meinem Beichtvater nur meine gute Isabella immer ein unschätzbarer Trost. Sie verstand meinen Kummer. Wer ist mir denn unter meinen Geschwistern nun noch geblieben, der mir so am Herzen liegen würde, der mir gegenüber völlig unvoreingenommen und neidlos wäre, zu dem ich echtes Vertrauen haben könnte? Niemand! Doch meinen Geschwistern kann ich unmöglich zeigen, wie einsam ich mich nun fühle, denn über meine innersten Empfindungen will ich mit ihnen nicht sprechen. Und so entlaste ich meine Seele einzig bei Bella. Wie viele meiner Tränen hat sie schon aufgefangen, wie viele ermutigende Worte an mich gerichtet, dass es Karl im Haus der Ewigkeit sicher wohl ergehen wird. Diese intensiven Momente der Zweisamkeit haben uns einander noch näher gebracht als zuvor, und Bellas Freundschaft lässt mich weiter an die schönen Seiten des Lebens glauben.

Kein Morgen vergeht, an dem ich nicht eine Notiz von ihr bekomme, einen Gruß, eine Bitte um ein kurzes Treffen. Gerade fand dieses Billet den Weg zu mir:

Guten Morgen, liebe Schwester, mein anbetungswürdiger Engel. Kaum habe ich die Augen aufgeschlagen, da sind meine

Gedanken wieder ganz bei Ihnen. Mein Herz rast, ich bin voller Ungeduld, mich an Ihren Hals zu werfen. Mit Schrecken habe ich den Regen wahrgenommen, der heute an mein Fenster prasselt. Das bedeutet, der Erzherzog wird heute nicht zum Reiten ausfahren, und wir können uns nicht zum verabredeten Dîner sehen. Man kann nicht in allen Punkten glücklich sein. Ich küsse Sie abertausendmal. Adieu. Isabelle Marie Louise

Es ist uns leider nicht mehr möglich, uns so oft zu sehen, wie wir es gerne hätten. Manchmal glaube ich, Joseph ist neidisch auf die viele Zeit, die Bella und ich zusammen verbringen. Aber er vernachlässigt Bella ja auch ein wenig. Dort eine Sitzung des Staatsrats, da ein Empfang des russischen Botschafters, abends zum Spiel oder was weiß ich, wo er sich immer rumtreibt. Bella lässt mir gegenüber noch immer häufig anklingen, dass sie in ihrer Ehe, trotz all der Liebe, die ihr Joseph offenkundig zeigt, und auch wenn es nach außen hin anders aussehen mag, nicht wirklich glücklich ist. Heute werden wir uns also nicht sehen. Joseph behauptet sein Vorrecht. Aber der Regen wird ja sicher einmal wieder aufhören.

Der elfte April 1761

Gerade war Isabella bei mir. Gleichzeitig mit ihr traf die Post ein, darunter endlich auch die Antwort von Albert auf meinen letzten Brief. Isabella schnappte ihn sich sogleich mit süffisanter Miene und musterte ihn: „Oh, dein, wie nennst du ihn gleich, ‚Vertrauter‘ lässt wieder etwas von sich hören."

„Du gibst wohl nie auf", schüttelte ich den Kopf, „alors, mach ihn auf, den Brief. Dann wirst du mit eigenen Augen sehen, dass all deine Vermutungen völlig haltlos sind."

„Das lasse ich mir nicht entgehen!“, rief sie mit schelmischem Blick und riss das Kuvert auf. Während sie den Brief las, murmelte sie: „Tatsächlich. Keine Liebesschwüre. Aber was schreibt er denn hier, ‚Albertina‘? Nein, das ist doch zu albern. Und gleichzeitig äußerst aufschlussreich …“

„Wovon in aller Welt redest du? Gib her!“, rief ich und riss ihr den Brief aus der Hand.

Dresden, der fünfte Januar 1761

Ma chère Amie,

vermutlich habt Ihr mein Billet bereits erhalten, und glücklicherweise ist in Dresden mittlerweile eine angenehmere Stimmung eingekehrt. Für mich besonders, da mein Bruder wieder genesen ist. Ich trauere jedoch weiterhin mit Euch und Eurer Familie um Euren kleinen Bruder Karl. Diese Tragödie lässt sich kaum in Worte fassen. Ich möchte nur, dass Ihr wisst, dass ich in diesen schweren Wochen an Euch denke und Euch fest in meine Gebete einschließe.

Doch ich möchte gerne auch Stellung zu Eurem letzten Brief beziehen: Ich muss schon sagen, liebe Cousine, als Ratgeberin in Liebesdingen taugt Ihr nicht so viel: Euer Zitat von Lichtenberg zeugte nicht gerade von Feingefühl. Den Namen der betreffenden Dame werde ich Euch daher gewiss nicht verraten, ich fürchte Eure spitze Zunge zu sehr. Immerhin habt Ihr Euch das Haremsbild legal angeeignet. Ich danke auch, dass ich dafür von einem Pauvre Cadet zu einem bedeutenden Mitglied der kursächsischen Familie werden durfte. Das Haremsbild erfreut nach wie vor täglich mein Auge, manchmal scheint es aber, als fröstelte der Sultan bei diesem Wetter ein wenig. Genau wie ich sehnt er sich nach dem Frühling. Seid Ihr übrigens bei der Suche nach meinem

„Sehnsuchtsort", wie Ihr ihn nennt, schon weiter gekommen? Falls nein, dann hier ein Hinweis: Mein „Sehnsuchtsort" befindet sich unter freiem Himmel und Wald umgibt ihn.

Werdet Ihr mir tatsächlich ein weiteres Bild senden? Dann seid Ihr hartnäckiger, als ich vermutete. Wisst Ihr, wenn das noch einige Zeit so weiter geht, können wir bald unsere eigene Galerie eröffnen. Wir könnten sie „Albertina" nennen, für Albert und Christina. Jetzt lacht Ihr mich aus, nicht wahr? Vermutlich verdiene ich nichts anderes. Doch sagt, womit füllt Ihr Eure Tage? Bestimmt habt Ihr an jedem Finger einen Kavalier, der Euch umschwärmt und hoffentlich auch ein wenig ablenkt.

In tiefster Verbundenheit Euer Albert

„Albertina, also wirklich!", murmelte ich und schüttelte den Kopf. Zusammen mit Bella formulierte ich einen Antwortbrief, was sich durch diverse Heiterkeitsausbrüche eine ganze Weile hinzog. Vor allem, als Bella meinte, wie froh sie sei, dass Joseph sich nicht als passionierter Kunstsammler betätige. „Sonst gäbe es wahrscheinlich eine Galerie namens Josella." Und wir kicherten erneut los.

Besonders interessierte Bella Alberts geheimnisvolles Getue um seinen „Sehnsuchtsort". Zusammen überlegten wir, was er damit wohl meinte und sandten ihm schließlich eine weitere kolorierte Bleistiftzeichnung von einer verwunschenen Waldlichtung, die von knorrigen, efeubewachsenen Baumriesen und dichtem Gebüsch umgeben war.

„Eine milde Gabe für die ‚Albertina'", kommentierte Bella vergnügt, und ich knuffte sie in die Seite.

„Und was schreibe ich bezüglich der Kavaliere, die mich umschwärmen?"

„Schreib, du hast an jedem Finger zwei. Aber wir halten ihm einen Platz frei", grinste sie.

„Bella, du bist wirklich unmöglich. Ich schreibe einfach gar nichts dazu, er hat mir ja auch nichts über seine Münchnerin verraten", entschied ich schließlich.

Rätsel über Rätsel, mein liebes Tagebuch! Aber ich werde sie schon lüften.

Der fünfte May 1761

Die letzten Wochen waren schier unerträglich.
Joseph beansprucht jetzt meine liebe Bella immer mehr für sich. Seine leidenschaftliche Liebe zu ihr scheint manchmal geradezu in Besessenheit auszuarten. Und ich sehe sie gar nicht mehr. Wir stehen fast ausschließlich über unseren Briefwechsel in Kontakt. Natürlich, sie ist Josephs Gemahlin, natürlich, sie hat viele Verpflichtungen, aber müssen alle sie so unter Druck setzen, damit sie endlich schwanger wird? Ihre Billets an mich strotzen nur so vor angestauter Wut, südländischem Temperament und Verzweiflung:

„Christine, hole mich hier raus … Ich habe keine Kraft mehr. Ich möchte ihm ja einen Sohn schenken, doch die Natur ist stärker … Was, wenn ich das gar nicht kann? Wenn mein Körper dafür nicht geschaffen ist? Oder vielleicht will ich es auch gar nicht? Der Welt einen zweiten Joseph schenken? … Was soll ich nur tun? Hilf mir – oder ich kann für nichts mehr garantieren."

Tagelang überlege ich nun schon hin und her, bin unkonzentriert und zerstreut. Würde ich mit Maman sprechen, sie wäre auf der Seite Josephs, auch sie wartet auf einen Thronfolger. Papa hat sich in den letzten Wochen wieder verstärkt ins Kaiserhaus zurückgezogen und lässt sich nur selten am Hofe blicken. Meine Geschwister würden mich auslachen und mich natürlich sofort an Joseph verpetzen.

Es bleibt mir also nichts anderes übrig, als selbst mein Köpfchen anzustrengen und nach einer Lösung zu suchen, die Bella ein wenig Luft zum Atmen verschafft. Auch wenn es nur für ein paar Stunden in der Woche ist.

Huch, ich habe ganz die Zeit vergessen. Jetzt muss ich schnell in den Zeichenunterricht. Van Meytens wartet bestimmt schon mit erhobenem Pinsel. Das Malen und van Meytens haben mich auf eine Idee gebracht: ein Sommer-Projekt auf Schönbrunn – zusammen mit Isabella.

Jetzt brauche ich nur noch eine genaue Strategie und einen Verbündeten. Morgen brechen wir auf nach Schönbrunn. Dort nehme ich meinen Plan in Angriff und kann Bella hoffentlich bald damit überraschen. Sie wird erst eine Woche nach uns zusammen mit Joseph anreisen, hat sie mir eben geschrieben. Das gibt mir ein wenig mehr Zeit. Es muss einfach klappen.

Der siebte May 1761

Ich hätte nicht gedacht, dass es so leicht gehen würde.

Gestern haben wir unsere Räumlichkeiten in Schönbrunn bezogen. Im Schloss hat sich wieder viel verändert. Maman hat mich soeben stolz durch die neu gestalteten Zimmer im Erdgeschoss geführt. Endlich ist das Arbeitszimmer Papas fertig gestellt. Ein breit ausladender Arbeitstisch gegenüber dem Fenster bildet nun den Mittelpunkt des Zimmers, das mit wunderschöner Nussholzvertäfelung an den Wänden verziert ist. Der Raum liegt direkt zwischen den Schlafzimmern Papas und Mamans. In Mamans Schlafraum hat man den kleinen Mahagoni-Schreibtisch neben dem Kamin entfernt, stattdessen erfüllt nun ein noch größeres Himmelbett mit gold besticktem Baldachin den Raum. Maman führt Audienzen in letzter Zeit gehäuft nur noch von ihrem Bett aus. Die Minister stehen dabei in Reih und Glied vor den geöffneten Vorhängen und bringen ihre Anliegen vor. „Quelle scène bizarre“, habe ich Kaunitz einmal sagen hören. Doch Maman darf das. Sie ist die Kaiserin.

Weiter ging es in das anliegende Zimmer: „Dieser Raum ist leider noch immer im Umbau. Ich möchte es bald als mein privates Arbeits- und vor allem Spielezimmer einrichten, doch bisher gefiel mir noch kein Vorschlag Pacassis. Ich befürchte, seine Kreativität ist bereits auf dem Gipfel des Möglichen angelangt. Nun geht es mit dieser bergab. Ich werde mir wohl einen neuen Architekten kommen lassen müssen“, meinte Maman nachdenklich, als wir vorsichtig über den mit Planen abgedeckten Boden stiegen. Die Fenster waren mit großen Tafeln verschlossen, sodass nur etwas Licht aus den anderen Räumen herein schien und uns nicht ganz im Dunkeln tappen ließ.

„Lass uns weitergehen, Mimi. Ich möchte dir noch das neue Zwischengeschoss zeigen.“

Sie nahm mich an die Hand und wollte mich mit sich ziehen. Ich hielt jedoch plötzlich inne. Das ist es! Hier könnten Isabella und ich den Sommer über kreativ werden und ganz viel Zeit miteinander verbringen, ging es mir durch den Kopf. Das wird unser Sommerprojekt!

„Maman?“

„Was ist denn, Kind?“

„Wie wäre es, wenn ich mir etwas für diesen Raum einfallen lasse? Ich kenne dich gut, ich weiß, was dir gefällt, und du magst es doch, wenn sich jeder von uns selbst eine Aufgabe für den Sommer zuteilt“, wagte ich einen ersten Vorstoß.

„Oh, Mimi, das ist eine wunderbare Idee! Ich werde gleich Pacassi davon berichten. Er und vielleicht auch van Meytens können dir sicherlich mit ihrem fachmännischen Rat zur Seite stehen. Das wird ganz extraordinaire! Aber du brauchst noch eine helfende Hand. Das wird viel Arbeit werden." Maman steckte plötzlich voller Elan. Sie liebt es, Aufgaben zu verteilen und die Arbeit vorangehen zu sehen. „Wen hättest du gerne an deiner Seite?"

Das war meine Gelegenheit.

„Ich dachte da vielleicht an Isabella", murmelte ich leise vor mich hin. Ich wusste ja nicht, wie Maman darauf reagieren würde.

„Isabella? Hm… Na schön. Joseph wird darüber nicht gerade erfreut sein, aber sicherlich kann ihr ein wenig Ablenkung und künstlerisches Schaffen nicht schaden. Für einen fruchtbaren Körper ist schließlich auch ein fruchtbares Gemüt von Vorteil." Sie drückte meine Hand und zwinkerte mir verschwörerisch zu. „Ich werde mit Joseph sprechen und ihn davon überzeugen, seine Frau für ein paar Stunden am Tag aus den Händen zu geben."

„Danke, Maman", flüsterte ich ihr glücklich zu.

Mein Plan hat funktioniert.

Der zwanzigste May 1761

Die letzten Tage waren anstrengend, aber wundervoll. Ich kam nicht einmal zum Schreiben. Maman will, dass wir die Gestaltung ihres Spielezimmers sehr ernst nehmen, was Bella und ich mit großem Ehrgeiz tun. Mittags, gleich nach unseren Unterrichtsstunden, treffen wir uns in der Schreib- und Zeichenstube, um Ideen zu entwickeln und Entwürfe anzufertigen. Anschließend wandern wir von Raum zu Raum, begutachten die im Gange befindlichen Umbaumaßnahmen, wälzen Bücher und Artikel in der Bibliothek. Pacassi gibt uns Ratschläge, was die Architektur betrifft und van Meytens möchte uns am liebsten von seinen Ideen überzeugen, um am Ende doch als der Schöpfer des Raumes hervorzutreten. Doch wir wollen das selbst in die Hand nehmen, so wie ich es ja auch Maman versprochen habe. Bisher waren wir nur leider mit noch keinem unserer Entwürfe zufrieden und fangen so jeden Tag wieder von vorne an.

Am Abend falle ich todmüde ins Bett. Gräfin Vasquez gelingt es meist gerade noch, mir die Schuhe auszuziehen, bevor ich in den Tiefschlaf hinübergleite. Ich wusste nicht, dass die Kunst so ermüdend sein kann.

Jetzt aber noch schnell die Ereignisse der letzten Tage in Kurzform (Bitte verzeih' mir meinen Schreibstil, liebes Tagebuch, aber meine Augen drohen, sich gleich schon wieder eigenmächtig zu schließen):

Am fünfzehnten May kam Bella nach Schönbrunn. Joseph half ihr aus der Kutsche. Ich wartete im Hofeingang an der Treppe. Sie war blass, hatte Augenringe und wirkte unglücklich. Ein Blick, der Joseph wie ein Giftpfeil treffen sollte, meinerseits. Er übersah mich hochnäsig. Schritt an mir vorbei. Ich hatte nur Augen für Bella und sie nur für mich. Dreiundzwanzig lange Tage hatten wir uns nicht gesehen. Wir umarmten uns. Ich flüsterte ihr ins Ohr: Ich habe eine Überraschung. Komm mit.

Sie: Aber ich muss mit Joseph gehen. Er erwartet mich sicherlich.

Ich: Nein, für heute hast du Joseph-frei. Oberste Anordnung der Kaiserin.

Sie schaute verdutzt. Ich zog sie mit mir die Treppe hinauf. Zu meinem Projekt …

Später am Tage

Vorhin war ich doch wirklich beim Schreiben über meinem Buch eingeschlafen. Ein etwas unsanftes Klopfen an der Tür hatte mich aber wieder geweckt. Ich schleppte mich zur Tür. Es war Bella. Sie konnte nicht schlafen.

„Hier, schau dir das an. Das habe ich soeben gezeichnet." Woher nahm sie nur ihre Energie? Ich konnte mich kaum auf den Beinen halten und ließ mich aufs Bett fallen. Sie setzte sich neben mich und präsentierte mir stolz ihre neuen Entwürfe für „unser Zimmer".

„Wann hast du denn das gemacht? Wir haben uns doch erst vor einer Stunde zurückgezogen", fragte ich müde und ein wenig verwirrt.

„Nein, vor zwei Stunden, meine Liebe. Hast du etwa geschlafen?" Als ob man das nicht gesehen hätte. Doch sie sprudelte schon wieder hervor: „Und das habe ich vor etwa zehn Minuten erst aufs Papier gebracht. Joseph hat mich schrecklich ennuiert und dabei kam mir diese Idee." Sie zeigte auf die sorgfältig angefertigten Strichzeichnungen auf ihrem Zeichenblock. Ich nahm mir die Kerze von meinem Beistelltisch und leuchtete darauf. „Hier, diese Verzierungen an den Wänden werden alle aus Porzellan sein."

„Porzellan? An der Wand? Wie soll denn das gehen?" Mein plötzlich unterbrochener Schlaf über dem Schreibtisch hatte mich etwas mürrisch werden lassen.

„Naja, vielleicht nicht aus echtem Porzellan. Ich wäre auch mit Porzellan-Imitationen d'accord. Vielleicht Holzschnitzereien? So genau habe ich mir das noch nicht überlegt. Aber als ich mit Joseph beim Tee saß und er mir in einem fort von seinen politischen Plänen vorpredigte, rührte ich etwas abwesend in meiner Tasse und ließ meine Gedanken weg von ihm, von seiner Gegenwart, aus dem Schloss schweifen – da hatte ich den Einfall mit der Porzellan-Optik. Ich entschuldigte mich bei ihm mit Kopfschmerzen und zog mich in mein Schlafzimmer zurück. Und dann entstanden diese Skizzen", referierte sie stolz.

Ich hatte mir diese schon näher angesehen, spürte regelrecht meine Müdigkeit verfliegen und Begeisterung deren Platz einnehmen. Bella hatte den Raum in seinen Grundrissen auf dem Papier nachempfunden. Die Wände waren nach unten hin begrenzt mit schmalen Sockeln, auf die kleine Blumenkränze aufgezeichnet waren. Darüber hatte Bella kleine Gitter platziert, die wie Gartenzäune wirkten. Aus diesen wuchsen nach oben rankende Pflanzenornamente hervor, die sich bis zur Decke entlang zogen. Kürbisse waren angedeutet, Kakaopflanzen, Weintrauben, Äpfel. Eine wahre Pracht aus Obst und Gemüse. Auch wenn es nur Skizzen waren, ich konnte genau erkennen, was sie sich vorstellte.

„C'est magnifique, Bella! Großartig! Wie im Sommer in unserem Garten."

„Oui! Exactement. Ein Porzellangarten, der niemals zu blühen aufhört", kicherte sie.

„Und diese Rahmen hier dazwischen? Was bedeuten die?"

„Das sind Bilderrahmen für Zeichnungen der Familie. Am besten in blau, vielleicht Tuschezeichnungen. Blau-weiß, der gesamte Raum. Wie das Teeservice."

Jetzt mussten wir beide lachen.

„Als abschließende Elemente könnten wir noch Sonnenschirme an den oberen Kanten der Wände anbringen. Überkreuzte Schirme, mit einer Schleife verbunden. Als ewiges Zeichen unserer glücklichen Sommer." Der Beitrag kam von mir.

„Ja, Christine. Das ist schön. Hast du einen Stift? Ich muss das gleich vervollständigen." Geschickt zeichnete sie das, was ich soeben noch im Kopf hatte.

„Und die Decke könnten wir wie eine fünfte Wand nutzen und auch dort die Ornamente wieder aufgreifen." Schon huschte ihre Hand über ein noch leeres Blatt Papier. In die Mitte zeichnete sie oval miteinander verwachsene Äste, aus denen ein Kronleuchter nach unten hängen würde. Die Begrenzungen der Decke sollten gesäumt sein von weiteren Bilderrahmen, jeweils umgeben von dünnen Blumenranken. In die vier Ecken setzte Bella etwas größere runde Bilderrahmen, die von jeweils zwei überkreuzten Sonnenschirmen überdacht wurden. Wir legten die Zeichenbögen vor uns auf den Boden, setzten uns wieder auf mein Bett und betrachteten unser Werk. Sichtlich zufrieden legte Bella ihren Arm um mich. „Christine, ich bin so froh, dass ich dir wieder nahe sein kann und wir uns in letzter Zeit so oft sehen konnten. Deine Überraschung war wirklich ein großes Geschenk für mich. Was meinst du, wird es unserer Maman auch gefallen?"

„Keine Angst, Bella. Gleich morgen Früh zeigen wir ihr Entwürfe. Ich bin mir sicher, sie wird ganz entzückt sein."

„Das wäre schön. Doch dann wäre damit ja auch unser Projekt abgeschlossen, oder?", fragte Bella traurig.

„Aber nein, wir sind doch die künstlerischen Leiterinnen. Wir müssen die Handwerksarbeiten betreuen und dafür sorgen, dass deine Ideen auch wirklich in die Tat umgesetzt werden. Und dann müssen noch die vielen, vielen Rahmen ausgefüllt werden. Eine Tuschezeichnung kann lange Zeit in Anspruch nehmen. Das sollte auch dein lieber Gemahl wissen." Ich zwickte sie in die Seite und ließ mich übermütig nach hinten aufs Bett fallen. Das ließ Bella sich nicht gefallen und trotz der späten Stunde entfachte sich eine wilde Kissenschlacht, die nur mühsam wieder von Gräfin Vasquez beendet werden konnte. Bella ging daraufhin auf ihr Zimmer und ich zog mir meine Nachtbekleidung an und gab vor, ins Bett zu gehen. Doch meine Müdigkeit ist wie weggeblasen und noch immer fühle ich mich ganz aufgedreht. Hoffentlich kann ich überhaupt noch einschlafen. Ich versuche es.
Gute Nacht!

Der fünfundzwanzigste Juni 1761

Jetzt ist schon ein ganzer Monat ins Land gegangen, seit ich dir, mein liebes Tagebuch, das letzte Mal geschrieben habe. Manchmal kann und will ich es gar nicht glauben, wie schnell doch die

Zeit vergeht. Das Porzellanzimmer, wie Maman ihr neues Spielezimmer liebevoll genannt hat, ist so gut wie vollendet. Es fehlen nur noch ein paar Tuschezeichnungen, an denen Papa gerade zusammen mit Johanna, Josepha und Marianna arbeitet, und dann kann Maman das Zimmer mit einem ihrer geliebten Pharospiele einweihen.

Nachdem Bella und ich ihr die Entwürfe für das Zimmer gezeigt hatten und sie davon begeistert war, gingen die Umbauarbeiten auch schon los. Maman wollte keine Zeit mehr verlieren. Zum Glück bestand sie den Architekten und Arbeitern gegenüber aber darauf, dass Bella und ich ihnen bei so ziemlich jedem Handgriff über die Schultern schauten. „Ein angefangenes Projekt muss auch mit der richtigen Sorgfalt und Einsicht zu Ende geführt werden. Achtet mir darauf, dass eure Entwürfe genauso in die Tat umgesetzt werden, wie ihr sie auf das Papier gebracht habt, meine Kinder!", ordnete Maman an und tat mir damit den größten Gefallen überhaupt: weitere Wochen mit Bella tagtäglich an meiner Seite. Die Zeit flog nur so dahin. In der ersten Woche wurden die Wände neu getüncht, in der zweiten Woche die Ornamente aus Gips angebracht, in der dritten Woche nahm man sich die Decke vor – kein leichtes Unterfangen – und in der vierten Woche befestigten die Handwerker die kleinen Holzrahmen für die Zeichnungen an den Wänden und der Decke. „Gefällt es so?" – „Hier noch ein Stückchen nach links." – „Nein, die Sonnenschirme müssen sich überkreuzen." – „So recht, Königliche Hoheit?" – „Sehr schön. Doch lassen Sie Platz für den Rahmen." So ging es hin und her, bis schließlich Bella, die sich in der Zwischenzeit als oberste Bauleiterin hervorgetan hatte, gestern den Raum in seiner Ausstattung als finito – fertig befunden hat.

Wir sind sehr zufrieden mit dem Ergebnis, und Maman konnte gar einen kleinen Freudenschrei nicht unterdrücken, als wir sie zum ersten Mal in unser „vollbrachtes Werk" führten: „Grandiose, Mesdames! Ich bin sehr froh, mein Spielezimmer in eure Hände gelegt zu haben." Bella und ich fielen uns erleichtert in die Arme und führten einen kleinen Freudentanz auf.

Bella war in den vergangenen Wochen aufgeblüht wie eine zarte Rose. Ihre Wangen haben wieder Farbe angenommen, allein von der Freude, die sie bei der Arbeit hatte. Und das macht auch mich so glücklich wie schon lange nicht mehr. Doch auch wenn ich weiß, dass diese herrliche Zeit nun ein Ende gefunden hat und Bella wohl bald wieder in Josephs Klauen gefangen sein wird, will ich mir meine gute Laune heute nicht verderben lassen. Heute Abend werden wir zum ersten Mal nach Karls Tod wieder eine Opernaufführung Glucks im Schlosstheater erleben dürfen. Liesl, Amalia und Leopold treten darin sogar als Sänger und Schauspieler auf. Solche Familienopern mag Maman besonders und auch ich finde sie meist recht amüsant. „L'arbre enchant ou Le tuteur dupé – Der verzauberte Baum oder Der getäuschte Vormund" steht auf dem Spielplan.

Im Anschluss hat Maman noch ein Ballett angekündigt, aber noch nicht verraten, um welches es sich handelt. Ich hoffe so sehr, dass es eine Choreographie Gasparo Angiolinis sein wird. Ich verehre ihn als Choreographen. Seine Schrittfolgen sind so präzise und doch so schnell. Die Tänzer fliegen über die Bühne, und man meint, ihre Füße berührten gar nicht den Boden. Dabei bewegen sich ihre Oberkörper perfekt im Einklang mit der Musik. Ein wahrer Genuss für Augen und Seele! Bitte, Maman, lass es heute auch wieder Angiolini sein.

Der sechsundzwanzigste Juni 1761

Es war ein Stück Angiolinis. Und es war wundervoll. Bella und ich saßen nebeneinander und hielten uns verstohlen in der Dunkelheit die Hände, wenn Joseph nicht hinsah.

Noch jetzt klingt die Musik in meinen Ohren, und ich tanze im Kopf die Schritte der begnadeten Ballerinas und Ballerinos nach. Doch nur im Kopf. Mein eigener Körper ist leider viel zu unbeweglich und ungrazil, als dass ich solche Bewegungen vollführen könnte. Ich würde wohl wie ein Trampeltier auf der Bühne wirken! Ich möchte Albert gerne von dem schönen Abend gestern schreiben, doch ich will nicht voreilig sein, noch warte ich auf seinen nächsten Brief. Schon seit über einem Monat.

Schönbrunn, der zehnte Juli 1761

Was für ein seltsamer Gemütszustand, der mich heute Abend bewegt. Das Gespräch mit Bella hat mich ein wenig durcheinander gebracht. Ich staune immer wieder, welche Gedanken in ihrem kleinen Köpfchen wohnen. Dabei hatte der Tag so harmlos angefangen, eben wie alle vergangenen Sommertage in Schönbrunn.

Zum Frühstück traf sich die Familie wie so oft in meinem geliebten Pavillon inmitten des Tiergartens. Zu Mélange und Milchtee wurden Kuchen und Hafersuppe aufgetragen. Der Pavillon stand im herrlichsten Licht der wärmenden Julisonne, und während ich an meinem Tee schlürfte, konnte ich beobachten, wie sich sowohl Antonia und Carolina um das letzte Stückchen Kuchen als auch die Finken in der gegenüberliegenden Volière um ein paar Körner miteinander zankten. Ein behaglicher Vormittag so ganz nach meinem Geschmack.

„Was für ein schöner Tag!“, befand auch Maman zufrieden. „Da steht mir ganz der Sinn danach, mich einmal wieder über die Pläne für den Schlosspark zu machen. Der letzte Entwurf Pacassis für den Brunnen hat mir rein gar nicht zugesagt. Das Schloss hat er zwar fabelhaft hinbekommen, aber mit der Architektur kleinerer Projekte hat er es offenbar nicht.“

Oh ja, dies ist eine lange Geschichte. Mamans liebster Bauherr soll schon seit geraumer Zeit den krönenden Abschluss für das große Parterre an der rückwärtigen Seite des Schlosses ersinnen. Dort wo die Anhöhe beginnt, soll nach Mamans Vorstellung ein überdimensionaler Brunnen mit ausgefallenen Wasserspielen entstehen. Sie und Pacassi können sich jedoch nicht einigen, ob die Brunnenfiguren Gestalten der Mythologie, weibliche Allegorien, paradiesische Tiere und Früchte oder sonst irgendetwas darstellen sollen. Zudem können Papas Ingenieure mit ihren hydraulischen Experimenten noch nicht so recht Mamans Begeisterung hervorrufen. Der Brunnenbau wird also noch eine Weile auf sich warten lassen.

Aber gesagt, getan. Nachdem sie ihren Tagesplan gefasst hatte, schnappte sich Maman meine drei kleinsten Geschwister und machte sich mit ihnen auf zu einer weiteren Begutachtung des Bauplatzes für den künftigen Brunnen. Papa und die jüngeren Buben veranstalteten irgendwo hinter den Hecken eine gemeinsame Übungsstunde im Fechten, Marianna, Liesl und die anderen Mädchen machten einen langweiligen Spaziergang über das große Parterre. Blieben also Bella und ich allein am Frühstückstisch zurück.

„Ich liebe diesen Ort", begann sie, den Blick aus einem der großen Fenster gerichtet. „Den Tiergarten hat unser Papa wirklich schön gestalten lassen, findest du nicht auch, Christine? Die sternförmige Anlage, die kleinen Gehege und all die vielen Tiere, die ich nie zuvor gesehen habe. Erst letztens hat er mir den indischen Fasan gezeigt, den er neu erworben hat. Ein eigentümlicher Vogel. Hast du ihn schon gesehen? Mit seinem majestätischen Aussehen passt er sehr gut in die kaiserliche Umgebung. Sein blaues Gefieder schimmert genauso wie unsere prächtigsten Roben. Die kleinen Federn auf dem Kopf sehen aus wie ein zierliches Krönchen. Und seine ungewöhnlich langen Schwanzfedern hatte er gerade voller Stolz aufgestellt, sodass es aussah, als würde er einen riesigen Fächer auf dem Rücken tragen, grün-golden glänzend, und die runden Muster sehen aus wie Augen, die einen mit ihrem tiefen Schwarz anstarren. Indien … Wo liegt das eigentlich genau? Es ist doch sicher ungeheuerlich weit weg. Wie schade, dass es hier keine Raubtiere gibt. Ein stattlicher Löwe wäre doch auch eine Attraktion."

„Ich glaube, ich hätte Angst vor so einem großen Tier", wandte ich ein. „Prinz Eugen hatte dereinst einen Löwen im Belvedere-Garten. Kennst du die Geschichte? Die beiden waren unzertrennlich. Eines Nachts war der Löwe sehr unruhig, lief dauernd auf und ab und wimmerte fürchterlich, als ob er krank sei. Es war die Nacht, in der der Prinz starb. Der Löwe spürte, dass er seinen besten Freund verlor."

„Ist das möglich? Solch eine Verbindung zwischen Mensch und Tier?"

„Warum nicht? Ich finde das eine hübsche Vorstellung. Und denk nur einmal an Dante. Dein Falke ist dir doch auch sehr wichtig. Aber Papa will in Schönbrunn keine fleischfressenden Tiere haben, wegen der Geruchsbelästigung durch die Fleischstücke, die ihnen vorgeworfen würden."

Wir hingen noch ein wenig schweigend unseren Gedanken nach. Das umtriebige Gezwitscher der Finken lag in der Luft.

„Sag, Mimi", begann Bella nach einer Weile wieder. „Der Erzherzog ist am frühen Morgen mit anderen wichtigen Herren auf die Jagd gegangen. Wir werden also noch eine Weile unsere Ruhe vor ihm haben. Treffen wir uns am Nachmittag? Dort unten an der Parkbank zwischen den Tauben und den Zwerghühnern?"

„Aber natürlich, meine Liebe. Wer weiß, wann sich dafür einmal wieder eine Gelegenheit bietet." Während unserer Arbeit an dem Spielezimmer für Maman hatten wir kaum Zeit, das schöne Wetter und die Natur zu genießen, und nach der Fertigstellung hatte Joseph Bella sogleich wieder in Beschlag genommen und jede ihrer Minuten verplant.

Ich freute mich sehr darauf, dass wir wieder einmal die Gelegenheit zu einem kleine tête-à-tête haben würden. Außerdem hatte ich heute keinen Unterricht und nicht die Muße, mich den ganzen Tag alleine mit meinen Stickarbeiten zu beschäftigen. Ich konnte es also kaum bis zum Nachmittag erwarten.

Einige Stunden später, die Sonne hatte schon längst den Zenit überschritten, fanden wir uns an besagter Bank ein. Bella hatte sich ein paar Erdbeeren bringen lassen, die wir uns auf der sonnigen Parkbank schmecken ließen.

„Würdest du ein Portrait von mir anfertigen, Mimi? Dann male ich auch eines von dir." Das war eine bezaubernde Idee. Isabella ist eine sehr talentierte Künstlerin. Ebenso gut wie sie die Violine beherrscht und Rousseau zitiert, so gut kann sie malen, und ich war sehr gespannt, wie sie mich darstellen würde. Sie fischte ein Stück Papier und eine Zeichenfeder aus ihrer Umhängetasche und begann mich zu mustern.

„Du siehst heute besonders hübsch aus. Die Sonne fällt parfaitement auf dein Gesicht und lässt deine zarte Haut erstrahlen." Sie verstummte und schien sich nun mächtig zu konzentrieren. Ich versuchte, still zu halten, verfolgte mit den Augen aber jede ihrer Bewegungen. Geschickt strich sie mit der Feder über das Papier. Dabei sah sie mich immer wieder eindringlich an. Ich spürte, wie ihr Blick über meinen Körper streifte. Sie erfasste die Konturen meines Gesichts, den schmalen Mund, den ich angestrengt zusammenkniff, das leicht spitze Kinn, den langgestreckten Hals, die Rundungen meines Dekolletés. Als sie meine Gestalt so exakt erkundete, fing mir das Herz an zu klopfen. Meine Wangen wurden warm, dabei war die Sonne doch gar nicht so kräftig. Es war eine sonderbare Stimmung, so still, so konzentriert, so vertraut.

„Gefällt es dir?" Sie hielt mir das Portrait entgegen. „Es ist mir leider unmöglich, die Einmaligkeit deiner Natur so wiederzugeben, wie sie wirklich ist."

Ich war irgendwie erleichtert, als sie fertig war. Und beeindruckt.

„Très bien, das ist entzückend geworden! Habe ich wirklich so einen kleinen runden Kirschmund? Gib zu, da hast du ein wenig geschummelt. Wo wir in unserer Familie die viel beschriebene Habsburger-Lippe doch nicht verleugnen können. Aber du schmeichelst mir damit sehr. Merci und grazie! Nun bin ich aber dran."

Und wir vertauschten die Rollen. Bella gab bei Weitem kein so geduldiges Modell ab. Sie naschte eine Erdbeere nach der anderen, stritt sich mit einem Schmetterling, der sie unerbittlich umflatterte und verzog immerzu die Augenbrauen. Sie machte mich ganz nervös. Beinahe hätte sie gar dazu angesetzt, ein paar Gedichte zu rezitieren, doch davon konnte ich sie gerade noch abhalten.

„Halt doch endlich still! So wird's nie was!"

Sie versuchte, auf mein Zeichenblatt zu spitzen.

„Lass das! Du wirst es schon sehen!"

„Aber ich kann es nicht erwarten! Was malst du da? Du machst mir doch die Nase nicht etwa zu groß?"

„Ich male sie so, wie sie ist. Und sie ist nun mal ein bisschen … ausgeprägt."

„Ach, du Esel!" Sie warf mir einen ihrer mürrischen Blicke zu und rückte ihren Ausschnitt zurecht.

„Keine Sorge, an deinem Busen habe ich nichts auszusetzen. Der ist so liebreizend wie derjenige der Venus." Damit schien sie wieder versöhnt, denn bis ich fertig war, rührte sie sich nicht mehr.

Mit den Bildern in den Händen saßen wir noch eine Weile auf der Bank. Die Sonne hatte sich hinter einer Wolke versteckt und es wurde ein wenig frischer. „Wir sind doch ein recht schönes Paar, Mimi. Meinst du nicht?", bemerkte sie, ohne den Blick von den Portraits zu nehmen. Plötzlich wurde sie sehr still.

„Aber was hast du denn nun? Bist du mir böse wegen der Nase?“, fragte ich besorgt.

„Ach nein, die hast du schon ganz richtig getroffen. Mich bedrückt etwas anderes.“ Sie wandte sich mir leicht zu und legte ihre Hand auf die meine.

„Weißt du, Mimi, ich bin bei dir sehr glücklich. In deiner Nähe fühle ich mich so wohl, so geborgen, verstanden und angenommen. Du bist etwas ganz Besonderes, und ich habe dich sehr ins Herz geschlossen. Ganz anders das Zusammensein mit dem Erzherzog. Mit ihm bin ich verheiratet und ich teile das Bett mit ihm. Zu ihm fühle ich mich jedoch kein bisschen hingezogen. Im Gegenteil, er stößt mich ab! Noch immer! Es ist doch das Natürlichste der Welt, ein Mann und eine Frau zusammen. Ich sehe ja auch den Kaiser und die Kaiserin, welch zärtliche Liebe zwischen den beiden besteht. Müsste so etwas nicht auch zwischen mir und Joseph sein? Er ist gut zu mir, das ist wahr, aber wenn er nachts mit seinen rauen Händen unter der Bettdecke …“ Sie schauderte und sprach den Satz nicht weiter. „Und wenn wir versuchen, eine Konversation zu führen, das ist alles so hohl, so oberflächlich, es berührt mich nicht, was er sagt, und im Innern interessiert es mich auch nicht. Aber welche Wahl habe ich schon? Ich akzeptiere ihn so, wie ich glaube, dass es mir als Ehefrau ansteht. Doch wir leben in völlig verschiedenen Welten.“

Arme Bella! Freilich, mir war klar, dass das Verhältnis der beiden nicht sehr innig war, doch dass sie noch immer so absolut rien für Joseph empfinden konnte, dass sie sich derart von ihm zurückzog, das hätte ich nicht gedacht.

Eine Antwort meinerseits wartete sie nicht ab, erwartete wohl auch keine, denn sie spann ihre Gedanken immer weiter: „Überhaupt sind Männer doch recht eigensinnige Wesen. Wofür sind sie denn überhaupt gut? Sieh dir die Tauben dort in der Volière an. Die Männchen erkennt man daran, dass sie in Scharen beieinander hocken und nichts tun. Sie bewegen sich nur, um zwischendurch ein paar Körner zu picken. Und wenn ein Weibchen vorbeitippelt, dann plustern sie sich auf und rennen ihm hinterher. Und wenn es nicht nach ihrem Sinn geht, werden sie grantig, bedrängen das Weibchen oder liefern sich unsinnige Kämpfe mit einem Rivalen. Ihr ganzes Leben richtet sich doch nur nach dem Vergnügen. So sind auch unsere Männer, Mimi. Jagen, essen, trinken, spielen, Krieg führen. Das ist alles, was sie können. Und uns Frauen? Achten sie kein bisschen. Wir sind ihnen nur für eine Sache gut genug. Und der müssen wir uns fügen ohne Widerrede. Gefühle, Interesse für unsere Person, gar Anerkennung zeigen sie uns nicht. Sie lieben nur sich selbst. Dabei wissen sie ganz genau, dass sie uns eigentlich unterlegen sind, sowohl im Denken als auch im Talent, und zwar in allen Lebenssituationen. Das ist auch der Grund dafür, dass sie uns unterdrücken, sie fürchten sich davor, dass wir zu viel Macht über sie bekommen. Wir Frauen könnten sehr gut auf das männliche Geschlecht verzichten. Wir hätten auch ohne sie ein vergnügliches Leben und eine wohl geordnete Herrschaft, wahrscheinlich auch eine viel friedlichere Herrschaft, als es heutzutage der Fall ist. Umgekehrt können die Männer aber nicht auf uns verzichten, denn sie brauchen uns als schmückendes Beiwerk und für diese eine besagte Sache im gemeinsamen Bett. So müssen wir uns in dieses Schicksal fügen und geduldig mit ihnen zusammenleben."

Ich war sprachlos und konnte ihr so schnell gar nichts entgegnen. Ich hatte auch keine Gelegenheit, denn Bella setzte mit einem Mal wieder ein ganz anderes Gesicht auf, als ob nichts gewesen wäre.

„Ach, Mimilein, zu gerne hätte ich noch dein erzherzogliches Arscherl gezeichnet. Das ist an deiner Figur besonders schön gestaltet, finde ich. Aber, hélas, ich glaube, wir müssen jetzt los. Der Erzherzog wird nicht ewig unterwegs sein." Mit einem Busserl auf meine Wange und einem vergnügten Lachen sprang sie auf. Mein „Arscherl" sollte ihr für diesen Tag verborgen bleiben!

Wenn ich mir jetzt ihre Gedanken über die Männer wieder ins Gedächtnis rufe, überlege ich, ob sie Recht haben kann. Sind denn wirklich alle Männer so? Nun, Joseph ist sehr ignorant und auf sich selbst fixiert. Das steht außer Frage. Und anscheinend hat sich sein Verhalten im ehelichen Bett seit der ersten Nacht auch nicht sonderlich zu Bellas Gunsten verbessert.

Auch bei der an sich unangenehmen Erinnerung an Ludwig, der sich mir gegenüber immer aufgeplustert hat wie ein Täuberich, muss ich ein wenig schmunzeln. Aber was ist mit Papa? Nein, der ist nicht nur vergnügungssüchtig. Er ist um seine Familie und das Volk ernsthaft besorgt, und er liebt Maman aufrichtig und schätzt sie sehr, auch und gerade als Frau. Und Albert? Er ist doch auch ganz anders. Zumindest glaube ich, das aus seinen Briefen lesen zu können. Ich werde das Mannsvolk, ab jetzt jedenfalls, etwas genauer beobachten, aber alle sind sie doch gewiss nicht unnütz, ein paar Ausnahmen wie Papa und vielleicht Albert muss es geben.

Der fünfte August 1761

Anfangs fiel es nur mir und Bella selbst auf. Sie ließ sich nichts anmerken, vermied zu enge Kleider und ließ sich die Schnürbrust von Gräfin Erdödy immer etwas lockerer schnüren, um noch Luft zu bekommen. Aufdringliche Fragen wusste sie stets mit einem verschmitzten Lächeln, aber doch leicht betroffenen Tonfall, niederzuschmettern und auf die viel zu süßen und fetten Mehlspeisen zu schieben, mit denen man sie am Hofe seit Monaten mäste. Sie ist wahrlich eine Künstlerin im Vertuschen und Verheimlichen gegenüber Außenstehenden, doch im Besonderen gegenüber sich selbst.

„Geht es Euch nicht gut, Hoheit?"

„Doch, doch, va bene, mir ist nur ein wenig schwindelig von der warmen Luft … Ich bin nur ein bissl überanstrengt von der vielen Repräsentiererei … In der Kutsche hat es so gewackelt, dass mir ein wenig unwohl zumute wurde!“ Um Ausflüchte war sie nie verlegen. Doch auch wenn ich merkte, dass sie mir etwas verschwieg, lag es mir fern, sie in Verlegenheit zu bringen, und so fragte ich nicht weiter.

Als sie aber nach einem unserer traditionellen Wettläufe von der Kutsche bis zum Garten derart außer Atem und voller Schwindelgefühle war, dass sie sich aus Versehen an der Dornenhecke neben dem Türl statt an dem Eisen festhielt und laut schimpfend aufschrie vor Schmerz: „Merda! Porca miseria!“, wurde es mir zu viel. Ich packte sie an den Schultern und schaute sie mit meiner strengen „Christina-Miene“ an. So nennt Bella oft meine besorgt nach oben gezogenen Augenbrauen und leicht gespitzten Lippen, wenn ich einmal wieder nicht mit ihrem Verhalten d’accord bin.

„Schwesterherz, was ist los mit dir? Seit Tagen wirkst du indisposée, unpässlich, lässt dich bei wichtigen Empfängen entschuldigen und läufst sogar unangekündigt aus der Vorlesestunde, die du doch so liebst.“ Ich wollte ihr nicht direkt ins Gesicht sagen, dass ich ihr Bäuchlein längst bemerkt hatte, das sich trotz ihrer Bemühungen, es zu verstecken, unter den Sommerkleidern abzeichnete. Es gibt nun mal gewisse Dinge, die ein Frauenzimmer immer schärfer sieht als hundert Augen der Männerriege, wie es Lessing in seinem „Freigeist“ auf den Punkt bringt.

Ihre Tränen von den Dornen vermischten sich mit Tränen der Verzweiflung. „Christine, ich bin so unglücklich. Ich will das alles nicht! Ich bin doch selbst noch ein Kind.“

„Dann ist es also wahr – ?“

„Wie kannst du es denn wissen, Christine? Ich habe es doch keinem erzählt.“

„Bella, sei kein Spatz. Maman hat schon so viele Kinder in sich getragen, sodass ich ein Auge dafür habe, wenn sich wieder ein neuer Habsburger ankündigt. Aber keine Angst, noch machen keine Gerüchte die Hof-Runde. Es scheint nur mir auffällig geworden zu sein."

„Grazie a Dio! Ich will nicht zur Isabella der Kugeligen werden und schon gar nicht zur Mamma Isabella! Aber ..." Neue regentropfengroße Tränen erstickten ihre Worte, und sie sackte in sich zusammen. Gerade noch gelang es mir, sie aufzufangen, bevor sie mit ihrem weißen Seidenkleidchen auf die Kieselsteine vor dem Eingangstor sank.

„Komm, Liebste, lass uns in unseren Garten gehen. Dort wird es dir gleich besser gehen."

„Mir wird es nie wieder besser gehen – mai più, nie wieder!", schluchzte sie in meinen Armen, während ich sie durch das Türl zur Bank vor der Volière schleppte.

„Schwerer bist du auf jeden Fall schon geworden", neckte ich sie tief schnaufend, als wir uns dort niederließen. Umgehend spürte ich ihren spitzen Ellbogen in meiner Seite und sah auch schon ein erstes Lächeln über ihre Lippen huschen.

„Sag so etwas nicht noch einmal, sonst setze ich mich gleich auf dich, und dann siehst du, wie schwer ich wirklich bin. Wie ein Elefant fühle ich mich. Wären Joseph und ich doch nie nach Mariazell zur Wallfahrt gegangen. Dann wäre ich jetzt noch rank und schlank."

Ich legte meinen Arm um sie und zog sie sanft näher. „Ach, Schwesterlein, du bist noch genauso schön wie vorher, ach, was sag ich, du bist viel schöner."

„Wirklich, findest du?" Langsam spürte ich ihre Lebensenergie und auch ihren Humor zurückkommen.

Doch sogleich durchfuhr Bella ein weiterer Stoß, und das Schluchzen brach von Neuem aus. „Aber ich, ich ... ich kann das nicht. Ich bin keine Maman und ich habe solche Angst. Und was – was, wenn es kein männlicher Thronfolger wird, sondern nur –" Von der Seite sah ich die unaufhaltsame Verzweiflung in Bellas

Augen zurückkehren. Die letzten Worte konnte ich nicht mehr deutlich vernehmen. Doch mir war klar, wovor sie Angst hatte. Meine Umarmung wurde fester. Ich ließ sie meine Nähe spüren und streichelte ihre Hand, die sie in meinen Schoß gelegt hatte. Worte fand ich keine. Ich wusste doch selbst nicht, wie es wirklich ist, dieses Gefühl. Das Gefühl, wenn ein Mensch in einem wächst, wenn sich der eigene Körper so sehr verändert. Ich habe zwar oft Maman beobachtet und mit ihr gesprochen, wenn sie schwanger war, doch das war etwas völlig anderes. Maman ist so weise und erfahren. Für sie ist eine Schwangerschaft so natürlich und kein großes Aufsehen mehr wert. Dass auch sie bei ihrer ersten Geburt erst zwanzig Jahre alt war, vergesse ich oft. Für mich ist und war Maman schon immer die, die sie auch jetzt ist. Stark und unerschütterlich.

Doch was sollte ich dem zarten, zerbrechlichen und jetzt so traurigen Mädchen neben mir sagen? „Sei tapfer, das geht schon wieder vorbei"? „So schlimm wird es sicherlich nicht"? Mein Kopf war leer, und so hielt ich Bella nur im Arm.

Endlich, nach einer gefühlten Ewigkeit, entspannte sich ihr geschüttelter Körper und ihre Hand krallte sich nicht mehr in meinen zerknitterten Überrock. Allmählich richtete sie sich mit eigener Kraft auf und schaute mich mit rotgeweinten Augen hilflos an. „Christine, wirst du immer bei mir bleiben? Wirst du mir auch in schlimmen Stunden beistehen? Ich hab doch sonst niemanden."

Nun meldeten sich bei mir die Tränen. Ach herrje, ich wollte mich doch zusammenreißen! Schnell schniefte ich meine Ergriffenheit zurück und nickte. Erst langsam, dann schneller und fester. Natürlich würde ich ihr beistehen. Natürlich würde ich ihr helfen. Ich drückte ihre Hand und stand entschlossen auf. „Auf auf, Haltung bewahren! Immerhin hast du nun eine Weile Ruhe vor Joseph – im Bett, meine ich!" Meine tröstenden Worte zauberten auch gleich ein kleines Lächeln auf ihre Lippen. „Nun lass uns aber Dante füttern und streicheln. Er sieht schon genauso traurig aus wie du. Alles Weitere werden wir zusammen schon meistern."

Bella stand auf und trat an den Käfig heran, den ich schon leicht geöffnet hatte, um den verschüchterten Falken heranzulocken. Sie legte ihre Arme um mich herum. So standen wir für einen Moment und wir wussten, dass wir immer füreinander da sein würden und welch besondere Freundschaft uns beide verbindet.

Der elfte August 1761

Montags haben Ihre Königliche Hoheit die Erzherzogliche Frau Gemahlin Infantin von Spanien sich die erste Ader öffnen lassen, dabei der hohe Adel die Aufwartung gemacht.

Gestern wurde Bellas Empfängnis groß gefeiert, und nach außen hin feierte sie mit.

Es war wirklich ein schönes Fest. Wir begingen das freudige Ereignis in den Appartements der Kaiserin, die sich über die Verkündung der frohen Botschaft wohl am meisten freute – nach Joseph natürlich, der schon wieder grinsend wie ein Honigkuchenpferd durch die Gänge stolziert. So langsam wird mir wirklich bange, wenn ich ihm begegne.

Bella hatte ihr lange eingeübtes Marmorlächeln aufgesetzt, nachdem ich ihr vor den Feierlichkeiten etwas Wermut eingeflößt und meine in der Nacht zuvor auswendig gelernten Gut-Zureden-Sprüche vorgepredigt hatte. Sie ist nun mal die Gemahlin des Thronfolgers. Doch leicht fiel es mir nicht. Auch für mich sollte dieser Tag einen tiefen Einschnitt bedeuten. In meine Freundschaft zu Bella und in mein Leben, das sich in den letzten Monaten so sehr gewendet hatte.

Mit Maman hatte ich zuvor über meine Ängste und Gefühle gesprochen. Ich erzählte ihr freilich nichts von Bellas Panik und dem engen Band, das sich mittlerweile um uns gesponnen hatte, doch sie verstand mich auch ohne ausschweifende Erklärungen. Für sie bedeutete diese Schwangerschaft etwas ganz Besonderes, würde es doch ihr erstes Enkelkind werden. Mit Hilfe all der Besuche der Loretokapelle in der Augustinerkirche und der Votivgaben, mit denen die Familie um männlichen Nachwuchs beten würde, stand außer Frage, welches Geschlecht das Kind tragen würde. Maman war außerdem der Meinung, dass Bella auch nach der Geburt weiterhin ein jugendliches Leben führen könnte. An unserem Hof obliegt es schließlich nicht der Mutter, sich um die Erziehung ihres Kindes zu sorgen. Das wusste ich natürlich, aber trotzdem machte sich jetzt ein ungutes Gefühl in mir breit. Was, wenn Bella sich doch verändern würde? Wenn der Unmut, den sie seit Beginn der Schwangerschaft in sich trägt, sich ausweiten und ihr Gemüt nun vollkommen schwarz überziehen würde? Ich hatte Angst um meine abenteuerlustige, wagemutige, adorabilissima Schwester!

Doch all diese Sorgen äußerte ich Bella gegenüber nicht. Mir gelang es für einen kurzen Moment, sie wohlgesonnen zu stimmen und ihr sogar das Grübchen erzeugende Lächeln auf ihren Wangen hervorzurufen, das ich so an ihr mag.

Aber als die Gräfin ihr in das Kleid half, das über und über mit Rüschen und schillernden Perlen besetzt war, zogen bereits wieder dunkle Wolken über Bella auf. Die Ärmel waren an den Oberarmen eng abgeschnürt, knapp über dem Ellbogen jedoch fließend weit, um den Aderlass zu erleichtern. Ich verabscheue diesen medizinischen Vorgang. Noch Tage danach sind meine Arme immer veilchenblau geschwollen und kaum zu bewegen.

„Wie fühlst du dich?“ Ich legte ihr gerade die schwere Perlenkette um, die Joseph ihr zur Hochzeit geschenkt hatte.

„Taub! Ich fühle nichts. Schon lange nicht mehr.“

„Na, so wirst du wenigstens die Schnitte und das Rinnen des Blutes nicht so arg spüren.“ Ihr Blick im Spiegel senkte sich und ihre Hand griff nach den Perlen. Ich sah, wie ihre Knöchel heller wurden, ihr Griff fester. Schnell nahm ich ihre Hand in meine, und sogleich löste sich ihre Verspannung. Sie drehte sich auf dem Schemel zu mir um. Und da war es, ihr Marmorlächeln.

Vor den Türen zu Mamans Gemächern wartete Joseph. Er stand ganz stramm, schien jedoch ein wenig nachdenklich. Sein Blick hob sich erst, als Bella vor ihm stand, und bei ihrem Anblick ging auf seinem Gesicht die Sonne auf. Er nahm zärtlich ihre Hand und flüsterte ihr etwas ins Ohr, das ich nicht hören konnte, da ich am hinteren Ende des Vorraums stehen geblieben war. Die Türen öffneten sich. Das Stimmengewirr von innen durchdrang wie ein aufziehendes Gewitter den Vorraum. Ich ließ die Augen nicht von den beiden. Da drehte sich Isabellas Kopf noch einmal kurz zu mir um. Ihre Augen verrieten sie. Doch für alle Außenstehenden war ihre Maske perfekt.

Die Stunden verstrichen. Wir speisten, wir tanzten, wir lachten. Bella an der Seite ihres Gemahls, der sie von einer beglückwünschenden Hand zur nächsten reichte. Ich alleine in Gesellschaft meiner Geschwister und Freundinnen, ohne einen wirklichen Vertrauten. In solchen Momenten fehlt mir mein lieber Karl immer besonders!

Der fünfzehnte August 1761

Es ist so schwül, dass mir jeder Handgriff schwer fällt. Sogar das Öffnen eines Briefes. Vor allem, wenn er ungefähr vier Monate überfällig ist! Nun ja, es ist nicht Alberts Fehler. Er schreibt, die Postwege seien in letzter Zeit sehr unsicher gewesen. Momentan ruhten die Kriegshandlungen offensichtlich, und so könne er sich an der Umgebung erfreuen, wo er derzeit stationiert sei. Die Zeichnung mit der Waldlichtung habe ihn besonders gefreut, weil sie der Natur an seinem Aufenthaltsort so sehr ähnle:

Um Euch eine Idee davon zu geben: Der Ort liegt in einem gerade zur Sommerzeit sehr angenehmen Tal, die Berge ringsherum, die mit Laubwald bedeckt sind, geben der Glut der Sonne keinen Zutritt. Ein schmaler klarer Bach durchbricht es in Serpentinen und bewahrt die Frische. Kleine Brücken, die ihn bald hier, bald dort überqueren, führen zu großen wilden Alleen, die in Grotten und aus Stein gehauenen Höhlen enden. Inmitten dieser Einsamkeit liegt eine kleine Eremitage, außen mit Baumrinde und innen mit Moos ausgelegt. An diesem reizenden Platze, jeder Sorge enthoben, verbringe ich ruhige Stunden, das Leben eines wahren Philosophen führend. Der melodische Vogelgesang, begleitet vom zarten Gemurmel des Baches, verlockt mich zuweilen zu einem kleinen Schläfchen. Madame, ich muss Euch daher wirklich meine Hochachtung aussprechen: Euer letztes Bild war ausgezeichnet gewählt, doch leider, leider – ganz getroffen habt Ihr ihn noch nicht. Doch ich gebe Euch einen weiteren Hinweis: Meinen „Sehnsuchtsort" gibt es nur im Winter.

Winter! Hätte er das nicht gleich sagen können? Manchmal glaube ich, er macht sich nur über mich lustig, und diesen blöden Ort gibt es gar nicht. Wir werden ja sehen … Aber ein bisschen kauzig ist er ja schon, der liebe Prinz! Philosophenleben? Vermutlich ist es das, was er unter Faulenzen versteht. Wie dem auch sei, jetzt muss ich mich auf die Suche nach einem neuen Bild begeben. Nein, nicht jetzt, es ist zu heiß. Heute Abend.

Schloss Hof, der zwanzigste August 1761

Puh! Ich bin fürchterlich erschöpft! Eben sind wir nach einem langen anstrengenden Tag in Schloss Hof angekommen. Wir haben einen kleinen Jagdausflug nach Holitsch unternommen und bleiben nun noch eine Nacht zur Rast in diesem Landsitz, bevor es morgen wieder zurück nach Wien geht. Endlich kann ich mich im Schlosspark unter eine Schatten spendende Pappel setzen. Die sommerliche Hitze wird bereits von der hereinbrechenden Dämmerung abgemildert, und die Grillen beginnen ihr Abendständchen. Eine herrliche Idylle. Über diesen kurzen Moment des Alleinseins bin ich heute froh, um die letzten Tage Revue passieren zu lassen, bevor es zum Souper wieder zu den anderen geht. Die anderen – das heißt Papa, Joseph, Isabella und Marianna. Vor drei Tagen ganz früh morgens waren wir von Wien nach Holitsch in Oberungarn aufgebrochen. Es war eine holprige, staubige und ermüdende, weil eintönige, Fahrt über das Marchfeld. Ich verbrachte sie zusammen mit Marianna in der Kutsche, die all meine Versuche einer Unterhaltung bald im Keim erstickte. Anfangs sah man ihr noch die Freude über den Ausflug an, denn sie machte tatsächlich ein fröhliches Gesicht bei dem Gedanken, uns ihre Reit- und Schießkünste zeigen zu können. Auf eine kurzweilige Konversation mit mir hatte sie hingegen keine rechte Lust und antwortete auf meine Bemerkungen über die vorbeiziehende Heidelandschaft, das hübsch verzierte Gewehr, das sie bei sich trug, oder das Hungergefühl, das sich mit der Zeit eingestellt hatte, nur sehr einsilbig. Wie dem auch sei, diese Fahrt hatte irgendwann ein Ende. Eh bien, das heißt nach acht langen, faden Stunden.

Papa und sein geliebtes Holitsch! Vor etlichen Jahren hat er dieses landwirtschaftliche Gut von dem glücklosen Graf Czobor erworben. Besser gesagt, Czobor waren das Spiel und das Vergnügen wichtiger als die Sorge um seine Ländereien, die folglich arg heruntergewirtschaftet waren. Papa erzählt mir immer wieder von seinen Reformen, die er nach und nach durchsetzte, wenn ich ihn im Kaiserhaus besuche. „Bevor ich diesen Grund erworben habe, lagen Landwirtschaft und Handel brach, die Gläubiger des Grafen Czobor hielten reihenweise die Hand auf. Heute gereichen Holitsch und Sassin zum Vorbild für alle anderen Regionen im Habsburgerreich", heißt es dann mit großem Stolz. Mittlerweile versorgen die Waren, die dort erzeugt werden, nicht nur den lokalen Markt, sondern den von ganz Wien! Wie oft habe ich schon Wein aus den Keltereien von Holitsch getrunken, den hiesigen Fisch von Tafelgeschirr aus der ersten Majolikafabrik gegessen, auf einem Pferd des Gestüts von Koptschan gesessen und mich in eine Wolldecke aus feiner Merinowolle gewickelt, die in der Tuchfabrik gefertigt wurde.

Auch das Schloss war wegen Czobors Nachlässigkeit ziemlich verfallen. Papa musste für die Reparaturen viel Geld aufwenden und hat daraus ein zwar recht schlichtes, aber hübsches und komfortables Refugium für die Jagdsaison gemacht. Sensationell finde ich die vielen Badestuben und Toilettenräume, die allesamt mit sehr kunstvollen Kacheln ausgestattet sind. Ich trödle absichtlich immer ein bisschen bei meiner Toilette, um die verschnörkelten Muster und die teils mosaikartig zusammengesetzten Kacheln länger betrachten zu können. Wenn wir doch nur in Wien auch solche Räume hätten! Dort sind die Toilettenzimmer viel schlichter gestaltet.

Ach ja, und Papa ist eben versessen auf das schöne Jagdrevier in dieser Gegend. Gleich nach unserer Ankunft am frühen Nachmittag – viel Zeit zum Verschnaufen wurde uns erst gar nicht gelassen – wurde eine Wildvogeljagd in der Fasanerie veranstaltet. Darüber lohnt es jedoch kaum zu schreiben. Es war ein Ereignis wie so viele. Wendige Pferde, bellende Jagdhunde, treffsichere Schüsse, flüchtende Fasane, emporsteigende Enten, denen aber keine Chance gelassen wurde. An die zweihundert Tiere hat es erwischt, und sie wurden nicht nur in die Hofküche gebracht, sondern auch großzügigerweise an die Bauern der Umgebung verteilt. Eine viel geübte Prozedur, die ich zwar Papa zuliebe mitmache, für die ich aber nicht dieselbe Leidenschaft entwickeln kann wie er oder Marianna. Reiten kann ich natürlich sehr wohl, dank der vielen Übungsstunden in der Wiener Reitschule, trotzdem habe ich das Pferd bei solch aufregenden Veranstaltungen nie so recht unter Kontrolle. Genauso wenig wie die schweren Schießeisen. Ich mache mir nichts daraus, man kann schließlich nicht in allen Disziplinen ein großes Talent beweisen.

Beim Besuch der Wallfahrtskirche von Sassin am folgenden Tag hatte ich zum ersten Mal seit unserer Abreise von Wien wieder Gelegenheit, Bella allein zu sehen, da die Herren uns nicht begleiteten. Sie war Joseph bis dahin nicht von der Seite gewichen. Tagsüber sah ich sie zu zweit promenieren, abends nach dem Essen zogen sie sich gemeinsam zurück, und mir gegenüber zeigte sie sich merkwürdig schweigsam. Joseph ist so verliebt in seine Frau, das ist nicht zu übersehen. Und es sah so aus, als hätte auch Bella nach den Anfangsschwierigkeiten schließlich während ihrer Schwangerschaft eine Zuneigung zu Joseph entwickelt.

Zurück aus der Stille der Andacht in der kleinen Gnadenkapelle machten Bella und ich noch einen Spaziergang im Hof, doch es lag eine deutliche Barriere zwischen uns, die sich – das wurde mir in diesem Moment besonders bewusst – in den letzten Wochen aufgebaut hatte. Wir waren nicht mehr die unbeschwerten Freundinnen von einst. Ich fasste mir ein Herz und sagte: „Geht es dir gut, Bella?", begann ich. „Wir haben in den letzten Tagen kaum miteinander gesprochen."

„Tatsächlich?" Sie tat recht erstaunt. „Nun, es war ja so viel Trubel."

„Das hat uns doch sonst nicht daran gehindert, uns gemeinsam zu amüsieren. Ich habe das Gefühl, du nimmst mich gar nicht mehr wahr, ja, als ob du mich absichtlich ignorierst!"

Sie blieb stehen und sah mich mit festem Blick an. „Das ist nicht wahr, Christine. Ich beobachte dich ständig. Und es gibt wohl keinen Moment, in dem meine Gedanken nicht bei dir wären. Ich sehne mich unendlich nach dir. Aber wir müssen vorsichtiger sein. Wir dürfen uns nicht mehr so nahe sein, schon gar nicht, wenn der Erzherzog zugegen ist. Es widerstrebt mir vollkommen, aber ich kann nicht anders. Dass ich mich von dir zurückziehe, das tue ich nur, um meine Situation, gefangen zwischen meinem eigentlichen Verlangen und meinen Pflichten, nicht noch unerträglicher zu machen. Es tut mir sehr leid, Liebste, wenn ich dich dadurch verletzt habe."

Sie verzog keine Miene, aber ich sah in ihren trüben Augen, wie tieftraurig sie nun war. Ohne ein weiteres Wort lief sie weiter in Richtung Kutsche und ließ mich stehen. Regungslos starrte ich ihr hinterher. Wie zerrissen sie innerlich sein muss! Meine arme, arme Bella! Sie spielt ihre Rolle wirklich zu gut, sogar mich hat sie getäuscht. Dachte ich doch, sie hätte mittlerweile gewisse Gefühle für Joseph entdeckt, sich ihm angenähert, Freude über das Kind in ihrem Leib verspürt. Nicht im Geringsten! Alles Schauspiel! Die Zufriedenheit, die sie nach außen zeigt, entspricht nicht ihren wahren Empfindungen, sie gibt sich nur so, wie es von ihr als Kronprinzessin erwartet wird.

Ich beeilte mich, noch einmal in die Kapelle zu gehen und ein weiteres Gebet an die Gottesmutter zu richten. Ein Gebet für Bella. Die Mutter Gottes möge ihre schützende Hand über sie halten, es möge ihr eine gute Zukunft beschieden sein, es möge ihr der erhoffte Sohn gegeben werden, und sie möge nicht mehr so sehr mit dem ihr bestimmten Weg hadern. Amen!

Insgeheim kam mir allerdings auch wieder der Gedanke an meine eigene künftige Ehe. Werde auch ich mich den politischen Überlegungen meiner Eltern fügen und mit jemandem zusammenleben müssen, den ich gar nicht mag, und dabei einen anderen abweisen müssen? Ich möchte mir das gar nicht vorstellen.

Jedenfalls haben Bella und ich nach diesem Gespräch weiterhin die Distanz gewahrt, so wie sie es offenbar wünscht, um nicht in Verlegenheit zu geraten. So versuche auch ich, die Fassade aufrecht zu erhalten. Nachdem mir die wenigen Tage in Holitsch endlos lang vorgekommen waren, war der heutige Tag noch einmal überaus spannend. Zum ersten Mal konnte ich die viel gerühmte Majolikamanufaktur persönlich in Augenschein nehmen. Die wertvollen Keramiken von dort kenne ich natürlich, weil der Hof damit beliefert wird. Bislang konnte ich mir jedoch keine Vorstellung über den Betrieb einer solchen Fabrik machen.

„Eure kaiserlichen Majestäten, seid willkommen in unserer bescheidenen Manufaktur“, empfing uns der Werksführer Tulsky in leicht gebrochenem Deutsch. Seine Muttersprache war unverkennbar das Böhmische. „Darf ich Euch unseren Betrieb zeigen und die Waren, die momentan in Arbeit sind?“

„Gewiss, gewiss, deshalb sind wir gekommen“, entgegnete Papa und klopfte Tulsky ungeniert auf die Schulter. Dieser verneigte sich ehrfürchtig und bat uns in die erste Werkstatt.

Es war nur ein kleiner dunkler Raum, der von einem eindringlichen und feuchten Geruch erfüllt war. Zwei kräftige Männer rührten in großen Steinbottichen.

„Hier wird die Masse für unsere Fayencen angemischt. Sie besteht aus reinstem Kaolin, Feldspat und Quarz“, erklärte Tulsky. „Die Grundstoffe müssen solange miteinander vermengt werden, bis sie eine geschmeidige Konsistenz haben. Wenn es soweit ist, nehmen sich die Modellierer ihrer an.“

Er führte uns in den nächsten Raum, viel größer als der erste und lichtdurchflutet. Etwa fünfzehn Arbeiter saßen dort an ihren Töpferscheiben. Bei unserem Eintritt stellten sie hektisch ihre Arbeit ein und erhoben sich von den Sitzen. „Darf ich Euch Monsieur Germain vorstellen, Majestät?"

Ein kleiner schmächtiger Herr mit dichtem schwarzem Haar zog sich die Kappe vom Kopf und verbeugte sich. Seine feingliedrigen Hände waren gräulich-braun von der Arbeit mit der Fayencen-Masse. „Bonjour, Majesté. Es ist mir eine Ehre."

„Germain … Ihr seid aus Lothringen, n'est-ce pas?", überlegte Papa.

„Sehr wohl, Euer Majestät", bestätigte Tulsky. „Wir haben ihn eigens für diese Fabrik angeworben, weil sein Talent einen hervorragenden Ruf hat."

„Ich arbeite gerade an einem Kaffeegeschirr. Ganz neuer Entwurf nach der aktuellsten Mode aus Straßburg." Germain wies auf seine Töpferscheibe. Der Klumpen darauf ließ jedoch noch nicht erkennen, ob daraus einmal eine Kaffeetasse oder eine Zuckerdose werden sollte.

„Formidable! Macht nur weiter so! Es sieht sehr vielversprechend aus", entgegnete ihm jedoch Papa.

Dann setzte Tulsky seine Führung fort. Der nächste Raum war dicht vollgestellt mit deckenhohen Regalen, auf denen sich die fertig geformten Waren stapelten. „Hier warten nun die Objekte auf den Brennofen. Wenn sie ausgetrocknet sind, werden sie bei sehr hohen Temperaturen mehrmals gebrannt und anschließend" – nun waren wir schon wieder in einer anderen Werkstätte angelangt – „bemalt und mit einer Zinnglasur überzogen."

Dort gingen mir die Augen wirklich vor Staunen über. Kaum zu glauben, wie aus den schlichten grauen Objekten von vorhin die schönsten Schmuckstücke entstanden. Die Maler waren sehr konzentriert bei der Arbeit. Auf große Suppenterrinen zeichneten sie Vögel, Insekten, Blumen und Astwerk rankten sich auf

Konfektschalen, chinesische Landschaften zierten Teller und Teetassen. Ein Maler, dem ich länger über die Schulter blickte, ließ gerade das Antlitz Jesu auf einem Weihwasserbehälter entstehen, ein weiterer bemalte eine zierliche Hundefigur.

„So viele unterschiedliche Dinge! Das ist unglaublich!" Auch Bella war fasziniert von dem, was sie sah. Ihre Eindrücke teilte sie aber – natürlich – nicht mit mir, sondern mit Joseph, an dessen Arm sie sich klammerte und dem sie leise zuflüsterte. Ich spürte, wie sich deswegen meine Laune verschlechterte, aber versuchte, es mir nicht anmerken zu lassen und sah mich weiter um. Auf einem Regal türmten sich Kacheln mit den mir wohlbekannten Mustern aus dem Schloss Holitsch, auf einem weiteren Gefäße, wie ich sie schon in der Hofapotheke gesehen habe.

„Und von hier aus gehen die Waren in das gesamte Habsburgerreich?", erkundigte ich mich bei Tulsky.

„So ist es, Erzherzogin. Selbst im Ausland sind wir bekannt. Im letzten Jahr hatten wir einen Gewinn von dreißigtausend Gulden." Er versuchte, einen lobenden Blick von Papa zu erheischen, den er auch bekam.

„Ich sehe, verehrter Tulsky", sagte Papa, „ich brauche mir keinerlei Sorgen um diese Fabrik zu machen. Es läuft alles bestens. Gebt mir Bescheid, wenn das neue Geschirr von Germain fertig ist. Ich möchte es gerne kaufen."

Dankbar verneigte sich Tulsky und wünschte uns zum Abschied eine gute Heimreise.

Übervoll von den neuen Eindrücken bestieg ich die Kutsche. Zu gerne wäre ich für die Rückfahrt in Papas Kutsche gesessen, um weiter über die Verwaltung seiner Fabriken zu sprechen, aber er lehnte ab. Mit einem anderen mir unbekannten Herrn wollte er sich „über Geschäfte austauschen". Also hatte ich mich wieder mit Marianna zu langweilen. Zwar hatte auch sie sich für die Majolikafabrik begeistern können, doch bald schon verstummte unser Gespräch, und den Rest der Fahrt bis nach Schloss Hof hing ich schweigsam meinen eigenen Gedanken nach.

Und so sind wir jetzt in diesem niedlichen Landsitz angekommen. Maman hat Schloss Hof vor ein paar Jahren vom Prinzen von Sachsen-Hildburghausen erworben und Papa zum Geschenk gemacht. Auch mir ist es ans Herz gewachsen, weil wir gemeinsam schon viele heitere Stunden hier verlebt haben. Morgen geht es zurück nach Wien. Ich hatte durchaus Freude während dieser Tage, aber ich fühle mich so – allein. Mit meiner Schwester habe ich nur wenig gemeinsam, mein Vater ist zu beschäftigt, und meine beste Freundin entzieht sich mir. Dabei sehne ich mich doch auch nur nach ein bisschen Aufmerksamkeit und Gedankenaustausch. Gleich heute Abend werde ich Albert schreiben, auch wenn ich sein Rätsel noch immer nicht gelöst habe. Was meint er nur mit seinem ‚Sehnsuchtsort'? Meine Bildersuche hat noch nichts ergeben.

Es wird Zeit, zurückzugehen. Das Souper wartet. Es gibt Wildente, wahrscheinlich serviert auf Holitscher Tafelgeschirr, das ich ab jetzt, wo ich weiß, wie viel Arbeit und Sorgfalt darin stecken, mit ganz anderen Augen betrachten werde.

Laxenburg, der sechsundzwanzigste September 1761

„Seit wann isst sie keinen Fisch?"

Es ist wahrhaftig lächerlich, aber das ist die Frage, die unsere Laxenburger Welt bewegt.

Wie sich vergangene Woche herausstellte, hat meine Schwester Johanna noch nie in ihrem Leben Fisch gegessen. Nein, das ist nicht richtig, denn sie kann sich natürlich nicht daran erinnern, was ihr als kleines Kind gereicht wurde, aber seit sie denken kann, hat sie nur ein einziges Mal Fisch gegessen. Und das war wohl auch der Augenblick, an dem sie beschlossen hat, dies nie wieder zu tun. Frösche isst sie, Fische nicht. Warum, das kann uns Johanna selbst nicht so recht sagen. Liesl vermutet, dass sie den strengen Geruch nicht leiden mag, ich glaube, dass ein Zwischenfall vor einigen Jahren noch mehr zu ihrer Abneigung beigetragen hat. Ich erinnere mich genau: Damals hatte Josepha, Johannas allerliebste Schwester und zugleich beste Freundin, eine Gräte verschluckt und war nach Atem ringend vom Stuhl gefallen, während das Serviermädchen vor Schreck die Schüssel mit dem Gemüse fallen ließ. War das ein Spectacle gewesen! Johanna hatte damals die Hand von Josepha gehalten, hatte neben ihr gekniet, bis sich endlich ein beherzter Ober fand, der Josepha fest von hinten umfasste und sie mit einem Ruck in die Höhe hob. Dabei hatte sich die Gräte gelockert, Josepha hustete lange und laut und lachte dann aus vollem Herzen los. Warum aber ausgerechnet Johanna nach diesem Ereignis keinen Fisch mehr aß und nicht etwa Josepha, die schließlich die Betroffene gewesen war, ist mir unverständlich.

Unerklärlich wiederum ist mir, wie sie all die Fischtage, also all die Freitage, Samstage und Fastentage überstanden hat ohne aufzufallen. Offensichtlich hat sie immer einen Weg gefunden, die unbeliebte Speise verschwinden zu lassen und dieser Weg hieß wohl Josepha …

Johannas Geheimnis hat sich am Hof herumgesprochen, ich erwarte bald empörte Depeschen aus Wien, es scheint ja kein anderes Thema mehr zu geben! Herausgefunden haben wir die Ungeheuerlichkeit übrigens bei einem der Nachmittagstees, die Maman auf Laxenburg ausschließlich mit uns Mädchen einnimmt: Johanna sah sich dabei nicht nur Tee, sondern auch einer zartrosa Fischpastete gegenüber, doch war Josepha nicht wie üblich an ihrer Seite, sondern musste mit Fieber das Bett hüten.

So kam es zum Scandale. Während Maman immer wieder befahl: „Du isst jetzt diese Pastete!“, saß Johanna weinend vor ihrem Teller, kniff den Mund zusammen und hielt die Augen gesenkt. Ihr Weinen muss Papa aufmerksam gemacht haben, denn er streckte den Kopf durch die Tür. Tagsüber bekommen wir ihn kaum zu Gesicht. Er ist meist jagen. Papa sah in die Runde und wollte nach einem Blick auf die verheulte Johanna wissen, was geschehen sei. Er kam an den Tisch, hörte sich die Geschichte an und sagte nur: „Dann isst sie eben keinen Fisch.“ Er strich ihr über den Kopf, nahm die Pastete vom Teller, zwinkerte ihr zu und verließ das Zimmer. Maman schnaubte ihm hinterher und sagte mit Blick auf die erstaunte Johanna, der gerade unerwartet Hilfe zugekommen war: „Das letzte Wort ist in dieser Angelegenheit noch nicht gesprochen, Madame!“ Dann machte sie eine fahrige Handbewegung und schickte alle auf ihre Zimmer. „Diejenigen, die Karten spielen können, dürfen hier bleiben“, fügte sie rasch hinzu. Denn Maman war in Ermangelung anderer Spielpartner auf uns angewiesen.

Während die aufgelöste Johanna zusammen mit Carolina, Amalia und Marianna den Salon verließ, bestand Antonia darauf, alle Regeln zu kennen und ihre Karten schon selbst in der Hand halten zu können. Doch auch sie wurde auf ihr Zimmer geschickt, und so blieben nur Liesl und ich übrig. Es gab ja eh nichts besserer zu tun, da konnte ich genauso gut Karten spielen. Ich glaube, so wie ich Maman beim Spiel erlebe, so ist sie auch in politischen Geschäften: Sie ist gnadenlos, fast verbissen, blickt nur von den Karten in ihrer Hand zu denen auf dem Tisch und vergisst ihre gesamte Umgebung. Falls ich tatsächlich ihre Lieblingstochter sein sollte, so ist dies in diesen Augenblicken vergessen. Wenn sie gewinnt, wirft sie die Karten und die Arme in die Luft und drängt auf ein weiteres Spiel. Verliert sie, dann sitzt sie schmollend am Tisch, bezichtigt uns des unlauteren Spiels und ruft mürrisch nach einem Gläschen Tokajer, das sie dann von ihrem Hund ausschlecken lässt. Ich schimpfe deswegen mit ihr und halte Oscar besonders beherzt auf meinem Schoß.

Johannas Geständnis hatte zur Folge, dass Maman ihr einen Besuch in einer Fischzucht befahl. Maman duldet es nicht, wenn wir beim Essen „Aussuchungen machen", wie sie es nennt. Sie verlangt, dass wir von allem essen und war mit Papas verständnisvollem Verhalten natürlich nicht einverstanden! Ich weiß, sie kann es en général nicht leiden, wenn wir Marotten oder kindische Ängste pflegen. Ich selbst kann ja ein Lied davon singen. Ob Krieg, Krankheit oder Tod. Nie hat sie uns die Wahrheit vorenthalten. Angst vor Gewitter nicht geduldet und sich immer neue Dinge einfallen lassen, um auch uns Mädchen nicht zu Zuckerpüppchen zu erziehen. Ich erinnere mich noch gut an den Sommer vor zehn Jahren, als ich abwechselnd am Kopf und am Fußende meines Bettes schlafen und sogar ein ganzes Gewitter mit Gräfin Vasquez im Gartenpavillon hier in Laxenburg verbringen musste, während es um uns blitzte und stürmte und der Regen in schrägen Bahnen in unseren Unterstand drang. Seitdem liebe ich Gewitter. Im gleichen Sommer musste ich beinahe jeden Abend ein Gedicht, ein kleines Theaterstück, meist aber ein Lied vorführen, oft auch allein, vor der versammelten Familie und den Sommergästen. Ich habe damals schlimm gestottert! Vielleicht lag es daran, dass ich so viel zu erzählen hatte, meine Worte stolperten nur aus meinem Mund, und das Lachen von Joseph und Liesl darüber hab ich heute noch im Ohr. Sie haben damals alles nur noch schlimmer gemacht, und bald habe ich mich geweigert, überhaupt noch etwas zu sagen. Ich geniere mich, wenn ich daran denke, und bin Maman heute dankbar, dass sie mich als kleines Mädchen auf die Bühne stellte. Nach den Wochen auf Laxenburg, wieder zurück in Wien war das Stottern verschwunden, ich hatte meine Leidenschaft für Gewitter entdeckt und kann bis heute überall schlafen wie ein Murmeltier.

Eine ähnliche Wirkung erhoffte sich Maman wohl auch von dem Fischausflug, nicht zuletzt da auch van Swieten ihr zu diesem Experiment geraten hatte. Er war es auch gewesen, der die beiden vorhergegangenen, jedoch gescheiterten Versuche erdacht hatte, um Johannas Abneigung zu kurieren: das Studium der Anatomie eines Fisches im Unterricht, sowie die Zubereitung einer Fischmahlzeit in der kaiserlichen Hofküche im Beisein der jungen Erzherzogin.

Alle Hoffnungen ruhten nun auf dem Besuch der Laxenburger Forellen- und Karpfenzucht. Ich bin mitgegangen, aus schierer Langeweile. Stupide! Zuerst machten wir einen harmlosen Rundgang durch die Zuchtanlagen: Hier gab es Laich- und Brutteiche, zappelnde Karpfen in allen Größen wurden mit Netzen aus den Teichen gefischt, um daraufhin einige Tage in Bassins mit klarem Wasser zu verbringen. Angeblich sollen sie dadurch ihren schlammigen Geschmack verlieren. Johanna verzog jedoch nur angewidert das Gesicht. Als wir dann das kühle gekachelte Kellergewölbe betraten, wurde mir bewusst, dass es ein Fehler gewesen war, mitzukommen. Das geschäftige Treiben an den großen Steinblöcken, die als Arbeitstische dienten, setzte für einen Moment aus. Zahlreiche schmutzige Männer und schüchterne Frauen versuchten, sich in aller Eile die Frisur unter der Haube zurechtzurücken, die Schürze zu glätten und die Hände über den ärgsten Flecken zu verschränken. Durch Rinnen wurde fließendes Wasser von einem Bach in der Nähe in die Becken und Tröge geleitet, in denen es vor Fischen wimmelte. Wir mussten zusehen, wie einer der Männer einen Karpfen aus dem Becken nahm, ihm mit einem Messer den Garaus machte, das noch zappelnde Wesen auf den Tisch warf und schon nach dem nächsten Fisch griff. Wie konnte jemand auf die Idee kommen, dass ein Besuch in einer Fischzucht den Widerwillen gegen Fisch verringern könnte? Das Gegenteil war der Fall! Selbst mir wurde ein wenig übel, als wir zusahen, wie die Karpfen für unser Abendessen ausgenommen und entschuppt wurden. Bella und ich wechselten einen Blick und ich merkte, dass es ihr ähnlich ging. Nur Antonia war begeistert von den abertausend silbern schimmernden Schuppen, die sich auf dem Boden in großen Haufen sammelten. Ich bemerkte gerade noch, wie sie sich eine Handvoll der münzähnlichen Schuppen in die Rocktasche schieben wollte, klopfte ihr auf die Hand und flüsterte ihr zu: „Das macht man doch nur an Silvester, du Dummerl."

Am Ende dieses Tages erklärte sich Johanna immerhin bereit, einen Goldkarpfen im Glas in ihrem Zimmer zu beherbergen. Ich glaube nicht, dass Maman begeistert sein wird …

Laxenburg, der achtundzwanzigste September 1761

Wie jeder Scandale war auch dieser leider schnell vergessen, und so weiß ich nicht, wie ich die nächsten Wochen überstehen soll.

Ich verstehe ja, dass Joseph und Bella von Schloß Hof ohne Umschweife nach Wien gereist sind und deswegen nicht mit nach Laxenburg kommen konnten. Bella muss sich schonen. Aber nun sitze ich hier völlig vereinsamt. Es ist sehr hübsch auf dem Lande, aber das ist auch alles. Eine Idylle, aber ich ersticke fast daran, und mir fehlt jegliche Inspiration. Ich überlege sogar, ob ich wieder mit Stelzenlauf beginnen soll, so wie früher.

Manchmal wache ich früh morgens auf, wenn alles noch ruhig ist und schläft, und denke daran, wie schön es wäre, im Nachthemd und barfuß über die taufeuchten Wiesen zu laufen, bis zum Teich und einfach hinein zu springen. Wie erfrischend es sein müsste, einmal unter die Seerosen zu tauchen und dann unbemerkt und tropfend in mein Zimmer zurück zu schleichen. Doch meist ist die Luft selbst in diesen frühen Morgenstunden bereits so schwül – und dabei ist doch schon fast Herbst! – dass ich mich nicht fähig fühle, auch nur ein Bein aus dem Bett zu hängen. So bleibe ich liegen und warte auf die Stunde, bis die Kammerzofe kommt, um mir beim Ankleiden zu helfen. Dann heißt es wieder: An mit dem Mieder, dem Unterrock, dem langen Kleid, dem Sonnenhut. Mourir d'ennui? Ob es möglich ist, an Langeweile zu sterben? Wenn ja, werde ich es in diesem Sommer auf Laxenburg herausfinden.

Laxenburg, der fünfzehnte October 1761

Ein schöner Mann, ein schönes Pferd

Ich habe es bislang immer für eine dieser seltsamen Lebensweisheiten meiner Gräfin gehalten und dafür muss ich mich bei Zeiten bei ihr entschuldigen, denn es stimmt: Je weniger man sich auf etwas freut, umso schöner wird es!

Begonnen hatte alles mit einer aufgeregten Liesl, die vor einer Woche in mein Zimmer gerannt kam und mit vor Freude geröteten Wangen und ganz außer Atem gerufen hatte: „Die! Esterházys! kommen!" Ich sah nicht einmal von meinem Gedichtband auf, fächerte mir in aller Seelenruhe weiter gewittrige Landluft zu und drehte eine Haarlocke um meinen kleinen Finger.

„Und was genau an diesem Satz soll mich begeistern?"

Liesl gab nicht auf. Sie stemmte die Arme in die Seite und legte den Kopf schief: „Lass es mich anders sagen: Es wird einen Ball geben – hier auf Laxenburg!" „Und wir bekommen neue Kleider!", platze es dann noch aus ihr heraus.

Nun. Ein Ball? Warum nicht, dachte ich mir.

Am gestrigen Abend, Schlag sechs Uhr saßen wir nun aufgereiht, geschmückt und frisiert wie für einen Ball auf Versailles im

Gartensalon. Nur, dass es eben nicht Versailles war. Und genau genommen auch kein Ball. Der Saal war leer – ausgenommen von uns acht Erzherzoginnen und dem noch stummen Orchester, das uns zahlenmäßig sogar noch übertraf. Auch das Stimmen der Instrumente konnte nicht über die Peinlichkeit der Situation hinwegtäuschen.

Endlich, endlich, endlich betrat Papa den Saal, seine Schritte hallten in der Stille wider. Bei unserem Anblick brach er in Gelächter aus: „Na, dann wollen wir mal beginnen. Ihre kaiserliche Hoheit, welche in unserem Fall ja wohl ich bin, erklärt den Laxenburger Sommernachtsball für eröffnet!"

„Welchen Ball?" Liesl schnaubte verächtlich, das Schiff, das zur Feier des Abends in ihren aufgetürmten Haaren verankert war, schwankte. Sie war am meisten davon enttäuscht gewesen, dass sich selbst unsere Brüder geweigert hatten, an dieser kleinen Farce teilzunehmen.

Papa überging ihre Frage und läutete nach Champagner. Für alle! „Ausnahmsweise", wie er augenzwinkernd verkündete. Er klatschte in die Hände: „La musique s'il vous plaît."

Erst wurde gegessen, dann getanzt. Papa tat dabei so, als wären wir in großer Gesellschaft, er grüßte und prostetete in vollendeter Eleganz unsichtbaren Gästen zu und verbeugte sich immer wieder ins Leere, was uns, wenn schon nicht zum Lachen, so doch zu einem Lächeln brachte. Kurz: Ein Ball war es nicht, aber nett wurde der Abend trotzdem.

Maman hatte eigens Schneider aus Wien kommen lassen, die in den letzten Tagen nichts Anderes getan hatten, als unsere Kleiderwünsche zu erfüllen. Johanna sorgte dabei für die größte Überraschung: Inspiriert von unserem Fischausflug trug sie ein Kleid, das bestickt war mit tausenden schillernden Pailletten, die aussahen wie kleine Forellenschüppchen. Es funkelte wunderschön, löste sich nur leider im Verlauf des Abends in seine tausend Einzelteile auf! Humour hat sie ja, die liebe Johanna und

Geschmack auch. (Maman hat ihre Anwesenheit auf dem Ball übrigens an eine Bedingung geknüpft: Sie musste versprechen ein Stück Heringsfilet zu kosten. Später beim Dîner war ihr Teller tatsächlich leer, Maman stellte keinen weiteren Fragen. Ich aber würde zu gerne wissen, wo sie den Hering versteckt hat …)

Der spätsommerliche Garten war mit Lampions geschmückt, umschwärmt von Motten, die im Licht ihren sicheren Tod fanden. Marianna hat deshalb darum gebeten, auf die allabendliche Illumination des Gartens zu verzichten. Sie hatte in diesem Sommer die hässlichen dunklen Falter als ihre besten Freunde entdeckt. Ihr Bitten stieß allerdings auf Ablehnung, denn der Höhepunkt der Abende auf Laxenburg war doch, wenn wieder einmal einer der Lampions Feuer fing und unter dem Rufen und Fluchen eines Knechts in den Teich geworfen wurde. Eigentlich war auch dies die Aufregung nicht wert, es kam ja jeden Abend vor.

Wir tanzten und warteten auf unsere Gäste. Papa war nebenbei bemerkt der umschwärmteste Tanzpartner des Abends! Alle wollten mit ihm tanzen. Viel Auswahl hatten wir ja nicht …

Unsere Gäste kamen spät, bereits zum dritten Mal waren die Kerzen heruntergebrannt und ausgetauscht worden. Endlich und mitten während einer Contredanse, die sich in dem leeren Saal und nur getanzt von vier Erzherzoginnen-Paaren (ich und Marianna, Liesl und Amalia, Johanna und Josepha, Carolina und Antonia) recht kläglich ausnahm, traf Graf Nikolaus Esterházy begleitet von seiner Frau Maria Elisabeth und seinem Sohn Anton ein. Die beiden Herren bekamen wir allerdings nur bei der kurzen Begrüßung zu Gesicht. Sie haben sich schnell und sichtlich erleichtert, dem Tanz entkommen zu sein, mit Papa in seinen Salon zurückgezogen. Auch die Tochter Maria Anna war dabei. Manchmal bedaure ich es, dass es nie zu einer tiefer gehenden Freundschaft zwischen uns beiden gekommen ist. Aber sie ist so still und zurückhaltend, sie lächelt und ich rede, diese

Verteilung war mir immer schon etwas zu langweilig, und auch an diesem Abend habe ich sie erst gar nicht bemerkt! Dennoch denke ich immer wohlwollend an sie, und so war ich erfreut, dass sie überraschenderweise ihre Eltern nach Laxenburg begleitet hatte. Ihre Mutter Gräfin Maria Elisabeth hingegen kannte ich bislang nur flüchtig. Selten hatte ich mehr als ein Lächeln oder ein paar flüchtige Worte mit ihr gewechselt. Als die Gräfin Esterházy uns dann bei ihrem Eintreffen eingehend von oben bis unten musterte, kam ich mir albern vor, fast verkleidet. Wann lerne ich endlich, dass man nicht nach dem Äußeren urteilen soll?

Die Gräfin wirkt sehr streng und etwas säuerlich, ist aber voller Witz und äußerst liebenswürdig. Denn schon rief sie: „Sieh nur Nikolaus, diese hübschen Kleider, und das Schiff in den Haaren. Paris, Paris sage ich da nur. Warum hast du mir nicht verraten, dass es hier auf Laxenburg so chic zugeht?" Sie flüsterte uns zu: „Verzeihen Sie meinen Aufzug, ich komme mir äußert fehl am Platze vor. In diesem Jagdrock. Bitte lachen Sie mich nicht aus." Sie schnitt eine Grimasse und drehte sich in ihrem groben Jagdanzug, der zwar einige raffinierte Details und Schleifchen aufwies, aber alles in allem dem Anlass und dem immer noch so warmen Wetter doch wirklich unangemessen erschien. Ich mochte ihre offene Art sofort.

Aber trotzdem kam die Unterhaltung und der Abend nach der doch so lang ersehnten Ankunft der Gäste nicht recht in Schwung. Die Themen waren zwar passable, keines jedoch von so großem Interesse für mich, dass ich mir die Mühe gemacht hätte, aus meinem Fauteuil aufzustehen, mein Sorbetgläschen abzustellen und mich daran zu beteiligen. Ich machte mich auf einen kurzen Abend gefasst, gelegentlich wurde bereits gegähnt – sogar im Orchester, was man der immer schleppender werdenden Musik anmerkte. Getanzt wurde nicht mehr.

Erst als Papa zusammen mit dem Grafen und Anton zurück in den Salon kam und der Graf rief: „So spielen Sie doch etwas von Haydn!", begann der vergnügliche Teil. Bien sûr, die Esterházys wollten uns ihren Haus- und Hofkomponisten schmackhaft machen und ich muss sagen: Es ist ihnen gelungen. Die Musik weckte unsere Lebensgeister, und Papa forderte mich zum Tanz auf. Ich vermute, dass es den Herren ganz allein in ihrem Salon zu langweilig geworden war und der Wein ihre Tanzmüdigkeit vertrieben hatte.

Die Gräfin Esterházy erzählte an diesem Abend einige lustige Anekdoten über das Leben ihres jungen Kapellmeisters Haydn, vor allem über seine Ehe mit der Tochter eines Perückenmachers.

„Den könnte ich im Augenblick ganz gut gebrauchen!", bemerkte Liesl müde und hielt sich mit einer Hand das wankende Schiff auf ihrem Haar. Mit der anderen versuchte sie, ihr Gähnen zu verbergen.

Haydns Frau soll eine streitsüchtige Person sein, die sich kaum für seine Musik interessiert. Graf Esterházy bemerkte dazu nur: „Sollte die Frau, die du liebst, ins Kloster gehen, solltest du eben auf keinen Fall als Ersatz die Schwester nehmen …"

Die ganze Konversation wimmelte vor Indiscrétions. Gräfin Esterházy liebt – ebenso wie ihr Mann – offensichtlich den Klatsch. Aus dem ganzen Kaiserreich wusste sie zu erzählen: Eine Mätresse hier, ein irrsinniger Herzog da, eine abergläubische Baroness dort. Ich hatte nichts dagegen. Es war genau das, was ich in den Wochen der Langeweile ersehnt hatte. Schon ging es weiter: „Wir hatten letztens einen außerordentlich netten jungen Herren zu Gast. Er hat ein Konzert von Haydn bei uns besucht, blieb nur wenige Tage und ließ uns unendlich traurig zurück. Aber er musste nun einmal wieder an die Front, er wollte seine Truppen nicht länger allein lassen. Das war auch die einzige Entschuldigung, die ich geduldet habe!"

„Wie war sein Name?" Ich stieß der neugierigen Liesl in die Seite, ich wollte heute nicht ihr, sondern der viel interessanteren

Gesprächspartnerin lauschen, wer weiß, wann sich wieder einmal eine solche Gelegenheit bot!

„Albert war sein Name."

Ich hörte so gespannt zu, dass ich zuerst gar nicht verstand, von wem sie sprach.

Gräfin Esterházy sah uns erstaunt an: „Oh, Sie kennen ihn nicht? Ich dachte, er würde sich auch am Hof aufhalten, von Zeit zu Zeit?"

„Ach, Sie meinen meinen Albert!" entfuhr es mir, woraufhin die Esterházy leise mit der Zunge schnalzte. Ihr Blick funkelte.

„Ich meine: Unseren Albert. Von Sachsen? Der Blonde? Nein?", versuchte ich, mich schnell nochmal aus der Affäre zu ziehen.

Ich musste besser aufpassen. Sonst wäre ich bald zu einer ihrer Klatschgeschichten geworden! Sie war auf jeden Fall aufmerksam geworden und wechselte das Thema. Über den armen Haydn war scheinbar alles gesagt. Sie wandte sich ihrem nächsten Opfer zu. Vas-y! Nur zu: „Nun, ob er blondes Haar hat, weiß ich nicht, er trug stets eine Perücke. Auf unserem Schloss pflegen wir einen sehr lockeren Umgang, aber er legt wohl großen Wert auf Étiquette. Er scheint zu spüren, wenn sich jemand nicht wohl fühlt, fordert die Zurückgewiesenen zum Tanz auf. Noch nie ist mir ein so vorurteilsfreier Mensch begegnet. Er sagte mir, dass er aber erst hätte lernen müssen, so zu sein."

Jetzt bestand kein Zweifel mehr. Sie sprach von Albert.

„Ein Liebchen hat er nicht, soviel ich weiß. Pas encore, sollte ich sagen – noch nicht!"

Ich verdrehte die Augen, aber nur ein wenig. Der arme Albert, wenn er wüsste, wie hier über ihn geklatscht wurde! Er hatte mir gar nichts davon geschrieben, dass er für eine Zeit reisen würde, und auch nicht, dass er mit den Esterházys solch herzlichen Umgang pflegte und sie besuchen wollte. Ich habe aber auch schon eine Weile keinen Brief mehr von ihm erhalten. Der letzte kam im August und auch dieser war lange Wochen mit der Post unterwegs gewesen. Wo er sich im Moment aufhielt, konnte ich nicht sagen und die Esterházy mir auch nicht: „Ein schöner Mann, ein schönes Pferd. Alles, was ich weiß, ist, dass er wie der Wind davon geritten ist." Eine sehr poetische Beschreibung, die mir aber auch nicht weiterhalf. Ich hatte Mühe, mein Lachen zu unterdrücken. Eine Weile lang schwiegen wir und widmeten uns dem Dessert, bis der Gräfin eine neue Geschichte in den Sinn kam. Nun sprach sie aber offensichtlich wieder von Hadyn, der gute Albert hatte seine Schuldigkeit für diesen Abend getan.

„Und wissen Sie, was er immer sagt: Nun, er sagt immer: ‚Ich bin hier von der Welt abgesondert, niemand in meiner Nähe kann mich an mir selbst irremachen und quälen, und so muss ich original werden.' Ist das nicht herrlich? Den Winter wird er in unserem Palais in Wien verbringen und sicherlich einige Konzerte geben. Wir haben ihm ein eigenes kleines Orchester zur Verfügung gestellt. Ist das nicht entzückend?"

Maria Anna legte für einen Augenblick ihren Fächer in den Schoß und seufzte in der Hitze des Saales: „Winter! Schnee! Was für ein feiner Gedanke, sehr rafraîchissant. Ich kann es nicht abwarten!" Und fügte hastig hinzu: „Auch wegen Haydn – natürlich." Es war das erste Mal an diesem Abend, dass sie etwas zur Unterhaltung beitrug.

„Wie früher", dachte ich, „wie früher." Ich lächelte ihr zu, während die Gräfin schon weitererzählte: „Haydn liebt die Jagd und das Angeln." Aus allen Ecken des Zimmers war ein „Oje" zu hören. Nicht nur mir war der Ausflug zu den Fischteichen in zu lebhafter Erinnerung geblieben.

„Sobald er eine Komposition beendet hat, ruft er: ‚Laus deo'."

„Ja, Ehre sei Gott", pflichtete ihr auch ihr Mann bei und erhob sein Glas: „Kaiserliche Hoheit, wie sehen Ihre Tage in Laxenburg aus?"

Papa war augenscheinlich froh darüber, selbst einmal zu Wort zu kommen und gab freizügig Auskunft: „Nun lieber Esterházy:

Um neun Uhr abends gehe ich schon zu Bett, um fünf Uhr früh stehe ich auf, reite bis acht Uhr, bis zwei wird gearbeitet. Dann ist das Dîner in Gesellschaft, die von Wien kommt. Diese begleitet mich und meine Söhne bis acht Uhr auf die Jagd, dann wird ein Spaziergang im Garten gemacht, die Gäste kehren in die Stadt zurück, und wir sind wieder allein. So ist ein Tag wie der andere."

Graf Esterházy wusste nicht recht, ob er Papa und dessen Schicksal beneiden oder bedauern sollte, und überließ fortan wieder seiner Frau das Reden.

Bis Maria Anna mich plötzlich mit ihrem Fächer am Arm berührte und fragte, was denn mit meiner Schwester los sei? Sie meinte damit Liesl, denn die hatte den Kopf in die Hände gelegt, die Augen geschlossen, den Mund leicht geöffnet und schlief.

Der Coiffeur hatte Angst gehabt, nicht rechtzeitig fertig zu werden und darauf bestanden, ihr das Haar schon am Abend vor dem Ball zu stecken. Die Nacht hatte sie also so gut wie nicht geschlafen: Musste sie sie doch aufrecht sitzend auf einem Stuhl verbringen, um das Kunstwerk nicht zu zerstören. Das Schiff auf Liesls Kopf, das künstliche Haar, die Bänder und Perlen waren nun so schwer, dass ihr Kopf alle drei Atemzüge nach vorne kippte und sie wieder erwachte. Graf Esterházy, der neben ihr saß, fing sie immer wieder auf und bewahrte sie davor, mit dem Kopf, oder soll ich besser sagen, mit dem Schiff voraus in die Crème Caramel zu stürzen. Er blickte ergeben in die Runde und bemerkte nur: „Eh bien, wer schön sein will …"

Wir lachten und feierten, bis sich unsere Gäste zur späten Stunde zum Aufbruch erhoben und mit ihnen auch das Plaisir wieder aus Laxenburg verschwand.

Der siebte December 1761

Ich habe das wohl schlechteste diplomatische Geschick meiner Familie! Ich schaffe es einfach nicht, meine „Flammen“ zu zähmen. Ganz im Gegenteil: Mit meinem Temperament bringe ich das Feuer erst so richtig zum Lodern!

Der Grund? Das bist DU. Ob sich der Brand irgendwann einmal löschen lässt, ist noch ungewiss. Aber eines steht jetzt schon fest: es ist die unangenehmste Situation, in die ich mich seit Langem hineinmanövriert habe.

Ich sehe ein, dass die Wut meiner Geschwister auf mich dieses Mal berechtigt ist und so weh es mir tut, bin ich sicher, dass selbst Karl mir mit gerunzelter Stirn begegnen würde – Gott hab ihn selig. Ich möchte am liebsten im Boden versinken und nicht mehr hervorkommen. Dass ich zudem allen den Nikolausabend verdorben habe, macht es nur noch schlimmer.

Aber wie ist das alles eigentlich passiert? Nachdem sechs öde, lange Wochen nichts geschehen war, was sich gelohnt hätte, aufzuschreiben, fiel mir erst gestern auf, dass ich – selbst wenn ich gewollt hätte – überhaupt nichts hätte zu Papier bringen können, weil du, mein liebes Tagebuch, nicht mehr aufzufinden warst. Ich hatte einige Artikel aus dem Wiener Diarium zum Kriegsverlauf in Schlesien gesammelt und wollte diese gern nachträglich zu meinen Einträgen heften. Aber du warst plötzlich weg. Ich zog zunächst alle Schubladen meines Secrétaires heraus und durchwühlte dann meine Truhen, die zum Teil immer noch mit Utensilien aus Laxenburg gefüllt waren. Ich war mir doch sicher, dich vor unserer Abreise aus dem Jagdschloss eingepackt zu haben, und das, obwohl alles sehr hektisch vonstatten gegangen war. Sonst war dein Platz immer auf meinem Schreibtisch. Ich rief die Gräfin Vasquez, die sich in einem Nebenzimmer befand. Fragend blickte sie mich an, als sie beim Hereinkommen beinahe über all die Kisten, Bücher und Kleider gestolpert wäre, die ich bei meiner Suche achtlos hinter mir hatte fallen lassen. Mein Jammern nahm sie zunächst sehr gelassen zur Kenntnis. Sorgfältig legte sie die Kleider zusammen, ordnete Bücher und Papiere und gestaltete die Suche nach meinem Tagebuch weitaus organisierter, als ich es bisher getan hatte. Aber es blieb weiterhin wie vom Erdboden verschluckt. Bald glaubte ich an einen Scherz. Meine Geschwister wissen ganz genau, dass ich bisweilen nur in Begleitung von Buch und Feder aufzufinden bin und wichtige Ereignisse aufschreibe.

Bei dem Gedanken daran, was alles in meinem Tagebuch steht und nun womöglich für jedermann zu lesen war, wurde mir ganz schwindelig. Ich war mir ganz sicher: es musste gestohlen worden sein! Ich sah schon alle um das Buch herumstehen, darin blättern und sich über das Geschriebene lustig machen. Ich wusste, diesen Moment musste ich verhindern. Zielstrebig suchte ich die Gemächer meiner Geschwister auf und stockte doch schon bald. Wo sollte ich überhaupt beginnen? Wer kam in Frage, sich an meinen Schreibtisch geschlichen und das wertvolle Buch an sich genommen zu haben? Immerhin war es ein Geschenk von Maman! Wer auch immer es entwendet hatte, musste wissen, dass er auch ihren Zorn auf sich ziehen würde. Sicher, ich hätte ebenso die Möglichkeit gehabt, bequem zu Maman zu marschieren und ihr davon zu berichten, dass jemand all meine verschriftlichten Gedanken entwendet hatte. Doch ich wollte nicht als Scherglmadam zum Petzen zu Maman. Nichtsdestotrotz wich die Bestürzung langsam einer unbändigen Wut über die Dreistigkeit, die dieser Jemand besessen hatte. Immer schneller wurden meine Schritte durch die Hofburg, und erst an der Tür zu Leopolds Zimmern wurden sie wieder langsamer. Einen Versuch war es wert. Ich klopfte, doch nichts rührte sich. Endlich fand ich ihn zusammen mit Joseph in dessen Arbeitszimmer. Die beiden saßen eng beieinander und waren sehr vertieft in etwas, das auf Josephs Schoß lag, sodass sie mich erst bemerkten, als ich nur noch wenige Schritte von ihnen entfernt war. Hastig versperrte Leopold mir die Sicht und bemühte sich, seine überstürzte Bewegung mit einem galanten Lächeln auszugleichen. Währenddessen stand Joseph in seinem Rücken seelenruhig auf und schloss den Gegenstand ihrer Aufmerksamkeit in die Schublade seines Schreibtisches.

„Zeig mir sofort, was du gerade versteckt hast!", entfuhr es mir barsch.

„Das fällt mir im Traum nicht ein, Madame", entgegnete Joseph mit einem süffisanten Grinsen und wandte sich zum Gehen. Kurz entschlossen packte ich Leopold, der ebenfalls auf die Tür zueilte, am Arm und hielt ihn zurück.

Nun dehnte ich jede Silbe, um dem Inhalt meiner Aussage die angemessene Bedeutung zu verleihen: „Ich ver-mis-se mein Tage-buch. Mei-ne Ge-mä-cher wur-den schon durch-sucht." Und weiter, in normalem Tonfall: „Und ihr beiden Geheimniskrämer wollt mir vermutlich gleich weismachen, dass ihr nicht den blassesten Schimmer habt, wo es sich befinden könnte? Wie wäre es mit Josephs geheimnisvoller Schreibtischschublade?"

Für Joseph war ich nun wohl zu weit gegangen, denn er höhnte: „Wir haben nichts damit zu tun. Unerhört, dass du uns mit etwas derart Profanem belasten willst. Was haben wir für eine zänkische Schwester, Leopold. Möchtest du bitte so gütig sein und meine Räume verlassen, Mimi?"

Mein Tagebuch musste bei Joseph sein, wieso um alles in der Welt verhielt er sich sonst so seltsam? Ich bebte vor Wut und tat einen spitzen Schrei – der zur Folge hatte, dass meine Brüder erschraken und Papa alarmiert von dem Tumult herbeieilte.

Das darauf folgende Geschehen schreibe ich nur zusammengefasst nieder, weil es mir im Nachhinein sehr unangenehm ist: Papa war enerviert von dem Lärm, den ich gemacht hatte – der Nikolausabend ist für ihn immer ein besonderer, von Ruhe gekrönter Abend – und wollte umgehend die Gründe wissen. Ich beschuldigte Joseph und Leopold, mein Tagebuch gestohlen und in Josephs Schreibtisch versteckt zu haben und begründete meine Vermutung mit dem unangemessenen Verhalten der beiden. Papa stellte die beiden sofort zur Rede, doch sowohl Leopold als auch Joseph stritten die Tat ab.

Die Situation, die dann entstand, entwickelte sich immer peinlicher für mich. Joseph wurde von Papa angehalten, unverzüglich seine Schublade aufzusperren und das darin Verborgene preiszugeben, um entweder für schuldig befunden zu werden oder seine Unschuld zu beweisen. Joseph gab der Aufforderung gern nach, denn was er aus seiner Schublade zog, war nichts anderes als ein Billet van Swietens, das Joseph kurz über den Gesundheitszustand der schwangeren Isabella unterrichtete. Joseph freute sich augenscheinlich, dass ich im Unrecht war – schlicht und einfach sprach er über seine privaten Angelegenheiten eben lieber mit Leopold als mit mir. Papa ließ es dabei bewenden und sagte mir zu (nicht bevor ich ihm versprochen hatte, mich vorerst zurückzuhalten), sich beim Abendessen darum zu kümmern, vielleicht sei mein Buch bis dahin wieder aufgetaucht.

Ich harrte also aus, bis sich die gesamte Familie zum Abendessen und gemütlichen Zusammensein eines jeden Nikolausabends traf. Das, worauf ich mich eigentlich schon seit Tagen gefreut hatte, war mir durch das Verschwinden meines Tagebuches vollkommen verdorben worden. Mit meiner Laune schien ich die anderen anzustecken. Alle saßen schweigend über ihren Tellern, während Joseph und Leopold ungewohnt redselig waren und nicht an geistreichen Bemerkungen sparten. Nach dem Dîner ergriff Papa das Wort: „Ich wollte den heutigen Abend gern im Kreise meiner Familie verbringen. Aber eine freudige Heiterkeit mag bei mir nicht so recht aufkommen. Mimi vermisst ihr Tagebuch. Gräfin Vasquez hat mir bestätigt, dass alle relevanten Stellen in Mimis Zimmer durchsucht wurden. Wo kann es sonst sein? Ich frage also meine Kinder: Hat jemand sich einen Spaß erlaubt und das Tagebuch entwendet? So hole er es augenblicklich und gebe es an

Mimi zurück." Papa sah jedem scharf ins Gesicht, doch niemand mochte seinen Blick erwidern. Stille kehrte am Tisch ein. Maman sah mich fragend an, Liesl und Marianna wechselten spöttische Blicke, Antonia machte große Augen, und Bella schenkte mir ein sanftes Lächeln, aber niemand sagte ein Wort.

Dann war Papas Tenor erneut zu hören: „Dieser Vorfall hat mich heute schon viele Nerven gekostet. Ehrlichkeit ist eine große Tugend. Und wenn meine Kinder bis heute nicht wissen, was es mit der Ehrlichkeit auf sich hat, begeben sie sich nun sofort in ihre Zimmer. Dort haben sie Zeit, über den Sinn dieser Tugend nachzudenken. Bis morgen erwarte ich ein Ergebnis zu Mimis Tagebuch. Den heutigen Abend wird jedenfalls ein jeder für sich allein verbringen. Ihr seid entlassen."

Nun spiegelte sich Entsetzen in den anwesenden Gesichtern wider. Ich senkte den Kopf, denn ich konnte ein paar hasserfüllte Blicke auf mich gerichtet spüren, bevor nach und nach alle aufstanden und in ihre Zimmer schlichen. Aber noch war ich mir sicher, dass sich der Übeltäter mit am Tisch befunden hatte. Oder etwa doch nicht?

Zu guter Letzt saßen nur noch Maman, Papa und ich bei Tisch. In Papas Gesicht konnte ich lesen, dass auch er enttäuscht vom Verlauf des Abends war. In wenigen Worten klärte ich Maman über das Geschehene auf. Sie war empört über das Verschwinden meines Tagebuches und sprach mir Mut zu, bald werde sich alles aufklären. Ich verabschiedete mich kurz darauf und machte mich mit gemischten Gefühlen auf in meine Gemächer. Dort angekommen wurde ich erst einmal mit einer angenehmeren Überraschung bedacht: Das Chaos, das ich auf dem Boden hinterlassen hatte, war von meiner guten alten Vasquez zumindest geordnet, wenn auch nicht gänzlich beseitigt worden. Müde ließ ich mich zwischen die Stapel von Kleidern und Hutschachteln auf den Boden nieder und strich über die weichen Stoffe, die mich umgaben. Das alles würde noch verstaut werden müssen, denn seit der

Rückkehr aus Laxenburg hatte es mich nicht gestört, dass meine Sommergewänder noch immer herumlagen. Ich schob eine Hutschachtel beiseite, um meinen Beinen mehr Freiraum zu gewähren – darin befand sich mein Lieblingshut, der so gut zu meinem dunklen Reitkostüm passt. Ich hatte ihn selbst eingepackt und beschloss, ihn noch einmal aufzusetzen, bevor er den Winter über in seiner Schachtel verharren musste. Vorsichtig öffnete ich die Schachtel, griff nach dem Hut und bemerkte, wie die Fingerkuppen meiner linken Hand Leder berührten. Ich stutzte, denn die Hutschachtel war innen mit Samt bezogen. Wie konnte das sein? Vorsichtig zog ich sie noch näher an mich heran, um gänzlich ins Innere sehen zu können, und stieß zum zweiten Mal an diesem Tag einen spitzen Schrei aus. In der Hutschachtel befand sich: mein Tagebuch! War denn das möglich? Ich brauchte einen Moment, um mich zu sammeln. Hatte ich es vor unserer Abreise in einer gewöhnlichen Hutschachtel verstaut? Unmöglich. Aber ich kann mich nach wie vor nicht erinnern. Vermutlich hatte mir diese nur als Zwischenablage dienen sollen. Froh darüber, dass ich meine Gedanken und Erlebnisse wieder in Händen hielt und zugleich betrübt, dass ich Schuld an dem nun überflüssigen, abendlichen Desaster trug, beschloss ich, zu Bett zu gehen. Ich glaube, ich habe die ganze Nacht wach gelegen. Jedenfalls fühle ich mich wie gerädert, und das, obwohl ich mich noch nicht meiner Familie gestellt habe. Doch ob ich will oder nicht, gleich muss ich am Frühstückstisch erscheinen. Wie soll ich allen nur schonend beibringen, dass mein vermeintlicher Verlust auf meiner eigenen Unachtsamkeit beruht?

Der achte December 1761

Gestern Morgen hatte ich es überhaupt nicht eilig, zum Frühstück zu kommen. Meine Nacht war sehr unruhig gewesen, und ich wusste nicht, wie ich meinen Geschwistern begegnen sollte. Ich schämte mich ungeheuerlich, dass ich so einen Aufstand gemacht und dann das Tagebuch in der von mir selbst verursachten Unordnung wiedergefunden hatte. Ich spielte sogar einen Augenblick mit dem Gedanken, das Buch in Liesls Schlafzimmer zu verstecken, um den Unannehmlichkeiten zu entkommen, die mich erwarten würden. Aber dann hätte ich mich vermutlich selbst nicht mehr im Spiegel anschauen können. Also nahm ich mir ein Herz und das Buch in die Hand und ging so selbstbewusst wie möglich zum Frühstück. Das Service klirrte, aber niemand war recht gesprächig, als ich den Raum betrat. Auf mein „Guten Morgen" antwortete niemand.

Wie zufällig legte ich mein Buch neben mein Besteck, räusperte mich kurz und versuchte so beiläufig wie möglich zu erklären, dass die gestrige Aufregung umsonst gewesen sei. Genauso gut hätte ich mit meiner Tapete sprechen können – sobald meine Geschwister mein Tagebuch erblickt hatten, gerieten sie in Empörung.

„Was fällt dir eigentlich ein, hier herein zu stolzieren, als seien die Vorkommnisse des gestrigen Abends nichts weiter als eine Lappalie?" – Liesl war wirklich böse.

„Quel bonheur… dann haben die Anschuldigungen endlich ein Ende, genauso wie hoffentlich die Allüren unserer lieben Schwester", spöttelte sich Joseph.

Hilfesuchend schaute ich zu Maman, doch ich wusste, dass ich dieses Mal keine Unterstützung von ihr bekommen würde, so leid es ihr für mich tat. Das deutete zumindest ihr Blick an. Ich war den beißenden Kommentaren meiner Geschwister ausgesetzt, und das zu Recht, wie ich unerfreulicherweise zugeben muss. Nach einigen quälend langen Minuten, als die erste Welle an Vorwürfen endlich abzuebben schien, ergriff Papa das Wort: „Madame Mimi, es ist schön, dass dein Tagebuch so unverhofft doch wieder zum Vorschein gekommen ist." Einen gewissen Grant konnte er aber doch nicht verbergen: „Ich hoffe, du lernst aus deinem voreiligen Verhalten. Du hast uns allen wegen deiner Unachtsamkeit den gestrigen Abend verdorben. Ich möchte, dass du deshalb alle um Entschuldigung bittest. Stante pede."

Ich senkte den Kopf und ließ einige Sekunden verstreichen, versuchte dann, den Kloß in meinem Hals hinunterzuschlucken und sagte: „Es tut mir wirklich leid. Ich habe überzogen und unbedacht gehandelt. Ich wünschte, ich könnte es rückgängig machen. Ich hatte Angst, es … jemand könnte …" Die Tränen purzelten nur so über meine Wangen. Hastig verabschiedete ich mich und floh in mein Zimmer, um die strafenden Blicke nicht weiter ertragen zu müssen.

Eine halbe Stunde später klopfte es vorsichtig an meiner Tür. Ich achtete nicht weiter darauf, doch kurz darauf steckte Bella ihren Kopf zur Tür herein: „Lass uns einen ruhigen Tee trinken. Das wird dir guttun", munterte sie mich auf, nahm mich an der Hand und zog mich hinter sich her.

Als ich vorhin wieder mein Schlafzimmer betrat, saß Papa in einem Sessel und wartete auf mich. Ich war etwas überrascht über seinen unerwarteten Besuch, doch ich hatte nicht lange Zeit, mich zu wundern. Er gebot mir, mich auf mein Bett zu setzen und lächelte mir matt zu. Er wirkte etwas müde: „Madame Mimi, ich habe über gestern Abend und heute Morgen nachgedacht. Ich sehe ein, dass du nicht in böser Absicht gehandelt hast. Ich weiß schon, dass ihr Frauen einen besonderen Hang dazu habt, euren Tagebüchern eure intimsten Gedanken und Empfindungen anzuvertrauen, und ich kann verstehen, dass du diese schützen wolltest. Ich habe mir etwas für dich ausgedacht, damit du dich in Zukunft nicht mehr um deine Geheimnisse sorgen musst. In deinem Zimmer befindet sich schon seit Langem ein Geheimversteck, das ich dir nun zeige und von dem nur du und ich etwas wissen werden. Darin kannst du dein Tagebuch ab heute verwahren. Es ist hier in deinem Schlafzimmer. Zum Beweis für seine Sicherheit sollst du es suchen. Ich gebe dir nur einen Hinweis: ‚In der Kunst versteckt sich das wahre Können'."

Ich war perplex. So wunderbar wie diese Idee klang, so sonderbar war der Auftrag, ihre Verwirklichung zu suchen. Ich kannte doch mein Zimmer selbst am besten und wusste genau, wo sich etwas verstecken ließ. ‚In der Kunst versteckt sich das wahre Können' – Kunst, was war alles Kunst in meinem Zimmer? Eine Vase mit Blumenmuster? – Zu wenig Platz. Mein Fächer? – Bot zu wenig Schutz. Die Tapete? – Sie war eine Möglichkeit.

Angestrengt suchte ich die Wände nach einer Veränderung ab, konnte aber keine erkennen. Dabei streifte mein Blick jedoch ein Bild, ein Selbstportrait, das ich vor längerer Zeit gemalt hatte. ‚In der Kunst versteckt sich das wahre Können'... der Satz passte ja auf mein Portrait! Ich selbst hatte es gemalt. Ich näherte mich dem Portrait, und Papas Lächeln wurde immer breiter. Aufgeregt suchte ich den Rahmen ab. Er war dick genug, um darin ein Geheimversteck einzulassen. Aber er war regelmäßig. Einen kurzen Moment hielt ich inne, verband gedanklich die Tapete mit dem Bild und schwenkte Letzteres kurzer Hand zur Seite. Dahinter befand sich ein unauffälliges Türchen, gerade so groß wie meine beiden Hände. Ich drehte mich um und strahlte Papa an. ‚In der Kunst versteckt sich das wahre Können' bekam nun sogar einen doppelten Sinn.

„Meine Mimi", hörte ich ihn sagen, „ist doch recht gerissen, wenn sie mag. Nun lege dein Tagebuch immer sorgfältig hinein, dann wirst du es jederzeit finden." Ich umarmte ihn und drückte ihm einen Kuss auf die Wange. Ich bin unheimlich erleichtert.

Der zwanzigste December 1761

Albert wird allmählich frech. Das letzte Bild, das ich ihm schickte, ein Winterwald im Schneegestöber, kommentierte er nur so: Netter Versuch, Erzherzogin, Ihr werdet besser! Dann berichtete er von den letzten Schlachten in diesem Jahr, die er alle zum Glück unverletzt überstanden hatte. Meine Ausführungen über den Sommeralltag haben ihn offensichtlich sehr erheitert, und er verlangt nach mehr Berichten über die Vorgänge bei Hofe. Von seinen ‚Schlachten' im Hause Esterházy hat er mir nichts geschrieben. Aber ich habe ihm schließlich auch noch nicht von meinem vergnüglichen Abend auf Laxenburg berichtet. Es ist doch immer klug, ein paar Karten in der Hand zu behalten. Das habe ich bei den langen Kartennachmittagen mit Maman gelernt!

Und ein neuer Hinweis an mich: In seiner Winterlandschaft schneie es nicht, sie sei sternklar. Mein lieber Prinz, wisst Ihr nicht, was passiert, wenn man die Geduld hochwohlgeborener Damen überstrapaziert? Ihr werdet es bald merken. Ich weiß auch schon, wer mir dabei zu Hand gehen wird …

Später am Tage

Maria Antonia war zunächst nicht erfreut, mich zu sehen. Aber damit war ich in guter Gesellschaft: Ihren Zeichenlehrer wollte sie ebenfalls nicht sehen. Dies hatte sie ihm kundgetan, indem sie ihn, als er ihre Pinselhaltung korrigieren wollte, in den Daumen gebissen hatte. Er stand nun mit schmerzverzerrtem Gesicht in einer Ecke, während das freche Gör an seinem Tischchen saß und mit völlig schiefer Pinselhaltung trotzig vor sich hinkleckste. Nachdem er mir mit gequälter Miene von dieser und anderen

Untaten meiner Schwester berichtet hatte, entließ ich ihn und erklärte, ich würde heute seine Stunde übernehmen. Mit unübersehbarer Erleichterung verließ er den Raum, und Antonia schmierte weiter unbeirrbar vor sich hin. Ich setzte mich in eine Ecke und verschränkte die Arme. Sie ignorierte mich. Nach einiger Zeit blickte sie scheinbar widerwillig auf und fragte: „Sagst du's der Maman?"

„Das kommt darauf an", erwiderte ich gedehnt.

„Worauf?", fragte sie misstrauisch.

„Erstens darauf, ob du dich in gebührender Weise bei deinem armen Zeichenlehrer entschuldigst und versprichst, dich in Zukunft artig zu benehmen. Zweitens, dass du mir brav folgst, wenn ich jetzt die Zeichenstunde weiterführe."

Sie verzog das Gesicht, ohne das geringste Zeichen von Reue.

„Wirklich, Madame Antoine, was ist in dich gefahren? Wie konntest du den armen Mann nur beißen?"

„Der will mich die ganze Zeit korrektieren. ‚Gerade sitzen, Hoheit!', ‚Den Pinsel richtig halten, Hoheit!', ‚Hören Sie mir aufmerksam zu, Hoheit!' Irgendwann hat's mir gereicht. Außerdem stinkt er und seine Finger schauen aus wie dicke Würstel." Nachdrücklich machte sie einen rotbraunen Klecks auf das Papier.

Entrüstet blickte ich sie an. „Antonia! Einer Sechsjährigen verzeiht man ein solches Verhalten nicht mehr."

„Mir egal. Die anderen sind heute Schlittenfahren gegangen, und nur ich muss in die blöde Malstunde, weil die blöde Maman …"

„Antonia!"

„… mich erwischt hat, wie ich dem Ferdl die Zunge rausgestreckt habe." Ich sah sie streng an.

„Pardon", sagte sie, und es klang nicht besonders ehrlich.

„Warum bist du nur so ein Besen?", fragte ich etwas ratlos.

„Weil ich immer etwas müssen muss! Malstunde, Tanzstunde, Beten, Rechnen, Schreiben, Beichten, Französisch, Deutsch, Latein. Und die Maman macht die ganze Zeit Krieg und der Papa hat auch keine Zeit und der Joseph ist ein solcher Gockel und die Marianna blöd und überhaupt."

Die kleine Madame Antoine schien, sich ihren lang aufgestauten Ärger von der Seele reden zu wollen. Ich kann verstehen, dass es für einen kleinen Dickkopf schwer ist, sich Mamans strengem Regiment allzeit zu unterwerfen. Gerade für Antonia, die mehr Temperament als wir anderen und mehr Flausen im Kopf hat.

„Also gut, Madamchen: Ich erzähle Maman vorerst nichts. Aber dafür musst du mir jetzt bei einer Sache zur Hand gehen. Erinnerst du dich an Prinz Albert?"

„Den Sachser?"

Ich musste lachen. „Genau den. Wir malen heute ein Bild für ihn. Ein ganz spezielles."

Nun glomm Interesse in ihren Augen auf, und ich begann, ihr meine Idee zu erklären.

Nach dem Ende der Zeichenstunde verließ ich mit dem getrockneten Bild unter dem Arm eine wesentlich besser gelaunte Antonia.

Nun, mein lieber Albert, Ihr könnt Euch gewiss nicht beschweren: Es gibt eine von erzherzöglicher Hand gemalte Winterlandschaft, einen Sternenhimmel, einen Wald – und inmitten all der Pracht einen dümmlich dreinblickenden Esel, auf dessen Bauch Antonia in ungelenken Lettern Euren Namen verewigt hat!

Der fünfte Januar 1762

Ma chère Amie,

seid Ihr wohlauf? In unserem Feldlager ist es so klirrend kalt, dass einem sogar die Gedanken in der Stirn erfrieren. Maria Antonias Esel aber scheint die Kälte nichts auszumachen – er sieht so dümmlich in die Welt wie eh und je. Vielleicht werde ich in einem anderen Leben ein Esel. Im fernen Osten soll es Menschen geben, die an so etwas glauben, Reinkarnation nennen sie es. Allerdings wäre das sehr schade, denn als Esel wäre ich Euch sicher nie begegnet. Ihr würdet nämlich gewiss nicht als Eselin wiedergeboren werden. Eher schon als Fliederbusch. Wobei das zugegebenermaßen auch eine recht öde Vorstellung ist. Verzeiht meine abstrusen Gedankenspielchen – dieser Brief ist vermutlich das Papier nicht wert, auf dem er steht. Doch irgendwie steht mir der Sinn heute so gar nicht nach einem ernsthaften Sujet. Ich grüße Euch aufs Herzlichste und bitte Euch, auch Eurer kecken Schwester einen netten Gruß auszurichten.

Euer Albert

Ein merkwürdiger Brief von einem merkwürdigen Mann. Wem sonst könnten derartige Spinnereien einfallen? Und, was am merkwürdigsten ist, meine Gedanken schweifen seit seinem Besuch etwas zu oft zu ihm ab, wie ich finde …

Der zwölfte Februar 1762

Gerade habe ich wirklich zu viel zu tun. Ich verbringe so viel Zeit wie möglich bei Bella. Es geht mit ihrer Schwangerschaft von Tag zu Tag schlechter. Sie kann kaum noch nach draußen gehen, ihre Beine tun ihr weh, ihr Rücken schmerzt von dem Gewicht, das sie mittlerweile mit sich herumtragen muss. Und nach dem Essen ist ihr regelmäßig übel, und sie muss sich übergeben. Meine arme Bella! Noch einen Monat, und dann hat sie es geschafft. Ich werde gleich mal zu ihr schauen und versuchen, sie etwas aufzuheitern.

Der neunzehnte März 1762, spät abends

Ich sitze nun schon seit fünf Stunden neben Bellas Bett und lausche dem Auf und Ab ihrer Atemzüge. Als Einzige durfte ich im Zimmer bleiben.

„Nein, Christine darf nicht gehen. Auf keinen Fall werde ich das Kind ohne sie bekommen!" Die Worte Bellas ließen van Swieten aufhorchen. Er plädiert seit längerer Zeit für neuartige Heilverfahren und für eine Geburt im engeren Kreise, was schon oft für Verwirrung und sogar kleinere Blessuren am Hofe gesorgt hat. Die Hofdamen versammeln sich meist noch immer in großer Zahl vor dem Geburtszimmer und horchen an der Tür. Lautstark klagen sie dann oft über das zu schwunghafte Heraustreten des Arztes und ihre blauen Flecken. Van Swieten bemüht sich daraufhin in seiner stets galanten und charmanten Manier zu erklären, dass es nach neuesten medizinischen Erkenntnissen nicht mehr vertretbar sei, den Raum der Gebärenden zu belagern und diese mit gedämpften Tuscheleien und gut gemeinten Tütteleien bei dem schwierigen Vorgang der Geburt zu stören. „Bitte, Monsieur Le Docteur, wir sind auch ganz leise!"

„Nein, meine Damen, junge Mütter brauchen unbedingte Ruhe!" Unser alter Hofarzt weiß nur zu gut, dass Hofdame und zeitgleich leise zu sein zwei unvereinbare Zustände sind.

Bella scheint eben eingeschlafen zu sein. Die letzten Stunden waren wie ein grausiger Alptraum, aus dem man nie mehr aufzuwachen befürchtet. Schon früh morgens machte die Kunde von Bellas Schmerzen die Runde durch den Hof. „Es ist soweit, die Erzherzogin wird heute niederkommen." – „Ach was, das können noch nicht die Wehen sein. Erst in der Nacht nach dieser wird es Vollmond geben, dann wird der Herrgott den Thronfolger schicken." Zunächst waren es nur die Kammerzofen und -diener, die unablässig durch die Gänge eilten. Dann übertrug sich diese

Nervosité auch auf meine Familie, vor allem angestachelt durch Joseph, der alle fünf Minuten aus Bellas Kammer gerannt kam und nach heißem Wasser, starkem Kaffee, frischen Blumen, einer Kerze und letztendlich nach dem stärksten Kräutergeist, der am Hofe aufzutreiben sei, verlangte. Auch Maman schien sich von dem Nervenfieber anstecken zu lassen. Kurz nach acht Uhr morgens holte sie mich aufgewühlt aus der Lateinstunde. „… hoc dicens ferrum adverso sub pectore condit fervidus; ast illi solvuntur frigore membra vitaque cum gemitu fugit indignata sub umbras." Angestrengt las ich in Vergils Aeneis und war gerade dabei, die für mich noch immer undurchdringlichen Worte in verständliches Deutsch zu übersetzen: „Und indem er dies spricht, stößt er wütend das Schwert in die ihm zugewandte Brust; doch jenem erschlaffen in Todeskälte die Glieder, und seufzend …"

„Keine Zeit für die alten Römer! Du musst sofort mitkommen, Mimi!" Vertieft in meine Arbeit hatte ich Maman nicht eintreten hören und erschrocken die Feder auf das Papier fallen lassen und alles mit Tinte bespritzt.

„Aber was ist denn?" Ich wischte mir die blauen Flecken von den Fingern, als mich Maman am Handgelenk packte und hochzog. „Isabella, es geht um Isabella. Hast du es noch nicht gehört? Ihr geht es nicht gut. Sie hat solche Schmerzen und ruft nach dir." Keine Minute später stand ich vor Bellas Tür, hielt zitternd die Türklinke in der Hand und atmete noch einmal kurz ein und aus, bevor ich sie hinunterdrückte.

„Christine, bist du hier?" Vorhin war Bella dann aufgewacht.

„Ja, ich sitze direkt neben dir." Hastig legte ich mein Tagebuch auf den kleinen Beistelltisch. „Wo bist du, ich kann dich nicht sehen. Wo ist Joseph?"

Ich beugte mich über das Bett, sodass sie mich besser sehen konnte. Ihre Augen waren ganz klein und von Schmerzenstränen verklebt. „Was habe ich getan, dass ich solche Qualen erleiden muss? Aaahhh ..." Ein weiterer Stoß durchzog ihren Körper. Sie bäumte sich auf. Gerade noch konnte ich ausweichen, sodass unsere Köpfe nicht zusammenstießen. Ich griff nach ihrer gekrümmten Hand und nach der rechten Schulter, um sie sanft, aber bestimmt in das Kissen zurück zu drücken. Van Swieten war der Ansicht, dass sich die Wehen in ausgestreckt liegender Haltung besser ertragen ließen. Doch ich hatte nicht mit der Kraft Bellas gerechnet. Mit der Wucht eines verwundeten Tieres schlug sie mich beiseite. Ich taumelte nach hinten, kämpfte mit der balance und fand gerade noch die Lehne meines Stuhles, an der ich mich festhalten konnte. Ein gellender Schrei erfüllte den Raum. Wo nur war van Swieten? Warum konnte er ihr nicht helfen? Da öffnete sich die Tür, und der Arzt stürmte herein. Hinter ihm konnte ich noch die Köpfe der neugierigen Kammerzofen sehen, bevor sich sogleich wieder die Türe schloss.

„So kommen Sie doch. Isabella ist soeben aufgewacht, und Sie sehen ja, wie qualvoll es ihr ergeht."

Er sah mich entschuldigend an: „Die Kaiserin, Eure Mutter, hatte mich zu sich gerufen. Sie wollte über den Zustand der Erzherzogin unterrichtet werden." Er reichte mir ein feuchtes Tuch, das ich auf Isabellas Stirn pressen sollte. „Sie muss sich hinlegen."

„Ich weiß, das habe ich schon versucht. Aber ich konnte mir ja nicht ausmalen, welche Kräfte eine werdende Mutter entwickeln kann."

„Versucht es weiter. Ich werde kalte Umschläge um ihre Waden legen und die Hebamme rufen."

„Nein, nicht die Hebamme", das war Bellas Stimme. Voller Hass und Schmerz hatte sie die Worte zwischen dieser und der nächsten sich schon ankündigenden Wehe herausgestoßen. Bella kann die Bichlerin, die Hebamme, auf den Tod nicht ausstehen. Sie meint, sie erinnere sie an eine der Hofdamen, die sie einst in Versailles erdulden musste: ein Ungetüm, einen Unmenschen, una raccia mit schwarzen Haaren auf dem Kopf und überall im Gesicht und auf den Händen und einem Gestank aus dem Mund, der die Fliegen anlocken würde! Ich hatte die Hebamme bisher noch nicht gesehen.

„Wos plärrts denn so rum? Dös hert ma ja durchs ganze Schloss!" Das war sie also, „la raccia, die Hebamme". Mit einem beherzten Griff hatte sie mich an der Schulter gepackt und nach hinten gestoßen. „Lassen's mi do amal ummi, Hoheit!" Wieder saß ich verdutzt im Lehnstuhl. Sogar mein Buch hatte sie heruntergefegt. Ich griff danach und steckte es in die Seitentasche meines Überrocks. Neben dem ausladenden Hinterteil der Hebamme konnte ich die von Schweißperlen überzogene Stirn Bellas sehen. Die Kraft der letzten Wehe hatte sie sehr erschöpft. Doch so konnte sie zumindest nicht auf die Hebamme einschimpfen. Die Haare klebten ihr im Gesicht, bedeckten die Augen und Lippen, doch zum ersten Mal sah ich ein kurzes, erlöstes Lächeln. Ich stand auf, nahm ein frisches Tuch aus der Emailschale neben dem Bett und drängte mich links neben den Koloss und van Swieten, den die Hebamme mit ihrer Fülle auch schon fast gänzlich vom Bett weggedrückt hatte. Ich musste ihr erst meinen Ellbogen in die Seite bohren, bis sie ein paar Schritte nach hinten wich.

„Danke, dass du da bist." Ich streichelte Bella über die glühende Wange.

„Möchtest du, dass Joseph auch kommt? Ich könnte ihn holen lassen. Er sitzt voller Ungeduld im Vorzimmer und klopft bei jedem Laut, den er von dir hört, wie wild geworden an die Tür. Herr van Swieten, es wäre doch nichts einzuwenden, wenn der Gemahl an der Seite seiner Frau wacht, oder?"

„Aber nein, wenn Erzherzogin das wünschen, lasse ich ihn rufen." Ich glaubte, ein Nicken auf dem Kissen unter mir zu vernehmen. „Ja, lassen Sie ihn hereinkommen."

Ich bin wohl vorhin beim Schreiben eingenickt. Als ich soeben auf die Uhr sah, waren gut zwei Stunden vergangen, seit Joseph sich zu Bella ans Bett gesetzt und ich mich in die hintere Zimmerhälfte zurückgezogen hatte. Gedämpft nur höre ich jetzt die Stimmen zu mir in die Ecke dringen. Maman ist bei Joseph und Bella. Die Kerze neben mir bietet mir noch ein wenig Licht, sodass ich weiter schreiben kann, um mich wach zu halten.

Mir ist jetzt bewusst wie nie zuvor: Ich allein kann Isabella nicht mehr genug sein. Sie will ihren Ehemann bei sich haben. Die beiden waren sich über den Sommer sehr vertraut geworden. Joseph hatte sich rührend um Bella gekümmert, sie stets versucht, bei guter Laune und Gesundheit zu halten. Er unternahm viele Ausflüge in die Natur mit ihr. Ihm war es wichtig, dass Bella auch andere Orte kennen und unser schönes Österreich lieben lernen würde. Wenn er nur wüsste, wie gut Bella ihre neue Heimat mit mir schon erkundet hatte. Nun ja … das sollte er besser nicht erfahren.

Auch wenn Bella mich bei jedem Ausflug dabei haben wollte und auch Joseph froh über meine Begleitung schien, zumal ich ihm in peinlichen Schweigemomenten aus der Patsche helfen konnte – denn ein großer Redner war Joseph noch nie gewesen – spürte ich doch die enge Vertrautheit zwischen Bella und mir immer stärker dahinschwinden. Anfangs noch setzte sie sich in der Kutsche ausschließlich neben mich, nahm mich bei Spaziergängen an der Hand und flüsterte mir kleine, bisweilen unanständige Geheimnisse ins Ohr, die nur ich richtig deuten konnte. Doch so wie die Blätter die Äste der Bäume losließen, so ließ auch Bella meine Hand langsam los und wandte sich allmählich Joseph zu.

Der zwanzigste März 1762 – Es ist geschafft!

Ein ohrenbetäubender Laut riss mich aus dem Schreiben. Es klang nicht wie ein menschlicher Schrei. Wir versammelten uns um das Bett. Der Kopf des Doktors hatte mittlerweile eine tiefrote Farbe angenommen. Er schien nicht mehr Herr der Lage zu sein.

„Lasst uns in die Hofkapelle gehen. Wir müssen das Allerheiligste aussetzen. Joseph, du musst nun tapfer und stark sein. Erfülle deine Rolle als Gemahl und als Thronfolger. Gib den Befehl, auch in St. Stephan, St. Michael und bei den Schotten das Allerheiligste auszusetzen und um eine glückliche Entbindung beten zu lassen." Das war Maman.

„Aber Mutter, ich möchte bei ihr bleiben."

„Nein, Joseph, du kannst ihr jetzt nicht helfen. Herr van Swieten wird alles tun, um unsere Tochter und deinen Sohn zu retten. Nicht wahr, van Swieten?" Der Schein der nun schon schwach brennenden Kerze entblößte für einen kurzen Augenblick den besorgten Blick Mamans. „Die Hebamme wird hier sein, und Mimi soll an deiner Stelle bei ihr Wache halten." Dankbar trat ich noch näher an das Bett heran und blickte in die apathischen Augen Isabellas. Auch ich musste jetzt stark sein und meine Aufgabe und mein Versprechen gegenüber Isabella erfüllen. Doch eines schwor ich mir: Lieber niemals heiraten, als solche Qual und Angst durchleiden zu müssen.

Nachdem Maman und Joseph das Zimmer verlassen hatten und die Hebamme eine Schüssel heißen Wassers hereingetragen hatte, ging es ganz schnell. Ein Schrei löste den anderen ab. Ein Krampf folgte dem anderen. „Pressen, pressen … da, da … ich seh's Köpferl. Ganz schworze Hor hats!" Bellas Körper gehorchte ihr schon lange nicht mehr. Ein letztes erdbebengleiches Schütteln durchzog ihn. Da hörte ich das Schreien des Kindes. Und spürte das kapitulierende Niedersinken Bellas. Ihr Griff um meine Hand ließ nach, ein leises, aber erleichtertes Stöhnen kam über ihre Lippen. Die Hebamme wickelte das Kind sofort in ein weißes Tuch. Der Doktor beugte sich über Bellas geschwächten Körper, klopfte sanft die Brust der jungen Mutter ab und gab schließlich selbst ein erleichtertes Seufzen von sich. „Sie ist müde, doch sie wird es schaffen. Die Erzherzogin ist schwach, aber wohlauf." Konnte ich da eine kleine Träne über die Wange des alten Doktors laufen sehen? „Wir haben es geschafft. Wollt Ihr nicht Eure Mutter rufen, Erzherzogin?"

„Nein, ich will noch kurz mit der Erzherzogin alleine sein. Ist das möglich, Herr Doktor?"

„Ja, da mach' ich schon mal eine Ausnahme. Aber braucht nicht zu lange!" Ich drehte mich um, als der Arzt wegging, um einen Blick auf das Kind zu werfen, doch die Hebamme war nirgends zu sehen.

„Schläfst du schon?", wandte ich mich wieder Bella zu.

„Nein ... Ist es vorüber?" Ein feiner Atemhauch formte die Worte auf ihren Lippen.

„Ja, es ist vorbei."

„Ist es ein Sohn?" In diesem Augenblick öffnete sich die Tür, und die Hebamme kam mit einem weißen Bündel auf dem Arm herein und trat ans Bett. Ich versuchte, Bella aufzurichten, doch etwas in ihr sträubte sich dagegen.

„Ist es ein Junge?", hörte ich nur wieder leise.

Ich sah zur Hebamme auf, die hinter mir stand. Sie schüttelte den Kopf. „Nein, ma Chérie, es ist eine gesunde Tochter. Willst du sie halten?" Die Hebamme reichte mir soeben das Bündel, als sich Bella von uns ab zur Seite wandte. Das kleine Etwas in meinen Armen bewegte sich. Ich hielt meine Nichte noch einen Moment, gab sie dann wieder an die Hebamme zurück. „Geben Sie ihr ein wenig Zeit. Sie ist müde."

„Aber net z'lang. Bald muss die Kloane an d'Brust, zur Amme." Die Tür schloss sich, und wir waren alleine in dem nun riesig erscheinenden dunklen Raum, dessen Stille ich plötzlich unerträglich fand. Sie wollte ihr Kind nicht sehen, es nicht halten. Von der Wand hörte ich leises, wimmerndes Schluchzen: „Jetzt muss ich das noch einmal erleben!"

Der neunte May 1762

Die kleine Therese wurde nur wenige Stunden nach ihrer Geburt in der Ritterstube getauft. Es war eine prächtige Zeremonie, die Wände waren mit reich bestickten Tapisserien behängt, auf einer kleinen Bühne war der Altar aufgebaut. Davor standen Sessel für die stolzen Großeltern und dahinter Kniebänke für uns, die Kaiserfamilie. Geladen waren außerdem die Geheimen Räte, ausgewählte Damen und Herren aus der Hofgesellschaft und Botschafter, alle in großer Gala gekleidet. Sie standen auf den türkischen Teppichen im hinteren Teil der Stube. Die Menge gab wahrhaftig ein formidables Bild ab. Aus diesem Grund sind mir die Taufzeremonien auch immer die liebsten kirchlichen Ereignisse. Die Herren trugen ein besticktes Mantelkleid und selbst die Bediensteten hatten an diesem Tag ihre samtene Ehrenlivree anzulegen. Die Damen schillerten in den leuchtendsten Farben und edelsten Stoffen und waren mit Federn, Blumen, Rüschen und Bändern geschmückt. Allein die ausladenden Röcke der Damen nahmen bestimmt schon die Hälfte des Raumes ein. Doch ich darf mich davon nicht ausnehmen. Auch ich trug meine neue lachsfarbene Robe mit den vielen Rüschen und den großen roten Schleifen an den Ärmeln und am Decolleté, welche mir Maman für den heutigen Anlass hatte schneidern lassen. Dazu waren mir die passenden Schmuckstücke umgelegt worden: schwere schleifenförmige

Ohrringe, ein Schleifen-Halsband und eine bis in den Ausschnitt reichende Kette mit einer Schleife am Ende. Ein bisschen unbeweglich fühlte ich mich durchaus. Doch die Tänze waren ja auch erst für die nächsten Tage angesetzt. Bei der Taufe musste ich nur sitzen und stehen.

Doch zurück zur eigentlichen Zeremonie: Als die Aja Gräfin von Bellenburg, begleitet von den zwei ältesten Kämmerern, die kleine Therese auf einem seidenen Polster aus der Kindskammer hereintrug, erhob sich die Gesellschaft und es ging ein erfreutes „Aaahhhh" durch den Raum. Maman, die überglückliche Taufpatin, strahlte vor Stolz, und ich glaubte sogar, eine Träne über ihre Wange rollen zu sehen. Auch wenn Bella uns noch keinen Thronfolger geschenkt hatte, waren wir doch alle glücklich über die gut verlaufene Geburt und das neue kaiserliche Familienmitglied. Es war wirklich schade, dass Bella die Taufe ihres ersten Kindes nicht selbst miterleben konnte. Doch das erlaubte zum einen das Hofzeremoniell nicht und sie wäre sicherlich auch noch viel zu geschwächt gewesen. Ich werde ihr aber alles en détail berichten. Nachdem die Aja durch die Menge zum Altar geschritten war, übergab sie das Kind Maman und Papa, die sich neben das goldene und mit wunderschönen Edelsteinen besetzte Taufbecken gestellt hatten. Zunächst führte Erzbischof Johann Joseph Graf von Trautson einen Exorzismus durch, da das Kind ja seit der Geburt noch nicht vor dem Teufel geschützt war, im Anschluss übergoss er den Kopf der kleinen Therese dreimal mit dem Taufwasser, woraufhin Papa der Menge den Namen des kleinen Täuflings bekannt gab: Maria Theresia. Im Anschluss sangen wir „Te deum laudamus". Die wie üblich von der Burgbastei abgefeuerten drei Salven konnten wir bei dem lauten Gesang kaum vernehmen. Therese, die bis zum Übergießen mit dem eiskalten Wasser tief und fest geschlafen hatte, war schon etwas unruhig auf dem Arm ihrer Großmutter. So brachte sie die Aja zurück zu ihrer Mutter, wo sie, sofern ich mich richtig an das Zeremoniell erinnere, noch den Segen von Bella und Joseph erhielt. An den darauf folgenden Tagen waren Feste und Bälle angesetzt, zu Ehren der neuen kleinen Habsburgerin. Diese fielen jedoch nicht so groß aus wie bei der Geburt eines männlichen Thronfolgers, der nun weiterhin sehnlich erwartet wurde.

Doch während der Hof und das Volk die Geburt mit Feiern beging und ich nicht müde wurde, Bella stets freudig davon zu berichten, spürte ich zunehmend, wie das dunkle Loch um sie herum größer und tiefer wurde denn je zuvor. Sie schloss sich manchmal tagelang in ihren Gemächern ein, wollte niemanden sehen, niemanden sprechen, und auch wir kommunizierten nur noch über vereinzelte, oft nur zweizeilige Billets. Meist ging es um Vorwürfe, die sich Bella aufgrund der Geburt einer Tochter machte. Ich versuchte stets, sie zu beruhigen und zu beschwichtigen. Bald würde ein Sohn folgen, bald wäre das Volk zufrieden. Allmählich machte ich mir wirklich Sorgen, denn nicht einmal mir gelang es mehr, an sie heranzukommen. Im Gegenteil, sie reagierte mir gegenüber mehr und mehr abweisend und ließ mich bei einem Besuch sogar fortschicken. Ihr Verhalten blieb niemandem verborgen. Besonders Maman nicht. Sie hielt zwar die Lästereien, den Unmut und die Gerüchte am Hofe im Zaum, doch wir alle wussten, dass das Volk sich nicht an ihre Anweisungen halten würde. Es wünschte den Thronfolger, den Bella ihm nicht geschenkt hatte. Bella stürzte tiefer und tiefer, und ich konnte ihr nicht helfen.

„Unsere Mutter war bei mir. Sie hat mir von den Tauben erzählt. Welch eine Frau, so stark."

Diese Zeilen haben mich dann etwa vier Wochen nach Bellas Niederkunft erreicht. Gut! Maman hatte ihr also ihre Geschichte erzählt. Maman befand sich zu Beginn ihrer Regentschaft in einer ähnlich misslichen Lage. Sie hatte zwei Töchter in Folge geboren. Das Volk war aufgebracht, entsetzt und enttäuscht und machte auf den Straßen keinen Hehl daraus: „Ein Thronfolger muss her! Gebt uns einen männlichen Thronfolger!“ Es war eine schwere Zeit für Maman und besonders auch für Papa. Damals war er im Volk noch nicht anerkannt, er war der Fremde, der Franzose an der Seite Maria Theresias. Und ihm gab man zum größeren Teile auch die Schuld an dem fehlenden Sohn. Großvater sandte daraufhin hundert Brieftauben ins Land hinaus, um das Volk zu besänftigen. Die Tiere trugen flatternde Spruchbänder mit sich, auf denen zu lesen stand:

Das Mannsvolk bleibt nicht aus
Wo schöne Jungfräulein.
Die Wahrheit des Spruches
trifft unfehlbar ein.
Es wird daher ein Mann
Als drittes uns nach Wunsch begaben,
Jetzt konnt's nicht sein. Warum?
Gut Ding will Weile haben.

Nach einer weiteren Tochter kam endlich Joseph zur Welt. Maman hatte sich nicht klein kriegen lassen. Sie schenkte ihrem Volk seinen Thronfolger. Und zwölf weitere Kinder. Und sie liebt jeden einzelnen von uns.

„Ich hoffe so sehr, dass auch Isabella bald Muttergefühle empfinden kann, Maman.“ Nach dem Empfang von Bellas Billet suchte ich Maman in ihrer Schreibstube auf.

Sie war in den letzten Monaten sehr angespannt und besorgt. Die steile Falte auf ihrer Stirn zeichnete sich diesmal noch deutlicher ab als sonst. Seit dem Tod der Zarin Elisabeth hatte Maman keine ruhige Minute mehr. Elisabeth war über Jahre hinweg eine maßgebliche Verbündete in dem schweren Krieg gegen Preußen gewesen. Maman hatte sich auf ihre uneingeschränkte Treue verlassen können. Mit Zar Peter III., der im Jänner den Thron des russischen Reiches bestiegen hat, wurden die Karten jedoch völlig neu gemischt. „Er ist wahnsinnig. Absolut unberechenbar und wahnsinnig“, habe ich Maman einmal aufgebracht im Gespräch mit Kaunitz gehört. Die Gerüchte besagen, dieser Peter sei verrückt nach preußischem Militär. Er ließe sogar seine Ehefrau Katharina in preußischer Uniform kleiden, erzählt man sich. Mon Dieu, wie das wohl aussehen mag!

„Wenn er nun den angekündigten Separatfrieden mit Preußen schließt, sind wir verloren.“ Maman hat so verzweifelt gewirkt. Und was das Schlimmste war, ihre Befürchtungen haben sich bewahrheitet: Peter hat Frieden mit Preußen geschlossen und dadurch unsere machtpolitische Position erheblich geschwächt.

Ich war froh, eine Minute mit Maman sprechen zu können. Für mich nehme sie sich immer Zeit, meinte sie, doch ich sah die Rastlosigkeit und Unruhe in ihren Augen. „Ich mache mir Sorgen um Isabella. Sie zieht sich zurück, sie will ihre Tochter nicht sehen. Sie ist so verändert“, fasste ich mich kurz.

„Gib ihr Zeit, Mimi. Ich habe schon mit van Swieten gesprochen. Er hat keine Bedenken, dass es ihr bald besser gehen wird. Wir alle durchleben im Moment schwere Zeiten, und wir alle müssen unsere Probleme selbst bekämpfen. Ich verstehe deine Sorge, doch ich rate dir, gib Isabella frei. Lass sie los und lebe dein Leben. Eines Tages wird sie zu dir zurückkehren und sich dir wieder öffnen.“

Ich knickste eilig und küsste ihre Hand. „Maman, ich werde deinen Rat befolgen. Mit deiner Weisheit und Güte weist du mich stets auf den rechten Weg.“

Gleich im Anschluss besuchte ich Isabellas Falken. „Eines Tages werden wir auch dich fliegen lassen“, dachte ich. „Doch noch ist es nicht so weit.“

In den letzten beiden Aprilwochen, die den Frühling zurück in unser Land gerufen hatten, erwachte die Hofburg allmählich aus ihrem tiefen Winterschlaf. Und Maman hatte Recht gehabt. Bella verließ wieder öfter ihre Räume. Meist in Begleitung Josephs und ihres Marmorlächelns. Dieses zeigte sie auch vor zwei Tagen, als ihr zu Ehren ein festlicher Gottesdienst in der Hofkapelle stattfand. Als Zeichen, dass die Kronprinzessin gesund das Kindbett verlassen hat und nun wieder am öffentlichen Leben teilnimmt, präsentierte sie sich dem Hofstaat und den höchsten Geistlichen – sogar der päpstliche Nuntius war anwesend. Bella wurde feierlich auf einem Sessel von vier Lakaien mit ihrer Tochter auf dem Schoß hineingetragen. Sie winkte den Gästen zu und strahlte wie eine glückliche Mutter.

Der fünfundzwanzigste May 1762

Mein Tag ist ausgefüllt vom Studieren, Lesen, von langen Spaziergängen und vom Malen. Nur selten gelingt es mir, vor dem Schlafengehen einen Blick in Bellas liebes Geburtstagsgeschenk, einen Gedichtband von Friedrich von Hagedorn, zu werfen oder gar in mein Buch zu schreiben. Meine Zeit ist rar. Doch das ist ganz gut so. Ich brauche die Ablenkung.

Mamans und mein Geburtstag liegt nun schon zwölf Tage zurück – und das war auch der Tag, an dem ich Bella zuletzt gesehen habe. Vor dem Kirchgang hatte sie es geschafft, mich heimlich der Gratulantenschar zu entreißen. „Christine, komm mit." Ich hatte sie nicht gesehen, nur ihre Stimme gehört. Die Gäste waren um Maman gedrängelt, das andere, viel wichtigere Geburtstagskind. So ließ ich mich ein paar Schritte zurückfallen, um Bella zu folgen. Den Augen der Menschenmenge entflohen zog sie mich die Treppen hinunter.

„Vas-y, nun komm schon!" Die Türen hinaus zum Parterre, die lange Allee entlang bis zur überwucherten Mauer, die die Gärten umrahmt und vor neugierigen Blicken von außen schützen soll. Beinahe wäre ich über mein Kleid gestolpert.

„Arrêt! Wir sind da! Schließ die Augen!" Ich tat wie mir befohlen, wurde ein Stück nach rechts gezogen, dann ließ sie mich los. Was hatte sie denn jetzt wieder vor?

„Mach sie auf."

Neugierig blinzelte ich. Ich stand vor einem Gittertor, riesig hoch. Bella auf der anderen Seite. „Was soll das werden, Bella? Ich muss zurück, die Gäste warten doch schon."

„Nur un momento. Kannst du mich sehen?"

„Natürlich kann ich dich sehen. Du stehst direkt vor mir."

„Ja, direkt vor dir, aber doch nicht bei dir. Richtig?"

Ich war schon etwas ennuiert: „Ja, richtig!"

„So müssen wir nun leben, Christine. Comme ça. Ich hier, du dort. Aber du sollst wissen, ich bin immer in deiner Nähe." Ich wurde ungeduldig, sie sprach in Rätseln, und für so etwas hatte ich wirklich keine Zeit. Sie sah meinen fragenden Blick. „Verstehst du denn nicht? Ich bin Bella, deine Freundin, deine Schwester, deine Vertraute, deine Geliebte. Aber ich stehe jetzt hinter einer Mauer, ich kann dich nur manchmal durch die Gitterstäbe berühren, dich nicht mehr jeden Tag sehen, nicht mehr bei dir sein. Es ist mir selbst eine Qual, aber es geht nicht anders. Ich muss beim Erzherzog sein."

Sie ließ mir keine Zeit, nachzudenken oder gar etwas zu erwidern. Ich hatte begriffen, und das wusste sie auch. Durch die Stäbe gab sie mir den Gedichtband von Friedrich von Hagedorn. „Mit seinen Worten sollst du einschlafen, mit seinen Worten sollst du aufwachen. Ich werde es genauso tun, und wir werden uns wieder nahe sein. Aber jetzt komm, wir müssen zurück. Und schau nicht wie ein Esel, du Esel!"

Wieder auf meiner Mauerseite zurück zog sie mich mit sich. Aufs Neue überrumpelt, stolperte ich ihr hinterher.

Sie ist schon ein seltsames Wesen. Mal hü, mal hott!

Der zehnte Juni 1762

Der Frühling
(Friedrich von Hagedorn)

Der malerische Lenz kann nichts so sinnreich bilden,
Als jene Gegenden von Hainen und Gefilden;
Der Anmuth Ueberfluß erquickt dort Aug' und Brust:
O Licht der weiten Felder!
O Nacht der stillen Wälder!
O Vaterland der ersten Lust!

Dort lässt sich wiederum, in grünenden Trophäen,
Des Winters Untergang, der Flor des Frühlings sehen;
Sein schmeichelnder Triumph beglücket jede Flur:
Die frohen Lerchen fliegen
Und singen von den Siegen
Der täglich schöneren Natur.

Es soll den Wald ein Lied von Phyllis Ruhm erfreuen;
Den Frühling will ich ihr und sie dem Frühling weihen.
Sie sind einander gleich, an Blüt' und Lieblichkeit.
Ihr frohnen meine Triebe,
Ihr schwör' ich meine Liebe,
Für's erste bis zur Sommerszeit.

Für's erste bis zur Sommerszeit …

So lange werde ich mich gedulden müssen, hat sie gesagt. Dann will Bella einen Thronfolger für unser Land unter dem Herzen tragen. Das hoffen wir alle.

Doch was sollte schon anders werden? Sie ist Mutter, ist Ehefrau, ist Gattin des Thronfolgers. Sie ist pflichtbewusst und in Treue gebunden. Das hat sie mir an meinem Geburtstag gesagt und das zeigt sie Joseph jetzt auch. Seit acht Tagen liegt er mit einer schweren Halsentzündung zu Bett. Und wer ist an seiner Seite? Isabella. Sie wacht Tag und Nacht bei ihm.

Ich warte Tag und Nacht – auf eine Nachricht von ihr. Nichts. Ich habe begonnen, Albert öfter zu schreiben. Aber ihm meine Verwirrung und Einsamkeit wegen Bellas Distanz zu schildern, das fühlt sich für mich an wie Verrat an unserer Freundschaft. Und so ergehe ich mich in trüben Andeutungen. Erzähle ihm von neuen fliederfarbenen Tapeten und Gardinen. Von nichtssagenden Bällen. Seine Antworten sind unterhaltsam, sind geistreich. Doch Bellas Nähe können sie niemals ersetzen.

„Sie hat mich vergessen, Gräfin! Ich vermisse sie“, jammerte ich heute Morgen Gräfin Vasquez in meiner Verzweiflung vor.

„Aber nein, Hoheit, sie kommt nun mal ihrer Pflicht nach. Seien Sie nicht so streng mit ihr und lassen Sie diesen Schmollmund sein. Er schiebt Ihr Kinn ja noch weiter nach vorne.“ Schmunzelnd zog sie mich vor den Spiegel und schickte mich danach in die Mathematikstunde.

Eintausendvierundzwanzig mal zweihundertdrei, sechshundertachtundsiebzig minus dreihundertsechsundfünfzig, Striezel geteilt durch Struzel. Was, wenn sie mir gar nicht mehr schreibt? Mich wirklich vergisst?

Vorhin nach dem Dîner schleppte ich mich voller Trübsal in meine Gemächer zurück. Ich wollte nur schlafen. Als ich schon im Bett lag, nicht einmal in mein Buch konnte ich mehr schreiben, hörte ich plötzlich ein leises Rascheln bei der Tür. Ich nahm die Kerze, und schlich durch mein Zimmer. Da lag es. Ein kleines Zettelchen, das soeben seinen Weg unter der Tür in mein Zimmer gefunden hatte:

Der Erzherzog ist wieder gesund und du kannst dir vorstellen, wie froh ich bin. Das wäre wahrhaftig kein Spaß gewesen, wenn es noch länger gedauert hätte. Adieu, so stark, als ich dich liebe, so habe ich doch gestern empfunden, dass der Erzherzog vorgeht.

Joseph hatte letzten Endes seinen Willen bekommen.

Der zwanzigste Juni 1762

Ach, die vergangenen Tage waren grauslich. Nicht das Wetter, das meine ich nicht, denn das war herrlich: samtene Luft erfüllt von Blumenduft und allerorten konnte ich auf dem Gelände fröhliche Menschen beim Flanieren beobachten. Nur mir ist nicht nach Flanieren zumute und fröhlich bin ich auch nicht, und ich werde es vermutlich auch nie wieder sein. Oder zumindest sehr lange nicht mehr. Bellas Worte drehen sich seit Tagen in meinem Kopf. Vor allem ihre letzte Bemerkung hat sich wie ein endloses Echo in meinen Gedanken festgesetzt: „… dass der Erzherzog vorgeht, dass der Erzherzog vorgeht, dass der Erzherzog vorgeht."

Wenn ich nur daran denke, bekomme ich schlechte Laune. Außerdem schlafe ich schlecht, träume schlecht und krank fühle ich mich auch! Dass ich es nicht bin, hat mir van Swieten bereits vor einer Woche bestätigt. Er kam eigens in meine Appartements, unterbrach meinen Nachmittagstee, befühlte meine Stirn, ließ mich meine Augen und meinen Mund aufreißen, warf einen Blick in beide und sagte dann nur: „Danke, Madame, Sie sind pumperlgesund. Ich muss zum nächsten Leidenden. Adieu." und ließ mich mit offenem Mund und verdutzt zurück.

Er hat im Augenblick wirklich allerhand zu tun, und seine buschigen Augenbrauen umrahmen dieser Tage beständig eine tiefe Sorgenfalte. Denn es ist so: Joseph hat seine Halsentzündung zwar glücklich überstanden, das ja. Doch während er unter Bellas fürsorglicher Pflege genas, hat er ganz Wien mit seiner Krankheit angesteckt. Wie er das geschafft hat, weiß ich nicht. Zum Glück für das Kaiserreich leiden nicht alle so ausgiebig wie er. Oscar etwa verhält sich ganz ruhig. Nur ab und an wird sein kleiner Hundekörper von einem sehr menschlichen Niesen geschüttelt. Dann vergräbt er sich wieder in seinem Körbchen. Gestern war er sogar zu schwach, um mir meine Pantoffeln ans Bett zu bringen. Peuchère, der Arme!

Krank bin ich also nicht, was bin ich dann? Im Grunde weiß ich es: Vor einigen Tagen sollte ich eigentlich einen Entwurf für Maestro Grassi anfertigen, konnte mich aber nicht auf die Aufgabe konzentrieren. Ich arbeitete eine kleine Weile, unterbrach das Zeichnen für eine weitaus längere Weile, machte noch ein paar Striche und war froh, als mir Gräfin Vasquez eine gekühlte Walderdbeerenmilch an den Zeichentisch brachte. Sie ließ ihren Blick einen Moment lang auf dem Durcheinander aus halbfertigen Zeichnungen und Skizzen ruhen, reichte mir ein angefeuchtetes Tuch, damit ich meine von der Zeichenkohle schwarzen Hände reinigen konnte, und hob dann das Blatt auf, an dem ich eben gearbeitet hatte. „Eine nette Zeichnung. Ich finde auch, Sie sollten wieder einmal etwas mit Ihrem Bruder unternehmen, jetzt wo er wieder ganz gesund ist."

Erst begriff ich nicht, wovon Gräfin Vasquez sprach. Auf der Zeichnung war deutlich Joseph zu erkennen – umgeben von Jagdflinten jeder Größe und Form. Ich sah die Gräfin an, dann die Zeichnung, dann wieder die Gräfin, die mich anlächelte. Es war ein Lächeln ohne eine Spur von Spott. Da verstand ich! Sie glaubte, meine Kritzelei sei der Wunsch, mit Joseph jagen zu gehen. Nein, meine liebe Gräfin, ich wollte nicht mit, sondern auf Joseph jagen gehen. Das sprach ich begreiflicherweise nicht laut aus. Ich glaube, sie ahnt nicht, wie es in mir aussieht. Ich bin froh darüber.

Mein Hass auf Joseph steigerte sich noch. Nacht für Nacht wachte ich auf, immer mit denselben Gedanken. Ich schäme mich fast, sie aufzuschreiben: „Warum bist du nicht gestorben? Alles wäre viel schöner ohne dich. Bella gehört mir. Ich hasse dich, Joseph."

Mir wurde klar, dass ich etwas unternehmen musste.

Ich glaubte, dass Tagebuchschreiben allein mir nicht helfen konnte, der Doktor konnte es auch nicht, vielleicht aber ein Pfarrer? Es ist sonderbar, aber ich hatte plötzlich das große Bedürfnis, meine Beichte abzulegen, mich freiwillig in die düstere, stickige Hofkapelle zu setzen und meine Sünden vor Gott zu bringen. Denn dieses Mal hatte ich wirkliche Sünden auf dem Herzen, nicht nur das bisschen „Gottes Namen missbraucht – Vater und Mutter nicht geehrt – und auch etwas gelogen". Nein, ich habe an Gottes Gerechtigkeit gezweifelt, als Joseph wieder gesund wurde, und ich habe gelogen, als ich Bella sagte, dass ich mich für sie freuen würde. Dass ich es wundervoll fände, dass sie und ihr Mann endlich einen Weg zueinander gefunden hätten. Ich habe so sehr gelogen, dass ich gar nicht fassen kann, wie Bella mir dieses Schauspiel abnehmen konnte!

Das Schlimmste aber ist: Ich habe mir wirklich, vraiment, gewünscht, dass Joseph nicht mehr gesund werden möge. Vielleicht sollte er nicht gerade sterben, aber sehr, sehr lange krank sein und zwar so schwer, dass Bella nicht an seiner Seite sitzen dürfte und ihn irgendwann vergessen würde. Das Allerschlimmste aber ist nicht meine Kälte Joseph gegenüber, sondern das Erschrecken vor meinen eigenen Gedanken, vor den Abgründen, die sich in mir auftaten. Die Beichte sollte mir Linderung verschaffen!

Durch das geflochtene Gitter konnte ich wie immer das Gesicht des Paters erkennen. Es wirkte gelangweilt. Gelangweilt von Banalitäten, die Stunde um Stunde an ihn herangetragen wurden. Ich hatte ein wenig Angst, dass er aus dem Beichtstuhl fallen könnte, wenn ich ihm erzählte, wie sündhaft meine Gedanken in den letzten Tagen gewesen waren. Erst einmal begann ich wie gewöhnlich. Ich antwortete auf alle Fragen, die er mir stellte, gab Sünden zu, die ich nicht begangen hatte, bekannte mich schuldig für die üblichen nichtigen Vergehen. Doch die wichtigste Sache, die verschwieg ich. Ich wollte ja sprechen, ich wollte so gerne alles bekennen! Und habe mich nicht getraut. Also endete meine Beichte mit den Worten: „Diese und alle meine Sünden tun mir von Herzen leid."

Aber ich konnte doch unmöglich mit solch einer schweren Sünde zurück in mein Zimmer gehen! Ich hob den Kopf und fing erneut an zu sprechen: „Ich habe Joseph den Tod gewünscht. Ich habe gesündigt. Wider das fünfte Gebot. Wider das siebte und neunte Gebot: Denn ich habe in Gedanken getötet, gestohlen und meines nächsten Frau begehrt."

Doch gleichzeitig sah ich, dass Pater Lechner bereits die Hand zum Segen ausstreckte. Nicht für das, was ich eben gesagt hatte. Hatte er es überhaupt gehört? Hatte ich überhaupt laut gesprochen? Hatte er mich nicht verstanden oder mich nicht verstehen wollen? Schließlich hatte ich nicht wirklich jemanden getötet und auch nicht gestohlen. Der Pater erteilte mir die Absolution:

„Ego te absolvo a peccatis tuis in nomine patris et filii et spiritus sancti."

Vielleicht war es besser so. „Amen."

Lange noch blieb ich nach der Beichte in der Kapelle und war enttäuscht. Pater Lechner hatte mir nicht helfen können, van Swieten auch nicht, und ich kam wieder einmal zu der Einsicht, dass ich mein Gewissen nirgendwo besser als in meinem Tagebuch erleichtern konnte. Schließlich können die Gedanken nicht in meinem Kopf bleiben, sie lassen mich nicht schlafen. Ich muss sie niederschreiben und dafür sorgen, dass das Buch für immer in meinem Versteck verborgen bleibt.

Irgendwann hörte ich ein Schnäuzen aus dem Beichtstuhl und sah aus den Augenwinkeln, dass Pater Lechner, das Gesicht hinter einem großen Taschentuch verborgen, die Kapelle verließ. Ich kniete nieder und dachte nach, so lange bis Gräfin Vasquez auf einmal neben mir auftauchte und ein hastiges Kreuzzeichen zeichnete.

„Wo bleiben Sie nur? Sie haben sich keinen gemütlichen Ort für Ihre Buße gesucht. Sie zittern ja schon. Ich schlage vor, wir gehen gleich weiter zur Tanzstunde. Die Bewegung wird Ihnen guttun."

„Ich wäre jetzt gerne etwas allein. Bitte schicken Sie den Tanzlehrer fort. Ich bitte Sie, Gräfin."

„Aber heute Morgen haben Sie sich doch noch darauf gefreut ..."

Ich ließ sie nicht ausreden, sondern fuhr sie ungeduldig an: „Dann tanzen Sie doch mit ihm, Gräfin, ich mag es heute nicht!"

Sie lachte laut auf und erwiderte: „Ich bitte Sie, ich tanze niemals!"

Tatsächlich, in meinem ganzen Leben habe ich die Vasquez noch nicht tanzen sehen. Vielleicht ist ihre Haltung, ihre schlanke Gestalt, ihre ganze Art etwas zu aufrecht, um sie eine gute Tänzerin sein zu lassen.

Endlich bemerkte die Gräfin, dass ich nicht gescherzt hatte. „Was ist mit Ihnen? Haben Sie Kummer? Selbst die Beichte konnte Ihnen nicht helfen? Nun, in diesem Fall, und wenn Sie es wünschen, Erzherzogin, werde ich tanzen, und Sie sehen zu und können hoffentlich endlich wieder einmal lächeln."

Dieses Angebot lehnte ich selbstredend ab!

Der einundzwanzigste Juni 1762 – Der Morgen dämmert bereits

Oje, ich muss wohl wieder im Traum geschrien haben, denn als ich heute mitten in der Nacht erwachte, saß Gräfin Vasquez schon neben mir auf der von meinem unruhigen Schlaf zerwühlten Decke. Sie hatte eine Kerze auf das Tischlein neben meinem Bett gestellt, mein Tagebuch hielt sie in der Hand. Das fiel mir aber erst ein wenig später auf, denn erst einmal war ich ohne Orientierung. Hatte ich erst Minuten oder schon Stunden geschlafen? Durch die Vorhänge drang noch nicht das Licht der Morgendämmerung. Wie konnte die Gräfin mich durch die dicken Mauern bis in ihr Schlafgemach schreien hören? Schlief sie überhaupt jemals? Warum sah sie selbst mitten in der Nacht adrett und munter aus wie immer, während ich nachts sicher nicht einer Erzherzogin von Österreich die Ehre mache. Ich fuhr mir über das verschwitze Gesicht, strich die Haarsträhnen, die sich aus meinem Zopf gelöst hatten, hinter das Ohr und versuchte, meine Gedanken zu ordnen. Oscar setzte an, über einen Schemel zu mir ins Bett zu springen (ein Kunststück, das er sich selbst beigebracht hat!). Doch ein Blick der Vasquez genügte und Oscar, bereit zum Sprung, schlich zurück in seine Ecke. Selbst Hunde kann meine Gräfin erziehen! Mit mir machte sie weiter: „Es tut mir leid, dass ich Sie wecke, Erzherzogin. Sie haben wieder einmal schlecht geträumt."

Sie wurde noch ernster: „Ich muss mit Ihnen sprechen. Sie tun sich Unrecht und Joseph und Isabella auch. Ich habe – natürlich ganz aus Versehen – einige Sätze in Ihrem Tagebuch gelesen, Sie hielten es aufgeschlagen in den Händen, als ich eben Ihr Zimmer betrat …"

Wie bitte? Sie hatte mein Tagebuch gelesen? Und das gestand sie mir einfach so, ohne zu zögern? Warum behielt sie das nicht für sich? Ich hätte es nie erfahren! Ehrlich gesagt überrascht mich ihr Geständnis noch aus einem anderen Grund, denn insgeheim hatte ich damit gerechnet, dass sie als meine ständige Begleiterin schon längst einmal wissen wollte, was ich da immerfort schreibe. Und wie viele Male hatte sie mir das Buch schon aus der Hand genommen, wenn ich darin lesend oder noch mit der Feder in der Hand darüber eingeschlafen war. Nie hatte sie auch nur ein wenig darin geblättert? Ihre Ehrlichkeit und Aufrichtigkeit rührten mich.

„Ich entschuldige mich aufrichtig. Es war nicht meine Absicht, aber auch ich bin nur eine schwache Seele und manchmal neugierig. Ich habe noch nie in Ihrem Buch gelesen, das müssen Sie mir glauben. Aber dass ich es heute tat, aus Zufall, darüber bin ich froh."

„Was haben Sie gelesen?"

„Nur einige Sätze, über Ihren Hass auf Joseph, über die Beichte heute Nachmittag. Nun verstehe ich auch, warum Sie so nachdenklich waren."

Gräfin Vasquez sprach bestimmt, mit fester Stimme und legte meine Hand in die ihre: „Niemand gehört einem anderen Menschen, verstehen Sie, Erzherzogin? Sie können Isabella nicht für sich haben. Sie müssen das akzeptieren und sie ihr Leben leben lassen. An der Seite ihres Mannes. Ich bin beinahe froh – und sagen Sie das bitte nicht Ihrer Mutter –, dass Ihre Beichte so unglücklich verlaufen ist. Es gibt keinen Grund, Pater Lechner oder Gott zu beunruhigen. Sie wollen doch nicht tatsächlich Ihren Bruder töten und seine Frau stehlen! Das ist, verzeihen Sie mir, aber das ist doch fast ein wenig ridicule. Sie hassen Joseph nicht mehr und nicht weniger als das unter Geschwistern nun einmal so ist."

„Hassen Sie Ihren Bruder auch manchmal?" Meine Frage war mir so herausgerutscht. Ich weiß wenig über das Leben meiner Gräfin, bevor sie zum Hof kam, bevor ich mit all meinen Sorgen ihr Leben wurde. Ich respektiere, dass sie selbst nie darüber spricht, aber manchmal bin ich eben neugierig.

„Ich habe keinen Bruder." Das war alles, was sie antwortete. Wie soll ich ihr dann glauben? Sie hat ja gar keine Erfahrung!

Eine Zeit lang saßen wir still nebeneinander. Ich dachte darüber nach, was sie eben gesagt hatte. Hatte ich Bellas Worte zu schwer genommen, schwerer als sie eigentlich gemeint waren? Musste ich endlich aufhören, sie so für mich zu beanspruchen? Das musste ich wohl!

„Wie haben Sie mich eigentlich gehört? Habe ich so laut geschrien?"

„Nein, nein. Der Nachtwächter hat nach mir rufen lassen. Ihre nächtlichen Eskapaden machen ihm Angst, einen ganz verstörten Blick hatte der arme Mensch!" Ich lachte bei der Vorstellung, schließlich sprach meine Gräfin von demselben Nachtwächter, der mir vor vielen Jahren meine kindlichen Ängste vor der dunklen Nacht und dem Einschlafen genommen hatte. Entgegen aller Anweisungen von Maman, die uns den Umgang mit dem höfischen Gesinde untersagte, hatte ihn die Gräfin kurz vor dem Zubettgehen in mein Zimmer holen lassen und zu mir gesagt: „Mimi, hör zu! Nachts bewacht dich Gott, das weißt du. Ich habe es dir oft genug gesagt und trotzdem magst du nicht schlafen. Was du noch nicht wusstest: Nicht nur Gott, nein, auch dieser Mann passt auf dich auf. Die ganze Nacht tut er nichts anderes, als vor deinem Zimmer zu stehen und dein Zimmer gegen alles Böse zu verteidigen. Er hat vor nichts Angst."

Zu diesem Zeitpunkt war ich erst fünf Jahre alt, ein kleines Mädchen in einem dünnen Nachthemd und ich wusste nicht, ob ich mich vor dem riesigen Mann, der da regungslos und mit düsterem Blick im Türrahmen stand, fürchten oder ob ich mich besser auf ihn verlassen sollte. Als die Gräfin seufzend ob des missglückten Versuchs aufstand und sich ratlos ans Fenster stellte, da blinzelte mir der große dunkle Mann zu, deutete eine kleine

Verbeugung und sogar ein Lächeln an, und so entschied ich mich für Letzteres. Er passte auf mich auf, und ich schlief.

Und jetzt, fünfzehn Jahre später, benahm ich mich erneut so kindisch, verschreckte den Türhüter, weckte meine Gräfin und sogar den Hund! Ah, das klingt ja unmöglich. Ich meine natürlich: weckte den Hund und sogar meine Gräfin! (Liebe Gräfin Vasquez, falls Sie wieder einmal in meinem Buch lesen: Sie sehen, ich denke und schreibe – bien sûr – nur das Beste über Sie!)

Irgendwann erhob sich die Gräfin und legte das Tagebuch neben mich aufs Bett.

„Ob Sie nun werden schlafen können?"

Ich hob die Schultern. Müde war ich nicht mehr, ich fühlte mich beinahe munter und erfrischt. Aber das sagte ich der Gräfin nicht, denn ich hatte bemerkt, dass sie während unseres Gespräches ein paar Mal in ihr Taschentüchlein gegähnt hatte und dunkle Schatten unter ihren Augen lagen.

So verabschiedete ich sie und wünschte ihr eine gute Nacht. Sie nahm die Kerze von meinem Nachttisch, ging zur Tür, doch drehte sich, eine Hand schon auf der Klinke liegend, noch einmal zu mir um und lächelte.

„Soll ich nicht doch noch einmal den Türhüter hereinholen? Sie wissen schon, wie ich es früher getan habe?"

Sie erinnerte sich also auch an diese kleine Episode! Ich seufzte schwer und ließ mich würdevoll in meine Kissen fallen: „Was, liebe Gräfin, was soll das jetzt noch bringen? Wie soll er mich beschützen, wo er sich doch sogar vor mir fürchtet! Gehen Sie, ich verspreche zu schlafen." „Und außerdem", fügte ich leise hinzu, „bin ich jetzt Maria Christina und nicht mehr die kleine Mimi."

Wie um diese letzte pathetische Bemerkung zu unterstreichen, schloss sich lautlos die Tür, und aus Oscars Körbchen ertönte ein lautstarkes Niesen. Mein Zimmer war nun wieder in vollkommene Dunkelheit getaucht. Schlafen konnte ich nicht und ohne Kerzen- oder Morgenlicht auch nicht schreiben. Also lag ich lange wach, so lange, bis es draußen dämmerte und Oscar neben mein Bett gelaufen kam, um den neuen Tag zu begrüßen. Wie er Feder und Tinte apportieren und die Vorhänge beiseite ziehen kann, habe ich ihm leider noch nicht beigebracht. Ich musste also selbst aufstehen …

Eingewickelt in meinen Morgenrock fülle ich nun Seite um Seite in meinem Buch und mit jedem geschriebenen Wort geht es mir besser.

Vielleicht hat die Vasquez Recht mit dem, was sie mir heute Nacht noch geraten hat: „Alles, was Sie brauchen, ist ein wenig Abwechslung, andere Gedanken, eine andere Umgebung, Feuerwerk, Torten, Kutschfahrten, kurzum: Sie brauchen Schönbrunn!“

Der vierte August 1762

Ich bekam Schönbrunn, aber auf die Abwechslung musste ich noch eine Weile warten.

Seit einigen Wochen, es kommt mir vor wie die Ewigkeit, sind wir nun wieder in unserem Sommerschloss. Die Schönbrunner Tage reihen sich endlos aneinander, einer genauso wie der andere und wieder der nächste. Es ist der immergleiche Tagesablauf, derselbe Zeitvertreib, und in diesem Sommer mag mir so gar kein rechtes Vergnügen bereiten. Albert hat sich im letzten Brief beschwert, ich würde unser Ratespiel nicht mehr ernst nehmen. Weil ich ihm Antonias Bild mit dem Esel geschickt habe. Aber zwischen den Zeilen seines Briefes war zu lesen, dass unsere Komposition ihm großes Vergnügen bereitete. Die Korrespondenz mit ihm bereitet mir nach wie vor Freude, aber ansonsten ist dieser Sommer so langweilig.

Da kam mir die unerwartete Nachricht der russischen Gesandtschaft vor einer Woche gerade gelegen. Oh, das soll jetzt nicht so klingen, als wäre sie ein Vergnügen im eigentlichen Sinne des Wortes gewesen, aber sie hat immerhin Abwechslung in unseren Alltag und ein neues Gesprächsthema gebracht. Eine Gesandtschaft aus Warschau und Petersburg, angeführt vom russischen Botschafter Fürst von Galliczin, ist vor einigen Tagen an den Hof gekommen und hat uns die Neuigkeit eröffnet: Russland hat nach nur sechs Monaten wieder einen neuen Herrscher, eine Herrscherin sogar! Zar Peter war bei seinem Volk nämlich äußerst unbeliebt. Die Russen erkannten schnell die Unfähigkeit Peters zum Regieren. Er hat einen recht schwachen Geist, nie hat er an das Wohl des Reiches gedacht, sondern nur an seine eigenen Leidenschaften. Weder seiner Erblasserin, der verstorbenen Elisabeth, noch Gott gegenüber, auf dessen Gnaden hin er Kaiser geworden war, zeigte er irgendeine Dankbarkeit, ja missachtete sogar ungeniert die Person der früheren Kaiserin, strebte nach der Zerstörung der Kirchen und untersagte die private Andacht in hauseigenen Kapellen. Ist das nicht unerhört? Selbst die guten Gesetze des beim russischen Volk verehrten Zaren Peter des Großen trat er mit Füßen. Er achtete nicht die Gerichte, verschwendete die Einkünfte des Reiches für unnötige Kriege und besaß keinerlei Liebe für das Vaterland, was er durch seine Annäherung an Preußen bewies. All das zog verständlicherweise den Zorn seiner Untertanen, von Adel und Kirche auf sich, was zum offenen Aufruhr führte. Seine Ehefrau Katharina war es nun, die das Reich retten wollte. Sie wurde von Peter jedoch von jeglicher Regierung ausgeschlossen, und als er erkannte, dass sie sich gegen ihn stellte, trachtete er gar nach ihrem Leben. Katharina scharte jedoch einige Getreue um sich, die Peter aufforderten, auf den Thron zu verzichten. Zunächst willigte er auch ein, stellte jedoch so mancherlei für das Reich nachteilige Bedingungen. Erst als er von den Truppen, die sich auf die Seite Katharinas geschlagen hatten, als Geisel festgesetzt wurde und um sein Leben fürchtete, entsagte er uneingeschränkt seinem Regierungsanspruch. Während Fürst von Galliczin uns von diesen dramatischen Ereignissen berichtete, stockte mir der Atem. Welch ein Despot dieser Peter doch war! Nicht auszumalen, was er mit seinen eigennützigen Reformen noch alles hätte anrichten können. Noch mehr Hass im Volk, schwere Aufstände, Blutvergießen! Mit der Beseitigung dieses unfähigen Regenten ist viel Übel vom russischen Volk genommen worden. Katharina II., so heißt sie jetzt nämlich, hat bei ihrer Ausrufung zur Alleinherrscherin gelobt, sie wolle eine gerechte Herrschaft führen, sich wieder für die wahre Religion und die Vaterlandsliebe einsetzen. Hoffentlich wird sie Wort halten, denn das sind schließlich auch in meinen Augen die Pflichten eines jeden Regenten. Allerdings hat sich Maman schon so manches Mal missbilligend über sie geäußert, hört man doch einiges über ihre außerehelichen Liebschaften. Das lässt natürlich sehr an ihrer moralischen Gesinnung zweifeln. Und ihre politischen Fähigkeiten und ihr Kriegsgeschick muss Katharina erst noch beweisen.

Was ihr Regierungsantritt für den gegenwärtigen Krieg bedeutet, gibt bei uns am Hof nun Anlass zu kontroversen Disputen. Maman und Papa sind in dieser Hinsicht jedenfalls optimistisch. Den Separatfrieden, den Peter einst mit Preußen geschlossen hat, wird Katharina voraussichtlich wieder lösen. Damit hätten wir unseren wichtigsten Verbündeten zurückgewonnen. Über den ausführlichen Bericht der Gesandten zeigten sich Maman und Papa zufrieden und haben sich, wie es die Diplomatie verlangt, mit all ihrer Gastfreundschaft erkenntlich gezeigt. Die hohen Gäste wurden sehr freundlich aufgenommen und auch zu den Feierlichkeiten anlässlich von Mariannas Namenstag vor zwei Tagen eingeladen. Wie der gesamte Hof waren sie in großer Gala erschienen, um ihr ihre Glückwünsche auszusprechen.

Und außerdem hat sich der Oberststallmeister kurzfristig dazu entschlossen, ihnen zu Ehren und zur allgemeinen Unterhaltung ein kleines Carrousel auszurichten. Normalerweise werden solche Reiterturniere lange vorbereitet und mit vielen Teilnehmern und Zusehern pompös zelebriert, doch zu diesem besonderen Anlass sollte es eine einfachere, intime Veranstaltung werden. Gestern Abend fand das Carrousel im Ehrenhof vor dem Schloss statt.

Ein paar junge Kavaliere des Stadtadels und einige Edelknaben erklärten sich dazu bereit, sich dem Wettkampf zu stellen. Die Familie und die russischen Gäste nahmen in der Ehrenloggia am Rande des aufbereiteten Turnierfeldes Platz und folgten gespannt dem Spektakel.

Der Oberststallmeister hatte sich für folgende Bestimmungen entschieden: Das Turnier sollte drei Durchgänge umfassen, in denen sich die Teilnehmer in den Disziplinen Lanze, Pistole und Degen messen sollten. Zehn Teilnehmer hatten sich gefunden, das bedeutet, es dauerte eine Weile, bis sie alle mit ihren Pferden aufmarschiert waren und sich dann einer nach dem anderen mit den unterschiedlichen Waffen anschickten, aus dem Trab heraus die ausgestopften Türkenköpfe, welche als Zielscheiben dienten, möglichst genau zu treffen. Die Regeln beim Carrousel sind sehr streng. Einmal verfiel das Pferd eines Wettkämpfers aus dem Trab in den Galopp, und die Runde war für ihn verloren. Der junge Monsieur Harrach ließ seine Waffe fallen und wurde ebenso für diesen Durchgang disqualifiziert. Punkte gab es nur, wenn der Kopf ordnungsgemäß mit Lanze und Degen aufgespießt beziehungsweise mit der Pistole getroffen wurde, was oftmals bravourös gelang. Manch einer zielte jedoch vollkommen daneben, bei anderen Angreifern fiel der Kopf durch die Wucht des Lanzenstoßes zerfetzt zu Boden, was leider auch keine Punkte bringt. Applaus, Jubelrufe, Hurras oder ungläubiges „Du Versager! Wo hast denn du das Schießen gelernt?“ unsererseits begleiteten die Vorstellung. Es war ein recht kurzweiliger Spaß. Unsere Gäste waren offensichtlich ebenfalls sehr begeistert. Am Ende verkündeten die Preisrichter die Punktzahlen, die erreicht wurden, und den

Gesamtsieger des Turniers. Es war ein hochgewachsener Blonder, der sich als ein Herr Anton vorgestellt hatte. Er tut seinen Dienst in der kaiserlichen Reitschule, kein Wunder also, dass er ein Meister auf dem Pferderücken ist. Wie er das Ergebnis vernahm, tat er einen Jauchzer und trat aus der Reihe seiner Mitstreiter hervor. Ein noch recht junger Bursche mit feinen Gesichtszügen, was mir erst jetzt auffiel, da er sich zur Preisverleihung unserer Loggia näherte.

„Meine Glückwünsche an den ritterlichen Sieger!“, richtete Maman das Wort an ihn. „Ihr habt wahrliches Geschick gezeigt. Wie schade, dass Ihr nicht in der Armee seid. Wenn Ihr derart auf die Preußen schießen würdet wie auf unsere künstlichen Türken, wäre der Krieg gleich gewonnen.“

Bescheiden lächelte Anton sie an. „Ihr seid zu gütig, Majestät. Ich habe schon gehört, dass die Preußen auch ziemlich viel Stroh im Kopf hätten. Allerdings fürchte ich, dass sie doch etwas lebendiger sind und sich wehren würden, sodass ich bei solch einem Unterfangen sicherlich weniger glänzen würde.“

„Na, dann kümmert Euch eben weiter um unsere schönen Pferde. Das scheint Ihr ja auch ganz gut zu können. Das Preisgeschenk sollt Ihr natürlich trotzdem erhalten.“ Maman überreichte ihm eine kleine silberne Schnupftabakdose sowie eine weiße Tontabakspfeife. Er bedankte sich überschwänglich, verbeugte sich formvollendet und kehrte dann zurück an seinen Platz. Der Abend endete mit einer festlichen Tafel, begleitet von einem vorzüglichen Streichquartett, wobei die russischen Gesandten noch allerlei Interessantes von ihrer Heimat erzählten.

Morgen werden die Gäste wieder abreisen. Mal sehen, was der Sommer dann sonst noch bringen wird. Abgesehen von den politischen Veränderungen wird das Hofleben wohl bald wieder in den vorherigen Trott übergehen. Ich kann nicht sagen, dass ich darüber sehr froh wäre.

Hofburg, der fünfundzwanzigste September 1762 – L'affaire majestueuse

Seit vierunddreißig Minuten warte ich schon auf Papa. Nun sind es fünfunddreißig! Sechsunddreißig! Gleich wird die Standuhr elf Uhr schlagen. Die Polsternägel der Bank, die an den Wänden des Saales entlang verläuft, habe ich inzwischen alle gezählt und mir bleibt nichts übrig, als nachzudenken und in mein Reiseschreibset zu notieren. Und ich komme zu dem Schluss: Das ganze Schlamassel haben wir nur Papas Husten zu verdanken.

Erneut fahren meine Finger über das weiche dunkelgrüne Samtpolster. Wo ist er nur? Dabei hat er mich doch einbestellt! Doch ich bin nicht die Einzige: Außer mir sitzen einige Geistliche um den niedrigen Schachtisch des Antechambres, lassen das Spiel aber unbeachtet und unterhalten sich mit gedämpften Stimmen und ernsten Mienen. Etwas abseits wartet eine ganze Schar Diener auf Befehle, und vor dem Eingang zur Retirade steht die Schweizergarde Papas, so unbeweglich, dass sie beinahe wie ein Teil des Mobiliars wirkt.

Heute Morgen hat mich eine Botschaft Papas am Schönbrunner Frühstückstisch erreicht: Ich solle in die Hofburg kommen, er wolle mich sehen, und zwar tout de suite. Ich konnte mir bereits denken, worum es ging. Papa war mir zwar schon in vielen Lebenslagen ein guter Ratgeber gewesen, doch heute lag der Fall anders: Nicht ich, er hatte etwas auf dem Herzen – und Ärger mit Maman.

Und so sitze ich nun hier und vergehe vor Langeweile. Doch, un moment! Plötzlich erheben sich die Patres, rücken ihre Soutanen zurecht, die Garde steht noch ein wenig strammer, und der Oberstkämmerer verkündet: „Seine Majestät Franz I. Stephan“. Diese Ankündigung wäre nicht notwendig gewesen: Papas Ankunft ist schon von Weitem zu hören. Er hustet, comme d'habitude, bereits auf dem Weg die Kaiserstiege hinauf, die ihn über die Trabantenstube und den Audienzwartesaal in seine Gemächer führt, und alle Welt weiß: der Kaiser est arrivé! Papa ist da! Ich muss meine Aufzeichnungen ein andermal fortsetzen …

Am selben Tage, später

… und das tue ich nun, zurück in Schönbrunn, eine Tasse heißen Tee in der Hand! Und beginne dort, wo ich aufgehört habe:

Nachdem Papa heute Morgen endlich in seinen Gemächern eingetroffen war und die dargebotenen Ehrbekundungen mit einer Hand abgewunken hatte, nahmen die versammelten Herren rasch wieder Platz. Denn es war klar: Nun war erst ich an der Reihe, und das konnte eine Weile dauern. Das war wohl auch die Befürchtung von Pater Lechner, der mich zu sich rief und mir säuerlich zulächelte: „Bei vielem Reden bleibt die Sünde nicht aus, wer seine Lippen zügelt, ist klug. So spricht Salomon. Spruch zehn, neunzehn. Gott segne dich, mein Kind." Er zeichnete ein Kreuzzeichen auf meine Stirn, und ich folgte, die Augen gen Himmel verdrehend, Papa.

Dieser war ohne aufzublicken in seine private Kammer verschwunden. Dorthin, in sein Cabinet, dürfen ihm nur der Oberstkämmerer, der Beichtvater oder eben ich folgen: ein Teil seiner geliebten Familie, nein, besser nur: ein Teil seiner Familie. Denn mit der Liebe ist das im Augenblick so eine Sache.

Ich klopfte sachte: „Darf ich?" Papa hatte seinen Reisemantel abgelegt und war dabei, seine Stiefel auszuziehen. Seine Perücke hing verrutscht auf dem Holzständer. In seinem Cabinet war ich selten. Papa war hier gern allein. Es roch gut und fremd, nach dunklem Holz, schwerem Samt und ein wenig nach Wald.

Natürlich konnte ich nicht offen mit ihm über das Vorgefallene reden, das stand mir nicht zu. Wir taten im Allgemeinen so, als ob der Grund für Mamans Verstimmtheit in einer Lappalie, einem vergessenen Namenstag, schlechter Tischmusik oder einem verregneten Sommer lag. Wenn der Sommer auf Schönbrunn auch nicht verregnet war, so hatte ihn uns doch ein bestimmtes Ereignis gründlich verdunkelt: das Auftauchen einer Madame, la Maîtresse.

Es gibt zwei untrügliche Anzeichen dafür, dass eine Dame bei Papa in besondere Gnade, bei Maman aber in ebenso große Ungnade geraten ist:

Zum einen sorgt das Auftauchen eines solchen Geschöpfes in einer Hofgesellschaft erst zum Verstummen aller Gespräche und dann zu unaufhaltsamem Tuscheln und Fächerdeuten.

Zum anderen begeben sich besagte Damen nach einer Weile meist plötzlich und auf unbestimmte Zeit (und naturellement nicht ohne Mamans Zutun und beste Absichten) auf einen Verwandtschaftsbesuch nach, nun ja, nach Irgendwo oder lernen einen ältlichen, aber gutaussehenden Adligen kennen und folgen bereits eine Woche später und frisch vermählt ihrem Gatten auf dessen abgelegenes galizisches Gehöft. Am Hofe werden sie nimmermehr gesehen. Eine solch rührende Geschichte ist Maman die liebste und kommt somit recht häufig vor.

Maman wusste wohl immer von den „galanten Abenteuern" Papas, sie hatte sich immerhin selbst vor Jahren in seine Ausstrahlung und männliche Anziehungskraft verliebt. Ich glaube, es ist nicht so sehr die Tatsache, dass Papa immer wieder ihr Vertrauen missbraucht, sondern wie er es tut, was Maman so sehr kränkt. Denn inzwischen lacht ganz Wien über die Affaire majestueuse. Und schuld daran ist dieser schreckliche bellende Husten.

Wie viele Abende Papa schon mit heimlichen Soupers verbracht hat, weiß ich nicht. Denn sie blieben meist geheim und ohne Auswirkungen auf unser Familienleben. Doch im vergangenen Frühjahr wurde Papa unvorsichtig. Er ging ins Theater – ohne Maman, ohne Anstand, doch mit Husten. Und als dieser noch vor dem ersten Akt des Lustspiels erklang, wusste alle Welt, der Kaiser est arrivé. Und zwar in der Loge Maria Wilhelmina Fürstin von Auerspergs, Tochter des Erziehers und Freundes von Papa, Wilhelm Reinhard Graf von Neipperg. Gemahlin des Oberstkämmerers von Papa, Johann Adam Joseph Fürst von Auersperg. Hofdame Mamans. Und Geliebte des Kaisers von Österreich.

Die Berichte über den skandalösen Theaterabend erreichten bald auch Maman. Wie immer blieb sie vordergründig ruhig. Sie hatte schon zu viele Gräfinnen und Fürstinnen im Leben ihres Mannes kommen und gehen sehen. Der Zorn Mamans entlud sich nur in einem einzigen schwachen Moment und traf nicht etwa Papa. Vielleicht zu Unrecht, aber einem anderen Filou wurden schließlich die Leviten gelesen: es traf Fürst Kaunitz. Schließlich ist auch er bekannt für seine vielen Liebschaften. „Er fliegt von einer zur anderen", heißt es nicht umsonst.

Fürst Kaunitz ahnte nichts von der wütenden Stimmung Mamans. Tja, und précisément an diesem Tag fuhr er nun mit seiner neuen Mätresse in der Kutsche bis vor das Burgtor. Maman verlor die Beherrschung und hielt ihm sein Verhalten vor, worauf er erwiderte: „Madame, je suis venu ici pour parler des affaires de votre Majesté, non des miennes. Verzeiht, doch es geht hier um Eure Angelegenheiten, nicht die meinigen." Waren ihm, wie immer, die Staatsangelegenheiten wichtiger als der Klatsch über seinen Lebenswandel, oder wusste er nur zu gut, dass eigentlich nicht ihm die üble Laune der Kaiserin galt?

Immer noch wurde in der Familie nicht viel über das Vorgefallene gesprochen. Als Maman aus dem gemeinsamen Schlafgemach auszog, hieß es, sie wünsche sich neue Tapeten. Doch als getrennte Zimmer nicht mehr ausreichten, waren wir schon im Mai und ohne Papa hinaus nach Schönbrunn gezogen, um dort den Sommer zu verbringen. Der Sommer war vorüber, doch wir blieben. Angeblich wollte Maman das milde Wetter in diesem Jahr bis zuletzt auskosten.

Gerade weil Maman und Papa sich in Schweigen hüllten: Selten gab es ein Thema, das mich so beschäftigte. Doch bei meinen Geschwistern stieß ich damit auf Desinteresse. Marianna etwa, so ernst und verschwiegen wie sonst keine meiner Schwestern, sah mich nur abweisend an: „Was meinst du mit ‚Papas Amouren'? Möchtest du mir nicht lieber helfen, meine heute gefangenen Falter aufzustecken?"

Schließlich tat ich, was ich immer tat, und bat Bella um Rat. Sie schrieb mir in gewohnt klarer Weise noch am selben Abend:

„Der Kaiser liebt sie, er besitzt große Eigenschaften ebenso wie Fehler, auf die man sehr achten muss. Er ist ein redlicher Mann, und sein Herz ist gut, man kann auf ihn zählen als auf einen wahrhaften Freund. Aber man muss sich hüten vor seiner Willfährigkeit, Leuten Gehör zu geben, die in keiner Weise die gütige Gesinnung verdienen, die er für sie hegt. So die Fürstin von Auersperg, die viel über ihn vermag."

Nutzte Fürstin von Auersperg also nur die „gütige Gesinnung" Papas aus? War es so einfach?

Auch Gräfin Vasquez fand eindeutige Worte: „Ich bete jeden Abend für Ihre Mutter, denn sagt man nicht: ‚Wir Frauenzimmer sollten billig jede Beleidigung, die einer einzigen von uns erwiesen wird, zu Beleidigungen des ganzen Geschlechts machen'? Und diese Auersperg ist wahrlich eine Beleidigung, eine billige …"

Sie kam nicht weiter, denn wir befanden uns zum Zeitpunkt des Gesprächs im weißgekachelten Schönbrunner Toiletten- und Puderzimmer, und das Perückenpudern ist eine staubige Angelegenheit! Immer wieder mussten wir uns die Pudermasken vor Mund und Augen halten. Trotzdem hatte ich genau verstanden, was sie sagen wollte.

„Ich bitte Sie, Gräfin Vasquez! Contenance!" Wie froh war ich, wenigstens mit meiner Gräfin offen sprechen zu können.

„Wussten Sie, dass Papa die Auersperg la belle Princesse nennt? Abscheulich!"

„Sie wissen doch: Äußere Schönheit fesselt das Auge, innere Schönheit fesselt die Seele! Das wird Ihr Herr Papa auch bald merken."

Wieder gingen die blumigen Worte der Gräfin in einer Puderwolke unter. Rosa, meine neue Kammerzofe, hatte mit aller Kraft den Blasebalg betätigt, der den Poudre gegen die Decke schleuderte. Doch statt einer gleichmäßigen, feinen Schicht des weißen Pulvers auf meinem Haar, sahen wir drei nun aus, als wären wir in einen Staubzuckersturm geraten.

Und dann saß ich heute Morgen in Papas Cabinet, und wie er ganz zerknirscht und schüchtern meine Hände in die seinen nahm und mir ohne Worte sein Innerstes offenbarte, da konnte ich ihm plötzlich nicht mehr böse sein. Seine brummige Stimme stolperte vor Aufregung, als er mir von seiner Idee und dem Anlass meiner Privataudienz erzählte:

„Ich möchte Maman eine Freude machen, sie fühlt sich ja in letzter Zeit etwas – unpässlich."

„Ach?" Ich sah ihm lange, frei heraus in die Augen, bis er verlegen seinen Blick abwandte.

„Da wirst du dir aber schon etwas Besseres einfallen lassen müssen als eine Zwergentanzgruppe, Seiltänzer oder den vierhundertsten Auftritt eines dicken Kastraten, der mit seinem hohen ‚C' die Sorbetgläschen zum Bersten bringt."

„Hab ich, hab ich! Und es vereint alles, was Resl so liebt: Kinder, Wunder und Musik. Hier schau, das ist die Zusage. Ein Freund von mir hat bereits eine Aufführung in Linz gesehen und wird die Truppe nach Wien holen. Das ist ihre allererste Konzertreise. Am dreizehnten ist es so weit. Aber denk dran: Surprise, Surprise! "

Schönbrunn, der siebzehnte October 1762

Vor einigen Tagen übernahm ich mit Gräfin Vasquez den Empfang der Gäste aus Salzburg: Wir begrüßten Hofkapellmeister Leopold Mozart und seine beiden Kinder Nannerl und Wolferl.

„Welches ist denn nun das Wunderkind?" Gräfin Vasquez ging ohne unnötige Höflichkeit ans Werk. „So können sie auf jeden Fall nicht vor den Majestäten erscheinen. Aber glücklicherweise lässt die Kaiserin die abgelegte Kleidung sämtlicher Kinder in Truhen verstauen und auf die Ewigkeit warten. Und der kleine Joseph hatte ganz deine Statur." Sie griff Wolferl ins Haar. „Flöhe hast du ja schon mitgebracht, dann bittschön einmal hier entlang."

Familie Mozart wurde im Gesindetrakt untergebracht. Zum deutlichen Missfallen des Vaters: „Werden wir denn nicht impromptu, unverzüglich, den Majestäten vorgestellt?" Sie waren, wie mir das Mädchen, Nannerl, erzählte, schon seit einem Monat auf Konzertreise, und Wien sollte der feierliche Höhepunkt werden. Mit hundert Dukaten und einer Truhe Bühnenkleider für die beiden Kinder, die Papa als erste Entlohnung für die Mühen übergeben ließ, war auch Herr Mozart zu etwas Geduld überredet.

Am Nachmittag des dreizehnten dann gegen vier Uhr sollte ich Maman unter einem Vorwand in das Spiegelzimmer führen, doch es gab ein Problem: „Maman, wie sieht das denn aus, wenn ich die Kaiserin von Österreich aus ihrem Zimmer zerre! Freiwillig hinaus, oder die Überraschung kommt in deine Kammer!"

Ich wusste, dass sie das niemals zulassen würde: auf dem Himmelbett aus rotem Samt, dem Schreibpult, der Frisierkommode türmten sich Tokajergläschen, Petits Fours, Spielkarten und allerlei anderer Tand.

So blieb ihr nichts übrig, als sich zu fügen. Ich hatte Maman erzählt, dass ich mir mit ihr die kürzlich fertig gestellten Gemälde van Meytens im Zeremoniensaal ansehen wolle. Fünf große Gemälde hatte er anlässlich der Hochzeit von Isabella und Joseph vor, ja, fast auf den Tag genau, zwei Jahren gemalt: „Die Ankunft", „Der Einzug", „Die Messe", „Das Dîner", „Das Fest". Doch noch während van Meytens das Glück dieser Tage für die Ewigkeit in Öl gebannt hatte, war es im wirklichen Leben schon zerbrochen. Ich dachte an den Tod, die Traurigkeit und die Sorgen, die unsere Familie seither heimgesucht hatten.

Hier wollte ich mit Maman doch nicht zu lange bleiben, und so führte ich sie über das Karussellzimmer, die Große Galerie, das Laternenzimmer und das Große Zimmer mit den Wandgemälden Joseph Rosas bis zu ihrer Überraschung. Der Schein der Kandelaber tauchte den Spiegelsaal mit seinen weiß-goldenen Verzierungen in sanftes Licht. Im Halbkreis war bereits der unvermeidliche Hofadel versammelt. Ein Cembalo stand in der Mitte des Raumes. Und daneben stand, in einem lilafarbenen Mantel und einer Moiré-Weste mit Goldborte sowie einer Flohfalle um den Hals, das kleine Wolferl. Papa hatte eine Hand auf die Schultern des Sechsjährigen gelegt und streckte die andere nach Maman aus. Doch sie grüßte in den Saal, nickte dem Jungen zu und nahm dann, ohne Papa eines Blickes zu würdigen, Platz.

Nun endlich sollten wir die angeblich außergewöhnliche Begabung im Cembalo- und Violinspiel des Kindes erleben. Über diese hatte Herr Wagenseil vor dem Konzert noch unbeeindruckt zu mir gesprochen. Das regelmäßige Auftreten kleiner und großer musikalischer Génies versetzte ihn nicht mehr in Aufregung – zu viele Wunderkinder waren nach einem gefeierten Auftritt schnell aus Wien und der Aufmerksamkeit verschwunden. Bald dem Kindesalter entwachsen, waren sie fortan kein Wunder mehr, sondern nur noch dritter Kapellmeister in Marien- oder Karlsbad.

Und so waren die Erwartungen an den Abend nicht nur bei Wagenseil verhalten. Auch Maman verbarg ihren Unmut über die ungewollte Störung nicht. Sie hasst Überraschungen geradezu, was ich ihr nicht verdenken kann. Ihr Gefühl, keine Kontrolle über die Ordnung der Dinge zu besitzen, hatte sich mit den letzten Kriegsjahren verstärkt.

Als auch Joseph schließlich den Saal betrat, suchte ich seine Nähe. Ich wollte wissen, ob Bella bald kommt. Der Sommeraufenthalt auf Schönbrunn, die langen Spaziergänge und auch die Entwicklung Thereses zu einem gesunden kräftigen Mädchen, hatten Bella zwar ganz gut getan. Doch Mitte August fühlte sie sich plötzlich wieder schlechter. An einem strahlenden Spätsommernachmittag, während im Schlosspark Kaffee und Gebäck gereicht wurden und die kleine Therese mit roten Backen und klebrigen Fingern mit einem Kipferl spielte, verlor Bella, allein in ihrer Kammer, ihr ungeborenes Kind. Es war noch zu klein, um einen Namen oder ein Grab zu bekommen. Es war noch zu klein, um lange Zeit am Hofe darum zu trauern. Für Bella war diese Erfahrung aber natürlich weniger leicht zu verkraften. Ein weiteres Mal hatte sie um einen Thronfolger gebangt, und wieder konnte sie die Erwartungen nicht erfüllen. Wie schrecklich es sein muss, ein im eigenen Körper heranwachsendes Wesen zu verlieren, kann ich mir nur ausmalen. Bella hat sich seitdem noch mehr zurückgezogen, auch von mir. Nur selten erträgt sie Gesellschaft. Wir haben nach diesem schrecklichen Ereignis öfter miteinander gesprochen, doch wirklich tief in sie dringen kann ich nicht mehr. Sie verschließt sich sofort, sobald ich das Thema anspreche. Ich weiß nicht mehr, ob und wie ich ihr noch helfen könnte.

„Du brauchst nicht zu fragen. Sie wird nicht kommen." Joseph senkte den Blick, räusperte sich und bat dann mit einer ausladenden Armbewegung und lauter, fröhlicher Stimme darum, sich die compositiones ansehen zu dürfen. Doch der kleine Musiker deutete auf unseren Hofkomponisten Wagenseil: „Der soll herkommen, der versteht's." Wagenseil wirkte erst geschmeichelt, schien dann beim Durchblättern der Noten aber irritiert: „Ja für ein Kind, ich meine, falls denn das Kind …"

Doch Herr Mozart unterbrach ihn aufgebracht: „Das Kinde komponierte das Stücke in seinem sechsten Lebensjahre, nur mit Gottes Hülfe, datieret den elften December 1761." In Mamans Gegenwart beginnen viele Menschen sich recht sonderbar auszudrücken.

Papa wurde schließlich unruhig, denn bisher hatten wir noch keinen Ton gehört. „So spielen Sie doch!"

Angekündigt wurden uns als des „Wolfgangerl compositiones" ein Andante, ein Allegro, abschließend ein Menuetto. Antonia kicherte, unruhiges Gemurmel machte sich breit, Maman wippte gelangweilt mit dem Fächer.

Doch dann geschah etwas, was nicht nur Papa aufatmen ließ. Was es genau war, kann ich nicht sagen, denn ich war selbst ganz vertieft in die Musik: Man hatte mich gebeten, das letzte Stück auf der Violine zu begleiten. Das Menuetto war von vollkommener Schlichtheit und so auch glücklicherweise einfach vom Blatt zu spielen. Was uns alle rührte, war wohl genau das: die Einfachheit und Schönheit, die dieser kleine Bub in Musik verwandelt hatte. Als ich von den Noten aufblickte, sah ich in die Gesichter zweier mit sich selbst und der Welt zufriedener Männer. Zum einen in das des Herrn Mozart, der stolz und mit geröteten Wangen den Applaus entgegennahm. Zum anderen in Papas, der die Hand seiner Frau in der seinen hielt.

So selbstbewusst und erwachsen Wolferl vor und während des Spiels war, so stürmisch und kindlich war er hinterher. Ohne auf die mahnenden Worte seines Vaters zu hören, sprang er Maman auf den Schoß, legte seine Arme um ihren Hals und wurde von ihr zum Dank rechtschaffen abgeküsst. Spätestens das war der Augenblick, in dem Maman ihr wochenlanges Schmollen ablegte und wieder zu „Ihrer Majestät mit dem großen Herzen" wurde. Heureusement! Welch Glück! Papa hatte es geschafft!

An diesem Abend endlich fuhr Maman zurück in die Hofburg. Und noch viele Tage lag ein leiser Klang über den Dächern Wiens:

Der kleine Mozart gab Antonia später in der Woche noch eine Cembalostunde. Dass er sie aber gefragt haben soll, ob sie ihn später einmal heiraten wolle, halte ich für ein Gerücht. Ausnahmsweise aber: für ein nettes!

Der fünfzehnte November 1762 –
Überraschender Besuch

Eine freudige Nachricht erreichte mich gerade: Albert weilt in Wien! Er sandte mir nur dieses kurze Billet:

Chère Marie Christine,

ich wurde mit einer diplomatischen Mission betraut, die mich unversehens nach Wien führt. Ich werde nur heute und morgen hier bleiben, einen längeren Aufenthalt lassen meine Verpflichtungen nicht zu. Falls Eure es erlauben, darf ich Euch morgen meine Aufwartung machen? Leider ist es mir nicht möglich, bei Eurer Mutter vorstellig zu werden, da dem Wiener Diarium zufolge sie wie auch der Kaiser derzeit absent sind.
Ich hoffe auf baldige Antwort und verbleibe bis dahin

Euer Albert

Maman und Papa sind tatsächlich nicht in Wien. Joseph auch nicht. Und die Vasquez ist auf Verwandtenbesuch. Also erteile ich mir selbst die Erlaubnis. Was habe ich auch sonst zu tun? Trübsal blasen, in den Nebel stieren und auf Bella warten. Nein danke, derartige Tage hatte ich schon genug. Gewiss hat Albert viel zu erzählen und sorgt für ein wenig Abwechslung. Alors, beherzt zur Feder gegriffen!

Der sechzehnte November 1762

Albert machte mir seine Aufwartung. Wie froh ich war, ihn zu sehen! Aber er sah müde und abgezehrt aus, die Wangen eingefallen und dunkle Schatten unter den Augen. Als ich ihm dies sagte, erwiderte er frech: „Nun, Hoheit, à dire la verité, Ihr wart auch schon einmal rosiger." Entrüstet funkelte ich ihn an.

Er zuckte nur mit den Achseln und lächelte: „Ich bin nur ehrlich, kleine Erzherzogin, wie man es unter eben Freunden ist."

Das versöhnte mich wieder: „Dieses Argument erlaubt keine Widerrede. Und Ihr habt recht. Es ist, als wären alle Farben aus meinem Leben verschwunden, als bestünde es nur noch aus kraftlosen Pastelltönen."

„Zum Beispiel Flieder? War das nicht immer Euer Traum? Ein fliederfarbenes Leben?"

„Ihr nehmt mich nicht ernst. Gut, ich sage kein Wort mehr!"

„Verzeiht, Erzherzogin, die Wiedersehensfreude lässt mich über die Stränge schlagen. Ihr glaubt ja gar nicht, wie wenig es bei uns in letzter Zeit zu lachen gab. Sagt, kennt Ihr den Grund für Eure Trübsal? Es ist doch nicht, ich meine, es hat wohl nichts zu tun mit – Liebeskummer?"

„Nein. Oder doch? Aber nicht, wie Ihr denkt. Kummer um eine freundschaftliche Liebe, den habe ich."

Fragend schaute er mich an, doch auf einmal nickte er: „Isabella."

Nun war es an mir, ihn verblüfft anzublicken.

„Nun, Eure Briefe und die Berichte vom Wiener Hof ließen vermuten, dass die Niederkunft, Josephs Krankheit und ihre sonstigen Pflichten Isabella, nun, weniger zugänglich machten."

Bitter entgegnete ich: „Weniger zugänglich. Das trifft es nicht ganz. Völlig zurückgezogen hat sie sich von mir. Und an allem ist nur Joseph schuld! Dieser, dieser –"

Doch Albert unterbrach mich ernst: „Vergesst Euch nicht, Erzherzogin. Euer Bruder erfüllt seine Pflichten, und ich glaube, er liebt Isabella wirklich und ehrlich."

Ich schnaubte verächtlich.

„Nur, weil Ihr Isabellas Vertraute seid, befähigt Euch das nicht, ihre oder Josephs Herzensangelegenheiten zu verstehen, noch erlaubt es Euch, darüber zu urteilen." Seine Stimme wurde eindringlicher: „Euer Schmerz ist gewiss groß, doch vergesst darüber nicht Eure menschliche Größe. An manchen Dingen könnt Ihr nichts ändern."

Beschämt sah ich zur Seite. Alles hätte ich von ihm erwartet, aber solch eine Predigt? Nach Trost und Mitgefühl hatte ich gelechzt. Und was kam von ihm? Es dauerte einen Moment, bis die Erkenntnis zu mir durchdrang, dass es wohl die Wahrheit war. Nun, seine Wahrheit zumindest.

Mit belegter Stimme sagte ich: „Ich danke Euch für Eure Ehrlichkeit." Er lächelte warm.

„Wie ist es Euch in letzter Zeit ergangen?", fragte ich schließlich, immer noch ein wenig eingeschüchtert. „Und was führt Euch eigentlich nach Wien?"

Er erklärte, die letzten Monate hätten seinem Regiment und überhaupt dem ganzen Heer schwer zugesetzt, weshalb man nun Friedensverhandlungen erwäge. Damit hinge auch sein Auftrag zusammen. „Doch reden wir nicht von mir, Hoheit."

„Von mir bitte auch nicht, mon prince." Wir schwiegen eine Weile und mitten in die Stille platzte plötzlich Antonia, wie meistens, schneller als die Ankündigung ihrer selbst.

„Mimi, Mimi!"

„Maria Antonia! Was fällt dir ein, hier einfach so hereinzuplatzen? Und wenn schon, dann begrüße wenigstens meinen Gast, Prinz Albert, wie es sich geziemt!", rügte ich sie. Antonia machte flink einen Knicks, lächelte aufs Gewinnendste und sagte artig: „Bonjour, Monsieur. Ich kenne Euch. Ihr seid der Sachser, der genauso heißt wie der Esel, den ich mit Mimi gemalt habe, n'est-ce pas?" Sie lächelte unschuldig und mir wurde innerlich ganz heiß vor Scham. Musste sie das gerade jetzt zur Sprache bringen, wo mich Albert doch ohnehin schon für ein eigensüchtiges unreifes Gör hielt?

Albert sah mich kurz an und seine Mundwinkel zuckten verräterisch. Dann beugte er sich zu Antonia hinunter: „Ihr habt ein exquisites Bild gemalt, Hoheit. Es nimmt in meiner Sammlung einen Ehrenplatz ein. Und", sagte er an mich gewandt, „es kommt der Lösung schon recht nahe."

Antonia zupfte Albert an seiner Jacke und sagte bestimmt: „Wenn Ihr schon ein Esel seid, dann könnt Ihr mich auch tragen." Albert schüttelte belustigt den Kopf, und wandte sich dann mir zu: „Ein sehr entschiedenes kleines Persönchen, ich muss schon sagen." Und mir nichts, dir nichts saß Antonia auf seinen Schultern. Er hüpfte einige Male mit ihr im Raum auf und ab. Sie quietschte vor Vergnügen, und auch ich konnte nicht an mir halten. Es sah wirklich zu komisch aus! Ich lachte. Als er sie wieder hinuntergelassen hatte, erklärte ihm Antonia großzügig: „Ich mag Euch. Wenn Ihr wollt, male ich wieder etwas für Euch." Albert setzte sie ab, machte eine Verbeugung und meinte, es wäre ihm ein großes Vergnügen. Ehe die beiden weiterschäkern konnten, ertönten aus der Ferne jedoch drohende Rufe und nahende Schritte von Antonias Aja. Antonia verzog keine Miene, machte einen Knicks und lief davon. Ich blickte ihr kopfschüttelnd hinterher und wandte mich dann Albert zu: „Albert, das Bild mit dem Esel, das tut mir leid, ich –"

„Bitte nicht, ma Chère. Im Gegenteil, es hat mir außerordentliches Vergnügen bereitet. Ebenso wie die Bekanntschaft mit seiner Künstlerin gerade eben. Ich sage Euch, Euer Schwesterchen wird einst noch von sich reden machen."

„Fragt sich nur, ob im guten oder schlechten Sinne", murmelte ich.

Albert warf einen Blick aus dem Fenster, sah die Dunkelheit heraufziehen und erschrak: „Erzherzogin, ich muss Euch leider schnellstens verlassen. Fürst Kaunitz hat zum Dîner geladen." Er verbeugte sich galant und wollte schon gehen.

„Albert, wann kommt Ihr wieder?", fragte ich, ohne zu überlegen.

„Ich weiß es nicht."

„Bitte, gebt auf Euch acht! Es täte mir sehr leid, wenn Euch etwas zustieße, Eure Gesellschaft ist so erfrischend. Für einige Momente war mir gar, als wären die kräftigen Farben in die Dinge zurückgekehrt …"

Da ergriff er meine Hände, drückte sie fest und sagte rau: „Ich werde mein Bestes tun, kleine Erzherzogin."

„Und schreibt bald!", rief ich ihm noch hinterher.

Das wird er hoffentlich auch wirklich tun!

Der zweite December 1762

Der Winter hat seine eiskalte Hand über Wien ausgebreitet. Seit zwei Wochen zwingt uns der unerbittliche Schnee, in den Mauern der Hofburg zu bleiben. Die Wege werden kaum frei geräumt, schon schneit es wieder so kräftig in der Nacht, dass die Stall-

burschen mit ihren Räumschlitten wieder von vorne anfangen müssen. Da es schon einige schwere Unfälle auf den eisigen Wegen gegeben hat, hat Maman nun das so genannte „höfische Ausgehverbot“ verhängt. Meine Laune wird daher auch von Tag zu Tag schlechter. Ich sitze vor meinem Fenster, blicke in den tristen und ach so dunklen Winternachmittag hinaus und weiß nicht mal mehr, was ich dir schreiben könnte. Ich glaube, mit der anhaltenden Winterkälte ist meine Schreibader eingefroren.
Doch gibt es auch nichts zu berichten: Alberts Briefe bleiben bisher aus, mit Bella verbringe ich meist nur schweigende Momente, in denen wir sticken, häkeln, flechten, malen oder nur dem Kaminfeuer lauschen, Maman und Papa finden vor lauter politischer Sorgen kaum mehr Zeit für die Familie. So besuche ich regelmäßig meine Unterrichtsstunden: Tanz, Konversation, Gesang, Latein, Französisch, Italienisch, Deutsch, Geschichte, Mathematik. Auch im Englischen versuche ich mich seit einiger Zeit, habe aber noch einige Probleme damit. Ich lerne, um eine gute Gemahlin und Mutter zu werden. Das erwartet Maman von uns.

Ich schließe mein Buch und verstaue es in meinem Versteck – und widme mich wieder der winterlichen Langeweile.

Der zehnte Februar 1763

Mit vielen feinen und einigen groben Strichen entstand das Gesicht meiner Mutter. Fasziniert beobachtete ich Martin van Meytens, wie sein Stift über das Papier flog. In den letzten Monaten war mein Zeichenunterricht etwas vernachlässigt worden. Das sollte sich jetzt wieder ändern, hatte Maman beschlossen und mir den Vormittag freigegeben, um van Meytens in seinem Atelier zu besuchen. „Träumt Ihr, Erzherzogin? Kommt, jetzt seid Ihr an der Reihe.“ Die Stimme des Malers drang in meine abwesenden

Gedanken. Ich ahnte schon, dass ich Maman nicht so gut würde zeichnen können wie van Meytens, aber ich wollte es versuchen. Für einige Stunden arbeiteten wir beide schweigend, jeder in seine Zeichnung vertieft. Es war so schön still, nur das Feuerholz knackte beruhigend im Kamin, und endlich fühlte ich mich wieder einmal entspannt. Mein Kopf war frei, und die Zeichnung wollte mir wider Erwarten doch ganz gut gelingen.

Als es Zeit für den Tee war, legte ich meinen Stift zur Seite und sah mich nach van Meytens um. Er stand prüfend vor einem großen Gemälde am anderen Ende des Ateliers. Ich erkannte das Bild. Maman hatte es Anfang December in Auftrag gegeben. Es sollte ein neues Familienportrait für die Galerie in Laxenburg werden. Traurig fuhr ich mit dem Finger über das noch kindliche Gesicht Johanna Gabrielas. Schon während wir uns für den Maler aufgestellt hatten, hatte sie über Kopfschmerzen geklagt, und nachdem van Meytens die wichtigsten Grundrisse gezeichnet hatte, war sie ohnmächtig geworden. Erneut waren es die Blattern, die Unheil über unsere Familie brachten. Van Swieten gab sein Bestes, aber am Tag vor dem Heiligen Abend starb Johanna im Alter von gerade mal zwölf Jahren und folgte ein Jahr nach seinem Tod unserem geliebten Karl. Sie hätte noch ihr ganzes Leben vor sich gehabt. Maman hatte bereits große Pläne mit ihr gehabt: Sie sollte eines Tages Königin von Neapel-Sizilien an der Seite Ferdinands I. werden, die Verlobung war schon so gut wie sicher. Wie konnte der liebe Herrgott sie nur so bald zu sich holen? Auf dem Gemälde steht Johanna neben ihrer Lieblingsschwester Josepha. Sie hält ihre Hand und blickt freundlich und etwas verschmitzt aus dem Gemälde. Josephas Trauer um Johanna war unermesslich, und ihre Tränen wollen bis heute nicht aufhören zu fließen. Auch Bella, die ja auch ihre Patin bei der Erstkommunion war, war untröstlich gewesen. In den dunklen Tagen, in denen sich der Tod Johannas schon abzuzeichnen begann, schrieb sie mir diese Zeilen:

Ach warum befinde ich mich nicht an ihrer Stelle? Der Tod ist nichts Böses. Ich schwöre Dir, dass ich mein ganzes Leben hindurch nie ernster darüber nachgedacht habe als jetzt, da er dies unschuldige Kind, meinen Engel Johanna bedroht.

Entsetzt über diese Worte hatte ich ihr verboten, so etwas auch nur zu denken. Aber Bella wurde nur immer stiller und weinte viele Nächte um Johanna. An Neujahr schien ihre Verzweiflung nur noch größer geworden zu sein:

Ich werde dieses begonnene Jahr bestimmt nicht überleben! Ich fühle meine Lebenskraft mit zunehmender Deutlichkeit schwinden. Die Wechselwirkung zwischen Geist und Körper wird verhängnisvoll, wenn einer von beiden schwer erkrankt. Ich habe so große Angst, daß meine Schwangerschaft abermals fehlgehen könne, da ich mir viel zu wenig Schonung gönnen kann. Ich habe so wenig Hoffnung, das zu erfüllen, was man von mir so beständig verlangt.

Wie merkwürdig, dass dieses Bild erst vor drei Monaten entstanden sein soll. Wie glücklich wir aussehen. Bella hält an der einen Hand die kleine Therese, während in ihrem anderen Arm ein süßes Kleinkind schläft. Dieses Kind – zu diesem Zeitpunkt war es noch nicht geboren. Maman hielt es für einen guten Einfall, es mit auf das Bild setzen zu lassen. Es sollte Bella nach der letzten Fehlgeburt Mut machen. Doch alles Hoffen und Beten hatte auch diesmal nichts genutzt: Auch das dritte Kind kam Anfang Jänner tot auf die Welt. Bellas Unglück droht jetzt, sie bald innerlich aufzufressen, habe ich das Gefühl. Wieso muss das Schicksal es nur so böse mit meiner liebsten Bella meinen?

Nachdenklich fuhr ich noch einmal mit dem Finger über die Konturen des Kindes, als mir van Meytens einen kleinen Schwamm reichte. Traurig begannen wir, die beiden von uns Gegangenen mit Farbe zu überdecken. Sie wurden immer blasser und verschwanden unter einem blauen Schleier, bis man sie nicht mehr erkennen konnte.

Wenn doch die Trauer am Hof auch so leicht zu überdecken wäre. Maman gab sich redliche Mühe, organisierte Ausfahrten, Schlittenfahrten und Feste. Bei den Kleinen mochte die Ablenkung gelingen, aber bei Bella ... Hoffentlich wird der heutige Kostümball eine erfreuliche Wirkung auf sie haben. Bella liebt den Fasching, obwohl sie immer meint, dass unser Fasching nicht mit dem Karneval in Venedig oder am Versailler Hof zu vergleichen sei. Das nehme ich ihr aber nicht ganz ab, denn beide Orte hat sie doch nur ein einziges Mal zur Faschingszeit zu Gesicht bekommen.

Mein Kostüm ist aus dunkelgrüner Seide, es ist das Gewand der Eurydike. Bella erzählte mir einst die traurige Liebesgeschichte von Eurydike, der Nymphe, in die sich der Musiker Orpheus unsterblich verliebt hatte. Ich höre noch heute ihre Stimme: „Nach ihrer Heirat geschah das Entsetzliche: Eurydike trat auf eine Schlange und starb. Untröstlich über ihren Tod vertraute Orpheus auf den magischen Klang seiner Leier und suchte Eurydike im Hades, dem griechischen Totenreich. Verzaubert von seinem Spiel und gerührt von seiner Tat ließen sich die Götter erweichen – Orpheus durfte Eurydike zurück zu sich in die Welt holen. Die einzige Bedingung war, dass er den Hades wieder verließ, ohne sich umzudrehen und zu sehen, ob seine Frau ihm folgte. Doch dies gelang Orpheus nicht, er wandte sich nach einigen Schritten um und sah damit seine Eurydike zum letzten Mal. Sie wurde zurück in den Hades gerissen."

Bella nennt mich oft ihre Eurydike, nur wir beide werden heute Abend diesen Scherz verstehen, und hoffentlich wird es sie amüsieren. Ein Lachen von ihr, wie schön wäre das!

Der vierzehnte Februar 1763

Mein Kostüm war für den Ball wohl doch nicht passend gewählt. Eurydike gefangen im Hades, was für eine seltsame Idee, um jemanden aufzuheitern! Es war keine glückliche Geschichte …

Der Ball selbst war bezaubernd. Wie üblich versammelten sich die Damen und Herren in getrennten Räumen. Erst dann wurden die Türen zum Ballsaal geöffnet, und die Gesellschaft mischte sich wieder. Dies soll den Herren die Gelegenheit geben, die Liebe zu ihrer Herzdame zu beweisen, indem sie sie selbst in ihrer Verkleidung erkennen.

Als ich Bella im Vorzimmer antraf, saß sie auf einem kleinen Sofa und lauschte mit einem abwesenden Gesichtsausdruck dem Gespräch ihrer Hofdamen. Ihr eher schlichtes Kostüm wurde von einer venezianischen Pfauenmaske verschönert.

„Sie sieht schwermütig aus. Wie man hört, soll das an der Liebe zu einem anderen Mann liegen!“ Wie ein Giftpfeil hatten sich diese Worte in meine Gedanken gebohrt. Schnell wandte ich mich um, konnte aber die Urheberin nicht entdecken. Oh je, der Hofklatsch! Es war nicht das erste Mal, dass ich dieses Gerücht über Bella hörte! Der Ball würde die Klatschmäuler verstummen lassen. Joseph hatte Bella in den letzten Wochen sehr verwöhnt und würde sie auch heute nicht alleine lassen. Mich bei Bella untergehakt, betraten wir den Saal.

Wie erwartet zog Joseph Bella in den ersten Tanz, während sich vor mir ein langer blonder Mann verneigte. „Erzherzogin, darf ich bitten?“ Ich nickte und versuchte, hinter die Maske zu spähen. Nach drei Menuetts und einer Allemande war ich immer noch nicht auf den Namen meines geheimnisvollen Begleiters gekommen, nur so viel konnte ich schon sagen: Er war grässlich! Blasiert und eingebildet wusste er mir zu jedem der Tänze, der Musik und zu den Kleidern der anderen Gäste etwas mitzuteilen.

An den wenigsten ließ er ein gutes Haar, und meine Meinung schien ihn überhaupt nicht zu interessieren. Ich täuschte eine plötzliche Müdigkeit vor und setzte mich zu Papa, der mir ein Glas Champagner reichte. „Na, Mimi, was für ein wunderschönes Kostüm du heute wieder trägst!"

„Danke, Papa, auch deines ist großartig. Was soll es denn darstellen?", neckte ich ihn.

„Na hör mal, du wirst doch wohl einen Ritter erkennen, wenn du ihn siehst! Dein Tanzpartner scheint dir recht gut zu gefallen, nicht wahr?" Desinteressiert betrachtete ich die vorbeischwingenden Gäste: „Nun, Papa, ich habe ihn gar nicht erkannt."

„Ist das wahr? Das verwundert mich. Ich hatte den Eindruck, dass du dich schon beim letzten Mal gut mit ihm verstanden hast!" Jetzt war es an mir, verwundert den Kopf zu wenden: „Du kennst ihn?"

„Aber natürlich! Herzog von Chablais, du bist ihm doch bei einigen Dîners und Ausfahrten in den letzten Jahren begegnet." Meine Lippen begannen sich unwillkürlich zu kräuseln. Der Windhund, wie lustig! Damals beim Dîner hatte ich ihn gar nicht mehr beachtet. „Schön, dass dich das erfreut, Mimi. Dann wird es dich sicher auch freuen zu erfahren, dass ich schon länger über eine Verbindung zwischen dir und dem Herzog nachgedacht habe. Er ist ein naher Verwandter von uns, und es würde mich sehr glücklich machen, euch beide vereint zu sehen." Ich hob den Kopf und starrte Papa an. Der schien mein Schweigen als Zustimmung zu werten und tätschelte meine Hand: „Mimi, es wäre auch für dich ein großes Glück. Der Herzog besitzt Güter und würde sehr gut für dich sorgen." Zufrieden drehte er sich wieder zu den Paaren um: „Aber das müssen wir nun nicht weiter beraten, meine Liebe, genießen wir den Tanz."

Ich blieb noch lange bei meinem Vater sitzen und beobachtete den Herzog. Er forderte bei jedem Stück eine andere Dame auf. Den Herzog heiraten? War das wirklich Papas Ernst? Doch wohl kaum, oder? Ob Maman davon weiß? Sie hat mir gegenüber noch nie etwas von solchen Plänen angedeutet.

Sicher, ich bin mit meinen zwanzig Jahren längst im heiratsfähigen Alter, doch hatte ich bisher immer gehofft, ich würde noch einige Zeit von der habsburgischen Heiratspolitik verschont und in der geschützten Obhut der Hofburg bleiben können. Und tief im Innern wohnt doch, ehrlich gesagt, schon noch die kleine Hoffnung, auch eines Tages aus Liebe heiraten zu können – so wie Maman und Papa. Was für eine wunderschöne Geschichte, die Erbtochter, die ihren Willen durchsetzte und ihre Kinderliebe heiratete. Aber spätestens seit Bellas Hochzeit und ihren traurigen Ehe-Erfahrungen habe auch ich einsehen müssen, dass diese Liebesgeschichte wohl eine Ausnahme gewesen sein musste. Wird mich nun wirklich dasselbe Schicksal einholen?

Während mir diese Gedanken durch den Kopf wirbelten, beobachtete ich den Herzog, der aufrecht durch den Saal stolzierte, sich in seinem Kostüm bewundern ließ, affektiert nach allen Seiten grüßte und sich von Zeit zu Zeit über die Hände schöner Damen beugte. Unwillkürlich musste ich lachen, er sah aus wie ein eitler Gockel, der seinen Hühnerstall inspizierte. Papa, der mein Lachen gehört hatte, winkte übermütig zu mir herüber. Erleichtert winkte ich zurück. Wenn Papa so ausgelassen war, dann war dieser Heiratsvorschlag wohl nicht so ernst zu nehmen, hoffte ich in diesem Moment. Auf einem Maskenball, und dann dieser Gockel! Verwandtschaft hin oder her, diesen Stutzer werde ich doch hoffentlich nicht heiraten müssen! Das wird mir Maman schon nicht antun!

Dennoch wollte ich diese neueste Entwicklung sofort Bella erzählen. Wir könnten endlich wieder einmal so herzlich lachen, wie wir es früher so oft getan hatten, habe ich mir gedacht. Beschwingt von diesen Gedanken machte ich mich auf die Suche nach ihr. Sie wollte sich gerade mit einem gequälten Gesichtsausdruck zurückziehen: „Liebste Schwester, du verlässt uns schon!“

„Ja, Erzherzogin, meine Gesundheit lässt es nicht zu, dass ich länger bleibe." Erzherzogin? Warum nur nannte sie mich so? Sie wird mir immer fremder. Enttäuscht griff ich nach ihrem Arm und flüsterte: „Hast du gesehen, was ich trage? Ich trage es für dich, es sollte dich aufheitern."

„Orpheus hätte nicht versuchen sollen, Eurydike zu befreien. Eurydike muss so für immer im Hades bleiben, und Orpheus stirbt an gebrochenem Herzen. Ihr Kostüm ist für mich passend, Erzherzogin, aber nicht erheiternd!"

Was für ein merkwürdiger Abend! In den nächsten Tagen dachte ich noch oft darüber nach. Ich hatte auch viel Zeit dazu. Eine schwermütige Bella aufzuheitern, gestaltete sich sehr anstrengend, und nicht selten saßen wir schweigend nebeneinander auf der Ofenbank in ihren Räumen. Nicht einmal die Nachricht von meiner möglichen Verlobung mit dem Herzog von Chablais konnte ihr eine Reaktion entlocken. „Wir alle müssen uns in unser Schicksal fügen, Christine. Es scheint mein Verhängnis zu sein, die teuersten Menschen, die mir ihr Vertrauen geschenkt haben, und was noch viel furchtbarer ist, Gott, meinen erhabenen Schöpfer und Herrn, enttäuschen zu müssen. Wenn du ehrlich bist, teuerste Schwester, musst du zugeben, dass ich völlig versagt habe, denn man legt einzig und allein auf die Fähigkeiten Wert, deren ich zu ermangeln scheine, wie sich nun gezeigt hat. Einen Erbsohn kann ich meinem Mann nicht schenken, und obwohl er mich so leidenschaftlich liebt, ist es seine Pflicht, mich immer weiter dazu zu zwingen. Deine Zukunft aber wird rosig sein, Christine. Ich bin fest davon überzeugt, dass sich für dich alles zum Guten wenden wird."

Ungläubig blickte ich sie an: „Wie kannst du das so genau wissen, Bella? Lass den Kopf nicht hängen. Auch du wirst Joseph bald einen Sohn schenken können und wieder Glück und Freude in deinem Leben finden. Und du hast mich und unsere Freundschaft. Gib doch nicht so schnell auf! Bitte! Auch für mich!" Meine Worte wurden immer eindringlicher und verzweifelter.

Doch daraufhin schüttelte Bella nur den Kopf, und sogleich begannen wieder dicke Tränen über ihre Wangen zu rollen. Wie so oft in letzter Zeit nahm ich sie in die Arme und wiegte sie so lange hin und her, bis sie einschlief. Ihre bösen Träume lassen sie nur wenig Schlaf finden, sodass ich leise bei ihr sitzen blieb. Mehr konnte ich auch dieses Mal nicht für sie tun. Es tut so unglaublich weh, sie leiden zu sehen!

Nach einer Weile stand ich schließlich doch auf und verständigte die Kammerfrau im Nebenzimmer. Mit den Gedanken noch immer bei Bella und dem beunruhigenden Gespräch machte ich mich von ihren Appartements auf in meine Gemächer. „Du musst an deine Herrschaft und an unsere Dynastie denken! Wie kannst du nur so eigennützig sein!" Irritiert blickte ich mich um. Ich hatte mich in die Gemächer von Joseph verirrt! Während ich schnell nach dem nächsten Ausgang suchte, hörte ich sie wieder, Mamans Stimme: „Joseph, jetzt sei doch kein Narr. Sie hat schon drei Kinder unter dem Herzen getragen, und nur eines hat überlebt. Wenn das eine ein Sohn gewesen wäre – aber es ist nun mal ein Madl. Ich liebe Isabella wie eine Tochter. Es ist eine schwere Bürde, die Gott uns auferlegt. Trotz allem müssen wir uns jetzt schon an den Gedanken gewöhnen, für dich eine andere Frau zu suchen."

Ich stand wie versteinert und konnte nicht fassen, was ich hier hörte. Aus dem Zimmer war nun kein Laut mehr zu hören und dann: ein leises Schluchzen. Konnte das Joseph sein? Und während auch mir die Tränen über die Wange liefen, begriff ich, was es hieß, sich in sein Schicksal zu fügen!

Der achtundzwanzigste Februar 1763

Ich habe Albert von Bella berichtet, von ihren pechschwarzen Tagen und ihren düsteren Gedanken, ihrer Todessehnsucht. Ich kann doch nicht mit ihm albern scherzen, wenn mich viel ernstere Gedanken umtreiben. Wem sonst kann ich mich schließlich von gleich zu gleich anvertrauen? Und, ich habe das Gefühl, er könnte mich verstehen. Über Eurydike habe ich geschrieben, und darüber, dass niemand seinem Schicksal entkommen kann. Von Chablais habe ich erzählt. Und Josephs Tränen. Nun halte ich schon Alberts Antwort in der Hand, er reist nach Wien und muss bereits in der Nähe sein. Endlich!

Ma chère Amie,

die Ödnis des vergangenen Winterlagers ließ meine Blicke immer wieder zu Euren Bildern und meine Gedanken nach Wien und zu Euch schweifen. Ich hoffe, Ihr seid wohlauf und auch alle, die Euch teuer sind. Dies wird der letzte Brief an Euch sein, über den der Krieg seinen schwarzen Schatten breitet, überhaupt der letzte Brief für die nächste Zeit: Das Ende des Krieges und der Wille Eurer kaiserlichen Mutter führen mich zurück nach Wien. Nur noch wenige Tage liegen zwischen heute und meinem Wiedersehen mit dem Wiener Hof. Obwohl ich es kaum erwarten kann, scheint mir die Vorstellung davon so unwirklich wie ein Traum. Zu sehr wird alles noch vom Krieg und seinen Folgen überschattet:

Auf grauenhafte Weise setzte der König von Preußen unserem Land zu und hat es in einen Zustand versetzt, der nichts als beklagenswert ist. Der Krieg hat uns mürbe gemacht, uns alle. Mein Sachsen liegt darnieder. Zwangsrekrutierungen, Raub, Plünderungen, Nahrungsmangel und unzählige Tote – Friedrich hat uns fast zerstört. Manchmal glaube ich, dass die erdrückende Wirklichkeit hier mich für den Glanz des Hoflebens, für seine Bälle, für geistreiche Konversationen verdorben hat. Wie kann ich denn zurückkehren und Freude an Oberflächlichkeiten empfinden, wo doch unsere Völker bluten? Für nichts und wieder nichts! Nach sieben Jahren der blutigsten Kämpfe sind die Kriegsparteien ermüdet und erschöpft so gut wie an denselben Grenzpfählen angelangt, von denen man zu Beginn dieser Zwistigkeiten ausgegangen war. Aus der Verheerung zahlreicher Landstriche, dem Verlust einer Unmenge von tapferen Untertanen war nicht die Spur eines wirklichen Nutzens zu ziehen. Ich kann nur hoffen und beten, dass wenigstens die Herrscher aus den wechselnden Geschicken lernen und in Zukunft genau überdenken, ob sie ihre Länder noch einmal in eine derart schreckliche und gefährliche Situation bringen. So sehne ich als guter Bürger das Ende des Krieges herbei, dessen Fortführung ich nur als Soldat wünschen kann.

Verzeiht Ihr mir meine Bitterkeit? Sie soll Euch nicht erschrecken. Doch höfliche Koketterien bringe ich augenblicklich nicht zu Papier. Angesichts Eures letzten Briefes glaube ich auch nicht, dass Ihr gerade empfänglich für diese seid. Was Eure Sorge über Eure Schwägerin betrifft, so hilft Euch vielleicht folgender Rat: Steht Eurer Isabella zur Seite, so sehr es in Eurer Macht steht. Doch, und haltet mich nicht für herzlos, erkennt Eure Grenzen. Es gibt wohl Tiefen, in die wir selbst unseren Liebsten weder nachfolgen können noch dürfen. Bewahrt die Erinnerung an Eure Bella und versucht, die andere, die schwermütige Isabella, damit aus ihrem Loch herauszuholen. Mehr könnt Ihr nicht tun.

Hinsichtlich des Herzogs Chablais weiß ich kaum, was ich Euch raten soll. Habt Ihr ihn bereits besser kennen gelernt? Beharrt Euer Vater auf seinem Wunsch? Bald werdet Ihr mir persönlich darüber berichten können. Aber hört dennoch meine Ansicht: Falls der Kaiser auf seinem Wunsch beharrt, lernt den Herzog gründlich kennen, bevor Ihr Eures Vaters Wunsch als düsteren Schicksalsspruch empfindet. Doch seid Euch einer Tatsache bewusst: Euer Schicksal liegt auch in Eurer Hand. Unterwerft Euch nicht aus falscher Demut. Ein jeder ist seines Glückes Schmied! Orpheus hätte nicht zurückblicken müssen. Verzeiht erneut, derartige Dinge sind kaum für das Ohr einer Kaisertochter bestimmt. Aber bei Gott, wenn ich daran denke, man könnte Euch, gerade Euch, gegen Euren Willen zwingen, dann wird mir ganz schlecht. Ich wünschte, ich wäre bei Euch! Bald!

Wisst Ihr noch, als wir uns das letzte Mal sahen? In der „Mehlgrube"? Ich hoffe, unser nächstes Zusammentreffen wird ebenso unbeschwert verlaufen. Wie viel seit damals doch passiert ist …

Ergebenst Euer Albert

Welch ein schwermütiger Brief! Hat er Recht, was Bella betrifft? Kann ich sie ihrem Kummer wirklich gar nicht entziehen? Und wie besorgt Albert auf meine mögliche Heirat mit Chablais reagiert hat …

Der dritte März 1763

Der König und die Kaiserin
des langen Haders müde
erweichten ihren harten Sinn
und machten endlich Friede.
(Gottfried August Bürger)

„Il est là!" „Wer ist da?" „Na, dort vorne, zwischen seinem Vater und seinem Bruder." Bella deutete in die rechte Ecke zu den Ehrengästen. Dann sah ich ihn auch: Albert. Die ganze Zeit schon hatte ich nach ihm Ausschau gehalten. Heute fand nämlich eine Ehrung derer statt, die am Frieden von Hubertusburg und damit an der Beendigung des schrecklichen Krieges beteiligt gewesen waren. Und darunter war auch Alberts ältester Bruder, Friedrich Christian.

Sieben Jahre Kampf, Leid und Tod. Das hat nun endlich ein Ende. Unter anderem auch aufgrund des geheimen Zusatzprotokolls des Friedensabkommens, das Joseph die Wahl zum römischen König zusichert. Zum Glück gab auch Friedrich II. endlich seine Zustimmung zur Wahl Josephs zum römischen-deutschen König. Der Rex Romanorum kann nämlich nur mit Zustimmung der Mehrheit der Kurfürsten gewählt werden. Leider ist Friedrich einer davon. Und natürlich hatte er nur wenig Interesse daran, den Sohn seiner Gegnerin zum König zu machen und ihm die Treue zu schwören. Ich weiß noch, wie verwirrt Bella war, als ich versuchte, ihr diesen politischen Wirrwarr zu erklären: „Madonna, warum denn einen König und einen Kaiser, wenn keiner von beiden bei den deutschen Fürsten wirklich was zu sagen hat!", rief sie.

„Das wird eben seit fast tausend Jahren so gehandhabt", gab ich damals geduldig das wieder, was mir Maman und meine Lehrer von klein auf beigebracht hatten. „Von den Kurfürsten wird der König gewählt. An diese Wahl ist gleichzeitig die spätere Krönung zum Kaiser geknüpft. Das ist sehr nützlich, weil so – wie bei uns – Papa noch Kaiser sein kann, während Joseph schon zum König gewählt wird – damit ist eine reibungslose Erbfolge gewährleistet. Aber es stimmt schon, egal ob König oder Kaiser, seine tatsächliche Macht im Reich ist eher gering, weil die einzelnen Fürsten dort so mächtig sind. Aber trotzdem ist es für uns alle wichtig, dass das Königtum weiterbesteht. Erstens führt der König oder Kaiser das Reich im Fall einer äußeren Bedrohung, und zweitens wird so die Stabilität der habsburgischen Herrschaft gesichert.

Außerdem glauben wir, dass der Kaiser unserem Herrgott besonders nahe steht und seine ganze Regentschaft besonders von Gott geleitet wird." Bella blickte skeptisch. Ich musste grinsen: „Naja, ob das bei Joseph noch funktioniert, weiß ich auch nicht. Besonders einfach hat der Allmächtige es seinem Königtum bisher ja nicht gemacht."

Nein, das hatte er durchaus nicht: Maman hatte nach dem Krieg auf den größten Teil Schlesiens verzichten müssen. Zähneknirschend. Schließlich war die Rückeroberung Schlesiens unser Hauptkriegsziel gewesen. Für Maman ist das alles sehr schwer: Durch den Krieg haben wir unseren Besitz nicht vergrößert und dennoch schrecklich viele Soldaten verloren. Das macht sie sich sehr zum Vorwurf. Aber im Austausch gegen Schlesien stimmte Friedrich nun wenigstens Josephs Königswahl zu.

Doch Bella war heute nicht besonders an Politik interessiert, nein, eher an den anwesenden Gästen. Vor allem an einem.

„Sieht er nicht fesch aus heute?", stupste mich Bella wieder von der Seite an. „Und er hat nur Augen für dich. Ach, wie er dich ansieht!", schwärmte sie etwas zu laut für meine Begriffe. Was war nun wieder in sie gefahren? So fröhlich und ausgelassen hatte ich sie schon lange nicht mehr erlebt.

„Nun sei nicht albern, und wenn dich jemand hört!", flüsterte ich leicht angespannt. Bella schwieg.

Fesch, Albert, und? Dann war er eben fesch. Ich wollte ihn nicht anstarren, sondern endlich mit ihm sprechen! So viele Briefe hatten wir ausgetauscht, aber wie hatte sich die Person hinter ihnen verändert? Wieder sah ich ihn an, und er schien mir zugleich fremd und vertraut. Wohl unbewusst verzogen sich meine Lippen zu einem Lächeln.

„Und er gefällt dir doch!", konstatierte Bella zufrieden mit sich. Schon lange errötete ich nicht mehr, wenn sie so etwas über Albert und mich sagte. Albert hatte den Blick auf die Geladenen gerichtet, die dem Kaiserpaar vorgestellt wurden. Wie es das Spanische Hofzeremoniell verlangte, wurde jeder einzeln angekündigt und näherte sich dann Maman und Papa, während er drei Verbeugungen machte. Er küsste dem Kaiser die Hand und schritt dann rückwärtsgehend und sich erneut dreimal verbeugend hinaus. Eine Ewigkeit dauerte das jedes Mal. Aber Alberts Augen ruhten unverwandt auf der Zeremonie, sodass ich ihn unbemerkt beobachten konnte. Wie groß und erhaben er auf seinem Stuhl saß, die Hände im Schoß gefaltet. Woran er wohl in diesem Moment dachte? Womöglich auch an mich? Ich verwarf diesen Gedanken sofort wieder und bemühte mich auch, mich auf die Zeremonie zu konzentrieren. So richtig gelang mir das jedoch nicht. Nachdem die Vorstellung der Geladenen ein Ende gefunden hatte, richtete sich Alberts Blick auf seinen Bruder, der in der Zwischenzeit aufgestanden und zu Fürst Kaunitz nach vorne getreten war. „Eure Königliche Hoheit, im Namen des österreichischen Volkes spreche ich Euch hiermit unseren ehrerbietigsten Dank aus und überreiche Euch diesen Orden für Eure höchst geschätzten Verdienste um das Haus Habsburg, die österreichische Monarchie und das ganze deutsche Reich."

Albert strahlte vor Stolz. Zum ersten Mal fielen mir die kleinen Grübchen auf, die sich dabei in seinen Wangen bildeten. Doch das war kein Stolz, wie ein Ludwig von Württemberg ihn vor sich herträgt und welcher einem die Nase nach oben wandern lässt. Nein, Albert war erfüllt von aufrichtiger Freude.

„Erhebet Euch und danket diesem mutigen Manne!" Klatschend erhoben wir uns alle und ehrten Alberts Bruder. Meine Hände bewegten sich so schnell und fest sie nur konnten.

Nach der Zeremonie fanden sich alle Gäste zu einem Umtrunk zusammen. „Er hat dich angelächelt", flüsterte mir Bella neckisch ins Ohr.

„Solange dich das freut, hat wenigstens eine von uns etwas davon", sagte ich, um sie ein bisschen zu ärgern, und schlenderte langsam davon.

„Darf ich Euch eine Mandelmilch anbieten, Erzherzogin?" Erleichtert über eine Erfrischung, die meinem von der langen Zeremonie trocken gewordenen Hals wohltun würde, griff ich unverwandt und ohne auf mein Gegenüber zu achten nach dem Glas. Ich spürte die Finger des Dieners um den Stiel des Glases. Sie ließen nicht los. Erst jetzt blickte ich zur Seite. Das war kein Diener!

„Albert!", rief ich erfreut. „Endlich sehen wir uns wieder! Und seht Ihr, der Anlass ist genauso freudig wie bei unserem letzten Aufeinandertreffen!" Auch Albert lächelte und begrüßte mich. Immer noch hielten wir zusammen das Glas, und als wir es bemerkten, brachen wir beide in verlegenes Lachen aus – und ließen dann gleichzeitig los, sodass das Glas zu Boden fiel und sein Inhalt Alberts Schuhe bespritzte. „Oh, verzeiht, wie ungeschickt von mir!", rief ich. Albert versuchte, ein finsteres Gesicht zu machen, doch um seine Mundwinkel herum zuckte es.

„Ich nehme Eure Entschuldigung an, unter einer Bedingung!"

Ich lachte. „Welche denn?"

„Eure Mutter hat mir von dem Paradeisgarten erzählt, den sie erst vor einigen Jahren hat errichten lassen. Sie schwärmte in den höchsten Tönen davon, sodass ich neugierig wurde. Leider sind mir Ort und Lage des Gartens unbekannt und so wäre mir sehr an einer erfahrenen Reiseführerin gelegen. Möchtet Ihr Euch dieser Aufgabe annehmen und mir den geliebten Garten Eurer Mutter zeigen?" Unsicher blickte ich mich um. Durfte ich die Feierlichkeiten einfach so verlassen? Er schien meine Gedanken zu erraten: „Nun, Erzherzogin, es war der Vorschlag Eurer Mutter! Für die kommende Stunde hat sie uns entschuldigt. Und da kommt auch schon die Gräfin Vasquez. Alors?" Er bot mir seinen Arm dar. Mit der Gräfin im Schlepptau machten wir uns auf den Weg. Zunächst schwiegen wir. Merkwürdig, trotz allem, was wir voneinander aus unserer Korrespondenz erfahren hatten, trotz seinem letzten, so ungezwungenen Besuch – auf einmal schienen uns die Worte zu fehlen. Ich versuchte, unauffällig auf sein Gesicht zu schielen, übersah dabei eine Treppenstufe vor mir und stolperte. Er fing mich auf. Verlegen und ohne ihn anzublicken murmelte ich: „Heute bin ich wirklich tollpatschig."

Da hob er leicht mein Kinn an und zwang mich so, ihm ins Gesicht zu blicken: „Ein schweigsamer Tollpatsch seid Ihr, Madame. Es geht Euch doch gut, oder?" Unter seinem durchdringenden Blick lief ich puterrot an, ein Paradeiser muss blass gegen mich gewirkt haben.

Ich atmete tief durch. Was benahm ich mich wie eine dumme Gans? Ich strich mein Kleid zurecht, straffte mich und sagte: „Danke, es geht schon wieder." Er ging noch immer nicht weiter. „Was?", fragte ich schließlich.

„Nichts", sagte er und blickte weg. Wir schwiegen wieder, und ich konzentrierte mich darauf, den Weg zu finden. Auf die Gräfin ist in Sachen Ortskunde ja kein Verlass. Seit Eröffnung des Gartens auf der Löwelbastei vor drei Jahren war ich nicht mehr dort. Die Wanderung auf den Bastionsanlagen war mir im Sommer zu mühsam. Aber auch im Winter war der Weg kein Vergnügen, der unebene Boden schmerzte durch mein dünnes Schuhwerk hindurch. Was hatte Maman sich dabei gedacht, als sie diesen Vorschlag machte? „Au!", rief ich irgendwann. Eine Distel hatte mich durch meine Schuhe hindurch gestochen. Ich wandte mich zur Gräfin um: „Seid so gut und bringt mir bitte geschwind festes Schuhwerk und ein wetterfestes Cape in den Garten." Die Gräfin zauderte einen Moment, doch dann knickste sie und wandte sich um. Ich glaubte, ein Zwinkern in ihren Augen erkannt zu haben. Albert und ich gingen weiter, besser gesagt, ich humpelte und er stützte mich. Mir war kalt, meine Füße taten weh, und irgendwie hatte ich mir unser Wiedersehen ganz anders vorgestellt. Allmählich aber löste sich unser unangenehmes Schweigen, und ich spielte die ortskundige Führerin. Ich füllte meine Wissenslücken mit schnell erdachten Fachbegriffen, erzählte über das Schweizertor, das wir passierten, und die Kurtine. Lange hatte die Hofburg keinen eigenen Hofgarten besessen. Bis vor ihrer Umgestaltung hatte die Kurtine nur als kaiserliche Schießstätte gedient. Doch Maman war sehr daran gelegen, ein Plätzchen schaffen zu lassen, an welchem sowohl die kaiserliche Familie als auch die Hofgesellschaft Erholung suchen konnte. Nun noch hundert Schritt auf den Bastionsanlagen, das hatte ich mir gemerkt, dann kam man zu einem massiven Eisengitter mit aufwändig verziertem Tor.

„Da sind wir", sagte ich und keuchte ein wenig. Mit einer geschmeidigen Bewegung war der Prinz an mir vorbei und hielt das Torgitter auf. Ich schritt hindurch. Wie der Garten um diese Jahreszeit wohl aussah?

„Wunderschön", murmelte Albert.

„Stekhoven, unser holländischer Hofgärtner, hat hier tatsächlich wahre Wunder vollbracht. Selbst in diesem tristen März kann man die Schönheit der Anlage noch erkennen, nicht wahr?" Durch den Weg war mir ein bisschen wärmer geworden, aber nun fröstelte ich wieder. Albert bemerkte es, und wie selbstverständlich zog er seinen Mantel aus und legte ihn um meine Schultern.

„Danke." Schon wieder schoss mir das Blut ins Gesicht.

„Darf ich bitten?" Albert reichte mir seinen Arm, und ich hakte mich wieder unter.

„Doch bitte habt Erbarmen mit einem alten, gebrochenen Kriegshelden. Lasst uns gemächlich schreiten", lächelte er mich verschmitzt von der Seite an.

„Jawohl, mein Herr. Wir befinden uns nun im südwestlichen Teil des Paradeisgarterls", fuhr ich mit meiner Führung durch den Garten fort, der um diese Jahreszeit ganz verlassen dalag. „Zu unserer Rechten seht Ihr die aufwändig erschaffene Rasenanlage, die von zwei jeweils vierteiligen, symmetrisch angeordneten Parterrebereichen unterteilt wird. In den Frühlingsmonaten ist sie durchzogen von Blumenmustern in den außergewöhnlichsten

Farben und Formen, die Eurem Auge sicherlich noch nie zuvor begegnet sind“, übertrieb ich ein wenig und schwindelte mir die mir eigentlich unbekannten Blumenbeete zusammen. „Den Mittelpunkt bildet das elliptische Brunnenbecken, dessen Figuren bald wieder Wasser speien werden. Und hier seht Ihr Weinreben und Aprikosenbäume.“ Er ließ mich reden, unterbrach mich nicht und folgte stets mit den Augen meinem Fingerzeig in die jeweilige Richtung. „Nun sind wir am Lusthaus angelangt.“

„Können wir einen Blick hineinwerfen?“, erkundigte er sich neugierig.

„Ich denke schon. Warum auch nicht? Ist die Tür denn offen?“

Sachte drückte er die Klinke hinunter und öffnete die Eingangstür. „Könnt Ihr mir zu diesem Gebäude auch so sachkundig Auskunft erteilen, Madame?“

„Leider nicht. Auch ich setze heute zum ersten Mal Fuß in dieses Haus. Ich weiß lediglich, dass es inwendig sehr schön à la chinoise bemalt sein soll.“

„Dann lasst es uns doch gemeinsam erkunden und eine kleine Verschnaufpause einlegen.“ Wir schritten durch den mit traubenbehangenen Weinranken bemalten Vorraum in den Lustsaal.

„Wundervoll! Seht nur, diese Wandmalereien!“ Ich entzog Albert meine Hand und eilte voran. Ich war wirklich überwältigt von dieser fernöstlichen Pracht. Die gewölbte Decke war überzogen mit Bäumen, Sträuchern, Ästen, Blättern und Blumen in den schillerndsten Farben. Vögel schwebten über uns hinweg. Rot, blau, gelb, schwarz.

„Das ist ein Bambus und dort, sind das Huizong-Finken?“ In den goldenen Applikationen, die chinesische Schriftzeichen darstellen sollten, konnte ich von oben sein Gesicht spiegeln sehen. Sein Gesichtsausdruck gab die Begeisterung wider, die ich selbst auch empfand.

„Gefällt es Euch, Albert?“

„Sehr, sehr! Welch wundervolle Kunstwerke. Zu schade, dass ich sie nicht mitnehmen und unserer ‚Albertina' hinzufügen kann", scherzte er. „Andererseits wäre das doch eine neue Herausforderung für Euch, Hoheit, nicht wahr?"

Ein Glück! Nun redete er wieder so mit mir, wie ich es von ihm gewohnt war. Ein bisschen schnippisch antwortete ich daher: „Nun, Monsieur, Eure Herausforderungen tendieren dazu, unlösbar zu sein. Oder wie war das mit dem ‚Sehnsuchtsort'? Wisst Ihr, allmählich glaube ich, den gibt es gar nicht."

Er grinste spitzbübisch. „Wollt Ihr schon aufgeben, das Rätsel zu lösen? Schade, ich hätte Euch für hartnäckiger gehalten. Aber so einfach gebe ich meine Geheimnisse eben nicht preis." Wir nahmen auf einem Diwan Platz, der in einer Ecke stand und mit rotem Samt bezogen und mit goldenen Knöpfen bestickt war und ließen die Blicke durch den Raum schweifen, über die zarten Tapeten und prunkvollen Gobelins. Nach einiger Zeit bemerkte ich, dass Alberts Augen auf mir ruhten. „Nun gut", sagte er, als hätten wir unsere vorherige Konversation gar nicht unterbrochen. „Ich gebe Euch noch einen Hinweis." Abwartend zog ich die Augenbrauen hoch. Albert schien sehr konzentriert, als wollte er mir auf keinen Fall zu viel verraten. „Mein ‚Sehnsuchtsort' war einmal Wirklichkeit, einmal, für wenige Momente." Schon wieder so eine unbrauchbare Aussage. Aber ich beschloss, das Spiel noch einmal mitzuspielen.

„Heißt das also, es gibt ihn gar nicht mehr?", hakte ich nach.

„In meiner Erinnerung schon."

„Bedeutet das, ich jage seit Ewigkeiten einem Hirngespinst von Euch nach, das keiner sonst kennt?" Jetzt ging er mir wirklich auf die Nerven!

„Nun, eine Person gibt es, die den Ort noch kennt", sagte er leise. Ein seltsamer Unterton in seiner Stimme bewahrte mich vor einem spöttischen Kommentar, und stattdessen wechselte ich nach einem kurzen Moment das Thema: „Euer letzter Brief hat mich sehr berührt, aber er war so anders als die anderen. Nicht mehr leicht und amüsant, sondern eher ..."

„... bitter?", er lachte kurz und trocken auf. Dieses Lachen, es gefiel mir nicht. Es hatte einen schiefen Klang.

Er blickte mich an, und der harte Zug um seinen Mund verschwand: „Vergebt mir. In Eurer Gegenwart scheint das alles so unendlich weit weg. Aber in den letzten Monaten schien mir der Krieg nur noch als sinnloses Ringen der Großen um Ruhm und Macht im Blut ihrer Völker. Ruhm und Macht? Krieg bedeutet nichts als Blut und Tod. Verzeiht, ich sollte so nicht sprechen, vor allem nicht vor der Tochter der Kaiserin."

Ungelenk versuchte ich, ihm meine Anteilnahme auszudrücken: „Ich wurde immer vor jeder Berührung mit dem Krieg behütet, aber ich stelle ihn mir entsetzlich vor. Dennoch, der Krieg ist vorbei. Euch geht es gut. Blickt nach vorne."

„Anders als Orpheus?", fragte er.

„Anders als Orpheus", wiederholte ich.

„Und Ihr?", fragte er nun und musterte mich ernst. „Wie seht Ihr Eure Zukunft?"

„Heiraten, drei Kinder gebären, meinem Ehemann eine Mätresse besorgen, sterben", antwortete ich lakonisch.

Er verzog kurz und gequält das Gesicht: „Ich meinte nicht, was man von Euch erwartet. Was wünscht Ihr Euch für die Zukunft?" Seine Stimme wurde mit einem Mal drängend, sein Blick bohrend.

Etwas unwohl erwiderte ich langsam, den Blick abgewandt: „Durch Isabella habe ich eingesehen, dass das nicht von Belang ist. Und vermutlich gibt es weit schlimmere Ehemänner als den Herzog von Chablais."

Er räusperte sich und sprach in verändertem Tonfall: „Gewiss habt Ihr Recht. Verzeiht, ich hätte nicht so in Euch dringen dürfen. Aber sagt, wie geht es Eurer Schwägerin? Ihr Zustand heute scheint sich gebessert zu haben, nicht wahr? Doch vermutlich wird das nicht von Dauer sein. Vermutlich holt die Dunkelheit sie bald wieder ein."

Die abgeklärte Art und Weise, in der er über Bella sprach, machte mich wütend. Ich sprang auf und rief aufgebracht: „Woher wollt Ihr das wissen? Der Frühling kommt bald und wird Bellas dunkle Tage endgültig vertreiben. Wie könnt Ihr so herzlos sein?" Auch er stand nun auf und trat langsam auf mich zu. Ich kehrte ihm den Rücken zu.

„Nichts liegt mir ferner, als Euch zu verletzen, Erzherzogin! Doch ich habe sie bei verschiedenen Gelegenheiten beobachtet und Berichte über sie vernommen. Ihre Miene – bei aller Mühe, die sie sich gibt, es zu verbergen – zeigt einen Hang zu schwermütigen Ideen, wodurch sich für mich erweist, dass sie nicht glücklich sein kann. Stimmt Ihr mir darin nicht zu, Erzherzogin?" Seine Stimme verriet Sorge, Mitgefühl und Aufrichtigkeit.

Dennoch konnte ich das, was er sagte, nicht akzeptieren, und so erwiderte ich trotzig: „Bella ist meine beste Freundin, sie ist mir nah wie eine Schwester. Ich möchte nicht über sie vor Fremden sprechen."

„Bin ich Euch denn noch immer ein Fremder?" Verunsichert klang er nun.

Da drehte ich mich um. „Nein. Nein. Und Ihr habt Recht. Aber Bella, meine geliebte Bella. Es fällt ihr so schwer am Hofe. Sie …", meine Stimme stockte. „Ich will sie nicht verlieren."

„Aber, Marie. Darf ich Euch so nennen?" Traurig nickte ich ihm zu.

„Niemand sagt, dass Ihr Isabella verlieren werdet! Sie erlebt eine schwere Zeit, doch sie ist stark, das sehe ich ihren Augen an." Ich schüttelte den Kopf und spürte die Tränen aufsteigen.

„Sie gibt sich stärker, als sie in Wirklichkeit ist. Sie will nicht mehr, sie will nicht mehr leben", ich hielt kurz inne, „Albert."

Er trat näher an mich heran und nahm meine Hand in die seine. Für den Bruchteil einer Sekunde genoss ich seinen Schutz, seine Wärme und Stärke. Wie hatte ich mich doch damals bei unseren ersten Begegnungen in ihm getäuscht! Die Tür zum Lusthaus quietschte, und wir zuckten zusammen.

„Erzherzogin, endlich habe ich Sie gefunden!“ Gräfin Vasquez und eine Zofe mit meiner Kleidung kamen herein. Schnell traten Albert und ich auseinander. Die Vasquez reichte mir mein Cape und blickte mich auffordernd an. Oh nein, Alberts Mantel. Verlegen gab ich Albert das Kleidungsstück zurück, die Gräfin legte mir meinen Mantel um und bedachte mich kurz mit einem nachdenklichen Blick: „Hoheit, wir sollten zurückkehren!“

Ich nickte und hakte mich wieder bei Albert unter, der verwirrt und etwas abwesend wirkte. Gräfin Vasquez versuchte, uns zu einer Konversation zu bewegen, doch wir waren beide recht einsilbig. Alberts bloße Gegenwart vermittelte mir jedoch ein Gefühl tiefer Vertrautheit. Während Albert gleich zum Fest zurückkehrte, begab ich mich in meine Gemächer.

„Na, schon wieder zurück?“, empfing mich Bella dort. „War es schön, gefühlvoll, romantisch?“

„Woher weißt du …?“, ließ ich mich verdutzt auf den Sessel vor meinem Spiegel fallen. Sie begann, sanft die Nadeln aus meinen hoch getürmten Haaren zu ziehen, und ließ eine Strähne nach der anderen auf meine Schultern fallen. „Du hast so schönes helles Haar, Christine. Ich werde nie so sein wie du, wie ihr.“ Wieder dieser wehmütige Ton.

„Lass das! Woher weißt du, wo ich war und was machst du überhaupt hier?“ Energisch drehte ich mich zu ihr um.

„Ich habe euch beobachtet, wie ihr den Weg zu den Bastionsanlagen genommen habt. Mir war nicht wohl, und so habe ich mich in mein Zimmer zurückgezogen und mich ans geöffnete Fenster gesetzt. Dreh dich wieder um, du willst doch nachher schön aussehen für den Tanz.“ Sie begann mich zu frisieren.

„Fühlst du dich wieder besser?“ Ich versuchte, sie vom Thema abzulenken.

„Ja, ja. Mir geht es gut. Aber ich möchte von dir erfahren, wie es war. War er freundlich zu dir? Hat er meine Christine gut behandelt?“ Sie streichelte über meinen Kopf.

„Ich habe ihm den Garten gezeigt, und wir haben uns unterhalten.“

„Und mehr nicht?“

„Mehr nicht. Was denkst du von mir? Er war ein Gentilhomme“, unsere Blicke begegneten sich im Spiegel, ich errötete ein wenig.

„Ach, Christine, ich freue mich so für dich. Du bist unter einem glücklicheren Stern geboren, an dem gleichen Maitag wie die Kaiserin fünfundzwanzig Jahre zuvor. Ich weiß nicht, ob du zu ähnlicher Größe und ähnlichem Glück ausersehen bist wie Maria Theresia, unsere gottbegnadete Mutter, aber eines fühle ich mit seherischer Kraft, du wirst ein glücklicheres Los als ich haben. Du wirst nicht einen Thronerben und künftigen römischen Kaiser gebären müssen. Es ist dir der sächsische Prinz Albert als Gatte bestimmt. Lach nicht, ich weiß es, er wird dich auf Händen tragen. Er wird dich nicht so leidenschaftlich lieben wie der Erzherzog mich liebt, aber dich auch nicht zwingen, ihm einen Leibeserben zu schenken, wenn es dir zu schwer fällt und deiner Gesundheit oder gar deinem Leib schadet. Ich weiß dies, wie ich vieles voraussehe, liebe Schwester.“ Nachdenklich ließ sie meine Haare durch ihre Finger gleiten. „Vor allem, dass meine Kleine, des Erzherzogs Therese, mir bald, sehr bald im Tode nachfolgen wird, wie ich meiner geliebten Mutter nachfolge.“

Wir blickten beide in den Spiegel, ich sah sie, sie sah mich, doch wirklich sahen wir uns nicht mehr. Sie war so weit weg. Weinend drehte ich mich zu ihr um, stand auf und nahm sie in den Arm. Ihr Körper fühlte sich steif und kalt an, meine Umarmung konnte daran nichts ändern. „Ich werde dich immer lieben, Christine“, flüsterte sie mir mit fester Stimme ins Ohr.

Der vierte März 1763

Der Ball gestern Abend, der sich an die Ehrung von Alberts Bruder anschloss, war bezaubernd! Albert und ich tanzten die ganze Nacht hindurch, bis uns die Füße wehtaten und selbst dann noch. Maman beobachtete uns vergnügt und winkte uns einige Male mit ihrem Fächer zu. Papa sah ein wenig säuerlich drein.

Heute Nachmittag unternahmen wir zusammen mit Bella einen Spaziergang. Und obwohl der Himmel grau war und die Bäume kahl und trist, war ich so glücklich wie lange nicht mehr. Albert und Bella verstanden sich prächtig, und die Zeit verging wie im Fluge. Morgen werden wir gemeinsam einen Ausritt unternehmen, doch erst am Nachmittag. Zuvor hat Albert eine Audienz bei Maman. Allerdings wollte er darüber partout nichts verraten, so sehr Bella und ich auch in ihn drangen. Nun, mein Büchlein, wir werden ja sehen, was der morgige Tag bringt!

Der fünfte März 1763

Es ist spätabends, und ich sitze an meinem Frisiertisch, während mir das Haar für die Nachtruhe gebürstet wird. Die arme Wallis. Heute ist ihre Arbeit mühseliger als sonst, denn der frische Wind während unseres Ausritts hat es arg zerzaust. Bella kam doch nicht mit, Joseph hielt sie im letzten Moment mit einer wichtigen und vermutlich sehr langweiligen Angelegenheit auf. Daher wurden Albert und ich nur von unserem Gefolge begleitet.

Natürlich hätte ich Bella gerne dabei gehabt, aber andererseits stören ihre vielsagenden Seitenblicke manchmal auch ein wenig. Zu Beginn ritten wir munter dahin, scherzten und machten ein kurzes Wettrennen. Mit der Zeit wurde Albert aber immer schweigsamer und diesmal war es kein harmonisches, sondern ein bedrücktes Schweigen. Ich fragte vorsichtig nach, und da sagte er, er werde wohl bald wieder den Hof verlassen müssen.

„Das verstehe ich nicht!", wunderte ich mich. „Ihr seid doch gerade erst angereist! Doch halt, hat es etwas mit der Audienz bei Maman heute zu tun?"

Er nickte düster: „Ich habe darum ersucht", er räusperte sich, „mit dem Großmeisteramt des Deutschen Ordens betraut zu werden, da dieses verwaist ist. Ich glaubte, nach meinen Verdiensten im Krieg stünde mir dies nun offen."

„Und sie hat es Euch verweigert?", fragte ich ungläubig. Maman war doch Albert sehr zugetan, warum entsprach sie seinem Ansinnen also nicht?

„Ja. Offenbar hat Euer Vater bereits dafür gesorgt, dass das Amt von einem Mitglied seiner Familie besetzt wird."

„Und das hat Maman einfach so zugelassen?"

„Sie äußerte großes Bedauern darüber, mir nicht helfen zu können, doch seien ihr in dieser Angelegenheit die Hände gebunden."

„Das tut mir sehr leid, wirklich, Albert. Doch bestimmt tut sich bald eine andere Stellung für Euch auf. Bleibt doch noch ein bisschen."

„Das würde ich gerne, glaubt mir. Aber in meiner Heimat gibt es viel zu tun, mein Land muss wieder auf die Beine gestellt werden, und die Kaiserin äußerte den Wunsch, ich solle meinem ältesten Bruder dabei zur Hand gehen. Daher werde ich mit ihm in wenigen Tagen abreisen."

Kaum ist er da, ist er auch schon wieder weg! Nun müssen wir uns wieder schreiben: Briefe, die endlos unterwegs sind und solch einen kläglichen Ersatz für die tatsächliche Anwesenheit des anderen bieten.

Der zehnte März 1763

Albert ist weg! Ich habe versucht, Maman umzustimmen, aber anscheinend hat Papa seinem lothringischen Verwandten das Amt des Großmeisters bereits fest zugesichert. Ich glaube, Albert fiel der Abschied genauso schwer wie mir. So schön und leicht waren die letzten Tage – und nun ist er weg. Zum Abschied hat er mir ein Billet in die Hand gedrückt. „Damit Euch nicht langweilig wird, wenn ich weg bin und Ihr mir bald wieder schreibt", hatte er mit einem Augenzwinkern gesagt. Auf dem Billet steht das Folgende:

Ein letzter Hinweis: Mein „Sehnsuchtsort" wird von derselben Erscheinung begleitet wie ein großer Festakt unter Augustus.

Was meint er nur damit? Vielleicht kann mir Bella weiterhelfen, diesen Hinweis zu entschlüsseln? Sie ist doch so belesen. Morgen werde ich sie fragen.

Der fünfzehnte März 1763 – Was ist nur mit Bella los?

Bereits vor der Ankunft Bellas in Wien, in der Zeit unseres Briefwechsels, war ich glücklich darüber gewesen, endlich eine Freundin gefunden zu haben. Zum ersten Mal in meinem Leben. Eine Freundin, die nicht hinter meinem Rücken über mich tuschelte oder versuchte, über mich eine vorteilhafte Stellung am Hofe zu erlangen. Eine Freundin, die mich nicht wie meine Schwestern von einem Tag auf den anderen, aus nichtigsten Anlässen, mit Verachtung strafte, mir meine enge Bindung zu Maman nicht neidete.

Isabella war für mich da, in albernen, wie in ernsten Zeiten, liebte mich unvoreingenommen und ehrlich. Sie tut dies alles auch jetzt noch. Denn ich zweifle nicht daran, dass ihre Verbundenheit mir gegenüber dieselbe geblieben ist. Doch immer stärker habe ich das Gefühl, sie zu verlieren. An eine Traurigkeit, gegen die ich nichts auszurichten vermag: Von einem Augenblick auf den nächsten kann sich ihre Stimmung ändern. In Gesellschaft ist sie stets der Mittelpunkt der Aufmerksamkeit. Begleite ich sie dann zurück zu ihrem Zimmer, fängt sie oft schon auf dem Weg dorthin an zu schweigen, sich unwohl zu fühlen, manchmal auch zu weinen. An einem dieser Abende sprach ich sie darauf an: „Liegt es an mir? Mache ich dich betrübt?" Doch sie nahm meine Hand und antwortete: „Das Gegenteil ist der Fall. Nur bei dir kann ich so sein wie ich bin." Und das ist offenbar: aus tiefstem Herzen traurig. Aber warum nur? Ich fand alleine keine Antwort darauf und keine Ruhe.

Heute, wie ich hier sitze und nur das Kratzen der Feder auf dem Papier und Oscar, der unter dem Schreibpult zu meinen Füßen liegt und meine Seidenpantoffeln anknurrt, mir Gesellschaft leisten, weiß ich, was mit Bella los ist. Ich weiß es, nicht etwa weil ich sie gefragt habe oder mit Albert darüber sprach, auch nicht weil ich Maman gefragt habe, die auf so vieles eine Antwort hat. Nein, ich habe mich gestern nach dem Frühstück und dem Morgengebet jemand anderem anvertraut: Doktor van Swieten. Gräfin Vasquez erklärte ich, dass ich Zahnschmerzen hätte. Plötzlich, stark, unerträglich: „Ich werde van Swieten aufsuchen. Allein." Allein, das ließ die Gräfin nicht gelten, nicht bei einer Zahnbehandlung, bei der doch jedes tröstende Wort vonnöten war, und so begaben wir uns gemeinsam zu seinem Laboratorium. Ich überredete die Gräfin schließlich doch, vor dem Zimmer auf mich zu warten, klopfte an die dunkle Eichentür und wurde von einem lauten „Ja, bittschön!" hereingerufen. Van Swieten hat sich hier in den

Kellergewölben der Hofburg ein eigenes Naturalienkabinett eingerichtet, dessen Regale bis unter die gewölbte Decke des kleinen Raumes reichen. In mit Alkohol gefüllten zylindrischen Gläsern sind Tiere und anatomische Präparate eingelegt. Präparierte Pflanzen, Vögel und Insekten, Tinkturen und getrocknete Kräuter stehen und liegen auf den Borden, neben einer großen Zahl medizinischer und naturwissenschaftlicher Literatur in dicken abgegriffenen Ledereinbänden. Ich deutete stumm auf meine rechte Wange und nahm Platz.

„Haben Sie es bereits mit in Maienglöckchenspiritus getränkten Umschlägen versucht? Und warum haben Sie mich nicht zu sich rufen lassen?" Van Swieten stellte mir dieselben Fragen wie zuvor schon meine Gräfin. Doch ich hatte in der Tat einen Grund dafür: Ich wollte allein mit dem Arzt sprechen, wollte sicher sein, dass uns niemand belauschte. Und in meinen Gemächern bin ich doch nie ganz allein. Die Kammerfräulein Boës und Wallis huschen immer herum und haben ihre hübschen jungen Ohren überall …

Van Swieten legte unverzüglich seine furchterregenden Instrumente auf einem Tischchen bereit: Eisenzangen unterschiedlichster Größe, das Brenneisen, den Löffel, mit dem man die Wange des Patienten zur Seite halten kann, um ihm mit dem glühenden Eisen keine Brandverletzungen zuzufügen. Ich antwortete unhöflicherweise nicht auf seine Fragen, sondern begann sofort mit den meinen: „Ist es möglich, dass ein Mensch an einem Tage krank und ohne Kraft ist und am nächsten wieder glücklich und gesund, als wäre es nie anders gewesen?"

„Verstehe, verstehe. Sie meinen eine Art wundersame Heilung. Ja, das kommt immer wieder vor. Erst kürzlich habe ich von so einem Fall gehört. Große Frömmigkeit kann in diesem Zusammenhang nicht schaden. Aber jetzt wollen wir doch erstmal sehen. Mund auf!" Er beugte sich so nah über mich, dass mich seine buschigen grauen Augenbrauen beinahe berührten und ich seinen Atem spüren konnte. Er roch nach Nelken und Kamille. Van Swieten würdigte meine Zähne nur eines kurzen Blickes, nickte dann besorgt vor sich hin und griff nach dem Brenneisen. Er ging damit zu dem auf einem Fußgestell befindlichen Kohlebecken und schob das Eisen durch eine Öffnung an der Seite des Beckens in die glühenden Holzkohlen.

„Ich fürchte, Verehrteste, eine Wunderheilung kommt in Ihrem Fall zu spät. Der Zahn muss raus."

Oh nein! Wie konnte das möglich sein? Ich hatte die Schmerzen doch nur vorgetäuscht, um einen Grund für das Aufsuchen des Arztes zu haben! Und mindestens einmal in der Woche zwang mich die Vasquez, diese scheußlichen Schweinsborstenbürsten zu verwenden. Selbst das Mundpulver aus gemahlenen Kamillenblüten und Gewürznelken, das offensichtlich auch van Swieten benutzte, macht die Prozedur nicht angenehmer. Was hatte ich da nur wieder angerichtet? Und warum sah der Arzt mich nun so belustigt an. Ich erfuhr es gleich und zwar zu meiner großen Erleichterung: „Sie müssen mir diesen kleinen Unfug verzeihen. Ihre Zähne sind soweit in Ordnung, ich kann nichts finden. Jedenfalls nichts, das schlimm genug aussieht, um die Zange oder das Eisen zu bemühen. Ich vermute, Ihre Schmerzen rühren von einer vorrübergehenden Irritation der Pulpa, des Zahnnervs. Nichts Ernstes. Danken Sie der heiligen Apollonia, dass Sie nicht mit so schlechten Zähnen geschlagen sind wie Ihre Schwester Elisabeth."

Ich entspannte und beruhigte mich. Wie hatte ich wissen können, dass der alte Arzt ausgerechnet heute zu Späßen aufgelegt war. Van Swieten ging zur Tür, bereit mich zu verabschieden, doch ich bat ihn zu warten. Ich war wegen Bella gekommen und würde nicht gehen, bevor mich van Swieten nicht angehört hatte: „Was ich eben meinte, hat nichts mit Wunderheilungen zu tun. Hören Sie mich an, es ist sehr wichtig. Ist es möglich, dass ein Mensch, der eben noch von Fröhlichkeit erfüllt war, ganz plötzlich voller

Angst und Traurigkeit ist? Dass ein Mensch erst Nächte auf Bällen durchtanzt, ein Sinnbild des Glücks, der Fröhlichkeit, des Lebens, doch dann, an den nächsten Tagen sterbenselend in seinem Bett liegt, nicht essen mag, nicht schlafen mag, beim Anblick der Sonne zu weinen beginnt und dann noch mit tränenerfüllten Augen ganz plötzlich nach einem Tablett gebratener Wachteln verlangt, aus dem Bett springt und den ganzen Hof umarmen möchte, nur um sich wenige Minuten später in seinen Gemächern zu verschließen, für Tage, nicht sein Kind, nicht einmal seine beste Freundin sehen will, nicht mehr lacht, nicht mehr spricht, nicht mehr liest, nicht mehr schreibt, nicht mehr leben will?" Fast hatte ich während meiner Rede selbst begonnen zu weinen. Laut ausgesprochen klang Bellas Zustand noch erschreckender als in meinem stummen Sinnieren der letzten Zeit.

„Gibt es das?"

Van Swieten blickte mir lange in die Augen: „Auch das kommt vor. In einem solchen Falle handelt es sich vermutlich um einen Melancholiker, der der Welt ein Schauspiel liefert, der seine Krankheit verbergen will. Es handelt sich um eine besondere Form der Schwerblütigkeit, die oftmals mit großer Schwermut und Trauer einhergeht, anders gesagt, mit Melancholie. Schuld daran trägt, wie der Name sagt, die mélaina cholé, die schwarze Galle, die den Körper und den Geist des Melancholikers betrübt. Dieser ist neben dem Choleriker, dem Phlegmatiker und dem Sanguiniker einer der vier Temperamente, wussten Sie das, Erzherzogin? Das bedeutet erst einmal nicht, dass diese Menschen krank sind, im Gegenteil. Oftmals handelt es sich um Personen, die großes Talent für Politik, Dichtung, Kunst oder Philosophie zeigen, die wahrhaftig und verlässlich sind. Jedoch neigen sie eben auch zu Schwermut und Trauer, Kritik und Misstrauen, und sie leiden unter einem zerrütteten Gottesverhältnis. In diesem Zusammenhang ist durchaus von einer Krankheit zu sprechen." Van Swieten bestätigte, was ich vermutet hatte: Bella ist krank.

„Gibt es eine Möglichkeit der Linderung, gar der Heilung?"

„Ein Aderlass wird sicher nicht schaden, ein längerer Aufenthalt in einem Heilbad ist zu überlegen, auch eine Zeitlang leichte Speisen, vor allem das Blanc Manger ist zu empfehlen. Mehr, fürchte ich, ist nicht zu tun. Man kann nur beten und hoffen, dass sich nicht Wahn und sündhafte Taten daraus entwickeln."

Das sollte alles sein? Ein gewöhnlicher Aderlass, ein bisschen Heilbad und Blanc Manger, diese gegarte Masse, bestehend nur aus weißen Zutaten, aus zerstoßenen Mandeln, dem Saft von Kapaunen, Reismehl, Schmalz und Zucker, sollte Bella wieder glücklich machen? Und wovon hatte er gesprochen? Von sündhaften Taten. Bella würde doch nie, nie, nie erwägen, eine Sünde zu begehen, sich gar selbst zu töten, oder? Meinte er das? Ich musste darüber nachdenken, wollte weg, wollte nichts mehr hören.

Doch ich hatte noch etwas, was ich dem Arzt sagen musste: „Sie müssen wissen, es geht nicht um mich. Und bitte sagen Sie meinen Eltern nichts von unserer Unterredung."

„Verehrte Erzherzogin. Ich war schon Ihr Arzt, bevor Sie zur Welt kamen. Ich kenne Sie sehr gut und weiß, dass nicht Sie es sind, die an dieser Krankheit leiden. Aber schicken Sie doch Ihre Freundin nächstens zu mir, womöglich kann ich ihr wenigstens etwas Linderung verschaffen."

Oh nein! Weder ich noch der Leibarzt hatten während unserer Unterhaltung bislang den Namen Bellas erwähnt, doch wir beide wussten offenbar, von wem die Rede war. Ich hatte mich wohl verraten! Wie konnte er sonst wissen, dass ich von ihr gesprochen hatte? Konnte ich ihm trauen, oder würde er Bellas Geheimnis am ganzen Hof verbreiten? Hatte ich durch meinen Leichtsinn ihr Leben nun noch schwerer gemacht? Doch der Arzt hatte Recht: Er kannte mich gut und wusste auch jetzt, worüber ich grübelte.

„Ich sehe, Sie wundern sich, dass ich weiß, von wem Sie sprechen. Aber vergessen Sie nicht: Ich bin ein erfahrener Arzt. Es gehört zu meiner Profession, dass ich manche Dinge früher erkenne, als andere dies tun. Dass ich Menschen genauer betrachte und ihren Leiden auf den Grund gehe. Und so habe ich auch Ihre Freundin schon länger beobachtet. Was Sie mir eben erzählt haben, war keine Surprise für mich."

Eilig fügte er hinzu: „Ich werde nichts verraten. Sie erfüllt alle ihre Pflichten, ist am Hofe wie beim Volke hoch angesehen, doch das wissen Sie viel besser noch als ich. Solange sie sich bemüht, Joseph, Wien, Österreich, so Gott will, bald einen Thronfolger zu schenken, gibt es keinen Grund zur Beunruhigung. Und nun gehen Sie. Aber vergessen Sie nicht: Reinigen Sie nur jede Woche brav Ihre Zähne. Ich habe hier auch einige neue Bürsten für Sie. Aus gekochten Pferdeborsten." Er reichte mir eine Handvoll Holzstiele mit angeklebten, schwarzen Borsten. „Sie mögen doch Pferde?" Ich war ihm dankbar, dass er nach unserem ernsten Gespräch versuchte, mich aufzumuntern. Und so wagte auch ich noch eine letzte Frage: „Warum haben Sie vorhin das Eisen erwärmt? Mich so zu erschrecken!"

„Ach so, das. Nun ich erwarte gleich noch eine andere Patientin, Ihre Schwester ..."

Das erklärte alles. Ich wusste gleich, wen er meinte: Elisabeth und ihre Zähne, das dunkle Kapitel im Leben der schönen und stolzen Liesl. Ein wenig Schadenfreude verspürte ich schon und freute mich, dass auch sie nicht ohne Makel ist. Elisabeth wird nie in ihren eigenen Gemächern behandelt, sondern muss sich zu den Behandlungen in den Keller begeben. Ihr Geschrei beim bloßen Anblick der Brennschere wäre sonst bis nach Schönbrunn hinaus zu hören.

Ich verabschiedete mich von van Swieten und traf vor seinem Laboratorium mit der wartenden Gräfin Vasquez und meiner Schwester zusammen, wobei sich Letztere jammernd die Backe hielt, während ihr meine liebenswürdige Gräfin über die Hand streichelte. Meiner ansichtig, erhob sie sich ruhig, überließ Liesl den Händen van Swietens und flüsterte mir zu: „Endlich!"

Jetzt, wo ich dies alles nochmal überdenke und niederschreibe, habe ich eine Entscheidung getroffen: Ich werde Bella nicht zu van Swieten schicken. Er hat doch selbst gesagt, dass es noch keinen Grund zur offiziellen Beunruhigung gibt. Ich habe auch Angst, dass sich ihr Leiden am Hof herumspricht. Und Bella fühlt sich womöglich von mir verraten, wenn sie erfährt, dass ich mit einem Außenstehenden über sie gesprochen habe. Trotzdem. Es hat gut getan, mit van Swieten zu sprechen. Ich weiß nun: Nicht ich, nicht die kleine Therese, nicht das Leben ist schuld an ihrer Traurigkeit. Bella ist krank, nicht zu ernst, aber krank. Und schuld daran trägt allein die schwarze Galle.

Der dritte April 1763 – Zur Ehre des Heiligen Andreas

Habe ich dir jemals, geschätztes Tagebuch, vom Ordre de la Toison d'Or, dem Ritterorden vom Goldenen Vlies erzählt? Wohl kaum, denn dieser Orden ist eine reine Männerangelegenheit und spielt im Leben einer Frau so gut wie keine Rolle. Beim jährlichen Andreasfest Ende November und bei den Toisonverleihungen, den Aufnahmezeremonien neuer Ritter, nehmen Maman und wir älteren Erzherzoginnen nur als Zuschauerinnen teil, meist sogar incognito, auf der Empore der Kapelle sitzend, hinter kleinen Fenstern verborgen. Ich fühle mich dabei immer ein bisschen wie ein Spion, wie ein Eindringling in eine fremde Welt, in der ich eigentlich nichts zu suchen habe. Die Zugehörigkeit zu diesem Orden ist ein ganz besonderes Privileg, das nur der Kaiser erteilen kann. Die Ritter stehen im Rang noch vor den Geheimen Räten und den Kämmerern. Es dürfen daher nur hochverdiente, streng katholische und eben männliche Angehörige des hohen

Adels aufgenommen werden, so ist es schon seit Jahrhunderten bestimmt. Philipp der Gute von Burgund hat den Orden einst im fünfzehnten Jahrhundert zum Lob Gottes, der Jungfrau Maria und des Apostels Andreas gestiftet, und bald schon ging er an die Habsburger über. Seit dem Tod von Grand-père Karl ist Papa Großmeister des Ordens und führt alle Zeremonien an.

Warum ich gerade heute auf diese Geschichte komme? Nun, es ist Papas Wunsch, dass all seine Söhne in den Orden aufgenommen werden, selbst wenn sie noch nicht großjährig sind und sich im Grunde noch keine großen Verdienste um unser Haus erworben haben. Joseph wurde schon bei seiner Taufe zum Ritter geschlagen, und heute waren Ferdinand und Maxl an der Reihe.

Schon früh am Morgen herrschte helle Aufregung in den kaiserlichen Gemächern. Zwar wurden die beiden Buben schon lange auf diesen großen Tag vorbereitet und haben alle Schritte der Zeremonie sorgfältig einstudiert, aber jetzt, da es wirklich ernst wurde, fing Maxl an bockig zu werden. Mit seinen sechs Jahren ist er ja eigentlich kein kleines Kind mehr, aber er versteht es noch immer, seine Stellung als jüngster Erzherzog auszunutzen. Weil er heute besonders früh aufstehen musste, war er natürlich noch unausgeschlafen, dann musste er auch noch auf das Frühstück verzichten, und als er die Ordenstracht anlegen sollte, vergaß er sich völlig. Eigens für ihn und Ferdinand waren die prachtvollen traditionellen Gewänder en miniature angefertigt worden: dunkelrote samtene und mit weißem Atlas gefütterte Mäntel, ebenso rote Untergewänder und purpurfarbene, goldbestickte Mützchen. Doch Maxl beharrte vehement darauf, das Gewand sei viel zu unbequem, zu lang und zu schwer, er wolle es nicht anziehen. So sehr sich sein Ajo und die Kammerfräulein bemühten, der Kleine schrie, heulte und schlug um sich, sodass sie ihm nicht beikommen konnten. Amalia und ich versuchten, beruhigend auf ihn einzureden, Ferdinand hingegen stand teilnahmslos daneben. Obwohl nur gut ein Jahr älter, spielte er den Vernünftigen und Souveränen, den nichts aus der Ruhe bringen konnte. Erst als Maman zu uns stieß, hatte das Drama ein Ende. Aufgeregt herrschte sie uns an, was wir dem armen Maxl angetan hätten, schloss ihn in die Arme, nahm ihn auf den Schoß und drückte ihn an ihre weiche Brust. „Nur Mut!“, redete sie ihm gut zu. „Du schaffst das schon. Du hast doch gut geübt. Und weißt du was? Als Belohnung bekommst du morgen einen freien Tag, ganz ohne Unterricht.“ Und mit verschwörerischem Blick fügte sie hinzu: „Und außerdem sollst du für deine Zinnarmee einen neuen Zinnsoldaten bekommen, einen ganz besonderen.“

Dieses Versprechen ließ Maxls Augen leuchten und die Tränen verschwinden. „Na gut, Maman, ich will tapfer sein!“ Mit diesen Worten ließ er sich endlich bereitwillig die Tracht anlegen.

Erleichtert atmeten wir alle auf. Es war auch schon höchste Zeit, sich auf den Weg zur Hofkapelle zu machen. Kurz vor dem Ziel trennten sich unsere Wege, die Buben traten in die Sakristei, wir Damen begaben uns ins Oratorium, von wo aus wir einen guten Blick in die Kapelle hatten, ohne selbst gesehen zu werden. Selbst Bella hatte sich durchgerungen, mitzukommen, wenn auch mit dunklem Spitzenschleier behangen. Ich vermute, sie hat wieder geweint! Alle waren schon anwesend: Sämtliche Ordensritter, allesamt, wie es sich für eine solch hohe Veranstaltung gehört, mit ihrer Tracht angetan, der päpstliche Nuntius sowie der spanische und der venezianische Botschafter. Bald öffnete sich die Tür zur Sakristei, und die Hauptakteure traten ein. Papa im Ornat des Großmeisters, ein Edelknabe hielt ihm die Schleppe, dann folgte der Obersthofmarschall mit dem Schwert für den Ritterschlag in der Hand, dann Ferdinand und Maxl, dahinter die beiden ältesten Ritter, Herzog von Hildburghausen und Fürst von Schwarzenberg. Papa setzte sich auf den Thron, der unter einem goldenen Baldachin vor dem Altar aufgestellt worden war. Nachdem die Buben vor ihm niedergekniet waren, reichte der Obersthofmarschall Papa das Schwert, und er schlug damit den beiden je dreimal auf die linke Schulter. Dann wandten sich die zwei nach links zu einem Tisch, auf dem das Schwurkreuz aufgestellt war. Auf Samtpolstern kniend leisteten sie den Eid, dass sie die Regeln des Ordens zeitlebens anerkennen würden. Bei diesem Eid hätte sich Ferdinand beinahe verhaspelt, was verriet, dass er doch nervöser war, als er es zuvor zugegeben hatte. Aber es war ihm nicht zu verdenken, dass er weiche Knie hatte, war dies doch der erste große öffentliche Auftritt vor solch herausragendem Publikum. Es war eine sehr feierliche Zeremonie nach althergebrachtem Protokoll, die ich in dieser Form schon öfter beobachtet hatte.

Doch diesmal waren meine kleinen Brüder die Hauptpersonen, und ich kann nicht verleugnen, dass auch mir das Herz klopfte und ich bangte, dass alles gut verlaufen würde. Nach dem Eid traten die neuen „kleinen Ritter" wieder zu ihrem Papa-Großmeister und küssten ihm die Hand. Er seinerseits umarmte sie kräftig. Als nächstes legten ihnen Hildburghausen und Schwarzenberg die Kollanen an, die Ordensketten mit dem herabhängenden goldenen Widderfell, als Zeichen ihrer Ordenszugehörigkeit. Schließlich wurde noch ein Hochamt gefeiert, bevor alle in derselben Reihenfolge wie beim Eintreten wieder aus der Kapelle auszogen – die Zeremonie war überstanden, und ich konnte mir nur zu gut vorstellen, wie die beiden Buben, von aller Anspannung befreit, jubeln würden, sobald sich die Türe hinter ihnen schloss.

An der anschließenden öffentlichen Tafel nahmen ebenfalls nur die Toisonisten teil, das heißt, ich sah meine Brüder erst wieder am Nachmittag. Jetzt waren beide sehr stolz, dass sie in den ausgewählten Kreis der Ritter aufgenommen wurden, und sogar Maxl trug noch immer seine Tracht und die schwere Kette, als ob es sein alltägliches Gewand wäre. Dass er sich am Morgen so kindisch aufgeführt hatte, hielt er für ein Gerücht. So benimmt sich doch schließlich kein Ritter! Zu dieser Stunde liegt er sicherlich zufrieden in seinem Bettchen, schlummert tief und fest und träumt von den Abenteuern seines neuen Zinnsoldaten.

Der vierte Juli 1763 – Entschlüsselt!

Nachdem mir Bella bei Alberts kryptischen Aussagen in Bezug auf seinen Sehnsuchtsort auch nicht weiterhelfen konnte, habe ich auf Alberts letzten Hinweis einige Tage in unserer Bibliothek verbracht und lateinische Quellen gewälzt. Lauter langweilige Dinge über Augustus standen da, welche Gesetze er erließ, wen er wann besiegte und so weiter und so fort. Aber über eine Erscheinung, die irgendwelche Feierlichkeiten begleitete, fand ich nichts. Daher gab ich es nach kurzer Zeit auf. Aber gestern, gestern, da ist es passiert! Zufällig war ich anwesend, als Josepha über einer Lateinübersetzung brütete und übellaunig mit ihrer Feder das Blatt vor sich malträtierte.

„Kann ich dir vielleicht helfen?“, fragte ich sie irgendwann belustigt. Sie nickte energisch. Ich überflog den lateinischen Satz, auf den sie deutete und übersetzte, ohne weiter nachzudenken: „Während der Spiele, die Augustus zu Beginn seiner Herrschaft abhielt, hat sieben Tage ununterbrochen eine stella crinita am Himmel geleuchtet. – Ein ‚Haarstern‘?“ Wir grübelten erst einmal beide, was mit „Haarstern“ gemeint sein konnte, dann hatte ich plötzlich eine Eingebung: „Das muss wohl so etwas wie ein Komet sein.“ Und da erst begriff ich, was ich gesagt hatte.

„Ein Komet!“, wiederholte ich und ohne ein weiteres Wort lief ich aus dem Zimmer und ließ eine verblüffte Josepha zurück.

Ein Komet! Alberts letzter Hinweis! Über einer Winterlandschaft mit klarem Sternenhimmel. Was bin ich für ein Esel! Alberts „Sehnsuchtsort“ ist gar kein richtiger Ort. Er meint unsere Schlittenfahrt vor drei Jahren! Und die andere Person, die noch davon weiß, das bin natürlich ich. Doch halt. Heißt das, Albert will mir seit fast drei Jahren mitteilen, dass die Schlittenfahrt mit der kleinen launigen Erzherzogin Marie Christine seine wertvollste Erinnerung ist? Ich bin wirklich ein Esel. Und was mache ich jetzt?

Später am Tage

Bella wusste Rat. Meine Erzählung über Alberts Rätsel zauberte sogar ein kleines Lächeln auf ihr Gesicht. Das erste, was sie sagte, war: „Tja, meine Liebe, ich hatte von Anfang an Recht. Du bist die Auserwählte des Prinzen. Sein Herzensblinkerl." Ich wurde puterrot. Sie lächelte ein wenig breiter. „Nun tu doch nicht so. Das muss dir doch ebenfalls klar geworden sein während eures letzten Zusammentreffens."

„Nein, ich meine, ja, aber doch nicht so deutlich! Bis jetzt konnten wir uns einfach mögen, ohne dafür große Begriffe haben zu müssen. Aber mit diesem Rätsel hat er es sozusagen offiziell gemacht. Und nun weiß ich gar nicht mehr, was ich tun soll!"

„Aber nicht wegen Alberts Zuneigung. Sondern nur wegen der Tatsache, dass du nun Stellung beziehen musst, meine Liebe." Wie immer kannte Bella mich besser als ich mich selbst. „Natürlich kannst du einfach euer albernes Ratespielchen in die Länge ziehen, aber das willst du doch eigentlich gar nicht."

„Will ich nicht?"

„Nein!"

„Ja aber, was mache ich denn nun? Schreibe ich ihm einen Brief? Was soll da denn drinstehen? ‚Lieber Prinz Albert. Ich glaube, Ihr seid in mich verliebt. Ich finde Euch auch sehr nett.' Das geht doch nicht!" Ich begann, nervös auf und ab zu marschieren. Bella verzog leicht amüsiert die Mundwinkel.

„Nun, da dich dein sprachlicher Feinschliff offenbar gerade verlässt, solltest du ihm deine Antwort vielleicht in einer Form zukommen lassen, die deinen Fähigkeiten mehr entspricht." Verständnislos blickte ich sie an.

„Mal' ihm ein Bild!"

„Ein Bild. Ein Bild!", rief ich. „Das ist gut. Dann muss er als Erster wirklich Stellung beziehen. Ein Bild. Bella, du bist ein Schatz." Ich drückte ihr ein Busserl auf die Wange und lief, begleitet von ihrem Kopfschütteln, hinaus.

Der dreißigste August 1763

Der Sommer auf Laxenburg ist wie eh und je. Unerträglich heiß und langweilig. Ich male, lese und unternehme hin und wieder Spaziergänge mit Bella. Ich will ihr in ihrer schweren Zeit beistehen und eine gute Freundin sein. Doch oft lässt sie sich für Tage nicht blicken und will partout keinen Kontakt zur Außenwelt. Das macht es mir schwer und stimmt mich so unendlich traurig.

Und dann ist da noch dieses Bild. Alberts Bild. Ich habe bestimmt schon hundert Skizzen angefertigt und wieder verworfen, drei verschiedene Bilder begonnen und wieder übermalt. Ich weiß nicht, was und wie ich malen soll. Oder hatte Bella Recht? Zaudere ich, weil ich mich fürchte, Albert gegenüber offen Stellung zu beziehen?

Gut, sie hat Recht! Ja, ich fürchte mich. Denn was, wenn solch platte Offenheit unsere Zuneigung, die gerade zu ein bisschen mehr als Freundschaft wurde, ganz zunichte macht? Oh, diese Grübelei macht mich ganz narrisch!

Noch dazu treffen ständig neue Briefe von Albert ein, was mich einerseits sehr freut, da sie fast das einzige sind, was mir das diesjährige Laxenburg erträglich macht. Aber anders als früher enthalten meine Antwortbriefe nicht mehr das, was mein Innerstes bewegt: Wenn ich schreibe, dass ich male, so meine ich eigentlich

„für Euch" und wenn ich schreibe, „ich denke viel nach", so meine ich eigentlich „über Euch".

Manchmal wünschte ich, er wäre hier. Dann wieder bin ich froh über seine Abwesenheit.

Maman hat Albert nämlich vor Kurzem zum General der Kavallerie ernannt und ihm damit das Kommando einiger Truppen in Ungarn übertragen. Dort muss er nun die meiste Zeit verbringen. Seine bisher letzten Zeilen erreichten mich aus Komorn. Mittlerweile müsste er unterwegs nach Budapest sein und dort sein Quartier einnehmen.

Ich hoffe nur, dass bald etwas passiert, irgendetwas, damit diese Grübeleien endlich aufhören!

Der dritte September 1763

Etwas ist passiert: Bella ist wieder guter Hoffnung. Ich freue mich, sorge mich, bange und hoffe ...

Der achtzehnte November 1763

Bleib bei mir! Hörst du, du darfst nicht gehen, Bella!

Die letzten Stunden haben mich, haben den ganzen Hof in große Angst und Schrecken versetzt. Dabei hatte der Tag doch ganz friedlich begonnen:

„Erzherzogin!" Im letzten Moment, als nur noch ein Stückchen meines Saumes an der Tür hing, holten mich am Nachmittag die Worte meiner Gräfin zurück. Da ich in Eile war, steckte ich nur noch einmal den Kopf durch die Tür. „Sie brauchen heute nicht mitzukommen, Gräfin, ich gehe zusammen mit Isabella spazieren, und wir wollen die kleine Therese mitnehmen."

„Das wird wohl heute nicht möglich sein. Der Erzherzogin ist nicht wohl, sie lässt sich entschuldigen!" Resignierend streckte ich die Hand aus, aber die Gräfin schüttelte den Kopf: „Es tut mir leid, aber ich habe kein Billet für Sie!" Es war einen Moment still. „Komm, Christine." Die Gräfin schlug ihren liebevollen Ton an, den sie nur hat, wenn uns niemand hört. „Sorg dich nicht, es wird ihr schon wieder gut werden. Das war in den letzten Monaten doch auch so. Geh und spiel mit dem Kind, es sieht seine Mama zur Zeit so selten, es wird sich freuen, wenn du dir Zeit nimmst." Stirnrunzelnd sah ich meine Gräfin noch einen Augenblick an, ließ mich dann von ihrem Lächeln überzeugen und schüttelte meine Sorgen ab. Sie hatte Recht, es war ein wunderschön strahlender Spätherbsttag – den sollte man nicht vergeuden!

Mit dem Kind auf dem Arm trat ich kurze Zeit später in den von der Sonne erwärmten Hof des Palais Belvedere und ging mit der Kinderfrau auf das versteckte Türl zu. Ein herrlicher Anblick bot sich uns im Garten: Die warme Herbstsonne tauchte die Anlage in ein goldenes Licht, die Blätter leuchteten rot und gelb, und ein sanfter Wind wehte uns einen süßen und zugleich erdigen Duft um die Nase. Das Kind jauchzte, und die Kinderfrau schüttelte verwundert den Kopf: „Was für ein seltsames Wetter. Wie kommt so ein überreifer Herbsttag nur in den November?"

„Überreif? Ach gehen's, Madame, für mich ist der Tag perfekt, und das Wetter bietet doch so viele Möglichkeiten!" Mit offenen Armen lief ich der kleinen Therese hinterher, die auf ihren dicken Beinchen versuchte, die sich gegenseitig im Kreis jagenden Blätter zu fangen. Wir spielten eine Zeit lang Fangen und flochten dann einen dichten Kranz aus den goldenen Blättern. Therese sah aus wie eine kleine Herbstkönigin. „Komm, Therese, wir sammeln noch Kastanien, die kannst du nachher der Mama mitbringen, die wird sich darüber freuen!" Eifrig nickend machte sie sich an die

Arbeit, wobei sie beim Aufheben der Kastanien gelegentlich noch nach vorne kippte. „Erzherzogin Mimi!“ Lachend drehte ich mich um und erblickte Onkel Karl nicht weit von mir an einer Hecke.

„Ja, Onkel, was machst du denn hier?“

„Ich hörte dein Lachen und wollte nur einmal Guten Tag sagen. Die Kleine entwickelt sich ja prächtig. Ich habe auch noch ein Geschenk für Erzherzogin Isabella. Ist sie denn nicht mit euch im Garten?“

„Nein, sie fühlt sich heute nicht wohl.“

„Nun, gut, ich wollte es ihr eigentlich persönlich geben. Ich habe wieder ein paar wunderbar reife Orangen gepflückt, die sie doch so liebt. Willst du sie mitnehmen und der Kronprinzessin schenken?“ Ich nickte und folgte ihm zum Gewächshaus. Dort nahm ich den Korb mit den Orangen entgegen. Es stimmte, sie waren traumhaft schön.

Zurück in der Hofburg machten wir uns sogleich auf den Weg in Bellas Appartements, aber schon beim Eintreten in den Vorraum wurde mir mulmig im Magen. Maman stand mitten im Raum und sprach sehr ernsthaft mit van Swieten. Ich trat ein bisschen näher und versuchte, zu lauschen. „Nun, wie steht es um die Kranke?“, hörte ich Maman besorgt fragen. Ich ging noch einen Schritt nach vorne.

„Sie klagte heute Morgen über ein starkes Unwohlsein, das ich auf ihre Schwangerschaft zurückführte. Leider ist aber im Lauf des Tages ein hohes Fieber hinzugekommen, was mich dazu nötigte, einen Aderlass durchzuführen. Die liebe Kranke selbst aber scherzt über ihren Zustand und beauftragt mich, Euch zu bitten, sich ihretwegen keine Sorgen zu machen ...“

Therese gluckste in diesem Moment auf meinem Arm und unterbrach das Gespräch der beiden. Sie fuhren erschrocken auseinander. Nach einem kurzen Blick auf uns ergriff Maman noch einmal eindringlich van Swietens Arm und zog ihn zu sich heran:

„Meine Zärtlichkeit für diese liebe und würdige Tochter steht in keiner Weise hinter jener für meine eigenen Kinder zurück, sie macht meinen gegenwärtigen Zustand schrecklich und bemitleidenswert. Sorgt dafür, dass sie wieder gesund wird!" Dann drehte sie sich zu uns um und nahm mir Therese forsch aus dem Arm. „Maria Christina, was denkst du dir eigentlich, das Kind in ein Krankenzimmer zu bringen?" Erschrocken über das Gehörte und verwirrt über Mamans Reaktion blickte ich sie an: „Comment? Ich wusste nicht, dass es so schlimm um Isabella steht! Was ist mit ihr? Ich möchte zu ihr!"

„Papperlapapp! Du würdest sie nur unnötig aufregen und dich anstecken!" Mit diesen Worten schob sie uns zur Tür hinaus.

Im Laufe des Abends kam die entsetzliche Nachricht: Bella hat die Blattern! Jetzt durfte niemand mehr auch nur in die Nähe ihrer Gemächer kommen, bis auf Joseph. Aller Gefahr zum Trotz ließ er sich nicht davon abbringen, bei ihr zu bleiben. Außerdem hat er die Blattern schon einmal überstanden und konnte sich in der Hoffnung wiegen, sich nicht erneut anzustecken. Anders verhält es sich bei mir. Die Wachen haben von Maman den ausdrücklichen Befehl bekommen, mich nicht in die Nähe von Bellas Gemächern zu lassen. Gräfin Vasquez hat mich zu Bett begleiten müssen. Aber schlafen kann ich heute Nacht nicht. Im dunklen Schlafzimmer wurde meine Angst übermächtig. Wenn sie nun stirbt! Ihre Vorahnungen kommen mir immer wieder in den Sinn. Kann sie es damals schon gewusst haben? Sie darf nicht sterben!

Als die Angst zu groß wurde, stand ich wieder auf und setzte mich beim Kerzenschein an mein Buch. Das Schreiben beruhigt mich an normalen Tagen und lenkt mich von der Welt außerhalb meines Buches ab. Draußen rüttelt der Wind an den Fensterläden und peitscht unbarmherzig den Regen gegen die Hofburg. So wie dieser wunderschöne Tag ins Fürchterliche umgeschlagen ist, ist auch das Wetter umgeschlagen. Als wenn die dunklen Wolken die Stimmung in meinem Herzen reflektieren wollten. Die unbeschwerte Zeit im Garten kommt mir vor, als wäre sie Jahre her. Nur die Orangen, die immer noch in ihrem Körbchen liegen und wunderbar duften, lassen den Tag nicht wie einen Traum erscheinen. Die Kälte kriecht in meine Glieder, und mit ihr kommt diese dunkle, fürchterliche Angst wieder. Wenn ich doch nur bei ihr sein könnte. Ich könnte sie trösten, ihr Halt geben und ihr sagen, dass sie nicht gehen darf. Ich könnte ihr sagen, warum sie mich nicht verlassen darf. Karl und Johanna habe ich schon verloren, nicht auch noch dich, Bella. „Bella, hörst du mich? Du darfst nicht gehen, bitte, bitte geh nicht!"

Der neunzehnte November 1763

Gestern Abend bin ich über meinem Buch eingeschlafen. Gräfin Vasquez hat es mir vorsichtig heute Morgen unter dem Kopf weggezogen. Bella geht es nicht besser, aber auch nicht schlechter. Traurig nahm ich diese Nachricht zur Kenntnis und begab mich mit meiner Familie in die Hofkapelle. Alle, die ganze Familie, aber auch der Hofadel und das Volk, sind bestürzt und wie gelähmt. Unsere geliebte Isabella! Ich habe noch nie in meinem Leben so inständig gebetet habe!

Den ganzen Tag kamen keine neuen Nachrichten aus dem Krankenzimmer. Der Wind fegte noch immer um die Hofburg und war so heftig, dass ich vereinzelt Schindeln in den Hof krachen hörte. Am Abend gelang es mir, Gräfin Vasquez dazu zu bringen, die Orangen mit einem Dienstboten in das Krankenzimmer zu schicken. Und dann setzte wieder der Regen ein, der nun fast schon behutsam gegen mein Fenster trommelt. Beinahe bin ich froh um diesen Regen, der mir bei meiner einsamen Nachtwache Gesellschaft zu leisten scheint. Ich kann nicht schlafen!

Der einundzwanzigste November 1763

So wie die letzten Tage sind jetzt alle Tage und vor allem die Nächte. Keiner versucht mehr, mich zum Schlafen zu überreden. Tagsüber spiele ich mit der kleinen Therese und nachts wandere ich durch die Gänge oder sitze über meinem Buch. Es gibt und gibt keine guten Nachrichten aus dem Krankenzimmer. Van Swieten sagt immerzu nur soviel: „Ihre Hoheit kämpft noch immer gegen die Blattern! Wir legen ihr Schicksal in Gottes Hände." So bemüht sich auch Pater Lechner, mir Trost zu spenden.

Der zweiundzwanzigste November 1763

„Erzherzogin, die Glocken läuten!" Gräfin Vasquez hatte sich über mich und mein Buch gebeugt und schüttelte meine Schultern. Ich war wohl schon wieder eingeschlafen und dadurch reichlich verwirrt: „Die Glocken? Was hat das zu bedeuten? Ist Bella wieder gesund?"

„Nein, es bedeutet lediglich, dass sie heute Nacht von einem Mädchen entbunden wurde."

„Oh!" Ich ließ mich zurück in meinen Stuhl fallen. Einen kurzen Moment war es ganz still, dann berührte mich eine Hand an der Schulter und die Gräfin fragte leise: „Sie haben ihre Schwangerschaft beinahe vergessen gehabt, nicht wahr?" Ich konnte nur nicken und lehnte meinen Kopf an ihre Hand, versuchte die Tränen zurückzuhalten, aber es gelang mir nicht sehr gut, ein, zwei fielen doch in meinen Schoß.

Das kleine Mädchen war eine Totgeburt. Es lebte gerade einmal lange genug, um ihr einen Namen zu geben: Christine, nach mir, ihrer Patentante. Am Abend wurde sie still und leise beerdigt.

Graf Salm erklärte sich bereit, den Trauerzug zu begleiten und brachte den winzigen Sarg in die Kapuzinergruft. Ich bin wohl vom Warten und der Schlaflosigkeit schon so erschöpft, dass ich nicht einmal mehr Traurigkeit fühle – den ganzen Tag wollten keine Tränen mehr kommen.

Der vierundzwanzigste November 1763

Als ich heute Morgen nach einer neuerlich durchwachten Nacht in den Frühstückssalon kam, fand ich ein Billet von Maman vor:

Meine liebe Mimi, du kannst Isabella nicht helfen, wenn du dich körperlich erschöpfst. Erfüll mir eine Bitte und geh heute an die frische Luft in den Park!

Auch wenn ich keine sonderliche Lust verspürte, zog ich mich warm an und ging in den Park. Ich bat Gräfin Vasquez, mich nicht zu begleiten – ich wollte alleine sein. Die frische Luft tat wirklich gut. Ich beschloss, einen etwas weiteren Spaziergang zu machen und Dante im Belvedere einen Besuch abzustatten. Hier fühlte ich mich endlich wieder einmal Bella nahe.

Wenn ich früher mit Bella herkam, dann hob er immer sein Köpfchen und musterte uns Eindringlinge sehr genau. Doch heute bewegte er sich nicht. Beunruhigt nahm ich einen der Falknerhandschuhe, öffnete den Käfig, ging hinein und lockte den Falken mit einem Stück Fleisch, das ich aus der Futterkiste genommen hatte. Er hob den Kopf, aber anstatt seine Flügel auszubreiten und zu mir herunterzufliegen, hüpfte er von Ast zu Ast auf mich zu. Ich setzte ihn mir auf die Hand und betrachtete ihn etwas genauer. Unterhalb seines Flügels entdeckte ich eine tiefe Wunde, die schon leicht zu eitern angefangen hatte. Ich band Dante mit einem Lederriemen an meinem Handschuh fest und begab mich auf die Suche nach einem der Tierpfleger, die Bella eigens für ihn angestellt hatte. Ratlos betrachtete er die Wunde: „Das verstehe ich nicht, Erzherzogin. Es ging ihm gestern noch sehr gut und heute Morgen, als er nach seinem Ausflug zurückkam, da war er auch noch gesund!"

„Ja, aber irgendetwas muss ihn verletzt haben. Ihr müsst so etwas doch bemerken! Wie konnte Euch das nur entgehen?"

„Ich weiß nicht, Erzherzogin, ich war wohl einen Moment abgelenkt! Gebt mir das Tier, ich werde es für Euch pflegen."

„Abgelenkt? Wisst Ihr, wie wichtig dieser Falke der Kronprinzessin ist?" Ich war so wütend! Entrüstet starrte ich ihn an. „Nein, Ihr pflegt ihn nicht, Ihr seid mir zu abgelenkt!" Ich schluckte den Rest meiner Worte hinunter und nahm ihm den Falken wieder von der Hand. Behutsam trug ich ihn in den Käfig zurück. Dort legte ich ihm nach Anweisung des Pflegers einen Verband mit einer grässlich riechenden Salbe an und fütterte ihn mit Kernen.

„Ich komme jetzt täglich und sehe nach dem Falken, niemand sonst rührt ihn an!", instruierte ich noch den Pfleger und entließ ihn dann.

Während ich Dante streichelte, sprach ich beruhigend auf ihn ein: „Wenn ich schon nicht an Bellas Bett sitzen darf, dann kann ich wenigstens dich pflegen, gell?" Aber ganz in meinem Innersten beschlich mich ein fürchterlicher Gedanke: Was geschieht, wenn Isabella nicht mehr gesundet?

Nach meinem Spaziergang zu dem Falken kehrte ich in die Hofburg zurück und hörte es schon am Eingangsbereich zu meinen Gemächern am Geflüster der Hofleute. Etwas stimmte nicht! Bella hatte auf Grund der Fehlgeburt angefangen, stark zu bluten und war daraufhin ins Delirium gefallen. Während mir die Gräfin die näheren Umstände erzählte, trat ich ans Fenster und sah in den schwarzen Regen hinaus. Was sie sagte, erreichte zwar meine Ohren, nicht aber mein Herz. Ich will das gar nicht verstehen.

Der sechsundzwanzigste November 1763

In den letzten beiden Tagen kümmerte ich mich täglich zweimal um den Falken. Er begann, langsam zu genesen, und ich freute mich über seine Fortschritte. Insgeheim hoffte ich, dass meine Bella ebenso wieder zu Kräften kommen würde. Leider ließ van Swieten keine Hoffnung aufkommen. „Sie ist sehr geschwächt, Erzherzogin, ich weiß nicht, ob sie noch genug Kraft zum Kämpfen hat!“ So lauteten seine täglichen Prognosen. Mein normales Leben war zum Erliegen gekommen. Ich kümmerte mich nur noch um den Falken oder die kleine Therese. Nachts liege ich immer noch wach, und der nicht nachlassen wollende Regen klingt in meinen Ohren. Wie eine traurige Melodie.

Der siebenundzwanzigste November 1763

Ich fühle mich leer, verlassen, ich schreie, ich weine, ich weiß nicht, ob ich es wirklich tue! Ich weiß, sie ist weg, sie ist tot! Wie kann ich das nur schreiben? Wie kann ich überhaupt hier sitzen? Ich glaube, ich muss! Ich muss es loswerden, will es danach einfach vergessen! Oh Bella!

Über Nacht war der Regen zu Schnee geworden. Die weißen Flocken hüllten alles ein, und die Hofburg war unter einer dicken Schneedecke verschwunden. Plötzlich sah alles so freundlich aus. Ich hatte noch ein letztes Mal Mut geschöpft. Doch die Nachricht, dass Maman mich sprechen wollte, ließ mich erneut bangen. „Was will Maman von mir?“ Gräfin Vasquez schüttelte nur den Kopf und ließ mich vor Mamans Gemächern stehen. Als ich eintrat, war die ganze Familie bereits versammelt. Alle standen im Kreis um etwas herum. Bei meinem Eintreten gingen sie ein Stück zur Seite, sodass mein Blick auf Joseph fiel, der zusammengesunken auf einem Stuhl saß und den Kopf schluchzend in seinen Händen verbarg.

Ich wusste, was das bedeutete. Was danach geschah, weiß ich jedoch nicht mehr. Meine Erinnerung verliert sich im Anblick meiner Familie, der langsam verschwamm und nach und nach in ein tiefes Schwarz hinüberglitt.

Stille. Ein Pochen drang an mein Ohr. Do-dock. Do-dock. Das Pochen meines Herzens. Langsam und regelmäßig. Do-dock. Do-dock. Begleitet von einem Stechen in meiner Brust. Ich war noch am Leben, ich konnte mein Herz hören, fühlen, wie es schmerzte. Ohnmächtig vor Verzweiflung fand ich mich auf meinem Bett liegend wieder. Ich horchte tief in mich hinein, suchte nach Trauer und fand keine. Da war nur Leere.

Nach der Benommenheit kam die Wut. Ich konnte sie nicht konzentrieren, sie traf alle und jeden. Bella, weil sie mich allein gelassen hatte. Van Swieten, weil er um ihren Zustand gewusst und es nicht verhindert hatte. Am meisten aber traf sie mich selbst – wie hatte ich zulassen können, dass Bella so tief gesunken war? Warum hatte ich sie nicht aufgefangen? Sie war doch meine Bella, Freundin, Geliebte und Schwester zugleich. Ich hatte für sie da sein wollen, ich war ihre einzige Vertraute gewesen. Wie konnte ich nur?

Der Kloß ließ sich nicht wegschlucken. Ich bemerkte, wie es eng wurde in meinem Hals und wie sich über die Brust und den Magen ein gefährliches Band zusammenschnürte. Ich musste raus, weg aus der Hofburg. Ich floh in den Schnee hinaus, der in der Sonne glitzerte. Gleißendes Licht und tausend reflektierende Strahlen umfingen mich, ich fühlte mich wie von Sinnen. Mechanisch trugen mich meine Füße weiter, weg von dem Raum, in dem das Unglück seinen Lauf nahm, weg von den Menschen, die beisammen standen und trauerten, weg von meiner Erinnerung.

Ich weiß nicht, wie lange ich so lief. Das Seitenstechen fühlte sich auf eine eigenartige Weise gut an, und ich wollte nicht aufhören zu laufen, doch dann stolperte ich, taumelte – und wurde von zwei kräftigen Armen aufgefangen. Entsetzt wollte ich mich aus ihnen befreien und losreißen, als sie mich einfach hochhoben und mit sich trugen. Ich wurde auf eine Bank gesetzt und jemand strich mir die Haare aus dem Gesicht. Dann legte Albert seine Arme um mich: „Weine nur, kleine Erzherzogin, wein dich aus, dein Schmerz muss übermenschlich sein." Und dann endlich weinte ich, wie ich noch nie in meinem Leben geweint hatte, ich schluchzte, keuchte und schrie. Albert hielt mich die ganze Zeit über fest in seinen Armen und wiegte mich wie ein kleines Kind. Als keine Träne mehr aus meinen Augen fließen wollte und ich nur noch fähig war zu zittern, ließ er mich sanft los. Etwas verlegen blickte ich mich um und bemerkte, dass wir auf der kleinen Bank im Lusthaus des Paradeisgartls saßen. Dorthin hatten mich meine Füße getragen. Durch die Fenster konnte man den verschneiten Garten sehen, der sich über Nacht in einen weißen Wintertraum verwandelt hatte. „Wie kommt Ihr hierher?", hörte ich mich schüchtern fragen.

„Der Befehl Eurer Mutter führte mich vorgestern nach Wien. Ein Diener brachte mir soeben die Nachricht vom Tode Isabellas. Da suchte ich nach einem Ort, um alleine zu sein. Es fiel mir nur dieser Garten ein, den Ihr mir gezeigt habt. Ich wollte Euch nicht stören."

Ich schaute erschöpft auf meine Finger und blickte ihn dann ernsthaft an: „Ihr würdet mich nie stören!" Er erwiderte meinen Blick, und eine schüchterne Hand legte sich über meine Finger. Wie unter einem kleinen Dach lagen sie nun unter den seinen, geschützt und behütet. Diese Geborgenheit bei einem Menschen war Bella nie vergönnt gewesen. „Es tut mir so leid für Euch, sie war eine wunderbare Frau." In diesen wenigen Worten lagen so viel Mitgefühl und Trost. Plötzlich wusste ich, dass ich nicht einsam war und es nie sein würde. Wir saßen eine ganze Weile still nebeneinander, hielten uns an den Händen und waren in Gedanken bei Bella.

Wie seltsam, dass Bella dies alles schon vor Monaten vorhergesehen hatte!

Der zehnte Februar 1764

Der hohen Taten Ruhm muss wie ein Traum vergehn.
Soll denn das Spiel der Zeit / der leichte Mensch bestehn.
Ach! was ist alles dies was wir für köstlich achten,

Als schlechte Nichtigkeit / als Schatten, Staub und Wind.
Als eine Wiesenblume / die man nicht wiederfindt.
Noch will was ewig ist kein einig Mensch betrachten
(Andreas Gryphius)

Ach, liebes Tagebuch, wie lange habe ich dich vernachlässigt. Ich hatte keine Kraft, kein Gefühl, keine Freude.

Doch ich merke, nach der dunklen Zeit werden die Tage langsam wieder heller, jeden Tag, wenn auch nur um wenige Augenblicke. Ich fange von vorne an:

Es war in den letzten Monaten zu meiner Gewohnheit geworden, für Stunden am Fenster zu sitzen, das einen kleinen Blick auf den grauen Himmel und die schneeschweren Wolken freigab. Innen rankten Eisblumen an dem gegen die Kälte versiegelten Glas empor, außen wurden die Eiszapfen mit jedem neuen Tag länger. Gräfin Vasquez war immer an meiner Seite, legte mir eine Decke über die Knie, entzündete eine Kerze auf der Fensterbank. Ich kann mich nur schwach an diese Zeit erinnern. An die Wärme des Tees, der mir gereicht wurde. Die Besucher, auch Leopoldine und Eleonore waren darunter, die mir einige Zeit Gesellschaft leisten wollten, doch nach wenigen Minuten die beklommene Atmosphäre meiner Gegenwart flohen. Ich verließ meinen Sessel nur, um für eine Weile auf dem Hofplatz spazieren zu gehen. Maman wollte das so. Ich aß kaum, sprach nur in Gedanken. Jeder Schritt fiel mir schwer.

Es mag vor etwa einer Woche gewesen sein, als ich bei einem der Rundgänge mit der Gräfin auf dem Hofplatz Fürst Kaunitz begegnete. Er war in schweren Pelz gehüllt, um der Kälte des neuen Jahres zu trotzen, und schien in Eile. Dennoch nahm er sich Zeit, uns mit einer höflichen Verbeugung und ehrerbietigen Handbewegung den Vortritt zurück in die Burg zu lassen.

Eine gefrorene Wasserlache übersah er dabei.

Zurück an meinem Fensterplatz, bei der Erinnerung an Fürst Kaunitz, der auf dem Hofplatz um Haltung auf dem gefrorenen Wege rang, begann ich zu lachen und mit heiserer Stimme zu sprechen: „Heute trug er gar neun Mäntel, haben Sie es bemerkt, Gräfin? Wenigstens ist er weich gefallen." Der Klang meiner Stimme war mir inzwischen selbst fremd. Und so war es nicht verwunderlich, dass Gräfin Vasquez erschrocken und erstaunt von ihrer Handarbeit aufsah.

„Wie ist Ihnen, Erzherzogin? Fühlen Sie sich nicht wohl?"

„Ganz im Gegenteil, ich fühle mich belle et bien!" Ich war selbst überrascht ob dieser Worte.

Sie legte ihren Stickrahmen beiseite, nahm meinen Kopf in ihre warmen Hände und küsste mich auf die Stirn. „Willkommen zurück, wir haben Sie vermisst."

Auch Joseph hatte sich in seinem Schmerz zurückgezogen und seit dem Tod Bellas jegliche Hofgesellschaft gemieden, erzählte mir Gräfin Vasquez. Auf sein Geheiß wurde schließlich vor ein paar Tagen damit begonnen, ihre Gemächer zu leeren. Er konnte den Anblick ihrer Bücher, ihrer Kleider, ihrer selbst gestalteten Möbel wohl nicht länger ertragen. Die Möbel sollten verschenkt, die schweren Lederbücher in die Hofbibliothek gebracht, die Kleider verbrannt werden. Ich hatte von all dem nichts mitbekommen, doch Gräfin Vasquez wandte sich an mich: „Lassen Sie nicht andere entscheiden, was mit den Habseligkeiten Ihrer Freundin geschehen soll. Nehmen Sie wenigstens Abschied von den vertrauten Dingen. Sie haben noch nicht wirklich Lebewohl gesagt."

Nein, das hatte ich nicht. War ich überhaupt bei der Beisetzung Bellas gewesen? Ich kann es nicht sagen, stoße an einen blinden Fleck in meiner Erinnerung.

Strenger Camphergeruch hing in der Luft, als ich vorgestern Bellas einstiges Schlafgemach betrat. Van Swieten schwört auf die reinigende Kraft des Gewächses und lässt nach überstandener Krankheit die Zimmer räuchern. Doch Bella hatte nicht überlebt, und es war fast so, als sollte mit den letzten Spuren der Krankheit auch die schmerzliche Erinnerung an den Verlust vertrieben werden. All die vertrauten Gegenstände lagen lieblos auf dem Boden aufgetürmt. An der Wand hing ein Porträt Bellas, es war vergessen worden, es abzunehmen, es wirkte verloren in dem nun kahlen Zimmer. Hier zusammengefegt lag ihr Leben. Unser Leben.

Es war, als wäre Isabella nie hier gewesen, nur ein Traum. In der Stille hallten nur meine Schritte von den Wänden wider. Doch dann hörte ich ein leises „Mama". Und als ich mich umwandte, stand sie vor mir: Bella in Gestalt eines kleinen Mädchens, das eben die Hände nach dem aussortierten Tischglobus ausstreckte und ihn mit einer sachten Berührung zum Drehen brachte. Therese lachte mich an.

Beide hatten den Globus geliebt. Bella hatte viele Stunden damit verbracht, ihrer Tochter die fremden Länder zu zeigen, sie fuhr mit den Fingern über die letzten weißen unerforschten Flecken dieser Erde. Fasziniert war sie, und doch: Sie zog es vor, sich abzuwenden, die Augen zu schließen und ihre Hoffnung auf ein anderes Leben, eine andere Welt, zu richten. Das hatte sie aber nur mir anvertraut.

Ich kniete nieder und nahm Therese auf den Schoß, summte ihr ein Kinderlied vor, eines, das Bella immer gesungen hatte: „Oh come balli bene, bella bimba, bella bimba, bella bim. Du süßes kleines schönes Mädchen." Es hatte etwas Tröstliches, mehr für mich als für das Kind. Und dennoch liefen unaufhörlich Tränen über meine Wangen. Mein Gesicht in Thereses Haaren vergraben, saßen wir so, bis es vor den Fenstern zu dämmern begann.

„Gesegnet sei der Allmächtige. Hier ist das Kind! Haben Eure kaiserliche Hoheit denn die Rufe nicht gehört? Die ganze Hofburg ist in Aufruhr." Ein Kammermädchen mit erhitztem Gesicht stand in der Tür.

Ich hob den Globus und Therese auf, übergab beides der Obhut des Kammermädchens und schloss mit den schweren Flügeltüren zugleich die Zeit meiner Trauer. Und ich begriff: Gräfin Vasquez hatte sich getäuscht, es ging nicht darum, an Gegenständen der Erinnerung festzuhalten. Bella war in meinem Leben gewesen, und sie würde es für immer bleiben. Es ist leichter, dies zu erkennen, als umzusetzen. Bis ich bereit bin, meine Trauerkleidung abzulegen und wieder am Hofgeschehen teilzuhaben, wird es noch eine Weile dauern.

Doch ich bemerke, tout à coup, wieder kleine Nichtigkeiten: wie gut Thereses Haar riecht und wie streng das Fell Oscars. Und allmählich kehrt auch sie zurück: La Joie. Heute Morgen schlug ich die Augen auf und empfand Freude, Freude darauf, eine heiße Schokolade ans Bett gebracht zu bekommen, Freude darauf, Gräfin Vasquez meinen Traum der vergangenen Nacht zu erzählen und nach dem ihren zu fragen, Freude darauf… Albert zu sehen. Wie konnte ich nur! Es fühlt sich an wie Verrat: Bella ist tot, und ich denke nur an mein Vergnügen.

Und dann fand ich ihren Brief. Bereits am Tag nach Bellas Tod hatte mir Gräfin Erdödy eine mit himmelblauem Stoff bespannte Truhe überreichen lassen.

„Sie bringt mir meine Briefe." So dachte ich und ließ das Kästchen bis eben ungeöffnet. Ich hatte mich getäuscht, es waren nicht meine Briefe. Nur ein einziger Brief lag darin, zusammen mit einem Strauß getrockneter Glockenblumen. Die Farbe der Blüten war verblasst, und als ich den Strauß heraushob, zerfiel er zu Staub. Es war ein Abschiedsbrief:

Liebste Mimi!

Deine Mutter, die Kaiserin, liebt dich sehr. Im ersten Schmerz über meinen Tod, der inzwischen kein so schrecklicher Verlust sein wird, wird sie in deiner Gesellschaft Trost finden und du in ihrer. Alle Liebe, die sie für mich hatte, wird sie auf dich übertragen, denn sie weiß, dass du meine Freundin bist, dass ich dich liebe. Mein einziges Leid ist, dass ich dich verlasse, ich kann es kaum verwinden. Mein Trost ist nur, dass du auf gutem Wege bist, dass du Gott immer treu sein wirst.

Und dann stand da noch: „Hänge dein Herz nicht an das Vergangene, lebe dein Leben."

Wann hat sie wohl diese Zeilen an mich verfasst? Hat sie wirklich schon länger gewusst, dass sie sterben würde? Ich kann es einfach nicht glauben. Und was meint sie vor allem damit? Lebe dein Leben? Soll ich sie und unsere gemeinsame Zeit einfach so vergessen? Nein, das werde ich nicht, Bella! Niemals!

In Papier eingeschlagen lag noch eine ovale Miniatur in der Kiste. Ein Bild, das Isabella zusammen mit Therese zeigt. Ach, meine liebe Bella. Du fehlst mir so! Warum hast du mich nur so bald verlassen? Ich werde deine wundervollen Zeilen immer in meinem Herzen, die Miniatur immer an meinem Herzen tragen. Das verspreche ich dir!

Eine Frage bleibt jedoch: Wo sind meine Briefe? Wer hat sie gefunden? Joseph? War er böse, traurig, verletzt? Um das herauszufinden, mache ich mich nun schweren Mutes auf den Weg zu meinem Bruder.

Später am Abend

Er saß an seinem Schreibtisch und drehte versunken einen fast aufgebrauchten Block Siegellack über einer Kerzenflamme. Vor ihm lagen Karten und Briefe, bedeckt mit noch flüssigen Tropfen des roten Lackes. Ohne aufzusehen, sagte er: „Kleine Schwester, ich bin froh, dass du hier bist."
Er ließ mich einige Momente warten, bis die letzten Reste der roten heißen Flüssigkeit an seinen Fingern heruntergelaufen waren. Er reagierte nicht, schien keinen Schmerz zu empfinden.

Dann fuhr er fort: „Sie kreisen wie die Geier über Wien! Nicht einmal bis zum Grabe soll ich der Frau treu bleiben können, der mein ganzes Herz eigen ist. Sieh nur, all das sind Berichte unserer Botschafter, die mir willige Heiratskandidatinnen anpreisen. Karten der Besitztümer und Ländereien schicken sie mir, Porträts und Charakterstudien der Damen und warten nur darauf, dass ich in einem schwachen Moment die Beute freigebe. Ich werde es nicht tun." Josephs Verhalten machte mir Angst. Und er sah so unheimlich aus! Wie er da saß, mit wirrem Haar, zusammengekniffenen Augenbrauen, abwesendem Blick. Wie ein alter verzweifelter Mann. Ich erwartete fast, dass er mir in dieser Stimmung ein

Glas voll Asche überreichen würde, voll der Asche meiner von ihm verbrannten Briefe an Bella. Doch endlich löschte Joseph die Kerze und schenkte mir seine ganze Aufmerksamkeit.

„Ich gebe dir zurück, was dir gehört. Vergiss nie, wie sehr du geliebt wurdest."

Er klopfte auf sein Schreibpult und ließ drei Diener herantreten. Auf großen Tabletts trugen sie meine Briefe an Bella und auch die Billets, Zettelchen, Gedanken, Gedichte und Albernheiten, gebündelt, verschnürt und gestapelt.

Für mich gab es nichts mehr zu sagen, und so war es Joseph, der die Stille unterbrach:

„Neunhundertsiebenunddreißig. Ich habe sie gezählt."

Der fünfte März 1764 – Albert

Etwas hat sich verändert zwischen uns. Wie konnte das Gefühl der Geborgenheit und des vollkommenen Vertrauens innerhalb weniger Wochen so leicht verloren gehen?

Die letzte freundliche Äußerung Alberts war eine Nachricht und ein kleines Geschenk zum Neuen Jahr gewesen. Es war eine Schreibfeder, eine lange Schwanenfeder mit festem Kiel. Um diesen war eine kleine Nachricht gewickelt:

Verehrte Freundin, ich wünsche Euch, dass das neue Jahr für Euch so frei von Kummer sein wird, wie diese Feder rein ist. Ein närrischer Wunsch, ich weiß, und trotzdem mein sehnlichster. Und möge mir dieses kleine Geschenk viele Briefe von Euch bescheren.

Kurz nach dem Tod Isabellas hatte Albert Wien verlassen. Den Grund hierfür erfuhr ich erst vor Kurzem von Maman: Sein ältester Bruder war gestorben. Warum hat er mir das verschwiegen? Wollte er mich in meiner eigenen Trauer schonen? Ich wäre ihm aber doch so gerne in dieser schweren Zeit beigestanden, hätte ihn trösten wollen, wie er mich getröstet hat.

Umso mehr freute ich mich, als vor zwei Wochen überraschend seine Rückkehr nach Wien angekündigt wurde. Endlich! Und auch Maman schien beglückt über diese Nachricht. Es verging seit seiner Ankunft kein Tag, keine winterliche Jagd, keine Schlittenfahrt ohne Albert.

Doch er hielt sich bei unseren Begegnungen zurück, Gespräche mit ihm verliefen einsilbig, er sah mir dabei nicht in die Augen, nie suchte er selbst meine Gesellschaft, immer war ich es, die auf ihn zuging, er wirkte unsicher und fremd auf mich. Er zog sich mehr und mehr zurück.
Nach der Soirée in der „Mehlgrube" gestern bin ich nun vollkommen sicher, dass ich mir gegenüber Albert irgendetwas zu Schulden habe kommen lassen. Die Frage ist nur: was? Ich überdenke jedes von mir gesprochene Wort der letzten Treffen, jede noch so unbedeutende seiner und meiner Gesten, doch ich habe weder in seiner An- noch in seiner Abwesenheit je ein böses Wort über ihn gesprochen, ja niemals nur ein böses Wort über ihn gedacht. Warum nur kann er meine Gesellschaft nicht mehr ertragen? Was ist aus unserer Verbundenheit geworden? Es stimmt, ich habe ihm immer noch nicht gestanden, sein Rätsel gelöst zu haben, und auch das Bild für ihn ist noch nicht fertig. Aber er hat doch offensichtlich auch ohne offene Erklärung meine Zuneigung gespürt!

Seit gestern weiß ich jedoch überhaupt nicht mehr, woran ich bei ihm bin. Dabei hatte ich mich auf den Abend so gefreut und gehofft, mit Albert endlich ein wenig Zeit verbringen zu können. Immerhin war die „Mehlgrube" doch auch der Ort, an dem wir einst unsere gemeinsame Leidenschaft, die Kunst, entdeckt hatten und unsere Freundschaft erblüht war.

Albert war schon zugegen, als ich den kleinen Saal in Begleitung meiner lieben Gräfin betrat. Schwül war es dort! Die vielen Menschen erzeugten eine für mich unerträglich beengende Atmosphäre. Vielleicht lag es daran, dass ich lange nicht mehr in so großer Gesellschaft gewesen war, vielleicht lag es auch einfach am Wetter.

Ich bemerkte ihn, noch am Eingang stehend, etwas entfernt in kleinem Kreise. Er stand mit dem Rücken zu mir, und trotzdem erkannte ich ihn sofort. Meine Freude, ihn zu sehen, war groß. Stets vermittelt mir seine Gegenwart Ruhe und Zufriedenheit – und noch etwas anderes, was ich aber nicht benennen kann. Doch an diesem Abend, als ich seinen Namen rief, ihm zuwinkte und auf ihn zuging, drehte er sich nur kurz zu mir um, nickte mir zu und wandte sich dann wieder den versammelten Damen und Herren zu. Sie lachten und schienen sich prächtig zu amüsieren. Auch Albert.

Ich blieb stehen, als wäre ich gegen eine Wand geprallt. Eine kleine Ewigkeit stand ich so da. Albert ignorierte mich konsequent, während er sich in seiner Runde angeregt unterhielt. Irgendwann, die anderen Gäste begannen schon zu tuscheln, drängte mich die Gräfin sanft zur Tür zurück: „Das ist heute nicht der richtige Ort für Sie. Gehen wir nach Hause und trinken eine Tasse Chocolat Chaud. Was halten Sie davon, Erzherzogin?"

Mir war es egal, ich wollte nur fort.

Selbst jetzt, da ich während des Niederschreibens den ganzen Abend noch einmal durchlebt habe, fühle ich mich ratlos. Und wütend. Und gekränkt. Ich werde ihm schreiben! Jetzt sofort. Genau dazu hat er mir schließlich diese Schreibfeder geschenkt!

Der siebte April 1764

Madame,

ich bitte um Vergebung, wenn ich Euch mit dem Verhalten, welches Ihr als „abweisend“ und „kalt“ bezeichnet, Qualen bereitet habe. Seid versichert, dies lag nicht in meiner Absicht.

Nach unserem letzten Zusammentreffen im Paradeisgarten musste ich Wien aufgrund des Todes meines älteren Bruders, des Kurfürsten, verlassen. Ihr fragtet, warum ich Euch nicht davon in Kenntnis setzte, um in das Privileg Eures Trostes zu kommen?

Noch bevor ich dazu kam, Euch zu schreiben, traf ich auf meiner Reise mit einem engen Vertrauten Eures Vaters zusammen. Dieser bedeutete mir, eine Verbindung zwischen Euch und einem Mitglied der Familie Eures Vaters sei so gut wie sicher. Der Kaiser lege zudem Wert darauf, Euch den Aufmerksamkeiten anderer Kavaliere zu entziehen – ich fasste dies als wohlgemeinte Warnung auf und denke, sie war auch so beabsichtigt. Allerdings ahnte ich nicht, dass man Euch von alldem nichts berichtete, und nun verstehe ich auch den Ausdruck der Bestürzung auf Eurem Gesicht in der „Mehlgrube“. Es tut mir außerordentlich leid!

Dies ändert allerdings nichts an den Umständen, in die wir beide uns wohl fügen müssen, denn auch meine Familie fasst eine mich betreffende Verbindung ins Auge. Zürnt mir nicht, jeder weitere Schritt in die verhängnisvolle Richtung, die wir bis jetzt eingeschlagen hatten, würde die letztendlich unvermeidliche Enttäuschung nur umso qualvoller gestalten. Für die nächste Zeit werde ich Euch meiden, ich hoffe, Ihr versteht dies und vergebt mir erneut. Ich werde Euer Andenken als das einer treuen Freundin stets in ehrenvoller Erinnerung halten.

Ergebenst Albert

Er wird mich meiden? Will mich nicht mehr sehen? Bedeutet das das Aus für unsere Freundschaft? Oh nein, das darf er mir nicht antun.

Natürlich wird für mich eine Verbindung ins Auge gefasst, für jede von uns wird ständig irgendeine Verbindung ins Auge gefasst. Aber das war doch vor Monaten nicht anders und muss überhaupt nichts bedeuten. Und selbst wenn, war es nicht Albert, der mir schrieb, ich solle mich nicht ohne Weiteres widrigen Umständen fügen? Besser sich an der Gegenwart erfreuen, als sich vor der Zukunft fürchten! Außerdem, was soll das heißen, eine Verbindung für ihn sei geplant? Ich werde jetzt nicht weinen, nein, ich werde, ich werde zu ihm gehen. Und zwar sofort.

Später am Tage

Ich habe Albert in seinem Quartier im Lothringerhaus, welches Onkel Karl bis zu seinem Weggang in Brüssel bewohnt hatte, aufgesucht. Beziehungsweise, ich habe es versucht. Der Prinz sei nicht zu sprechen, hieß es. Nicht einmal für eine Erzherzogin! Also hinterließ ich eine Nachricht mit einer dringenden Bitte um eine Unterredung.

Er antwortete seinerseits mit einem Billet. Er könne meinem Wunsch leider nicht nachkommen, da seine Anwesenheit bei seinem Regiment erforderlich sei und er noch heute abreise.

Feigling! Aber was soll ich nun tun? Mit Maman reden? Was, wenn Albert Recht hat und man tatsächlich eine ernsthafte Verbindung für mich ins Auge fasst? Er fehlt mir so.

Wäre Bella doch jetzt hier …

Der neunzehnte April 1764 – Virtute et exemplo

Oh, Tagebuch! In meinen Gram um Albert, der noch immer stumm bleibt, traten festliche Neuigkeiten. Oder habe ich etwa bereits von der Königskrönung geschrieben? Non? Nun, das soll sich ändern. In der théorie ist es so: Damit die Erbfolge geregelt ist und die Kaiserwürde im Hause Habsburg-Lothringen verbleibt, soll Joseph nun auf Betreiben Papas, vor allem aber Mamans, von den Kurfürsten zum römisch-deutschen König gewählt werden. Nach dem Tod des jetzigen Kaisers, also Papas, wird Joseph dann der nächste Kaiser werden. Aber schon jetzt wird er sich an den Regierungsgeschäften beteiligen. In Wirklichkeit war es so: Am zwölften März war Papa mit Joseph und Leopold nach Frankfurt abgereist. Ihre escorte war gewaltig. Allein vierhundertfünfzig Pferde mussten an jeder Poststation gewechselt werden! Die Geschehnisse auf der Reise schilderten uns Daheimgebliebenen die Briefe Papas, Kaunitz' und nicht zuletzt Josephs. Zu diesem Zeitpunkt war noch nicht vollkommen gewiss, wie die Wahl der versammelten Kurfürsten ausgehen würde, denn die Stimmung zwischen diesen und unserem Hause war immer noch angespannt. Doch Maman hatte nicht umsonst sämtliche diplomatische Fäden gezogen, über die sie verfügen konnte, und unser aller Zuversicht und Gebete begleiteten die Wahl. Schließlich gaben alle Kurfürsten, wie versprochen auch Friedrich von Preußen, ihre Stimme zugunsten Josephs ab, und so wurde er am siebenundzwanzigsten März einstimmig zum König gewählt.

Zwei Tage später fand der feierliche Einzug Papas, des Kaisers, und Josephs, des neugewählten Königs, in Frankfurt statt. Am dritten April folgte dann die Krönung. Begierig las ich alles, was ich über die Wahl und die Krönung finden konnte. Briefe,

Zeitungsberichte, alles durcheinander, so wie ich es auf Mamans Schreibtisch vorfand. Ich war nun immer an Mamans Seite. Schließlich musste ich Papa und Kaunitz, ihre bevorzugten Ratgeber in allen Lebenslagen, vertreten. Nicht alles, was Staatskanzler Kaunitz schrieb, verstand ich, vor allem die Schilderungen der unendlichen Zeremonien, welche die Salbung, die Krönung, den Ritterschlag Josephs vorbereiteten und begleiteten. Besser gefielen mir die Berichte im Diarium und was dort zu lesen stand, klang fein:

Der Einzug war ungemein prächtig, und alles war wegen dem Brausen der Kanonen, dem Zurufen, Vivatschreien, Hutwerfen, Tüchelwehen, und Jauchzen des auf allen Gassen häufig versammelten Volkes außerordentlich lebhaft.
Gerne wäre ich dabei gewesen! Denn Grund zu Tüchelwehen und Hutwerfen gab es doch in Wien schon zu lange nicht mehr. Bei der Beschreibung des Krönungsmahles samt eines Springbrunnens mit Doppeladler, aus dessen Schnäbeln Wein floss, musste ich lachen. Wahrhaftig, Josephs Krönung setzte den endgültigen Schlusspunkt unter die vergangenen Kriegsjahre. Nach dem Leiden und den Wirren des Krieges haben die Kurfürsten uns ihr Vertrauen zugesprochen, unser Einfluss auf das deutsche Reich ist dadurch gesichert und gestärkt. Endlich gibt es nun wieder etwas, woran wir denken, woran wir glauben können, etwas, das Österreich Kraft und Zuversicht verspricht. Die Nachricht von der Krönung löste auch beim Wiener Volk Freude aus, es ist erleichtert, dass die Thronfolge nun endlich geregelt ist. Denn die Wahl Josephs, und damit eines Habsburgers als römisch-deutschen König und als Nachfolger des Kaisers, bedeutet Stabilité und Continuité. Und Joseph nahm seine Aufgabe demütig an, er schrieb uns noch am Abend der Krönung: „Mein Bestes will ich tun, auf dass das Volk in seiner Freude, mich dereinst zum Oberhaupt zu haben, niemals getäuscht werde." Virtute et exemplo. Mit

Tugend und Beispiel, diese Worte waren sein Wahlspruch. Wie sehr sich doch mein Bruder verändert hatte.

Und doch war es kein unbekümmerter Triumph für Joseph, denn am gleichen Tage erreichte mich persönlich ein weiterer Brief, ein wehmütiger Brief: „Meiner Königin beraubt bin ich stets ein von Schmerz durchdrungener König. All dieser Lärm und die Freude, welche jedermann zeigt, machen mich mein Unglück nur noch lebhafter empfinden. Verzeih mir, wenn ich deine eigene Wunde wieder aufreiße, aber du bist ja die einzige Person, vor der ich mein trauriges Herz ausschütten kann."

Noch nie hat er einen Brief an mich geschrieben. Doch in unserer gemeinsamen Trauer um Bella werden wir nun wohl auf immer vereint sein. Wie gut kann ich doch seine schmerzvollen Zeilen nachempfinden. Auch wenn unser Leben wieder seinen gewohnten Gang nimmt, wird Bella auf ewig in unser beider Herzen wohnen. Oh Joseph, wenn du wüsstest! Deine Rückkehr nach Wien wird deinen Schmerz nur noch verstärken.

Der zwölfte May 1764 –

Die Brautschau

Die Depesche mit Josephs Antwort zu seiner Brautschau soll heute eintreffen. Wir erwarten seinen Boten jede Stunde. Wie wird er sich wohl entschieden haben? Wird es die neue bayerische Schwägerin? Ich hoffe doch nicht.

Maman hatte mich heute Morgen in ihr Arbeitszimmer gebeten und dort warte ich nun schon seit einiger Zeit zusammen mit Oscar im betörenden Duft prächtiger weißer Fliedersträuße. Wo bleibt sie nur? Ich brauche einen Zeitvertreib!

Später, die Entscheidung ist gefallen!

Als ich mich in Mamans Zimmer umsah, hatte ich sogleich einen Einfall: Mamans wunderschönes Marmorschachspiel! Sie benutzt es nie. Kartenspiel ja – Schachspiel nein, ich vermute, das liegt an ihrer Ungeduld. Und als brave Tochter meiner Mutter habe ich diese Ungeduld übernommen und bete lieber hundert Rosenkränze, als mich bei einer Partie Schach zu langweilen. Doch um die Vorkommnisse der letzten Wochen Revue passieren zu lassen, eignete es sich hervorragend.

„Was macht Ihr da, mein Kind?“ Irritiert blickte Pater Lechner auf die von mir auf dem Schachbrett aufgereihten Figuren. Er wollte wohl auch zu Maman.

„Verzeiht mir meine Bemerkung, aber was Ihr da aufgebaut habt, ist nicht Schach …“ Und er hatte offenbar vor, dies zu ändern, denn mit einer schnellen Bewegung griff er nach den Figuren.

Ich hielt ihn streng am Handgelenk fest und musste mir angesichts seines überraschten Blickes ein Lachen verkneifen. „Nein, da habt Ihr Recht, verehrter Pater, das ist kein Schach, das ist Heiratspolitik“, erklärte ich dann mit ernster Miene, schickte ihn mit einer zerstreuten Handbewegung von dannen und wandte mich wieder dem Brett zu. Auf der einen Seite stand nur der weiße König aus kühlem Marmor, ihm feindlich gegenüber hatte ich die beiden Damen aufgereiht. Davor eine Kette aus schwarzen Bauern. Mir kam das alles recht schlüssig vor, Josephs gegenwärtige Lage war doch ein einsamer Kampf des Königs gegen einen Haufen seltsamer Figuren. Joseph wollte schließlich keine neue Frau, keine neue Dame. Und eine erneute Heirat bedeutete für ihn sehr wohl das Schachmatt seiner Gefühle.

Doch irgendetwas stimmte noch nicht. Ich nahm schließlich die weiße Dame vom Feld. Diese Dame, das war Isabella. Joseph war nie ihr König, doch sie immer seine Dame gewesen und würde es immer bleiben. Seine neue Frau konnte höchstens die Rolle der schwarzen Dame einnehmen. Und vielleicht nicht einmal das.

Es ist herzlos, es ist zu früh, es ist la chose la plus normale du monde, die gewöhnlichste Sache der Welt: Kaum hatte Bella den letzten Atemzug ausgehaucht, so liefen schon die Vorbereitungen für eine Wiedervermählung Josephs mit Nachdruck an. Bewerbungen um seine Hand gibt es genug, denn gibt es in der ganzen Welt eine höhere und erstrebenswertere Stellung als seine?

Jeder am Hofe weiß von den diplomatischen Bemühungen von und um Prinzessin Josepha von Bayern, Kunigunde von Sachsen, Benedicte von Portugal, Bathilde von Orléans und Elisabeth-Christine von Braunschweig-Wolfenbüttel. Auch Joseph selbst konnte sich unmöglich dem Gedanken daran verschließen. Und doch tat er es. Solange als möglich hielt er an seiner Treue zu Isabella fest und rührte mich dadurch zutiefst. Auch Maman ist bewegt, und es bricht ihr das Herz, ihn so leiden zu sehen. Aber was soll sie tun? Eine Wiedervermählung steht außer Frage. So blieb ihr bisher nichts übrig, als auf das Drängen ihrer Minister zu entgegnen, dass die Auswahl der Braut erst nach erfolgter Königskrönung und der Rückkehr aus Frankfurt erfolgen sollte.

Nachdem Joseph schließlich Ende April nach Wien zurückgekehrt war, gab es keine Verzögerung mehr. Er erklärte sich bereit, wieder zu heiraten, und trug eine leise Hoffnung in sich: „Wenn ich eine Frau fände, die das Herz, die Annehmlichkeiten, den Geist, die Augen, die Zähne, die Züge, kurz alle Eigenschaften meiner verstorbenen Gemahlin besäße, wer weiß, was geschähe."

Keine der für ihn Auserwählten sollte es sein, nein, seine Wahl fiel auf Marie Luise von Parma, Isabellas jüngere Schwester, noch keine dreizehn Jahre alt. Niemand werde größere Ähnlichkeit mit der verstorbenen Isabella besitzen können als deren jüngere Schwester. Sie war das Pendant zu Isabella, die schwarze Dame in meinem Schachspiel. Doch: Gardez! Ein Angriff auf die Dame! Marie Luise war bereits versprochen, ausgerechnet dem Fürsten von Asturien, dem spanischen Thronfolger. Diese Heirat sollte die Verbindung zwischen den in Spanien und den in Parma regierenden Bourbonen stärken.

Maman erklärte mir die Bredouille: „Die Beziehung zu Spanien und auch zu Frankreich könnten aufs Empfindlichste gestört werden, sollte der Eindruck entstehen, dass wir uns vordrängen wollen. Trotzdem ...", fuhr sie fort, „ich will hier ohne jede andere Rücksicht nur an Josephs Person und an dasjenige denken, was gut für ihn sein kann und nach reiflicher Überlegung glaube ich, dass Marie Luise alle erforderlichen Eigenschaften besitzt und dass wir keine mehr finden werden, die in jeder Beziehung so passend sein wird." So setzte Maman alles daran, die Wünsche Josephs durchzusetzen. Ihr war wohl bewusst, dass die Verbindung der beiden Häuser auf den stärksten Beweggründen der Politik, der Zweckmäßigkeit und der beiderseitigen Neigung beruhte, welche es schwer, wenn nicht unmöglich, machte, dass der Infant von Spanien seine Verlobung lösen würde. Und doch sah Maman einen Schimmer von Hoffnung: Sie wollte dem spanischen König klarmachen, dass das Glück ihres Sohnes und daher das ihrige, das ihrer Familie und der Habsburger Monarchie in seiner Hand liege, und verließ sich darauf, dass er dann gerührt sein und in das Opfer einwilligen werde, welches sie von ihm verlangte. Doch alles Taktieren und Umwerben war vergebens, denn letzten Endes war der König von Spanien nicht davon zu überzeugen. Ein weiterer Zug. Die schwarze Dame war geschlagen. Ich nahm sie vom Brett. Marie Luise sollte und würde die Gemahlin des Infanten von Spanien werden. Nicht diejenige Josephs. Das Leben verläuft eben nicht immer so, wie man es sich wünscht. Ein frisch gekürter König zu sein, kann daran auch nichts ändern. Damit blieben nur noch eine Menge Bauern vor mir auf dem Spielbrett zurück. Ich konnte mir diesen Gedanken nicht verkneifen, nicht nachdem ich mich an Josephs Bemerkung über Josepha von Bayern erinnert hatte. Doch dazu später…

Er war tief getroffen von der Entscheidung, und ab diesem Zeitpunkt behandelte er die Brautsuche wie etwas, was ihn nur entfernt anginge. Er war umgänglich, zu allem bereit, ohne Einwände, es schien ihm gleichgültig zu sein, mit wem er vor den Altar treten sollte, und gerade das war unheimlich.

Maman war schier zerrissen zwischen den Pflichten als Monarchin und Mutter, unser Verhältnis wurde in dieser Zeit immer enger. Sie schenkte mir ihr Vertrauen und ich ihr meine ganze Aufmerksamkeit. Guten Rat konnte ich keinen geben, waren doch alle Bewerberinnen von ausnahmsloser Langeweile, ohne Ésprit waren ihre Briefe, ohne Wärme ihr Blick auf den eilig übersandten Porträts. Doch das waren Argumente, die nicht weiter halfen. Mamans Arbeitszimmer war übersät mit Karten, Briefen und Billets, die Brautsuche erforderte eine Art Schlachtplan. Maman wollte das Lebensglück Josephs nicht gefährden, musste aber auch den politischen Rücksichten Gewicht beimessen. Ein Ausschlussverfahren sollte nun entscheiden: Prinzessin von Braunschweig-Wolfenbüttel hätte konvertieren müssen, doch sie hatte nicht nur den falschen Glauben, sondern stand Maman außerdem zu sehr im Einflussbereich Friedrichs von Preußen und schied somit aus. Gegen die Prinzessin von Orléans hegte Maman eine mir nicht näher bekannte Abneigung. Weg war sie.

So blieben nur die Infantin von Portugal und die beiden Prinzessinnen von Bayern und Sachsen. Für die Infantin von Portugal sprach ihre Schönheit, gegen sie ihr allzu exotisches Gemüt. Würden sich ihre abweichenden Gewohnheiten und Sitten mit den österreichischen vereinbaren lassen? Hinzu kam, dass das königliche Haus Portugal kein gutes Verhältnis zu den bourbonischen Höfen hatte, deren Freundschaft wir nicht verwirken durften. Aus dem Spiel mit ihr! Nun waren nur noch zwei Bauern auf dem Spielfeld.

Eine Verbindung des römischen Königs mit einem der kurfürstlichen Häuser hingegen würde eine neue Stütze im Reich bedeuten. Mamans Herz schlug für Sachsen und meines insgeheim auch, Kunigunde ist schließlich die Schwester Alberts, doch größere Vorteile würden durch eine Verbindung mit Bayern entstehen, denn das Verhältnis zu diesem Kurfürstenhaus war bislang weit weniger freundschaftlich als das zu Sachsen. Joseph sollte nun also die beiden verbliebenen Prinzessinnen begutachten. Unter einem schicklichen Vorwand fand ein erstes Treffen zwischen ihm und Kunigunde von Sachsen statt. „Tugendhaft, doch ohne jenen glänzenden Geist, der Isabella zu eigen war, und ohne irgendwelchen körperlichen Reiz", so lautete seine erste Einschätzung, und weiter: „Da meine mich zärtlich liebenden Eltern vor allem nur mein Glück ins Auge fassen, besitze ich volle Freiheit zu einem Ja oder einem Nein."

Nach dem Treffen schrieb Joseph: „Meine Antwort ist ‚Nein'." Kunigunde von Sachsen war geschlagen. Was bei dem Treffen geschehen ist, habe ich bis zum heutigen Tage nicht erfahren … Ich hatte Gefallen an meinem Spiel gefunden. Ich darf nur mit keinem Wimpernschlag mehr daran denken, warum ich dies tat. (Weil Bella tot war, weil Bella tot ist, weil sie nicht mehr da ist.) Zurück zum Heiratsschach, es lenkt mich ab:

Weiter war Joseph vor wenigen Tagen dann zu einem Treffen mit Josepha von Bayern nach München gefahren. Schon während seiner Durchreise durch Bayern auf dem Weg zur Königskrönung in Frankfurt hatte man versucht, Joseph den Gedanken einer Vermählung mit Prinzessin Josepha nahe zu bringen. Damals war seine Haltung gewesen: „Nein und abermals nein. Wenn es auch sein muss, nicht mit dieser furchtbaren Frau." Und auch seine erneute Einschätzung war vernichtend ausgefallen, denn außer dem Namen hatten die beiden wohl wenig gemein: „Ihr fortgeschrittenes Alter von sechsundzwanzig Jahren, der Umstand, dass sie die Blattern noch nicht gehabt hat, eine kleine und dicke

Gestalt ohne jugendlichen Reiz, Bläschen und rote Flecken im Gesicht, hässliche Zähne, alles das kann mich nicht versuchen, in einen Ehestand zurückzukehren in welchem ich geradezu das Gegenteil gefunden hatte."

Wie war ich froh, dass Joseph seine gewohnte Schärfe wieder gewonnen hatte! Wie war ich froh, dass Josepha nicht meine neue Schwägerin werden sollte. Ich nahm den letzten verbliebenen Bauern vom Brett. Eine endgültige Antwort Josephs stand zwar noch aus, doch ich war mir sicher, wie diese ausfallen würde.

Dann kam Josephs Bote. Endlich. Maman war noch nicht in ihrem Zimmer, und so erbrach ich reichlich töricht das Billet. Ich war überzeugt gewesen, eine scharfzüngige Absage an die bayerische Prinzessin zu erhalten. Doch stattdessen musste ich lesen:

„Das Volk ist eingenommen. Und da ich selbst mich gleichgültig verhalte, so meinen sie, dass derselben der Vorzug zu geben sei. Als Sohn und Untertan bringe ich das Opfer dar. So bin ich nun, so bin ich nun versprochen."

Ich hatte mich zu früh gefreut. Joseph hatte aufgegeben und sich gefügt. Ich legte den König auf das Brett. Schachmatt!

Kurz darauf kam Maman ins Zimmer gelaufen, ihren Hund unter dem Arm, und noch in der Tür rief sie: „Du hast eine neue Schwägerin und ich eine Schwiegertochter –" Ich blickte vom Schachbrett auf und vollendete ihren Satz: „– leider ist es die Prinzessin Josepha."

Jetzt, da ich dieses Schreckensszenario in meinem Büchlein niedergeschrieben und die Tatsachen damit für immer festgehalten habe, kommt es mir nur noch irrsinniger, noch unglaubwürdiger vor: Diese bayerische Bauern-Prinzessin soll nun Bellas Stelle an unserem Hof einnehmen? Bella ist nicht zu ersetzen, in keiner Weise, nicht als Josephs Gattin, nicht als Königin und schon gar nicht als meine Vertraute! Ich werde mich Josephas jedenfalls nicht annehmen. Darauf kann Maman Gift nehmen!

Der neunte Juni 1764

Kein Brief von Albert. Wenn ich etwas über ihn erfahren will, muss ich Zeitung lesen oder Maman fragen. Manchmal weilt er kurz in Wien, aber er geht mir stets aus dem Weg. Auf Bällen tanzt er mit Hofdamen, meinen Schwestern, Mätressen, Herzoginnen, Baronessen und Gräfinnen, mit jeder, nur nicht mit mir! Augenscheinlich sind wir wieder an jenem Punkt angelangt, an dem er mir sogar eine Magd vorzieht.

Und merkwürdigerweise bin ich nicht mehr traurig und ich bin auch nicht mehr wütend. Verdrossen, zutiefst verdrossen, das bin ich. Weil wir alle hier nach den Regeln eines merkwürdigen Spiels durch unser Leben geschubst werden, und ich langsam merke, dass auch ich mich diesem Spiel nicht entziehen kann.

Der vierzehnte Juli 1764 – Benedikt, der Gesegnete

Es war mein Geburtstag, und ich bekam das scheußlichste Geschenk meines Lebens: Einen Ehemann. Vor ein paar Wochen noch war die dynastische Heiratspolitik für mich ein Spiel gewesen. Und es hatte sogar Spaß gemacht, denn nicht ich war davon betroffen, sondern Joseph. Und immerhin ging es bei ihm um den Thronfolger und den römisch-deutschen König! Wer war dagegen schon ich? Spöttische Zungen könnten sagen: Eine bereits zweiundzwanzigjährige verwöhnte Erzherzogin, die zu sehr an ihrer Mutter hängt. Ja, so gesehen wurde es auch für mich Zeit, einen Gatten zu finden oder mich an den Gedanken eines einsamen Lebens im Kloster zu gewöhnen.

Doch die Entscheidung wurde mir ja heute abgenommen. Am Vorabend meines Geburtstages kam Papa zu mir, nahm mir meine Lektüre aus der Hand und zog mich liebevoll vom Kanapee. Seltsamerweise wirkte er viel aufgeregter als ich: „Ich habe ein Présent für dich."

„Lass mich raten. Ein Hund? Ein Pferd? Oder gar eine eigene Kutsche?" Manchmal neige ich schon zu Übertreibungen.

„Falsch, falsch und vollkommen falsch", antwortete er und führte mich, Gräfin Vasquez im Gefolge und ohne weitere Worte zu verlieren, in sein Audienzzimmer. Dort angekommen wartete schon Maman auf uns. Sie sah mich unsicher lächelnd an und senkte dann ihren Blick. Was war nur mit den beiden los? Papa wies mich an, auf einem Fauteuil Platz zu nehmen, räusperte sich und verkündete mit glänzenden Augen: „Ein glücklicher Tag! Für das Haus Habsburg-Lothringen nicht weniger als für dich, mein Kind, und für meinen Neffen, Prinz Benedikt Maria Moritz von Savoyen …" Aus dem Halbdunkel der Zimmerecke trat ein junger Mann in meinem Alter. Er hielt den Kopf gesenkt und schlug nervös seine braunen Lederhandschuhe aneinander. Alles kam so schnell, so unerwartet, doch ich begriff unverzüglich zwei Dinge. Erstens: Dieser junge Mann war niemand Geringeres als der mir wohl bekannte „… Herzog von Chablais", wie Papa nun seinen Satz beendete. Zweitens: Dieser junge Mann sollte mein Ehemann werden. Deswegen war ich hier, deswegen wich Maman nach wie vor meinem Blick aus, deswegen konnte Papa seine Aufregung nicht verbergen!

Ich konnte mir nicht vorstellen, wie das heute ein „glücklicher Tag" werden sollte, doch Papa schien davon überzeugt: „Am achten April des Jahres 1766 werden wir deine Vermählung feiern, geliebte Mimi. Benedikt wird dir ein guter Gemahl sein."

„Ciel! Um Himmels willen, nein!"

Nicht ich war es, die meine innersten Gedanken aussprach. Nein, Gräfin Vasquez, die eben damit beschäftigt gewesen war, den Saum meines Rockes zu ordnen, um so noch ein wenig länger dem Gespräch lauschen zu können, schrie leise auf und schlug sich die Hand vor den Mund. Zum Glück konnte nur ich sie hören.

Aus der Ferne drang Papas Stimme zu mir: „Sieh doch, wie hübsch die beiden zusammen aussehen, Reserl! Ein guter Junge!“ Als ich mich langsam erhob, den Blick fest auf die Kacheln des Kamins in der Zimmerecke gerichtet, eilte mir mein Cousin, das war er wohl, zu Hilfe. Doch ich hatte bemerkt, wie Papa ihn zuvor mit einem Kopfnicken dazu aufgefordert hatte. Chablais, Benedikt, wie auch immer er hieß, fasste meinen Arm und drückte ihn sanft.

Papa war überzeugt, dass Sympathie, vielleicht sogar Zuneigung nach einem näheren Kennenlernen zwischen Benedikt und mir möglich sei. Und er wollte keine Zeit verlieren: „Wir lassen die Kinder am besten eine Weile allein. Um den Hals fallen darfst du mir später noch, kleine Madame Mimi. Ich sehe doch, wie du dich freust. Ganz blass bist.“ Er zwinkerte mir zu und verließ gemeinsam mit Maman das Zimmer.

Damals auf dem Faschingsball vor über einem Jahr, als Papa zum ersten Mal von einer möglichen Verbindung mit ihm sprach, war mir dieser Benedikt als unsympathischer, eingebildeter Schönling aufgefallen. Diesen Eindruck machte er nun nicht mehr auf mich. Wie er zu meiner Rechten in dem niedrigen Fauteuil saß und mich entschuldigend anblickte, war nichts mehr zu erkennen von der einst bis zur Arroganz reichenden Selbstsicherheit.

Wie wenig ich von ihm wusste. Und wie wenig es mich interessierte. Nie hatte ich mich etwa gefragt, welchen Vornamen er hatte. Nach jeder unserer Begegnungen hatte ich umgehend vergessen, wie er aussah, wie er sprach, er war einfach ungreifbar für mich, ich wusste nur, dass ich unwillkürlich den Geschmack von Lakritze im Munde hatte, sobald ich an ihn dachte. Ich hasse Lakritze …

Mit einem Mal sprang Chablais auf, lief unruhig im Zimmer umher und begann erneut, seine Handschuhe zu malträtieren. Am Fenster blieb er stehen, er wandte mir den Rücken zu und war nicht mehr um Höflichkeit bemüht.

„Der Kaiser hat seiner kleinen Schwester, meiner Mutter, Elisabeth Therese von Lothringen, auf ihrem Sterbebett versprochen, dass er sich eines Tages meiner annimmt und mit einer seiner Töchter vermählen würde. Du warst damals noch nicht geboren, und ich kaum zwei Wochen alt. Ich verehre den Kaiser und werde mich seiner Entscheidung fügen. Doch du sollst wissen: Nicht du bist es, der mein Herz gehört. Es ist Elisabeth, die ich liebe."

„Meine Schwester?", stieß ich ungläubig hervor.

Er nickte und blickte aus dem Fenster. Wieder war es, als hätte ich lange Zeit Winterschlaf gehalten, und mir wurde bewusst, wie wenig ich von den alltäglichen Dramen und Romanzen am Hof mitbekommen hatte, wie wenig ich am Leben meiner Familie teilgenommen hatte. Die Verbindung zu meinen Geschwistern war noch schwächer geworden. Von einer Liebe zwischen ihm und Elisabeth hatte ich nichts bemerkt!

Chablais war mir in seiner unsicheren und verzweifelten Art und seiner Offenheit nun sogar ein wenig sympathisch. Ich hatte den Eindruck, dass es uns beiden ähnlich ging und dass wir gemeinsam einen Weg aus oder in diese Vermählung finden mussten.

Zwei Jahre hatte Papa uns Zeit gegeben, jede Woche dienstags vor dem Nachtmahl, sollten wir uns eine Stunde unterhalten, anschließend sollte mein künftiger Gatte uns beim Essen Gesellschaft leisten. Diese Treffen mit Chablais laufen sehr eintönig ab. Meist sitzen wir eine Stunde lang schweigend in einem Raum, uns unserem Selbstmitleid und den Gedanken an unser eigenes schweres Schicksal hingebend. Sobald die Standuhr fünfe schlägt, springt Chablais auf, sichtlich erleichtert, küsst meine

Hand und empfiehlt sich. An manchen dieser Abende schlafe ich gar vor Langeweile ein und werde erst durch das Schlagen der Uhr oder das Tätscheln der Gräfin Vasquez geweckt, die die Augen verdreht. Einmal stellte sie mich dann zur Rede: „Verzeihen Sie mir diese Worte, doch Sie sind mir im Laufe der Jahre wie ein eigenes Kind geworden, Erzherzogin. Ich kann Sie nicht länger leiden sehen. Sprechen Sie mit ihrer Frau Maman."

„Und was soll ich ihr sagen? ‚Ja, ich weiß, ich bin Marie Christine, Erzherzogin des Hauses Habsburg-Lothringen, aber eben doch auch ein liebesbedürftiges, schwärmerisches Mädchen und ich mag meinen Cousin und Auserwählten nicht leiden. Bitte stimme Papa um!'?"

„Genau das sollen Sie tun."

„Papa glaubt, dass er mir mit der Vermählung eine Freude macht, dass er mir nach der Zeit der Trauer einen neuen glücklichen Lebensweg aufzeigt. Ich werde ihn nicht enttäuschen." Was sollte ich auch tun? Ich bin keine Bäckers- oder Bauersfrau, die wahrscheinlich ihren eigenen Empfindungen eher nachgeben dürfte.

Und auch die Dîners laufen immer gleich ab: Wir betreten den Saal, ich an seiner Seite. Sobald er Liesl entdeckt, lässt er meinen Arm los, mich stehen und macht meiner Schwester die Aufwartung. Es ist wirklich peinlich. Wir setzen uns, er zwischen uns beiden. Die erste Tracht hindurch wird nicht gesprochen, dann werfen die beiden sich nur sehnsüchtige Blicke zu, natürlich verborgen hinter vorgehaltenen Servietten. Ab der zweiten Tracht darf Konversation geführt werden, und es folgt eine geheime Anspielung der nächsten, versteckt hinter nebensächlichen Betrachtungen über das Wetter. Und ich sitze teilnahmslos daneben und hoffe auf ein schnelles Ende dieses mir mittlerweile verhassten Wochentages!

Im Laufe der Zeit wurde es aber sogar noch schlimmer. Je wärmer das Wetter wurde, je schöner und leichter die Tage des

Frühlings und bald des Frühsommers, umso mehr kühlte das Verhältnis zwischen meinem Gatten in spe, wie ich leider schreiben muss, und mir ab. Chablais schwieg mich bei unseren wöchentlichen Treffen zwar immer noch an und sah mir kein einziges Mal in die Augen, er sprach dafür aber mit der Standuhr. Was er sprach, war ungeheuerlich: Ich solle ihn nicht falsch verstehen, er verehre die Frauen, nur eben mich nicht. Von meinen Schwestern, vor allem von Elisabeth und auch von meinen Freundinnen habe er schon viel von mir gehört. Es sei ihm egal, dass ich überaus gefallsüchtig, stolz und intrigant sei, er schätze doch die Nähe zum Kaiserhaus so sehr, dass er sich gerne opfern würde. Mit Elisabeth habe er heimlich korrespondiert, doch sie käme als Mätresse nicht in Frage, da bereits andere Pläne für sie bestünden. Eine Verheiratung Elisabeths nach Frankreich stehe an.

Einmal brachte er Blumen, Hyazinthen, betörend duftend, und ich dachte, er wolle sich entschuldigen, doch ich sollte sie Elisabeth ins Zimmer bringen, mit einem Handkuss von ihm. Er sprach über ihre Schönheit, wie wundervoll das Zusammenspiel ihrer ebenmäßigen Haut sei, ihrer blauen Augen, ihres blond gewellten Haares, ihres sanften Kinns. Warum störte es mich? Ich empfand ihm gegenüber nichts als Kälte, und doch war es kränkend, nur die zweite, ungeliebte Wahl zu sein.

So würde mein Leben also aussehen: ein Mann, der mich offensichtlich verabscheute, Geschwister und Freundinnen, die mich verleumdeten.

Immerhin blieben mir zwei Jahre Zeit. Nicht, dass ich mir von diesen Jahren eine Lösung versprach, aber es würde wohl möglich sein, dass ich mich langsam mit meinem Schicksal anfreunden würde.

In meiner Verzweiflung schreibe ich Briefe, jeden Tag. Morgens an Bella, abends an Albert. Beide Korrespondenzen werden jedoch nie ihren Adressaten erreichen. Mit Albert ohne Umschweife über meine unglückliche Lage zu sprechen, ist nicht möglich. Zum einen schickt es sich mit Blick auf meine Verbindung mit Chablais nun nicht mehr, zum anderen meidet Albert mich noch immer. Doch wenn er nicht mit mir spricht, so wollte ich ihm wenigstens schreiben. Und wem sollte ich mich sonst anvertrauen? Die beiden Schubladen meines Sekretärs sind inzwischen gefüllt mit Briefen und Gedanken, die ich Albert nie schicken werde. Ich traue mich nicht.

Der einunddreißigste Juli 1764

Chablais – igitt, wie dieser Name schon auf der Zunge liegt. Habe ich ihn nicht bereits mit dem Geschmack von Lakritze verglichen? Ich fürchte, diese Vorstellung werde ich niemals aus meinem Kopf verdrängen können.

Wieso muss es ausgerechnet Chablais sein? Konnten Maman und Kaunitz mich in ihren heiratspolitischen Plänen nicht anderweitig unterbringen? Von Bella weiß ich, dass eine Heirat mit Opfern verbunden ist – die Ehe von Maman und Papa ist eine absolute Ausnahme – und wenn ich darüber nachdenke, bin ich dazu auch bereit, den Mann zu ehelichen, den meine Eltern für mich bestimmt haben. Wenn es nur nicht dieser Chablais, Papas Neffe, wäre, der überdies ein zärtliches Verhältnis zu Elisabeth pflegt. Mon Dieu! Dass ich Papas Anspielungen für Radotage gehalten und seinen Worten nicht rechtzeitig Beachtung geschenkt habe! Wie konnte ich nur? Ich bin wirklich wütend!

Heute Vormittag wurde ich zum Glück erst einmal von meinen Gedanken abgelenkt, denn um elf Uhr stand Geschichte auf dem Stundenplan. Die Entdeckung von Amerika anno 1492 durch Christoph Columbus diente bereits in den letzten Sitzungen der genaueren Betrachtung der damaligen politischen Lage. Ich sollte die dynastischen Verbindungen zwischen dem spanischen Königspaar Ferdinand und Isabella mit dem „Haus Österreich" kennen lernen. Mein Geschichtslehrer erwartete mich bereits zwischen seinen Büchern. Sein schelmisches Grinsen und seine hellwachen Augen verliehen dem fahlen Gesicht einen lebendigen Ausdruck. Neben der Geschichte interessiert er sich vor allem für die Menschen.

„Was haben Sie denn auf dem Herzen, Erzherzogin?", hörte ich ihn fragen, noch bevor ich die Tür seines Arbeitszimmers geschlossen hatte. Eigentlich ziemt es sich nicht für einen Lehrer, seine kaiserlichen Schüler nach deren Befinden zu fragen, wenn sie ihre Laune so offensichtlich mit sich herumtrugen, wie ich es tat. Bei Saumill ist das etwas anderes. Er ist ein grundgütiger Mann, der es einfach nicht ertragen kann, wenn jemand in seiner Gegenwart grantig ist. Ich antwortete mit einem Seufzer.

„Wenn ich dem Hofklatsch Glauben schenken soll, dann kreisen Ihre Gedanken derzeit um Ihre künftige Rolle in der habsburgischen Familienpolitik, nicht wahr?" Verschmitzt sah er mich an und beobachtete meine Gesichtsregungen. Stur schaute ich zurück und überließ ihm weiterhin das Wort. „Unter uns: ich kann den Herzog Chablais auch nicht besonders leiden. Aber ich fürchte, dass Sie sich dem Willen Ihres Herrn Papa beugen müssen. Sehen Sie es aus der Sicht Österreichs: Durch die Heirat mit einem Savoyen erteilt der Kaiser einer weiteren kampferprobten Familie die Ehre. Das ist in heutigen Zeiten nie von Nachteil. Bella gerant alii, tu felix Austria nube. Das wusste in der Zeit von Columbus schon Kaiser Friedrich III. zu Habsburgs Gunsten zu nutzen. Dessen Sohn Maximilian I. war es zu verdanken, dass die österreichisch-spanischen Bindungen zu einem Anstieg des Hauses Habsburg zur Großmacht führten."

Da musste ich doch schmunzeln, denn dafür ist Saumill bekannt: Wenn er die Gelegenheit zu einem Vortrag bekommt, dann ist er nicht mehr aufzuhalten. Viele Geschichten habe ich schon einmal gehört, und trotzdem bin ich immer wieder erstaunt, wie viel der Mann weiß.

Mein Geschichtslehrer ließ sich also nicht beirren: „Die Kaiserin ist immer auf Bescheidenheit bedacht, wenn es um ihre Herkunft geht. Ihnen sollte aber bewusst sein, welchen historischen Wurzeln Sie entspringen, Erzherzogin. Die Kontinuität der habsburgischen Herrschaft ist absolut einmalig. Ich schlage vor, wir lassen den Unterrichtsstoff für heute beiseite und beschäftigen uns mit einer révision Ihrer Familienhistorie." Jessas, das habe ich doch schon einmal durchgemacht. Ich unterhalte mich gerne über griechische Mythen und Schätze, aber die Geburtsdaten meiner Vorfahren auswendig lernen? – Nein danke.

Allerdings hat Maman durchgesetzt, dass jedes ihrer Kinder eine umfassende Allgemeinbildung besitzen muss, wozu auch gehört, sich immer wieder erneut mit der Familiengeschichte auseinanderzusetzen.

„Ihre Eltern stehen zusammen dem Haus Habsburg-Lothringen vor. Wer war der letzte österreichische Habsburger?"

„Mein Grand-père, Karl VI." Correct.

„Woher wissen wir über die Genealogie der Habsburger?"

Das war nicht schwer. „Um 1160 hat es schon Stammbäume gegeben, die so genannten Acta Murensia."

„Wem wird eine zentrale Rolle im frühen Mittelalter zuteil?"

„Das muss Rudolf I. sein, der als Graf zum König gewählt wurde." … Das Frage-Antwort-Spiel erinnerte mich in seinem gleichbleibenden Rhythmus an eine Litanei.

Endlich hatten wir die Ahnenreihe durch. „Sehr gut. Ich möchte Sie am Schluss nach Ihrer Meinung fragen, verehrte Erzherzogin." Ich stutzte. Normalerweise stellte doch ich die Fragen, und Saumill wurde nicht müde, sie en détail zu beantworten.

„Es existiert eine alte Geschichte, die besagt, dass das habsburgische Herrscherhaus von den Trojanern abstammt. Doch es gibt

Leute, die daran zweifeln. Ich stehe der Kaiserfamilie immer zu Diensten, allerdings ist es erlaubt, zu denken. Sapere aude. Wie beurteilen Sie diese Behauptung?"

Mit einem Mal war ich weit entfernt von Chablais, Kleidern oder einer Hochzeit. Ich, das erzherzogliche Hascherl – die Ironie sei mir an dieser Stelle gestattet – wurde zu einer kritischen Stellungnahme aufgefordert!? Magnifique! Normalerweise wird die Geschichte im Unterricht nicht in Frage gestellt. Überrascht von der ungewohnten Situation, fing ich verlegen an zu kichern und flüsterte: „Unter uns: den Untergang Trojas finde ich spannender, wenn Aeneas im Mittelpunkt steht und kein Rudolf oder Leopold."

Saumills Gesicht verzog sich zu einer Grimasse, bis er sich nicht mehr beherrschen konnte und laut zu lachen anfing. Als er sich wieder beruhigt hatte, sah er mich freundlich an: „Sie begeistern mich, Erzherzogin. Kritisch und doch charmante. Behalten Sie es für sich, aber ich stimme Ihnen vollkommen zu."

Ich verließ den Unterricht mit einer weitaus besseren Laune. Manchmal hat er schon Recht, wenn er sagt: „Das Studium der Geschichte ist geeignet zu amüsieren und zu belehren: den Geist zu schmücken und das Herz zu formen."

Mein Herz hat er geformt, denn Chablais hatte ich wirklich erst einmal vergessen. Genau genommen sogar bis zum jetzigen Zeitpunkt, denn gleich schlägt es siebzehn Uhr. Und es ist schon wieder Dienstag. Die schlimmste Stunde der Woche: ich muss mich mit ihm treffen.

Der zweite September 1764 – Verliebt!

„Ist er nicht wundervoll?“ Elisabeth hatte mich die ganze Kutschfahrt über schon mit ihren Säuseleien gelangweilt. Doch waren sie wenigstens erträglicher als alles, was Chablais zu erzählen hatte. Wir waren wieder einmal mit Haus und Hof nach Laxenburg gezogen. An diesem Tag, einem außergewöhnlich heißen Augustvormittag, sollten die versammelten Hofdamen und Kavaliere eine Kutschfahrt unternehmen. Und das taten wir. Chablais’ Anwesenheit war bei diesen Ausflügen inzwischen ein nicht zu verhinderndes Übel geworden. Er hatte sogar eigens für diesen Anlass eine offene Kutsche in Form eines vergoldeten Schwanes in Auftrag gegeben und führte sie mir nun stolz vor. Nun, eigentlich nicht mir. Sondern Liesl. Als er ihr in den verschnörkelten Wagen half, flüsterte er: „Für dich. Nur für dich.“ Ich habe es ganz genau gehört und nahm – was blieb mir anderes übrig – neben Liesl Platz, fühlte mich dabei wie ein vernachlässigtes, unscheinbares Entlein neben dem schönen Schwan. Chablais schwang sich auf den Kutschbock, und los ging die Fahrt durch angenehm schattige Wälder. Das war aber auch das einzig Angenehme. Liesl plapperte mir ohne Unterlass das Leid ihrer unglücklichen Liebe vor und glaubte, in mir eine Verbündete gefunden zu haben. Auf der Rückkehr zum Schloss drehte sich Chablais plötzlich nach uns um, er hatte die Kutschergerte auf seinen Händen liegen und präsentierte sie uns: „Meine Damen, ich hatte eben einen originellen Einfall: Die Taille, ach nein, der ganze Körper einer Frau, so sollte er sein –“ Er strich langsam über die Gerte. „– nur darf man das die Kaiserin nicht hören lassen …“ Ich war sprachlos. Ging es noch geschmackloser? Liesl lachte höflich über seinen Scherz, versuchte zu erklären „Er mag es nicht so, so dick …“, doch auch ihr war ganz offensichtlich unwohl zumute. Langsam hatte ich die Vermutung, dass sie nur so angetan von Chablais war, weil sie genau wusste, dass sie ihn nie würde heiraten müssen. Dieses Schicksal hatte ich ihr schließlich abgenommen.

Nun da ich Chablais' Einstellung zu übermäßigem kulinarischem Genuss bei Frauen kannte, konnte ich mich nicht mehr zurückhalten. Ha! Dann würde ich mich eben erst recht dick und rund essen.

Eine Gelegenheit hierfür bot sich bald. Wir waren zurück zum Schloss gefahren, und dort war bereits ein Buffet aufgebaut. Immer noch erzürnt über Chablais' Äußerung, sprang ich aus der lächerlichen Schwanenkutsche und lief auf die Terrasse. Ein Silbertablett voller köstlicher Flusskrebsschwänze auf feiner Pastete, garniert mit Wachteleiern und reichlich Mayonnaise war mein Ziel. Perfekt.

Um vor der Mittagssonne Schutz zu suchen, verteilten sich die Anwesenden bald unter den Parasolen auf dem Rasen oder zogen sich ins Innere des Schlosses zurück. Die großen Flügeltüren, die zur Terrasse führten, waren geöffnet. Nur ich blieb zurück, setzte mich etwas abseits, auf eine kleine Steinmauer, öffnete meinen Sonnenschirm und begann zu essen. Zugegeben, ich aß aus Trotz, aber köstlich war es gleichwohl! Ich aß das ganze Tablett leer. Oder nein! Nicht ganz. Chablais war mir nachgelaufen, vermutlich um sich über seine heimlich Verehrte, die unvergleichliche Liesl, zu unterhalten. Schnell überlegte er es sich anders. Ungeschützt der Sonne ausgesetzt, wurde es ihm zu warm, seine Gesichtsfarbe ging bereits ins Purpurfarbene über: „Mäßig, mäßig! Ich warne Sie!" Grinsend hob er einen Zeigefinger, nahm sich eine der Pasteten und zog sich, über die Sommerhitze fluchend, zurück. Die Sonne wanderte über den Himmel. Mir war etwas blümerant zumute. Vor dem leeren Tablett sitzend, war ich mir nicht mehr ganz sicher, ob es so eine gute Idee gewesen war, alles zu essen. Samt Garnitur.

Eben hatte ich beschlossen, mich ein wenig zurückzuziehen, da kam Maman auf mich zu. An ihrer Seite stand Albert, er lächelte mich an. Mich! Seit Monaten war das die erste freundliche Begegnung zwischen uns beiden. Von der anderen Seite trat Papa, untergehakt bei Chablais, heran. Was war hier los? Mir wurde ganz flau. Papa und Maman, Chablais, kurz: alle außer Albert begannen, auf mich einzureden, doch ich sah nur diesen an. War glücklich, dass er da war. Auch Maman sah nun zwischen mir und Albert hin und her. Für einen kurzen Augenblick fühlte ich mich wie ein gefangener Fuchs, dann wurde mir schwarz vor Augen.

„So liege ich nun auf dem Boden. Wie lächerlich!" Das war der einzige Gedanke, den ich fassen konnte. Köpfe beugten sich über mich, ich nahm sie nur verschwommen wahr. Zu meiner Linken hörte ich eine höhnische Stimme und ein quiekendes Lachen: „Sie hat sich wohl überfressen, die Gute!" Doch zu meiner Rechten flüsterte mir jemand ins Ohr, ganz nah über mir, ungeheuer gut duftend: „Verzeiht, kleine Erzherzogin. Ich war ein idiot. Zu lange Zeit."

In Mamans Schlafgemach kam ich wieder zu Sinnen. Man hatte mir mein enges, schweres Kleid ausgezogen, mich auf das Bett gelegt, ich trug nun ein kühles Leinennachtgewand, es war viel zu groß, es war Mamans.

„Ich habe dich beobachtet, eine ganze Weile schon. Du bist nicht glücklich." Maman stand neben dem Bett, sah mich an. Forschend, wissend, dann rief sie: „Albert!"

„Was ist mit ihm?" Voller Sorge richtete ich mich auf, wobei sich sofort das Zimmer um mich zu drehen schien, und wartete auf Mamans Antwort.

„Du bist verliebt!"

„Patati patata! Verzeihung Maman, aber die Krebsschwänze sind schuld. Ich habe zu viel gegessen, oder sie waren verdorben oder gar vergiftet. Mon Dieu!"

Oh, der bloße Gedanke an die fette Mayonnaise ließ die Übelkeit zurückkehren.

„Ich sage ja nicht, dass du wegen Albert ohnmächtig geworden bist. Oder, na, vielleicht doch!“ Ihr machte es offensichtlich Freude, mich zu necken und meine geschwächte Verfassung für ihren Spott zu nutzen. Und wie konnte sie es wagen, mir zu unterstellen, ich hätte mich in Albert verliebt! Ich wollte ihr die Absurdité dieses Gedankens aufzeigen, doch Maman unterbrach mich: „Dein künftiger Gatte ist ein Schwachkopf, das habe ich heute am eigenen Leibe miterleben dürfen. Dein Vater hängt nur so sehr an ihm, weil er sein Neffe ist, weil er durch Benedikt seiner verstorbenen Schwester nahe zu sein glaubt. Unsinn! Und was dich betrifft, Madame, gib zu, dass du seit Langem an niemand anderen denkst als an Albert. Heute wurden mir die Augen geöffnet! Ich danke Gott, dem Allmächtigen.“

Sie wechselte die Compresse auf meiner Stirn und reichte mir einen Sud aus Pfefferminzblättern und Kamillenblüten. „Das wird dir helfen. Ich bin ganz froh, dass du mir nun einen Moment zuhören musstest.“

Ich sank zurück auf mein Lager. Die zugezogenen Vorhänge ließen nur noch wenig Sonnenlicht ins Zimmer, und so fühlte ich mich, versteckt zwischen den grünen Musselinkissen in Mamans Bett, wie in einer Höhle. Sie hatte alle Kammerzofen nach draußen geschickt, sich neben mich auf die Bettkante gesetzt und meine Hand gestreichelt. Es war wie früher, wenn ich krank war. Immer hatte sie sich selbst um mich gekümmert, mein Krankenlager nie verlassen.

Wie konnte ich bei all der Fürsorge anders, als anfangen zu weinen? Eben! Nicht nur Maman war an diesem Tag etwas bewusst geworden, auch ich begann zu verstehen. All meine Gefühle Albert gegenüber wurden mir plötzlich klar. Wie sehr mich seine abweisende Haltung belastet hatte und auch warum ich diese tiefe und doch unerklärliche Abneigung Chablais gegenüber hegte: Weil ich einen Menschen kannte, der ganz anders war, den ich in meiner Nähe haben wollte, um den ich mich sorgte, der mich verstand, den ich mochte als Freund und, ja, und auch als Mann. Aber musste ich deswegen gleich so laut schluchzen? Wie unangenehm!

Glücklicherweise ging Maman ans Fenster, öffnete den Vorhang einen Spalt breit und blieb ihren Gedanken nachhängend lange Zeit dort stehen. Ich war eingeschlafen, wieder aufgewacht, fühlte mich wie zerschlagen, dann etwas besser. Der Nachmittag verging. Ich weiß nicht, wie spät es gewesen sein mag, als sie wieder an das Bett trat. Sie stellte nur eine Frage: „Also liebst du ihn?“ Ich konnte nicht anders, als unsicher meine Schultern zu heben, dann zu nicken, wieder mit den Schultern zu zucken, fragend die Hände zu heben, meinen Kopf zwischen den Kissen zu vergraben. Musste sie mich so quälen?

„Was spielt das schon für eine Rolle, wen ich liebe?“, fragte ich bitter.

Das überging sie, vielmehr drückte sie mich noch fester und sprach, wie zu sich selbst: „Albert war in den letzten Monaten ungewöhnlich still, zurückhaltend, gar abweisend dir gegenüber. Warum? Ich dachte, in eurer Freundschaft hätte es einen Bruch gegeben. Doch jetzt macht das alles einen Sinn. Du liebst ihn, er liebt dich, und er wollte dich nicht damit belasten, deinem Leben mit Chablais nicht im Wege stehen.“

Erstaunt sah ich Maman an. Wieder einmal verstand sie meine Gefühlslage besser als ich selbst. Doch wie konnte sie? Musste sie nicht Papas Heiratspolitik verteidigen, Chablais in den Himmel loben und Albert ignorieren?

Doch ihre Worte hatten Hoffnung in mir aufkommen lassen und so erzählte ich ihr alles. Von unserem gemeinsamen Abend in der „Mehlgrube“ über meine Enträtselung des Bildes bis hin zu Alberts plötzlicher Abkehr von mir. Maman hörte mir aufmerksam zu. Im Anschluss an meine Erläuterungen schwieg sie für einige Zeit. Ich wusste nicht, ob ich sprechen sollte. Ob es ein gutes Zeichen war oder ein schlechtes.

Doch mit einem Mal fuhr sie fort: „Meine liebe Mimi, alles kann gelingen. Wenn ich schon nichts dagegen tun kann, dass Joseph diese fürchterliche Verbindung eingehen muss, bei dir, mein Kind, werde ich es zu verhindern wissen. Im Übrigen: Wer hat noch von den Flusskrebsen gegessen?"

„Nur ich", musste ich kleinlaut zugeben, „mais non, Chablais, ich meine, Benedikt hat mir eine der Pastetchen weggenommen." Wie sich später herausstellte, musste auch er sich in den nächsten Tagen von einer Magenverstimmung erholen. Da kann ich nur sagen: Er hat es nicht anders verdient.

Der zehnte September 1764 –

Schweinsjagd

Sonntag, den 9. frühe gegen 7 Uhr sind Seine Majestät der Kaiser mit Seiner Majestät dem Röm. König und den Erzh. Elisabeth, Maria Christina, Maria Anna und Amalia wie auch dem durchl. Prinzen Albert von Sachsen und dem Herzog Benedikt von Chablais ohnweit Heilkreuzt gefahren, um alldorrten mit einer großen Schweinjagd sich zu erlustigen, wobei 161 Stück von verschiedener Größe geschossen wurden. Die Zurückkunft nach Schönbrunn ist Abends gegen 6 Uhr erfolgt, worauf nach 7 Uhr in dem Schlossgarten ein verfertigtes artiges Lustfeuer abgebrannt wurde.

Für den Rest der Welt eine unbedeutende Zeitungsnotiz. Für mich? Ein Beleg für die Möglichkeit vollkommenen Glücks. Ein tollkühner Wegweiser in eine Zukunft, die in einem Augenblick fast schon wirklich scheint, dann wieder auf ewig fern.

Ach, wenn es doch möglich wäre. Ich schwärme, ich träume, ich wünsche …

Zum Glück ist da mein Fuß, sonst würde ich vor lauter Sehnsucht wohl wegfliegen, wie ein Blatt im Herbstwind. Aber mein Fuß, angeschwollen auf seine doppelte Größe, fesselt mich an mein Bett und macht mit seinem dumpfen Pochen jede kleinste Bewegung zur Qual. Meine Gedanken aber lasse ich fliegen, zurück ins Gestern, zurück in den Herbstwald, zurück in meinen Traum, der nicht mehr nur Traum ist … Ich will alles davon festhalten, mit Tinte und auf Papier, doch obwohl es erst gestern war, habe ich nun das Gefühl, Traum und Wirklichkeit, Wunsch und Wirklichkeit, bereits miteinander zu vermischen.

Der gestrige Tag war vollkommen. Jagdhörner erschallten, und ein strahlend blauer Herbsthimmel wölbte sich über unserer Jagdgesellschaft. Wir ritten durch leicht bewaldetes Gebiet, ich mit meinen beiden Hofdamen, der Wallis und der Boës, leicht abseits. Sie schwatzten fröhlich neben mir, während ich in tiefen Zügen den Geruch des feuchten Laubes einsog. Um mich herum prahlte die Natur geradezu mit ihren Schätzen. Rot, gelb, grün in sämtlichen Schattierungen. Dieses Gefühl, ich wollte es festhalten, mir den Geruch, die Farben, alles für die nahende Winterödnis einprägen.

Weit über mir kreiste Bellas Falke, ein schwarzer Punkt am Himmel, und ab und zu durchschnitt sein schriller Schrei die Luft. Wie wenig es doch braucht, um glücklich zu sein. Unwillkürlich erschien auf meinen Lippen ein gelöstes Lächeln. Freudig trieb ich mein Pferd an. Die Fuchsstute ließ sich von meiner Ausgelassenheit anstecken und schnaubte munter. Ich überholte Chablais, der natürlich an Elisabeths Seite ritt und genauso blasiert lachte wie sie. Wie egal mir das in diesem Moment war!

Vor uns huschte ein Eichhörnchen durchs Laub, woraufhin mein Pferd einen Satz zur Seite machte. Ich lachte.

„Die Erzherzogin strahlt heute mit der Sonne um die Wette." Albert. Das war das erste Mal, seit ich ihn nach dem schrecklichen Nachmittag mit Chablais und den Flusskrebsen wieder traf. Auf einem schlanken Schimmel ritt er neben mir. Zum Glück waren meine Wangen von der frischen Luft bereits gerötet.

„Wie könnte man an einem solchen Tag nicht froh sein?", lachte ich ihn an.

„Ja, wie könnte man nicht!", stimmte er mir munter zu. Eine Weile ritten wir schweigend. Ab und zu warf ich ihm einen verstohlenen Seitenblick zu. Einmal trafen sich unsere Blicke und, tatsächlich, er errötete und blickte schnell weg.

„Gott zum Gruße, Hoheit!" Die Wallis tauchte neben Albert auf. „Ein schöner Tag, nicht wahr?"

„Sehr schön", pflichtete Albert ihr bei.

„Aber beinah' wär die Erzherzogin nicht dabei gewesen, eine Magenverstimmung, wissen'S, das wär' doch jammerschad'." Die Wallis und ihr loses Mundwerk!

„Immer noch die Flusskrebse?" Albert sah mich prüfend und ein wenig schelmisch an und wandte sich wieder an meine vorlaute Hofdame. „Sieht man der Erzherzogin gar nicht an, sie sieht aus wie das blühende Leben."

„Da ham's Recht, diese roten Wangerln, und wie gut ihr dieses Blau steht, genau Ihrer Hoheit Augenfarbe."

„Tatsächlich?", fragte Albert und studierte mein Jagdkostüm. Dann schüttelte er den Kopf.

Ich zog die Augenbrauen hoch. „Euren Beifall findet meine Garderobe wohl nicht? Ihr müsst wissen, Maman hat dieses Kostüm eigenhändig ausgesucht."

Er zögerte. Dann sagte er leise und ohne mich anzublicken: „Nichts gegen den Geschmack Eurer Mutter. Doch die Tiefe dieser Augen einfangen? Das vermag kein Stoff der Welt."

„Aber gehen's, Herr Prinz, Sie sind ja so ein Charmeur." Das Geplapper der Wallis rettete mich aus meiner Verlegenheit.

„Nur manchmal", erwiderte er etwas unsicher.

„Fast immer", sagte ich schelmisch und trieb meine Fuchsstute an. Übermütig warf sie den Kopf hoch, woraufhin Alberts Schimmel spielerisch nach ihr schnappte.

„Ho, ho!", rief Albert lachend und nahm sein Pferd zurück.

„Oh là là, Herr Albert, anscheinend hat Euer Pferdchen an der Front die Regeln des Anstands vergessen", neckte ich ihn.

„Keineswegs, Erzherzogin, es ist nur die lebhafte Begleitung – die verdreht ihm schier den Verstand." Bei seinem tiefen Lachen lief mir ein Schauer über den Rücken.

„Und ich hatte so gehofft, dass wenigstens das Ross Verstand besitzt, wenn schon nicht sein Reiter."

„Meine Bestürzung kennt keine Worte. Dass ich ein Narr bin, nun gut. Aber auch mein Pferd? Das ist ein schwerer Schlag. Erzherzogin, wir sind Eurer Gesellschaft nicht würdig. Der Pferdenarr und sein Narrenpferd begeben sich jetzt in angemessenere Gesellschaft. Auf zu den Schweinen!" Und mit diesen Worten preschte er davon. Ich musste lachen.

Einige Zeit später war uns das Lachen jedoch völlig vergangen.

„Hoheit und Eure ewigen Flausen", schimpfte die Wallis. Ich schwieg und lauschte. Wie vom Erdboden verschluckt, die ganze Jagdgesellschaft. Doch da! „Ich glaube, das war ein Jagdhorn", rief ich.

Unbeeindruckt fuhr die Wallis mich an: „Des glauben'S jetzt schon zum fünften Mal. Aber bien sûr, wir mussten natürlich Ihrem Falken statt der Jagdgesellschaft folgen."

„Ich hab' ihn fast nicht mehr gesehen, vielleicht hätte er sich ja verirrt ...", versuchte ich mich zu verteidigen.

„Ein Falke und sich verirren, pah! Und wenn schon, besser der Falke als wir, nicht wahr? Schaun'S, der Wald wird hier viel dunkler, und Weg ist das auch fast keiner mehr. Das ist bestimmt die falsche Richtung. Was, wenn's hier Räuber gibt? Oder Wölfe?"

„Die würden wenigstens einen Weg finden, Euch zum Schweigen zu bringen", murmelte ich mürrisch, doch ganz wohl war auch mir bei der Sache nicht.

„Und die anderen sitzen gerade beim Jagdschmaus und wir nicht und …", so jammerte sie in einem fort.

Der Wald war von einigen vereinzelten Bäumen in ein dichtes Unterholz übergegangen. Die breite Schneise, auf der wir vorher geritten waren, hatte sich zu einem kleinen Pfad verengt. Zweige streiften mich beim Reiten. Es wurde kühler. Nur ein schmaler Streifen blauen Himmels war über uns zu sehen, sonst verschluckte das Dickicht alles Licht. Der Weg, wenn man ihn denn so nennen konnte, schien völlig unbegangen. Keine Hufspuren, keine Fußspuren, ab und an Tierspuren, die den Pfad kreuzten. Die Mähne meiner Stute hing voller Blätter und kleiner Äste. Auch ihr schien unsere Lage gar nicht zu behagen und ab und an schnaubte sie unwillig. Sie sah aus, als würde sie bald keinen Schritt mehr tun wollen.

„Wir finden die anderen schon wieder, Gräfin", versuchte ich, die Gräfin und mich aufzumuntern. „So groß kann dieser Wald nicht sein, und ich glaube, ich habe gerade wirklich etwas gehört." Aber sicher war ich mir leider nicht. Die Unruhe übertrug sich auf meine Stute, und sie schüttelte gereizt ihren Kopf. Im Unterholz knackte es. Ich fuhr zusammen. Die Wallis schrie auf. Mein Pferd legte die Ohren an und machte einen Satz. Ein Zweig schlug mir ins Gesicht.

„Hoheit, was war das?"

„Ich weiß nicht, irgendein Tier wohl."

Gerade war es uns einigermaßen gelungen, die Pferde zu beruhigen, als es noch einmal im Unterholz raschelte, viel näher diesmal. Direkt vor uns brach ein Eber hervor. Ohne uns wahrzunehmen, stürmte er über den Weg. Das war zu viel für unsere Tiere.

Meine Stute bäumte sich auf, ich versuchte mich zu halten, packte ihre Mähne, doch ein Ast kam mir in den Weg, und ich stürzte. Die Pferde stürmten davon, meines mit wehenden Steigbügeln, das andere mit der schreienden Wallis auf dem Rücken.

Ich saß auf dem Boden, mein edles Kostüm voller Erde. „Merde alors!" Wenigstens hatte der weiche Untergrund meinen Sturz gedämpft. Ich schien unverletzt, bis auf „Au, mein Knöchel!" Der Schmerz trieb mir die Tränen in die Augen. Ich stützte mich an einem Baum ab und stemmte mich hoch. Dann begann ich, den nun kaum mehr sichtbaren Pfad entlangzuhinken. Vor Schmerz und Wut liefen mir die Tränen übers Gesicht. Verärgert wischte ich sie weg. Vergessen der Einklang mit der Natur, bedeutungslos die bunte Herbstpracht. Ich wollte nach Hause! Vorwärts, nur vorwärts. Irgendwann würde ich auf die anderen stoßen. Wo Wildschweine waren, da konnten die Jäger nicht weit sein. Ich stapfte Schritt um Schritt vorwärts, ohne Zeitgefühl. Die Schatten der Bäume wurden länger, die Luft kühler. Ich hatte Hunger und Durst, jede Bewegung meines verstauchten Fußes ließ mich aufstöhnen. Die Büsche und Bäume, die Steine und die Erde, all das nahm ich nicht mehr war. Ich wusste nur, ich musste weiter. Anfangs hatte ich noch um Hilfe gerufen, doch auch dafür fehlte mir dann die Kraft. Eine Wurzel, ich fiel. Ich konnte nicht mehr. Mir war kalt, die Sonne des späten Nachmittags drang kaum noch zu mir herab. Ich schloss die Augen und versuchte, einen klaren Gedanken zu fassen.

Da! Der Schrei des Falken. Und dann hörte ich Hufgetrappel. Ein silbergrauer Schimmer tauchte zwischen den Ästen auf. Ich rappelte mich trotz der Schmerzen hoch und stützte mich an einem Baumstamm ab. Immerhin hatte ich noch einen Rest an Würde! Der Reiter rief etwas, doch zunächst verstand ich nichts. Aber dann: „Maria Christina, kleine Erzherzogin, seid Ihr wohlauf? Was haben wir alle für Ängste um Euch ausgestanden!" Albert.

Und von einer Sekunde auf die andere verwandelte sich die grauenvollste Lage meines Lebens in die bis dahin köstlichste. Im Rückblick natürlich. Als ich da so schmutzig und verzweifelt im Wald stand, vernebelte mir der Schmerz die Sinne, sodass ich die Einmaligkeit der Situation – Albert und ich allein zusammen – gar nicht wirklich begriff.

Er sprang vom Pferd. Sein Gesichtsausdruck stellte eine Mischung aus Erleichterung und Belustigung dar.

„Endlich habe ich Euch gefunden. Wirklich, Erzherzogin, wenn Ihr Aufruhr verursacht, dann gründlich. Und Euer Orientierungssinn scheint auch nicht sonderlich ausgeprägt. Ihr stapft die ganze Zeit schon beharrlich in die falsche Richtung! Offenbar bin ich heute nicht der einzige Narr."

Sein Spott war mir völlig gleichgültig. „Wenigstens seid Ihr einer mit Pferd." Ich schwankte. Er nahm mich genauer in Augenschein.

„Seid Ihr verletzt?"

„Nur ein bisschen aufgeschürft, aber mein Fuß – verstaucht", presste ich hervor. Ich taumelte, und schon war er da und stützte mich.

„Kommt, ich helfe Euch aufs Pferd."

Ich setzte meinen gesunden Fuß in den Steigbügel und stemmte mich hoch, doch da rutschte mein Stiefel ab. Ich fiel gegen Albert, der hinter mir gestanden und mich gestützt hatte.

„Au", wimmerte ich. Der Schmerz, der aus meinem Knöchel hochschoss, trieb mir wieder die Tränen in die Augen.

„So schlimm? Ich halte Euch den Steigbügel. Versucht es noch einmal."

Alberts tiefe Stimme, sein Atem dicht an meinem Ohr. Seine hohe Gestalt, so nah wie noch nie. Ohne zu denken, ließ ich meinen Kopf nach hinten an seine Schulter sinken. Den Schmerz hatte ich völlig vergessen. Albert trat seitlich neben mich, um mir zu helfen. Ich legte meine Hand auf den Sattelknauf, und mit einem Mal war ich nur noch Zentimeter vom tiefen Blau seiner Augen entfernt. Langsam, fast zögerlich löste er die Hand vom Steigbügel. Seine Finger verharrten kurz vor meinem Gesicht in der Luft. Ich war unfähig, mich zu rühren. Nur mein Herz schlug, schlug immer schneller. Dann, zart und luftig wie der Hauch einer Vogelfeder, strichen seine Finger über meine Wange und wischten die Tränen ab. Ich wagte nicht zu blinzeln, ja nicht einmal zu denken. Seine Fingerspitzen ruhten selbst dann noch auf meiner Wange, als dort längst keine Tränen mehr waren. Unsere Blicke waren ineinander verwoben, seine Lippen so nahe – ein Schatten glitt über sein Gesicht. „Kaisertochter und Pauvre Cadet? Aussichtslos", war dort abzulesen. Er zog seine Hand weg und wich ein paar Zentimeter von mir zurück.

„Lasst uns aufbrechen!" Seine Stimme war rau. Irgendwie bekam er mich auf das Pferd. Er saß hinter mir auf. Der Ritt war wortlos.

Schließlich fragte ich: „Wie habt Ihr mich gefunden?"

„Wir haben Eure Abwesenheit und die der Gräfin Wallis bemerkt und eine Suche eingeleitet. Ich traf auf die Gräfin, die mir den Weg zu Euch wies. Sie weigerte sich aber lautstark, noch einmal einen Fuß in diesen Bereich des Waldes zu setzen. Ein paar Mal ist auch das Wort ‚Dickkopf' gefallen." Er hielt kurz inne. „Ich suchte, und schließlich sah ich Euren Falken, wie er nahe über dem Wald kreiste." Ich sah nach oben. Auch jetzt noch flog er über uns, Bellas Falke.

„Wie dumm ich doch war", flüsterte ich und meinte viel mehr als nur mein ungewolltes Abenteuer damit.

Ich lehnte meinen Kopf an seinen Hals und spürte, wie er zusammenzuckte und sich versteifte. Doch als ich meinen Kopf nicht bewegte, entspannte er sich ein bisschen. Er zügelte das Pferd und wir standen still. Ein tiefer Seufzer entfuhr ihm, wohl eine Mischung aus Verzweiflung, Frustration und – Hoffnung. Er ließ die Zügel fallen und drückte mich mit beiden Armen fest an sich. Ich spürte seine Lippen an meinem Haar und fühlte mich einer Ohnmacht nahe. Keiner von uns sagte ein Wort. Irgendwann räusperte er sich, nahm die Zügel wieder auf und wir ritten weiter.

Der Wald lichtete sich. Die ersten Rufe drangen an unser Ohr. Er zügelte das Pferd und stieg schnell ab, so sollte uns niemand sehen. Ohne mich anzublicken, griff er nach den Zügeln und wollte das Pferd in Richtung der Rufenden führen.

„Albert." Meine Stimme war rau vom langen Schweigen.

Er sah zu mir auf. In seinen Augen spiegelten sich Unsicherheit und Zögern wider. Er verharrte, eine Hand auf dem Hals des Pferdes. Ich zog meinen Handschuh aus. Nahm seine Hand. Er wollte sie mir entziehen. Ich hielt sie fest.

„Albert." Er schüttelte fast trotzig den Kopf, die vollen Lippen zusammengepresst. Ich lächelte ihn an und dachte an Bellas Worte. Alle Ungewissheit war mit einem Mal verschwunden.

„Toi et moi. Ensemble", flüsterte ich.

Er sah mich an, lange. Dann drückte er meine Hand, so fest, dass es schmerzte. „Je rêve", murmelte er. Ich träume.

An den Rest, die Ankunft der Anderen, die Rückreise ins Schloss, erinnere ich mich nur noch schemenhaft. Albert war die ganze Zeit an meiner Seite, bis an die Schwelle meiner Gemächer.

Ich merke, dass meine Augenlider schwer werden. Alles von Bedeutung habe ich aufgeschrieben. Fast alles.

Ich muss wohl vorhin eingeschlafen sein, versunken in süße Träume von mir und dem Prinzen, als mich ein stechender Schmerz weckte.

„Autsch", rief ich. „Autsch!"

„Verzeihung, Hoheit. Ich habe mich wirklich bemüht, Hoheit beim Verbandswechsel nicht aufzuwecken." Vorsichtig öffnete ich ein Auge. Über meinen Fuß beugte sich ein weißbehaarter Kopf. Nicht Albert. Ganz und gar nicht Albert! Unter der Lockenperücke saßen buschige Augenbrauen und darunter kleine Äuglein, die sich vor lauter Konzentration noch weiter verengten. Doktor van Swieten machte sich an meinem Knöchel zu schaffen.

„Doch nicht Ihr!", rief ich ungehalten und wohl noch etwas benebelt vom Schlaf. Ich schloss die Augen, um jenes andere Gesicht wieder heraufzubeschwören. Vom Fußende des Bettes kam ein gekränktes Murmeln, mehrmals meinte ich, dabei das Wort „Undank" herauszuhören.

„Nehmt es nicht persönlich, Herr Doktor, die Erzherzogin ist dieser Tage nicht ganz sie selbst." Ich schlug die Augen wieder auf. Die Vasquez trat in mein Blickfeld.

„Ja, ja, macht ja nichts", sagte der behäbige Doktor etwas kurz angebunden. „Nicht bewegen, Hoheit. Und heute Abend schaue ich noch einmal vorbei. Mit einem Baldrianaufguss für Euer Hoheit überreizte Nerven!" Er drehte sich um und marschierte hinaus. Die Gräfin Vasquez blickte ihm kopfschüttelnd nach. „Ein sehr schöner Traum muss das gewesen sein, aus dem Sie so gar nicht erwachen wollten." Ich seufzte.

Wie so oft antwortete sie darauf mit einem Zitat: „Was ist Leben? Hohler Schaum! Ein Gedicht, ein Schatten kaum! Wenig kann das Glück nur geben: Denn ein Traum ist alles Leben." Auf meinen fragenden Blick hin antwortete sie: „Vom spanischen Dichter Calderón, Hoheit."

Dann bückte sie sich und hob etwas vom Boden auf. „Der ist Ihnen wohl beim Schlafen aus der Hand gefallen."

Es war der Zeitungsausschnitt, den ich beim Schreiben und wohl auch beim Schlafen in der linken Hand gehalten hatte. Kurz glitten ihre Augen darüber, und ein hintergründiges Lächeln erschien auf ihrem Gesicht. Dann legte sie den Papierschnipsel, der schon ganz zerknittert war, auf mein Nachtkästchen. „Ich werde Sie besser noch ein bisschen ruhen lassen." Ich nickte.

Nachdem sie gegangen war, griff ich nach dem Zeitungsausschnitt. Albert, die Jagd, der Wald, Albert … Nur ein Traum? Nein. Sein Gesicht steht mir noch jetzt so deutlich vor Augen, dass die reale Umgebung meines Zimmers völlig dagegen verblasst. Calderóns Worte kommen mir wieder in den Sinn: Denn ein Traum ist alles Leben! Doch nicht ein Traum ist mein Leben. Mein Leben ist ein Traum! Nun weiß ich, wo ich stehe. Bei Albert.

Doch auch das Hindernis „Kaisertochter" und „Pauvre Cadet" steht noch. Und dazwischen Chablais. Aber sie alle haben an Unüberwindbarkeit eingebüßt. Denn soeben wendete ich den Zeitungsausschnitt. Auf der Rückseite stehen drei Worte: „Omnia vincit amor. Alles überwindet die Liebe."

Es ist Mamans Handschrift.

Der zwanzigste September 1764

Albert war zweimal zu Besuch an meinem Krankenbett. Einsilbig und ohne eine Spur unserer früheren Scherze. Bleich ist sein Gesicht, und seine blauen Augen scheinen dunkler als sonst, wie ein See, in dem sich ein Gewitterhimmel spiegelt. Die Art, wie er meine Hand nahm, sie drückte, so fest, dass es fast schmerzte, verriet alles. Doch immer war jemand anwesend. Nie konnten wir offen reden. Beide sind wir gefangen zwischen dem, was wir wollen und dem, was wir nicht dürfen.

Omnia vincit amor. Doch wie soll ich das Albert sagen, unter den wachsamen Augen der Hofdamen? Und wie soll ich selbst daran glauben? Bei seinem zweiten Besuch traf Albert auf Chablais, der gerade seinen Pflichtbesuch absolvierte. Albert verabschiedete sich sofort und ging, ohne noch einmal zurückzublicken. Seitdem kein Lebenszeichen von ihm. Dabei hätte ich ihm so viel zu sagen. Doch ich möchte es nicht mit einem Brief tun. Ich möchte vielmehr wieder seine Nähe spüren, seinen Duft einatmen, seine Stimme nah an meinem Ohr hören. Ihn bei mir haben – für immer!

Der achtzehnte October 1764 – Endlich!

Ein Brief ohne Anrede, ohne Unterschrift und doch wusste ich, wer mir schrieb. Endlich. Gleichzeitig wagte ich es nicht, den Brief zu lesen, fing mehrmals an, ließ ihn wieder sinken, versteckte ihn unter meinem Kopfkissen und machte eine Spazierfahrt, lief atemlos und mit klopfendem Herzen zurück in mein Zimmer. War der Brief noch da? Was stand darin?

Es ist an der Zeit mich zu erklären, ich kann nicht länger schweigen. Lasst mich nur vorweg versichern: Euch trifft keine Schuld, außer dass Ihr so seid wie Ihr seid.

Ich kann nicht Euer Freund sein, darf Euer Vertrauen in mich nicht länger verletzten. Dafür gibt es eine schlichte Erklärung, und ich bitte Euch, den Brief zu Ende zu lesen und nicht sofort zu verbrennen. Der Grund für mein unverzeihliches Verhalten in den letzten Monaten ist, es bricht mir das Herz dies zu schreiben, denn es bedeutet den unumgänglichen Verlust unserer Verbundenheit: Ich liebe Euch. Habe es vielleicht seit dem ersten Augenblick getan. Ich liebe Euer manchmal trotziges, überschwängliches, aber immer vollendet anmutiges und liebenswertes Wesen. Man hätte mehr als ein Mensch sein müssen, um die Gefühle für Euch zu unterdrücken. Mein tiefes Interesse Euch gegenüber, das weit über Mitfühlen und Wertschätzen hinaus geht, wurden durch den Kummer, den Ihr durch den Tod Eurer geliebten Freundin erlitten habt, nur aufs Neue geweckt. Das klingt grausam. Das ist es, und ich habe mich dafür geschämt. Ich erkannte, dass mir nichts anderes übrig blieb, als mich so rasch wie möglich vom Hofe zu entfernen, und war fest entschlossen, nur dort zu erscheinen, wenn es die Pflicht absolut erfordern werde. Euer Anblick war es, der mich in Schwierigkeiten brachte, Euch gegenüber das Maß meines Betragens beizubehalten, das mir Stellung und Aufgaben zuwiesen. Verzeiht meine unverschämten offenen Worte, es ist jedoch ohnehin das letzte Mal, dass ich Euch schreibe. Es wird sich vermutlich nicht vermeiden lassen, dass wir uns hin und wieder begegnen, doch ich werde alles daran setzten, Euch nicht mehr mit meinen Gefühlen zu behelligen.

Nehmt mein Geständnis mit ins Grab – möge dies lange von Ihnen entfernt sein – oder zeigt den Brief Euren Schwestern und Freundinnen, gebt mich der Lächerlichkeit preis, lasst mich vom Hof verbannen oder bewahrt meine Worte als ein Geheimnis. Es ist mir gleich, und ich lege alles in Eure Hände. Ich bereue nichts, ich erwarte nichts. Euch zu lieben erfüllt mein Leben."

Zweimal habe ich den Brief gelesen. Das erste Mal wie im Rausch, und jeder Satz machte mich noch trunkener als der vorhergehende, trunken vor Glück und gleichzeitig Schmerz. Das zweite Mal langsam, um jedes Wort auszukosten wie einen wertvollen schweren Rotwein: Ich liebe Euch.

Dann begann ich zu malen, zu malen, mit soviel Inbrunst wie noch nie. Einen mächtigen Sternenhimmel über einem finsteren Wald, der von einem strahlenden Kometen erhellt wird. In das Bild hinein fährt ein Schlitten, doch die Menschen, die in ihm sitzen, sieht der Betrachter nicht. Nur die Zugpferde und zwei Hände, die eines Mannes und einer Frau, welche ineinander verschlungen die Zügel halten. Vor zwei Jahren hatte Bella mir vorgeworfen, ich hätte Angst, Albert meine Zuneigung offen zu gestehen. Bis vor Kurzem hatte sie Recht. Aber jetzt nicht mehr, liebste Bella, nicht mehr!

Der zweite December 1764 – Theater

Heute Abend – oder nie. Heute Abend – oder nie. Heute Abend – oder nie … Ich konnte nur diesen einen Gedanken fassen. Den ganzen Tag schon hatte ich vor dem Spiegel geübt, meinen Text auswendig gelernt. Gesten, Miene, Blick, Stimmlage einstudiert.

Die Loge war nur beleuchtet durch einen schwachen Schimmer, der von der Bühne herauf drang. Ich war erst ins Theater gekommen, als das Stück längst begonnen hatte. Gehüllt in ein schweres graues Cape, Oscar und das Bild in meinem Gewand verborgen, ein dunkles Tuch über meinem Kopf. Nichts verriet, so hoffte ich, dass sich darunter die Erzherzogin Marie Christine mit ihrer Vorliebe für pastellfarbene Stoffe verbarg. Nichts verriet, so hoffte ich, dass ich mich darunter verbarg, mit meiner Vorliebe für einen gewissen Albert von Sachsen und meiner Abneigung gegen einen gewissen Herzog Chablais.

Heute Abend – oder nie. Heute Abend – oder nie!

Ich stand jetzt einen Schritt hinter ihm: „Dreht Euch nicht um, sagt nichts. Ich habe die Erlaubnis, Euch hinsichtlich der Aufmerksamkeiten, die Ihr mir erwiesen habt, zu beruhigen." Ich musste mich unterbrechen, bekam kaum Luft, starrte geradeaus auf das Geschehen auf der Bühne. Doch ich hatte es geschafft, hatte ihn angesprochen. Auch Albert schien überrascht, fast erschrocken, denn er zeigte keinerlei Regung. Wandte sich mir nicht zu, ermutigte mich nicht, fortzufahren. Ich war mir nicht einmal sicher, ob er mich verstand und ob ich überhaupt sprach oder das alles nur träumte. Dann vollendete ich meine Rede: „Ihr dürft ohne Angst vor Vorwürfen fortfahren, die Gefühle weiterhin auszudrücken, die Ihr mir durch eben diese Aufmerksamkeiten erweist. Doch Ihr müsst Euch die größte Mühe geben, nach außen hin eine Conduite an den Tag zu legen, die nicht das Geringste verrät, bis die Zeit es erlaubt. Auf diese Art, so hoffe ich, wird alles gut werden."

Dann stellte ich das Bild hinter seinen Sitz, verließ die Loge und rannte die Korridore entlang, zurück zur Kutsche.

Ich kam nicht so weit. Albert war mir hinterher gelaufen.

„Ich habe doch gesagt, dass Ihr nichts sagen sollt!", fuhr ich ihn nervös an.

Er reichte mir nur wortlos Oscar, den ich unglücklicherweise auf meiner Flucht vollkommen vergessen hatte. Albert sah mich so sonderbar an, als wäre er wütend, oder war auch das nur wieder Ausdruck seiner Liebe zu mir? Wer konnte das schon so genau sagen. Er zog mich in einen Mauervorsprung, hier waren wir vor den Blicken der Wachen geschützt, außer diesen befand sich glücklicherweise niemand auf den Gängen. Aus dem Theater drang gedämpft Musik.

Und dann sprach Albert doch. Schnell, leise und ernst: „Kann ich mir denn im Ernst vorstellen – ein Pauvre Cadet, wie ich einer bin, nichts besitzend als eine kleine Apanage und das, was ich aus dem Titel meines Generalsranges beziehe, den ich auch nur der Güte der Kaiserin verdankte – kann ich mir überhaupt einbilden, diese große Souveränin würde so weit gehen, Gefallen an einem Attachement zu finden, an der Neigung zu ihrer geliebten Tochter, die doch wert ist, Gemahlin eines der ersten Herrscher Europas zu werden. Auch wenn jene die Empfindungen, die ihr entgegengebracht wurden, erwidert?"

Damit hatte ich nicht gerechnet, meine Rede, die ich Albert in der Loge vorgetragen hatte, war bis auf das letzte Wort in tagelanger Grübelei und auf vielen Bögen Papier entstanden. Wie lange hatte ich an dem perfekten Bild gemalt. Ich hatte alles genau geplant, meine Ankunft im Theater, mein Geständnis, meinen Rückzug. Ein Gespräch zwischen mir und ihm war in diesem Ablauf nicht vorgesehen. Mir fiel nichts ein, was sollte ich darauf erwidern? Musste er gleich so, naja, musste er gleich alle Einzelheiten besprechen? Musste er so streng mit mir sein? Immerhin hatte ich ihm doch eben sehr deutlich zu verstehen gegeben, dass alles gut sei. Konnte er mich jetzt nicht, wie geplant, nach Hause eilen lassen, damit ich mich dort in meinem Bett verstecken und für den verbleibenden Abend schämen konnte? Oder freuen. Oder beides.

„Äh, meine Antwort ist: Ja. Omnia vincit amor. Hat Maman gesagt." Und damit ließ ich ihn endgültig und dieses Mal ohne meinen treuen Hund zurück.

„Hat Maman gesagt, hat Maman gesagt." Oh, wie konnte ich nur. Was für ein einfältiger Satz!

Der Abend war anders verlaufen, als ich ihn mir ausgemalt hatte. Und doch musste ich, in der Kutsche sitzend, eine Hand aus dem geöffneten Fenster in die kalte Jännerluft gestreckt, immerfort lachen.

Der vierzehnte December 1764

So muss sich eine Schlafwandlerin fühlen.

Ich laufe durch die Gegend und nehme nichts von meiner Außenwelt wahr. Ruhelos irre ich durch meine Gemächer – unterbrochen nur vom Schreiben in mein Tagebuch – und verwirre damit die Vasquez, die mir verwundert hinterher blickt. In Gedanken bin ich nur bei Albert:

Meine erste Begegnung mit ihm bei unserem Konzert, der das belauschte Gespräch unter dem Balkon vorausgegangen war, spukt mir durch den Kopf. Ich hatte ihn damals verachtet – wie hat er mich da wohl wahrgenommen?

Dann die Schlittenfahrt: Ich hatte mich so gesträubt, in seine Kutsche zu steigen, ihn gar versetzt. Er blieb ungerührt, scherzte, als wolle er mich vorführen. Was für ein Gefühl muss es wohl für ihn gewesen sein, als ich mich in die Kutsche eines anderen setzte?

Dann die Annäherung in der „Mehlgrube“, seine Briefe aus dem Krieg und der Spaziergang zum Paradeisgartl, als er mich so durcheinander gebracht hatte. War ihm das in dem Moment überhaupt bewusst?

Auf der Kommode liegt der prächtigste Fächer, den ich je besessen habe. Albert hat ihn mir an meinem achtzehnten Geburtstag geschenkt, in gewohnt zurückhaltender Manier. Genau so zurückhaltend, wie er jetzt gerade ist. Er hat sich nämlich seit meinem Auftritt im Theater noch nicht gemeldet, und darüber ist mir gar nicht wohl. Den ganzen Tag schon hoffe ich, dass sich dieser Zustand ändert, und lenke mich ab, indem ich versuche, mir Alberts Gesicht ins Gedächtnis zu rufen, wenn er mich anlächelt. Ich lausche dabei in die Stille, in der Hoffnung, seine Stimme zu hören, obwohl ich weiß, dass es unmöglich ist. Das Träumen ist überhaupt das Einzige, was mich momentan ruhig hält. Dabei kann ich mir wenigstens ausmalen, wie es weitergehen könnte. Denn wie es wirklich wird, das weiß ich beileibe nicht. Gewiss habe ich ihn im Theater überfordert, doch nun kennt er zumindest meine Gefühle. Dennoch hat er noch kein bisschen darauf reagiert. Ob ich ihm schreiben soll? Ist es für ihn ein Spiel oder fühlt er sich eingeengt? Ich vermisse ihn. Warum gibt er nicht wenigstens ein Lebenszeichen von sich?

Mir wird von den Fragen, die durch meinen Kopf schwirren, ganz schwindlig. Besser, ich lege mich für ein Weilchen hin.

Der dreizehnte Jänner 1765

Kein Zeichen von Albert. Wo ist er? Was macht er? Warum meldet er sich nicht mehr? Meine Sehnsucht ist so groß!

Ich lenke mich besser etwas ab. Doch womit? Ah ja, ich weiß! Ich werde die Marotten Josephs zum Hauptthema meines heutigen Eintrags machen. Das ist eine gute Idee! Seit Isabellas Tod scheint sich Joseph nämlich von allen Frauen abgewendet zu haben. Ich weiß nicht, was er für einen Hass hegt, aber er verachtet jedes weibliche Wesen in seiner Nähe, ausgenommen Maman. Das ist wirklich beunruhigend. Manchmal habe ich mir eingebildet, dass Joseph während seiner ersten Ehe ein veränderter Mensch war, ein besserer. Falls dies der Fall gewesen sein sollte, so ist diese Änderung seines Wesens vollends verflogen. Joseph ist so böse und herrisch, wie er früher immer war. Wenn ich mich an seinen Wahlspruch erinnere, kann ich nur lachen: „Mit Tugend und Beispiel". Er verhält sich sicher nicht wie ein künftiger Kaiser. Und niemand kann etwas dagegen tun. Zwischen Maman und ihm gibt es in letzter Zeit immer öfter Streit, und Papa geht diesen Auseinandersetzungen am liebsten aus dem Weg. Josephs Hauptangriffsziel ist jedoch die arme Josepha. Seit ihrer Hochzeit haben die beiden keinen glücklichen Moment mehr zu zweit gehabt. Josepha schleicht durch die Gänge wie eine graue Maus, kaum, dass man sie wahrnimmt. Und Joseph? Er beträgt sich geradezu lächerlich. Er blamiert nicht nur sich, sondern auch seine Ehefrau – wobei ihm das sicherlich gleichgültig sein dürfte. Die Abneigung gegen sie brachte er neulich dadurch zum Ausdruck, dass er den Balkon vor ihren gemeinsamen Gemächern mit einer Trennwand hat ausstatten lassen, damit sie sich nicht sehen müssen. Pardon, damit er sie nicht sehen muss. Kann man sich das vorstellen?

Dass sie keine Schönheit ist, nun, das wussten wir hier alle doch bereits vor ihrer Ankunft in Wien. Dass es ihr zudem an jeglichem Funken Ésprit und Charme mangelt, ist zugegebenermaßen bedauerlich. Dabei sind sich Joseph und Josepha recht ähnlich, nicht nur wegen ihrer Namen, nein, auch im Äußeren konnte ich eine gewisse Übereinstimmung feststellen. Die unglückliche, arme Josepha! Eigentlich tut sie mir leid! Sie bemüht sich ja, das muss ich ihr zugute halten.

Trotzdem, wenn ich sie wäre, würde ich mir heimlich einen Baum in Schönbrunn suchen und dem Ganzen ein Ende setzen. Hart klingt es, und auszusprechen würde es sich niemand getrauen, obwohl ich mir sicher bin, dass ich nicht als Einzige diesen Gedanken hege. Manchmal wäre es besser, wenn nicht nur Vernunft, sondern auch Gefühl unser Handeln bestimmten. Dann wäre uns auch diese Hochzeit erspart geblieben, die sich als reine Farce entpuppte. Schließlich konnten all die prächtigen Darbietungen die Frage nicht verscheuchen, die sich hartnäckig im Raum hielt: Was feiern wir eigentlich? Josephs „Ja" vor dem Altar glich einem Gekeuche, als hätte ihm jemand ganz Österreich auf die Brust gesetzt. Und Josepha, wie sie dastand, klein und rundlich, in sich zusammengesunken, den Kopf gesenkt, als wohne sie einer Trauerfeier bei. Die versammelte Adelsgesellschaft wirkte fehl am Platz, wie eine zu üppig gestaltete Décoration. Nicht einmal meine Geschwister vermochten durch ihre Aufführungen im Anschluss an die Trauung die gequält heitere Stimmung aufzulockern. Dabei hatten sie mit so großem Eifer an Glucks „Il parnasso confuso" gearbeitet, um Joseph ihre Darbietung zur Hochzeit zu schenken. Josepha, Liesl und Charlotte waren als Musen ganz liebreizend. Und Amalias strahlender Gesichtsausdruck in der Rolle des Apoll brachte die gesamte Salle de bataille zum Leuchten. Auch Ferdinand und Antonia eroberten als Schäferpaar in dem Ballett „Il trionfo d'amore" zunächst mein Herz. Doch es genügte ein flüchtiger Blick auf Joseph und Josepha, und meine Freude war wieder dahin. Dabei gäbe es doch nichts Schöneres, als Kinder beim Tanzen zu bewundern, möchte man meinen. Wenigstens den Rest des Publikums konnten meine Geschwister für sich gewinnen: Maman schien ganz glückserfüllt beim Anblick ihrer Kleinen – ein schöner Gegensatz zur Hochzeit. Diese war für sie lediglich eine weitere politische Veranstaltung im großen europäischen Machtspiel. Papa hielt sich – wenn auch mit einem Lächeln – im Hintergrund, soweit dies möglich war. Ich glaube, er empfand die Feierlichkeiten so wie ich. Ganz entzückt hingegen war Fürst Khevenhüller, doch das ist dieser ja bei jeder Hochzeit. Seine Begeisterung und das Anhimmeln des Brautpaares wirkte in der Situation völlig überzogen, lehnte sich dadurch aber irgendwie passgenau an die Ereignisse dieses Jour grotesque an. Ich mag gar nicht mehr darüber schreiben. Die Gedanken an die Feierlichkeiten lassen meine Armhärchen zu Berge stehen.

Es kommt mir heute noch so vor, als wären wir alle Mitwirkende eines großen Theaterstücks gewesen. Aber vielleicht waren wir das ja auch wirklich.

Der dreißigste Jänner 1765 – Noch immer nichts.

Albert, warum schreibst du nicht?

Ich bin so verunsichert. Ich habe Albert am Theater stehen lassen, ihn mit meinen Gefühlen konfrontiert und bin dann mit zunächst anhaltender Erleichterung in die Hofburg zurückgekehrt. Mein Vorhaben, mich ihm zu offenbaren, war geglückt, aber ich hatte mir keine einzige Sekunde lang Gedanken darüber gemacht, was auf mein Geständnis folgen würde. Was habe ich mir eigentlich erhofft? Dass Albert einen Luftsprung machen und bei Papa sofort um meine Hand anhalten würde? Ich bin so töricht. Ich merke, ich habe keine Antwort darauf. Aber was auch immer nun geschehen soll, ich hätte jedenfalls gern, dass Albert eine Reaktion zeigt. Ein kleines Zeichen nur. So weiß ich noch nicht einmal, ob er mich meidet oder ob er genauso ängstlich ist wie ich. Was bin ich aber auch ungeschickt, mein Liebesgeständnis mit den Worten „Hat Maman gesagt“ enden zu lassen. So habe ich argumentiert, wenn ich als Kind meinen Geschwistern gegenüber Recht behalten wollte. Aber jetzt stehen ganz andere Dinge auf dem Spiel: meine Liebe und meine Zukunft!

Ich bräuchte dringend einen Rat, und wer hätte diesen besser geben können als meine Bella. Wie ich sie vermisse! Ich würde so gern meine Freude und mein Leid mit ihr teilen, stattdessen sitze ich nun allein hier. Sie hätte gewusst, was in dieser Situation zu tun ist. Sie kannte mich so gut wie sonst niemand. Und sie war es doch auch, die mir dazu geraten hatte, das Kometenbild zu malen. Hat Albert es bei meinem ungestümen Auftritt im Theater überhaupt bemerkt? Hoffentlich ist es durch den Trubel nicht in falsche Hände geraten. Mon Dieu, ich könnte mich selbst ohrfeigen für mein impulsives Temperament und meine gleichzeitige Feigheit an diesem Abend! Was habe ich mir nur dabei gedacht?

Wahrscheinlich bin ich Albert einfach zu kindisch und unbedacht. Verdient er, der immer so besonnen handelt, nicht besser eine Frau, die ihm darin ebenbürtig ist? Und dennoch hat er mir einen Brief geschrieben, in dem er mir seine Liebe gesteht. Er weiß doch, was ich für ihn fühle – er hat alle Freiheiten!

Wage es! Führe mich aus, entführe mich! Bitte!

Der elfte Februar 1765

Wenn ich ein Vöglein wär
und auch zwei Flügel hätt
flög ich zu dir
weil's aber nicht kann sein
bleib ich allhier

Bin ich gleich weit von dir
bin ich im Traum bei dir
und red mit dir;
wenn ich erwachen tu
bin ich allein.

Keine Stund in der Nacht
da nicht mein Herz erwacht
und an dich denkt,
dass du mir tausendmal
dass du mir tausendmal
dein Herz geschenkt

Ich kann nicht aufhören, dieses Liedlein vor mich hinzusingen, zu tanzen, zu lachen, zu hüpfen. Kann sich eine Feder leichter fühlen als ich? Nein, ich glaube nicht. Der kühle Februarwind hat mich soeben in meine Gemächer getragen, damit ich diese Zeilen schreibe – damit ich meine Freude für immer festhalte. Meine Brust erfüllt ein Gefühl, das ich zuvor nicht kannte. Ich denke, es ist die Liebe! Die große Liebe! Die einzig wahre Liebe! Die Liebe zu Albert! Ich bin so unendlich glücklich, doch kann das wirklich wahr sein? Ich zwicke mich, ich schließe die Augen, ich sitze noch immer hier, und es ist wahr. Doch ich will lieber alles en détail noch einmal niederschreiben, um es auch wirklich glauben zu können.

Die vergangenen Tage waren schrecklich, die reinste Qual. Albert meldete sich nicht und ich hatte mich in meine Gemächer zurückgezogen, wollte keine Menschenseele sehen, wollte nur in meinem Kummer schwelgen und alleine sein. Natürlich erlaubte Maman das nicht. Ich musste zu den Unterrichtsstunden erscheinen und an den Mahlzeiten teilnehmen, doch mehr konnten sie und Gräfin Vasquez mir nicht abringen. Ich verfasste schwermütige Briefe an Bella und auch hin und wieder an Albert, verbrannte diese jedoch sofort wieder im Kamin, ich schrieb Gedichte und malte Bilder, die nur ein Thema kannten: die Dunkelheit, die Traurigkeit, den Schmerz!

Wenn ich jetzt daran denke, kann ich den Gram zwar noch spüren, doch ich sehe, dass sich nun ein leicht rosafarbener Schimmer darüber legt. Und ich sehe Alberts Gesichtszüge vor mir, seine sanften Augen, seine leicht nach oben gezogenen Augenbrauen, sein wunderbares Lächeln!

Ich muss mich sammeln, will ich doch die Ereignisse zusammenfassen: Gestern Morgen, ich war gerade von der Sonntagsmesse zurück in meine Gemächer gekommen, klopfte es an der Tür und die Gräfin Vasquez trat vorsichtig ein. „Wie geht es Ihnen, Erzherzogin? Darf ich Sie zu einem Spaziergang einladen? Die Sonne spitzt ein wenig durch die Wolken, und das sollten wir doch ausnutzen."

Ich war schon im Begriff, zu einem Vortrag über meinen niedergeschlagenen Gemütszustand anzusetzen und die Einladung energisch abzuwehren, da packte mich die Gräfin entschlossen am Arm, drehte mich zu sich um, sah mir in die Augen und sprach mit solch eindringlichem Ton zu mir, dass ich mich nicht weiter sträuben konnte: „Meine liebe Maria Christina, ich kenne Sie nun schon seit gut zwanzig Jahren, habe Sie in Ihrer Kindheit, Jugend und dem beginnenden Erwachsenenalter begleitet. Sie sind wie eine eigene Tochter für mich, ich kann Sie nicht länger Trübsal blasen sehen. Ziehen Sie sich warm an und kommen Sie mit! Keine Widerrede!"

Verdutzt tat ich, wie mir geheißen. Eine halbe Stunde später folgte ich der Gräfin, die einen flotten Schritt vorlegte, bibbernd durch die Außenanlagen der Hofburg. Normalerweise, bei gutem Wetter, führt uns unser Weg immer zum Hof der Sommerreitschule, dort machen wir eine kleine Pause beim Wasserbassin, erfreuen uns an den stetig größer werdenden Baumbepflanzungen, und dann gehen wir wieder zurück. Doch an diesem Morgen schlug die Gräfin einen Weg in westliche Richtung ein. Ich vermutete, wegen des vielen Schnees. „Wo wollen Sie denn überhaupt hin? Mir ist kalt, ich möchte gerne wieder umkehren", murrte ich schon nach Kurzem.

„Kommen Sie nur, ein bisschen Bewegung wird Ihnen nicht schaden! Sie sind so blass und träge in letzter Zeit! Auf, auf!", rief sie mir – mindestens schon zwanzig Schritt voraus – zu. Sie kannte wirklich keine Gnade. Missmutig trottete ich ihr hinterher und schimpfte leise in meinen Hermelinschal.

Irgendwann, es kam mir vor wie eine Ewigkeit, standen wir vor dem hohen Gitter, das das Paradeisgartl von der öffentlichen Promenade abtrennt. Ich hatte es befürchtet! Das war wirklich der letzte Ort, an dem ich in diesem Moment sein wollte. Nichts erinnert mich mehr an Albert als dieser Garten. „Was denkt sie sich nur dabei? Wie kann die Gräfin nur so gefühllos sein?", ging es mir durch den Kopf.

Diese war jedoch schon durch das Tor hindurch und hielt mir ihre Hand entgegen: „Nun kommen Sie schon, ich will Ihnen etwas zeigen."

Meine Neugierde siegte dann doch über meinen Trotz, und so ging ich ihr hinterher, nicht ohne eine widerwillige Schnute zu ziehen: „Was gibt es denn hier so Wichtiges, dass Sie mich so weit scheuchen müssen, liebe Gräfin?"

„Vertrauen Sie mir, Maria Christina?", wich sie meiner Frage aus.

„Gräfin, was soll denn das nun wieder? Mir ist kalt und ich bin müde, und dieser Ort weckt nur trübe Erinnerungen in mir, das wissen Sie doch. Lassen Sie uns zurückgehen." Ich war wirklich ennuiert.

„Ja, meine Liebe, dessen bin ich mir sehr wohl bewusst, doch ich möchte, dass Sie mir vertrauen. Tun Sie das?"

„Ja, ich vertraue Ihnen. Natürlich. Sie sind meine mir am längsten und treusten erhaltene Vertraute." Ich hoffte, sie damit zu beschwichtigen und uns so schnell wieder ins Warme zurückzubringen.

„Gut, dann schließen Sie jetzt Ihre Augen. Ich werde Ihnen eine Augenbinde anlegen."

„Eine Augen – ?" Weiter kam ich nicht. Ich spürte, wie sich ein Band über meine Augen legte, fest zusammengezogen wurde und mit einem Mal war alles schwarz.

„Was soll denn …?"

„Schhhhh …" Das war nicht die Stimme meiner Gräfin.

Eine starke große Hand nahm die Meine.

„Vertrauen Sie auch mir?" Das war Alberts Stimme.

Ich griff an die Augenbinde, wollte sie unverzüglich loswerden und ihn sehen, nach so endlos langer Zeit. Doch dann hielt ich inne und antwortete, ohne nachzudenken:

„Ja, ich vertraue Ihnen."

Albert nahm meine Hand.

Ich hörte, wie eine Tür geöffnet wurde, er zog mich mit sich. Ich stolperte – das war wohl die Türschwelle – in einen warmen Raum hinein. Ich vernahm einen leicht süßlichen Duft nach Kerzenwachs und frischen Rosenblättern.

„Setzen Sie sich." Er drückte mich sanft nach unten auf etwas Weiches.

Ziemlich unbeholfen plumpste ich darauf und fiel beinahe nach hinten um. Doch er kniete bereits hinter mir, fing mich auf und half mir in eine aufrechte Sitzposition. Ich spürte seine Nähe, spürte, wie er über meine Haare streichelte, dann über meine Wange. Ein wohliger Schauer strich mir über den Rücken, an meinem ganzen Körper richteten sich kleine Härchen auf. Noch jetzt fühle ich die Hitze, die mich danach überkam, die Röte, die in meine Wangen stieg. Endlich löste er die Binde von meinen Augen. Zunächst sah ich nur verschwommene Umrisse. Ich musste mich erst an die schummrige Umgebung gewöhnen. Langsam, nach und nach, formte sich jedoch ein Bild vor meinen Augen.

Ich war im Lusthaus. Vor mir, neben mir, um mich herum befand sich ein Meer aus mindestens hundert Kerzen, dazwischen lagen rote und weiße Rosenblätter verstreut – hatte mich meine Nase doch nicht getäuscht –, Kissen in Rosa, Lavendel und Flieder bildeten einen großen Kreis, in dessen Mitte sich die köstlichsten Speisen und Getränke wiederfanden. Ich war eine Figur in dem Sultan-Bild!

Als ich alles aufgenommen hatte und allmählich wieder zu Sinnen kam, merkte ich, dass mein Mund weit offen stand. Ich drehte mich vorsichtig um, und da sah ich – in die schönsten blauen Augen dieser Welt. Alberts Augen! Er schloss mit seiner Hand sanft meinen Mund. Er musste mir ansehen, wie überrascht und erstaunt ich war. Ich wollte so viele Fragen stellen, wissen, was das alles zu bedeuten hatte, ob er seine Meinung geändert hatte. Doch er legte seinen Finger auf meine Lippen. Wieder überkam mich ein Schauer. Dann nahm er seinen Finger weg und stattdessen meine Hände in die seinen. Sie waren ganz kalt, und ich meinte, ein leichtes Zittern zu verspüren. Sein Blick senkte sich, und er begann zu sprechen: „Meine liebste Maria Christina, ich sehe Ihre Verwirrtheit, Ihre fragenden Blicke, doch ich will versuchen, mich zu erklären."

Er räusperte sich, wirkte unsicher, blickte zu Boden.

„Ich habe mich wie ein scheues Reh, nein, wie ein Angsthase, Ihnen gegenüber verhalten. Sie waren so mutig und so ehrlich. Haben mir Ihre Gefühle offenbart und nicht wie ich Jahre lang darum herum palavert – aus Angst vor den Konsequenzen! Der Abend im Theater hat mir auf ein Neues gezeigt, was ich will, was ich brauche, ohne was ich nicht mehr leben kann: Sie! Ihren Mut, Ihre Stärke, Ihre Offenheit, Ihre Leidenschaft! Doch erneut war ich zu feige, mich dieser so wunderbaren Offenbarung zu stellen und mich zu Ihnen zu bekennen. Es tut mir unendlich leid."

Ich löste eine Hand aus seinem Griff, hob sein Kinn an, und wir sahen uns an. Seine Augen zeigten so viel Wärme und gleichzeitig so viel Angst. Er blickte wieder nach unten und fuhr mit bebender Stimme fort: „Wenn Sie nun von mir Abstand nehmen wollen, mich gar vollkommen verschmähen würden, ich würde es Ihnen in jedem Quäntchen nachsehen. Mit meinem wochenlangen Schweigen habe Sie gequält. Doch glauben Sie mir, ich habe mich auch selbst gequält. Ich lag wie auf der Streckbank, war hin und her gerissen, zwischen meiner unfassbar gewaltigen Liebe zu Ihnen und meinem mich folternden Gewissen als ein leidiger Pauvre Cadet, der doch nur versucht, durch und durch ein Ehrenmann zu sein, dem Kaiserreich zu dienen, seine Aufgaben zu erfüllen und keinem anderen Ehrenmann die versprochene Ehefrau wegzunehmen. Doch jede meiner peinigenden Stunden wurde begleitet von einem Strahlen, wie es heller nicht sein könnte – dem Strahlen des Kometen auf Ihrem Bild! Tag für Tag, Nacht für Nacht wollte er mir den Weg zu Ihnen weisen und jeden Tag bewegte ich mich innerlich ein Stückchen mehr auf Sie zu. Bis mich schließlich vor zwei Tagen ein Brief Ihrer Gräfin erreichte, in welchem sie mir Ihren verzweifelten Zustand schilderte. Da wusste ich, dass ich handeln musste. Keine Sekunde länger hätte ich mit dem Wissen Ihrer Pein auf diesem Planeten verweilen wollen. Mein Herz befand sich doch längst bei Ihnen, Christina! Noch beim Lesen ihrer Zeilen formulierte ich ein Antwortschreiben mit genauen Anweisungen in meinem Kopf. Und wie dankbar bin ich Ihrer Gräfin nun für ihre Zeilen. Ich darf Ihnen gegenüber sitzen, Ihre Hände in den meinen halten –“

Seine Stimme stockte. Er schluckte. Ich ließ ihn zappeln, ließ mir meine unbändige Freude noch nicht anmerken, auch wenn es mir schwer fiel.

„Meine liebe Mimi, vor nunmehr fünf Jahren sind Sie in mein Leben getreten und haben beim ersten Blick, den ich auf Sie richten durfte, mein Herz erobert. Seien Sie gnädig, verzeihen Sie mir meine Unentschlossenheit. Ich bitte Sie eindringlich. Schenken auch Sie mir Ihr Herz.“

Eine besonders gute Schauspielerin war ich noch nie. Ich konnte ein Lächeln nicht länger unterdrücken. Das Gefühl, das bei seinen Worten meinen Magen zum Flattern gebracht hatte, das mir die Hände schwitzig, die Ohren heiß werden ließ, drängte mit einer Wucht nach außen, wie ich sie noch nie verspürt hatte. Alles Weitere geschah in einem Rausch und ist jetzt, da ich es auf Papier festzuhalten versuche, mit einem pastellfarbenen Schleier umwoben. Die Feder in meiner Hand zittert, ich weiß nicht, ob ich sie wieder bändigen kann. Ich muss …

Meine Arme schlangen sich um Alberts Hals, ich ließ mich in seine Arme fallen, die Worte verließen meinen Mund, ohne dass ich darüber nachdachte: „Ja, Albert ich verzeihe Ihnen, DIR! Ich will dich, will dich, wie noch nie etwas zuvor! Ich liebe dich!" Flüsterte ich? Schrie ich? Ich habe keinen Schimmer mehr davon! Ich spüre nur dieses Gefühl in meiner Magengegend, das nicht aufhört, mich zum Singen, zum Lachen, zum Tanzen zu bringen! Ich will es hinausschreien, der ganzen Welt verkünden! Ich bin verliebt! Ich werde geliebt!

„Oh du, meine liebste, süßeste Mimi!" Mit diesen Worten drückte mich Albert sachte von sich weg, sah mir kurz, aber tief in die Augen, und dann passierte es! Er neigte sich nach vorne, ich schloss wie von Sinnen die Augen, und der nächste Moment wird wohl für immer der schönste meines ganzen Lebens sein. Seine warmen weichen Lippen trafen auf meine, die sofort ein heftiges Kribbeln durchfuhr – ob auch Albert das spürte? Ich hoffe nicht, ich wollte auf keinen Fall, dass er meine Nervosität und meine Unerfahrenheit bemerkte. Sanft lehnte er sich weiter vor, ich fühlte mich einer Ohnmacht nahe, spürte, wie ich drohte, nach hinten zu kippen, doch sofort stützte er meinen Kopf mit seiner Hand. Ich ließ mich fallen, ließ mich treiben auf einer Wolke des Glücks! War es eine Sekunde, eine Minute? Alles schwirrt nun vor mir wie in einem Sandsturm. Dass mir dieses Gefühl so lange verwehrt geblieben war, ich kann es nicht fassen! Bella hat mir oft von ihren Erfahrungen erzählt, hat mich damit verschreckt und mir Angst gemacht. Doch bei mir war es ganz anders. Ich möchte nie wieder an etwas anderes denken.

Nachdem sich unsere Lippen voneinander gelöst hatten, richtete Albert mich auf, setzte sich neben mich und gab mir nur noch einen kleinen unschuldigen Kuss auf die Wange. Natürlich war ich zunächst enttäuscht, konnte meine immer größer werdende Begierde nur schwer bändigen.

„Mimi, mein holdester, zartester, teuerster Augenstern! Sei nicht traurig. Lass uns diesen Augenblick genießen, doch lass ihn uns nicht zerstören! Ich liebe dich, werde dich immer lieben!"

Ich nickte mit einem Lächeln und lehnte mich an seine Schulter. Er legte seinen Arm um mich und zog mich fest an sich.

Den Rest des Abends verbrachten wir schweigend, keiner wollte die endlich erreichte Innigkeit mit schnöden Worten durchbrechen. Wir fütterten uns gegenseitig mit Oliven, Feigen und Trauben, tranken gemeinsam aus einem Becher Wein, küssten uns immer wieder. Glücklich und müde sank ich irgendwann auf Alberts Schoß. Ich blickte ihn von unten an, auch er konnte den Blick nicht von mir wenden. Er begann, mir wie geistesabwesend über Wangen und Kopf zu streichen. Ich weiß nicht, wie spät es war, sicherlich schon weit nach Mitternacht. Ich hatte mir jedoch fest vorgenommen, keinesfalls einzuschlafen, um Albert noch länger nahe zu sein und dieses überwältigende Gefühl für immer verspüren zu können.

„Schlaf weiter, meine Liebste!"

Ich öffnete langsam die Augen, wusste nicht, wo ich war. Über uns spannte sich ein nachtschwarzer Baldachin durchzogen mit kleinen blitzenden Lichtern. Ich lag zwar noch immer in Alberts Armen, doch wir mussten draußen sein. Er trug mich weg, weg von unserem friedlichen Kleinod.

„Es ist schon spät. Man sucht wahrscheinlich bereits nach dir", nahm ich Alberts Stimme wahr. Ich gab auf und ließ meinen

Kopf zurück gegen seine Schulter fallen. Der schwere Mantel des Schlafs legte sich wieder über mich.

Heute Morgen erwachte ich in meinem Bett, geweckt von einem gleißenden Strahlen. Doch dieses konnte ich nur im Traum gesehen haben, die Vorhänge waren noch fest verschlossen, und ich glaube auch kaum, dass der Februar zu solcher Helligkeit überhaupt fähig wäre. Ich setzte mich ruckartig auf, blickte unruhig um mich, war alles nur ein Traum gewesen? Da sah ich das Bild, das wohl auch meinen Schlaf begleitet hatte. Albert hatte mir den Kometen ins Zimmer gebracht. Schnell stieg ich aus dem Bett, lief zu unserem Bild und entdeckte da auch eine kleine weiße Notiz:

Guten Morgen, mein hellster Augenstern! Hast du gut geschlafen? Noch jetzt spüre ich deinen Körper in meinen Armen, deine Wärme, atme deinen Duft. Es fiel mir unendlich schwer, dich loszulassen, dich in deine Federn sinken zu lassen, doch ich entschied mich für die Vernunft und ließ dich weiterschlafen. Als kleiner Schutzschirm soll dir von nun an immer unser Bild dienen. Wenn ich nicht bei dir sein kann, soll der Komet seine Strahlen über dich legen und das Gefühl zurückzaubern, das uns gestern Abend erfüllt hat.

Auf bald Dein dich immer liebender Albert

So schnell mich meine Füße tragen konnten, durchquerte ich mein Schlafzimmer, warf mir meinen Morgenmantel über und setzte mich an die Kommode, um Albert auf seinen lieben Gruß zu antworten und ein weiteres Treffen mit ihm für den frühen Nachmittag zu vereinbaren.

Wir verbrachten wunderschöne Stunden bei einem gemeinsamen Ausritt durch den hohen Schnee bis nach Schönbrunn. Dort legten wir eine Pause ein, wärmten uns bei einer Tasse Mélange et Biscuits im Porzellanzimmer wieder auf, und ich zeigte ihm mit Stolz die von Bella und mir entworfene Wandvertäfelung und unsere Tuschezeichnungen. Wir sprachen über Bella und über meine Sehnsucht nach ihr, über Alberts Heimat, seine Kindheit, seine Eltern und Geschwister. Ich erzählte ihm von unseren Schlössern, von Jagdausflügen, Carrousels, berichtete von Auslandsreisen, die wir in meiner Kindheit unternommen hatten, von meinen Wünschen und Träumen. Die ganze Zeit über saßen wir nebeneinander, hielten uns an den Händen, rückten immer noch enger aneinander und genossen die Gesellschaft des anderen. Es legte sich bereits die Abenddämmerung über das Schloss, als wir wieder aufbrachen. Die Luft war schneidend kalt, und es begann, leicht zu schneien. Doch mir konnte das alles nichts anhaben. Seit Alberts Rückkehr in mein Leben durchzieht mich eine wohlige Wärme von den Zehenspitzen bis zum Scheitel.

Der Ritt zurück zum Schloss, der mir sonst wie eine halbe Ewigkeit vorkommt, hätte gar nicht lange genug dauern können. Wir hielten die Pferde stets auf gleicher Höhe, um nebeneinander reiten zu können. Ab und zu griff Albert rüber zu mir, zog mich etwas zu sich und gab mir einen Luftkuss. Einmal hätten sich unsere Lippen fast getroffen, doch dabei geriet Albert so sehr ins Schwanken, dass er sich kaum mehr auf seiner Stute halten konnte. Ich musste schallend lachen. Das fand Albert gar nicht witzig: „Na warte, kleine Erzherzogin! Dich kriege ich!“ Ich setzte zu einem kurzen Sprint an, um mich seinem gespielten Zorn zu entziehen.

„Nie im Leben!“, rief ich lachend nach hinten, ließ mich dann aber wieder zurückfallen. Nicht einmal diese Entfernung zu Albert konnte ich in diesem Moment ertragen. Ich will nie wieder ohne ihn sein!

Den Rest der Strecke legten wir in gemächlichem Trab nebeneinander zurück. Als wir in den Hof einritten, standen schon die Stallburschen bereit, um die Pferde entgegenzunehmen. Wie sie so genau unsere Rückkehr einschätzen konnten, weiß ich nicht. Hatte man uns beobachtet? Bis auf ein paar wenige Diener auf Schönbrunn und Gräfin Vasquez, der ich von unserem Vorhaben erzählt und sie um ihr Zurückbleiben in der Hofburg angebettelt hatte, hatte doch niemand unseren Weg gesäumt. Mais, égal!

Ich nahm Albert, der sich gerade die schmerzenden Beine rieb, bei der Hand und zog ihn mit mir in eine kleine verborgene Gasse zwischen den Ställen, die mir schon als Kind des Öfteren Schutz bei den Versteckspielen mit meinen Geschwister geboten hatte. „Dieser Nachmittag war wundervoll, Albert. Müssen wir uns jetzt wirklich schon wieder trennen?"

„Die Gräfin ist sicherlich schon ganz aufgebracht vor Sorge, und wir wollen doch nicht riskieren, dass jemand nach dir suchen lässt. Wir müssen vorsichtig sein. Aber ja, meine Liebste, der Tag war wundervoll. Deine Gesellschaft lässt auch mich alles um mich herum vergessen. Ich bin so glücklich!"

„Ich auch!"

Albert nahm mein Gesicht in seine großen Hände, und wir küssten uns innig.

„Is do jemand?" Der unerbittlich helle Schein einer Kerze leuchtete in unsere Ecke. Ein Stallbursche machte seine letzte Runde.

„Geh, schnell! Ich kümmere mich darum", flüsterte Albert mir ins Ohr. Ich schlüpfte unter seinem Arm hindurch, nicht ohne noch ein letztes Mal seine Hand zu drücken, und entwischte in die entgegengesetzte Richtung.

Puh, das war wirklich knapp! Hätte uns jemand so gesehen, wäre der ganze Hof am nächsten Morgen im Bilde gewesen. Nicht auszudenken, wenn meine Geschwister von mir und Albert wüssten oder gar – Gott bewahre – Papa und dann ja auch Chablais!

Oh, Chablais! Dieser widerwärtige Cousin! Natürlich spukt mir der grässliche Gedanke an diesen und an meine geplante Hochzeit im Kopf herum, will sich erbarmungslos über meine Freude und mein Glück mit Albert legen, doch bisher habe ich das einfach nicht zugelassen. Wie sagt Maman immer? Alles kann gelingen! Mir bleibt im Moment auch gar nichts anderes übrig, als darauf und auf Mamans Beistand und Hilfe zu vertrauen. Und mich in Alberts Arme zurückzusehnen. Ach, Albert, warum können wir nicht einfach losreiten, ganz weit weg von hier, und alles hinter uns lassen? Nur wir zwei!

Der zweite März 1765

Ma chère Fille,

ich rate dir sehr, mach die Dinge nicht schwieriger, als sie schon sind. Warum zeigst du aller Welt ein Schauspiel, das jedermann durchschaut? Du hast jetzt Ruhe nötig und darfst dich nicht aufregen. Das kostet manche Überwindung, wenn du die gegenwärtige Zeit überstehen willst. Chablais kommt also nach Innsbruck. Mehr brauchst du gar nicht zu wissen, und je freundlicher und liebenswürdiger du zu ihm bist, ohne dich ihm an den Hals zu werfen, umso leichter lenkst du die Leute ab und nützt dir damit am meisten. Du hast dein Glück in meine Hand gelegt und mir dein Herz geöffnet, sei gewiss, dass dein Geheimnis gut bei mir aufgehoben ist, und dass ich niemals gegen deinen Willen handeln werde. Doch lass dich nicht im Voraus für oder wider die Sache einnehmen, es geschieht ohnehin nur das, was die Vorsehung für uns bestimmt hat, wir sind nur Werkzeuge in ihrer Hand.

Bete zu Gott, dass er dir seinen Schutz schenkt. Du brauchst ihn mehr als andere, weil du dich durch deine angeborene Heftigkeit zu leicht verrätst. Spiele in Gelassenheit und mit Mut die Rolle, die deine Pflicht dir vorschreibt. Hab keine Vertraulichkeiten und Geheimniskrämereien weder mit deinen Schwestern noch mit sonst jemandem. Sprich überhaupt so wenig wie möglich darüber. Ja, schlag dir die Angelegenheit ganz aus dem Sinn, damit du dich nicht immer wieder unwillkürlich damit beschäftigst. Gib dich ganz natürlich und gelassen.

Mit dem Anderen brauchst du kein sonderliches Mitleid zu haben, er hat nicht mehr und nicht weniger Hoffnung als zuvor, daher wird sich für ihn nicht viel ändern.

Sprich nicht mit Joseph über deine Lage. Wenn er dich unbedingt aushorchen will, sag ihm einfach, er solle dich, wenn er dich lieb hat, in Ruhe lassen, deine Lage sei ohnedies grausam genug für dich. Gib ihm zu verstehen, dass du dich vor ihm in Acht nähmest, seitdem er dir wiederholt zu verstehen gab, du würdest dich in Chablais auf der Stelle verlieben, sobald du ihn etwas besser kennst.

Halt dich also still und verdirb nichts durch zuviel Unrast. Sieh dich vor bei Joseph, lass dich auf kein Gespräch mehr ein und nenn nur ja nicht den Unsrigen.

Suche Vaters Zärtlichkeit mit tausend Aufmerksamkeiten und gib ihm keinerlei Anlass, gegen dich und mein Protégé zu sein, denn er ist hellhörig.

Deine getreue Mutter

Jessas! Wir waren wohl wirklich etwas zu leichtsinnig gewesen in den letzten Wochen, Albert und ich! Bei unseren mittlerweile täglichen heimlichen Treffen, Spaziergängen oder Ausritten achten wir zwar darauf, nicht gesehen zu werden, doch wenn ich ehrlich bin, habe ich meist nur Augen für Albert! Was um mich herum geschieht, ich weiß es nicht. Doch Maman hat Recht, wir schaden uns damit ja nur selbst. Wenn ich doch in der Lage wäre, an meiner Situation selbst etwas zu ändern. Doch das bin ich nicht. Mein Schicksal liegt in den Händen meiner Eltern, nein, eigentlich nur in denen Papas. Er weiß nichts von meiner Liebe zu Albert, und das soll auch so bleiben, meint Maman. Welchen Plan verfolgt sie aber dann? Kann wirklich alles gelingen? Meine Hoffnung schwindet mit jedem Tag dahin. Mit jedem Tag, mit dem meine Liebe zu Albert größer wird.

Der fünfte May 1765

Ich habe solch eine Wut im Bauch! Eigentlich habe ich keine Ruhe, möchte hinaus und alles in die Welt schreien! Aber mir bleibt wie immer nur der stille Protest. Meine Gedanken sind viel schneller als meine Hand, die sie aufschreiben soll. Dieses Gekritzel werde ich sicher nie wieder entziffern können. Aber ça m'est égal! Es ist eh belanglos, was ich denke, was ich will. Dabei geht es doch hauptsächlich um mich und um mein Glück! Tief durchatmen und beruhigen.

Ich hatte von vorneherein ein mulmiges Gefühl, als Papa Maman und mich in sein Cabinet einberief, um über „die Hochzeitsangelegenheit" zu sprechen. Und tatsächlich: Es ist zum Eklat gekommen.

„Mimi, mein Liebes", fing Papa noch ganz zuversichtlich an, „wir müssen allmählich unsere Planungen für den großen Tag konkreter machen. Du weißt, wie schnell die Zeit voranschreitet. Ich bin sehr froh, dass deine Treffen mit Benedikt so gut verlaufen. Ihr versteht euch doch bereits recht gut, nicht wahr? Er ist jedenfalls sehr angetan von dir, hat er mir versichert."

Wirklich? Hat er das? So eine Frechheit! Erdreistet sich Chablais doch, meinem Vater ungeniert ins Gesicht zu lügen, grummelte ich in mich hinein. Doch was ich laut aussprach, war: „Oh ja! Er ist sehr liebenswürdig. Wir haben einige Gemeinsamkeiten." Was heißen sollte: gemeinsame Abneigungen – für einander und unsere Hochzeit.

„Das freut mich. Ich wusste doch, dass ich eine gute Wahl mit euch beiden getroffen habe", stellte Papa zufrieden fest.

Ich saß brav auf meinem Sessel, die Hände auf dem Schoß, doch nervös spielte ich an meinen Fingernägeln und hoffte inständig, dass mir die Verlegenheit nicht anzusehen war.

„Auch deine Mutter hat einen außerordentlich guten Eindruck von Benedikt gewonnen. Hab' ich Recht, Resl?"

Maman, die bis dahin eher unbeteiligt gewirkt hatte, blickte auf: „Gewiss. Er ist ein guter Junge."

Ein guter Junge? Ich wollte meinen Ohren nicht trauen. Meinte sie das ernst? Und war sie wirklich der Ansicht, ein „guter Junge" würde ihrer Tochter genügen? Ich sah sie an, hilfesuchend. Sie weiß doch ganz genau, dass es anders um mein Herz steht. Doch sie wich aus und wandte den Blick rasch ab.

Von Papas Vortrag, der dann folgte, habe ich nicht viel mitbekommen. Die Worte flogen an mir vorbei, ohne dass ich ihnen große Beachtung schenkte. Es waren Worte wie „Aussteuer", „Gästeliste", „menu", „Hochzeitskomposition", „Messe", „neue Residenz" – und „Benedikt". Immer wieder „Benedikt". Dieser Name ist mir so zuwider geworden! Papa hatte offensichtlich schon genaueste Vorstellungen davon, wie die Heirat und das künftige Leben seiner Tochter auszusehen hatten. Ich blieb teilnahmslos, ging nicht weiter auf ihn ein. Es interessierte ihn ja auch gar nicht, was ich von all dem hielt. Doch ich spürte, wie es mir allmählich die Kehle zuschnürte, wie mein Atem schwerer wurde und mein Herz unruhig zu pochen begann. Der Widerstand in mir wurde immer größer und unerträglicher. Ich wusste, wenn ich jetzt etwas sagen würde, würde ich bis zum Äußersten gehen und alles gestehen, und dann wäre alles verloren. Ich musste mich beherrschen.

Wie aus dem Nichts war es dann Maman, die unser beider Schweigen plötzlich brach: „Franz, ich bitte dich, halt' einen Moment inne." Noch wählte sie ihre Worte mit Bedacht. „Ich glaube, wir sollten unsere Entscheidung doch noch einmal überdenken."

„Was meinst du damit?", fragte Papa erstaunt.

„Sieh dir Mimi doch einmal an. Sie sieht nicht sehr glücklich aus. Ich glaube, sie ist noch nicht zum Heiraten bereit."

„Noch nicht bereit?" Papa lachte auf. „Sie ist bald dreiundzwanzig Jahre alt. Es wird höchste Zeit für sie, bevor sie an den europäischen Höfen überhaupt nicht mehr gefragt ist."

„Also das ist doch unerhört!" Jetzt wurde Maman lauter. „Meine Mimi nicht mehr gefragt? Einer solchen Schönheit liegen die Männer doch zu Füßen. Wenn du nur wüsstest ..."

Papa erhob sich mit einem misstrauischen Blick. „Wenn ich was wüsste?"

Es war nur ein winziger Moment, in dem Maman überlegte, doch dann sagte sie entschieden und mit kräftiger Stimme: „Ich erzähle dir nun eines, Franz. Viel zu lange habe ich es verschwiegen. Ich hatte immer gehofft, es dir auf andere Weise beibringen zu können, aber nun muss es eben raus: Mimi hat noch einen anderen, sehr würdigen Verehrer. Ein Prinz aus gutem Hause, mit den besten Referenzen."

Die Stille stand bedrohlich im Raum. Maman hatte den Kampf eröffnet.

„Ich höre wohl nicht recht!" Papa kam langsam hinter seinem Schreibtisch hervor. „Und du weißt davon? Wie lange schon? Was hat das zu bedeuten, Resl?"

Auch Maman erhob sich nun, wie zur Verteidigung. „Ich weiß doch, wie sehr du diesen Benedik,t Herzog von was weiß ich, präferierst. Ein anderer Kandidat kam dir nie in den Sinn."

„Ja, so ist es! Und ich habe Gründe dafür. Und ich als Kaiser habe wohl zu entscheiden, wen meine Töchter heiraten sollen."

„Als Kaiser vielleicht, aber nicht als Vater!"

„Bei deinen anderen Kindern hast du deine Muttergefühle zugunsten der kaiserlichen Diplomatie doch auch sehr gut im Zaum gehalten. Warum sollten wir nun anders handeln?", wandte Papa wieder ein.

Die Spannung zwischen den beiden wurde immer unerträglicher. So aufgebracht hatte ich sie schon lange nicht mehr erlebt. Ich wagte kaum mehr zu atmen.

„Wer ist es überhaupt, der sich erdreistet, eine Erzherzogin zu umgarnen?"

Wieder Schweigen. Nur ein herausfordernder Blick, der zuerst Maman und dann mich durchbohrte. Dann kam Papa ein paar Schritte auf mich zu. „Mimi, wie geht das zu? Wer ist er? Und wie kannst du es wagen, hinter meinem Rücken ..."

Und da hielt ich es nicht mehr aus. Ich sprang auf, holte Luft und rang um Worte: „Ich liebe diesen Chablais nicht! Versteh mich doch, Papa! Und er liebt mich auch nicht. Er ist nur eigennützig und auf Geld und Ländereien aus. Ich kann und mag mir ein Leben mit ihm nicht vorstellen. Albert ist es, den ich heiraten möchte, und nur ihn!"

All das war in meinem Kopf, aber heraus bekam ich es nicht. Ich stammelte, setzte an, hielt wieder inne, strich mir verzweifelt übers Kleid, kämpfte mit den Tränen. Schließlich ergriff ich die Flucht. Schnell wandte ich mich um und stürmte zur Tür hinaus.

„Christina!", rief Papa mir wütend hinterher. Ich überhörte es absichtlich. Die lauten Stimmen verfolgten mich noch eine Weile durch den Korridor: „Wie kann man nur so stur sein, Franz?" – „Eine Lösung der Verlobung kommt nicht in Frage!" – „Hab ein Einsehen. Ich will doch nur das Beste für unsere Tochter." – „Ich weiß selbst, was das Beste für sie ist!"

Dann war ich außer Hörweite. Ich rannte in meinen Trakt, in mein Schlafzimmer, warf mich aufs Bett und begann, bitterlich zu schluchzen.

Ich bin so unglücklich! Es schmerzt mich fürchterlich, Maman und Papa im Streit zu sehen. Ich bin wütend auf Papa, dass er mir eine Ehe aufzwingen möchte, die ich nicht will. Und ich bin wütend auf Maman, weil sie bisher trotz all ihrer Beteuerungen nichts unternommen hat, um dem entgegenzuwirken. Wie soll das nur weitergehen? Was wird aus mir und Albert? Ich kann diesen Chablais doch nicht heiraten!

Der siebte May 1765

Ich kann Papa nicht mehr in die Augen sehen. Er straft mich mit Schweigen. Außer dem Nötigsten, das die Hofetikette und das Familienleben verlangen, spricht er nicht mit mir. Es hat ihn sehr gekränkt, dass ich mich nicht ganz so freiwillig nach seinen Plänen zu richten gedenke. Aber was konnte ich auch anderes erwarten? Mamans Einfluss auf ihn in dieser Angelegenheit habe ich wohl leider überschätzt. Dabei sollte sich Papa doch einmal an seine eigene Vergangenheit erinnern. Als er an den Wiener Hof kam, war er mittellos. Das Herzogtum Lothringen war unter die Herrschaft Frankreichs gekommen. Seine ganze Familie musste die Residenz verlassen und viele Besitztümer aufgeben. Einer Kaisertochter, wie Maman es war, war er damals keineswegs würdig. Und auch da hatte Großvater Karl Verständnis und stimmte einer Heirat zu – weil sich die beiden so sehr liebten. Kann er mir solch ein Glück nicht auch zugestehen?

Schönbrunn, der dritte Juni 1765

Ein vertrauliches Gespräch mit Maman – und alles sieht wieder anders aus. Erneut hat sie mich beschworen, nicht die Hoffnung aufzugeben. Wir dürften nur nicht mehr so forsch sein, um Papa nicht vor den Kopf zu stoßen.

„Er mag es nicht, wenn er das Gefühl hat, hintergangen zu werden“, erklärte mir Maman, als wir nach dem Morgenkaffee noch eine Weile zusammen im Frühstückskabinett saßen. „Papas Pläne für dich und Benedikt sind bereits so gut wie unumstößlich. Es wird nicht leicht, ihn noch einmal in eine andere Richtung zu lenken, und wir müssen überaus vorsichtig und geduldig sein.“

Geschickt und diplomatisch wie Maman ist, hat sie es geschafft, den zuletzt zwischen ihr und Papa entstandenen heftigen Aufruhr zu klären. „Ich habe ihn glauben lassen, dass er uns in seinem Eifer völlig missverstanden habe. Natürlich hättest du einige Verehrer – es wäre ja ein Wunder, wenn es nicht so wäre, mein Kind. Ich habe ihn auch an diesen Ludwig von – war es Baden? Ach nein, Württemberg, nicht wahr? – also an diesen Ludwig erinnert, ohne freilich zu betonen, wie lang diese Geschichte eigentlich schon her ist.“

Wie wahr! Es sind schon einige Sommer vergangen seit damals. Ich kann mich gar nicht mehr entsinnen, was ich an diesem Jüngling so anziehend fand.

„Aber um sein Vertrauen in dich nicht zu erschüttern“, fuhr Maman fort, „habe ich ihm versichert, dass du dich aller Avancen artig verwehrst. Du bist doch schließlich eine Dame.“

Sie sah mich vielsagend an, denn sie weiß natürlich von meinen heimlichen Tête-à-tête mit Albert. Ich konnte ein verlegenes Lächeln nicht unterdrücken.

„Wie dem auch sei, Mimi, der Sturm hat sich gelegt. Papa hat keinerlei Zweifel mehr an deiner Unschuld. Unsere sommerliche

Umsiedlung nach Schönbrunn hat die Gemüter zusätzlich beruhigt. Nun dürfen wir nur nicht zu hastig handeln. Wir dürfen ihn nicht offen von einem anderen Schwiegersohn zu überzeugen versuchen. Du solltest dieses Thema erst gar nicht selbst ansprechen, hörst du?", schärfte sie mir ein. „Und hüte dich davor, dich deinen Geschwistern anzuvertrauen. Du weißt, wie missgünstig sie sein können."

Hierbei brauchte sie sich sicher keine Sorgen zu machen. Mit Marianna oder gar Liesl über meine Geheimnisse und Sorgen zu sprechen, das wäre das Letzte, was ich tun würde.

„Ich werde deinem Vater gegenüber immer wieder, ganz nebenbei, die Dinge erwähnen, die mir an Benedikt nicht gefallen und stattdessen andere Söhne des Wiener Adels beiläufig loben, vielleicht auch einmal Albert flüchtig erwähnen. Das alles soll ihm die Augen dafür öffnen, dass noch andere junge Männer auf dieser Welt existieren. Denn ganz offen dürfen wie ihm natürlich nicht von unserem Vorhaben sprechen. Bis zu deinem Hochzeitstermin ist es noch fast ein Jahr. Zeit genug, um den Mann, der neben dir am Altar stehen wird, noch auszutauschen."

Sie schloss mich in ihre Arme. „Nur Mut, Mimi. Papa hatte zwar Recht, dass ich bisher die Diplomatie stets über die Liebe gestellt habe. Doch bei deinen Geschwistern war es anders, weil ich bei ihnen nie schon vor der Heirat eine so ehrliche Liebe gesehen habe. Sie mussten also nichts aufgeben."

Dann ließ sie mich allein. Das heißt also noch längeres Abwarten, noch längeres Schweigen und Vertuschen. Es wird nicht leicht sein, aber ich muss ihr vertrauen.

Der neunzehnte Juni 1765

Ich schwebe auf Wolken! Der Weg zum siebten Himmel ist so kurz – und doch noch immer mit schweren Hindernissen versperrt. Ein paar Schlupflöcher gibt es dennoch, dank der wunderbaren Menschen, die auf meiner Seite stehen. Vor allem Onkel Karl. Er versteht sich glücklicherweise sehr gut mit Papa, ist seit jeher sein bester Freund, nicht nur ein Bruder. In wichtigen Angelegenheiten, ob politisch oder persönlich, setzt Papa viel auf seinen Rat, so hat es mir Karl versichert. Es würde mich also nicht wundern, wenn er ebenso wie Maman auf Papa einzuwirken versucht.

Gegenwärtig ist für mich jedoch viel wichtiger, dass er Albert und mir unsere heimlichen Begegnungen ermöglicht. Er hat eigens einen äußerst verschwiegenen Lakai abbestellt, der jederzeit eine schlichte Kutsche bereitstellt, die mich dann unbemerkt ins Lothringerhaus bringt. Gräfin Vasquez tut ein Übriges, damit während dieser Zeit mein Fernbleiben von Schönbrunn nicht auffällt, und gibt beispielsweise vor, selbst mit mir auf einem Spaziergang zu sein. Ihr fällt immer etwas ein.

Im Lothringerhaus finde ich mein Glück – in Form von Unbeschwertheit, Freiheit von aller Etikette, lauschigen Konversationen auf dem Sofa, Lachen, zarten Küssen, friedvollem Schweigen. Auch wenn es nie mehr als ein, zwei Stunden sind, diese Zeit ist mir die wertvollste des Tages. Wir speisen zusammen, zeichnen, musizieren – und träumen. Davon, wie es wäre, wenn wir endlich mit dem Segen aller zusammen sein könnten, und davon wie es wohl wäre, wenn ich nicht Erzherzogin wäre und wir nicht dem Wort des Kaisers unterliegen würden. Die Abschiede sind das Schwerste. Sie hinterlassen jedes Mal einen kleinen Stich in meinem Herzen.

Ich weiß gar nicht, wie ich Onkel Karl jemals dafür danken soll, was er für uns tut, was er riskiert. Denn würde Papa davon erfahren, er würde Karl unverzüglich des Hofes verweisen, aller Bruderliebe zum Trotz.

Auch wenn Karl alle erdenklichen Vorsichtsmaßnahmen getroffen hat, eine gewisse Nervosité kann ich nie abschütteln, wenn ich mich auf den Weg zu seinem Haus und wieder zurück mache. Das Gefühl, beobachtet und entdeckt zu werden, bleibt. Bevor ich aus der Kutsche trete, blicke ich durch die Fenster auf die Gasse, inspiziere alle Straßenecken, ob dort nicht jemand steht, der mich erkennen und fragen könnte, was ich hier zu suchen hätte. Wenn ich das Haus verlasse, ist es dasselbe. Albert tritt seinen Rückweg immer erst einige Zeit nach mir an. Gesehen zu werden wäre eine Sache, zusammen gesehen zu werden eine ganz andere. Gestern vermeinte ich gar, Chablais aus dem Augenwinkel wahrzunehmen. Eine dunkle Gestalt in Uniform lehnte an einer Hausmauer gegenüber vom Lothringerhaus. Der Mann zog meine Aufmerksamkeit auf sich, weil er selbst bei der sommerlichen Wärme einen langen dunklen Mantel trug. In seinen Händen hielt er ein Paar Lederhandschuhe, die er unentwegt gegeneinander schlug – genauso wie Chablais es oft zu tun pflegt. Ein Schauer fuhr mir den Rücken hinunter. Doch dann verwarf ich schnell den Gedanken, dass er es tatsächlich sein könnte. Was hätte er in dieser Gegend auch verloren? Wahrscheinlich sah ich vor lauter Aufregung schon Gespenster. Ich schlüpfte also schnell aus der Kutsche und ins Haus, wo Albert bereits mit einer Tasse Tee und der lang ersehnten Umarmung auf mich wartete.

Unterdessen steht eine andere Hochzeit in unserer Familie an: Leopold wird bald Maria Ludovica von Spanien ehelichen. Bei dieser Verbindung siegte einmal mehr die kaiserliche Diplomatie. Immerhin ist Papa damit nun so beschäftigt, dass er sich weniger um mich und Benedikt kümmert. Das Versteckspiel dauert also an, und ich muss mich mit Träumen zufriedengeben.

Der neunte Juli 1765

Mardi damné – verdammter Dienstag!

Ich bin noch ganz aufgebracht! Doch meine Vernunft hat sich schließlich durchgesetzt und beschlossen, dass ich mich lieber beim Schreiben beruhige, bevor ich meine Umwelt mit meiner Unruhe belaste.

Doch von vorne. Auch heute erwartete mich meine befohlene Verbindung namens Chablais mit seiner wöchentlich wiederkehrenden Visite. Die ersten Minuten waren von der tristen Eintönigkeit geprägt, wie ich sie jeden Dienstag erleben muss. Nachdem ich den Raum betreten hatte, setzte ich mich, grüßte und blickte fortwährend auf die Uhr, während er – mir den Rücken zukehrend – am Fenster stand. Ich nahm von ihm so lange keine Notiz, bis er plötzlich anfing, von einem Bein auf das andere zu treten und den Raum mit einer Spannung zu füllen, die ich vorher noch nie bei ihm erlebt hatte. Hinzu kam schließlich, dass sich mein Cousin auch noch verstohlen zu mir umwandte und mir vieldeutige Blicke zuwarf! Mit der Häufigkeit seiner Blicke wurde mir immer unwohler. Führte er etwas im Schilde? Seine Unruhe flackerte geradezu durch den Raum. Mit einem Mal drehte er sich zu mir um und machte einen zu großen Schritt auf mich zu, der mich zusammenzucken ließ. Sein Gesicht war angespannt, die Lippen fest zusammengepresst, seine Augen schmale Schlitze. Für einen kurzen Augenblick streckte er seinen Arm nach meiner Schulter aus, zog ihn aber sofort wieder zurück, suchte nach Haltung und lächelte mich schließlich kalt an: „Wie steht es um Ihr Wohlbefinden?“

Mein Wohlbefinden? Seit er sich im Raum befand, war es um mein Wohlbefinden miserabel bestellt, aber das wollte ich ihm nicht ins Gesicht sagen. Stattdessen zog ich es vor, Contenance zu bewahren und zu schweigen, und wäre wohl auch zu keiner Antwort mehr gekommen, denn Chablais fuhr bereits fort: „Nun, Sie wirken recht vergnügt. Ist das auf die bevorstehende, Anlass zur Heiterkeit gebende Hochzeit zurückzuführen oder haben Sie etwa Freude an unseren gemeinsamen Treffen gefunden?“ Das Spöttische in seiner Stimme war nicht zu überhören, und ich empfand Ekel über seinen bittersüßen Ton. „Mich dünkt, die Ursache ist anderweitig zu suchen.“ Chablais genoss eine Kunstpause.

„Ach ja?“ Ich sah mich tatsächlich genötigt, auf sein Spiel einzugehen, und ließ meine Skepsis deutlich werden: „Nun, jeder Mensch weiß, dass die Stimmung so schwankend sein kann wie Boote auf dem Wasser. Ich weiß nicht, worauf Sie hinauswollen.“

Mein werter Cousin ließ sich davon nicht irritieren und stocherte weiter: „Sie sind gut gelaunt und kennen die Ursache dazu nicht? Madame, ich bin enttäuscht. Wollen Sie nicht noch einmal überlegen? Oder soll ich Ihnen vielleicht besser auf die Sprünge helfen?“

Sein Sarkasmus war eine Unverschämtheit. Was bildete er sich ein? Wie er sich da über mir aufbaute, mich durch hochgestochene Sätze einzuschüchtern versuchte, und Andeutungen machte, die ich nicht verstand.

Aber Chablais ließ mir gar keinen Raum, meine Gedanken zu ordnen, denn er fuhr fort, wobei seine Stimme immer kälter wurde: „Ich werde Ihnen die peinliche Situation ersparen und mir die Antwort selbst geben: Sie sind verliebt. Und zwar in einen kleinen Soldaten, der so raubeinig ist wie sein Stand. Herzzerreißend. Schauen Sie mich doch nicht so entsetzt an! Ich bin Ihnen zu Ihrem tête-à-tête im Hause Ihres Onkels gefolgt, und man könnte sagen, nun ja, ich habe Sie ertappt.“

Mein Mund musste die ganze Zeit über offen gestanden haben, denn als ich mich so weit gefasst hatte, dass ich zu einem empörten Ausruf fähig gewesen wäre, war er ganz trocken. Dieser Windhund! Er war sich nicht einmal zur Spionage zu schade. Ganz verdattert saß ich auf der Chaiselongue und blickte hilflos in das triumphierende Gesicht meines Bräu... ich mag es nicht ausschreiben.

Den Moment, in dem ich langsam meine Schultern sinken ließ und meine Haltung aufgab, nutzte er zum entscheidenden Schlag: „Ma Chère, begreifen Sie die Situation: Sie verletzen mich damit nicht, in keiner Weise. Sie sind mir gleichgültig. Aber Ihre heimlichen Vergnügungen werde ich als Ihr künftiger Ehemann ab heute unterbinden. Ich verbiete Ihnen, Albert von Sachsen zu treffen!“

Verbieten? VERBIETEN? Ich wusste überhaupt nicht, woher er das Recht dazu nahm. Er, dieser Dahergelaufene, der einzig von Papas Gunst profitiert. Meine Niedergeschlagenheit wich langsam einem kämpferischen Trotz: „Comment? Wie bitte? Ich kann Ihnen nicht folgen. Was erlauben Sie sich? Ich bit-“

„Sie vermeiden jeglichen Kontakt! Drücke ich mich so undeutlich aus?“ – Chablais fiel mir ungestüm ins Wort und nun schrie er richtig: „Ich werde in kurzer Zeit Mitglied der kaiserlichen Familie sein! Sie werden mich nicht daran hindern! Sie werden mich nicht zum Gespött des Hofes machen! Sie werden mir untergeordnet sein! Ich dulde keinerlei Widerspruch von einer Frau!“

Stille. Wir sahen uns beide entsetzt an. Chablais’ Gesicht war rot vom Schreien, seine Augen schienen wirr. Ich war wütend und sprachlos. Das ganze Szenario schien mehr einem Theaterstück zu entspringen, es konnte unmöglich wirklich geschehen.

Ich wusste nicht, was ich darauf sagen sollte, doch Chablais hatte sich schon wieder gefasst: „Befolgen Sie meinen Befehl. Andernfalls wird es ein Debakel geben, dafür sorge ich. Oder was glauben Sie, wird Ihr Vater dazu sagen, wenn öffentlich bekannt wird, dass seine Tochter der Buhlerei frönt?“

Im ersten Moment hätte ich losschreien können. Aber etwas hielt mich zurück, etwas ließ meinen Körper langsam entspannen und zauberte mir sogar ein kleines Lächeln ins Gesicht. Erst beim

Schreiben fällt mir auf, was dieses „etwas" war: Mitleid. Chablais' Ambitionen einer gesellschaftlichen Aufwertung sind einfach zu erbärmlich. Er wagte es sogar, der kaiserlichen Familie zu drohen, der er in naher Zukunft angehören wollte.

Mein Lächeln schien ihn für einen Moment zu verunsichern, denn er unterließ es, noch einmal verbal gegen mich auszuholen. Diese Sekunden nutzte ich für meine Antwort, die ich ihm so ruhig wie möglich entgegenbrachte: „Sie wollen mir mit meinem Vater drohen? Haben Sie auch einmal an meine Mutter gedacht? Glauben Sie, Maman hört gern von Ihren Erpressungsversuchen? Ich fürchte vielmehr, man wird Sie dafür verachten. Kleine Intrigen sind eher unserem Hofstaat vorbehalten, wenn Sie es so wollen, nicht aber den Mitgliedern der kaiserlichen Familie – oder denen, die sich bald dazu zählen wollen. Jeder weiß, dass Papa Sie gerne als seinen Schwiegersohn sähe. Es ist deshalb nicht meine Entscheidung, dass ich mich von Ihnen zum Altar führen lassen muss. Und es steht ebenso wenig in meiner Macht, Sie von Papa und dem Hof fernzuhalten. Aber ich habe die Kraft, Ihnen zu sagen, dass Sie mich nie besitzen werden. Sie werden nie Einfluss auf mich haben und Sie werden mir deshalb nie etwas befehlen können. Und Sie werden nie nie nie wieder Ihre Stimme gegen mich erheben."

Mit einem Mal war alles gesagt, und ich fühlte mich richtig befreit. Ich hatte eine sofortige Gegenwehr erwartet, aber Chablais musste von dem Gehörten augenblicklich überfordert gewesen sein. Mich anzufassen würde er nicht wagen, das wusste ich.

Ich hatte es also geschafft, das Blatt in unserem kleinen Kampf zu wenden. Ich bin im Nachhinein immer noch ein wenig überrascht. Dennoch überkam mich das Bedürfnis, noch etwas nachzulegen: „Wenn Sie um Ihre künftige Stellung fürchten und uns unbedingt bloßstellen wollen, dann stehen Sie zu Ihrer Ehre. Duellieren Sie sich mit Albert! Wie ich ihn kenne, wird er davor nicht zurückscheuen, sondern seinen Mann stehen."

Ich hatte zwei Hiebe gegen meinen Cousin losgelassen: Er hatte nun keinen Raum mehr für Erpressungen. Ich wusste, dass er nie in ein Duell einwilligen würde, geschweige denn in eines mit einem kriegserfahrenen Soldaten. Er ist und bleibt eben ein Windhund. Und ich hatte ihm gezeigt, dass er machtlos gegen meine Liebe zu Albert ist.

Dass unsere Stunde schon lange vorüber war, hatten wir beide nicht bemerkt. Chablais ergriff seine Handschuhe und verließ ohne ein weiteres Wort den Raum. Ich blieb sitzen, ließ das Geschehene auf mich wirken und versuchte, meine Gedanken zu klären. Mein Herz schlug mir vor Aufregung bis zum Hals, auch das hatte ich während unseres Disputes nicht bemerkt. Als ich mir sicher war, dass ich allein war, holte ich Mamans Brief hervor, den sie mir vorgestern erst geschrieben hatte und den ich seither bei mir trage. Weil er mich so berührt, gebe ich ihn hier wieder:

Ma chère Mimi,

alles kann gelingen, wenn wir das strengste Geheimnis wahren. Vor allem darfst du selbst dir keinerlei Hoffnung machen und dich keiner Menschenseele anvertrauen, zumal dich ohnehin alle Leute schon bedauern. Ich bin mir deiner schwierigen Lage wohl bewusst und selbst darüber bekümmert, doch wenn du dich noch einige Monate zurückhältst, so besteht die Hoffnung, dass wir zum ersehnten Ziel kommen. Deine Mutter und beste Freundin beschwört dich, ruhig zu sein und alles in Gottes Hand zu legen, bei ihm allein wird deine Seele Frieden finden. Je t'aime beaucoup. Ich habe dich sehr lieb.

Der Brief gibt mir Kraft. Gewiss, gegenüber Chablais gab ich mich selbstbewusst. Wenn er gewusst hätte, wie es in mir aussah, wie ich jetzt noch zittere, weil die Anspannung noch nicht abgefallen ist – nicht auszudenken. Es beruhigt mich, Aufmunterung von Maman zu erfahren. Ich halte mich weiterhin daran: Omnia vincit amor. Es muss so sein.

Innsbruck, der achtzehnte Juli 1765

Mir ist unsagbar fad

Seit drei Tagen sitzen wir nun in der Innsbrucker Hofburg. Welch seltsamer Einfall, eine kaiserliche Hochzeit in der Provinz abzuhalten! Aber der spanische König Karl war aus mir unbekannten Gründen gegen eine Hochzeit in Wien. Womöglich wollte er seiner Tochter die Reise nicht noch beschwerlicher machen, als sie eh schon ist. Denn weil Maria Ludovica mit Leopold nach den Feierlichkeiten gleich nach Florenz aufbrechen wird, wäre Wien doch ein rechter Umweg gewesen. Eh voilà, so bestimmte Maman Innsbruck als Ort für die Trauung. Ich bin noch nie zuvor hier gewesen. Aber schon bei unserer Anreise wurde mir klar, es würde mir nicht gefallen. Ich mag die Berge nicht. Genauso wenig wie Papa. Er hatte sich ja auch für Mailand ausgesprochen, aber davon war Maman nicht zu überzeugen, denn das war ihr wiederum zu weit. Die Berge, die, je näher wir kamen, immer höher und massiver wurden, haben etwas Bedrohliches. Noch dazu sind sie dieser Tage von dicken schwarzen Regenwolken umgeben, was ihren Anblick noch furchterregender erscheinen lässt. Der Zustand der hiesigen Hofburg macht die Sache auch nicht angenehmer. Da wir sonst nie in Innsbruck weilen, mussten uns die Appartements erst vernünftig hergerichtet werden, damit es sich angenehm wohnen lässt. Joseph, Marianna und ich sind im nach Süden hin gelegenen Ämtertrakt untergebracht, wo es unglaublich stickig ist und der Lärm der Straße zu uns heraufdringt. Zum Glück sind unsere jüngeren Geschwister in Wien geblieben, für sie wäre hier neben all den anderen Gästen und Bediensteten wahrlich kein Platz mehr gewesen.

Könnte diese ganze Angelegenheit doch nur so schnell wie möglich vorbei sein, damit wir zurückkehren können. Denn die vermeintliche Freude über die Vermählung Leopolds mit der spanischen Infantin wird nicht nur durch diesen Ort und das Wetter gehörig getrübt. Der Bräutigam selbst liegt mit einer Diarrhö darnieder. Schon Tage vor unserer Abreise fühlte er sich nicht wohl, klagte über Schmerzen im ganzen Leib. Er liegt zu Bett und versucht sich mit Äpfeln, Schwarztee und Kohlepulver aufzuraffen. Ich glaube, es ist nicht nur sein Körper, der ihn quält, sondern auch sein Gemüt. Für lange Zeit musste er nun Abschied von Wien nehmen – und von seiner kleinen Liebschaft. Hat er sich doch erst kürzlich in eines unserer Hoffräulein verguckt, der arme Tor! Er konnte doch nicht ernsthaft glauben, dass das gut gehen würde, ist er doch schon seit dem Tod unseres Bruders Karl an Ludovica versprochen. Welch schmerzliche Erinnerung! Denn eigentlich hätte Karl Ludovica heiraten und mit ihr die Herrschaft im Großherzogtum Toskana antreten sollen. Diese Rolle hat nun Poldl übernommen. Wir sind alle sehr gespannt auf die neue Schwägerin. Wie wird sie wohl sein? Liebreizend wie einst Isabella oder ebenso unansehnlich wie Josepha? Was wir bisher vernommen haben, lässt keine allzu großen Hoffnungen zu. Im Gegenteil, sie soll ziemlich grauslich sein, mit roten Haaren und übel erzogen. Eine solche Aussicht trägt sicher nicht dazu bei, dass Poldl schnell für seine Braut genesen will.

Ich würde ihm liebend gern seine Krankheit abnehmen, damit ich mich an seiner Stelle im Bett verstecken könnte. Denn auch ich fühle mich momentan in dieser Gesellschaft nicht wohl, glaube mich unter ständiger Beobachtung. Nicht genug, dass in den letzten Monaten andauernd Zwist zwischen Maman, Papa und mir droht – nein, die beiden Auslöser dieses Zwistes müssen auch noch als Gäste in Innsbruck anwesend sein! Beide! Gleichzeitig!

Chablais natürlich als Familienmitglied im Gefolge von Onkel Karl und Tante Charlotte, Albert in Begleitung seines Bruders Clemens, der mittlerweile Bischof von Freising ist und die Trauung vornehmen soll. Da befinde ich mich also wieder zwischen allen Fronten. Hat mir Maman nicht angeraten, Haltung zu bewahren, mich zurückzuhalten, keinen Verdacht aufkommen zu lassen, mich Albert nicht in zu offensichtlicher Weise zuzuwenden? Kann sie sich überhaupt vorstellen, wie schwierig das ist, wenn uns eine solche Nähe nun geradezu aufgezwungen wird? Erst Ende August werden wir wieder nach Wien zurückkehren. Und die ganze Zeit über, während der Dîners, bei den geplanten Ausfahrten in die umliegenden Kirchen und Klöster und auf den Hochzeitsfeierlichkeiten soll ich nicht mit Albert allein sein, nicht vertraut mit ihm sprechen dürfen? Stattdessen muss ich Chablais gegenüber gute Miene machen. Wenigstens ist Liesl nicht mitgekommen, so bleibt mir ihr Geplapper über die unzähligen Vorzüge des Herzogs erspart. Ich versuche mich, so gut es eben geht, von beiden Herren fernzuhalten und bevorzuge – wer hätte das je für möglich gehalten? – die Gesellschaft Mariannas. Während die Familie im kleinen Kabinett die Ruhe des Abends genießt, gibt sie sich große Mühe, uns mit ihrem Cembalospiel zu unterhalten und das unregelmäßige Prasseln des Regens zu übertönen. Ich versuche ein Lächeln. Es gelingt mir nicht sehr gut.

Der siebte August 1765

Es hat sich doch noch alles ganz passabel entwickelt.

Wir haben ein wenig die Umgebung erkundet und festgestellt, dass Tirol, abgesehen von den Bergen, ganz hübsche Landschaften zu bieten hat. Das Inntal ist besonders reizvoll. Das heißt, ich glaube, dass es das zumindest bei trockenem Wetter und Sonnenschein wäre. Solches haben wir bisher aber kaum erlebt. Während ich nur auf Ausfahrten in die nahe gelegenen Klöster und zum mittelalterlichen Schloss Ambras mitkommen durfte, ist Papa bis nach Hall gereist, um das Salzbergwerk zu inspizieren.

Und Joseph, der ist ganz und gar geflohen und hat sich nach Südtirol bis an den Gardasee aufgemacht. Wortkarg wie er ist, hat er von seiner Erkundungsreise nicht viel erzählt. Dabei hätte ich so gerne etwas über Italien erfahren. Schließlich ist auch die Hauptperson eingetroffen. Poldl ist Ludovica trotz seiner schlechten Gesundheit bis nach Bozen entgegengeritten. Als wir sie dann endlich in unserer Familie begrüßen konnten, waren wir nicht wenig erstaunt – und erleichtert. Die bösen Berichte über sie haben sich nicht bewahrheitet. Sie hat ein durchaus angenehmes Äußeres, zwar ein recht langgestrecktes Gesicht, aber glänzendes blondes Haar und eine feine Haut. Auch ihr Umgang ist tadellos, rührend hat sie sich sogleich um ihren kranken Bräutigam gekümmert, hat ihm zuliebe auf einige Vergnügungen verzichtet. Damit hat sie schnell unsere Zuneigung gewonnen.

Am Tag der Trauung öffnete der Himmel seine Schleusen besonders weit. Von der Burg zur Pfarrkirche St. Jakob sind es zwar nur wenige Schritte, aber als wir ankamen, tropften wir alle von oben bis unten. Blitze zuckten über uns, Donnergrollen ließ die Kirche erbeben und übertönte manchmal sogar Clemens' Worte. Wenn das nur kein schlechtes Omen für die Ehe ist!

Maman führte ihre Schwiegertochter zum Altar, wo Poldl sich tapfer auf zittrigen Beinen hielt. Er war froh, als er alles überstanden hatte. Wie er dazu steht, dass er und Ludovica bis heute lits à part halten, in getrennten Betten schlafen müssen – schließlich soll sie nicht auch noch erkranken – das vermag ich indes nicht zu sagen.

An der Hochzeitstafel nahm nur die Familie teil. Sie fand im Riesensaal statt. Was für ein witziger Name. Denn so riesig ist dieser Saal beileibe nicht, wenn ich an unsere Festsäle in Wien denke. Aber ich habe mir erklären lassen, dass die Bezeichnung von einer alten Deckenmalerei herrührt, auf der der „riesenhafte“ Herkules dargestellt war. Wie dem auch sei, für das Bankett waren im Saal Tribünen aufgebaut worden, auf denen die Gäste Platz nehmen und uns zusehen konnten. Dort, und nicht bei uns an der Tafel, musste auch Albert Platz nehmen. Wie an all den anderen Tagen blieben uns nur stumme, unauffällige Blicke aus der Entfernung. Alberts Miene verriet, dass er sich ebenso unbehaglich fühlte wie ich.

Während des Mahls konnten wir den Jubel von den Straßen vernehmen. Den Tirolern wird die Ehre einer kaiserlichen Hochzeit schließlich nicht oft zuteil, und so haben sie sich am Freiwein gütlich getan und auf dem Rennplatz herrliche Paraden abgehalten. Der Regen scheint ihnen nichts ausgemacht zu haben. Eben dieses fürchterliche Wetter war jedoch schuld daran, dass das Feuerwerk, auf das ich mich schon so gefreut hatte, nicht stattfinden konnte.

Am darauffolgenden Tag schaffte es Albert irgendwie, mich unbemerkt von der Gesellschaft fortzulocken. Es war nach dem Zimtparfait, das wir mittags als Dessert einnahmen. In dem allgemeinen Aufbruch, der danach einsetzte, gab mir Albert unauffällig zu verstehen, ich solle ihm in den Hof folgen.

Erst zierte ich mich, doch natürlich hatte er an Regenschirme gedacht und hielt mir auffordernd einen entgegen. Noch ein Blick, um uns zu versichern, dass uns niemand sah, dann waren wir draußen. Die Kühle war angenehm, war es in den Räumen doch zuvor unerträglich stickig gewesen.

„Ich habe es nicht mehr ausgehalten“, sprudelte Albert hervor. „Ich musste mit dir allein sein. Das ist doch lächerlich, was wir hier treiben! Diese Geheimnistuerei, diese Spielchen. Kommst du dir deinem Vater gegenüber nicht vor wie eine Verräterin?“

Seine Heftigkeit überraschte mich. Doch ich verstand ihn und versuchte zu beschwichtigen. „Beruhige dich! Hab noch Geduld,

Albert. Gewiss, mir gefällt das auch nicht. Aber wir haben keine andere Wahl. Maman wird sicherlich …"

„Maman, Maman!", unterbrach er mich unwirsch. „Sie mag eine mächtige Herrscherin sein, aber in dieser Angelegenheit, so scheint es mir allmählich, hat sie gegen deinen Vater nichts auszurichten."

Er senkte den Blick, und ich erfasste seine Hand, die sich um den Griff des Regenschirms klammerte. Ein winziger Trost nur. Wir waren mittlerweile bis zum Hofgarten gekommen, weit außerhalb der Sichtweite der Burg. Die Nässe drang bereits durch meine Schuhe.

„Marie Christine", hob Albert von Neuem an. Seine Stimme hatte ihren vertrauten, weichen Ton wiedergewonnen. „Ich fühle mich sehr wohl in deiner Nähe. Aber es zerreißt mir das Herz, dich mit diesem Chablais zu sehen." Auf einmal setzte er eine heitere Miene auf. „Sag, ist man hier am Hof nicht im ausgeklügelten Intrigenspiel geübt? Wir könnten ihm eine kleine Nebenbuhlerin auf den Hals hetzen. Oder dafür sorgen, dass er tragischerweise einem gemeinen Überfall zum Opfer fällt."

Angesichts dieser perfiden Vorschläge sah ich ihn wohl ein wenig zu erschrocken an.

„Ich mache doch nur Spaß", sagte er sogleich und brach in Gelächter aus. Erleichtert fiel ich in sein Lachen ein. Die Stimmung lockerte sich. Wir unterhielten uns darüber, was wir in den vergangenen Tagen erlebt hatten, schwärmten von den zahlreichen Genüssen aus der Hofküche und machten uns über das Betragen von Chablais lustig, der Papa unentwegt umschwärmt hatte.

„Hier steckt ihr beiden also. Wir haben euch schon vermisst." Unbemerkt war plötzlich Papa zu uns getreten – mit besagtem Herzog im Gefolge. Wir verstummten. „Offenbar wolltet ihr auch der schlechten Luft im Speisesaal entfliehen." Er atmete tief und geräuschvoll ein. „Ah! Das tut gut! Und ihr zwei genießt den Spaziergang wohl auch, das ist nicht zu übersehen." Ich glaubte, einen misstrauischen Blick zu sehen. „Doch jetzt kommt. Eine Gauklertruppe möchte uns ihre Künste vorführen. Außerdem schwimmt ihr schon förmlich in euren Schuhen. Ihr sollt doch nicht auch noch krank werden."

Papa bot mir seinen Arm an und hielt schützend seinen Schirm über mich. Chablais vereinnahmte Albert für sich. „Erzählt, werter Albert, Ihr habt doch den Kaiser dieser Tage nach Hall begleitet. Welche Eindrücke habt Ihr dort gewonnen …?"

Papa ließ sich mit mir ein wenig zurückfallen. Als er die beiden Herren außer Hörweite wähnte, bemerkte er mit zutraulichem Tonfall: „Mimi, Chérie, ich habe dich seit Langem nicht mehr so heiter gesehen wie eben. Dein Gesicht strahlte richtig, als du dich hier mit dem Prinzen unterhieltest." Und nach einer Weile: „Die letzten Tage warst du so blass, so schweigsam, so mürrisch. Und ich glaube nun, dass das nicht nur an der ungewohnten Umgebung und diesem schrecklichen Wetter gelegen hat. Deine Mutter hat Recht: Du bist dem Prinzen sehr zugeneigt, nicht wahr?" Ich nickte wortlos.

Papa blieb stehen, drehte mich zu sich und strich mir mit der Hand über die Wange. „Bei deinen Geschwistern hast du gesehen, wie sie mit ihren Heiraten unsere dynastischen Erwartungen erfüllt haben. Auch du unterliegst diesen Erwartungen. Wenn es mich doch nur nicht so schmerzen würde, dich so unglücklich zu wissen, da du auf Albert verzichten musst. Und er ist ja nun durchaus ein verdienter junger Mann. Aber auch mir sind die Hände gebunden als Kaiser und als Onkel Benedikts, dem du nun schon seit Langem versprochen bist. Ich werde mich noch einmal mit deiner Mutter beraten, wenn wir zurück in Wien sind. Doch allzu viel kann ich dir leider nicht versprechen." Er drückte mir einen sanften Kuss auf die Stirn und geleitete mich dann weiter in Richtung Burg.

Kann das sein? Hat Papa nun doch ein Einsehen? Und würde er tatsächlich über seine Prinzipien hinwegsehen? Nur mir zuliebe? Ich wage nicht, seine Worte allzu ernst zu nehmen. Doch aus dem winzigen Funken Hoffnung, der Albert und mir zuletzt geblieben war, scheint nun doch wieder eine größere Flamme geworden zu sein.

Eine gute Woche dauert unser Aufenthalt in Innsbruck noch an. Dann wird sich Poldl für lange Zeit von uns verabschieden und mit seiner Gattin nach Florenz aufbrechen.

Der neunzehnte August 1765, früh morgens – Unsere Welt steht still

Ich weiß gar nicht, woher ich gerade die Kraft nehme, ganz nüchtern über die gestrigen Ereignisse schreiben zu wollen. Mein Kopf ist völlig leer, und gleichzeitig bin ich sehr durcheinander. Meine Hand bewegt sich ganz von selbst, als ob sie gar nicht mir gehörte. Ja, die Zukunft hat sich völlig gewendet, doch auf ganz andere Weise, als ich je zu denken gewagt hätte.

Der gestrige Tag hatte begonnen wie all die anderen in der langen Reihe der Galatage. Es gab ein ausgiebiges Mahl, dann Konzert, Kaffee und Unterhaltungen am Nachmittag. Es war alles wie gewohnt. Papa machte jedoch einen leicht geschwächten Eindruck. Während er mit Tante Charlotte und Onkel Karl plauderte, wurde er immer wieder von Krämpfen und Atemnot ergriffen.

„Geht es dir gut, François?“, fragte Charlotte besorgt, eine Hand sanft auf Papas Arm gelegt. „Du wirkst angespannt. Und dein Gesicht ist ja ganz warm!“

„Nein, Chérie, es ist alles in Ordnung. Das ist nur die schwüle Luft in dieser alten Burg und die Anstrengung der letzten Tage. Ich habe leichte Wallungen und Oppressionen der Brust.“ Wieder stockte er kurz, mit verzerrtem Gesicht. Er hielt sich verkrampft an den Lehnen seines Sessels fest.

„Mon Dieu, sollen wir den Arzt rufen lassen? Ein Aderlass wird dir Linderung verschaffen."

Sein Krampf löste sich. „Aber Charlotte, das vergeht bald wieder. Du wirst doch die Anwandlungen eines alten Mannes nicht überbewerten. Wir werden nachher auf dem Weg ins Theater etwas früher aufbrechen. Ein kleiner Spaziergang wird mir guttun."

Tante Charlotte war klug genug, nicht länger auf ihn einzureden. Seine Gesundheit sei schließlich seine Privatangelegenheit, sagte Papa immer, und er wisse selbst am besten, was er brauche oder nicht brauche. Er hatte ja auch Recht, er war nicht mehr der Jüngste. Ich hatte schon oft beobachtet, dass er beim Reiten oder Ballspiel nicht mehr ganz so flink war wie einst. Mit mir hielt er schon seit dem letzten Sommer nicht mehr mit, musste bei größerer Anstrengung tief schnaufen und öfter Pausen einlegen.

Wie angekündigt machte sich also Papa mit Joseph, Albert und ein paar anderen Herren nach dem Nachtmahl auf ins nahe gelegene Theater. Wir Damen zogen uns in den Salon zurück, um ein wenig zu lesen und zu spielen. Die Zeit verging nur schleichend. Irgendwann, es muss nach zehn gewesen sein, hörten wir plötzlich Aufruhr auf den Gängen. Aufgeregte Stimmen drangen durch die Tür zu uns herein. Völlig ungewohnte Geräusche. Da wurden die Türflügel mit einem Schlag aufgerissen, ohne Klopfen, ohne Vorankündigung. Khevenhüller stürmte aufgebracht in den Salon. Wir fuhren erschrocken zusammen. Ratlosigkeit. „Euer Majestät … der Kaiser … er ist …" Außer sich rang Khevenhüller um Worte. Maman erhob sich von ihrem Sessel, der beinahe nach hinten umkippte. „Um Himmels Willen, Khevenhüller, so sprecht doch! Was ist passiert?"

„Der Kaiser … ein schlimmer Schicksalsschlag!"

„Was ist mit dem Kaiser? Wo ist er?" Sie eilte aus dem Raum.

Wortlos blickten wir anderen uns an, folgten ihr dann schleunigst. Wir konnten ihr jedoch gar nicht so schnell hinterher. Noch bevor wir bei den privaten Gemächern im Ostflügel ankamen, erfüllte ein gellender Schrei die Gänge. War das Maman? Einen derartigen Aufschrei hatte ich noch nie zuvor von ihr gehört. Insgeheim hatte ich spätestens jetzt einen fürchterlichen Gedanken. „Nein, das kann nicht sein, das darf nicht sein!"

Verzweifelte, betretene, gequälte Gesichter erwarteten uns vor einer Kammer, in der einige Lakaien ihren Schlafplatz hatten. Ich wollte hinein, doch Joseph hielt mich mit starken Armen zurück. „Lass mich!", fuhr ich ihn schroff an. „Was ist mit Papa?"

„Maman ist bei ihm. Lass sie noch etwas allein." Er hielt meinem heftigen Sträuben stand und wies die Wachen an, die Tür zu blockieren. Jetzt konnte ich seine roten, verquollenen Augen sehen. Trotz der allgemeinen Bestürzung schaffte er es, uns im Nebenzimmer zu sammeln und die Geschehnisse zu schildern: Der Spaziergang zum Theater war für Papa offenbar wohltuend gewesen. Nach der Rückkehr in die Burg hatte er sich müde, aber heiter von den Herren verabschiedet und sich auf den Weg in seine Retirade gemacht. Er war nur wenige Schritte gegangen, da ereilte ihn von Neuem ein Anfall. Er suchte Halt an der Wand, dann drohte er in sich zusammenzusacken. Joseph war gerade noch rechtzeitig zur Stelle, um ihn zu stützen. Auch Albert eilte ihm zu Hilfe. Sie betteten ihn auf einer Liege in der nächsten Kammer und ließen unverzüglich den Arzt kommen. Der konnte jedoch nichts mehr ausrichten. Der Schlagfluss kam so plötzlich, dass jedes Mittel unbrauchbar war. Hier stockte Joseph in seiner Erzählung, schluckte, richtete stumm den Blick zu Boden. Auch wir Umstehenden schwiegen, fassungslos. Es war, es ist schrecklich! Charlotte klammerte sich an Marianna, Ludovicas Gesicht hatte jegliche Farbe verloren, Onkel Karl wischte sich still eine Träne von der Wange. Chablais lehnte abwesend an der Wand. Mir wurde gleichzeitig heiß und kalt, ich zitterte. Und Albert, Albert trat einen Schritt näher an mich heran. Seine warme Hand drückte leicht meine Schulter.

„Das Letzte, was der Kaiser in dieser Welt sah", hob Joseph wieder an, „war diese schnöde Kammer, seinen ihn liebenden Sohn … und einen der besten Soldaten des Reiches." Er richtete den Blick auf Albert, der augenblicklich seine Hand von meiner Schulter zurückzog. „Sprechen konnte er nicht mehr, aber seine Augen verrieten, dass er sehr dankbar für diesen Moment war." Dann verlor Joseph den letzten Rest seiner Beherrschung und brach in heftiges Schluchzen aus.

Unterdessen war Maman eingetreten, mit völlig erstarrtem Gesicht, von ihrer Obersthofmeisterin gestützt. Sie sprach leise: „Ich habe meinen von Kindheit an zärtlichsten Freund und in einer dreißigjährigen Ehe den liebsten Gefährten und meine Lebensfreude verloren." Und ich meinen Vater. Dieser unfassbar schreckliche Gedanke dringt erst langsam zu mir durch. Ich habe meinen Vater verloren. Er ist tot! Papa ist tot!

Der dreiundzwanzigste August 1765

Sind es wirklich erst fünf Tage? Es kommt mir vor wie eine Ewigkeit, so still, so düster und so unwirklich waren diese Tage. Kaum kann ich mir noch die freudige Stimmung vergegenwärtigen, die in Innsbruck herrschte, als wir ankamen, um Leopolds Hochzeit zu feiern. Dann hat sich Trauer über die ganze Stadt gelegt. Die Räume in der Burg wurden schwarz ausgekleidet, die Hofklagsordnung wurde in Kraft gesetzt, täglich um die Mittagsstunde läuteten alle Kirchenglocken, und die Familie fand sich abwechselnd zu Betstunden in der Kapelle ein. Papas Leichnam – wie schwer es meiner Feder fällt, dieses Wort auf dem Papier entstehen zu lassen – war im Riesensaal aufgebahrt worden, damit wir

Abschied nehmen konnten. Maman war ihm kaum von der Seite gewichen, nicht einmal, um zwischendurch eine Mahlzeit zu sich zu nehmen. Lediglich zu einsamen Andachten zog sie sich in die Kapelle zurück. So schweigsam, ja fast apathisch, habe ich sie noch nie erlebt. Sie scheint versunken im inneren Gespräch mit Gott. Selbst mir öffnet sie sich nicht. Nur stille Umarmungen lässt sie zu. Tränen habe ich bei ihr bislang nicht gesehen. Sie hat sich ihr langes Haar abschneiden lassen. Was davon übrig ist, ist unter einer schwarzen Haube verschwunden. Das Trauerkleid lässt Maman ungewohnt blass aussehen. Sie hat angeordnet, dass die Schlafkammer, in der Papa gestorben ist, zu einem Andachtsraum umgewandelt werden soll, zu seinem ewigen Gedenken. Ich glaube jedoch kaum, dass wir diesen Raum jemals zu Gesicht bekommen werden, denn Maman wird Innsbruck von nun an erst recht meiden, um nicht mehr an diese schreckliche Zeit erinnert zu werden. Ich kann mir nicht ganz erklären, was in ihr vorgeht. Obwohl sie der Verlust so sehr schmerzt – oder ist es gerade deshalb? –, möchte sie nicht an Papas Beisetzung teilnehmen, und auch uns Kindern hat sie es verboten. Während Papa heute auf seine letzte Reise per Schiff zurück nach Wien geschickt wurde, müssen wir alle in Innsbruck bleiben! Ich hätte den Trauerzug so gerne begleitet. Wäre es doch das letzte Mal gewesen, dass ich Papa hätte nahe sein können. Dass wir Frauen nicht an den eigentlichen Begräbniszeremonien in Wien teilnehmen sollen, kann ich ja noch nachvollziehen. So ist es schließlich bei vielen öffentlichen Anlässen der Brauch. Aber dass selbst Joseph nicht dabei sein darf, wenn Papas Herz in die Loretokapelle der Augustinerkirche, seine Eingeweide in den Stephansdom und sein Leichnam schließlich in die Kapuzinergruft gebracht werden, das ist doch entsetzlich. Schließlich ist er nicht nur der älteste Sohn des verstorbenen Kaisers, sondern nun auch Mamans Mitregent. Alles, was bleibt, ist somit das stille Gebet. Und unsere Trauer!

Zu allem Überfluss ist heute Nachmittag ein Kurier mit Briefen aus Wien hier eingetroffen. Darunter war einer von meiner Schwester Josepha, geschrieben am Tag vor Papas Tod.

Cher Papa,

ich bin immer noch ein bisschen wütend, dass ich nicht mit nach Tirol kommen durfte. Aber wir sind auch ohne euch recht lustig zu Hause. Ich spiele viel mit meiner Aja und lerne recht fleißig im Unterricht. Es wird dich freuen, dass ich jetzt schon die neue Etüde von Wagenseil auswendig kann. Ich kann es kaum erwarten, sie dir vorspielen zu dürfen. Ich vermisse dich sehr und küsse dich viele Male.

Deine dich so sehr liebende Tochter Josepha

Diese Worte waren wie Artefakte aus einer längst vergangenen Zeit. Mittlerweile wird die Todesnachricht auch die Hofburg erreicht haben. Ich fühle mich wie gelähmt. Die größte Stütze in meiner Trauer ist mir Albert. Mein lieber Albert. Ich bin ihm so dankbar, dass er bei mir ist. Was würde ich nur ohne ihn tun? Maman ist in ihrem eigenen Kummer gefangen, ebenso Marianna und all die anderen. Und Chablais? Pah! Chablais! So ignorant wie er sich mir gegenüber gezeigt hat! Auf so einen Ehemann kann ich getrost verzichten! Ich bin ihm in meinem Schmerz völlig egal, diesem Heuchler!

Bei Albert habe ich echtes Mitgefühl und ehrlichen Beistand erfahren. Heimlich kam er immer wieder auf mich zu, nahm mich zärtlich in die Arme, trocknete meine Tränen. Ich fühle mich von ihm verstanden. Er weiß, was Trauer ist, schließlich hat er selbst seinen Vater vor nicht allzu langer Zeit verloren. Seine Verbundenheit tut mir gut. Leider werden wir uns in den nächsten Wochen nicht mehr regelmäßig sehen, da Albert wieder zu seinem Regiment in Komorn abreisen musste. Doch die Gewissheit wird immer stärker: Wir gehören zusammen.

Ich sollte mich schämen, dass ich es überhaupt wage, daran zu denken, wo Papa noch nicht einmal zu Grabe getragen ist …

Der dritte October 1765 –
Neunundzwanzig Jahre, sechs Monate, sechs Tage

Es fällt uns allen nicht leicht. Die Wochen vergehen ohne Freude und Ziel. Am schwersten aber ist es für Maman. Jeden Tag besuche ich sie in ihrem Schlafzimmer, das sie wie alle ihre Gemächer mit aschgrauer Seide ausschlagen hat lassen. Sie verlässt es kaum noch. Ihr zerbrechlicher, müder Anblick, die abgeschnittenen Haare, die nur noch selten unter einer Perücke versteckt werden, tun mir weh. Sie verbringt die meiste Zeit in ihrem Himmelbett, die Samtvorhänge bleiben oft den ganzen Tag zugezogen. Nur für gelegentliche Audienzen gelingt es ihr, sich in den Kissen aufzurichten, denn ihr Körper wird immer kraftloser und dennoch fülliger. Sie ist zu schwach, um zu laufen, eine Sänfte steht Tag und Nacht vor ihrem Zimmer bereit. Doch sie wird nie genutzt. Maman hat ein Loch in die Zimmerdecke stemmen lassen, die Kapelle liegt directement darunter. So kann sie die Messe verfolgen, ohne ihr weiches Lager verlassen zu müssen. Mehr wünscht sie nicht. Einmal vertraute sie mir an, dass sie überlege, ihr Amt niederzulegen und sich ins Kloster zurückzuziehen. Sie erklärte es mir: „Mimi, wie soll ich über Länder und Menschen herrschen, wenn ich schon beim Anblick eines ehemaligen Dieners deines Vaters in Tränen ausbreche?“ Dabei habe ich sie noch nie weinen gesehen.

Durch die Trauer, die alle anderen Gedanken überlagerte, war auch ein anderes, ein drängendes Problem kurzzeitig in Vergessenheit geraten: Chablais.

Es war nie zu einem öffentlichen Bruch zwischen uns gekommen. Das Versprechen Papas ihm gegenüber war nicht aufgehoben worden, der achte April nächsten Jahres war immer noch als Tag meiner Hochzeit vorgemerkt, schließlich war Papa nicht mehr dazu gekommen, mit Maman über die Angelegenheit zu sprechen. Dennoch schien allen klar zu sein, dass Chablais’ Zeit als mein Gatte in spe vorüber war. Ausgesprochen war es jedoch nicht.

Vor einer Woche lud Onkel Karl dann in sein Lothringerhaus. Eine kleine Gesellschaft nur, aber der Salon war gut gefüllt, und trotz der Hoftrauer war die Konversation an diesem Abend heiterer und die Herzen entspannter, als es in der Hofburg im Augenblick möglich gewesen wäre. Karl bemüht sich, die Lücke, die Papa hinterlassen hat, so gut wie möglich zu füllen. Er hilft und tröstet, wo er nur kann.

Auch wenn mich ein schlechtes Gewissen deswegen plagt, dieser Abend, in lebendigerer Gesellschaft und nicht an Mamans Bett sitzend, tat mir gut. Dennoch hielt ich mich abseits, mied Gespräche und Augenkontakt. Ich wollte nur dabei sein, mich von den Stimmen und der leisen Musik umfangen lassen. Doch der Abend hielt etwas anderes für mich bereit: den letzten Auftritt meines mir Versprochenen! Wenn ich nur daran denke, bekommt mein Gesicht rote Flecken vor Wut, andererseits kann ich bei der Erinnerung daran auch ein Lachen nicht unterdrücken.

Das Ganze fing so an: Unbemerkt und ungebeten – Onkel Karl hatte ihn bestimmt nicht eingeladen! – war Chablais an diesem Abend auf das Fest gelangt. Ich bemerkte ihn erst, als er bereits neben mir stand, mich ohne ein Wort des Grußes fest am Arm packte und, um nicht für Aufsehen zu sorgen, mit guter Miene leise und schnell anfing zu sprechen. Ich konnte seinen Atem auf meiner Haut spüren, dégoûtant, und hatte Mühe, ihn zu verstehen!

„Der Weg ist frei. Der Vater tot, der Liebhaber schon vor der Tür. Nun haben Sie erreicht, was Sie wollten. Ich gratuliere, Erzherzogin.“ Das „Erzherzogin“ zischte Chablais und verbeugte sich spöttisch und mit boshaftem Blick.

„Das Wort eines Lothringers hat nun wohl nichts mehr zu sagen an diesem Hofe.“

Ich riss mich los: „Wie können Sie es wagen, so etwas auszusprechen oder auch nur zu denken, wie können Sie mich und meine Trauer auf solche Weise beleidigen, wie können Sie meinen Vater in dieser Weise entehren?“ Hätte Papa seinen Neffen jemals so erlebt, hätte er nie von mir verlangt, ihn zu heiraten! Dessen bin ich mir sicher.

Ich war außer mir vor Mut und ich weiß nicht, was passiert wäre, wenn Onkel Karl nicht in diesem Moment an meine Seite getreten wäre. Er musste unser Gespräch mitangehört haben, auch wenn ich beinahe tonlos gesprochen hatte. Karl legte einen Arm um mich, und dabei spürte ich, dass auch er seine Wut nur schwer zurückhalten konnte. Mit zitternder, aber lauter Stimme wandte er sich an Chablais. Bei seinem ersten Wort verstummten alle Gespräche im Salon, die Aufmerksamkeit galt nun ganz dem Gastgeber: „Das Wort eines Lothringers hat sehr wohl noch etwas zu sagen an diesem Hofe, und so sage ich: Sie reisen ab aus Wien. Sofort. Sie sind hier nicht mehr erwünscht.“ Onkel Karl behandelte Chablais wie einen verhassten Fremden, nicht wie seinen Neffen, der er doch war. Aber auch Karl hatte nie verstanden, warum Papa Chablais so verklärt und nicht das in ihm gesehen hatte, was er war: Ein widerlicher, ruhmsüchtiger Crétin!

Chablais klappte den Mund auf und zu, rang nach Worten und Fassung, und in diesem Augenblick traf ihn auch noch die flache Hand meines lieben, lieben Onkels.

„Und das war für die Beleidigungen, die du meiner geliebten Mimi zugefügt hast. Verschwinde!" Vor Aufregung vergaß Karl offensichtlich, dass er seinen Neffen nur noch siezen wollte …

Zu meiner Überraschung tat Chablais, wie ihm geheißen. Unter vielen schadenfrohen Blicken verließ er den Salon, das Lothringerhaus, mein Leben. Das Kapitel Chablais war hiermit endgültig geschlossen!

Ach Papa, ich hätte mich so gerne mit dir darüber ausgesprochen. So bleibt mir nur Maman. Für jeden Kummer hatte sie früher einen Trost, einen Ausweg.

Bei einem meiner Besuche setzte sie sich mühsam auf, nahm einen Schluck Tee und sprach in die Dunkelheit des Zimmers hinein. Sie sagte, ich solle nicht so traurig sein, sondern vielmehr glücklich darüber, dass ich Albert hätte, der mir Kraft gebe, was auch kommen mag.

„Du hast eine Liebe und dein Leben liegt vor dir."

Doch was sie damit eigentlich meint, ist: „Meine Liebe ist von mir gegangen, mein Leben ist vorbei."

Sie spricht immer sehr vernünftig und liebevoll zu mir, lässt selbst aber keinen Trost an sich heran. Wie sie mir erklärte, wird sie die Trauerkleidung nie wieder ablegen. Was mich verwirrt, ist, dass Maman immer wieder von Albert spricht. Ich würde es nicht wagen, davon zu beginnen, auch den Vorfall mit Chablais habe ich ihr verschwiegen.

Wie so oft war es Gräfin Vasquez, die mir weiterhalf, sie hatte eine ganz eigene Erklärung für das Verhalten Mamans: „Es tut ihr gut", sagte sie, „sie sieht sich in Ihnen gespiegelt. Ihre Liebe, Ihr Bangen, so erlebt sie ihre Liebe zu Ihrem Vater noch einmal.

Die Erinnerungen an ihr gemeinsames Leben werden ihre Trauer besiegen."

Ich möchte der Gräfin gerne glauben, dass es aber noch lange dauern wird, bis Maman ihr Himmelbett verlassen wird, ist mir gestern bewusst geworden. Ich wollte noch einmal nach ihr sehen und eine gute Nacht wünschen, doch ich fand sie schlafend. Die einzige Kerze im Zimmer war fast heruntergebrannt, denn auch das Kammerfräulein schlief tief und fest, wenn auch aufrecht sitzend, die Hände im Schoß gefaltet, auf ihrem Platz neben der Tür.

Maman hatte auch die Hände gefaltet, allerdings über einem Gebetbuch, das ich ihren Fingern entwand und auf ihren Nachttisch legte. Dabei muss mir ein Zettelchen herausgefallen sein, es lag auf dem Boden und als ich es aufhob, kam ich nicht umhin, einen sehr kleinen Blick darauf zu werfen. Es waren Zahlen. Viele Zahlen in Mamans charakteristischer Handschrift. Was sollte das? Ich hielt das Papier nahe an die flackernden Kerze. „29 Jahre, 6 Monate, 6 Täge, macht also Jahre 29, Monat 335, Wochen 1540, Täge 10 781, Stunden 358 744." Im ersten Moment wusste ich nicht, was die Zahlen bedeuteten, dann verstand ich: Es war die Zeit ihrer Ehe. Es wird vielleicht ebenso lange dauern, bis sie Papas Tod verwunden haben wird, dachte ich und löschte die Kerze.

Gräfin Vasquez war da anderer Meinung. Vielmehr, auch sie glaubt, dass Maman den Verlust der Liebe ihres Lebens nie wird vergessen können, wohl aber ihre Trauer überwinden: „Ein bisschen Zeit werden Sie ihr noch geben müssen, Mimi. Aber wie ich Ihre Mutter kenne, wird sie dieses bettlägrige Dasein nicht lange ertragen. In ein paar Wochen sucht sie sich eine Ablenkung, da bin ich mir ganz sicher. Ich habe auch bereits eine Ahnung, wie diese aussehen wird ..."

Zuerst dachte ich, die Gräfin versuche eine Fliege zu verscheuchen, doch dann merkte ich, dass sie mit dem Finger ein Herz in die Luft zeichnete.

Der erste November 1765 – Herbstzeit, Schicksalszeit

Seit einigen Tagen verlässt Maman ihr Zimmer wieder, sie ist zurück im Leben, in der Sänfte zwar, aber immerhin. Heute etwa nahm sie das Frühstück gemeinsam mit uns ein, und das war nicht die einzige frühmorgendliche Besonderheit. Joseph versuchte sich nämlich als Barde! Kaum hatte ich den Saal mit der gedeckten Tafel betreten, da erhob sich mein kaiserlicher Bruder und gab mit pompöser Gestik Folgendes von sich:

„Ehestand, Wehestand,
wenn du freist mit Unverstand;
wählst du wohl, ist er gewiss
dir ein irdisch Paradies."

„Tatsächlich?", fragte ich gähnend. „Und wer behauptet so etwas?"

„Ist mir entfallen. Aber diese Zeilen enthalten große Weisheit, glaube mir. Ich habe mit dem ehelichen Paradies wie mit dem Wehestand gleichermaßen Bekanntschaft geschlossen. Nur in der falschen Reihenfolge." Ein bittersüßes Lächeln stahl sich auf seine Züge. Zum Glück war Josepha noch nicht anwesend.

„Und nun soll ich dich wohl fragen, warum mich heute beim Frühstück statt einer Begrüßung eine solche Lektion erwartet?"

„Exactement", erwiderte er, nunmehr süffisant grinsend.

Also tat ich ihm den Gefallen. Sein Grinsen wurde noch breiter: „Ich habe nicht gesagt, dass du eine Antwort auf deine Frage erhältst."

Kopfschüttelnd nahm ich neben Maman Platz. Das ständige Auf und Ab der letzten Monate und Jahre, die glücklichen Momente und die Schicksalsschläge haben mich Gelassenheit gelehrt, und so versuchte ich, Josephs Worten keine weitere Beachtung zu schenken. Andererseits, so völlig ohne Grund in meiner Lage zu mir vom Ehestand zu sprechen, das wäre doch zu grausam gewesen. Ich blickte zu Maman. Auf ihrem verhärmten Gesicht spielte ein rätselhaftes Lächeln. Da niemand weiter etwas sagte, widmete ich mich den Speisen und musterte meine Geschwister. Fürwahr, wir haben uns in den letzten Monaten in eine triste Gesellschaft verwandelt: Unterhaltungen werden mit Rücksicht auf Maman nur im Flüsterton geführt, Gelächter ist überhaupt keines zu hören, und alle tragen wir Schwarz. Von Ferne muss unsere Tafel so ausgesehen haben, als habe ein unbegabter Maler auf einer weißen Fläche einige unbeholfene Tintenkleckse angebracht und als habe er dabei über Maman besonders viel Schwärze gelegt.

Nachdem wir das Mahl beendet hatten und die Tafel verließen, nahm mich Maman kurz bei der Hand, drückte sie und sagte: „Suche mich heute Abend in meinem Arbeitszimmer auf."

Es wäre zwecklos gewesen, sie zu fragen, weshalb, denn ihr Gesicht hatte schon wieder jenen abwesenden Ausdruck angenommen, den es in letzter Zeit des Öfteren trug. Also sagte ich nur: „Bien sûr, Maman."

Den ganzen Tag über war ich rastlos. Ich verrichtete meine Gebete, versuchte, meine Korrespondenz zu erledigen, doch bei allem schweiften meine Gedanken ab, zu Joseph, zu Maman, zu Albert.

Und es wurde nicht besser dadurch, dass Joseph zweimal ganz unvermittelt und in einer ähnlich merkwürdigen Laune wie am Vormittag hereinschneite und sich nach meinem Befinden erkundigte. Beim ersten Mal sagte er: „Ich habe gerade einen Brief an unseren geschätzten Prinzen Albert verfasst, mit einigen nützlichen Ratschlägen für seine Zukunft." Bevor ich nachhaken konnte, hatte er schon wieder auf dem Absatz kehrtgemacht, sodass ich ihm nur hinterher rufen konnte: „Auch in Gedichtform?"

„Selbstverständlich", hallte es durch die Gänge. Ich schüttelte den Kopf und blickte die Gräfin Vasquez an, die unbeteiligt tat.

„Sie wissen etwas, meine Liebe, ich sehe es Ihrer Nasenspitze an. Nun sagen Sie schon, ich platze bald vor Neugierde“, forderte ich sie auf. Doch sie schmunzelte nur und hob die Augen nicht von ihrer Stickerei.

Als Joseph zum zweiten Mal hereinkam, diesmal in Begleitung von Therese, rief ich unwirsch: „Lieber Bruder, falls du dein Arbeitszimmer suchst: Hier ist es nicht. Dies ist der Saal der Ahnungslosen.“

Er grinste, fast jungenhaft, strich seiner Tochter über den Kopf und raunte ihr zu: „Dein Tantchen ist heute ein wenig ungehalten.“ Und an mich gewandt: „Contenance, Schwester, es heißt schließlich: ‚Selig die Armen im Geiste’, und nicht: ‚Mürrisch‘. Therese, erzähl deiner Tante doch, was wir gerade gemacht haben.“

Die Kleine lief zu mir, und unwillkürlich musste ich lachen. Ich bückte mich zu ihr hinab, sie griff nach meinem Ohr, zog es mit beiden Händen zu sich und flüsterte: „Einen Brief haben wir weggebracht.“ Dann lief sie zu ihrem Vater zurück.

„Und was steht darin? Dass du Albert an den Nordpol versetzt hast?“ Meine Frage an Joseph klang schnippisch, und das sollte sie auch.

Joseph grinste: „Südpol, Schwesterchen, Südpol.“ Er blieb noch einen Moment in der Tür stehen und blickte mich an, bevor er sich langsam zum Gehen wandte, seine Tochter an der Hand. Die rechte Hand meiner Nichte umfasste nur Luft, dort, wo ihre Mutter sie eigentlich hätte halten sollen. Fast zwei Jahre ist es her, dass Bella uns verlassen hat. Fünf Jahre seit ihrer Hochzeit und jenem Abend in der „Mehlgrube“. Fünf Jahre, ist es zu fassen? Ein Jahr seit Alberts Brief, der alles verändert hat. Die Herbstzeit scheint meine Schicksalszeit zu sein. Mittlerweile bin ich dreiundzwanzig Jahre alt, fast eine alte Jungfer! Doch genug der düsteren Gedanken, es wird Zeit, Maman aufzusuchen.

Nichts wird mehr so sein, wie es war! Meine Welt dreht sich nun andersherum und nur noch für einen einzigen Menschen! Ich darf, wir dürfen!

Als ich vorhin Maman in ihrem Arbeitszimmer aufsuchte, blickte sie bei meinem Eintreten auf, erhob sich von ihrem Schreibtischstuhl, kam zu mir und küsste mich. Sie sagte merkwürdig feierlich: „Maria Christina Josepha Johanna Antonia."

„Pardon, Maman?", fragte ich unsicher.

„Nimm Platz, mein Kind, und greif zur Feder!" Ich hielt weitere Nachfragen für sinnlos und tat, wie mir geheißen. Sie begann zu diktieren, und mit einem Mal war der frühere Schalk in ihre Augen und ein vergnügter Tonfall in ihre Stimme getreten.

Cher Albert,

ich hoffe, Sie sind bei Verstand und Gesundheit. Beides werden Sie nämlich für die Bewältigung Ihrer Zukunft benötigen.

Ich runzelte zweifelnd die Stirn. Zum Glück hatte ich Albert bereits an merkwürdige Briefe gewöhnt.

Doch zunächst eine Frage zu Ihrem Kunstverständnis, auf das Sie sich so viel einbilden. Finden Sie nicht, dass auf unserem Gemälde mit der Winterlandschaft etwas fehlt? Nein, werden Sie antworten, schließlich fürchten Sie (zu Recht) den Zorn der Künstlerin. Aber dennoch, fällt Ihnen nicht bei jeder Betrachtung eine schmerzliche Abwesenheit ins Auge? Nein? Sie finden, es ist vollkommen? Mit Verlaub, welch ein fantasieloser Mensch Sie doch sind!

„Maman!“, rief ich entrüstet. Sie scheuchte meinen Einwand mit einer Handbewegung fort: „Vite, vite, Mimi, wir müssen uns beeilen!“ Also tunkte ich die Feder ins Tintenfässchen, und sie diktierte weiter:

Ein Paar nackte, ineinander verschlungene Hände ohne die geringste Bekleidung? Wie unschicklich! Sowohl meiner lieben Mutter als auch meinem kaiserlichen Bruder missfällt dieser Zustand aufs Äußerste. Spreche ich in Rätseln? Das geschieht Ihnen nur Recht. Die fehlende Kleidung, von der ich spreche, ist ein Mantel, der, mit der richtigen Geisteshaltung getragen, unendliche Seligkeit bringt. Das unwissende Auge sieht diesen Mantel nicht, es sieht an seiner Stelle nur die zwei Ringe, an welche er geknüpft ist. Es ist der Wunsch meiner Mutter wie auch der meines Bruders,

Nun fange nicht das Klecksen an, mein Kind!

unsere Verbindung, die im Geiste schon so innig ist, mit diesen beiden Kleinodien zu segnen.

Meine Hand war ganz zittrig, was Maman mit einem belustigten Kopfschütteln zur Kenntnis nahm.

Mögen diese Ringe dafür sorgen, dass der Mantel der Ehe niemals verrutscht und sich, selbst wenn wir örtlich getrennt sind, stets schützend und wärmend über uns breitet – dies ist der Herzenswunsch meiner Mutter.

Was mein Bruder denkt, werden Sie, samt einer Liste mit möglichen Hochzeitsterminen, seinem eigenen Brief entnehmen.

Ich musste die Feder beiseite legen, so sehr zitterte meine Hand. Langsam stand ich auf. „Maman, wahrhaftig?“

Sie lächelte. „Alles kann gelingen, meine Tochter. Habe ich es dir nicht gesagt?“ Sie nahm mich fest in die Arme, und als wir uns voneinander lösten, glitzerte auf ihrer Wange eine Träne, und auch ich schniefte.

„Und wie genau du dich an alles erinnert hast, was ich dir über die Kunst und Albert und mein Bild erzählt habe“, murmelte ich mit Tränen in der Stimme.

„Alt bin ich zwar, mein Herz, aber doch nicht senil! Das kann ich mir noch nicht leisten, schließlich gilt es, eine Hochzeit auszurichten! Also schnell, versiegeln wir den Brief. Er geht noch in dieser Stunde mit einem Eilkurier an Albert und morgen Früh folgt Josephs offizieller Brief nach.“

Ich kritzelte noch schnell einen Abschiedsgruß auf das Papier, und kurz darauf war er weg, der schicksalhafte Brief.

Maman und ich aber saßen noch lange zusammen, schwelgten in Erinnerungen, lachten und hielten uns an den Händen. Und nun sitze ich hier und habe das Gefühl, dass der Knoten, in dem ich mich seit fünf Jahren verstrickt habe, nun endlich geordnet ist. Herbstzeit, Schicksalszeit …

Der sechste December 1765

Der Schlaf heißt rücklings „falsch“; denn er betrügt uns oft,
gibt Gold im Traume, gibt, wenn wir erwachen, Luft.

Lieber Freiherr von Logau, Euer Spruch mag für Eure Träume gelten, für meine sicher nicht: Mein Traumesgold entschwindet nicht mit dem Erwachen!

Doch zugegeben, manchmal erscheint mir mein Glück, Albert und ich, wir, noch immer wie ein nebulöser Traum. Manchmal erwache ich frühmorgens und erwarte, van Swietens Gesicht über meinem Bett zu sehen, der mich in die Wirklichkeit zurückholt. Doch dann kneife ich mich und merke: Es ist wahr. Mein Traum ist wahrhaftig! Maman meinte gestern, meine Füße berührten beim Laufen den Boden kaum mehr. Um mich wieder auf die Erde zu holen, hat sie mir eine Liste mit Aufgaben erstellt. Leider werde ich über Punkt eins niemals hinauskommen, denn der lautet: regelmäßiger Briefwechsel mit Albert. (Nicht, dass ich dazu eine Ermutigung gebraucht hätte.)

Da ich aber derzeit tatsächlich unstet und tollpatschig bin wie ein junges Reh und flatterhaft wie Elisabeth vor einem Ball, habe ich beschlossen, einige meiner Briefe an Albert wie bereits früher in mein Tagebuch zu übertragen, um den Zeitraum meiner vernünftigen Betätigung um einige Momente zu verlängern. Ach Tagebuch, bald gehörst du einer verheirateten Frau, wird dir das gefallen? Vermutlich hoffst du wie Maman, dass die Ehe mich vernünftiger mache und sich weniger Unsinn aus meiner Feder auf deine Seiten ergieße. Mach dir diesbezüglich aber lieber keine allzu großen Hoffnungen. Nun aber, mein Nikolausbrief an Albert. Er könnte vernünftiger sein, aber bevor dein Papier sich in Verdruss kräuselt, liebes Tagebuch, bedenke: Noch bin ich nicht verheiratet!

Werter Fiancé,

da es Sitte ist, den braven Kindern am Tag des heiligen Nicolo etwas zu schenken, so empfangen Sie, mein Herr, nun ein solches Etwas. Schließlich hoffe ich, dass Sie zu jenen folgsamen Kindern gehören, die die Süßigkeiten, mit denen dieser Korb angefüllt ist, und das Geschenk anbei verdienen.

Doch zittern Sie vor dem Schicksal der bösen Kinder, von denen eines der schlimmsten bereits im Sack des garstigen Krampus steckt. Es hängt einzig und allein von Ihnen ab, mein Herr, ob Sie sich für das Gute oder Böse entscheiden. Glauben Sie dies einem Ihrer eifrigsten und gewogensten Diener! (Doch Vorsicht, vielleicht ist es auch der Krampus selbst?) Ich unterlasse es deshalb zu unterzeichnen, in der Hoffnung, Eure königliche Hoheit zu erschrecken.

Der dritte Jänner 1766

Cher Albert,

Sie sind wirklich mit bewundernswertem Fleiß beim Schreiben, und das freut mich sehr. Die liebe Maman, bei der ich eben war und die daher dieses Schreiben verzögert hat, lässt Sie ihrer Güte versichern. Was Ihren gestrigen Brief anbelangt, hat es sich ergeben, dass bei seiner Ankunft mein Bruder Joseph bei mir war. Wie Sie sich denken können, habe ich den Brief für mich behalten.

Doch Joseph ist seit einigen Tagen bei sehr schlechter, trauriger Laune. Ich glaube, dass seine Tochter, die noch immer krank ist, dazu beiträgt. Wie ich ihn kenne, möchte er seine Besorgnis darüber verheimlichen und den Schein aufrechterhalten, dass er nichts liebe, nicht einmal sein einziges Kind. Trotzdem, mir kann er das nicht verheimlichen und, um die Wahrheit zu sagen, er tut mir leid. Es ist fürwahr eigenartig, dass er sich von einer Gefühllosigkeit zeigt, die er fälschlicherweise für Seelengröße hält. Sein Herz, das doch eigentlich gut ist, erhärtet sich mehr und mehr. Ich kann und kann ihn nicht verstehen, mein „weiches Wachsherz", wie Isabella es nannte, lässt es wohl nicht zu. Doch es ist dieser Tage so übervoll von Freude, dass ich niemandem böse sein kann.

Ich erwarte freudig den Tag Ihrer Ankunft! Mimi

Der dreißigste Jänner 1766

Die Schmetterlinge in meinem Bauch tanzen wieder, doch heute in die falsche Richtung.
Albert hat seinen jüngsten Brief mit „liebe Freundin" begonnen. Was wurde aus Angebetete, Liebste, mein Augenstern? Macht er sich über mich lustig oder ist seine Liebe schon am Abkühlen, nun, da der Kitzel der Herausforderung fehlt? Ich bin ganz kopflos. Doch sagt nicht Maman immer, Freundschaft sei wichtiger als die flüchtige Liebe? Ich werde ihm wahrheitsgemäß antworten und so tun, als wäre ich ganz vernünftig.

Lieber Freund,

versetzt Sie diese Anrede in Erstaunen? Nun, bei mir war das der Fall, als ich Ihren letzten Brief las. Und es war mehr als Erstaunen, Ungewissheit und Selbstzweifel regten sich in mir. Doch sei es wie es sei, Freundschaft oder Liebe, solange Sie mir nur innig zugetan sind, bin ich zufrieden. Denn es ist wohl so: Mag die törichte Liebe auch vergehen, die Freundschaft selber soll die Grundlage unserer Verbindung bleiben. Ich glaube, dass die Ehe nur glücklich sein kann, wenn die Freundschaft ihr Fundament bildet. Ich kann daher keinen größeren Wunsch hegen als den, Ihre zärtlichste und beste Freundin zu werden. Doch falls sich Ihre Feder ab und an zu einem „Angebetete, Liebste, mein Augenstern" herablassen kann, wird mein kleines Herz es Ihnen danken.

Mit innigem Gruße Mimi

Der zwanzigste Februar 1766

Mein liebster, süßester, holdester, zartester, teuerster Augenstern,

verzeihen Sie mir meine gedankenlose Grobheit. Doch ich kann Ihnen versichern, selbst ein schlichtes „liebe Freundin" bedeutet keine Schmälerung meiner Liebe für Sie. Auch wenn ich Ihnen nur beipflichten kann, was die Flüchtigkeit der „törichten" Liebe angeht, so hoffe ich doch, dass sie in unserem Fall noch lange brennen wird.

Doch nun ein anderes Thema. Ich traf vor Kurzem einige schmucke Edelleute, die mir von ihrem Aufenthalt bei Hofe und den reizenden Aufmerksamkeiten einer gewissen Erzherzogin berichteten. Soll ich mich geschmeichelt fühlen wegen einer so liebenswürdigen Braut oder doch eher eifersüchtig sein?

Schreiben Sie mir schnell, denn sonst entscheide ich mich für Letzteres und rufe zum Duell!

In Treue Euer Albert

So ist es schon besser. Obwohl er es ein bisschen übertreibt, der Gute. Ich kann mir haargenau Alberts süffisantes Grinsen beim

Verfassen dieser Anrede vorstellen. Aber auf seine Anspielungen soll er die rechte Antwort bekommen!

Der fünfte März 1766

Mein lieber Albert,

zunächst muss ich Sie dafür schelten, dass Sie mir vorwerfen, mein Auge erfreue sich an anderen Männern als Ihnen. Denn dies ist nicht wahr, und falls doch einmal, dann nur solange, bis mein Verstand es wieder zur Räson gebracht hat.

Doch wie steht es um Ihres? Sie schreiben mir nur, Sie hätten sich auf großen Gesellschaften getummelt, ohne mir zu sagen, wer dort war. Ich bekomme zwar einige Namen wie „die Familie Esterházy" von Ihnen, aber doch nur unverfängliche. Die anderen muss ich erraten. Nun, mein Lieber, vergnügen Sie sich noch einige Tage, bald schon kehren Sie zurück! Auf künftigen Gesellschaften müssen Sie sich dann nicht mehr um Ihr wanderndes Auge sorgen, das werde ich schon an die Kandare nehmen.

Nehmen Sie also recht artig Abschied von Ihrer schönen freien Welt. In Zukunft wird Ihre Mimi dort den Platz an Ihrer Seite beanspruchen und ihn keiner anderen mehr überlassen, ob alt oder jung, hässlich oder schön. Sie will nämlich ihre Tage und ihr Herz allein dem Glück des Prinzen Albert weihen.

Eifersüchtige Grüße von Ihrer Braut

Der zehnte März 1766

Meine liebe Maman hat mir heute folgende Worte zukommen lassen. Es wird mir so unendlich schwer fallen, bald auf ihre Gesellschaft zu verzichten. Doch wir werden uns viele Briefe schreiben – das hat sie mir versprochen – und ich habe ihr im Gegenzug versprochen, ihre Ratschläge immer zu befolgen. Zumindest werde ich mir größte Mühe geben.

Liebste Mimi,

ich möchte dir für deinen neuen Lebensabschnitt einige Ratschläge geben. Du weißt, dass die Frau dem Manne untertan ist, dass wir unserem Gemahl Gehorsam schulden und dass er in allem unsere Erfüllung ist, dass wir ihm dienen, helfen und in ihm unseren Freund und treusten Gefährten sehen sollen. Wenn auch viele Beispiele heute das Gegenteil zeigen – vernachlässige niemals deine Pflichten. Du hattest das Privileg, deinen Gemahl aus Neigung wählen zu dürfen, du kennst ihn und hast allen Grund, mit ihm so glücklich zu werden, wie man es in dieser Welt nur sein kann. Trachte danach, Gottes Gnade durch ein christliches Leben zu verdienen.

Du besitzt Anmut, und es verlangt dich nach Nähe zu deinen Liebsten. Doch hüte dich davor, diese Tugenden und Eigenschaften zu übertreiben. Ich muss dir das besonders einschärfen, weil du deinen Gemahl liebst und dabei in ein Übermaß geraten könntest, das ihm zur Last würde. An dieser delikaten Frage scheitern ja oft gerade die liebenden und tugendsamen Frauen, die aus Neigung heiraten. Je sparsamer du selbst mit den unschuldigsten Zärtlichkeiten bist, desto heftiger wirst du begehrt werden. In heutigen Zeiten schätzt man keinerlei Zwang. Darum, je mehr

Freiheit du deinem Gemahl lässt, umso liebenswerter macht es dich und umso verlangender wird er deine Nähe suchen.

Das Wichtigste ist, dass er dich stets bei gleichem Sinn, bei gleicher Freundlichkeit und Aufmerksamkeit für ihn findet. Sieh zu, es ihm in deinem Hause recht zu machen, damit er sich nicht anderswo wohler fühlt. Und lass ihn nie deine Überlegenheit fühlen! Wenn du sein Vertrauen besitzen willst, beweise ihm das durch dein Verhalten und deine Verschwiegenheit. Nie soll eifersüchtiger Argwohn in dein Herz dringen. Denn alles Glück der Ehe besteht in gegenseitigem Vertrauen. Die tolle Liebe ist bald dahin, man muss einander achten, man muss wahre Freundschaft füreinander empfinden, um in einer Ehe glücklich zu leben. In dieser Hinsicht fürchte ich bei dir höchstens das Zuviel, das euer Glück trüben könnte. Je größer das Vertrauen ist, das du deinem Gemahl entgegenbringst, je weniger Zwang du ihm auferlegst, umso sicherer wirst du seiner Liebe und Treue sein.

Es stünde besser um viele Ehen, wenn man sich so verhalten würde. Alles hängt hierin von der Frau ab, sie muss die rechte Mitte halten, die Achtung und das Vertrauen des Mannes zu gewinnen, nie Missbrauch damit treiben oder gar damit prahlen wollen oder – das Schlimmste – den Willen haben, ihn zu beherrschen.

Nichts fällt schwer, wenn man vernünftig liebt.

Mein liebstes Kind, ich bete für dein Glück und wünsche dir so viel davon, wie du zu ertragen vermagst.

Es küsst dich herzlichst deine Mutter

Der dritte April 1766, Mittags – Ein Ende, ein Anfang und all die Gefühle dazwischen

Leicht war dieser Tag nicht, aber wie sollte mir diese Zeit der Abschiede auch leicht fallen?
Wobei ich das Gefühl habe, dass meine baldige Abwesenheit für meine Geschwister nicht allzu schmerzlich ist. Sie freuen sich zwar auf das Fest, das ja, aber doch nur deshalb, weil sie alle neue Kleider bekommen haben. Schwarze zwar, aber immerhin.

Antonia zieht nach meiner Abreise in meine Gemächer und hat noch, während ich dabei war, die Hutschachteln zu schnüren, begonnen, meine fliederfarbene Tapete herunterzureißen, bis ihre Hofdame ihr Einhalt gebot. Sie wird von Tag zu Tag hübscher. Antonia, meine ich.

Liesl kann es indes nicht erwarten, die weite Welt zu sehen, erst muss sie allerdings ihren Kummer über Chablais verwinden. Ich habe nichts mehr von ihm gehört oder gesehen seit dem Tag, als Onkel Karl ihn des Schlosses verwiesen hat. Auch Liesl musste feststellen, dass sie für ihn nur ein hübscher Zeitvertreib war. Sie wird darüber hinwegkommen.

Man kommt über alles hinweg, weil man es einfach muss. Wie sollte ich es auch sonst ertragen, dass Papa mich nicht als Braut sehen wird? Er fehlt mir, aber er ist auch immer bei mir. Wie hat er immer gesagt? Ach ja: „Gegen den Tod ist kein Kraut gewachsen, und wenn unsere Stunde gekommen ist, wird niemand uns retten."

Morgen reise ich nach Schloss Hof, wo ich heiraten werde! Ich, Maria Christina! Zum Glück ist es nur eine kleine Reise, Hof ist ja nur ein paar Meilen von Wien entfernt, meine Ungeduld würde mich nicht länger in einer Kutsche halten. Maman hat das ehemalige Prinz-Eugen-Schloss im Marchfeld Papa vor zehn Jahren zum Geschenk gemacht. Sie hat es damals von Joseph Friedrich von Sachsen-Hildburghausen gekauft. Papa hat es als ländlichen Jagdsitz sehr gemocht und uns ja auch öfter dorthin mitgenommen. Ich bin so glücklich, dass Maman es nun als Ort für meine Hochzeit bestimmt hat. Vom Schloss aus hat man einen Ausblick über Felder und Wälder bis zu den Bergen Ungarns und den grünen Wellen der Donau. Es hat so viele Fenster wie Tage im Jahr. So viele Tage im Jahr, die ich Albert lieben werde. Tag für Tag.

Nach der Hochzeit werden Albert und ich bald weiter nach Pressburg reisen. Dort werde ich fortan also leben, an der Seite des Statthalters von Ungarn, zu dem Maman Albert ernannt hat. Sie hat natürlich dafür gesorgt, dass er als mein Ehemann in der Lage sein wird, für mich zu sorgen. Schon im Jänner konnte Albert seinen feierlichen Einzug in Pressburg feiern. Die Bevölkerung hat ihn freundlich empfangen und willkommen geheißen. Ich hoffe, das wird sie auch mit mir tun. Gut, dass ich von klein auf mit dem Lateinischen vertraut war, dann kann ich Albert vielleicht etwas beim Lernen helfen, die Verwaltungssprache in Ungarn ist nun mal Latein. Außerdem hat er mir verraten, dass er auch seine geringen Kenntnisse auf administrativem und juristischem Gebiet vertiefen muss. Wie ich ihn kenne, hat er sich diesen Aufgaben aber bereits mit großem Eifer und Fleiß unterzogen. Zudem hat Maman ihm das mit Brillanten besetzte Goldene Vlies und den Stephansorden verliehen. Ob Albert sich das je hat erträumen lassen, er, der sich doch immer als einen Pauvre Cadet bezeichnet hat?

Gepackt ist mittlerweile schon alles. Mein ganzes Leben in Koffern verstaut, und hinzu kommt noch die Aussteuer, um die sich Maman gekümmert hat. Die Gute! Doch nicht nur mein Hab und

Gut zieht mit nach Pressburg. Mir werden auch folgen: Maestro Grassi, denn er würde doch seine liebste und beste Schülerin nie verlassen (drei Kutschen: Leinwände, Farben, Pinsel, sein Pudel), Pater Lechner, darauf hat Maman bestanden (vier Kutschen, zweieinhalb davon voll mit Büchern, der Rest ist Schweigen oder Messwein), Gräfin Vasquez, darauf habe ich bestanden (eine halbe Kutsche, sie ist bescheiden wie immer), sowie Obersthofmeister Losy, meine Kammermädchen, Türhüter, Heizer, Köche, Stallburschen et cetera. Es tut gut, zu wissen, dass einige vertraute Gesichter bei mir sein werden. Am meisten freue ich mich aber darüber, dass meine liebe Gräfin Vasquez mich begleiten wird. Sie wird jetzt, da ich Maman nicht mehr in meiner Nähe habe, eine noch wichtigere Rolle für mich spielen. Vor ein paar Tagen, ich war gerade aufgestanden und hatte mir nach der Waschung von Gräfin Wallis in die Chemise helfen lassen, kam sie plötzlich ganz aufgeregt zu uns. So hatte ich sie noch nie erlebt. Sie schubste die Wallis gar etwas unsanft zur Seite, griff mich am Unterarm und zog mich vom Ankleide-Schemel zu sich herunter.

„Aber Gräfin, was –"

„Ich kann einfach nicht länger warten, ich muss sie Ihnen jetzt gleich geben." Sie zog ein längliches verschnürtes Paket hinter ihrem Rücken hervor. „Meine liebe Mimi", sie legte eine feierliche Pause ein, „dies ist für Sie."

Sie reichte mir das Geschenk. „Ich bin als arme Amme an den Hof Ihrer Mutter gekommen, sie hat mich aufgenommen, mich großzügig versorgt und Sie zu meiner mir Anvertrauten gemacht. Dafür werde ich ihr mein Leben lang dankbar sein. Sie sind mir zu der Tochter geworden, die ich selbst nie haben durfte, und es ist mir eine große Ehre, Sie an den Hof nach Pressburg begleiten zu dürfen. Nehmen Sie dieses Geschenk – es ist nicht besonders wertvoll oder außergewöhnlich – nehmen Sie dieses Geschenk als die Bekundung meiner Freude über Ihr Glück mit Ihrem geliebten Albert."

Ich fand keine Worte, nahm sie in den Arm, und wir hielten uns lange fest. Als wir uns wieder lösten, wischte sich die Gräfin schnell eine Träne von der Wange. „Und nun öffnen Sie schon! Aber vorsichtig!“ Behutsam, aber doch sehr neugierig, zog ich an der Schnur, wickelte das Papier ab und da kam sie zum Vorschein: die bezauberndste, delikateste Feder, die ich je in Händen halten durfte. Die Feder war tiefschwarz, schillerte jedoch je nach Lichteinfall rötlich. Ich konnte meine Augen gar nicht mehr davon abwenden und vergaß völlig, mich zu bedanken, bis die Gräfin mich wieder aus meiner Faszination riss:

„Ich weiß, wie wichtig Ihnen das Schreiben in Ihr Tagebuch ist. Ich hoffe, die Feder wird Ihnen gute Dienste leisten. Sie stammt von einem Rotmilan. Gefällt sie Ihnen?“

„Oh, Gräfin, und ob sie mir gefällt. Das ist wohl das schönste Geschenk, das Sie mir machen konnten. Ich danke Ihnen!“ Noch einmal fiel ich ihr um den Hals.

„Gern geschehen, doch nun weiter mit dem Ankleiden. Gleich beginnt die Messe! Oh, entschuldigen Sie, Hoheit. Das sollte nicht so barsch klingen. Doch Sie müssen sich wirklich beeilen.“

Ich schmunzelte und ließ mich brav weiter ankleiden. Die Gräfin lässt sich nur selten von ihren Gefühlen übermannen, und wenn es dann doch einmal passiert, gewinnt sie meist etwas zu schnell wieder die Fassung und verfällt in eine noch strengere Tonlage. Doch genau wegen dieser unnachahmlichen Art mag ich sie so gerne!

Seit zwei Wochen ist auch Albert endlich zurück in Wien. Ade, ihr Zeiten des Briefeschreibens! Ich bin wahrlich erleichtert, dass ich nicht mehr bei jedem Donauhochwasser um die Post bangen muss. Heute Morgen hat er mich unangekündigt besucht, während ich dabei war, meine Kleider auszusortieren. Denn obwohl mir alle Kutschen Wiens, abzüglich derer für Maestro Grassi, Pater Lechner und Gräfin Vasquez zur Verfügung stehen, alles kann ich doch nicht nach Pressburg mitnehmen und möchte es auch nicht. Viele meiner Kleider hängen schon seit Jahren im Schrank und gefallen mir kein bisschen mehr. Manchmal muss ich mich wirklich über mich selbst wundern: Gab es tatsächlich eine Zeit, in der ich das getragen habe? Freien Willens?

Auch meine Bilder wurden abgehängt, an ihrer statt blieben nur traurige helle Flecken und Spinnweben auf der Tapete zurück. Zuletzt und gerade, als Albert das Zimmer betrat, wurde mein Selbstporträt abgenommen, doch der Kammerherr hatte wohl das Gewicht unterschätzt. Er geriet mitsamt dem Gemälde ins Schwanken. Ich konnte dem Anblick allerdings nichts Amüsantes abgewinnen – schließlich hatte ich doch das Bild selbst gemalt – und rief: „Vorsicht, Vorsicht, das Bild!"

Das wäre aber gar nicht notwendig gewesen, denn Albert eilte sogleich zur Hilfe, bekam den Rahmen zu fassen, stellte das Gemälde sachte auf dem Boden ab und drehte sich triumphierend zu mir um: Hinter dem Bild war eine kleine Tür zum Vorschein gekommen.

„Ah! Hier ist also das strenggeheime Tagebuchversteck. Wir werden dir wohl bald ein neues suchen müssen."

Ich lachte erleichtert auf, musste ihn aber leider verbessern: „Ich, lieber Albert, ich werde ein neues Versteck suchen. Denn deshalb heißt es doch Versteck: Damit ich darin manche Dinge vor den neugierigen Augen meiner Mitmenschen verbergen kann. Auch vor deinen. Ich habe nämlich nicht vor, nur wegen unserer baldigen Heirat, keine Geheimnisse mehr vor dir zu haben!"

„Du kannst mich gar nicht ärgern, liebe Mimi. Ich verzeihe dir alles, solange du mir versprichst, in fünf Tagen meine Frau zu werden. Vor Gott und vor deiner Mutter."

„Ha! Du bekommst doch nicht etwa jetzt noch Angst vor Maman?"

„Sie ist mir in den letzten Wochen etwas unheimlich gewesen, das ist alles", gab Albert zu.

Er hatte Recht, auch ich hatte gespürt, dass sich Maman verändert hatte. Nach den langen Monaten der Trauer hatte sie in letzter Zeit wieder jene Rastlosigkeit und Entschlossenheit gezeigt, die ihr seit dem Tod Papas gänzlich gefehlt hatte. Doch sie verlangte sich möglicherweise zu viel ab, kam kaum mehr zur Ruhe. Da sie aber kaum noch in Wien und nur schwer zu sprechen war – selbst für mich – ließ ich sie schweren Herzens gewähren. Letzten Endes äußerte sich Mamans eigenartiges Benehmen in einem äußert großzügigen Verhalten mir und Albert gegenüber.

Ich verstehe erst heute, wie großzügig Maman uns gestern wirklich bedacht hat. Gestern, damit meine ich die Verlobung: In den kaiserlichen Antekammern und Ratsstuben waren die Hofdamen und Kavaliere versammelt, zum Zeichen der anhaltenden Trauer schwarz gekleidet und unschlüssig, wie man sich zu verhalten habe. Ihnen ging es genauso wie mir: Ich war mir nicht sicher. Durfte ich mich überhaupt offen freuen, lachen, feiern, wenn der Hof doch noch trauerte? Immerhin war es einzig mir und Albert am gestrigen Tage erlaubt gewesen, farbige Kleidung zu tragen. Ein Privileg, über das ich mich zunächst gefreut hatte, es war doch ein so schöner Anlass. Doch als ich durch die Antekammer ging und mir die Blicke des Hofes folgten, wurde mir bewusst, wie auffallend mein Kleid sich von diesem schwarzen Meer abhob. Die Brüsseler Spitze strahlte noch weißer, die rosafarbene Seide noch heller und ich war froh, als ich die Retirade erreichte und die Türen hinter mir geschlossen wurden. Endlich wurde auch Albert aus seinen Gemächern abgeholt und in die kaiserlichen Privatgemächer begleitet. Zu mir! Hier waren wir fast für uns, und dennoch folgte alles einem strengen Zeremoniell. Unter den wachsamen Augen Mamans als Souveränin und in Beisein von Joseph als Thronfolger und Mitoberhaupt, Fürst Kaunitz als Staatskanzler, Gräfin Vasquez als meine Obersthofmeisterin, Onkel Karl als – évidemment – mein Onkel, Marianna und Liesl sowie Leopold und Ferdinand als eine Auswahl der Geschwister machte Albert seine Anwerbung. Als Zeichen unserer Verbindung heftete mir Gräfin Vasquez daraufhin sein Porträt ans Kleid. Ein sonderbares Gefühl durchströmte mich, zeigte das Bild an meiner Brust doch aller Welt: Albert gehört jetzt zu mir. Ein Augenblick, auf den ich so lange warten musste!

Ich muss aber sagen, dass die Verlobung viel weniger gefühlvoll verlief, als ich das erwartet hätte. Unzählige Papiere mussten unterschrieben werden. Mein Verzicht auf die Erbfolge schließlich versetzte mir einen kleinen Stich. Es war ein wenig, als würde man mich aus der Familie ausschließen.

Doch ein Blick zu Albert hinüber genügte, und ich wurde wieder sicher, ruhig, fühlte mich stark und schön. Er gibt mir Kraft, die ich auch dringend benötige: Schon wenige Stunden nach der Verlobung kamen Liesl und Marianna zu mir ins Zimmer, nicht, um mir beim Packen zu helfen oder die verbleibende Zeit zu nutzen, um in meiner Nähe zu sein und um mich zu verabschieden, nein, sie kamen voller Neid und Missgunst zu mir.

Dass sie mir Albert neiden, ist ganz verständlich, auch sie wünschen sich einen so wunderbaren Mann. Aber mehr noch neiden sie mir die Apanage, die Maman uns zugesprochen hat. Ich hatte sie zwar darum gebeten, den Heiratsbrief geheim zu halten – auch Kaunitz hatte dazu geraten – doch irgendwie müssen die Zahlen bekannt geworden sein. Was soll ich sagen: Maman war sehr großzügig, was Liesl und Marianna allerdings anders sehen. Sie sprechen nur noch von „verschwenderisch, ungerechtfertigt, absurde“. Marianna hat mir entrüstet vorgerechnet, dass wir jährlich über eine Million Gulden verfügen werden. Das klingt, zugegebenermaßen, viel, aber so ganz verstehe ich nicht, warum das für soviel Unmut sorgt. Was meine Schwestern nämlich vergessen: Ich muss davon ein eigenes Kammerorchester bezahlen und hundertzwanzig weitere Bedienstete!

Der Ärger mit Liesl und Marianna wird bald vergessen sein, so hoffe ich, und das hat auch Albert vorhergesagt. Bevor er heute

Morgen mein Zimmer verlassen hat, zog er mich zu sich, setzte mir einen der bereits aussortierten Hüte auf den Kopf – es war ein Ungetüm aus moosgrünem Samt, ich werde ihn liebend gern zurücklassen – und nahm meine Hand:

„Es ist deine letzte Nacht hier. Fällt es dir schwer, Abschied zu nehmen?"

„Patati Patata! Von wegen, ich kann es nicht erwarten!", rief ich etwas zu schnell. Albert strich mir über die Wange. Wie gut das tat. Denn mir war eigentlich gar nicht nach Patati Patata, mir war mehr nach einem Glas warmer Milch und tröstenden Worten. Ich war sehr wohl traurig, aber konnte man mir das etwa verdenken? Doch hinter dieser Traurigkeit oder daneben oder darüber, da empfand ich etwas, das mir in diesem Augenblick ganz unglaublich vorkam: Ich empfand Glück! Nie, nie – jamais – hätte ich gedacht, dass es so ein Glück ist, zu heiraten. Ich fühle mich so frei und spüre nichts von der Angst, der Sorge, der Ungewissheit, wie Bella sie damals empfunden hat.

Spitzbübisch grinsend fragte Albert: „Doch eines musst du mir noch sagen: Liebst du mich, Erzherzogin Mimi?"

Diese Antwort gab ich ihm noch schneller und diesmal mit absoluter Bestimmtheit: „Ja, Albert, ich liebe dich. Du sollst mein treuer Gefährte sein, mein Freund, mein Geliebter, mein Leitstern!"

„Auf immer und ewig?"

„Das kann ich dir nicht versprechen –"

Selbst die Gräfin musste nun lächeln, und Albert zog mir den Hut tief ins Gesicht.

„– aber ich werde mich bemühen."

Ich werde mich wirklich bemühen, und es wird mir leicht fallen.

Nur ein letzter Abschied bleibt mir nun noch!

Später am Tage

Onkel Karl wartete bereits auf mich. Er trug in seinen Armen einen großen Strauß Tulpen, gemischt mit leuchtend gelben Forsythienzweigen. Beinahe bedauernd sah er mich an: „Das ist alles, was im Augenblick blüht. Was sollen sie hier, wo du sie nicht siehst? Nimm sie mit!"

Sein Geschenk erschien mir etwas unpassend, wenn man bedenkt, dass ich schon morgen nach Schloss Hof reisen werde. Doch wie hätte ich die Blumen nicht annehmen können?

„Dafür werde ich eine eigene Kutsche benötigen. Hab vielen Dank, lieber Onkel."

Danach erzählte ich ihm von meinem Vorhaben, Dante fliegen zu lassen. Er war nicht so überzeugt davon, wie ich es war. Aber ich hatte keine andere Wahl! Ich werde Wien verlassen, all die gewohnten Gänge und Gemächer, Gesichter und Geschichten, Geräusche und Gerüche des Hofes. Auch Karl würde nicht mehr lange in Wien bleiben, der Garten ohne sein Zutun ein für allemal verwildern und wieder zu einer schlafenden Schönen werden. Und genauso wollte ich daran zurückdenken: an einen Ort, der nur für ein paar Jahre erblüht war, der seine Pracht nur für Bella und mich gezeigt hatte.

Wie es seine Art war, erriet er meine Gedanken: „Da muss ich dich leider enttäuschen, Mimi. Ich habe doch nicht diese Rosenzüchtungen und Orangenbäume gehegt und gepflegt, damit sie nun in Vergessenheit geraten. Wozu gibt es Gärtner? Und auch du gehst doch nicht für immer weg aus Wien. Denk daran: Wien wird immer deine Heimat bleiben und das hier für immer dein Garten. Du kannst jederzeit zurückkommen und dich hier vor dem Trubel der Welt verstecken. Und jetzt habe ich zu tun."

Er hatte tatsächlich eine neue Rose gezüchtet, im letzten Sommer hatte sie zum ersten Mal geblüht. Spärlich zwar, aber von vollkommener Schönheit: weiße Blütenblätter, durchzogen von rosafarbenen Streifen. Ihr einziger Makel, für den auch Karl keine Lösung gefunden hatte, waren die vielen Stacheln. Er war dennoch zufrieden mit seinem Werk: „Passt die Rose nicht vortreffich zu dir? Ein schönes Äußeres, gekrönt von einem spitzen Geist. So bist du. Und so war auch Isabella", fügte er leise hinzu.

Er ließ mich bei der Volière zurück, doch nicht ohne aus dem Wintergarten eine Decke für mich zu holen und die Bank, auf die ich mich setzen wollte, von welken Blättern zu befreien, die hier den ganzen Winter über gelegen haben.

Bevor er ging, um die Rosenbüsche von den verblühten Resten des vergangenen Herbstes zu befreien, stellte er mir noch eine Frage, über die auch ich schon lange nachgedacht hatte: „Warum lässt du ihn nicht hier? Oder besser noch: Warum nimmst du ihn nicht mit?"

„Du meinst, ich soll es so machen wie Bella, als sie den Falken tagelang in ihrem Kleiderschrank versteckt gehalten hat?" Bei der Erinnerung daran mussten wir beide lachen. Dann bat ich ihn: „Karl, mach mir doch den Abschied nicht schwerer, als er eh schon ist. Du wirst mich nicht umstimmen."

Ich war eine Zeit lang allein vor der Volière gesessen, Dante hat mich nicht beachtet. Er war eben kein Schoßhund, und eben deswegen war es richtig, was ich getan habe.

Ich rief nach Onkel Karl: „Ich bin soweit, wir können los."

Er legte die Schere beiseite, zog seine Schürze aus, dafür einen dicken ledernen Handschuh an, nahm Dante aus dem Käfig und wollte ihm zum letzten Mal die kleine Haube aufsetzten, doch ich nahm sie ihm aus der Hand: „Lass nur, die behalte ich als Erinnerung. Wir lassen ihn sowieso gleich hier fliegen. Im Garten. Lass ihn einfach frei."

„Er ist ein gezähmter Falke, Mimi. Er wird zurückkommen." Karl zögerte einige Augenblicke, tat dann aber, wie ich ihm geheißen hatte.

Doch Dante kam nicht zurück. Und ich habe ihn auch nicht dazu ermutigt, ihn nicht zurückgerufen. Er flog mehrmals über uns hinweg, stieg immer höher und höher und verschwand dann als kleiner Punkt hinter den Dächern des Oberen Belvederes.

Ich sitze nun hier in der Orangerie, atme die schwere feuchte Wärme des Gewächshauses und gehe ab und an nach draußen, nur um mich zu vergewissern, dass er wirklich nicht zurückgekommen ist.

Immer wieder kommt Karl an mein kleines provisorisches Schreibpult, auf dem allerlei Gärtnerwerkzeug liegt: Kräuterscheren, Töpfe, Pflanzenschilder. Alles wartet hier auf den Frühling, auf die Wärme. Er sieht mich an und schüttelt den Kopf: „Ich kann nicht glauben, dass du ihn hast fliegen lassen, und noch weniger kann ich glauben, dass er tatsächlich weggeflogen ist. Das habe ich noch nie erlebt."

„Du bist zu rührselig!"

„Wie sollte ich das nicht sein? Du, Mimi, unser aller Mimi verlässt uns. Wie könnte mich das nicht wehmütig machen?"

Trotzdem, ich glaube, dass ich richtig und in Bellas Willen gehandelt habe. Sie wollte immer frei sein und fühlte sich doch gefangen. Sie war wie Dante: Der Hof war zu klein für sie, und für ihren Falken war der Käfig zu klein. Ich habe das längst erkannt und mir wird immer klarer: Was du liebst, das lass frei.

Was aber nicht für Albert gilt! Den werde ich so festhalten, wie ich nur kann.

Instruktion an Maria Christina

Meine liebe Tochter,

ich habe mich um acht Uhr zurückgezogen und schreibe dir nun, da ich dich immer vor meinen Augen habe, jetzt eben besonders.

Es geht mir soweit ganz gut, nur bin ich ohne Ruhe. Mein Herz hat eine schwere Erschütterung erlitten und kommt noch nicht darüber hinweg, zumal an einem Tag wie dem heutigen nicht, dem Tag vor deiner Abreise aus Wien. Binnen acht Monaten verliere ich den besten Gatten, ein Sohn geht fort, dem meine ganze Liebe und Sorgfalt galt, und eine Tochter heiratet, die mein ganzer Trost und meine Freundin war.

Ich bitte dich deshalb eindringlich, schreibe mir regelmäßig Briefe und berichte von deinem neuen Leben und folge jederzeit meinen Anweisungen, da du nun nicht mehr unter meinem direkten Schutzmantel stehst:

An Sonntagen ist öffentlich Gottesdienst bei Hofe, um vier Uhr Vesper bei den Kapuzinern und Rosenkranz. Nur an Festtagen wie jenen der Heiligen Jungfrau, der Apostel oder an Landesfesten wirst du morgens öffentlich zur Kirche gehen und immer die Kirche wechseln, um allen Geistlichen ein Vergnügen zu bereiten.

Betrage dich klug gegen den niederen Adel. Dieser ist in Pressburg von dem in anderen Ländern ganz verschieden. Es gibt unter ihnen viele, welche sehr ergeben sind.

Nach einem Jahre vom ersten September an kannst du Bälle geben und Theater besuchen. Die Fahrten in der offenen Kutsche liebe ich nicht. Aber da dieser Punkt so wichtig für das Lebensglück der Menschen geworden ist, will ich nichts dagegen sagen. Ich empfehle dir nur alle mögliche Vorsicht. Kutschiere nicht selbst, sondern lasse den Kutscher fahren. Du kannst allein mit deinem Gatten ausfahren, aber eine Dame soll folgen. In der Kirche oder im Garten kannst du mit ihm allein bleiben, aber immer soll ein Kammerdiener nachfolgen. Wenn du allein bist, darfst du nur mit einer Dame oder der Kammerfrau ausgehen.

Du kannst einen Hoftag oder Cercle halten, wo auch Herren vom niederen Adel erscheinen können, aber sie dürfen nicht spielen. An den Tagen, wo der Adel in den Gemächern spielt, nur im Vorzimmer. Einigemal soll Musik und Ball sein.

Du kannst und musst jedermann anhören und sollst alle Welt sehen. Du bist meine Tochter und du brauchst dir keinerlei Zwang anzutun. Aber niemals darfst du selbständig Entscheidungen treffen, sondern deine Gespräche und Antworten sollen sich nach dem richten, was dein Gemahl für gut befindet, und vergiss nicht, dass die Regierungsgeschäfte die Wege einzuhalten haben, die dafür vorgesehen sind.

Du sollst mich über alle wichtigen Vorgänge unterrichten, darum sollst du zuhören, beobachten, den Leuten wenigstens ein Wort des Verstehens sagen, wenn man ihnen nicht sofort helfen kann. Übe dich weiterhin in Latein und nun auch in Ungarisch, um den Leuten einige Worte sagen zu können. Das ist das Mindeste, was man von uns verlangen kann.

Doch es geht freilich nicht an, dass du als meine Tochter ohne Kenntnis der laufenden Geschäfte bleibst. Die Minister können euch beide ja immer gleichzeitig zusammen sprechen, das hängt davon ab, wie ihr beide es einrichten wollt, ich schreibe euch darin nichts vor.

Meine liebste Mimi, ich kann Gott nicht genug danken, euch beide nun zu einem glücklichen Ende geführt zu haben, und erhoffe von seiner Gnade und von dir selbst, dass euch dieses Glück erhalten bleibe und alle Tage größer werde.

Ich halte dich von ganzem Herzen lieb.
Deine dich liebende Mutter

Der vierte April 1766

Träume ich oder ist es wahr? Nein, ich kann nicht träumen. Zu deutlich sehe ich Mamans Brief in meinen zittrigen Händen, die sich einfach nicht ruhig halten lassen. Ich sitze in einer Kutsche, die mich wegbringt, weg aus Wien, weg von meiner Familie, weg von Maman, weg aus meinem alten Leben! Einem Leben, das mir das einzig bekannte war, vierundzwanzig Jahre lang. Hin nach Schloss Hof, das den Anfang einer neuen Geschichte markieren wird, der Geschichte von Albert und mir – für immer vereint.
Der Abschied von der Hofburg fiel mir gar nicht so schwer, wie ich befürchtet hatte. Die Freude auf das Bevorstehende war mit einem Mal viel mächtiger geworden! Nur Antonias trauriger Blick, ihre großen Kullertränen und ihr letzter schmatziger Kuss haben mir einen grellen Stich versetzt, der sicherlich lange eine Wunde hinterlassen wird. Sie hat mir versprochen, mir täglich zu schreiben und uns auch bald zu besuchen. Hoffentlich kann ich dann auch ihre Krakelschrift entziffern. Sie wird sich bemühen, hat sie gemeint – aber nur für mich! Der kleine Lausebengel wird mir fehlen!

Albert, mein zukünftiger Ehemann – wie ungewohnt, aber wie herrlich das klingt! – sitzt mir gegenüber und döst. Ihn scheint die ganze Aufregung um den Abschied und die Hochzeit ganz ruhig zu lassen. Ich dachte eigentlich, auch ich würde sofort nach Besteigen der Kutsche einschlafen, waren doch die vergangenen Tage sehr anstrengend und mit nur wenig Schlaf gesegnet gewesen. Doch im Gegenteil, ich fühle mich aufgedreht und hellwach wie nie! Ich wanke und taumle – und das nicht nur wegen der schaukelnden Kutsche. Genauso brausend wie die Landschaft hinter dem Fenster zieht soeben die Vergangenheit an meinem geistigen Auge vorüber: Unbekannte Dörfer und Städte, grüne und gelbe Felder, Wälder, Flüsse und Seen wecken Erinnerungen an meine Kindheit, an Landausflüge, an Gesellschaften, an Feste meiner Jugend, an Zankereien mit meinen Geschwistern und an lange Gespräche mit Maman und Papa. Darunter mischen sich nun aber auch meine Gedanken an das Hauskonzert, bei dem Albert in mein Leben trat, an meinen achtzehnten Geburtstag, an Bellas Ankunft und unsere wunderbare Zeit zusammen, an ihre Krankheit, an ihren Tod, an die ungewisse Zeit mit Albert und Chablais, an den Streit zwischen Maman und Papa, an Leopolds Hochzeit und schließlich an Papas Tod.

Wegen der Trauer um Papa soll unsere Hochzeit ohne großes Aufsehen auf Schloss Hof gefeiert werden. Maman hat selbst die Vorbereitungen überwacht und meine Aufregung bereits mit ein paar vielversprechenden Andeutungen geschürt. Es soll, nach Mamans Wunsch, eine Feier in ländlicher Abgeschiedenheit werden. À vrai dire: keine kaiserliche Prachthochzeit wie bei Joseph und Isabella oder Leopold und Maria Ludovica, sondern eine kleine Bauernhochzeit mit Tanz sowie einem Carrousel für die etwa vierzig geladenen Gäste. Natürlich hatte auch ich seit meiner Kindertage von einer großen Märchenhochzeit mit hunderten Gästen und ausladendem Prunk geträumt. Doch die Trauer um Papa und die gegebenen Umstände verbieten jeden Gedanken daran. Und das will ich auch gar nicht mehr. Ich will nur eins: Alberts Frau werden! Mit jedem Détail, das Maman mir von den Vorbereitungen verriet, dachte ich mehr, sie könnte meine Gedanken und Wünsche lesen. Es wird ein kleines Fest, doch es wird unser Fest!

Und nun kann ich es wirklich kaum mehr erwarten. Die Ungewissheit um Albert und mich war kraftraubend, und mit Papas Tod fürchtete ich lange, Maman würde langsam, aber stetig daran zerbrechen. Doch im Gegenteil, Alberts und meine Liebe scheint ihr neue Kraft zu geben. Sie hat sich neben meiner Vermählung auch die Gestaltung meines zukünftigen Lebens mit Albert zu ihrer Aufgabe gemacht. Seit der Verkündung meiner Verlobung war sie von Tag zu Tag mehr aufgeblüht wie eine beinah verwelkte Rose, der man noch ein letztes Mal Wasser reichte. Vor wenigen Wochen eröffnete sie uns dann auch ihren Plan von unserem Umzug nach Pressburg nach der Hochzeit. Ich war zunächst keineswegs begeistert davon. Als Kind war mir das dortige Schloss mit seinen düsteren Kellergewölben immer etwas unheimlich gewesen. Die kleinen Burgfenster ließen kaum Licht in die langen finsteren Gänge und Räume ein. Überall standen Ritterrüstungen, die sich – und da bin ich mir auch jetzt noch gewiss – ab und zu knarzend bewegten. Joseph machte sich bei unseren Aufenthalten immer einen Spaß, uns kurz vor dem Schlafengehen Gespenstergeschichten zu erzählen. Auf dem Weg in meine Kammer, die ich zum Glück mit meiner Gräfin teilen durfte, klammerte ich mich stets an ihren Arm und blickte ängstlich um mich, sodass sie mich nur mit Mühe mit sich schleifen konnte. Bei jedem kleinsten Geräusch schreckte ich nachts auf und konnte nur schwer wieder einschlafen.

Doch Maman lachte nur über mein Jammern, jenen Ort von nun an mein Heim nennen zu müssen: „Mimi, glaubst du wirklich, ich würde dich, meine geliebte Tochter, jemals einem Schrecken aussetzen und euch als endlich glücklich vereintes Ehepaar in einem gruselig finsteren Schloss unterbringen?“ Maman war sehr vergnügt. So hatte ich sie schon lange nicht mehr gesehen. „Oh nein, ma Chère, lass dich überraschen. Das Pressburg aus deiner Kindheit gibt es nicht mehr. Pacassi, Martinelli und nicht zuletzt Hildebrandt haben wahre Wunder vollbracht. Du wirst es nicht bemerkt haben, aber ich bin in den letzten Wochen des Öfteren in eure neue Heimat gereist, um die Fortschritte bei dem großen Umbau selbst in Augenschein zu nehmen.“

Bei all den Vorbereitungen, Aufregungen und Packereien der letzten Wochen waren mir ihre Ausflüge wirklich verborgen geblieben. „Albert und du, ihr werdet in einem der modernsten Paläste unserer schönen Donaumonarchie residieren. Das Schloss ist nun mit breiten Treppenaufgängen und lichtdurchfluteten Korridoren ausgestattet. Ich ließ es mir nicht nehmen, mich persönlich um jedes kleinste Detail zu sorgen: die Auswahl der Möbel, der Wäsche bis hin zum Tafelgeschirr. Doch bald werdet ihr euch selbst von meinem Geschenk überzeugen können." Das werden wir, und ich kann nicht verhehlen, dass meine Neugierde immer größer wird.

Fast jeden Tag in den vergangenen zwei Wochen ließ Maman mich auch wieder zu sich rufen. Ich setzte mich an ihr Bett, sie streichelte mir über den Kopf, und ich schmiegte mich an sie wie damals als kleines Mädchen bei den „Kinderaudienzen", bei denen wir Geschwister uns einmal in der Woche für eine Viertelstunde in ihr Bett kuscheln durften. „Mimi, ich habe noch etwas für dich!" So begann sie ein jedes Mal und beschenkte mich und Albert mit den großzügigsten Gaben: „Ich werde dir die Herrschaften Mannersdorf, Ungarisch-Altenburg, Bellye und Raczkeve überschreiben", „ihr werdet ein separates Haus bei Schloss Laxenburg erhalten für eure hoffentlich zahlreichen Besuche", „ich werde euch meine Gemächer in der Hofburg überlassen und selbst in den zweiten Stock ziehen", „deine Aussteuer soll von weiteren Hunderttausend Gulden in Gold begleitet werden", „von nun an werdet ihr euch Herzogin und Herzog von Sachsen-Teschen nennen, denn ich spreche euch in Vereinbarung mit Joseph das Herzogtum Teschen zu".

Mein Erstaunen über ihre Großzügigkeit kennt keine Grenzen und wenn ich den Brief mit ihren Instruktionen lese, spüre ich, wie ernst es Maman ist. Über all den Gütern steht eine große Verantwortung, die Albert und ich gemeinsam zu tragen haben, aber ich blicke mit großer Vorfreude darauf, denn ich weiß, dass Albert an meiner Seite sein wird, und wir uns gegenseitig helfen werden, diese Herausforderungen zu meistern.

Die gute Maman, sie hat es immer so gut mit mir gemeint, mir immer beigestanden, selbst und besonders in der schwierigen

Zeit, in der ich um Albert bangen musste, sie war meine Fürsprecherin, hat mir gut zugeredet, mir Mut gemacht. Ich weiß, dass sie an uns glaubt und auch daran, dass wir unseren Aufgaben gewachsen sind. Ich verspreche, Maman, ich werde mich bemühen, deine Ratschläge zu befolgen. Du bist eine so starke Frau, du hast mich so vieles in meinem Leben gelehrt, mich zu der Frau gemacht, die jetzt in dieser Kutsche sitzt und einem neuen Leben entgegenfährt. Ach, ich vermisse dich schon jetzt so sehr, liebste Maman!

Doch Schluss mit den Klagen! Schließlich ist Schloss Hof nur etwa vier Meilen von Wien entfernt, und die Hälfte unserer Reise haben wir schon geschafft. Noch immer bin ich nicht müde. Ganz anders jedoch meine Weggefährten. Albert scheint das Wackeln der Kutsche regelrecht in den Schlaf zu wiegen, und der kleine Oscar schnauft friedlich in seinem Körbchen. Hin und wieder durchfährt ihn ein Zucken, begleitet von einem leisen Quieken. Sicherlich träumt auch er schon von seinem neuen Zuhause und den vielen Abenteuern, die in Ungarn auf ihn warten.

Dante hingegen, der in seinem Käfig neben mir sitzt, ist genauso hellwach wie ich. Neugierig späht er immer wieder zu mir hinüber, gar so, als würde er mein Geschriebenes lesen wollen. Seit Beginn unserer Reise hat er kaum einen Laut von sich gegeben. Ein faszinierendes Geschöpf! Ich kann noch immer nicht glauben, dass er wirklich zu mir zurückgekehrt ist. Doch so war es: Die letzte Stunde vor unserer Abreise aus Wien war gerade angebrochen – wir saßen beim Dîner –, als es plötzlich aufgeregt an der Tür klopfte. Gewöhnlich lassen die Türsteher keine Störungen bei unseren Mahlzeiten zu, doch der Eindringling schien sich an diesem Tag nicht abwimmeln zu lassen: „Ich muss Ihre Hoheit, die Erzherzogin Maria Christina sprechen, sofort!" Ich erkannte die aufgebrachte Stimme und ging zur Tür. Es war der Pfleger, den Papa damals für Bellas Dante eingestellt hatte. „Aber um Himmels willen, Ihr seid ja ganz aufgelöst! Was ist geschehen?"

„Er ist zurück", der Bursche musste Luft holen, „Euer Vogel!"

„Dante? Der Falke?"

„Ja, ich wollte soeben die Volière von Winterdreck und Staub befreien, da hätte mich doch fast der Schlag getroffen. Das Türl stand offen, und er saß wie selbstverständlich in seiner Ecke! So etwas hab' ich noch nie erlebt."

„Bringt mich zu ihm."

Ich ließ die Dîner-Gesellschaft verwirrt zurück und folgte dem Pfleger in den Garten, wo Dante noch immer friedlich in seiner Volière saß. Bei meinem Anblick schlug er mit den Flügeln und kam ganz nah ans Gitter heran. Der Wärter hob für einen Moment Augen und Hände gen Himmel und deutete dann auf einen kleinen tragbaren Käfig: „Ihr müsst ihn mitnehmen. Er würde Euch sowieso folgen!"

Und so sitze ich nun in der Kutsche umringt von kostbaren Erinnerungen: links neben mir der Vogelkäfig, rechts neben mir die Vogelorgel, die mir mein geliebter Papa einst in seinem Kabinett überreicht hat, und daneben der Korb meines Hündchens Oscar. Zu meinen Füßen liegt ein Gebetbuch von Maman mit ihrem Brief oben drauf. Um den Hals trage ich das Medaillon mit dem Bildnis von Bella und Therese, und auch den Schlüssel zu unserem Garten, zu unserem Idyll! Welch schöne Stunden wir dort verbracht haben. Nie werde ich begreifen können, warum und mit welcher Grausamkeit mir meine Bella so früh schon wieder entrissen werden konnte. Wie gerne hätte ich sie und Papa bei der Hochzeit an meiner Seite gehabt, mit ihnen meinen Tag gefeiert. Aber ich glaube ganz fest daran, dass sie mir vom Himmel herab zusehen werden und sich mit uns allen freuen.

Aus meiner Reisetasche zu meinen Füßen sehe ich den blauen Fächer herausspitzen, den Albert mir zu meinem achtzehnten Geburtstag geschenkt hat. Wie jung und unbedarft ich doch damals noch war. Beinahe hätte ich ihn mit meinem Trotz und meiner

Borstigkeit gar nicht in mein Leben gelassen. Daran darf ich nun gar nicht mehr denken. Ein Leben ohne Albert – unvorstellbar!

Vorhin war Albert dann doch aufgewacht, und er unterbrach mich gähnend: „Du schreibst ja noch immer. Ich glaube, ich werde nie verstehen können, wie man so viele Seiten füllen kann, mein Liebling! Leg doch mal dein Büchlein weg und setz dich einen Moment zu mir.“ Er klopfte auffordernd auf den Platz neben sich. Ich kam dem nach, setzte mich jedoch gleich auf seinen Schoß.

„Da habe ich mir ja ein freches Weiblein angelacht. Wie soll das erst nach unserer Hochzeit werden?“ Albert kniff mich leicht in die Seite, ich zuckte auf.

„Ich glaube, im Frechsein stehen wir auf gleicher Höhe, mein Lieber!“, erwiderte ich mit einem Lächeln.

„Nun musst du dich aber trotzdem von mir herunterbewegen, ich möchte dir noch etwas geben.“ Albert hob mich mit beiden Händen hoch und setzte mich prompt neben sich. Ich muss ziemlich verdutzt geschaut haben. „Das hättest du wohl nicht von mir gedacht, was? Einmal ein starker Soldat, immer ein starker Soldat.“

Dann griff er in seine Tasche und zog etwas Viereckiges heraus, hielt es jedoch noch hinter seinem Rücken versteckt.

„Meine geliebte Mimi, mein Glück ist für mich wahrlich unfassbar. Du bist in mein Leben getreten und hast mich verzaubert. Hast mich aufgefangen, mich emporgehoben und in vier Tagen nimmst du mich zu deinem angetrauten Ehemann. Ich liebe dich und ich werde dich immer lieben. Doch ich weiß, wie schwer dir der Abschied von deinem Zuhause gefallen ist und dass auch du, genau wie ich, mit großer Vorfreude, jedoch auch mit etwas Angst in unser neues Leben fährst. Gemeinsam werden wir nun ein neues Kapitel aufschlagen. Und hierfür möchte ich dir dieses Geschenk geben. Fülle fleißig die noch leeren Seiten mit all deinen Erlebnissen, deinen Freuden, aber auch deinen Sorgen und deinem Kummer. Ich will dir stets ein guter Zuhörer und Gesprächspartner sein, doch, wie du schon sagtest, auch in einer Ehe muss es Geheimnisse geben. Hierfür soll dir dieses Buch dienen."

Albert überreichte mir ein wunderschönes in dunkelrotes Leder gebundenes Buch. In dem schummrigen Licht der Kutsche blieb mir die Besonderheit daran zunächst noch verborgen. „Ein venezianischer Lieferant hat es mir besorgen und sogar deine Initialen einprägen können."

Ich strich über das weiche Leder und spürte die Vertiefungen. Als ich das Buch näher ans Fenster hielt, sah ich sie dann auch: die ineinander verschlungenen Buchstaben M C.

„Ein neues Leben, ein neues Buch!", sagte Albert.

„Oh, Albert, ich danke dir sehr dafür. Und ich danke dir, dass du an meiner Seite bist. Ich bin so glücklich! Ich kann es nicht glauben, dass wir alle Widrigkeiten, allen Ärger, alle Missgunst nun wirklich hinter uns lassen können. Ich liebe dich auch." Ich beugte mich zu ihm hinüber und gab ihm einen langen, innigen Kuss, in den sich meine Tränen mischten. Tränen der Freude, Tränen des Abschieds, Tränen des Glücks!

Nach einer Weile entließ mich Albert aus seinem Arm und ich setzte mich wieder gegenüber, um noch meinen Eintrag zu vollenden und damit dieses Buch abzuschließen, das Tagebuch, das mich begleitet hat durch Licht und Schatten der vergangenen fünf Jahre.

Vor meiner Abreise dachte ich, ich müsste alles, was mein Leben bis heute war, hinter mir lassen, doch dann belehrte mich Dantes Rückkehr eines Besseren: denn er hat mich daran erinnert, dass es nicht nur heißt „Was du liebst, lass frei", sondern vor allem auch „Kommt es zu dir zurück, gehört es dir – für immer". Ich muss mein Leben nicht zurücklassen. Es wird immer ein Teil von mir sein, wo immer ich auch bin, was immer ich auch tue, wer immer ich auch sein werde.

Enole.

Anhang

Albert

Maria Christina

Anmerkung für meine geneigten Leser

Maria Christinas Leben ist die perfekte Romanvorlage: sie war die von ihren Geschwistern beneidete, ja schier gehasste Lieblingstochter der Kaiserin Maria Theresia und sie durfte als Einzige ihre große Liebe heiraten, Prinz Albert von Sachsen-Teschen – eine absolute Ausnahme im Haus Habsburg, das von jeher mehr als jedes andere europäische Herrscherhaus versuchte, Politik durch die kluge Verheiratung seiner Kinder zu machen. Es ist eine Liebesgeschichte, wie ich sie als Romanautorin nicht schöner hätte erfinden können.

Um sie zu erzählen, habe ich die Form des Tagebuchs gewählt, eine wunderbare Erzählperspektive für mein Unterfangen: Zum Einen ist es ein Novum im Zeitalter der Aufklärung, Tagebuch zu schreiben, um die eigenen Gefühle und Wahrnehmungen darzulegen. Ich lasse Maria Christina also etwas zu ihrer Zeit sehr Modernes tun. Zum Anderen konnte ich auf diese Weise Maria Christinas einzigartigen Schreibstil einfließen lassen. Und einem Tagebuch vertraut man stets das Wichtigste aus dem eigenen Leben an und manchmal mehr, als man sich selbst eingestehen möchte – der Leser nimmt also als engst möglicher Vertrauter am Leben Maria Christinas teil.

Maria Christinas Leben ist durch zahlreiche historische Quellen, darunter den Briefwechsel mit ihrer Mutter, Albert und ihren Geschwister, sehr gut dokumentiert. Die Rahmenhandlung, in der das Tagebuch angesiedelt ist, ist, wie die Liebesgeschichte, der Realität entnommen. Briefe, Zeitungsberichte und Tagebucheinträge von Albert von Sachsen-Teschen sind zum Teil wörtlich zitiert. Auch die innige romantische Beziehung zwischen Maria Christina und Isabella ist nicht erfunden, sondern veranlasst heute Historiker gar zu Spekulationen über ein homosexuelles Liebesverhältnis.

Ergänzte Szenen, Gedanken und Gefühle der Tagebuchschreiberin und die erdachten Dialoge schließen die Lücken, die historisch nicht überliefert sind und machen aus einer Biographie einen Roman. Mit der sorgfältigen Herangehensweise einer Historikerin wurden historische Details eingearbeitet, um den Leser tatsächlich mit ins 18. Jahrhundert zu nehmen.

Einen solchen Roman zu verfassen, wäre ohne die Hilfe vieler nicht möglich gewesen. Kathrin Mayr, Katharina Wank, Julia Treindl, Julia Strauß und Sophie Kratzer möchte ich für die große Unterstützung bei der umfassenden historischen Recherche danken, dem August Dreesbach Verlag für den Mut, an mein Manuskript zu glauben und es zu einem Buch werden zu lassen und F. J. Keselitz, der Agentur für angewandte Typografie, für die wundervolle und ausgefallene Gestaltung, die Maria Christina sicherlich gefallen hätte.

R. N.

Zum Weiterlesen

Allgemein zum Hofleben und der Zeit Maria Theresias:

Andics, Hellmut: Die Frauen der Habsburger. Wien 1985.
Bankl, Hans: Die kranken Habsburger. Befunde und Befindlichkeiten einer Herrscherdynastie. München 2005.
Ehalt, Hubert: Ausdrucksformen absolutistischer Herrschaft. Der Wiener Hof im 17. und 18. Jahrhundert. München 1980.
Erickson, Carolly: Die Lilie von Versailles. Das Tagebuch der Marie Antoinette. Frankfurt am Main 2008.
Duindam, Jeroen: Vienna and Versailles. The Courts of Europe's Dynastic Rivals, 1550–1780. Cambridge 2003.
Fraser, Antonia: Marie Antoinette. Biographie. München 2006.
Funcken, Liliane und Fred: Historische Uniformen. Napoleonische Zeit, 18. und 19. Jahrhundert. Preußen, Deutschland, Österreich, Frankreich, Großbritannien, Russland. München 2000.
Grossegger, Elisabeth: Theater, Feste und Feiern zur Zeit Maria Theresias 1742–1776. Wien 1987.
Hamann, Brigitte (Hg.): Die Habsburger. Ein biographisches Lexikon. Wien/München 2001.
Haslinger, Ingrid: Küche und Tafelkultur am kaiserlichen Hofe zu Wien. Zur Geschichte von Hofküche, Hofzuckerbäckerei und Hofsilber- und Tafelkammer. Bern 1993.
Haslinger, Ingrid/Trumler, Gerhard: So lebten die Habsburger. Kaiserliche und königliche Schlösser in der österreichisch-ungarischen Monarchie. Wien 2007.
Haslinger, Ingrid: „und haben ein eingemachtes Kalbfleisch zum Mittagmahl genommen". W. A. Mozart und seine Mahlzeiten. Eine kulinarische Kulturgeschichte des 18. Jahrhunderts. Salzburg 2005.

Heimann, Heinz-Dieter: Die Habsburger. Dynastie und Kaiserreiche. München 2006.
Helmedach, Andreas: Das Verkehrssystem als Modernisierungsfaktor. Straßen, Post, Fuhrwesen und Reisen nach Triest und Fiume vom Beginn des 18. Jahrhunderts bis zum Eisenbahnzeitalter. München 2002.
Huss, Frank: Der Wiener Kaiserhof. Gernsbach 2008.
Karpf, Roswitha Vera (Hg.): Musik am Hof Maria Theresias. München/Salzburg 1984.
Kaut, Hubert: Modeblätter aus Wien. Mode und Tracht von 1770 bis 1914. Wien/München 1970.
Koschatzky, Walter (Hg.): Maria Theresia und ihre Zeit. Ausstellungskatalog. Wien 1980.
Krabs, Otto: Von Erlaucht bis Spektabilis. Kleines Lexikon der Titel und Anreden. München 2004.
Lever, Evelyne: Marie Antoinettes geheimes Tagebuch. München 2005.
Lesky, Erna/Wandruszka, Adam (Hg.): Gerard van Swieten und seine Zeit. Wien 1973.
Opll, Ferdinand: Wien im Bild historischer Karten. Die Entwicklung der Stadt bis in die Mitte des 19. Jahrhunderts. Wien/Köln/Weimar 2004.
Pangerl, Irmgard u. a. (Hg.): Der Wiener Hof im Spiegel der Zeremonialprotokolle (1652–1800). Eine Annäherung. Innsbruck 2007.
Rothe, Carl (Hg.): Die Mutter und die Kaiserin. Briefe der Maria Theresia an ihre Kinder und Vertrauten. Wien/München 1968.
Sachslehner, Johannes: Wien. Eine Geschichte der Stadt. Wien/Graz/Klagenfurt 2006.
Schmal, Kerstin: Die Pietas Maria Theresias im Spannungsfeld von Barock und Aufklärung. Religiöse Praxis und Sendungsbewusstsein gegenüber Familie, Untertanen und Dynastie. Frankfurt/Main 2001.
Schreiber, Georg: Die Hofburg und ihre Bewohner. Wien 1993.

Sommer-Mathis, Andrea: Tu felix Austria nube. Hochzeitsfeste der Habsburger im 18. Jahrhundert. Wien 1994.
Thiel, Erika: Geschichte des Kostüms. Die europäische Mode von den Anfängen bis zur Gegenwart. Berlin 1980.
Trenkler, Thomas: Die Hofburg Wien. Geschichte, Gebäude, Sehenswürdigkeiten. Wien 2004.
Vehse, Eduard: Maria Theresia und ihr Hof. München 1924.
Vocelka, Karl/Heller, Lynne: Die private Welt der Habsburger. Leben und Alltag einer Familie. Graz/Wien/Köln 1998.
Wagner, Hans (Hg.): Wien von Maria Theresia bis zur Franzosenzeit. Aus den Tagebüchern des Grafen Karl von Zinzendorf. Wien 1972.

Zu den einzelnen Personen:

Badinter, Elisabeth (Hg.): Isabelle de Bourbon-Parme: „Je meurs d'amour pour toi". Lettres à l'archiduchesse Marie-Christine 1760–1763. Paris 2008.
Cristen, Gabriele Marie: Maria Theresia. Zwischen Thron und Liebe. Roman. München 2004.
Koschatzky, Walter/Krasa, Selma: Herzog Albert von Sachsen-Teschen, 1738–1822. Reichsfeldmarschall und Kunstmäzen. Wien 1982.
Kovács, Elisabeth: Die ideale Erzherzogin. Maria Theresias Forderungen an ihre Töchter. In: Wolfram, Herwig (Hg.): Mitteilungen des Instituts für österreichische Geschichtsforschung. Wien 1986.
Mraz, Gerda und Gottfried: Maria Theresia. Ihr Leben und ihre Zeit in Bildern und Dokumenten. München 1979.
Pangels, Charlotte: Die Kinder Maria Theresias. München 1980.
Perrig, Severin (Hg.): „Aus mütterlicher Wohlmeinung". Kaiserin Maria Theresia und ihre Kinder. Eine Korrespondenz. Weimar 1999.

Tamussino, Ursula: Isabella von Parma. Gemahlin Josephs II. Wien 1989.
Weissensteiner, Friedrich: Die Töchter Maria Theresias. Wien 1994.
Wolf, Adam: Marie Christine, Erzherzogin von Oesterreich. Wien 1863.
Wolf, Adam: Leopold II. und Marie Christine. Ihr Briefwechsel (1781–1792). Wien 1867.
Zedinger, Renate (Hg.): Lothringens Erbe. Franz Stephan von Lothringen und sein Wirken in Wirtschaft, Wissenschaft und Kunst der Habsburgermonarchie. St. Pölten 2000.
Zedinger, Renate: Franz Stephan von Lothringen (1708–1765). Monarch, Manager, Mäzen. Wien 2008.

Zeittafel

1736	Heirat von Maria Theresia und Franz I. Stephan (12.2.)
1737	Geburt von Maria Elisabeth, erste Tochter Maria Theresias (gest. 1740)
1738	Geburt von Albert von Sachsen (11.7.) Geburt von Maria Anna (6.10.)
1740	Geburt von Maria Carolina (gest. 1741) Krönung von Friedrich II. zum König in Preußen (31.5.) Tod von Karl VI. (20.10.) Beginn Österreichischer Erbfolgekrieg (16.12.)
1741	Geburt von Joseph II. (13.3.) Geburt von Isabella von Parma (31.12.)
1742	Krönung Karl Albrechts von Bayern zum Kaiser des Hl. Römischen Reichs (12.2.) Geburt von Maria Christina (13.5.)
1743	Geburt von Maria Elisabeth (13.8.)
1745	Tod von Karl Albrecht von Bayern (20.1.) Geburt von Karl Joseph (1.2.) Krönung von Franz I. Stephan zum Kaiser von Österreich (4.10.)

1746	Geburt von Maria Amalia (26.2.)
1747	Geburt von Leopold II. (5.5.)
1748	Geburt von Maria Karolina (gest. 1748) Frieden von Aachen; Anerkennung der Thronfolge und Anschluss Schlesiens an Preußen (18.10.)
1750	Geburt von Johanna Gabriela (4.2.)
1751	Geburt von Maria Josepha (19.3.)
1752	Geburt von Maria Carolina (13.8.)
1754	Geburt von Ferdinand Karl Anton (1.6.)
1755	Geburt von Maria Antonia (2.11.)
1756	Beginn Siebenjähriger Krieg (Juni) Geburt von Maximilian Franz (8.12.)
1760	Heirat von Joseph II. und Isabella von Parma (6.10.)
1761	Tod von Karl Joseph (18.1.)
1762	Tod der Zarin Elisabeth und Krönung von Peter III. zum Zaren (5.1.)

	Geburt von Maria Theresia Elisabeth, Tochter von Joseph und Isabella (20.3.)
	Selbsternennung von Katharina II. zur Zarin (9.7.)
	Ermordung von Zar Peter III. (17.7.)
	Tod von Johanna Gabriela (23.12.)
1763	Frieden von Hubertusburg: Wiederherstellung des status quo ante bellum (15.2.)
	Geburt und Tod von Maria Christina, Tochter von Joseph und Isabella (22.11.)
	Tod von Isabella (27.11.)
1764	Krönung von Joseph II. zum römisch-deutschen König (3.4.)
1765	Ernennung von Leopold II. zum Großherzog der Toskana (Jan.)
	Heirat von Joseph II. und Josepha von Bayern (23.1.)
	Heirat von Leopold II. und Maria Ludovica von Spanien (5.8.)
	Tod von Franz I. Stephan (18.8.)
	Ernennung von Albert zum Statthalter von Ungarn (Dez.)
1766	Verlobung von Maria Christina und Albert (2.4.)

Zur Gestaltung des Buches:

Als Schrift für den fortlaufenden Text wurde die Didot verwendet, die aus der Zeit Maria Christinas stammt und um 1800 zur in Europa vorherrschenden Schrift wurde. Firmin Didot hatte die nach seinem Vater François Ambroise Didot benannten Didot-Lettern zu einer wundervollen klassizistischen Antiqua perfektioniert. Die moderne, hier verwendete Form hat der Schweizer Schriftgestalter und Typograf Adrian Frutiger entworfen.

Die „Schreibschrift" ist die ITC Johann Sparkling, das Werk des österreichischen Designers Viktor Solt, eine perfekte Nachahmung der Handschrift einer gebildeten Person im 18. Jahrhundert.

Gedruckt wurde das Buch auf das hellrosafarbene Papier „Rainbow", 80g/m^2, FSC-zertifiziert.

Stammbaum Maria Christina

Karl VI.	∞	Elisabeth Christine
* 01.10.1685		* 28.08.1691
† 20.10.1740		† 21.12.1750

aus der Ehe von Karl VI. und Elisabeth Christine entstammten:

Leopold Johann	Maria Anna	Maria Amalia	Maria Theresia ∞
* 13.04.1716	* 18.09.1718	* 05.04.1724	* 13.05.1717
† 04.11.1716	† 16.12.1744	† 19.04.1730	† 29.11.1780

Maria Elisabeth	Maria Anna	Maria Karolina	Joseph II.
* 1737	* 06.10.1738	* 1740	* 13.03.1741
† 1740	† 19.11.1789	† 1741	† 20.02.1790
			∞
			Isabella
			* 31.12.1741
			† 27.11.1763

aus der Ehe von Joseph II. und Isabella entstammten:

Maria Theresia Elisabeth	Maria Christina
* 20.03.1762	* 22.11.1763
† 23.01.1770	† 22.11.1763